石 器 时 代 · 爱 拉 传 奇 系 列

猛犸猎人

THE MAMMOTH HUNTERS

[美] 琼·奥尔 著　张帆 译

作家出版社

1

虽然被乔达拉搂在怀里，可是看到陌生人走近，爱拉还是惊慌失措，躲在乔达拉身边，瑟瑟发抖。

走在最前面的男人，头发通红，长着络腮胡子。“他真高！”爱拉思忖着。她从来没有见到过如此高大的人。尽管乔达拉比一般人都高大，可在他面前，也显得矮小了。迎面走来的红头发男人，像熊一样，又高又壮。他的脖子异常粗大，胸膛容得下两个人，胳膊上肌肉发达，有平常人大腿那么粗。

爱拉看着乔达拉，他看上去泰然自若，可笑容中藏着警觉。经历了这么多，他已经学会了提防这些陌生人。

高大男人直接开了口：“你是从哪个营地来的？我好像没见过你。”爱拉发现，他讲的不是乔达拉的语言，而是另一种语言，乔达拉曾经教过她的。

“我们没有营地，也不是马穆塔人。”乔达拉说。他放开爱拉，走上前去，手心朝上伸出双手，证明没有东西，以表示友好，“我是泽兰达尼人，叫乔达拉。”

可是高大男人并未理会他的双手：“泽兰达尼人？奇怪……哦，西边的河岸住着两个外族人，我听说好像就是这个名字。”

“是的，我和我兄弟和他们一起住过。”乔达拉坦白道。

红头发想了一下，然后竟然向乔达拉扑了过去，紧紧抱住这个浅皮肤的高个子。乔达拉被抱得骨头都要散架了。

“这么说来我们是一家人啦！”他大声说，脸上露出高兴的笑容，“索莉是我侄女！”

乔达拉有点意儿外，很快又笑了：“索莉！我弟妹的家人，就有个叫索莉的马穆塔女人！是她教给我你们的语言。”

“那当然了，就说我们是一家人嘛。”他握乔达拉的双手，刚才他还拒绝了这双友善的手，“我是塔鲁特，狮营的领袖。”

爱拉看大家都笑了。塔鲁特微笑着打量她。他对乔达拉说：“看来你没跟兄弟一起呀。”

乔达拉又把她揽过来，“这是爱拉。”爱拉发现他开口前，脸上闪过一丝忧愁。

“好奇怪的名字，她是河畔人吗？”

突然被这么一问，乔达拉愣了神，他又想起了索莉，觉得很有意思。虽然那个又矮又胖的女人与眼前男人一点儿也不像，可是他们毕竟是一家人，说话同样直率，不拘小节。爱拉的身世很难说清楚，他不知道该怎么解释。

“不是的，她住在一个离这里有好几天路程的山谷里。”

塔鲁特露出一丝疑惑：“我从没听说过这么个女人。你确定她是马穆塔人吗？”

“我确定她不是马穆塔人。”

“那她是哪个族？这一片只有猛犸猎人。”

“我没有族人！”爱拉倔强地抬起头。

塔鲁特思忖了一会儿，她说的是他的语言，可声音和讲话方式有点儿……奇怪。也不是难听，就是有点儿别扭。乔达拉的口音也很特别，可她不单单是口音特别。塔鲁特很好奇。

终于，他开口了：“这里不是说话的地方。如果我不邀请你们，妮兹一定会让圣母发怒的。很久没有客人来了，今儿有客人，一定要热闹热闹。泽兰达尼人乔达拉和没有族人的爱拉，来吧，狮营欢迎你们。”

“爱拉，怎么样？想去吗？”乔达拉说的是泽兰达尼语，这样爱拉就能放心说，不用担心触怒主人。“你也该见见自己人了，伊扎不是说过吗？找到你的族人。”这么长时间连个说话的人都没有，他真的很想去。可他尽力不表现得太渴望。

爱拉双眉紧锁，还在犹豫着：“我也不知道，他们会怎么看我呢？他问我的族人是谁，可是我已经没有族人了。如果他们不喜欢我，那怎么办呢？”

“爱拉，相信我，他们一定会喜欢你。塔鲁特不是邀请你了吗？他不会介意你有没有族人。况且，如果你不给他们机会，就永远不知道他们是否接受你，喜欢你了；你原本该和他们一起生活的。不用很久，你可以随时走。”

“我们可以随时走吗？”

“可以。”

爱拉低头思考着。其实她也很想跟他们走，她被这些人吸引，想去了解他们。但是又有点儿担心。一抬头，看到在河边草地上觅食的两匹马，更加担心了。

“威尼怎么办？我们怎么照顾它？他们想杀它怎么办？我不会让它受到伤害的！”

他还未想到威尼：“我也不知道他们会怎么想，怎么做。不过，爱拉，我想只要我们说它不是普通的马，不能吃，他们就不会杀它。”想起自己起初看到爱拉与马在一起时的惊讶和崇敬，乔达拉想看到他们的惊讶和崇敬，肯定很有意思，“我有办法。”

虽然塔鲁特听不懂他们说话，可他看出那女人在犹豫，而那男人在劝她。他还发现了她在讲他们的语言时也带着的那种口音。他发觉，他们说的是男人的语言，不是女人的。

他对这个谜一样的女人，有了点儿兴趣。他喜欢一切奇怪的东西，捉摸不透的东西让他激动。不过，这个谜倏然又拉开了新一幕。只听见爱拉高扬的哨声，一匹草黄色的母马和一匹深棕色的小马驹飞奔过来，然后竟乖乖停在了女人面前，任她爱抚！高大男人也被镇住了，他从来没有见过这样的场面。

她是像马穆特一样拥有神力吗？他更加不解。很多侍奉圣母的人都自称拥有神力，可以召唤动物，帮助狩猎。可他从来没有见过有人能把动物驯化得这么好，呼之即来。她的神力令人惊诧，如果这能力能帮助营地，狩猎也会轻松很多！

还没等塔鲁特回过神来，他又被这个年轻女人震惊了。她紧握住笔直的马鬃，跃上马背，沿着河岸疾驰而去。小马驹跟随她翻过山坡，一直到远处的草原。塔鲁特目瞪口待在，旁边的人也被镇住了。一个十二岁的小女孩，贴到首领身边，好像寻求庇护。

“塔鲁特，她怎么做到的？”女孩的声音有些胆怯，带着渴望，“刚才小马离我好近，我都快摸到了。”

塔鲁特缓和了一下：“拉蒂，你问她，或者问乔达拉。”他看着旁边的陌生人。

“我也不太清楚，”乔达拉答道，“爱拉和动物相处的方式很特别，威尼是她一手养大的。”

“威尼？”

“是她给母马起的名字。我只能模仿成这样。听名字，就知道它是匹马。小马驹叫雷瑟，她让我起的。泽兰达尼语的意思是跑步的人，和积极向上的人。我第一次遇到她时，她正在给母马接生。”

“肯定很有意思！我还以为那个时候母马是不会让别人靠近的。”

骑马表演达到了乔达拉的目的。是时候说出爱拉担心的事了。“塔鲁特，我想她愿意去你们营地做客。不过她担心你们会把这些马当做猎物，况且马儿们不怕人，很容易受到伤害。”

“可又能怎么办呢？”

塔鲁特看爱拉骑马回来，像个半兽人。他庆幸没有和他们成为敌人，不然肯定不堪设想。他幻想着骑在马上会是什么样呢？会不会让别人都敬畏他？他想象着自己骑在威尼这样又矮又壮的草原马上，他大笑。

“我扛那匹马就跟马驮我一样轻松！”

塔鲁特的想法已经很明显了。乔达拉和周围的人都笑了。他知道他们一定是想骑马了。这也难怪，他刚见爱拉骑威尼也有这种想法。

爱拉看到大家都很吃惊，如果不是乔达拉在等她，她早就走了。短暂的人生，她已经看到太多对她的不解和不满。独自生活很久，很自由，没有非议。她想跟乔达拉说，他想留可以留下，她是要离开的。

当她走近，塔鲁特仍在笑着幻想自己骑马的情景，她被触动了。对她来说，笑声是很珍贵的。她跟族人生活在一起时，他们不许她笑，因为她的笑让他们不安。只有跟杜尔克在一起，才能偷偷地大笑出声。贝贝和威尼让她快乐，而乔达拉是第一个分享她的快乐的人。

乔达拉也笑了，他抬起头，炯炯有神的蓝眼睛似乎有一种魔力，闪耀着温暖诱人的光芒，直射到她内心深处。她那么爱他，根本不能没有他。只要一想到失去他，好像都不能呼吸了，她忍住眼泪。

当接近人群时，她发现虽然乔达拉没有红毛人那么壮，身高却是差不多的，比其他三个男人都高……不对，有一个是男孩。她发现他们中有一个女孩！她窥视着人群，免得盯着人看。

她让威尼停下，然后大腿一伸，跳下了马。塔鲁特走了过来，两匹马好像都很紧张。她爱抚着威尼，胳膊环住雷瑟的脖子。她需要它们，它们也需要她。

“没有族人的爱拉，”虽然这个女人身怀绝技，他并不知道这样说合不合适，“乔达拉说你担心来我们这儿，会让这些马受伤害。我可以保证，只要塔鲁特还是狮营的首领，那匹母马和马驹就不会受到任何伤害。我希望你们带着那些马一起来做客。”他笑着说，“否则别人都不会信任我们了！”

现在爱拉放松点儿了，她知道乔达拉想去做客，她也没有理由拒绝。更重要的是，大汉友好的笑声吸引了她。

“好吧，我去！”

塔鲁特微笑着点点头，他还在想着她那吸引人的口音和命令马的技巧，没有族人的爱拉到底是什么样的人呢？

遇到狮营人之前，爱拉和乔达拉已经在湍急的河边扎营。早上，他们决定走水路。可是河面太宽，强渡很困难；如果他们原路返回的话，就不会这么麻烦了。爱拉在山谷里住了三年，山谷的东边是草原，好走一点儿。她也从西边绕路出过山谷，不过对那一片不太熟悉。虽然他们向西行，并没有明确的目标。后来又向北，又向东走，比爱拉以前打猎时走的远多了。

乔达拉让她寻找新道路，适应迁徙。想带她回家，但他住在遥远的西边。她不想，害怕离开山谷，去不认识的地方，和陌生的人一起生活。他背井离乡很久，很想家，还是愿意跟她在山谷一起过冬。无论如何，他家太远，也许需要一年，还是等春天出发好一点儿。到那时，他肯定说服她一起走，都不想其他的可能。

爱拉在夏天发现他，现在夏天快过去了。他那时候伤得很重，差点儿没命。她知道他的故事，照顾着他，最后，他们相爱了，克服了很多困难，彼此了解。

爱拉和乔达拉拉下帐子，把食物和工具放在马背上。周围的人都很吃惊。他们走在人群最后，乔达拉牵着雷瑟的缰绳，威尼自觉地跟着爱拉走。

人群沿着河走了几公里，穿越宽阔的草原。凛冽的寒风从北方的巨大冰川吹来。一人高的干草和鼓鼓的麦穗像金黄的波涛，随风摇摆。无边的旷野中，松树和桦树弯着腰伫立在河边，树根努力搜寻着被强风带走的水分。河边的芦苇依然是绿色的，寒风吹过苇秆，沙沙作响。

拉蒂慢慢地走着，偷瞥女人和马。过了一阵子，看到河湾有人，她跑过去，抢先报告客人的到来。听到她的喊声，人们转身怔怔地看着他们。

爱拉看到他们的住处，好像是河岸上的洞穴，又像山洞，不过和她见过的都不一样，不像岩石那么奇形怪状；屋顶上有草，不过入口光滑整齐，是完美对称的弧形，不是自然的美感。

她一怔，那不是洞穴，他们也不是家族的！不像伊扎——她唯一的母亲，也不像克莱伯和布仑，又矮又壮，眉骨凸起，大眼睛，下颌也不突出。他们长得像她，像她的亲人，母亲，她的母亲一定和这里的女人一样。他们是外族人！这是他们的地盘！这些让她既激动又害怕。

当他们到达狮营时，那些人看到陌生人和同样陌生的马，先是沉默，然后纷纷发言。

“塔鲁特！你带什么回来了？”“哪儿弄来的马？”有人问爱拉：“你是怎么做到的？”“他们是哪个家落的，塔鲁特？”

闹哄哄的人群一拥而上，争先恐后地看看人，摸摸马。爱拉一时不知所措。她不习惯这么多人，也不习惯和别人说话，更何况这么多人一起说。威尼摇着耳朵，扬着头走到一边，想避开人群，想保护它的孩子。

乔达拉发现爱拉和马都受到惊吓，却不知道怎么跟塔鲁特一群人说清楚。母马开始流汗，它甩着尾巴不停转圈。它忽然抬起前蹄，嘶吼着把人群赶开。

爱拉发现威尼受到惊吓，她像哄小孩一样呼唤着它的名字。她打起了手语，这是乔达拉教她说话前他们的交流方式。

“塔鲁特！没有爱拉允许，谁都不能碰这些马！只有她能让马匹温顺。如果母马被激怒了，或者觉得它的孩子有危险，它就会有攻击性，会伤人的。”乔达拉说。

“听到了吧？后退！”听到塔鲁特洪亮的声音，人群安静了下来。当人和马都平静以后，塔鲁特用正常的语气继续说道，“这是爱拉，作为狮营的首领，我跟他们保证过，在他们做客期间，她的马不会受到伤害。这是泽兰达尼人乔达拉，我们是一家人，他是索莉亲戚的哥哥。”他高兴地笑了笑，继续说道，“塔鲁特带回客人啦！”

人们点头赞成，淳朴的他们把客人们围起来，好奇地打量着，不过还是在马蹄可触及的范围外。就算这些陌生人马上离开，有关他们的话题也会被继续谈上几年。夏天的时候，就有两个外族人来参加过聚会。他们和西南部的河畔人生活在一起。许多马穆塔人和沙拉穆多人都是商人，因为本族的索莉嫁给了一个河畔人，狮营人就更想知道。不过他们从没想过会有外族人来，还带着有神力的女人。

“还好吧？”乔达拉问爱拉。

“威尼和雷瑟被他们吓到了，人们一定要同时说话吗？那么大声，你一言我一语，谁能听清他们在说什么？等我们回山谷去就没事了。”她抱着威尼的脖子，靠着它，相互依靠。

乔达拉知道爱拉和马一样担忧，乱哄哄的人群让她受到了惊吓。或许他们应该快点儿走，首先接触两三个人，然后再让她慢慢习惯他的族人。但是如果她永远都不能适应，他怎么办呢？不过已经来了，只好等了。

“有时候，人们会突然很大声地一起说话。但大多数时候，还是一个个说的。爱拉，我想现在他们不敢再乱动我们的马了。”他说。爱拉走过去，把马的两侧用皮带系着的篮子解下来。

在她正忙的时候，乔达拉把塔鲁特叫到一旁，悄悄对他说，马和爱拉都受到了惊吓，需要点儿时间来适应，“让他们单独待一会儿会更好。”

塔鲁特听懂了，走过去，告诉人群中的每个人。他们各自散开，煮饭，收拾兽皮和工具，这样，人群的注视就不那么明显了。他们也有点儿担心，陌生人是很有意思，不过说不定这个有神力的女人，会做出出人意料的事。

他们放下行囊，几个孩子津津有味地看着。爱拉倒不介意，离开家族以后，她已经很多年没有见到过孩子了，所以对他们也一样有兴趣。放下马具，她爱抚着威尼和雷瑟，抚了抚马驹，抱在怀里。抬起头，她看到拉蒂渴望地看着马。

“你喜欢摸马吗？”爱拉问。

“我能摸它吗？”拉蒂问。

“来，把手伸出来，我让你看看。”她抓住拉蒂的手，放在小马驹身上。雷瑟转头嗅了嗅，看着小女孩。

女孩感激地笑了，这对爱拉来说是一份珍贵的礼物。“她喜欢我！”爱拉心想。

“它喜欢人给它挠痒，就像这样。”爱拉边说边给她指马驹的痒处。

雷瑟喜欢这样的抚摸，好像很高兴的样子。拉蒂也很高兴，从一开始，她就被小马驹吸引住了。爱拉去帮乔达拉，没发现有个孩子走过来，她吓了一跳。

“莱达格能摸马吗？”拉蒂说，“他不会说话，但我知道他想摸摸。”莱达格老是让别人意外，拉蒂已经适应了。

“乔达拉！”爱拉低着嗓子，沙哑地说，“那孩子好像杜尔克，我的儿子！”

他一转身，瞪大了眼睛，那孩子是混血儿。

乔达拉总是叫他们家族人为克兰人，许多人都觉得他们是野兽，觉得这样的孩子是“怪物”，是半兽人。他刚刚吃惊地发现，爱拉的儿子是混血儿。生出这样孩子的女人一般都会沦落为下等贱民，被人们排斥，防止她把兽性传给其他女人，让她们也生出怪物。有些人想否认他们。在这里发现混血孩子，太让人意外了，他是怎么来的？

爱拉和那孩子相互注视着，完全忘记了周围的一切。因为只有一半家族血统，他长得十分瘦小，爱拉想，家族人都是身强体壮、肌肉发达，连杜尔克都没有那么瘦。她的眼睛经验丰富，一眼就看出，他从一出生就体弱多病，胸内不停震颤，促进血液循环的部位有问题。爱拉的脑中机械地闪过这些念头。她盯着他的脸和头仔细地看，看看男孩和她儿子的异同。

棕色的充满智慧的大眼睛跟杜尔克很像，那超越他年纪的、神秘的神情都一模一样。她如鲠在喉。他的眼里满是痛苦，这痛苦不都是身体上的，这和杜尔克不同。

爱拉很同情这孩子。她又仔细看了看,发现他的眉骨并不突出。她离开杜尔克时,他才三岁,眼上方的眉骨已经很突出了,杜尔克的眼睛和突出的眉骨是纯家族的象征,但他的前额却很像这个孩子。家族人前额是向后长,慢慢变平,前额和家族人也不一样,跟她一样高高隆起。

她继续想:杜尔克现在应该六岁了,可以跟大人们学习使用武器了。不过教他的会是布仑,不是勃劳德。她永远记得,勃劳德是多恨她,折磨她,抢她的孩子,让她离开家族。她闭上眼,回忆如刀割般涌来。她不相信再也见不到她的孩子了。

睁开眼,她看着莱达格,松了口气。

这孩子几岁了?她又想,孩子这么瘦小,他肯定跟杜尔克差不多大。莱达格肤色很浅,深色的卷发,和家族人浓密的棕发比起来,更浅更柔软。爱拉发现,这孩子的下巴、脖子和她儿子差别最大。她儿子的脖子跟她的一样,很长,有时候吃东西会噎着,别的孩子从不会。而且他的下巴突出。孩子的脖子像家族人那么短,下颌向前突出,她想起,拉蒂说他不会说话。

她突然明白了这孩子的遭遇。五岁的她在地震中失去双亲,被没有完全语言的家族发现;而一个男孩,跟有语言的人生活在一起却不会说话。这两种情况看似不同,却是一样的。她还记得,一开始,因为不会跟收养她的人交流,她很沮丧。而且,她不会讲话,乔达拉很难明白她。她要是没学会会怎么样呢?

她朝男孩做了个手势,是她最早学会的问候语。他的眼中有一点儿激动,又疑惑地摇头。她明白了,他虽然没学过家族的手语,不过还有一些残存的家族生活的记忆。她可以确定,他在某一瞬间里认出了她的手势。

"莱达格可以摸摸马吗?"拉蒂又问道。

"当然可以。"爱拉边说边握住他的手。他这么瘦小,却看清周围的一切。他不能像其他的孩子一样跑,一样嬉戏、玩耍,他只能看着、想着。

爱拉把孩子抱到威尼背上。乔达拉看到她脸上从未有过的温柔。她召唤马跟上来,缓缓地绕着营地走。人们安静地看着莱达格骑马。他们都在谈这件事,但除了塔鲁特和在河边的人,谁也未曾见过人骑马,也没人想过。

一个健壮的、母亲模样的女人从屋里走出来。看见莱达格骑在刚才差点儿踢到她的马身上,她的第一个反应是救他。当她走近,才理解了这时的安静。

孩子很激动。多少次,因为他的弱小和特别,别的孩子都能做的事,他不能做,只能眼巴巴看着别人做;多少次,他都想做让人佩服、羡慕的事,但只能是心中的幻想。现在,他骑在马背上,营地所有的孩子和大人都渴望地看着他。

女人看着,心想,这个陌生人真的这么快就了解那孩子,接受他了吗?当她看到爱拉注视着莱达格的样子,她就知道答案了。

爱拉看见那女人在看她,向她笑了笑。她也朝她一笑,站在她身边。

“你让他很高兴。”女人边说边接过莱达格。

“没什么。”爱拉说。

那女人点点头：“我叫妮兹。”

“我叫爱拉。”

两个女人相互打量，没有恶意，只是相互揣测。

她有很多问题，不知道该不该说，妮兹是孩子的母亲吗？如果是，她怎么生出混血的孩子？杜尔克一出生，爱拉就在困扰，生命是怎样开始的？当孩子长大，女人身体发生变化，她才知道怀孕，但孩子是怎么来的？

克莱伯和伊扎曾说，新生命，在女人吞进了男人的图腾精灵时，就开始了。乔达拉觉得圣母把男人女人的精灵混合在一起，再放入女人身体，女人就怀孕了。当她发现她的儿子既有她的特征，又有家族特征时，她觉得新生命是在勃劳德强行探到她身体之后才开始的。

想着想着她不寒而栗，可是痛苦的记忆难以磨灭。她开始相信，生命产生的原因是男人把他的器官插到女人生孩子那地方。她把这个想法告诉了乔达拉，可他却觉得不可能，还想说服她，是圣母创造了生命。她不相信。可现在她又不明白了，自己在家族里长大，虽然她看上去与众不同，但毕竟是家族的一分子。她很讨厌勃劳德那样做，但他有那样的权利。可部落里怎会有男人强迫妮兹呢？

另一队猎人的到来打断了她的思绪。有个男人走了过来，把斗篷往后推了推。爱拉和乔达拉瞪大了眼睛，他皮肤是深棕色！和雷瑟一样的颜色，他们从没见过棕色的人，连这种颜色的马都很少见。

他一头羊毛般的黑色卷发，黑色的眼睛微笑着，闪耀着喜悦的光芒，洁白的牙齿和粉红的舌头与深色的皮肤对比鲜明。他知道，陌生人一定会惊讶于见到他。

他并没什么其他特别的地方，比爱拉高不了一寸的中等个头，正常体型，可全身都散发出活力。他信心满满，行动敏捷，可以看出，他知道自己要什么，从不白费工夫。他的目光在看到爱拉的一刹那闪亮了起来。

乔达拉看出他是被爱拉吸引住了，满脸愁云。但爱拉跟棕色皮肤的男人都没发现。男人特别而精致的肤色吸引住了爱拉，她像孩子般好奇地打量着他。而他已经被她的美丽折服，被她淳朴的举动吸引住了。

突然，爱拉意识到自己在盯着别人，害羞地低下了头。乔达拉告诉她，男人和女人相互直视对方是很正常的。但家族的人觉得，盯着人看不但不礼貌，甚至是冒犯，特别是女人。为了让她被别人接受，克莱伯和伊扎三番五次跟她灌输家族的传统。她此时的尴尬都是由她的成长环境引起的。

可她的不安太过明显，反而让黑皮肤男人起了兴趣。女人们常常会关注他特别的外表。他时常想，在夏季大会上，是不是每个女人都想知道他和别的男人到底有什么不一样。他并不反感别人看他，但爱拉看到他的反应很不同。他对爱拉很感兴趣，正如爱拉对他的皮肤感兴趣一样。他从未见过像少女一样害羞的美丽少妇。

“雷奈克，招呼我们的客人了吗？”塔鲁特边说边向他们走来。

“还没，我正准备招呼呢……欢迎光临。”

听到男人的话，爱拉抬起头，正好对上那双渴望而诙谐的深黑色眼睛。这双眼睛闪耀着光芒，射到她身上只有乔达拉碰过的地方。她莫名地感到一阵刺痛，不禁张开了嘴，睁着灰蓝色的大眼睛。男人走上前，准备跟她握手，可还没来得及习惯性地自我介绍，乔达拉就插到他们中间，黑着脸伸出了手。

“我叫乔达拉，是泽兰达尼人，”他说，“这是和我同行的爱拉。”

爱拉确定，深皮肤的男人身上有什么东西，让乔达拉很担忧。她已经学会从人们的一言一行中看出端倪。她一直在观察乔达拉，想从中学到一些东西。可是有语言的人，他们的言行举止不像用动作表达思想的家族人那么意义丰富，她不能依赖自己的观察。他们的动作并没有看上去那么容易，就像乔达拉突然态度就变了。她虽然知道他在生气，却不知道他在气什么。

男人握紧乔达拉的手，使劲摇了摇：“我叫雷奈克，朋友，我是马穆塔狮营独一无二的雕刻家。”他腼腆地笑了笑，接着说，“你的同伴很漂亮，应该非常引人注目吧。”

现在轮到乔达拉觉得尴尬了，和雷奈克的善良、坦率比起来，他显得很粗鲁。而且让他想起了他兄弟，觉得很心痛。索诺兰也是这样的自信而友善。在路上遇见陌生人，也会主动帮忙。乔达拉总会因为做了蠢事而难过。结交新的朋友时，他也不想出什么差错，或不够礼貌。

这莫名的怒火也让他自己感到意外。长久以来，他从未体会过如此强烈的嫉妒。他玉树临风，拥有一种自己都没有发现的魅力，他已经习惯了女人们为了他争风吃醋。

为什么别的男人看爱拉会让他觉得不安呢？雷奈克是对的，他早该想到会这样的，她长得这么漂亮，况且她也有自我选择的权利。不能因为他是她见过的同族的第一个男人，她就必须觉得他是最有魅力的。爱拉看乔达拉向雷奈克笑了笑，可他紧绷的肩膀还没放松。

“虽然他经常炫耀自己其他的技能，不过在这一点上，雷奈克还是挺谦虚的。”说着，塔鲁特便带他们来到奇形怪状的洞穴边。洞似乎是用岸上的泥土做成的。尽管他和韦麦兹有很多不同，但在这点上是一样的。韦麦兹并不承认他制造工具的能力，正如他同屋的儿子说他的雕刻技术一样，雷奈克是最优秀的马穆塔的雕刻家。

“这儿有熟练的凿石工匠吗？”乔达拉期待地问，他想找到一个人能了解他的技术。强烈的嫉妒心已经没有了。

“有，他是最好的，狮营有名的。我们有最好的雕刻匠、工匠和最年长的马穆特。”首领说。

“不管他们信不信,我们还有一个强壮的、有威慑力的首领。”雷奈克坏笑着说。

塔鲁特也笑笑,他知道,每当别人赞扬雷奈克的雕刻技术,他总有办法巧妙地绕开话题,塔鲁特并没有停止自吹,他觉得很自豪,时刻想让别人也知道。

爱拉听着两人有趣的对话,一个年长的,健壮的身材,通红的头发,淡蓝的双眼;另一个黑皮肤、中等身材。她知道两个人虽然很不一样,却有深厚的友谊和忠诚。他们都是猛犸猎手,是马穆塔人狮营的一员。

他们走向一座拱门,爱拉早就注意到这扇门,好像是建在河对岸的一座小山上,她见到有人出入,便知道应该是洞穴或住处。好像全都是土做的,很严实。在底部和周围还长出了草,已经融入背景中。要是不看出口,根本看不出跟周围有什么不同。

她又仔细看了看,看到山坡的圆顶上摆放着许多奇形怪状的工具。她发现拱门上方有一个奇怪的东西,吓了一跳——原来是穴狮的头颅骨!

2

那时候,爱拉躲在石缝中,眼看着大穴狮伸出爪子抓到她裸露的腿,留下了四道平行疤痕,她很疼,大声地叫了起来。五岁的时候,她经历了男人都无法面对的挑战。克莱伯说,穴狮的精神选择她,留下印记,表明是她的图腾。她觉得大地在震动,觉得头晕目眩。

她摇了摇头,回到现实中。

“爱拉,怎么了?”乔达拉发现了她的异样。

她指着门上的装饰说:“我一看见那个颅骨就想起了我被选择,穴狮成为我的图腾的时候。”

“我们是狮营。”塔鲁特骄傲地说,不厌其烦地又重复了一遍。虽然他听不懂乔达拉在说什么,但他知道,他们对狮营的圣物很有兴趣。

“穴狮对爱拉来说有特别的意义,”乔达拉解释说,“穴狮之神保护着她。”

“那你在这里应该觉得很舒服。”塔鲁特边说边对着她满足地笑了笑。

看到妮兹抱着莱达格,爱拉又想到自己的儿子。“我觉得会。”她说。

进门前,爱拉停下,看看对称的入口,她笑笑,虽然简单,她就没想到。两个一样大的大猛犸象牙尖端相对,固定在地上。用空心的猛犸腿骨套住最上端,把象牙连成一个拱形。

门帘是一大块猛犸皮,遮住了入口。入口很宽阔,塔鲁特不必低头,只要把门帘推到一边就能进入。拱门通向一个很宽的入口,那儿有另外一个对称的象牙拱门,中间挂着皮革,延伸到一个圆形大厅,宽厚的墙向上延伸,形成了穹顶。

爱拉发现旁边的墙是连起来的猛犸骨,架子上挂着外衣和物品。塔鲁特拉开门帘,让客人进去。

爱拉沿着台阶走下来,停了停,欣喜地看着五颜六色的东西,很多她都不认得,有些东西能猜得出用途,让她很惊喜。

在他们站着的地方,中间有一堆火,一大块肉穿在一根杆子上用火烤。两根猛犸腿骨立在地上,膝盖上挖了两个洞,杆子的两端插在洞里。男孩摇着弯曲的鹿角,他就是刚刚看她和威尼的孩子。爱拉笑笑,他也笑了。

慢慢适应了屋内昏黄的光线,她惊叹于这舒适的土房子。许多炉灶贯穿于屋子中央,这片火堆只是第一个。整间房子有八十多尺长,二十多尺宽。

一共有七个火堆。爱拉不知不觉用手在腿上数数,默念乔达拉教她的计数词。

屋里很暖和,火堆温暖着低于地面的房子,比她的山洞还暖和,她发现屋里有人穿得很少。

屋里不是太暗,顶棚十二尺左右高。每个火堆上都有排气口,阳光可以照进来。横穿中央的屋椽是猛犸骨做成的,上面挂着衣服、工具和食物,顶棚中间是纵横交错的驯鹿角。

爱拉突然闻到了香气,是猛犸肉!离开家族洞穴以后,她好久没吃过又鲜又嫩的猛犸肉了。其他调料的香气也十分浓郁,有的香气她很熟悉,也有的不熟悉。她已经觉得很饿了。

又穿过一个平坦的通道,她看到墙边有许多宽宽的长椅,上面铺了兽皮。人们坐在凳子上休息、聊天。经过的时候,觉得人们在看她。她还注意到山洞侧面有几个猛犸象牙拱门,这些门不知通往何处,她也没有问。

“应该是山洞。”她想。这个大山洞很舒适,柱子、架子和侧墙是由弯弯的象牙和象骨做成的。她发现这山洞不是他们发现的,而是他们自己建的。

第一个区域正在做饭,是最大的,塔鲁特带他们去的第四个区域也很大。墙边有几张没铺兽皮的凳子,能看出来还没用过,看得出是怎么造的。

两边比地面稍低,中间有个泥土堆成的大台子,周围是猛犸骨,底层也是猛犸骨,上面铺了草,再铺上猛犸毛和绒毛塞起来的皮垫,再铺上毛皮,土堆就变成了温暖舒适的床和凳子。

乔达拉不知道这屋有没有人住。看起来空空荡荡,却有家的感觉。火堆有煤,长凳上堆满了皮毛,晒干了的植物挂在架子上。

“猛犸火塘是客人们常住的地方,”塔鲁特解释道,“不过马穆特不反对的话,我就邀请你们在这儿住下。”

“塔鲁特,当然可以。”

空床上传来一个声音,乔达拉转身,兽皮动了动出现一张脸,两眼发光,右脸有文身。这张老脸上沟壑纵横。他以为是皮毛，原来是一撮白胡子。两条细长的腿交叉着，从床上一直垂到地面。

“泽兰达尼人，不要那么吃惊，那个女人早就知道我在了。”老人说话铿锵有力，一点儿都不年迈。

“爱拉，真的吗？”乔达拉问。可爱拉好像没听到，她看着老人，好像要看透彼此的灵魂。突然，爱拉跪在老人身前的地上，低着头，双腿交叉。

乔达拉既好奇又尴尬。她用肢体语言。她告诉过他，过去，家族人就是用这种方式交流。家族女人用来请求许可或表达情感。此外，他的词汇不够用，她就用动作来说很重要的或无法表明的事。他无法理解，一种语言中动作比词汇还多，怎么能说清楚，他更惊讶的是，他们竟然能交流。

可是他不希望她这么做，她公开使用克兰人的符号让他尴尬，想趁没人发现，叫她站起来。不管怎样，他觉得很不舒服，好像她本该用跪拜圣母的方式向老人行礼。以前，他一直觉得，这是他们两个人的事，不想让别人看。只有他们之间才能做。但他想让这些人对她有个好印象，让他们喜欢她，不想让他们知道她的身世。

马穆特犀利地看了他一眼，又转向爱拉，仔细打量她，然后拍了拍她的肩膀。

爱拉抬起头，注视着布满皱纹的脸上那双和蔼而智慧的眼，右脸的文身让她立刻想起了那双乌黑的眼睛，她一惊，以为是克莱伯。但家族里和伊扎一起抚养她的大莫格乌不在了，伊扎也离她而去了。那这个人是谁？她为什么会像家族女人一样对他俯首？她如何知道家族的问候方式？

“亲爱的，起来，我们过会儿再说，”马穆特说，“你需要休息、需要填饱肚子，这是床榻，可以睡觉，”他指着长凳子解释道，好像她不知道一样，“那边还有兽皮和被子。”

爱拉优雅地站起来，细心的老人看得出这个动作她一定练习了很多年，于是对她又多了些了解。他们的相见虽然短暂，但他对爱拉的了解已经比营地里任何人都多。因为他有一个优势，他比营地中任何人都了解爱拉的家乡。

猛犸肉放在用髋骨做成的盘子上，许多草根、蔬果放在外面。人们在午后的阳光下进食。和爱拉记忆中一样，猛犸肉依旧那么鲜美。不过，吃饭时她还是遇到了些小问题。依照她的惯例，在正式场合，家族女人不该和男人一起吃饭。即使一家人通常会一起吃，也是男人先吃。

爱拉不知道，马穆塔人会让客人吃最好的，而且传统是第一口由女人吃，以表示对圣母的尊重。上菜以后，爱拉让乔达拉先吃，自己小心翼翼地坐在一边。人们都让她先吃，见她如此礼让，就骚动起来。

有人发现了，就做起鬼脸。但爱拉并不觉得好笑，不知道自己犯了什么错，看看乔达拉，他也想让她先吃。

马穆特走过来帮她解围，牵起她的手，把她带到一个骨盘边，里面装着大块猛犸肉。“爱拉，大家在等你先吃。”他说。

“但我是女人！”她说。

“所以应该你先吃呀！以此表示对圣母的崇敬。由女人代替圣母来吃。挑一块好的，不是为了你，是为了圣母。”老人解释道。

她看了看他，很吃惊，然后又觉得感激。接过盘子，郑重其事地在弯曲的象牙骨盘中选了最好的一块。乔达拉心领神会地点点头，笑了笑。大家便各自开吃了。吃完后，她学别人把盘子放回去。

“不知道你刚才是不是在跳舞。”一个声音从她身后传来。

爱拉一回头，看到了棕皮肤的男人那双黑色的眼睛。她并不知道“跳舞”是什么意思，可他的笑容很友善，她也冲他笑了笑。

“有人告诉过你，你有多美吗？”他说。

“我美吗？”她笑着摇摇头。

乔达拉也对她说过这样的话，但爱拉却不这么觉得。自从成年起，她就比养育她的人还高挑，她很特别，凸起的额头，嘴巴下面还长着被乔达拉叫做下巴的骨头，她觉得自己又高又丑。

雷奈克兴致勃勃地看着她，她像孩子般高兴地笑，似乎他说了什么笑话。有点儿出乎他的意料，可能只是害羞的笑，或者友善的表示。但爱拉灰蓝色的眼睛很真诚，她哈哈大笑，一点儿都不害羞。

恰恰相反，她动作自然潇洒，就像一匹马，一只穴狮。她的身上散发着不可名状的韵味，有真诚，也有一丝神秘。她像孩子一样温和天真，可不管怎么说，她都是个女人，一个身材姣好的美丽女人。

他兴致盎然地看看她，她的卷发又浓又密，像随风摇曳的金色原野，大眼睛上长着比头发稍暗的睫毛。雕刻匠敏感地打量着她美丽的脸庞，美妙的身姿。当他的目光落在她丰满的乳房和臀部时，她觉得很尴尬。

她害羞地转过头。虽然乔达拉说过和别人对视没有什么不妥，她不知道自己是不是喜欢这样，这眼神让她尴尬。她看向乔达拉，他却转过身背对她，他的动作告诉她，显然，他生气了。可是他为什么要生气？她做错了什么？

“塔鲁特！雷奈克！巴泽克！看看谁来了！”有人叫道。

大家转过头去，远处高地上有人正朝这边走来，一个年轻人从人群中向他们跑去，妮兹和塔鲁特都走上山。相遇后，他们激动地拥抱在一起。雷奈克也跑过去，热情地抱住一个年纪稍长的，并没有正式礼节。

见他们迎接亲人，丢下客人，这么高兴，爱拉感到莫名的空虚。她没有族人，无处可去，无家可归，没有人与她相拥、相吻。曾爱过她的伊扎和克莱伯都已经死了。在她爱过的人眼里，她也“死”了。

伊扎的女儿尤芭对她就像亲生姐妹，就算不是亲生，也相亲相爱。现在就算尤芭见到她，也不会再对她敞开心扉，她肯定不会再相信她，也根本不会想她。勃劳德咒她死，她已经死了。

杜尔克还认得她吗？她迫不得已，把他留在布仑的家族，就算把他偷偷带走，现在也只有他们两个相依为命，如果她出了意外，他就是孤孤单单的一个人了。所以还是把他留在家族更好，尤芭爱他，照料他，除了勃劳德，每个人都爱他，布仑会保护他，教他狩猎，他会长得健壮勇敢。跟她一样会用梭镖，会骑马。

突然，她发现营地中有个人没有跑过去，莱达格站在屋旁，手扶着象牙，看大家说笑着回来。爱拉发现，当他看到人们抱着孩子，孩子们蹦蹦跳跳要大人抱的时候，莱达格急促地呼吸起来。她觉得这孩子很可怜。

她朝他走了过去，乔达拉也走来。“我想带他过去。”他说。他也发现那孩子，他们不谋而合。

“好，那你过来，”她说，“陌生人会让威尼和雷瑟不安，我去看看。”

爱拉看乔达拉把莱达格架在肩上，走向山坡的狮营的人。塔鲁特和妮兹迎接的年轻人和乔达拉差不多高，他看到莱达格很高兴，把他扛起来走向土屋。虽然爱拉很特殊，但也被爱过。

乔达拉见她在往这边看，对她笑笑，看着这个细心的男人，爱拉突然感到一种情愫，觉得方才不该无谓伤感，她并不孤独，她还有乔达拉，她喜欢听他的名字，对他情深意切。

记忆中，乔达拉是第一个外族人，第一个跟她长得一样的人，同样的蓝眼睛，甚至更深，像蔚蓝的天空；

乔达拉是第一个比她高的人，陪她一起笑、一起哭的人；

乔达拉，是她离开家族以后，历尽磨难找寻她的族人，当她被困在绝望的山谷，她的图腾恩赐给她的人；

乔达拉，教会她用词汇而不是身体姿态说话；

乔达拉，会用灵巧的双手制造工具，给马挠痒，把小孩子抱起来，架到背上；

乔达拉，让她明白男女之间的秘密，她从未想过自己会深爱上一个人。

她走向河边，拐了个弯，雷瑟在树下。她抹了抹潮湿的双眼，她还不习惯自己的新情绪。她摸了摸颈子上的小袋子，里面是鼓鼓的护身符，爱拉默默地对她的图腾说：

“穴狮之神，克莱伯说跟伟大的图腾一起生活并不轻松，有很大的挑战，但一切都是值得的。感激图腾的保护，给我的恩赐，让我拥有了一切，威尼、雷瑟和贝贝。最重要的，是让我遇到了乔达拉。”

她走到马身边，威尼喘着气走过来，她靠在马脖子上。爱拉觉得很累，她还不适应太多人，太多事，人们讲的话让她头疼得太阳穴直跳，脖子、肩膀一阵阵酸痛。威尼靠在她和雷瑟身边，好像要把他们融化在一起，虽然很挤，她并不在乎。

“好啦！”她拍拍小马驹的腰，“你已经长大了，夹得我好难受，跟你妈妈都差不多大了！”她挠挠它，又拍拍威尼，发现它的汗已经干了，“你也很辛苦，对不对？一会儿我给你好好刷刷，在人群中，你可能会很受关注，等熟起来就好了。”

爱拉不知不觉地发出了动物的语言，这是多年来她在跟动物的亲密相处中形成的，是几个家族动作，家族人的声音、模仿动物的声音及她跟儿子用过的零碎词语。别人不会注意她的手势，以为她发出了些奇怪的声音：大叫和重复的单音节词，根本不会想到她在说语言。

“可以让乔达拉刷刷雷瑟。”她又有了个不好的念头，“穴狮之神，你也选择了乔达拉，在他的腿上也留下了和我一样的记号。”她打着古老的手势，这是精神世界的语言。

“伟大的穴狮之神，他不懂图腾，不知道强大图腾的挑战，不了解神谕和学习之道，虽然我知道，但也很难接受，我恳求您，穴狮之神……为了他……”

爱拉突然停下来，她不知道自己在祈求什么。经历了这么多考验，她已经拥有了的技能和才智，慢慢相信收获和考验并存。她平静了一下，继续祈祷。

“请穴狮之神帮助这个男人，让他知道图腾的意义，知道不管什么苦难，都是必须的。”她完成祈祷，放下双手。

“爱拉？”

她一转身，看到了拉蒂，有些惊讶。

“你好像在忙吧，不好意思，打扰你了。”

“没关系，我已经弄完了。”

“塔鲁特想让你把马牵过来，他已经警告大家，不准做你不许的事，不能吓到马或让它们不安，我想它们已经让人们不安了。”

爱拉笑了笑，“我马上来，你想骑马回去吗？”她问。

拉蒂高兴地笑了：“真的吗？可以吗？”爱拉觉得她的笑很像塔鲁特。

“或许人们看到你骑在威尼背上，他们就不会紧张了。过来吧，这儿有石头，我扶你上去。”

转过弯弯的河流，爱拉牵着母马，驮着女孩，后面跟着只生龙活虎的小马驹。人们见到这个场景，都惊待在了。已经见过的人也还是很吃惊，看到新来的人目瞪口待在的样子，也在暗笑。

“图丽，看吧，我就说嘛！”塔鲁特对一个黑发女人说道，女人虽然肤色和他不一样，身材却差不多。巴泽克站在她身旁，搂着她。女人比男人还要高，他们身边的男孩是同个火塘的，一个十三岁、一个八岁，和爱拉见过的他们六岁的妹妹。

到达土屋后，爱拉把拉蒂扶下来，又拍了拍威尼。闻到了陌生人的气味，它的鼻了动了起来。拉蒂跑过去，叫来一个高高瘦瘦的红头发小伙子，他大约十四岁，跟塔鲁特一样高，除了年龄差距和尚未发育成熟的身体，他们几乎是一个模子刻出来的。

“过来,这是爱拉。”拉蒂说着,把他拉到爱拉和马旁边,他乖乖地走了过来。乔达拉走过去,让雷瑟平静下来。

“这是达努格,我哥哥。”

拉蒂说道,“他在外面待了很长时间,不过现在他要在家学习采燧石。对不对,达努格?”

“拉蒂,我也不太确定呢。”他有点儿害羞。

爱拉笑了,“你好!”她伸出手。

他反而更尴尬了,他是狮营的儿子,应该主动问候客人的。可是,这个对动物有神奇魔力的美丽陌生人吸引住了他,他紧握住她的双手,语无伦次地说了几句。突然,威尼喘着气跑开了,他立马放开了爱拉的手,他觉得马不高兴了,虽然不知道是什么原因。

“如果你摸摸它,让它熟悉你的气味,威尼很快会接受你的。”乔达拉说,他看出了年轻人的窘迫。他正处在尴尬的年纪,不再是孩子,也没彻底成熟。“你一直都在学采燧石吗?”他随口问,正好让他看看如何摸马,让他稍微放松一点儿。

“我是燧石匠,韦麦兹从小就教我,”年轻人骄傲地说,“他最懂燧石了,他还想让我掌握点儿其他技能,比如如何分辨石头。”聊到日常话题,达努格天生的开朗又回来了。

乔达拉也来了兴趣:“我也是燧石匠,一个最优秀的石匠教我的,像你这么大,我就跟他一起生活在他发现的燧石矿上。有机会,我真想见见你的师傅。”

“我来介绍你们认识吧,我是他的屋区的儿子,虽然不是唯一,却是第一个使用他工具的人。”

听到声音,乔达拉转过头去,整个营地围满了人,他刚才亲热迎接的人站在棕皮肤男人身边,他们除了个头差不多,乔达拉找不出其他的相同之处。稍长一点儿的男人的淡棕色头发直立着,夹杂着几根银丝,蓝色的眼睛跟大家一样,他和雷奈克各有各的独特之处,并没有太多的相同。乔达拉想,圣母选择另一个人做屋区的儿子,为什么要选看起来很奇怪的人呢?

“这是狮营狐狸火塘的韦麦兹,是马穆塔人的燧石匠。”雷奈克非常认真地介绍,“这是我们的客人,泽兰达尼人乔达拉,他好像是你的同行。”乔达拉觉得有点儿……他也不知道是玩笑,还是嘲讽。就是有点儿言外之意。“这是他美丽的同伴,没有族人的爱拉,却是很有魅力的神秘女人。”他笑了笑,洁白的牙齿与棕色的皮肤形成鲜明对比,爱拉的目光被他吸引了,他深色的眼里也心领神会了。

“欢迎,”与雷奈克的长篇大论不同,韦麦兹言简意赅,“你也玩石头吗?”

“对,我是凿燧石的。”乔达拉回道。

“我有块好石头,刚刚采来的,还没动手呢。”

“我包里有锤子，还有个好凿子，”乔达拉一下子来了兴趣，“你也用凿子？”

两人迅速聊起了共同技能，雷奈克看了看爱拉，对韦麦兹说：“我应该早点儿告诉你会这样的，”他说，“你知道，一个石匠最糟糕的是什么吗？衣服上老是有石片，耳中总是石头的事情。达努格有了兴趣，我就总是听到石头、石头、石头……”雷奈克的微笑隐藏了抱怨。除了达努格，人们都听过，没人理他。

“我不知道你会因此难过。”达努格说。

“没有，”韦麦兹说，“你没看出来，雷奈克随时都想吸引漂亮女人吗？”

“达努格，其实我很感激你，我想在你来之前，他一直想让我也成为一个燧石匠。”雷奈克想消除达努格的自责。

“我们来后不久，就发现你唯一的爱好就是雕刻象牙。从此以后，我的想法就变了。”他笑着继续说，“如果你不想让燧石片落在床上，就把象牙灰撒到饭菜里吧。”

看到这两个截然不同的男人斗嘴，爱拉知道，他们的感情很好，就放心了。她还发现虽然他们皮肤的颜色不一样，而且雷奈克也很奇怪，但他们的笑容和动作都差不多。

突然，有叫声从长屋里传了出来。“滚开，老太婆！这是我跟弗莱莉之间的事。”是个男人的声音，从第六火塘，也就是倒数第二个火塘传过来。爱拉记得她见过那个男人。

“我也不知道她为什么找你！弗里贝克！我就不应该答应的！”一个女人尖着嗓子说。突然，一个年纪稍长的女人拖着一个哭闹的女孩从拱门中冲出来，两个男孩战战兢兢地跟在后面，一个大概七岁，另一个是个一两岁的婴儿，光着屁股，嘴里还吮着大拇指。

“都怪你，她就是太听你的话了，你干吗管我们？”

人们都转过头去，他们已经习以为常了。可爱拉却吃惊地看着他们，家族的女人从不和男人这样吵架。

“弗里贝克和克罗兹又来了，不要管他们。”特鲁妮说。爱拉想起来，她是第五火塘——驯鹿火塘的女人，就在她和乔达拉的猛犸火塘后面，女人抱着婴儿。

之前，爱拉见过邻屋的女人，对她很有印象。她的伴侣托奈克，把婴儿从女人怀里抱过来。他们彼此深深相爱，爱拉很庆幸跟他们住在一起，而不是那些整天争吵的人。和他们在同一火塘的马努夫曾在吃饭时告诉过她，他是马穆特的侄子，托奈克小的时候，他曾是火塘的男主人，他说他常来第四火塘，这让她觉得很高兴，她总对长者有特殊的尊敬。

对面的第三火塘的邻居就有点儿让她觉得不舒服了。雷奈克就住在那狐狸火塘，她并不讨厌他，可乔达拉一见到他就会变得很奇怪。第三火塘比较小，只有两个男人，在长屋子里没占到多大空间，所以她觉得跟第二火塘的妮兹、塔鲁特还有莱达格更亲近一点儿。她也很喜欢狮子火塘别的孩子——拉蒂和鲁琪。

鲁琪是妮兹的小女儿，跟莱达格差不多大，她也喜欢上了她。

塔鲁特跟一个魁梧的女人一起走过来，巴泽克和孩子们一起过来，爱拉猜他们已经在一起了。

"爱拉，这是我妹妹，野牛火塘的图丽，狮营的女首领。"

"你好，"说着，那女人郑重地伸出双手，"我代表马穆塔欢迎你。"作为首领的妹妹，她跟他是平等的，她知道自己的责任。

"你好，图丽。"爱拉尽量看着对方。

发现乔达拉比自己还高，爱拉已经很惊讶了，现在见到了更高的女人。爱拉一直比所有家族人都高，但女首领不仅人高，而且肌肉发达，只有她哥哥比她高，她言行举止都透露高个子人的风范，并有一种身为女首领和母亲绝对的自信，显然很有能力操控自己的生活。

爱拉奇怪的口音让图丽有点儿疑惑，不过，她更关心的是别的，她不忌讳，以她特有的坦诚问：

"我邀请布拉那格回来时，并不知道猛犸火塘已经有人了。今年夏天布拉那格和狄琪就会在一起了，他只住几天，我知道她希望他们能离开她的兄弟和妹妹，单独待几天。不过你是客人，她肯定不好说。若你不反对，狄琪想跟布拉那格住猛犸火塘。"

"那儿大，床又多，我不介意。"这问题让爱拉觉得有点儿别扭，这里并不是她的家。

正说着，一个年轻女人从土屋里出来，一个小伙子跟在她身后。爱拉发现她跟自己差不多大，长得很壮，个子比她还高。深褐色的头发，很友善，很多人都会觉得她漂亮。跟她一起的年轻人已经被她吸引。爱拉没太在意她的相貌，年轻女人的衣服倒是吸引住了她。

她穿着绑腿，皮外套的颜色跟她的头发很像，长外套是艳丽的暗红色，前面开了口，用皮带系紧。对家族来说，红色是神圣的，爱拉拥有的唯一的红色的东西就是伊扎的药袋，里面装的草根，是特殊仪式的饮品。她还收藏着它，小心翼翼地放在药包里，跟疗伤的草药放在一起。女人的外套是红色皮毛，太出乎意料了。

"这衣服真好看！"爱拉说。

"你喜欢吗？是结婚用的，是布拉那格的母亲送给我的，我要穿上让大家都瞧瞧。"

"我从没见过这样的衣服！"爱拉瞪大了眼睛。

女人很高兴："你是爱拉吧！我叫狄琪。这是布拉那格，他过几天就要回去了，"她有点儿失望地说，"不过，明年夏天我们就能相见了，我们准备跟我哥哥塔奈格一起去，现在他跟他女人住在一起，可是他想建新营地，让我带个人，就有了女首领。"

爱拉见图丽笑着对她点头，想起了方才的话："屋子很宽敞，有好几张床空着，狄琪，你就跟布拉那格住在猛犸火塘，布拉那格也是客人。只要马穆特不介意。"

"我的曾祖母是他第一个女人，我在他的火塘里住过好几次了，马穆特不会介意的，对吗？"狄琪问他。

"你和布拉那格当然可以住，"老人说，"不要忘了，你们没多少觉睡。"狄琪笑笑，她早就猜到。马穆特又说，"有客人，达努格也刚回来；你就要结婚了；韦麦兹的生意也很成功，我们该在猛犸火塘讲故事。"

人们都笑了，他们早就猜到，不过热情丝毫未减，他们知道猛犸火塘聚会上一定有很多趣事，说不定还有别的乐事。他们兴高采烈地等着天黑，想听听别的营地的事，听听他们不知道的事。他们喜欢听陌生人讲故事，也喜欢看他们对自己生活和冒险的反应。

乔达拉知道这次聚会的重要性，他很担心爱拉讲出她的身世。狮营还会接受他们吗？他想偷偷提醒，但她会生气的，而且更加紧张。她很像马穆塔人，直截了当地表达感情。就算告诉她也没用，她从不说谎，最多保持沉默。

3

整个下午，爱拉都在用柔软的皮毛和干草给威尼洗澡。她跟马都乐在其中。

乔达拉陪着她，用干草给雷瑟挠痒，并试着整理马驹杂乱的冬衣，可它更想去玩，不愿乖乖地站着。雷瑟逐渐变得健壮，这让乔达拉想起，冬天快来了，他们要在哪儿过冬？他还猜不透爱拉对马穆塔人的态度，可是两匹马和营地的人已经熟悉了。

爱拉觉得紧张有所缓解，可她还在担忧，他们住在土屋，但马怎么办？它们习惯跟她在一起。乔达拉总保证马儿没事，它们喜欢在户外。最后，她决定把雷瑟拴在门口，威尼不会离开马驹太远，万一有危险，只要威尼一叫，她就会醒的。

夜晚来临，冷风吹了起来，他们进屋时，天气好像要下雪的样子。人们都聚集在半地式的猛犸火塘，里面很暖和，大家吃着上一顿的剩菜，有白花生、胡萝卜、蓝莓和烤猛犸肉。他们用手指和棍子做筷子夹起蔬菜和水果。爱拉发现，除了小孩子，大家都是用刀吃肉，她兴致勃勃地看着人们咬住一块肉，刀子一划，割下一块，却不会碰到鼻子。

加工过的用动物膀胱和胃做成的棕色水袋被人们传递着，他们满足地喝着水。塔鲁特也让爱拉尝了一口，水像发酵的，不太好闻，入口微甜但有强烈的灼感。尽管乔达拉很爱喝，爱拉却没多喝，她不喜欢。

大家说笑着，坐在台子或地面的毛皮垫子上。爱拉仰着头，听大家说话。突然，全场安静了下来。一转身，她看见老马穆特安静地站在一个小火堆后，人们都不说话了，看着他。他捡起一根还没点燃的小火把，在火堆中点燃。大家屏住呼吸，看着他把火种放在他身后的小石灯上。猛犸油中干枯的地衣一碰到火就噼里啪啦地响起来。闪烁的灯光中，有个象牙雕刻的丰满女人像。

虽然爱拉没见过，却觉得似曾相识，她想这应该就是乔达拉口中的多尼。他说她有圣母的精神，也只是一点点，她还很弱，不能容纳圣母的全部精神，可圣母的精神究竟有多少？

她又想起了另一场仪式，就是接受脖上的护身符——黑石头。小小的一块二氧化锰容纳了整个家族的精神。得到那块石头时，她真正成为一名女医者。她用自己的一部分精神来交换，她拯救了别人，他们不必用相同的东西报答她。

令她困惑的是，她受到了死亡的诅咒，可精神并没有完成。伊扎死的时候，克莱伯把这位老医者的精神取回，她就不能把她们带到精神世界。但没有人从爱拉那取回自己的精神，如果她有家族所有人的部分精神，那勃劳德不是也用死亡来诅咒他们？

她想问，我死了吗？她已经问过太多次了，她觉得自己没死，她听说死亡的魔力就在信仰。爱你的人眼中已经没有你，你无处可去，不如一死了之。但她怎么没死？为什么还坚持？如果她真死了，家族会怎么样？她爱的人会不会痛苦？让整个家族面临危险？责任让她觉得小袋子变得很重，好像整个家族的生死存亡都在她的脖上。

有节奏的声音打断了她的思绪。马穆特拿着一个锤形鹿角敲打猛犸骨，上面画满了几何线条和符号。除了韵律之外，爱拉似乎还发现了别的东西。她仔细观察，倾听。空空颅腔让声音变得空灵。可她听到的不仅是乐器的回声，长者画着不同标记的位置，音调也细微地改变了，好像马穆特想寻找语言，让古老的猛犸骨说话。

老人低唱，声音从胸腔深处传出。鼓声与歌声融合在一起，歌声从各个角落响起，变成一个大合唱。另一种声音响了起来，和鼓声的节奏相同。爱拉循着声音看过去，只见狄琪在敲打另一个颅骨，然后托奈克用一块鹿角锤拍打猛犸骨，那骨上刻着同样红色的线条和族徽。颅骨深沉的低音和肩胛骨的高音让土屋在优美的音乐中颤抖。爱拉跟着节奏摆动，其他人也随着音乐摇摆。声音戛然而止。

人们静静地等待。但没什么特别的事，没有安排好的仪式，仅仅是营地聚会，人们齐聚一堂，作他们最擅长的聊天。

首先，图丽宣布同意狄琪和布拉那格在明年夏天结婚，虽然是意料之中，人们还是纷纷表示赞成和祝愿。这对年轻人的脸上满是幸福。随后，塔鲁特又请韦麦兹说说他的生意，他们知道这次交换了盐、琥珀和燧石，有人提问或给建议。乔达拉听得很仔细，爱拉却没听懂，决定事后再问他。随后，塔鲁特又询问了达努格的近况，这让他不舒服。

韦麦兹说道："他有天赋，手也很巧，再过几年，就会很好了，他离开以后人们很难过，可他有很大进步，一年时间没浪费。"人们又表示认同，随后声音渐渐弱了下来，大家私下里交谈。塔鲁特说的话让大家激动了起来。

"泽兰达尼人，跟我们说说你是怎么来到这，来到了马穆塔人狮营的土屋？"

乔达拉喝了一口发酵饮料，扫视周围急切等待的人，对爱拉笑笑，他总喜欢这样！她知道，他在思考讲故事的节奏，她也安静聆听。

"这要从头说起。"他开始。人们纷纷点头，他们很想听。"我的族人住在西边，离这儿很遥远，比流入大海的母亲河的源头还远，跟你们一样，住在河边，但我们的流进西边的大河。

"泽兰达尼人跟你们一样了不起，是大地的孩子。你们的穆特，我们叫多尼，她是伟大的圣母，我们也狩猎，做生意；会远行，我和我的兄弟就常外出远行。"说到这儿，乔达拉痛苦地闭上眼，眉头紧锁，"我的兄弟叫索诺兰，他总是很高兴，喜欢冒险，圣母也很眷顾他。"

他的痛苦太明显，大家知道这不是装的。虽然他没说，大家也猜到了，他们也有这个说法：圣母先带走她的宠儿。乔达拉本没料到自己会如此表露情感，突然袭来的痛苦让他觉得有点儿尴尬。不过大家可以理解失去手足的痛苦，他们反而对他的表现产生了同情，他们对他产生了特殊的亲切感，还有不仅仅是对陌生人的尊敬。

他深深地吸了口气，继续说："一开始，索诺兰决定去远行，我只打算陪他走一小段，到几个亲戚家就返回了。可最后还是决定跟他同行。我们翻过了一小座冰川，那是母亲河的源头，我们打算沿着河一直走到尽头。别人都不相信我们能成功，连我们自己也不确定我们能否走完。可我们一直没有放弃，经过很多支流，遇到很多人。

"第一年的夏天，我们停下来打猎，晒肉的时候，突然发现有一群人用梭镖指着我们。"

乔达拉找到了合适的节奏，所有人都着迷了。他很会讲故事，而且擅长制造悬念。大家纷纷点头赞同，有时激动地喊叫。爱拉想，有语言的人就算听别人讲话，也不能安静。

和大家一样，爱拉也被深深吸引，她观察着周围的人，大人把小孩抱在怀里，大一点儿的孩子在一起，睁着大眼睛看着有魅力的陌生人。尤其是达努格，他已经听得入迷了，身体前倾，全神贯注地听。

"索诺兰躲进山谷里，他以为母穴狮走了，我们安全了。这时我们突然听到了公穴狮的吼声……"

"然后呢？"达努格问道。

"之后的事情我不太记得了，还是爱拉来讲吧。"

大家的目光都看着她,爱拉不知所措。她毫无准备,从没在一大群人面前说过话。乔达拉正对她微笑。他想,要让她习惯与人交流,最好的方法就是让她自己主动开口。况且大家已经见识了她的驯马技术,所以由她来讲穴狮的故事会更可信。他知道,这个惊险的故事会增加她的神秘感。况且,说不定她讲得大家高兴,就不会追究她的来历了。

"爱拉,怎么了?"达努格还沉浸在精彩的故事中。哥哥离开了这么长时间,鲁琪有点儿害羞,不好意思讲话,可想起以前他们坐在一起讲故事的情景,她想趴到他怀里,他笑着抱住她,期待地看着爱拉。

爱拉看着周围盯着她的面孔,想要说话,可嘴很干,手心都是汗。

"对啊,怎么了?"拉蒂又说,她抱着莱达格在达努格身边坐下。

莱达格棕色的大眼睛里充满了期待。他也张了张嘴,可是除了爱拉,没人能听懂他的声音。爱拉并不是听懂词语,而是他的意思,她之前听过相似的声音,还学着说过。虽然家族人不是哑巴,但他们的语言能力有限,长久以来,他们形成了一套丰富的肢体语言,来进行情感交流。词语只是用来加强语气的。她明白孩子还想让她讲故事,在他看来,这些话就是这个意思。爱拉笑着说:

"当时,我跟威尼在一起。"她每次说起那母马名字,就像在模仿马的叫。大家没意识到她是在说马的名字,还以为是故事的点缀。他们赞同地笑着,鼓励她就这样接着讲。

"很快它怀孕了,很大。"爱拉把手放在肚子上,表示马已经怀孕很久,大家理解地笑笑,"我们天天都会骑马,威尼要走走,但不能太远或者太快。我们总是向东,没新鲜感。有一天,我们没有向东,而是西行,到了个新地方。"爱拉看着莱达格继续说。

乔达拉一直教她马穆塔语和其他语言,但她说的马穆塔语没其他语言那么熟练。她第一个就是学会这种语言,她的说话难以形容的奇怪,费力地找出词语,觉得很不好意思。可她一想到那个别人都无法理解的孩子,她要坚持,因为他的请求。

"我听到穴狮,"她也不懂为什么,可能是看到莱达格的神情,他专心聆听,也可能是本能。说到"穴狮",她又吼了一声,就像真的穴狮一样。有人害怕地叫起来,还有人紧张地窃窃私语,最后大家还是笑着表示了赞同。她有很强的模仿动物声音的能力,给故事增加了很多精彩。乔达拉也笑着点头赞赏。

"我听到男人的叫声,"她看着乔达拉,满眼哀伤,"就停下来,怎么办?威尼怀孕了,肚子鼓鼓的。"她又发出马驹的叫声,拉蒂微笑地听着,"我是很担心马,但有人在叫,还有穴狮吼,仔细听听,"她想让穴狮的吼声更有趣,"是贝贝,我立刻冲到山谷,我知道它不会伤害马。"

人们满脸疑惑,她用的词都很特殊。她跟乔达拉说过,在家族里,贝贝的意思是婴儿。

“贝贝是穴狮，”她解释说，“我认识它，就像我的孩子。我冲到山谷，赶走贝贝，一个男人已经死了，另一个，就是他，生命垂危，我让威尼把他驮回去。”

“哼！”有人发出鄙视的声音。爱拉一抬头，原来是弗里贝克，之前跟老年女人吵架的人。“你是说，你能让穴狮从受伤的人身边走开？”

“是贝贝，不是别的穴狮。”爱拉说。

“你说什么？”

“贝贝，在家族语里是婴儿的意思。我们一起生活的时候，我起的名字。我认识它，马也认识它，没关系的。”爱拉有点儿不安，感觉要出事了，又说不清楚。

“你和穴狮一起住？我不信。”他气鼓鼓地说。

“你不信？”乔达拉有点儿生气，弗里贝克的意思就是爱拉说谎，但他知道这都是真的。“爱拉从不说谎。”说着，他站起来，解下裤带，露出了满是伤疤的小腹和大腿，“那穴狮袭击我，是爱拉救我的，她还是优秀的医者。如果没有她，我早就跟我兄弟一起死了。我见过她像骑马一样骑着穴狮，难道我也在撒谎？”

“狮营的客人不会撒谎的，”图丽瞪了弗里贝克一眼，想缓和一下尴尬的场面，“你肯定伤得很重，大家也都看见爱拉骑马，不会不相信你们的。”

大家安静了下来，气氛有点儿紧张，爱拉看了看大家，不知所措。她不知道“骗子”这个词，她不知道弗里贝克为什么不相信。从小，爱拉就跟用动作交流的人一起生活。除了手语之外，家族人还用肢体和表情来表达不同的意思。他们不可能用身体说谎，最多不说，心照不宣。尽管为了保护隐私，可以说谎，她却从没说过。塔鲁特见爱拉看了一眼雷奈克，又移开。见到雷奈克，他知道如何调动气氛，继续讲故事了。

“乔达拉，说的好，”塔鲁特瞪了弗里贝克一眼，大声说，“旅行的故事让人激动，要不要再听一个远行的冒险故事？”

“当然。”

大家都笑了，气氛缓和下来，大家都爱听，却不会经常很陌生人分享。

“是雷奈克的故事。”塔鲁特说。

爱拉激动地看着雷奈克，“我想知道他是怎么来狮营的。”她说。

雷奈克对她笑了笑，又转向自己屋的人：“是我的故事，但是韦麦兹，你来说。”他说。

乔达拉坐下来，不知道是不是喜欢这个新话题。尽管爱拉表现出浓厚的兴趣，但比差点儿升级的冲突好，况且他也很想听。

韦麦兹端坐起来，对爱拉点点头，朝乔达拉笑笑，开始了：“年轻人，我们相同的不仅在于喜欢石头，我年轻的时候，也远行过。开始我沿着南边向东，渡过贝伦海，走到了南边一个海岸，有很多名字，因为那儿有很多居民。我沿东海岸走，又向西行，穿过森林，比这里更温暖。

“我经历的事情现在不想说，下次再说吧。现在要讲的是雷奈克的事。向西走，我遇到很多人，跟他们住在一起，学会很多。但很快我就不想停留，继续前行，想知道向西到底能走到哪儿。

“走了几年，我到达了一个地方。乔达拉，应该离你们的大河不远，是在南方海的狭窄的海峡对面。在那里，我遇到一些肤色很深的人，几乎是黑色的。我还遇到一个令我着迷的女人。一开始，吸引我的是她独特的服饰，乌黑的眼睛，迷人的微笑，她优美的舞姿，她是我见过的最美的女人。”

韦麦兹讲故事很直接，没有任何戏剧性，却引人入胜。可是，当这个强壮的男人说到女人，明显有变化。

“她决定跟我在一起，我就陪她住在那儿。我从小就很喜欢石头，还跟他们学做梭镖。他们会凿掉石头两头，你懂吗？”他问乔达拉。

“明白，跟斧头一样，把两头打掉。”

“但他们的梭镖不厚也不钝。他们技术高超，我也教他们。享受他们的生活。圣母赐给她一个男孩，按习惯，我起个了名字，叫雷奈克。”

爱拉想，怪不得，他的母亲是深灰色皮肤的。

“为什么又回来了呢？”乔达拉问。

“雷奈克出生后，不久就发生了灾难。跟我生活在一起的人来自南方，周围的人不愿意让他们分享猎场，他们有不同的习惯，我想让双方见面谈谈。但营地中冲动的年轻人大打出手，命案引发了报复，最后，双方开战。

“我们的防御很稳固，可是他们人多势众，战斗了一段时间，我们被他们杀光了。他们一看到浅皮肤的人，就又怕又恨。虽然我是他们的人，他们也怀疑我和雷奈克。

“他比别人肤色浅，长得也不同，跟他的母亲商量之后，我们决定离开。虽然抛下许多亲人、朋友，这样的离别让人心碎，可是留下来太危险了。一些极端的人甚至想阻拦我们离开。不过幸好还有人帮我们，一天晚上，我们悄悄溜走了。

“我们一直向北走到海峡，那儿有人住，他们造船渡海。虽然有人警告我们，条件好的时候也不一定能过海，更何况是在这个季节，可是我觉得我们必须离开，哪怕是要冒险。

“可是我错了，”韦麦兹压抑着声音说，“船翻了，我带着雷奈克，还有她的包裹过了海。”他停了停，又继续说，“我们离这儿还是很远，过了很久，在夏季大会才回来了。”

“你离开了多久？”乔达拉问。

“十年，”韦麦兹笑笑说，“我们的到来引起了很大轰动，没人想到我会回来，还带来了雷奈克。连妮兹都不认得我了。我走的时候，她还是个小女孩。那时她刚跟塔鲁特结婚，正跟图丽，和她的丈夫、孩子一起建起狮营，他们邀请我跟他们一起生活。妮兹负责照顾雷奈克，虽然他是我们火塘的孩子，她却像自己的亲生孩子一样对他。有了达努格以后也一如既往。”

他停了下来，过了好半天，人们才意识到故事讲完了，大家还想听。虽然很多人已经听过他的冒险故事，他好像总有新故事和不一样的老故事。

“如果可以，妮兹愿意给任何人做母亲。”图丽回想起他回来的时候，“那时候狄琪还在吃奶，总是跟着妮兹。”

“她不仅是我一个人的母亲！”塔鲁特暧昧地笑了，摸了一把她丰满的臀部。他喝着一口水，把水袋继续传递。

“塔鲁特！好吧，我也会做别人的母亲！”她想装生气，却忍不住想笑。

“真的？”他问。

“塔鲁特，你知道我的意思，”图丽打断了她哥哥和女人之间的暧昧，“她都不让莱达格走，他体弱多病，否则就好多了。”

爱拉的目光落向莱达格，图丽的话让他不舒服，她并不是故意的，但爱拉知道，他不喜欢被议论，被无视存在。可是，他没有任何办法，他无法将自己的想法表达出来。她理所当然地觉得他不能说话，就没有感觉。

爱拉想问问莱达格的事，又怕不礼貌。乔达拉也想满足他自己的好奇心，正好帮了她的忙。

“妮兹，能讲讲莱达格的故事吗？我跟爱拉都很想知道。”

妮兹走上前把莱达格从拉蒂怀里抱过来，想了想说道：

“有一次，我们在野外捉大角鹿，就是长着大角的巨鹿。我们准备做一个陷阱，赶它们进去，这是捉大角动物最好的方法。一开始，我看到有个女人躲在我们营地附近时，觉得很奇怪，因为克兰女人很少出来，更没见过她们单独行动。”

爱拉向前靠了靠，认真地听着。

“她也看到了我，竟然没有跑开，当我走近，才跑了。后来我发现她怀孕了，她肯定很饿，我就在她躲的地方放了点儿吃的。第二天早晨就没了。建营之前，我们又放了点儿吃的。

“第二天好像又看到她几次，我不太记得了。那天晚上，我在火堆边照顾鲁琪的时候，又看到她了，我站起来想让她过来，可她又跑开了。她跑的时候好像很痛苦，我猜她应该要生了，我不知所措，想帮助她，但她不停地跑。快天黑了，我跟塔鲁特说了，让他派人去找。”

“特别奇怪，”塔鲁特接着说，“我还在想我们得围一个圈才能抓住她，可当我喊她停下来的时候，她竟然就坐在地上，好像不太怕我。我让她过来，她马上就跟着我走，好像知道要做什么，知道我不是坏人。”

“她竟然还能走路，”妮兹继续说，“她很快就知道了，我是看她痛苦、想帮她。我也不知道自己能做什么，不确定她能不能活着生孩子，但她一直都没有哭叫。快到天亮的时候，她生下了一个儿子，我发现是混种人。虽然他还很小，已经能看出不同。

“她已经很虚弱了，我还想也许她自己的儿子活着，她会活下来。她很想看一眼儿子,可是她流血过多,已经没的救了,她自己好像也放弃了。日出的时候,她死了。

“很多人都劝我让他跟他母亲一起死去，可我正好刚生了鲁琪，有很多奶水,他可以吃我的奶。”她保护性地抱了他一下,“我知道,他很虚弱,可能我应该让他走。但是我会像爱亲生儿子一样爱他,我从不后悔收留他。”

莱达格抬起头,睁着大大的眼睛望着妮兹,用他纤细的胳膊挽住她的脖子,靠在她胸前,妮兹搂着他慢慢地摇。

“他不会说话,就有人说他是动物,但我知道,他什么都懂,他不是动物。”她怒气冲冲地看了一眼弗里贝克，接着说道,“只有圣母知道他的精神为什么混乱。”

爱拉努力控制住自己的泪水,她不知道人们看到她哭会怎么办,她的泪水总是会让家族轰动的。看到女人和孩子,回忆如潮水般涌来,她也想自己的儿子,心痛不已。她也替伊扎难过,虽然她跟家族就像莱达格与狮营一样格格不入,她还是留下她,抚养她。她想告诉妮兹她因为莱达格多激动,多感谢她。虽然没说出来,爱拉觉得能帮妮兹做点儿事回报她。

“妮兹,他什么都懂,”爱拉小声地说,“他不是动物,是家族的孩子。”

“爱拉,我知道他不是动物,”妮兹说,“但是,什么是家族呢?”

“是人类,就像莱达格的母亲,你们说的克兰人,就是家族。”爱拉解释道。

“什么意思?他们家族?可他们不会说话呀。”图丽打断了她。

“他们虽然不太会说话,但是他们可以用肢体语言交谈。”

“你怎么知道的?”弗里贝克问,“你有这么聪明?”

乔达拉深深吸了一口气,等她回答。

“之前我一直跟家族人生活在一起。认识乔达拉之前,我都跟家族人一样,不会用语言交流,”爱拉说,“家族人是我的族人。”

人们听懂了她的话,目瞪口待在,顿时鸦雀无声。

“你跟克兰人一起生活!跟那些低贱的动物一起!”弗里贝克一跃而起,厌恶地叫喊着躲开了,“怪不得她讲话这么奇怪,她跟他们住在一起,就跟他们一样坏。他们都是怪物。妮兹,你那个混种怪物也是。”

营地顿时乱了套,虽然有人跟弗里贝克统一战线,但他也太鲁莽了。至少对客人还是应该以礼相待,而且他闹的有点儿过了头,竟然敢冒犯首领的妻子。他一直很恼怒,自己是收留了“混种怪物”的狮营的一员。现在还在跟弗莱莉的母亲做持久的抗争,他一直想找个人撒撒气。

塔鲁特火冒三丈,依然支持妮兹和爱拉;图丽也立刻维护营地的荣誉;克罗兹幸灾乐祸地偷笑,一下跟弗里贝克争吵,一下又对弗莱莉做出恐吓的表情;大家都吵嚷着发表自己的观点;爱拉的目光在人群中游走,她拼命捂住耳朵,隔绝噪声。

突然，塔鲁特一声叫喊，人群顿时鸦雀无声，只听见马穆特的鼓响了起来，鼓声让人镇静。

“大家都先不要吵，我们应该先听听爱拉有什么可说。”鼓声停下，塔鲁特说道。

大家都很想听她的故事。爱拉不知道要不要跟这些野蛮人说，但是她没有选择的余地。他们既然想知道，就告诉他们，反正她天一亮就走。

“小时候的事情，我……我记不清了，”她开始说，“只记得有地震，还有穴狮在我腿上留下伤疤，伊扎说她是在河边发现我的……马穆特，‘没有醒’怎么说？”

“毫无知觉。”

“伊扎在河边发现我，毫无知觉，我那时跟莱达格差不多大，五岁左右，穴狮抓伤我的腿，伊扎是……女巫医，给我医治，克莱伯是莫格乌……像马穆特……圣人……明白精神世界，克莱伯教我和家族人交流，伊扎和克莱伯……整个家族……抚养我，我不是家族人，但是他们养育我。”

爱拉想起了乔达拉说的话，很难受。她不喜欢弗里贝克说的话，不喜欢他说她不会好好讲话。她看了看乔达拉，他双眉紧锁，他让她事事小心。她不知道他为什么担心，但最好不要说太多。

“我在家族里长大，后来离开了……想找跟我一样的外族人，那时我……”她想了一下怎么数数，“十四岁，伊扎跟我说过外族人在北边，我找了很久，一个都没找到。后来，发现了山谷，就在那里住下准备过冬。吃马肉，看到小马，母马的孩子，我没有族人，小马就像孩子，我照顾小马。然后发现小穴狮受了伤，又收留了穴狮，它长大了，去找同伴，我独自在山谷生活了三年，直到遇到乔达拉。”

爱拉停了下来，人群很安静，她的语言简单，很像是真的，却让人无法相信。故事带来的问题比解决的还要多。克兰人收养她？他们可以交谈或进行情感的交流？他们跟人一样有感情吗？她是什么？如果他们把她养大，她是人吗？

人们依然很安静，爱拉看着妮兹和男孩，想起了小时候的事情。克莱伯教她手语，但她自己学会了一种肢体语言跟小孩子交流，孩子们也经常对母亲用。她记得，第一次对伊扎做这个手势时，她的反应。

爱拉走上前对莱达格说：“给你看一个词，手势词。”

他挺直身体，满脸的激动。他跟平常一样，听懂了。说到手势让他的心悸动了一下。在这么多人面前，她开始做动作，两只手有意地移动。他模仿她，不解地皱眉，突然，他脸上露出理解的表情。爱拉对他笑笑，他就开始改正自己的动作，接着转向妮兹，又做了一次，妮兹望着爱拉。

“他叫你‘妈妈’。”爱拉说道。

“妈妈？”妮兹睁大了眼睛，不让泪水流出，她抱紧这个她亲手养大的孩子。“塔鲁特！你看到了吧！刚刚莱达格叫我‘妈妈’了！”

4

营地里顿时肃静下来，大家都不知所措，这些陌生人是什么人？那个自称来自西方的男人比那女人还可信点儿。她说在附近的山谷住了三年，太令人惊讶了，她之前还跟克兰人一起生活。那女人的故事挑战着大家的信仰，又无从质疑。

莱达格打出第一句手势语，妮兹热泪盈眶，把他放到床上，大家都以为故事已经结束，就回屋了。爱拉也乘机溜走，她穿着有帽子的衣服，走了出来。

威尼看到她，低声地吟叫，循着母马的呼吸声，她最终在黑暗中找到了它。

“还好吗，威尼？雷瑟呢？应该比我好不到哪儿去。”爱拉想着，用她和马之间特有的语言说道。威尼摇摇头，慢慢地跑过来，把头靠在爱拉的肩膀上。爱拉双手抱住马粗糙的脖子，头靠着她多年来唯一的伙伴。雷瑟也走了过来，跟她们靠在一起。经历了一整天陌生的事情，现在终于能放松一点儿。

确认了两匹马都安好，她走向河边。走出土屋、远离人群的感觉真好。她深深吸了口气，夜晚的空气干燥而凛冽，她将毛皮衣往后推了推，抬头仰望天空，头发上的静电噼里啪啦地响起来。

初升的月亮挣脱黑暗的束缚，睁着明亮的眼睛遥望远方，苍茫的宇宙，无垠的大地，闪闪的微光中似乎蕴藏了无限的自由。薄薄的云层熄灭了那些暗淡的星星，而给那些顽强的星星罩上了若有若无的光圈，深灰色的天空显得更加温柔、亲近。

爱拉的心里很乱，被许多矛盾煎熬。这就是她在苦苦追寻的外族人，给了她生命的人。假如不是那场地震，她会跟他们一起快乐地成长。但是，她是被家族人养大的。她很了解家族的生活习惯，而对自己族人的生活方式却很陌生。可是如果没有家族，她就不可能长大。现在，她无法回去，但她并不属于这儿。

这里的人整天很吵，没礼貌，伊扎一定会说他们的。特别是弗里贝克，还没轮到他，就随便插话，也不请求别人允许，接着所有人都一起喊、一起说。塔鲁特是首领，连他都要大声喊叫才能让人听见。布仑从来不会大喊大叫，只在有危险的时候，他才会叫喊着发出警告。所有家族人都敬畏首领，只要他发号施令，人们就会安静。

她不能容忍他们说家族人是克兰人，是动物，他们看不出家族人也是人吗？就算有不同，也是人类。无论别人说什么。莱达格的母亲是人类，生下来的孩子也是个婴儿。爱拉想，他跟我的儿子还有奥达的女儿一样，都是混种人。莱达格的母亲是如何生下混种的孩子呢？

精灵！真的是精灵创造出来孩子的吗？如家族所说，男人的图腾精灵击败女人的图腾精灵，在她体内产生孩子？或者像乔达拉和他们相信的，圣母将男人和女人的精灵融合放进女人体内吗？

可是为什么我觉得，不是精灵，而是男人让孩子在女人体内成长的？男人用他的器官，或者如乔达拉所说，男人的工具来完成，否则，男人和女人在一起干吗呢？

伊扎跟她说过，药能加强她图腾的威力，所以那么长时间她一直都没有孩子，也许是药的作用。但是，我独自生活时，不吃药，也没生孩子。遇到乔达拉之后，我才开始找金线草和羚羊根。

乔达拉让我知道，其实那样并不痛苦，他让我知道男人和女人在一起原来是那么美妙。

如果我不再吃伊扎的药会怎么样呢？会不会有孩子呢？会有乔达拉的孩子吗？如果他把男人的工具放到生孩子的地方，会怎么样？

这样想着，她的脸有点儿热，乳头也有点儿痛。她想，今天太晚了，而且我早上吃过药了。明天我只喝普通茶会怎样呢？能有乔达拉的孩子吗？其实也可以不用等的，今天晚上就试试……

她暗笑，只要让他摸你，把嘴放到你嘴上，然后……想着想着她开始颤抖，她闭上眼，身体回味着他给她的感觉。

"爱拉？"一个响亮的声音传来。

听到声音，她一跃而起。她没听到乔达拉的脚步。他的语调跟平常不同。方才的温暖一下子消失了。他一定是有什么困扰，从他们来到这里，他就有困扰，她想知道到底是什么。

"这儿。"

"你在干吗呢？"他不耐烦地问。

"在感受夜色，呼吸新鲜空气，还有想你。"她尽量仔细地回答。

这个回答让乔达拉出乎意料，尽管他也说不清自己猜想的是什么答案。自从雷奈克一出现，他就一直在努力控制烦躁的情绪，爱拉好像对那个人很感兴趣，雷奈克也老是关注她。乔达拉也曾想平静心中的怒火，说服自己不该愚蠢地疑神疑鬼。爱拉需要别的朋友，不能因为他是第一个朋友，她就只能有他一个男性朋友。

可当爱拉询问雷奈克的身世时，他觉得自己已经火冒三丈，而且坐立不安。如果她对雷奈克没有意思，为什么想知道这个陌生人这么多事情呢？他强忍着没把她拉走。这种感觉让他苦恼，她有交朋友的自由，他们只是朋友而已，他们仅仅是聊得来，看着对眼。

她独自走出去的时候，乔达拉发现雷奈克一直盯着她，就立刻穿上外套，跟着她出来了。看到她站在河边，毫无来由地就觉得她肯定是在想雷奈克。她的回答着实让他吃了一惊。他终于放松了，笑笑说：

“我应该知道只要问你，一定能得到真实的答案。呼吸新鲜空气，欣赏夜色，爱拉，你真的太特别了。”

她对他笑笑，不知道自己做了什么让他微笑，让他声音中重新充满了喜悦。她也重新产生了温柔的感觉。在昏黄的月色中，她朝他走了过去，星光照亮了她的脸。乔达拉从她走路的姿势，猜到了她的想法，并给予回应。她顺势倒在他的怀里，相互拥吻。在这一刻，她所有的疑惑苦恼都不见了，只要乔达拉在身边，她可以去任何地方，和任何人一起，学陌生的习惯。

过了一会儿，她抬起头看他：“你记得吗？我问过你那信号是什么意思？还有我怎么告诉你让你摸我，把男人的工具放到我身体里？”

“记得。”他苦笑着说。

“你教我亲吻，那么现在我准备好了，你准备好了男人的工具吗？”

她如此真切，聪慧，有魅力。他低下头，再次亲吻她，把她紧紧地抱在怀里。她几乎能看到他深蓝的眼睛里满是深情。“爱拉，我可爱、美丽的女人，”他说，“你知道我有多爱你吗？”

抱着她的时候，他却觉得很内疚，既然他这么爱她，为什么会因为她的行为而感到尴尬呢？当弗里贝克厌恶地躲避她的时候，他也为她感到羞愧。他恨自己，怎么能因为深爱的女人感到羞愧呢？

一想起来雷奈克毫无羞愧，盯着她看，露着洁白的牙齿，闪着乌黑的大眼睛，暧昧地笑着，乔达拉就有揍他的冲动，每次想起，都要拼命忍住。他如此深爱她，不敢想到她会爱上别人，即使是一个不因为她而感到羞愧的人。他对她的爱胜过他爱过的任何人，可是他怎么能因为他的爱人觉得羞愧呢？

乔达拉更加热切地继续亲吻她，紧紧的抓住她，抓得她都觉得疼了。接着便开始疯狂地吻她的脖子，“你究竟知不知道相爱的感觉？爱拉，难道你还不知道我多爱你吗？”

他是如此真诚，热情。让她有点儿恐惧，不是为自己，而是为他。她对他的爱溢于言表。可他对她的爱却不同，不只是更加强烈，也更加苛刻，更加挑剔，他似乎很怕失去已经拥有的一切。图腾，尤其是强大的图腾，能感受这种恐惧。她得想个办法，让他把强烈的情绪宣泄出来。

“我觉得你早就准备好了。”她笑着说。

可是他并没有像她想的那样，稍微放松一些。相反，他更加使劲地亲吻她，抓得她的肋骨好像都要断了。接着他把手伸进她的衣服，探到乳房，试图解开她的裤带。

她从没想到他会如此急切。他通常会更温柔，更考虑她的需求。对她的身体，他比她自己还了解，她欣赏他的智慧。但是这次他的欲望更强烈，她都懂，她把自己交给他了，任他激烈地表示感情。她对他就像他对她一样，有求必应。她解开裤带，脱掉绑腿，解开他的衣服。

她不自觉地倒在岸边坚硬的大地上，天空中群星闪耀，她闭上了双眼。他把她紧紧地压在身下，吮吸着她的嘴唇，伸出舌头四处探寻。她完全对他敞开，她的身体缩紧。

过了一会儿，他站了起来，低头看着她，紧锁双眉，关切地说："对不起。"

"为什么要说对不起？"

"我做的太快了，你还没有准备好，没让你达到高潮。"

"乔达拉，我已经准备好了，也到达了高潮，我不是告诉过你吗？你快乐，我就会快乐。你对我的爱，你对我的激情，让我觉得快乐。"

"可是我有快感的时候你却没有。"

"刚才我不需要快感，我有自己的不同的感觉，一定要有快感吗？"她问道。

"嗯，也不一定。"他皱了皱眉，又开始吻她，细细地品味，"现在还是晚上呢，快起来，外边太冷了。我们去找个舒服的床。狄琪和布拉那格早就拉了帘子了，他们这一别要到明年夏天才能再见了，肯定很着急。"

爱拉笑了："再急也没有你急，" 虽然她看不见，但可以猜到他肯定是害羞了，"乔达拉，我爱你，爱你的全部，爱你热情的……"她摇了摇头，"不，不应该这么讲。"

"你是想说'爱你的热情'。"

"甚至爱你的热情。对了，我说你的语言至少比说马穆塔语好一点儿，"她停了停又说，"弗里贝克说我讲的不对。乔达拉，我还能学会说话吗？"

"我讲马穆塔话得也不太好，这不是我的母语，弗里贝克就是喜欢挑刺。"乔达拉鼓励她，"怎么每个洞穴，每个营地，到处都有喜欢挑刺的人呢？不用理他。不用管别人说什么，反正你说得很好。你的语言能力令人惊讶，要不了多久你的马穆塔语就会超过我了。"

"我一定要学好如何用语言交流，我现在已经一无所有了。"她小声地说，"讲我以前的语言的人，我已经一个都不认识了。"她闭上了双眼，觉得被强烈的空虚感包围。

她摇了摇头，试图脱离这种感觉。她把带绑腿的衣服重新穿好，又突然停住了，"等一下。"说着，她又脱掉了衣服。"很久以前，当我刚成年的时候，伊扎跟我说过，家族女人对男人女人的任何事都要了解。虽然她肯定我找不到伴侣，不需要知道。外族人跟我们不同，男人和女人之间的信号也不同。但这是初次在别人的地盘过夜，我们享受快感之后，应该做洗礼。"

"什么？"

"我要做洗礼。"

"爱拉！现在太危险了，又黑又冷的。"

"我就在河边,不会走的太远的。"她拿掉斗篷,把衣服裹在头上。

水很冰。乔达拉站在岸上看她,浑身也湿了,原来水这么冷。这仪式让乔达拉回想起初次洗礼,应该没什么害处。上岸时,她全身颤抖,他抱着她,让她暖和一点儿,用斗篷上的牛毛帮她擦干,穿好衣服。

回屋的路上,她觉得神清气爽,活力百倍。他们进屋时,大家都准备睡了,火变小了,也安静了不少。第一个火塘没有人,只有烤猛犸肉,他们悄悄地走过狮子火塘,妮兹起身叫他们。

"爱拉,我想谢谢你。"说着,她看了一眼墙边的一张床,沿着她的目光,爱拉看到三个孩子还在趴在那张大床上,拉蒂、莱达格和鲁琪睡在一起,达努格在另一张床上睡着了。塔鲁特在另一张床上等妮兹,他用胳膊撑住身体。冲她笑笑,她也点头微笑,不知道要怎么回应。

妮兹爬上床,在塔鲁特身边躺下。他们向下一个火塘走去,一路很安静,尽量不打扰到别人。爱拉觉得好像有人在看她,向角落看看。黑暗的角落里,一对闪闪发光的眼睛笑眯眯地盯着她,她举得乔达拉有点儿紧张,便迅速收回了目光。她听到笑声,知道是从对面墙边床上传来的。

第四火塘很宽敞,每张床都挂着厚厚的皮制的帘子,把这空间跟走道隔离开。不过还是可以感觉到里面的声音和动静。爱拉发现长屋里的多数床都有这样的帘子,上面系在骨头做成的架子或者旁边的柱子上。虽然有的帘子开着,但马穆特的帘子是关着的。他在帘子里面,她知道他还没睡。

乔达拉拿了根木头用火堆的煤点燃,用手挡着,拿到了他们的床边,旁边的墙洞里有一块厚扁的石头,上凿了一个圆形的槽,里面有一半油,他点燃一根弯曲的香蒲草当灯芯,灯光照亮了后面的小圣母雕像。他解开拴住床帘的带子,帘子落了下来,他把她叫了过来。

她走了进去,躺在柔软的床上,床上铺满了兽皮。在跳动的柔光中,帘子把他们与外面隔离开来,她躺在床上,觉得安静又安全。这是只属于他们的小空间,她想起了小时候自己发现的山洞,她想独自待会儿,就会去那儿。

"乔达拉,他们好聪明呀,我肯定想不出这东西。"

乔达拉在她身边躺下,看到她高兴,也很高兴:"你喜欢有帘子吗?"

"对呀, 这样就算你知道周围有别人, 也觉得只有自己, 我很喜欢这种感觉。"她容光焕发。

他把她抱在怀里,温柔地亲吻她:"爱拉,你笑起来好漂亮。"

她深情款款地凝视着他的脸,他炯炯有神的眼睛。在火光中,不是平常的蔚蓝,而是变成了紫色。看着他落在兽皮上凌乱的黄发,看着他宽阔的下巴和高大的额头,跟家族里没有下巴、额头向后的男人一点儿都不一样。

"为什么要剪掉胡子呢?"她摸了摸乔达拉下巴上的短短须根问道。

"我也不知道,可能是习惯吧,夏天这样比较凉快,不会痒。冬天我通常会养胡子，在户外可以保暖，你喜欢我把胡子剪掉吗？”

她疑惑地皱了皱眉：“你不该问我吧，这男人的事，剪不剪应该由你自己决定。我问你是因为，除了你，我从没见过男人剪胡子，你为什么问我喜不喜欢呢？”

“因为我想让你高兴呀，假如你喜欢胡子，我就不剪了。”

“没关系呀，胡子不重要，重要的是你的人，你给了我高兴……不对，”她懊恼地摇摇头，“你给我快……快感……让我高兴。”她重新说。

看着她吃力的样子，听到她脱口而出的那个词的双重意义，他笑了。“我喜欢给你快感，”他又把她揽入怀中，亲吻她，她侧身靠在身边。他翻了个身，坐起来，低下头看她，“像第一次一样，”他说，“还有一个多尼在注视我们。”他看着火光中墙边的象牙圣母雕像说。

“第一次……在外族人的地方。”说着，她闭上双眼，充满期待地感受安静的气氛。

他们安静地躺着，让呼吸平静。油灯发出噼里啪啦的响声，渐渐暗了下来，突然，火光又亮了一下，最后便熄灭了。过一会儿，乔达拉转身在她身边躺下，睡眼惺忪。但爱拉还很清醒，无边的黑暗中，她睁着大眼睛，听着很久没有听过的人声。

旁边的床上有男人和女人的窃窃私语；远处，熟睡的圣者发出轻微的鼾声；她还听到隔壁的火塘有鼾声；第一火塘传来有规律的呻吟，肯定是塔鲁特和妮兹在享受快感；另外一边传来了婴儿的哭闹声，有人在哄他，突然哭声停止，爱拉笑了，他肯定是尝到乳头了；远处还有辱骂，声音逐渐变高，最后消失；更远处还有响亮的咳嗽声。

她独自一人在山谷里生活了很多年里，夜晚是最难熬的。白天她有很多事可做，可是到了晚上空荡荡的洞穴让人压抑地喘不过气来。起初，她听自己的呼吸声都睡不着觉。还在家族的时候，到了晚上总会有人陪她，最残酷的惩罚就是把她关起来，被隔绝，被孤立，受到死亡的诅咒。

对她来说，这就是最残酷的惩罚，此时此刻，她更加明白了。被黑暗环抱，听着生命的声音，感受着乔达拉的温暖的体温。遇到这些外族人以后，她第一次有了家的感觉。

“乔达拉？”她轻声唤他。

“嗯……”

“你睡着了吗？”

“还没。”他模糊地说。

“你说得对，他们很好，我真的应该跟他们好好相处。”

他一下子清醒了过来，他一直希望，她有一天能找到自己族人，了解他们之后，她就不会害怕他们了。他在外闯荡了这么久，回家的旅程肯定是漫长而艰苦的，他需要她的陪伴。但是她已经把山谷当成了家，在那里获得了一切，开始了自己的生活，动物代替了人。爱拉不想走，想让乔达拉留下。

“爱拉，我就知道你会喜欢他们的，”他温柔地说，“只要你学会他们的语言。”

“看到妮兹，我就想起了伊扎，你觉得莱达格的母亲是怎么怀孕的呢？”

“谁知道圣母为什么赐给她一个混种的孩子呢？圣母的恩赐是难以预测的。”

爱拉想一会儿：“我觉得那孩子不是圣母给她的，是她跟一个外族男人的。”

乔达拉皱着眉头说：“我知道你觉得制造生命跟男人有关系，但是一个克兰女人怎么可能认识外族的男人呢？”

“我也说不清，但是家族的女人从不单独出行，不接触外族人，男人们也不想让外族人跟他们的女人走的太近。他们觉得孩子是有男人的图腾灵魂的，他们不想让外族男人的图腾精灵接近她们，女人们害怕他们，家族大会上传闻关于女人被外族人伤害的事。”

“但莱达格的母亲不害怕外族人，妮兹讲她跟着他们两天，塔鲁特跟她招手，她就跟他走了。别的家族女人肯定会跑开的，她肯定认识别的外族人，这个人肯定对她很好，至少没有伤害她，所以她才不怕塔鲁特。否则她需要帮助的时候，为什么会向外族人求助呢？”

“可能是她看到妮兹在照顾孩子。”乔达拉说。

“有可能，可是她为什么独自一人呢？我想到的唯一原因，就是她被诅咒，被赶走。一般家族的女人不会受到诅咒。她们生来是不会被轻易诅咒的，这有可能跟外族男人有关系……”

爱拉停了一下，又说道：“莱达格的母亲肯定很想要孩子，鼓足勇气靠近外族人。虽然她认识一个外族男人。她看到孩子的时候，以为他是畸形，才会放弃。家族人也不喜欢混血孩子。”

“你为什么如此确定她接触过外族男人？”

“她到外族人那里生孩子，并且相信妮兹和塔鲁特会帮她，说明家族人都不愿意帮她。她可能是之后才遇到他的，我觉得这个男人肯定跟她分享了快感……也许只是想发泄一下。乔达拉，她的孩子是混血的。”

“你觉得是男人创造了生命吗？”

“乔达拉，你好好想想，看看达努格，虽然他还小，可是长得很像塔鲁特，我猜是塔鲁特跟妮兹分享快感时有了他。”

“即是说他们今天晚上分享快感，她还会再有个孩子吗？”乔达拉问，“人们经常分享快感，快感是圣母的恩赐，分享快感就是侍奉圣母。但不是女人每次享受圣母的恩赐时，都会有孩子。爱拉，如果男人感激圣母的恩赐，敬畏她，圣母就会把他的精神跟他的女人的精神结合在一起。因为有他的精神，所以孩子就长得像他，达努格跟塔鲁特很像，都是圣母决定的。”

在黑暗中，爱拉皱着眉头思索，这正是她的困惑：“我也不知道为什么女人不是每次都会有孩子，可能要分享很多次快感或者只有特定时候，才能创造孩子。还可能只有男人的图腾足够强大战胜女人，可能是圣母作的决定。她选择某个男人，让他的工具更强大，谁知道她的根据是什么呢？谁知道精神如何融为一体？可能是他们分享快感的时候藏在女人体内呀？”

“我没听说过，”乔达拉说，“但我觉得这也是有可能的。”在黑暗中，他皱着眉，沉默了很久，爱拉以为他已经睡着了，但他继续说道，“爱拉，假如你说的是对的，那我们每次分享圣母的恩赐，有可能在你体内孕育一个孩子。”

“应该是的。”想到这，爱拉觉得很高兴。

“那么我们就不能这样了！”乔达拉突然坐了起来。

“为什么？乔达拉，我想要一个你的孩子。”显然，爱拉很失望。

乔达拉转身把她抱在怀里：“我也想，但不是现在，回家的还很漫长，至少需要一年甚至更久，假如你怀孕了，长途跋涉会很危险。”

“那我们不能回山谷吗？”她问。

乔达拉怕回到山谷，她平安地生出孩子，就再也不愿离开了。

“爱拉，我不觉得这样很好，生孩子的时候，你不能独自一人，我又帮不上忙，你还需要有女人。一个女人可能在生孩子的时候死去。”他痛苦地哽咽着，他刚刚目睹了这样的惨剧。

爱拉觉得他说的也有道理，她生儿子的时候，如果不是伊扎，她差点儿就丧命了。虽然是乔达拉的孩子，现在也不是好时机。

“你是对的，”她很失望，“是很痛苦……我……我……需要有个女人。”

他沉默了好一会儿。“爱拉，”他哑着喉咙说，“或许我们不应该睡一在一起……如果……可是分享她的恩赐就是对圣母的敬畏。”他斩钉截铁地说。

她要怎样让他知道，他们不需要停止分享快感呢？伊扎告诉过她，绝对不能跟别人尤其是男人说起神药。“你不用担心，”她说，“我还不肯定孩子是男人创造的，既然圣母来决定，她也可以控制时间，对吗？”

“对，可我担心，如果我们拒绝圣母的恩赐，她会怪我们，她还是想要我们敬畏她的。”

“乔达拉，如果真的发生了，就让它发生吧。到那时，我们来决定，我不想让你触怒圣母。”

“你说得对，爱拉。”他终于放松了。

虽然觉得遗憾，爱拉还是决定继续吃防止怀孕的药。那天晚上她梦到她生了好多孩子，有的长发是金黄色的，有的长得很像莱达格和杜尔克。黎明的时候，她做了一个可怕又奇怪的噩梦。

梦里她有两个儿子，他们完全看不出来是兄弟。一个长得像乔达拉，高个子，金头发。虽然另外一个的脸在暗处，她也认得那个大一点儿的是杜尔克。一片宽广荒凉的旷野上，风呼呼地吹，兄弟二人面对面走着，她很担心，预感到什么可怕的事将要发生，她必须去阻止。她突然意识到，兄弟二人要互相残杀。他们越来越近，她想过去，但一堵厚厚的墙拦住了她的路。他们快要走到一起，举起手，就要开战，她大喊一声。

“爱拉！爱拉！怎么了？”乔达拉推了推她。

马穆特也来到她身边，“孩子，醒醒！”他说，“这是个预兆，一个暗示，爱拉，醒醒吧！”

“可他们总有一个要死！”她似乎还停留在梦中。

“爱拉，不是你想的那样，”马穆特说，“并不是其中一个……兄弟要死了。你得学会解释梦的意义。你很有天赋，又聪明。但是缺少训练。”

爱拉的视线清晰起来，两张关心的面孔在盯着她，两个男人都很高，一个玉树临风，一个充满智慧。乔达拉从火堆里捡起一块点燃的木头。想让她清醒过来，她坐了起来，努力笑笑。

“好点儿了吗？”马穆特问道。

“好多了，不好意思，吵醒你了。”爱拉还在说泽兰达尼语，完全忘记了老人听不懂这语言。

“我们以后再聊。”说着，他笑着回到床上。

爱拉发现，她跟乔达拉重新躺上床后，另外一张床上的帘子也放了下来，惊扰了别人，她觉得很内疚。她悄悄移到乔达拉身旁，头枕着他肩膀。很感激他的陪伴，让她觉得很温暖。她刚要进入梦乡，又猛然睁开眼。

“乔达拉，”她轻声说，“马穆特是怎么知道我梦见两个儿子，一个杀了另一个？”但他已经睡着了。

5

突然，爱拉醒了过来，安静地躺着，注意听了听，听见有人在大声喊叫，好像很痛苦。她急忙拉开帘子，看到克罗兹站在第六火塘附近的走道，伸出双手绝望地祈求。动作令人同情。

“他刺我的胸膛！他想杀了我！他让我女儿背叛我！”克罗兹手双手捶胸，大声喊叫，好像马上就要死了，有人驻足观看。“我把自己的骨肉都给了他。”

“你什么都没给我！”弗里贝克大喊，“我给弗莱莉付了新娘费。”

“这算什么！我应该拿更多的！”克罗兹毫无悔意，“她给你生了两个小孩，你那么吝啬，让她跟孩子们都觉得跌价，看看！她又得到了恩赐！我那么善良，好心把她给你。”

“就算她女儿受到两次恩赐，也没有人喜欢她。”旁边有人说道。

爱拉转头想看看是谁，昨天那个穿漂亮红外套的年轻女人正在冲她笑。

“你就不要再想多睡了，”狄琪说，“他们今天开始得比平常还早。”

“没关系，我想起来了。”爱拉环视四周，床都空了，除了她们俩，没有别人。乔达拉已经起床了。她开始穿衣服，“我醒来的时候，还以为有人受伤了。”

“没人受伤，至少没看到谁受伤。我倒是很同情弗莱莉，”狄琪说，“夹在中间，左右为难。”

爱拉摇了摇头：“他们干吗大喊大叫的？”

“我也不知道什么原因，他们一直在争吵，可能他们都想让弗莱莉更喜欢自己。克罗兹老了，不想让弗里贝克减小她的影响。但弗里贝克倔得很，他一直都没有影响力，不愿错失他的新地位。虽然弗莱莉收到的聘礼很少，但她的确让他的地位有所提高。”看到爱拉很感兴趣，狄琪就在床边坐下，爱拉一边穿衣服一边认真地听。

“我想她是不会抛弃他的，她挺喜欢他的。虽然他有时候很讨人厌，可是重新找别的男人也不容易，尤其是找个能容忍她妈妈的人实在太难了。大家一早就猜到，除了他没人能受得了克罗兹。那老女人天天叫着怎么把女儿给嫁出去了，是她让弗莱莉跌了价。我最烦那样两头受气。我还是很幸福的，虽然我要去的营地不是和我哥哥新建的，但他们都很欢迎我。”

“你妈妈陪你一起吗？”爱拉很好奇，狄琪搬到她丈夫的家族，还能带着母亲，她觉得很新鲜。

“我想让她去，可我觉得她不会去的，她应该还是想待在这儿。做自己营地的女首领比做陌生营地的一个母亲好得多。我不怪她，可是我会很想她的。”

爱拉还在思索，她只能听懂狄琪说的一半的话，而且还不能确定明白了这一半。

“离开母亲，离开亲人确实令人难受，”爱拉说，“可是你要结婚了吗？”

“对呀，就在夏季大会的时候。我母亲已经安排好了一切，她收了很高的聘礼。我怕他们付不起，可他们竟然接受了。不过等待也是一种煎熬，布拉那格要是能留下来就好了。可他们都在等他，他发誓尽快回来。”

她们一起同行，朝长屋门口走去。狄琪继续讲，爱拉专心地听。

门口稍微冷一点儿。直到门帘拉开，冷风突然灌进来，爱拉发觉气温低了很多。刺骨的寒风把她的头发往后吹了起来，连门口厚重的猛犸皮都被吹飘了起来。夜里下了场小雪，凛冽的寒风把轻盈的雪花吹起来，吹到山谷里，把晶莹剔透的冰凌吹落到无边的旷野。坚硬的冰凌打在爱拉脸上，有点儿痛。

屋里却很暖和，比山洞里暖和多了。出去的时候需要穿斗篷，在屋里，不用穿太多。她听到威尼的叫声，两匹马都远离人群，爱拉走向它们，回头对着狄琪笑，狄琪回了一个笑脸，去找布拉那格了。

看到爱拉走近，母马好像放松下来，摆着头跟她打招呼。爱拉松开雷瑟的缰绳，牵着马向河边走去。转过河湾，消失在营地的视线中。威尼和雷瑟也放松了，亲昵了一会儿，便安静地吃草。

回去之前，她停在灌木丛旁，解开裤带。她还没学会在撒尿时，怎么能不把绑腿弄湿。从开始穿衣服，这个问题就一直困扰着她。夏天的时候，她自己做了现在的衣服，是按着给乔达拉的衣服的样式做的，他的那件是她根据乔达拉被穴狮抓破的衣服做成的。他们开始旅途以后，她才开始穿这种衣服。乔达拉很喜欢看她穿这种衣服，跟家族女人穿的皮裙不一样。但她还没适应这种衣服，尤其是在解手的时候。她不愿意问乔达拉，毕竟他是男人，他怎么了解女人的生理需求呢？

她脱掉紧贴在身上的裤子，还要解开小腿上的鹿皮靴子，接着张开腿，跟往常一样蹲下来。当她单脚站立，准备穿下半身的衣服时，看见静静流淌的河水，就改变了想法。她把斗篷和外衣拉到身后，取下脖上的护身符，走到河中间进行洗礼，她很喜欢在早上做洗礼。

她打算抹抹嘴，再用河水洗洗脸和手。她不知道这里的人们是怎样保持干净的。如果灌木丛被冰雪覆盖，没有柴火；如果凛冽的寒风涌入山洞；如果天寒地冻，连喝的水都不够用了，那时候还能洗澡吗？爱拉还是挺爱干净的，她还在想，在外族人的山洞也就是土屋里度过第一个夜晚进行的洗礼。

她环视四周，水流在宽阔的河道中奔涌，但在狭窄的地方和水沟中，已经有了一层薄冰，四周很厚，已经变成了白色。河岸上有一块浅滩，上面有一些稀疏的枯草，绵延到河中间，在河岸形成了一个小池塘。一棵跟灌木差不多高的桦树孤单地站立在泥土中。

爱拉走向河中心，踩得薄冰哗哗作响。刺骨的河水让她不禁打了个寒战。她轻轻叫了一声，扶着桦树瘦弱的枝干，走向河中心。凛冽的寒风鞭打着她裸露的皮肤。爱拉的鸡皮疙瘩都起来了。她的头发被吹散在脸上，她咬着牙，战战兢兢地走向河中心。河水已经到她的腰了。爱拉往脸上拍拍冰冷的河水，快速吸气。弯下腰，把头没入水中。

尽管禁不住地战栗和喘气，她还是习惯了冰冷的河水。她想，再过一段时间，应该就不能洗澡了。她从河里走出来，把身上的水用手擦干，很快穿好了衣服，向河岸走去。阵阵的温暖赶走了刺骨的严寒，她觉得神清气爽。看到太阳在多云的天空中若隐若现，她高兴地笑了。

快到营地的时候，她在长屋旁边一块被踩过的空地上停了下来，大家都在忙自己的事情。

乔达拉在跟韦麦兹和达努格聊天，她猜得到这三个燧石匠在聊什么。不远处，四个人正把鹿皮从一个矩形架子上解下来。鹿皮柔软而有弹性，已经快变成白色了，架子是猛犸肋骨做的，用兽皮绑在一起。

狄琪在架子旁，用一根猛犸肋骨的骨尖用力抹平挂在架子上的兽皮。爱拉懂得如何风干兽皮，这是把它变柔顺的前奏。可是把兽皮挂在猛犸骨架上的方法倒是很新鲜，她兴致勃勃地认真观察整个过程。

兽皮外皮刺了很多小孔，还可以看得出动物的轮廓。每个孔都穿了一根绳，系到架子上，把兽皮拉开。架子靠着长屋，两头都能用。狄琪使劲用猛犸肋骨的骨尖戳兽皮，似乎马上就要通了，但坚硬的兽皮只是有点儿变形，一点儿都没破。

另外几个人做的事情爱拉都不太了解，还有些人正把猛犸象的骨头埋进地洞，象骨和象牙散落了一地。突然听到一声大叫，爱拉一抬头，见塔鲁特和图丽走向营地，扛着一根巨大的猛犸象牙，象牙还连在骨头上。他们并没有杀死这头猛犸，在草原上有时候能找到一些象骨。不过还是河湾的骨堆里比较多，因为此处河水流动的很快，常常会有动物的尸骨堆积在这里。

爱拉发现有个人站在不远处看着这边。她微笑着走向莱达格，让她意外的是，他竟然也笑了。家族的人不喜欢笑，对他们来说，露出牙齿表示敌意，或是紧张和恐惧。突然，他的笑容看起来有点儿奇怪，毕竟他没有生活在家族，他觉得微笑会显得更友好。

“莱达格，早上好。”爱拉边说边做家族问候手势，稍微有一点儿变化，是专门对孩子说的。爱拉发现她做出手势后，莱达格好像明白她的意思。他还记得！她敢肯定，他也有记忆。他还认得手语，他跟她不同，那时候她得自己学，而他只要有人提点就可以了。

她依然记得，克莱伯和伊扎发现她记东西比别的家族孩子都慢时，他们有多惊讶。她要费很多工夫学习、记忆，但家族的孩子只要看一遍就会了。有人说爱拉太笨了。但她长大后，学会了迅速记忆，这样别人就会对她更有耐心一点儿。

乔达拉惊叹于她的记忆力，跟别的她的同类人比起来，她被训练的记忆能力简直是个奇迹，这让她学习的能力也提高不少。他吃惊地发现她可以很容易地学习一门新语言，都没费什么力气。但培养记忆力并不容易，虽然她学会了速记，她从未了解家族人是如何记东西的。她跟他们有本质的不同。

家族人的脑容量比之后的人大得多，他们的智力也不比别人低。只能说，他们的智力表现不同。有了记忆，他们才能学习，像是一种本能，但是是有意识的。一出生，他们的脑子里就有他们的祖先们的智慧。生存必需的智慧和能力，他们不需要学习也已经记住了。小的时候，只要提点一下他们已经拥有的知识，他们就会习惯。长大后，他们也知道如何从记忆中取出学会了的东西。

回忆对他们来说很简单，但学习新东西就会很费力。不过只要学会新东西，理解新概念，或者接受新思想，他们就很难忘记，还能把这些新东西传递给子孙。只是他们学习和改变的过程很慢。伊扎教爱拉医术时，便逐渐发现她们的区别，爱拉的记忆力远没有他们好，但她学起来快得多。

莱达格说了个词，爱拉并未立刻明白。但过了一会儿，她想起来了，是她的名字！这样叫她的名字，她曾经非常熟悉，家族人都是这样叫的。

莱达格跟家族人一样，无法完全掌握发音语言，他可以发出声音。但生活在他周围的人们所用的语言，有几个重要的音，他没办法发出来。由于缺少练习，爱拉发这些音都有难度。家族人和先前的人类的发音系统限制了他们，因此才发明了全面而丰富的手语和肢体语言，以此来传递丰富多彩的想法。莱达格明白生活在他周围的外族人，他懂他们的语言，但是没有办法让别人明白他的意思。

莱达格重复了头天晚上对妮兹做的动作，他叫爱拉"妈妈"。爱拉顿时觉得心跳加速，上次对着她做这个动作的人是她的儿子。突然，她觉得莱达格跟杜尔克那么像，她几乎可以从他身上看到自己的儿子。她觉得他就是杜尔克，她激动地抱住他，呼唤他的名字。她合上双眼，战栗着抑制住想喊他杜尔克的欲望。

她睁开了眼，莱达格正看着她，满脸理解又渴望的表情。好像他了解她的心情，而且知道她也懂他。天不遂人愿，莱达格并不是杜尔克，而她也不是狄琪。他就是他。她深吸了一口气，稳定下情绪。

"莱达格，你还想学别的话吗？别的手势语？"她问。

他点点头。

"你记得昨晚的'妈妈'……"

他又做了一遍曾让妮兹那么感动的手势。

"那你知道这个吗？"爱拉做了一个问候的手势。爱拉发现他还是很认真地学习差不多掌握了的知识，"这表示问候，意思是'上午好'或者'你好'，这个，"她重复了这个手势，稍微有一点点变化，"是长者跟晚辈说话的时候使用的。"

他皱了皱眉，接着模仿那个手势，跟刚才一样对她笑笑。他做完两个手势，想了想，又做了另外一个手势，完成后疑惑地望着她，不懂这手势是什么意思。

"很好，莱达格！我跟妈妈一样，是女人。记好了，那是跟妈妈的问候方式！"

妮兹发现爱拉跟莱达格在一起。因为有几次他贪玩迷了路，她很担心，因此她总是留意着他在哪儿，在干什么。看到他俩在一起，她觉得很好奇，想看看他们在干吗。爱拉见她如此好奇和满脸关切，就叫她过来。

"我让他学学他母亲的家族人的语言，"爱拉解释道，"像昨晚那个词。"

莱达格高兴地笑了，露出了大大的牙齿，他使劲向妮兹打了个手势。

"什么意思？"她问爱拉。

"莱达格说'妈妈，早上好'。"爱拉解释道。

"妈妈，早上好？"妮兹模仿着莱达格的手势，"这是'妈妈，早上好'的意思？"

"不是，快坐下，我来教你，"爱拉打了个手势，"这是'早上好'！而这样，"她变了一下，"就是说'妈妈，早上好'！他也能对我做这个的手势，意思是'像母亲的女人'，你可以这么做。"爱拉又变了一下，"就是'早上好，孩子'，还有这个，"

她又变了一下，"是说'早上好，我的儿子'，懂吗？"

爱拉重复了一遍所有的手势，妮兹认真地看，接着紧张地模仿。尽管做的不太流畅，但爱拉和莱达格都懂，她的手势的意思是"早上好，我的儿子"。

莱达拉在她身边，伸出纤细的胳膊，挽住她的脖子。妮兹把他抱在怀里，睁大眼睛不让眼泪喷涌而出。爱拉吃惊地发现莱达格的眼眶也湿润了。

家族人都有强烈的情感，但只有她会激动地流泪。她的孩子能跟她一样发出声音，他也完全具有语言能力。想起她被赶出家族时，爱拉跟所有母亲一样，痛不欲生。杜尔克不会流泪，但莱达格眼中有爱，就会流泪，虽然他不会说话。

"我以前从来没跟他说过话，我讲的话他也听不懂。"妮兹说。

"你还想学别的手势吗？"爱拉小声问。

女人点点头，紧抱孩子，不敢说话，害怕一开口就要失控了。爱拉又做了一套手势和变化。妮兹和莱达格全神贯注地看着，努力记住。爱拉接着又做了一套。妮兹的女儿拉蒂和鲁琪，图丽最小的孩子，跟鲁琪和莱达格差不多大的布里南跟他的小妹图茜都过来看发生什么事了，弗莱莉七岁的儿子克里萨维克也加入进来。他们一起做神奇的新游戏：用手势交流。

跟一般营地里孩子们玩的游戏不同，这是莱达格擅长的游戏。他学得很快，只需爱拉示范一次，他迅速就能做出变化，表达更复杂的意义。她觉得他的智力是正常的，心里有很多东西想表达出来。只要指点一下，就能畅通无阻地释放出来。

跟他差不多大的孩子们都在学，这就有意思多了。长这么大，莱达格第一次能够充分表达自己。他孜孜不倦地学着，跟他一起长大的孩子很快便接受了他流利的使用新语言的能力。他们曾跟他交流过，明白他与众不同，不太会说话。但他们没有大人们的偏见，不觉得他智商低。拉蒂作为大姐姐，一直把他的话解释给营地里的大人们听。

孩子们学好了，都专心地出去练习新游戏。爱拉看到莱达格帮他们纠正动作。他们向他询问手势和动作的意思。在同龄人中，他拥有了自己的新位置。

爱拉坐到妮兹身旁，看孩子们做着无声的手势，她笑了。她想要是伊扎能看到外族人的孩子叫着笑着使用家族的语言，她会有什么想法呢。爱拉想，无论如何，她肯定会理解的。

"你肯定对了，这就是他的语言。"妮兹说，"我没见他学什么东西学得这么快，我不知道家——你叫他们什么？"

"家族，叫家族，就是……一家……人们……人的意思。洞熊家族，信奉洞熊的人。正如马穆塔人，是信奉圣母的猛犸猎人一样。"爱拉答道。

"家族……我不知道家族可以这样交流，竟然有人能用手说出那样的言语……莱达格从来没有这么高兴过。"女人停顿了一下，爱拉觉得她是想换个方法再说什么。她等她理清思绪。“你为什么这么快就喜欢上他呢,我觉得很奇怪。”妮兹接着说,“因为他是混种孩子,有人对他很反感,一般人在他身边都会觉得不安。但是你好像很了解他。”

爱拉顿了顿,望着妮兹,不知道该说什么。最后,她下定决心,说道:“我也认识一个像他一样的孩子……我的儿子,杜尔克。”

“你的儿子!”妮兹看起来很吃惊,但昨晚弗里贝克说到克兰人和莱达格,并没有表现得很厌恶,“你也有一个混种的儿子?他现在在哪里?发生了什么事?”

爱拉满脸的痛苦。她一个人住在山谷的时候,已经决定把杜尔克的事情深埋在心底。但看到莱达格的时候,逝去的记忆被唤醒。妮兹的问题又唤醒了痛苦不堪的记忆和感情,令她手足无措。此时此刻,她不得不面对它。

跟别的族人一样,妮兹坦诚率真,这些问题几乎是脱口而出。但她立刻感觉到了,“爱拉,对不起,我该猜到……”

“妮兹,没关系的。”爱拉睁大眼睛,不让泪水流出,“我知道说起他就会有问题。一想到杜尔克……我就难受。”

“我们可以不说他的。”

“早晚有一天要说的。”爱拉停了停,又勇敢地继续说,“杜尔克跟家族生活在一起。伊扎……我的母亲,就像你跟莱达格一样……让我向北寻找我的族人,不是家族人,而是外族人。那时候杜尔克还是个婴儿,我舍不得走。杜尔克三岁的时候,勃劳德把我赶出家族。我不知道外族人住在哪儿,也不知道要去什么地方。我不能带杜尔克一起走。就把他交给尤芭……妹妹,她爱杜尔克,会好好照顾他的,他现在就是她的儿子了。”

爱拉没再继续说,妮兹也不知道说什么好。她还有一些疑问,但她不想强迫爱拉。这时让她想起丧子之痛,是很大的折磨。可爱拉自己还在继续讲。

“我有三年没见杜尔克了,他现在……六岁了,莱达格也差不多吧?”

妮兹点点头:“莱达格还不到七岁。”

爱拉停了停,好像沉思了一会儿,又继续说:“杜尔克跟莱达格长得很像,但不是他,杜尔克的眼睛像家族人,嘴巴像我。”她笑了笑,“应该换一下的。杜尔克懂得语言,可以说话。但是家族人没有语言;莱达格要是能说话就好了,但他却不行。杜尔克长得很壮,”爱拉看向远方,“他很能跑,跑得最快。如乔达拉说的,他早晚能成为运动员。”她抬起头,看妮兹的眼里满是哀伤,“莱达格从生下来就很虚弱,他弱在……?”她把手放在胸口,不知道怎么说那个词。

“他有时候呼吸困难。”妮兹说。

“关键不是呼吸,是血……不对……不是血……堆积的地方。”她握着拳,因为不知道如何表达而觉得懊恼。

“马穆特说是心脏,他的心脏不太好,你是如何知道的?”

“伊扎是治病救人的女巫医,是家族里最好的女巫医。她像对女儿一样教我医术,我也是女巫医。"

妮兹想起乔达拉说过爱拉是个医者。她很惊讶,原来克兰人还会治病。那时她并不知道他们也是可以交流的。她陪了莱达格很长一段时间,知道他虽然没有完整的语言,但绝对不像别人说的,是蠢笨的动物。虽然爱拉不是马穆特,也不代表她就不会治病。

她们面前出现一个人影,两个人抬起头。"爱拉,马穆特想跟你谈谈。"达努格说。两个人光顾着说话,都没注意到年轻人走了过来。"莱达格很喜欢你教他的新游戏,"他继续说,"拉蒂让我问问你,能不能教我做手势。"

"可以,当然可以教你,我谁都可以教。"

"我也想多学一点儿手势。"妮兹说。她们站起身。

"早上吗?"爱拉问。

"对呀,明天你应该先吃点儿东西,"妮兹说,"来,我给你跟马穆特做些东西。"

"我饿了。"爱拉说。

"我也饿了。"达努格也说。

"你什么时候不饿?你跟塔鲁特能吃掉一只猛犸象。"妮兹眼中满是对儿子的自豪。

两个女人跟达努格一起走向土屋,别人都以为要吃饭了,便跟他们一起进去。进了门,大家脱掉外衣放在架子上。早餐很随便,有人在自己的火堆上做饭,也有的聚集在第一火塘的大炉灶边。有人吃剩下的冷猛犸肉,也有人把肉、鱼、植物根、草和青苔放在一起煮汤。无论他们是不是在自己的地方吃,最后人们都会到集会的地方喝点儿茶,再出去。

爱拉坐在马穆特身边,好奇地看着周围的人,看到这么多人一起说笑、吵闹,还是让她很吃惊。不过她已经慢慢适应了。更让她吃惊的是,女人在男人之间自由地行走,毫无严格的等级。做饭和分配也没有顺序,大家各吃各的,还有一些人在喂小孩子。

乔达拉走过来,缓缓地坐在草垫上,靠在爱拉身旁。他小心翼翼地捧着一个没有把的杯子。杯子是草编成的,有点儿弹性。上面有五颜六色的族徽和图案。杯子里是滚热的薄荷茶。

"你起得好早呀。"爱拉说。

"我怕打扰到你,你睡得那么沉。"

"我醒的时候,还以为有人受伤了。狄琪告诉我那个老女人……克罗兹……总是跟弗里贝克吵得不可开交。"

"他们那么大声,我在外面都听得见,"乔达拉说,"虽然弗里贝克喜欢惹是生非。但我不能确定就是他的错。那个老女人叫的比鸟还难听,谁能跟她生活在一起?"

“我还以为有人受伤害了呢。”爱拉想想说道。

乔达拉疑惑地看着她。没发现她在重复，还以为她在说有人身体受了伤。

“爱拉说得对，”马穆特说，“旧伤还在隐隐作痛。”

“狄琪替弗莱莉难过。”爱拉看着马穆特，跟他说话觉得很轻松，虽然她不想让自己看上去很愚蠢，“什么是聘礼？狄琪说图丽给她下了很高的聘礼。”

马穆特想了想，组织了一下语言，以便她能听懂。爱拉渴望地望着老人。“爱拉，我能简单地回答你，但事实要复杂得多。我想了好久，理解一件事情，并且能跟别人说清楚不是件容易的事，就算你是为别人答疑解惑的。”他合上双眼，皱着眉沉思了一阵子，“你知道地位吧？”他继续说。

“知道，”爱拉说，“在家族里，首领是最有地位的，其次是优秀猎手，接着是普通猎手。莫格乌的地位也很高。可是他不同，他是……精神世界的人。”

“那么女人呢？”

“女人跟她丈夫的地位一样，但是女巫医有不同的地位。”

爱拉的话令乔达拉很吃惊。虽然她说过不少关于克兰人的事，他实在难以置信，他们能解释清楚等级这样的复杂概念。

“我知道。”马穆特缓缓地说，接着解释道，“我们信奉圣母为一切生命的创造者和孕育者。人类、动物、植物、水源、梭镖、岩石、泥土……是她创造出万物。当我们呼唤猛犸的精神，鹿的精神或者野牛的精神，请求圣母允许我们捕猎它们。圣母的精神就会创造别的猛犸、鹿或者野牛，来代替成为我们的食物的动物。”

“我们觉得那是圣母的恩赐。”乔达拉说。他来了兴趣。他喜欢探寻马穆塔人跟泽兰达尼人的异同。

“穆特，圣母，让女人告诉我们，她是如何把生命的精神取来，创造出新的生命，来代替那些被她召回的生命。”老人继续说，“孩子们长大后，从故事和歌曲中知道这些。可是爱拉，对你来说，这些已经完全不够了。虽然我们年纪大了，喜欢听故事，但是你必须知道推动事物发展的力量，更加深层的东西。这样，你就才会明白我们的很多习俗是如何形成的，我们觉得，一个人的地位取决于他的母亲。聘礼是我们展现价值的方法。”

爱拉点点头，她已经着迷了。乔达拉也试着解释有关圣母的事情。但是没有马穆特讲得这么透彻，这么明了。

“女人和男人决定结婚时，男人以及他的营地会给女人的母亲和她的营地送很多礼物。由女人的母亲或者营地的女首领来决定礼物的多少，有时候女人也可以自己定身价。但不能仅仅依据自己的想法。因为没哪个女人想降低自己的身价。但这个价格不应该超出她的男人和他的营地的支付能力。”

“为什么要送礼物给女人？”乔达拉问，“那不就等于拿她做商品，换盐或琥珀这样的物品吗？”

“女人的身价还不光有这些。聘礼是男人们为了与所爱的女人一起生活而付出的代价。高昂的聘礼对大家都好；它能给女人很高的地位，让大家知道，她嫁的男人和她自己的营地有多么重视她；能够付高昂聘礼的营地肯定很富裕；也让女人的营地备受尊重。”

“孩子一出生，就有了母亲的地位，所以高昂的聘礼对孩子也有好处。尽管聘礼只是些生活用品，却是地位的象征。代表双方营地对女人的尊重，以及这个女人给丈夫孩子带来的价值。”

爱拉还是不大明白，但乔达拉连连点头，有点儿明白了。虽然有些细节不同，但总的亲缘关系和观念跟他的族人也差不多。“那如何评定一个女人的身价呢？只看聘礼的高低吗？”乔达拉问道。

“决定聘礼的因素很多，男人总想找个他能付得起的最高地位的女人。当他离开自己的母亲，已经有了娶妻的地位。他的妻子也会成为母亲。能当母亲的女人的地位会更高，所以有孩子的女人很受欢迎。男人会尽力提高未来妻子的身价。这对他们很有好处。当两个男人争夺同一个高价的女人时，如果他们合得来，而且她也同意，两个人可以合作。这样一来她的聘礼就会升高了。

“男人也有可能跟两个女人结婚，尤其是不想分离的姐妹。这说明，他能够同时养活两个女人和她们的孩子，这会令他备受尊敬。双胞胎女孩子是特别的恩赐，很少会分开。”

“我们在沙拉穆多认识了一个叫索莉的马穆塔女人，她说她是被‘偷’来的，虽然是经过了她的同意。”乔达拉说。

“我们会跟沙拉穆多人做生意，但是我们的习俗却不同。索莉的地位很高，把她给别人就表示放弃了一个不仅本身价值很高的人，而且把她母亲遗传的价值带给她的丈夫和孩子。这种价值应该在马穆塔人之间进行交换。但是她被带给了沙拉穆多人，这就无法挽回了。我们失去了她，她的价值从我们这儿被偷走了。可是索莉爱上了年轻的沙拉穆多人，决定要跟他在一起。为了解决这事，我们就让她给别人抢走了。”

“狄琪说弗莱莉的母亲把她的聘礼降低了。”爱拉说。

老人换了个姿势，他知道她的意思，这是个难题。很多人凭直觉知道了他们的习俗。但没有马穆特解释得那么清楚。在他这个位置的人，很多都不会去解释信仰。信仰一般都源自充满神秘感亦真亦幻的故事。人们担心把文化的价值解释明白会让信仰失去神秘和魅力。可是他对爱拉已经有所了解，并且决定让她尽快了解一些概念，了解他们的文化。

“母亲能跟她的任何孩子住在同一个营地，”他说，“但通常要等到她老的时候。一般她会找跟她在相同营地的孩子，她的丈夫一般会跟着她，但他也可以回到他自己的母亲的营地。只要他愿意，也可以去他的姐妹的营地。男人通常跟他妻子的孩子，以及他的火塘的孩子们走的很近，因为他们住在一起，他会锻炼他们。但他的继承人却是他的姐妹的孩子。他们要为他养老送终。长者通常会受到欢迎,但也不是绝对的。弗莱莉是克罗兹唯一的孩子,因此她要时时刻刻跟着自己的女儿。命运对克罗兹很不公平。她老了以后也没多大改善,无论她如何努力,都没什么男人想跟她住同一个火塘。弗莱莉的首任丈夫去世后,她被迫一再降低女儿的聘礼。这令她更痛苦。”

爱拉点头表示理解,接着又关切地皱起眉头:“伊扎跟我说过一个老女人,我还没到家族的时候,她就跟家族一起生活。她是外族人,丈夫去世了,也没孩子,她没价值,也没地位。可是总有的吃,还可以坐在火堆旁边。假如失去了弗莱莉,克罗兹可以到哪儿去呢?”

马穆特想了想,他想全面而准确地回答她:“爱拉,克罗兹有个麻烦,没有亲人的人通常会被别的火塘收留。但是她太不合群,别人都不愿接纳她。也许她能到别的营地吃住,但他们过不了多久就把她赶走的。正如弗莱莉的首任丈夫去世后,他们的营地把她赶走一样。”

马穆特苦涩地笑笑:“弗里贝克也不是讨人喜欢的角色。他的母亲地位不高,没什么成绩。除了酒,没什么能当做礼物,他从一开始就一无所有,他的营地并不愿意接纳克罗兹,也不在乎弗里贝克是否离开。他们不愿意付任何聘礼,所以弗莱莉的聘礼才会那么少。他们能住在这里都是多亏了妮兹,她说服塔鲁特帮他们求情,他们才能住进来的,但大家都不愿意。”

爱拉点点头,表示了解,这样一来就都弄明白了,“马穆特,什么……”

“努韦!努韦!妈妈!她噎住了!”突然传来女人的叫声。

三岁的孩子边咳边叫,大口地喘着粗气。人们都围在旁边,有人拍孩子的背,但一点儿用都没有。其他人在一旁想办法,只见孩子费劲地呼吸,脸色铁青。人们都惊慌失措。

6

爱拉从人群中走过,挤到孩子身边,孩子正在失去知觉。爱拉坐下,抱着孩子,伸出手指探到她口中,想找到卡住的东西,却一点儿用都没有。她起身把孩子转了个身,抱住她的腰,让头和手垂下来,敲她的锁骨。接着从后面抱住软绵绵的孩子,使劲一夹。

站在旁边的人不敢呼吸,这个女人好像有办法把异物取出。虽然心跳还没有停止,孩子却已经没了呼吸。爱拉放下她,跪在她身边,把孩子的衣服拿过来枕在她的脖子下,使她的头后仰,拨开她的嘴,捏住她的鼻子,将自己的嘴贴在她嘴上,使劲吸气。她持续做了几次,觉得自己都快窒息了。

嘣的一声,有东西飞到她嘴里,快塞住她的喉咙了。爱拉把一块带肉的骨头吐出来。她吸了口气,把头发拨到一边,把自己的嘴放在孩子毫无声息的嘴上,把生命的氧气输送进孩子已经停滞的肺中。小胸腔鼓了起来,她又做了几下。

孩子突然又咳嗽起来,咿咿呀呀地想说话。爱拉哑着嗓子深深地吸了口气。

努韦有了呼吸,爱拉把她扶起来,看到女儿活了过来,特鲁妮松了一口气,哽咽起来。

爱拉穿好衣服,把帽子放在身后,看着火塘。她看到最末端的野牛火塘里,狄琪正站在火边,梳她的红发,系成结,一边跟床上的人说着话。过去的几天,爱拉已经跟狄琪成了好朋友,一般早上都会一起出去,狄琪边把一根猛犸象牙做的光滑细长的棍子插入头中,边向爱拉说:"等一下,我跟你一起。"

特鲁妮坐在驯鹿火塘的床上陪哈塔尔,她对爱拉笑笑,叫她过去。爱拉在她身边坐下,俯身陪哈塔尔玩。他咯咯大笑,蹬着腿找妈妈吃奶去了。

"爱拉,他认得你。"特鲁妮说。

"哈塔尔又快乐又健康,长得也很快,努韦在哪儿?"

"一大早,马努夫就把她带出去了。他帮她很多,他能和我们住在一起,我特别高兴。马努夫几乎天天陪小孩,宠着她,尤其在我们差点儿失去她之后。"年轻的母亲把孩子抱在怀里,轻拍她的后背,又看着爱拉,"我想有空的时候和你单独聊聊,表示感谢,我们都很感激……当时我真吓坏了,还以为……我现在还在后怕。我不知所措。如果没有你,我该怎么办。"她呜咽着,流下眼泪。

"特鲁妮,不用谢我的,是我的……我不知道怎么说,我正好懂一点儿……是举手之劳。"

爱拉看到弗莱莉从鹤火塘走了过来,正看着她。她的黑眼圈很明显,很劳累的样子。爱拉注意她很久了。她怀孕这么久了,早晨不该有不良反应了,但弗莱莉常吐,而且不光在早晨。爱拉想仔细为她检查,但是每当她提起,弗里贝克就很生气。他说虽然她救回了差点儿窒息的孩子,但这并不表示她什么病都会治,她一直没办法说服他。他不想让陌生女人带坏了弗莱莉,这又成了克罗兹跟他争吵的焦点。为了让他们不吵,弗莱莉只能说,她很好,不用检查。

爱拉给生病的女人一个鼓励的微笑,拿着兽皮水袋,跟狄琪一起出去。她们穿过猛犸火塘,来到狐狸火塘时,雷奈克抬起头,盯着她们走过,爱拉总觉得他一直盯着自己走过狮子火塘和烧饭的地方。一直走到里面的拱门,她抑制住了想回头的冲动。

她们推开门帘,天空湛蓝,强烈的阳光晃得她眼睛都睁不开了。在秋天,很少会这样阳光明媚,能在冬天来之前,给人们留下美好记忆。爱拉高兴地笑了,突然,她想起,尤芭就是出生在这种时候,布仑的家族是在秋天找到她的。

屋前的空地建在朝西的山坡上,站在门口,可以眺望。她向远处看了一会儿。湍急的河流闪着银光,谱写了一首阳光与水流的合奏。穿过远处的薄雾,爱拉看到河对岸的山坡上湍急的河水在空旷的草原冲刷出大河,两岸是水流带来的泥土。

从宽广的高原到下面被河水冲刷的平原，流水把黄土地冲成不同的样子，是雨水、融雪的手笔。几株翠绿的松树孤单地伫立着，零星地散落在平原上的一簇簇凋落的灌木丛间。河流下游，香蒲和芦苇错落生长，她的视线止于河湾处。威尼和雷瑟在苍茫的草原上吃草。

爱拉的脚上沾了几个泥块。她抬起头，对上乔达拉的蓝眼睛，塔鲁特笑容满面地站在他身边，顶上还有几个人，爱拉觉得很奇怪。

“爱拉，我来帮你吧。”乔达拉说。

“现在不用，等一会儿，我刚出来，你怎么也在？”

“我们要把圆船放到排气孔上。”塔鲁特解释道。

“什么？”

“好啦，我过会儿告诉你，”狄琪说，“我憋不住了。”

两个人走向旁边的小河。山坡上有台阶，连着几个巨大的磨平的凿了洞的猛犸肩骨，放在干涸了的沟渠上面。爱拉站在一个肩胛骨上，解开裤带，弯下腰蹲在小洞上。她想，以前觉得衣服麻烦，怎么没想到这样做。她看看狄琪，觉得越发容易。排泄物跟其他废物一起倒在沟渠里，春天就会被冲走。

她们来到一个宽广的山谷旁的小河边。一条小溪的北边源头已经冻住了，在平原中缓缓流淌，再过些日子，沟渠里的水就会暴涨。岸边堆放着一些猛犸头骨和腿骨做的粗糙的长柄勺。

两个女人用猛犸头骨从河里舀出水，爱拉从身上的口袋拿出几片凋零的花瓣放在手中，用手一搓，就生成了泡沫的清洗物，她干净的手上有一阵芬芳。爱拉折了树枝，嚼着断的一头，保护牙齿，这是乔达拉教她的。

“圆形船是什么呀？”爱拉问。两个人拿着装满清水的牛胃水袋往回走。

“如果水流不急，可以用它渡河。用骨头和木头做成圆架子，能装两三个人，铺上兽皮，一般是牛皮，有毛的放在外面，刷上油，用加工过的大鹿角做桨……划船过河。”狄琪解释道。

“那为什么把圆形船放到房顶上呢？”

“船不使用的时候，就放那。冬天，船放在排气孔上，防止雨雪进来。他们刚才把船放在屋里，防止被风刮走。但要留个缝隙排烟，下大雪的时候，从里面把船翻过来除雪。”

爱拉边走边觉得认识狄琪很高兴。她以前有尤芭这个妹妹，但她太小。狄琪是爱拉认识的第一个能理解她每句话意思的同龄朋友，而且还和爱拉有诸多相同点。她们放下沉甸甸的水袋，停下来休息。

“爱拉，‘我爱你’怎么表示？下次见到布拉那格，我就能跟他说了。”狄琪说。

“家族没有这个手势。”爱拉说。

“他们不相爱吗？听你所说，他们好像很有人情味，我以为他们也会相爱呢。”

“对，他们相亲相爱。但是无言的……也不能这么讲。”

“你是说‘含蓄’吧。”狄琪说。

“含蓄……他们的感情很含蓄。母亲会对孩子说‘你让我快乐’，”爱拉边说边教狄琪做手势，“但女人不愿意暴露……不对，是明显吧？”她不敢确定自己用的第二个词，看到狄琪点头，才继续说，“明显表现对男人的感情。”

狄琪来了兴趣，“那应该怎么做？在夏季大会的时候，我发现布拉那格一直盯着我看，我也是，我得让他知道我的感情，如果我不告诉他，我就不知所措了。”

“虽然家族女人不会说，但她是明白的。她愿意为她爱的男人做任何事。煮他喜欢吃的饭。他早上起来，准备好他爱喝的茶，给他做特别的衣服，用内皮制成的舒适的皮衣，里面有兽皮的脚套。他不用说，女人就知道他的需要。这样做，说明她很关心男人的习惯，关心他，对他也很了解。”

狄琪点点头：“这是对男人表达爱意的好点子，为他做特别的事情是很好。但怎么知道他也爱她呢？男人会怎么做？”

“古夫曾经冒着生命危险杀死了一头雪豹。那雪豹离山洞很近，奥芙拉吓得魂飞魄散，她知道他是为了她。虽然他把豹皮给了克莱伯，伊扎用它给我做了一件衣服。”爱拉解释道。

“太含蓄了！都不知道我能不能感觉到。”狄琪笑着说，“你是怎么知道他是为了她？”

“后来，奥芙拉跟我说的，我那时还小，还在学，根本不知道的。家族人并不都用手势语，许多是用面部表情、眼睛和身体来表示的。走路的样子，摇头，肩部肌肉收缩比词语更能表达。家族的语言很久才能学会。”

“太令人惊讶了，你学马穆塔语竟然学得这么快！你总是在进步，很有天赋。”

“我学得不好，有很多词不会。我是用家族的语言来记忆口语词汇，听着词语，看人们的表情，想词语的声音和动作的关系，以及身体的动作……尽量记。我教莱达格和别人手势语，我自己也在学习，学习你们的语言。狄琪，我一定要学会。”爱拉激动地说，很真诚。

“对你来说，不是闹着玩的？我们也不觉得手势语是闹着玩的。我们参加夏季大会，相互交流别人都能懂，多有意思呀。”

“我也很高兴，大家会喜欢，还想多学。莱达格也很高兴，他觉得这不仅是简单的游戏。”

“对，我也觉得。”她们拿起水袋，狄琪停下来，对爱拉说，“一开始，我不明白妮兹为什么要收留他，后来我渐渐习惯，喜欢他。现在他已经是我们的一分子了。如果他走了，我会想他。但我从没想过他也想说话，也有自己的思想。”

乔达拉站在门口，看两个人边走边亲密地聊天。他很高兴爱拉这么快就习惯了。他觉得很奇怪。他们遇到过形形色色的人，现在看到这里有个混种的孩子，而且比别人更能容纳她。有一点儿他是对的，爱拉从不忌讳自己的身世。

可是她从没跟别人说过自己的儿子。他想，妮兹虽然能向一个孤儿敞开心扉，但能否接受一个与克兰人混合，生下怪胎的女人就另当别论了。他有点儿担心，害怕悲剧会重演。假如她带着邪恶的精神，就会传染给身边别的女人。

想到这里，这个高大帅气的男人脸红了。他内疚地想，爱拉不觉得她儿子是怪物。第一次说起她儿子，他觉得很厌恶，她很生气。她从没那么生气。那毕竟是她的儿子，她本来就不应该羞愧。她是对的，在梦中多尼跟我说，克兰人……家族……也是圣母的孩子。莱达格比我想得更聪明，他与众不用，但他也是人类，而且那么讨人喜欢。

乔达拉跟莱达格相处了很久，发现他聪明机灵，还有自己的想法。尤其是说到他的弱点。他知道每次看到爱拉，莱达格都有崇拜的神色。她跟他说过，在家族里，像他这么大的孩子会跟成年人很亲近，像达努格。也许他的脆弱让他变得早熟。

她是对的，她对族人的看法也是对的。可是如果她可以不说，会更好。别人也不知道她说过。

她把家族人当亲人。乔达拉又脸红了，为自己的想法感到羞愧。如果别人让你不要说抚养你的人，你怎么想？她既然不为他们羞愧，你又在意什么呢？无论如何，弗里贝克只是个捣蛋鬼。她完全不知道人们会反感你，反感你的同伴。

她不知道更好，不会出什么岔子。她教营地中许多人，包括我，克兰人的语言。

乔达拉发现，大家都急切地想学家族人的语言。如果有人有疑问，爱拉就会临时开课。他也会加入其中。他也很喜欢做新游戏，打手势，开无声的玩笑。说的是一件事，背后却是另一件事。他惊讶于这无声的语言的深度。

"乔达拉，你在想什么，脸都红了？"她们走到门口，狄琪开玩笑地问。

突如其来的问题让他觉得很尴尬，脸更红了。"肯定是离火太近了。"他吞吞吐吐地把头扭到一边。

乔达拉为什么不说实话？爱拉看到他转头的时候，双眉紧锁，满眼忧郁。他是因感情而脸红的。我开始习惯了，他却举止奇怪。我想更仔细地了解他，他却生气了。我知道他在生气，却不知道原因。像手语游戏一样，用语言说一件事，手势又是另一件。他跟雷奈克表面上说着好话，而身体语言却很生气。他为什么生雷奈克的气呢？他明明就有烦心事，他却说是离火太近了。是我犯错了？为什么不懂他？我学得会吗？

三个人转身进屋，差点儿撞上刚出屋的塔鲁特。

"乔达拉，我在找你。"首领说，"这么好的天气，浪费了多可惜，韦麦兹回来的时候看到一群猎物——过冬的野牛，吃完饭，我们去捕猎，你要加入吗？”

“好啊，我想也去！”乔达拉笑着说。

“我让马穆特预测了天气，寻找牛群。他说各方面条件都很有利，牛群还没离开。他还说了些我不懂的话，他说‘出去的路也是进来的路’，你懂吗？”

“不懂，这不奇怪，侍奉圣母的人说的话我们经常听不懂，”乔达拉笑着说，“他们说的话太含蓄。”

“我不知道他们自己懂不懂。”塔鲁特说。

“要打猎的话，我给你看个东西，会有用的。”乔达拉把他们领到猛犸火塘的床边，捡起几个梭镖，还有一个塔鲁特没见过的东西，“这是我跟爱拉在山谷里做的，我们就用它打猎。”

爱拉往后靠了靠，觉得有点儿害怕和紧张。她渴望被人接受，但她不知道他们对女人打猎有什么看法。以前，打猎是很痛苦的，家族禁止女人打猎，连打猎工具都不能碰。但她还是自学使用弹石。被发现以后受到了残酷的惩罚。之后，她被允许一定程度地打猎，为了保护她的图腾。这又招致勃劳德的痛恨，最终被赶出家族。

不过，用弹石打猎让她可以独自在山谷生活，鼓励她增强打猎能力，生存下来。她在家族时候学习的技能以及她的才智，让她学会独自生活。她觉得，狩猎不仅给她安全感，还表示着自由。她会坚持下去。

“爱拉，把你的梭镖投掷器也拿过来吧？”说着，乔达拉转向塔鲁特，“虽然我的力量比她大，但爱拉的精确度比我高，她能教你们怎么用。如果你想看精确度的表演，应该让她使用弹石带。我想，她弹石的准度让她在用投掷器时更有优势了。”

爱拉松了口气，去拿投掷器和梭镖。她没发现自己已经屏住呼吸。外族男人这么容易就接受了她狩猎的爱好，还夸奖她的能力，令她难以置信。乔达拉好像很肯定塔鲁特和狮营会赞赏她的狩猎技术。她看看狄琪，不知道她会有什么想法。

“如果你尝试一种新的狩猎工具，该让圣母也知道，她肯定也想看看。”狄琪说，“我把我的梭镖和帐篷拿过来，也许我们会在外面过夜。”

吃完早饭，塔鲁特把韦麦兹叫到做饭的屋区火堆旁软地上，阳光透过排气孔直射进来，地面上有个鹿腿骨制成的工具，像一把刀，塔鲁特拿着尖端，用光滑的一头把地扫平，接着掉了个头，用尖端在地面上画符号和线条。几个人围在旁边。

“韦麦兹说，在东北边离三座峭壁不远的地方有野牛，就在支流旁边。”首领用画刀勾勒出简单的地图。

塔鲁特的地图并不精确，只是指示图，不用精确地标出，狮营的人对他们的地盘很熟悉，地图只是为了提示一下，符号跟线条表示地形和路线。

地图没有表现出河流的路径,不是俯视图。弯弯曲曲的线表示河流,一条直线连在一起,是支流。在宽广的平原上,河流都是块状分布,有时会连在一起。

他们知道河流源自何方,流向何处,沿着河流可以到达不同的地方。其他的地形变化不大,悬崖峭壁千年不变。这里离冰山很近,又有低纬度区的分明的四季,冰雪和冻土使地面的风景产生很大变化。

除了最大的冰川,许多冰川的流动导致河流流向的季节性变化。冬季的冰山在夏季融化,流入沼泽。猛犸猎手把他们生活的地方视为一个有机整体,河流只是一部分。

塔鲁特不会用有刻度的线条表明河流和道路的长度,这种计量毫无意义。他们不以远近来标志距离,而是以花费的时间来算。因此还是用表明天数的线条或者其他时间符号更好。一个地点对不同人来说可能远近会不同,在不同的时节远近也会不同,因为到达那里的时间不同。整个营地的距离远近是由最慢的人花费的时间决定的。狮营的人觉得塔鲁特的地图很明白,爱拉却认真地思考起来。

“韦麦兹,告诉我是在哪里发现野牛的。”塔鲁特说。

“支流南边,”说着,韦麦兹拿起刀,画了几条线,“地势有点儿陡峭,还有峭壁,不过平原很平坦。”

“如果它们朝上游走,也没什么特殊地形。”图丽说。

“马穆特,有什么想法?”塔鲁特问,“你说过它们还在。”

老圣者拿起刀,闭上眼睛想了一阵子,“在第二个和最后一个峭壁之间有条河,”他边画边说,“它们可能往那儿走,以为能出的去。”

“我知道!”塔鲁特说,“如果沿河向上游走,河流冲刷的平原越来越窄,两边都是峭壁,是个好地方。一共有多少?”

韦麦兹接过刀,在旁边画了几道,停一停,又加了一道:“我可以肯定看到很多。”说着,他把画刀插进土里。

图丽拿起刀又添了三道:“我发现落在后面的几只,有一头很小,很虚弱的样子。”

达努格又加了一道:“我猜是双胞胎,后面还有一头,狄琪,你是不是也看到两只?”

“我记不得了。”

“她只记得布拉那格。”韦麦兹笑着说。

“那地点离这儿大概有半天的时间,对吗?”塔鲁特问。

韦麦兹点点头:“快走也要半天。”

“那我们得立刻出发了,”首领想了想,“好长时间没到那边去了,得勘察一下地形,不知道……”

“想跑的可以先去勘察一下,再往回跟我们会合。”图丽猜到了她哥哥的想法。

"还是挺远的……"塔鲁特看了一眼达努格。年轻人刚要开口，爱拉抢先说："对马来说不远，马跑得快，我可以骑威尼……但是我不认得路。"她说。

塔鲁特吃了一惊，接着笑容满面地说："我给你画个地图。"他指着地上的地图说。他转过身，生火用的骨堆旁有个象牙片，他拔出尖锐的燧石刀。"你一直向北走，到一条大河边。"他用弯曲的线条表示河流，"有一条小河，千万别迷路了。"

爱拉皱皱眉头，"看不懂，"她说，"我没见过地图。"

塔鲁特有点儿失望，把象牙片又扔回去。

"有没有人陪她一起去？"乔达拉提议，"马可以驮两个人，我带过她。"

塔鲁特又笑了，"好主意！谁想去？"

"我去！我认识路！"一个声音喊道，又一个声音响起："我也认识路，我刚回来。"拉蒂和达努格都愿意，其他人看起来也很愿意。

塔鲁特看看两个人，摊开双手，耸耸肩，对爱拉说："你来选吧。"

爱拉看看年轻人，他跟乔达拉差不多高，跟塔鲁特一样的红头发，刚长出胡须。看看瘦高的女孩，已经快成人了，妮兹稍淡一点儿的深棕色头发，双眼闪烁着热切的渴望。她不知道怎样决定，达努格就快成人了，该带他。可是拉蒂很像她自己，她记得她第一次看到马的渴望。

"我想人轻一点儿，马会跑得快一些，达努格毕竟是男人。"爱拉对他和蔼地笑笑，"这次还是带拉蒂吧。"

达努格点点头，有点儿尴尬地离开了，找个办法处理他大喜大悲的情绪。落选让他失望，但爱拉叫他男人的时候，那莞尔一笑，令他血脉贲张，心跳加快，两股一阵紧缩。

拉蒂立刻穿上外出时暖和、轻便的驯鹿皮衣，把妮兹给她准备的食物和水都放在背包里。爱拉还没穿好衣服，拉蒂就跑出门，准备出发了。她看着乔达拉帮爱拉，用她发明的工具把威尼身上的筐子拴好。爱拉把妮兹给她的食物和水放在一个篮子里，放在别的东西上面，接过拉蒂的背包，放在另一个篮子里。爱拉抓住威尼的鬃毛，纵身一跃，骑到马背上。乔达拉把拉蒂扶上马，坐在爱拉身前。坐在褐色的马背上，拉蒂俯视着众人，满脸幸福。

达努格有点儿尴尬地走过来，把象牙片递给拉蒂："给你，我把塔鲁特的地图画完，这样容易找。"他说。

"达努格，谢谢你！"说着，拉蒂抱着他的脖子。

"谢谢你，达努格。"爱拉也对他笑笑。

达努格的脸红得跟头发一样，心跳加速。女人和女孩骑着马走向山坡。他朝她们招招手，手掌面向他自己，做出"回来"的手势。

乔达拉搂着马驹的脖子，拍拍年轻人的肩膀，马驹望着她们，抬起头，仰着鼻子，也想一起去。“你很棒，我知道，下次肯定让你骑马的。”达努格点点头，他不只是想骑马。

到了草原，爱拉微微地用力，用肢体动作示意威尼加速，向北方疾驰而去。马蹄飞奔，景色渐渐模糊。拉蒂不敢相信自己骑马飞驰在草原上。从出发起，她就一直带着笑容，仍然止不住。她偶尔闭上双眼，风拍打在脸上。她的激动喜悦难以言表，她从不敢想象这么有趣的事。

出发不久，别的猎手就跟上来，所有有能力又愿意去的人都来了，狮子火塘有三个猎手——塔鲁特、达努格和拉蒂。拉蒂还小，刚刚允许参加。她急着想去，跟她母亲年轻时候一样。不过现在妮兹不经常跟猎手们出去了。她要照顾鲁琪和莱达格，还有别的孩子。收留莱达格之后，她就没怎么出去过。

狐狸火塘有两个男人，韦麦兹和雷奈克都去了。猛犸火塘没人狩猎，除了两个客人，爱拉和乔达拉。年迈的马穆特早已不能打猎了。

尽管马努夫想一起去，他最终还是没去，为了不拖慢他们；特鲁妮也没去，跟努韦、哈塔尔在一起。她一般都不出门，除非是孩子们也能帮上忙的极偶尔的场合。托奈克是驯鹿火塘唯一的猎手，正如弗里贝克是鹤火塘的唯一的猎手；弗莱莉、克罗兹和克里萨维克、塔舍都留了下来。

图丽总有法子参加狩猎，就算她有孩子也无所谓。野牛火塘有很多猎手，除了首领，巴泽克、狄琪和德鲁韦也去了，尽管布里南想说服他妈妈，最终他还是跟妹妹一起，被留给了妮兹。

猎手们步行上坡，到达平原后，塔鲁特加速了。

“天气这么好，可不能浪费了。”妮兹稳稳地放下杯子，对屋外火堆旁的人们说。猎手们走后，人们喝着茶，吃完了剩早餐。“谷物太干了，我想去捡点儿东西。溪边的松树林，肯定能找到松子，有人想去吗？”

“我觉得弗莱莉不能走那么远。”克罗兹说。

“妈妈，”弗莱莉说，“多运动会对我好，冬天很快就会到来，到时候就要一直待在屋里，出不去了。妮兹，我想去。”

“我也要去，帮你看孩子。”克罗兹好像作出了什么重大的妥协，其实她也觉得出门的主意很好。

特鲁妮也说：“妮兹，好主意！把哈塔尔放在篮子里。要是努韦累了，我还能抱抱她。在外面待一天太令人高兴了。”

“我来抱努韦，你不用两个都带。”马努夫说，“不过我想先采松子，采谷物的的事就麻烦你们了。”

“我也去，”马穆特说，“莱达格肯定不介意跟老头子在一起，既然他很擅长手势语，说不定还能多教我一点儿。”

“马穆特，你也很擅长，”莱达格用手势语说，“你学得这么快，说不定还可以教我。”

"我们可以互相学习呀。"马穆特用手势语答。

妮兹笑了，老人对这个混种的孩子和营地里别的孩子毫无差别，反而给了他更多关怀。他经常帮她带莱达格，他们似乎特别的亲近。她猜，他想在大人们都忙的时候，不让孩子孤单。别人催促他的时候，他就会拿照顾孩子当借口，放慢速度。他经常这样。

大家在屋外集合。收拾篮子，皮袋、水袋都装满食物。马穆特把象牙女人像放在门口地上。嘟囔了几句没人听懂的话，又做了几个动作。营地里的人都出去，屋里就没人了，他让圣母的精神在他们离开时，守护家园。

无人敢违抗门口圣母像禁令。除非有什么特殊的事情，没有人敢冒犯圣母，招致惩罚。就算有什么急事，比如有人受伤，或遭遇到暴风雪，也一定要进行赎罪，平息圣母的愤怒和报复。当事人和他的家人以及营地必须立刻加倍赔偿所用的东西，而且要给猛犸火塘的人们送礼物。他们还要解释清楚，祈求圣母的宽恕，发誓从此行善积德。马穆特的做法比任何锁都管用。

马穆特走后，妮兹背起篮子，调节了带子的长度，把莱达格抱到她宽宽的臀部上，背他上山。她看着鲁琪、图茜和布里南，走向草原，其他人也紧随其后。另一半人正走在宽广的原野上，准备花一整天采集大地母亲播撒并给予他们的稻谷和种子。收稻谷的工作跟猎手们的工作对营地做出的贡献同样重要。但这不仅是劳作，互助和分享大自然的美景让劳动有滋有味。

爱拉和拉蒂趟过一条小河。当她们到达下一个大河道时，爱拉让马放慢脚步。

"沿着这条河走吗？"爱拉问。

"好像不是，"拉蒂看了看象牙上的记号，"不是，你看，这是我们刚才过的那条小河。还得再过一条，沿着下一条的上游走。"

"这条看起来不深，要过去吗？"

拉蒂观察了一下，"前面更容易过，脱下靴子，裤腿卷起来就行了。"

她们向上游走到了一个宽阔的浅河道，河水敲打在岸边的石头上，泛起了白沫。爱拉让威尼继续前进，母马走下河，疾驰而去。拉蒂高兴地笑了。

"我们都没湿！"她叫道，"只溅了几滴水。"

她们到达了下一条河流，准备向东行。爱拉让威尼放慢了脚步，歇一会儿。马就算放慢脚步，也比人快。走着走着，地形逐渐有了变化，崎岖不平，而且越来越高。爱拉停下来，指着对岸的一条河。这条河跟她们一直沿着走的这条组成了一个巨大的"V"字。拉蒂很意外，没想到这么快就到了支流。爱拉发现水流有些湍急。她们所在的地方可以看见三座陡峭的花岗岩山崖。对岸一座跟这边的两座形成角度。

她们沿着支流继续走，支流一直延伸到山崖的方向。她们到达了第一个山崖，发现河水在悬崖峭壁之间流淌。穿过山崖，又走了一阵子，爱拉发现几头黑色的长毛野牛在河岸芦苇丛中吃草。

“看！”

“它们在那里！”拉蒂低声叫出来，抑制住激动。

爱拉摆动着头发，把一根手指弄湿后举起来，确定风向，“风从那边吹过来。先不要惊动它们，野牛认得马，能骑马走近，但不能太近。”

爱拉指引着威尼小心翼翼地跟着兽群。又向上游走了一阵子。她觉得差不多了，便原路返回。一头大母牛嚼着食物，抬头正好看见她们。它的左角尖断了。爱拉放慢速度，让威尼保持正常。母马停下来低头吃草，两个人屏住呼吸。马一紧张就不会吃草了，威尼的举动让野牛安心了下来。它继续吃草。爱拉远离牛群，让威尼向下游狂奔而去，到了先前停顿的地方，继续南行，渡过一条河，然后让威尼停下来，两人喝了点儿水，继续南行。

猎手的队伍刚刚过了第一条河。乔达拉发现雷瑟拉着缰绳朝他们面前的一股浓烟走去。他示意塔鲁特朝那个方向看。首领抬起头，只见爱拉和拉蒂骑着威尼向他们飞奔过来。不一会儿，就来到他们中间。停了下来，拉蒂笑容满面，眼神中都是喜悦。塔鲁特把她从马上扶下来。爱拉跨起一条腿，从马上跳下来。人们都聚拢过来。

“找到了吗？”塔鲁特问出了大家关注的问题。另一个人也脱口而出，不过是用完全不同的腔调。

“肯定是没找到，我就不信骑马跑在前面能有什么用。”弗里贝克鄙视地说。

拉蒂火冒三丈：“你什么意思？我们找到了，还看到了野牛！”

“你是说你们已经到了那儿，又回来了？”他摇摇头，一点儿也不信。

“它们现在在哪儿？”韦麦兹没理会弗里贝克，无视他的冷嘲热讽，直接问他侄女。

拉蒂从威尼背上的篮子里取出象牙图，从腰间拔出燧石刀，坐在地上，在地图上刻画一些符号。

“南边的支流穿过了两座山崖。”她说。韦麦兹和塔鲁特在她身边，赞同地点点头。爱拉和其他人在她身后围成一圈，“野牛在山崖的另一边，平原很宽广，河边有些绿草，我看见四头小的……”说着，她画了四条短线。

“应该是五头。”爱拉纠正道。

拉蒂抬头，朝爱拉点了点头，又加了一条短线。“爱拉，你说得对，是有对双胞胎小牛，还有七头母牛……”她又抬起头，看看爱拉，等她确认。爱拉点点头，拉蒂又加了两条线，比之前的长一点儿。“……我只看到四头小牛。”她想了一阵子，“远处还有一些。”

“还有五头小公牛，”爱拉补充道，“或许还有两三头，我说不准，也许还有我们没看到的。”

拉蒂画了五条稍长的线，比前面的线长一点儿。接着在两组线之间又加了三条线，稍微短一点儿。她在最后一条线上画了一个"丫"形，说明她画好了，这就是她看到的野牛的数目。她的计数符号是在之前象牙上的符号上加的。不过没关系，已经解释清楚了。

塔鲁特从拉蒂手里取过象牙，想了一会儿。看着爱拉说："你们有没有观察它们前进的方向？"

"我觉得是向上游走了，我们跟着牛群，没有惊动它们。另一边的草一点儿都没有吃。"爱拉说。

塔鲁特点点头，停了一会儿，依然在思考："你说你们跟着它们，你们向上游走了很远吗？"

"对。"

"我记得路，平原越来越窄，最后消失。岸边是陡峭的山崖，没有出路，对吗？"

"对……不过，或许会有出路。"

"有出路？"

"陡峭的山崖边有个山坡，是长刺的灌木丛。但山岩旁边有像山坡一样的干枯的河床，我觉得是条出路。"她说。

塔鲁特皱了皱眉，看看韦麦兹和图丽，突然大笑："出去的路也是进来的路！马穆特说对了！"

韦麦兹有一瞬间的疑惑，他也逐渐明白过来，露出笑容。图丽看着他们，也明白过来。

"我们当然可以从那条道进去，设下陷阱。再到另一边，把它们赶进去。"图丽向其他人解释道，"但得有人看着它们，不能在我们设陷阱时，让它们发现，沿下游回去了。"

"就让达努格和拉蒂去吧。"塔鲁特说。

"我觉得德鲁韦也可以帮他们，"巴泽克说，"如果还需要帮忙，我也可以去。"

"好！"塔鲁特说，"巴泽克，你可以跟它们朝上游走，我有捷径。我们从这里走。你们去看好它们，我们把陷阱做好，就过来跟你们一起赶它们。"

7

在陡峭的灌木丛生的山崖间有一条干枯的河道，河道中满是碎石和淤泥。河床通向一片平坦而狭窄的平原，一条小溪在碎石间流淌，形成许多激流和瀑布。爱拉步行了一会儿，又去找两匹马，威尼和雷瑟已经习惯了山谷中的陡坡，它们轻松地前进着。

爱拉把篮子从威尼身上卸下来，让它无拘无束地吃草。但拿掉雷瑟的缰绳让乔达拉有点儿担心。没了缰绳，他跟爱拉都控制不了它，况且它已经长大了，心情不好就会很烦躁。虽然爱拉想让它更自由，但缰绳不妨碍它吃草，她就没解开了。她想到雷瑟跟它妈妈的区别。威尼自由自在，可是爱拉一直都跟这匹马在一起，她没有别的依靠。雷瑟有威尼，跟她就不太亲近。她觉得她或乔达拉应该多跟它相处，多教教它。

爱拉到达时，人们已经在做围栏一样的陷阱了。他们把地上的石头、兽骨和树枝编在一起。空旷的平原上，各种生物交替存在，湍急的河水把散落在地面的兽骨冲走，堆积在一起。人们沿着河的下游寻着了一阵，发现不远处有一堆骨头，猎手们把大块腿骨和肋骨拖到他们在河床底部围成的陷阱。陷阱必须足够坚固，牛群才能被困住，但没必要建成永久性的。毕竟只使用一次，而且无论如何过不了春天的，到那时河水如洪流般一泻千里，就把所有东西都冲走了。

爱拉看塔鲁特拿了一把由巨大的石头做成的斧头，就像玩玩具一样。他的上衣已经脱了，汗流浃背，按顺序砍伐一排小树，三下两下就砍掉一棵。托奈克和弗里贝克负责搬运，都跟不上他的速度。图丽看着围栏的建造，她拿着一把跟她哥哥差不多大的斧头，轻轻松松地把树砍成两段，把骨头削成合适的形状。女首领的力气比男人还大。

“塔鲁特！”狄琪叫道。她抬着一根猛犸牙，十五尺长。雷奈克在后面抬着。“我们找到猛犸骨，你能把象牙劈开吗？”

塔鲁特笑笑。“这肯定是只很老的猛犸象呀！”说着，把他们抬来的象牙放在腿下。

塔鲁特抡起大斧头，健美的肌肉都紧绷起来。嘭的一声，象牙碎片飞溅。看着大力士轻松熟练地使用大斧，爱拉惊讶不已。出乎意料的是，乔达拉更吃惊。看到男人肌肉的强大力量，爱拉已经习惯了。就算她比家族男人高，但他们的肌肉发达健美，连女人都以大力闻名。爱拉从小到大，跟家族女人干一样的活。她瘦小的骨头上也练出了发达的肌肉。

塔鲁特放下斧头，扛起一半象牙，向围栏走过去。爱拉举起斧头，挥了两下。根本就拿不动，乔达拉都觉得重，无法使用。这是给强壮的首领准备的。两个人扛起另一半象牙，跟上塔鲁特。

乔达拉和韦麦兹把象牙片用石头固定，防止凶猛的野牛把围栏撞坏。爱拉跟狄琪和雷奈克一起去寻找兽骨，乔达拉一转身，看到他们向远处走去，看到雷奈克和爱拉一起说话，爱拉跟狄琪都笑了，他压着火。塔鲁特和韦麦兹发现乔达拉的脸通红。他们相互看看，都没说话。

最后一个步骤是造门，围栏开口的一头放了一些没枝条的结实小树，人们挖洞做地基，小树周围用石头堆起来加固，再用皮带捆着象牙。门是用腿骨、树枝和猛犸肋骨做成，全部固定在合适的交叉的小树上。几个人扶着门，另外几个人把门固定在直立的杆子上，门就可以开关了。另一头是石头和大骨头，门关上就可以堵住。

下午，一切准备就绪。太阳很烈。大家齐心协力，比计划提前建好了陷阱。人们在塔鲁特身边围坐，取出准备好的食物，一边吃饭，一边讨论接下来的计划。

“有个难题，就是如何让它们穿过门。”塔鲁特说，“假如有一头牛先进去了，剩下的很可能跟着一起进去。它们穿过门之后，就会在这里徘徊，有可能会走到河里。这条河水流湍急，有的可能就过不了。可是这样对我们没有好处，还会失去它们，最多也就在下游发现尸体。”

“我们得拦住它们，”图丽说，“不能让它们穿过陷阱。”

“那要怎么做呢？”狄琪问。

“可以再建个围栏。”弗里贝克建议道。

“你怎么能确定野牛穿过围栏，就不会下河呢？”爱拉问。

弗里贝克鄙视地瞥了她一眼，塔鲁特赶紧说：“爱拉，问得很好，剩下的材料也不够建围栏了。”

弗里贝克愤怒地瞪着她，觉得她让他丢了面子。

“我们建的所有陷阱都是有用的，关键要有人去赶它们进来，这是很危险的。”塔鲁特说。

“我来，我跟你提过的投掷器能用的上，”乔达拉挥动着特别的工具说，“它不但能让梭镖飞得更远，而且力量更大。只要瞄准，梭镖可以在短距离内立刻杀死猎物。”

“真的？”塔鲁特兴奋地看着乔达拉，“以后我们要好好交流交流。那就这样决定，你愿意的话，给我也留个位置。”

“我也要去。”雷奈克说。

乔达拉看着微笑的雷奈克，皱了皱眉，他不想跟这个对爱拉有兴趣的男人同行。

“我也留在这儿，”图丽说，“我们不需要建别的围栏，只要做几个石堆，每个人都躲在后面。”

“有可能是从后面逃跑，”雷奈克开玩笑说，“你怎么知道最后就不是它们追我们？”

“追赶的问题已经解决了。它们到这儿以后，怎么把它们弄到这边呢？”塔鲁特看了看太阳，“从这儿到它们身后需要很长时间，可我们已经没多少时间了。”

爱拉好奇地听着，想到家族人计划打猎。她使用弹石带以后，很希望跟他们一起。这次，她终于成为一名猎手。她想起塔鲁特之前采纳了她的意见，他们那么愿意让她去查探，此时，她又有一条大胆的建议。

“威尼会追赶，”她说，“我好几次都骑威尼追赶兽群。我可以先到那边去，找巴泽克和大家。把野牛尽快赶到这边。你们等着，我们把它们赶到陷阱中。”

塔鲁特看着爱拉，又看看猎手，最后对爱拉说道："你可以吗？"

"可以。"

"可以绕到它们后方吗？"图丽问，"它们可能已经猜到我们在这儿，巴泽克和猎手们把它们困住了，它们走不了。可是谁知道他们能坚持多久呢？假如你从这边过去，会不会把它们赶到相反的地方呢？"

"我觉得不会的，马不会惊动野牛。如果你不放心，我可以绕道过去，马比你们快。"爱拉说。

"她说得有道理！无可否认。爱拉骑马去要比我们走过去快得多。"塔鲁特皱了皱眉，说道，"我觉得就照她说的做吧。图丽，这次打猎能否成功本来就没多大关系，成功了当然好，如果今年冬天的严寒漫长，能给我们更多的东西。但我们已经有足够的储备了，就算失败，我们也不会受冻挨饿。"

"话是没错，可是我们都下了这么多功夫。"

"这也不是第一次下了功夫徒劳无功了，"塔鲁特停了一下，接着说，"大不了我们就失去牛群，假如成功了，我们在天黑前吃顿野牛宴，明天早晨再回去。"

图丽点点头："好吧，塔鲁特，听你的。"

"你是说听爱拉的吧。爱拉，去吧，看看你能不能把野牛赶过来。"

爱拉笑着，吹了个口哨，把威尼叫过来，母马嘶叫着跑了过来，雷瑟跟在它身后。"乔达拉，把雷瑟看好。"说着，她跑向马。

"你的投掷器别忘了。"他喊道。

她停下来，把投掷器和梭镖从包里拿出来，熟练地跳上马背，走了。乔达拉紧紧抓住小马驹。它不想错过这次精彩的旅程，不想输给它妈妈。乔达拉无暇发现，看着爱拉走时，雷奈克脸上的表情。

女人骑马奔驰在喧闹的河岸的草原上，河水在崇山峻岭间蜿蜒流淌。灌木丛被高高的草丛淹没，在山崖边生长，遮住了坑坑洼洼的峭壁。一阵风吹过，高低错落的花岗岩显露出来，四周耸立着一座座小山。

爱拉到了发现野牛的地方，减慢速度。但野牛已经不在了。它们可能发现或者听到大家修建的声音，改变了方向。她走进陡壁下的阴影中，突然又发现了牛群。牛群身后，巴泽克正站在一个石标一样的东西旁。

岸边光秃秃的树丛中有更嫩的野草，把它们吸引了进来。如果它们渡过河，两边都是悬崖峭壁，除了来的路，就没有出口了，巴泽克和猎手们看到野牛沿着河岸前行，偶尔还停下来吃草。可是它们仍然在慢慢向外走，他们曾暂时把它们赶了回来，也只是很短暂的。它们聚集在一起，下一次又向外走了，坚持和挫折会让它们猛冲。

四个人的责任是防止这些动物跑掉，可他们知道根本无法抵挡它们的冲撞，而且他们不能一直赶它们，这太费力气。巴泽克也不想陷阱还没做好，就把它们赶到另一边。爱拉看到他时，他身边的石堆建在一根粗壮的树枝边，树上系了一块布，随风摆动。她还发现在峭壁和河流间，有另外几堆石头支撑着的树枝或兽骨，靠的都很近，上面挂着一张毛皮或布，或者帆布篷。还有小树和灌木丛，只要能随风飘动的东西都派上了用场。

野牛们警惕地看着这些的东西，不知道它们有多大的危险，它们不愿意原路返回，也不想往前走。偶尔有一头野牛会跑向这些东西，但是风一吹的呼呼作响，它就跑回去了。巴泽克成功地把它们控制在包围圈内。爱拉觉得这个聪明的办法很有意思。

她让威尼沿着悬崖边走，想悄悄绕过去，不敢打扰这相对稳定的场面。她发现那头断角母牛在向前走，她不想被围困，好像准备猛冲。

巴泽克看到了爱拉，又转身看看其他猎手。回头对她皱了皱眉，花了这么大功夫，他们不想让她把野牛赶到那边去。拉蒂过来跟他说了几句，他还是担忧地看着女人和马朝他们走来。

“其他人都到哪儿去了？”巴泽克问。

“他们在等我们。”爱拉说。

“他们等什么呢？我们不能把野牛一直困在这儿！”

“等我们赶野牛。”

“我们怎么可能赶它们？我们根本不行！它们已经准备突围了，我都不知道还能困住它们多久，更别说把它们赶进陷阱了。只能任它们去突围了。”

“威尼会赶它们的。”爱拉说。

“马能赶牛群？”

“它以前赶过，但你们最好也能帮忙。”

达努格和德鲁韦之前分开监视牛群，偶尔扔几块石头把靠近旗帜的野牛赶走。他们过来后，跟巴泽克一样惊讶。可他们才稍微放松警惕就导致了严重后果，他们停止了讨论。

爱拉发现一头巨大的公牛，另外几头也跟着它朝前跑。如果困住的牛群一起冲出来，就完了。她放下梭镖和投掷器，让威尼掉头追了过去，顺手把树枝上的外套拉了下来。

她直接向那头公牛冲过去，身体前倾，挥动着外套。野牛躲开了，想绕过去，威尼转过身，爱拉用皮革抽打公牛的脸，它转过身，冲向山谷，向跟在它身后的野牛迎面冲过去。爱拉骑在威尼背上，挥动着外套，跟在它们后面。

又有一头牛跑了出来，但爱拉成功地让它转头。似乎在它们还没跑之前，威尼就知道哪头要往外跑。让母马赶牛群，不仅是马的天性，也是爱拉给它的信号。她第一次骑马只是一时兴起，从没想过驾驭或指导马。此后，人和马之间就越来越了解了，她通过腿部力量和身体姿势的改变实现对马的控制。爱拉和马特别默契，她们的动作一致，仿佛她们的思想是相通的。

猎手们明白了爱拉的动作，一起追赶牛群。爱拉曾跟威尼一起追赶兽群，但没有别人的帮助，她不能让野牛转头，巨大的弓着背的野兽很难控制。它们不愿意按照他们的方向前进，好像猜到前面有陷阱。

达努格跑过去帮爱拉，把跑出来的牛赶进去。爱拉正在专心赶小公牛。都没注意他。拉蒂发现一头孪生小牛在向外跑，她拔出树枝，跑过去拦它，抽着牛鼻子，赶它回去。巴泽克和德鲁韦拿着石头和皮毛冲向一头母牛。他们齐心协力终于阻止了野牛的突围行动。母牛和几头野牛逃走了，大部分野牛还是顺着平原冲向上游。

牛群转过悬崖，他们才放松了。可还得让它们接着前行。爱拉跳下马，捡起梭镖和投掷器，又上马接着前行。

塔鲁特喝了口水，觉得地面在震动，远处传来了轰鸣声。他把耳朵贴在岸边，仔细听了听，没想到这么快，他弯下腰，贴在地面上。

"它们来了！"他叫道。

大家准备好梭镖，各就各位，弗里贝克、韦麦兹、托奈克和狄琪站在陡坡一边，准备从后面把门堵住，图丽站在门的另一边，野牛一旦进入围栏，她就会把门关上。

在河岸的空地上，雷奈克站在图丽身边；乔达拉又隔了几步，快到河边；塔鲁特挨着乔达拉，站在潮湿的河岸上。大家拿着皮革或布，用来向牛群挥动，让它们转弯，每人还摆弄一支梭镖，接着紧紧攥在手里，除了乔达拉之外，都做好了准备。

乔达拉右手有一个又窄又扁的投掷器，跟他手臂差不多长，中间有个凹槽，一端挂着钩环，前端有皮圈，是放手指的地方。他拿着投掷器，把梭镖尾部抵在钩环上，梭镖的尖端很长，很锋利。皮圈中的两个手指轻轻抓住梭镖，左手拿着另一根梭镖，准备好第二次投掷。

他们安静地等待。任何微小的声音都变得很大。鸟儿在歌唱，风吹过树枝，河水飞流而下，沙沙作响，昆虫嗡嗡飞过。脚步声越来越大。

越来越近的轰隆中，有大声的怒吼，还有人在叫喊。在下游河湾第一头牛出现了，接着又出现了几头。突然，牛群出现在河湾，棕黑的长着尖锐的长角的巨型动物朝他们冲了过来。

大家都做好了准备，最前面是之前差点儿逃走的那头健壮的公牛，它发现了陷阱，转身冲向站在水中和岸上的猎手们。

爱拉紧握梭镖，追赶牛群。接近最后的河湾，她握得更紧了，准备好应对突发事件。公牛转身，冲向乔达拉，其他野牛也紧随其后。

塔鲁特跑向公牛，对它挥动外套，可是公牛已经适应了飘动的东西，完全没理他。来不及多想，爱拉身体前倾，示意威尼全力加速，她们绕过狂奔的牛群，她冲向健壮的公牛，乔达拉出手的同时，她也射出梭镖，第三支梭镖也射了出来。

母马绕过猎手，来到河边，河水溅了塔鲁特一身。爱拉立刻转身，继续作战。

一切尘埃落定,野牛倒在地上。其他的也慢下来,山坡旁的野牛无路可逃,冲向围栏。第一个进去了,其他的也紧随其后。最后一个进去之后,图丽立刻关上门。托奈克和狄琪用一块大石头压住门,韦麦兹和弗里贝克把门系在坚固的柱子上,塔鲁特又加了一块大石头。

爱拉颤抖着跳下马,乔达拉、塔鲁特和雷奈克跪在公牛边。

"乔达拉的梭镖刺中牛的脖子,扎穿了喉咙,这一支就足以让它毙命。不过你的那支也能置它于死地,爱拉,我都没看到你。"塔鲁特对她还有点儿敬畏,"你的梭镖扎得很深,刺穿了肋骨。"

"爱拉,刚才很危险,你会受伤的。"乔达拉有点儿生气地说,他想想她的举动,都觉得后怕。他看看塔鲁特,指着第三支梭镖说,"这是谁的?投得很好,深深地扎进胸部,挡住它。"

"是雷奈克的。"塔鲁特说。

乔达拉看着深皮肤的男人,两人对视着。虽然合不来,相互吃醋,但他们都是人,生活在一个美丽而残酷的世界,他们知道相互依靠。

"谢谢你,"乔达拉说,"假如我的梭镖没中,那一生都要感激你了。"

"那还要爱拉也没投中,它死了三次都没伤到你,是你命大。我的朋友,你很幸运,圣母肯定很喜欢你,你的运气一直这么好吗?"说着,雷奈克看了看爱拉,除了满眼的欣赏,还有别的。

雷奈克看到她飞奔过来,不管尖锐的长角,长发飞扬,满眼的担忧,胯下的马也成了她的一部分,她就像复仇者,又像一个保护自己孩子的母亲。她完全不管人和马会被野牛轻易戳伤。就像下凡的圣母,能像控制马一样控制野牛。雷奈克从来没遇到过这么美丽、勇敢、勇猛、善良的人。她太完美,他喜欢她的全部。

乔达拉看到雷奈克的眼神,又觉得烦躁,爱拉怎么不知道呢?一点儿反应都没有?他怕输给那个神采奕奕的男人。他不知所措。他咬着牙,很伤心,皱着眉头走了,想掩饰自己的情绪。

他见过别的男人女人跟他一样,他觉得他们很可悲,甚至有点儿看不起他们。觉得这是孩子的做法,不会为人处世,没有经验的孩子才会这样。他不应该这么小心眼,雷奈克差点儿救了他,况且他是男人,怎么能因为他喜欢爱拉就责怪他?她也有权利自己作决定呀,他为自己的想法感到羞耻,却又控制不了。乔达拉把梭镖拔出来,走开了。

宰杀行动开始,猎手们在围栏后,朝着惊慌失措野牛投掷梭镖。爱拉找了一个地方,看雷奈克投出一支有力的梭镖,一头大母牛摇摇晃晃倒在地上。德鲁韦也射了一支,又一支从另外方向飞了过来。长毛野兽倒下来,沉重的大头跌倒在地。她发现投掷器没用,他们用手就能精确投掷梭镖。

突然,一头公牛撞向围栏,镖头断了,带子松了,柱子变了位置。爱拉觉得围栏在晃,赶紧跳下去。可是野牛角拔不动了!它使劲晃动围栏,想逃走,围栏马上要散了。

塔鲁特爬上摇晃的门，举起大斧劈开牛头，血喷涌出来，脑浆四射。野牛瘫倒在地，夹在门中的角把门和塔鲁特拖下来。

门倒的瞬间，首领迅速跳到一边，后退了几步，对着惊慌失措的野牛砍去，顿时脑浆飞溅。门已经没用了。

“来干活吧。”狄琪指着围栏里面说。横七竖八的野牛就像棕色羊毛堆成的小山。她带头走近一头野牛，拔出燧石刀，站在牛头上，割开了喉咙。血液飞溅，嘴巴和鼻子上流了一摊。扩大的血渗入地面，褐色的土地被染成了黑色。

“塔鲁特！”狄琪走向另一头牛，牛腰还在颤抖，“来了结它的痛苦吧，牛脑要留着，我还有用。”塔鲁特迅速终结了它的痛苦。

接下来，是挖内脏和剥皮工作。爱拉走到狄琪身边，把一头牛翻个身，肚子朝上。乔达拉走向她们，雷奈克也想靠近，就先过去了。乔达拉看着他们，不知所措，怕他们觉得自己烦。

他们从肛门割开腹部到喉咙，割掉乳房。爱拉抓住一边，雷奈克抓另一边，撕开牛的身体。狄琪钻进温热的身体，迅速地把心肝五脏都取出来。肠气很快就会让牛的身体鼓起来，这样可以防止弄脏牛肉。然后是剥牛皮。

很明显他们不需要帮忙。乔达拉又看见拉蒂和达努格在处理一头小牛，便上前把拉蒂推开，帮忙把牛撕成两半。宰杀也很辛苦。剥皮的时候，他费的力气让他不那么愤怒了。

剥皮对爱拉来说并不陌生，她经常做。牛皮是剥的，而不是割的。只要把腿割开，皮就很容易剥了。有的部位连着筋，就用特制的刀，有个柄，两边都是锋利的燧石刀刃，但刀尖却很钝，不会刺破兽皮。爱拉习惯手握刀和工具，有柄的刀反而不方便，虽然她也知道带柄的刀应该更好用的。

腿上和背上的牛筋也都要拔出来。牛筋很有用，可以做成线或者网；牛皮做成皮革或皮衣；牛毛可以做成绳索和网，在不同时间捕鱼、捉鸟；脑浆和牛蹄也都留着，跟骨头和牛皮一起煮，做成胶水；牛角尖可以做杠杆、挂钩，剩下的空心部分可以做管子，用来生火，或者做漏斗，用来向皮袋里装液体和种子。牛角的中段可以结合底座做成水杯。

牛鼻和牛舌也留着，跟牛肝一样美味；牛身分成七块，两条后腿，两条前腿，身体切成两块，还有一个大脖子；胃肠和膀胱洗干净以后放到牛皮里，可以做成饮水工具，或者渔网的浮标。

之前乔达拉把雷瑟拉到山坡中间，不管马驹的不满，把它拴在树上，远离危险。捉住牛群之后，爱拉放走威尼，威尼很快就找到它了。乔达拉帮拉蒂和达努格宰杀好第一头牛，就解开它了。可是雷瑟看到死去的牛群，有点儿害怕，威尼也不喜欢这样的场面，不过它已经能适应了。爱拉看到它们走过来，又见巴泽克和德鲁韦朝下游走，便想起刚才追赶野牛的时候，他们的包丢在那儿，她朝他们跑去。

“巴泽克，你回去拿包吗？”她问。

他笑着说：“是，还有衣服，我们走得太急。不过我不后悔。如果没有你让它们转头，它们肯定早就跑了。要不是亲眼看到，我肯定不信。我不放心那么多东西。死掉的野牛会吸引来食肉动物，我们刚才就发现狼脚印，而且是刚踩过的。狼喜欢嚼牛皮，狼獾也喜欢，肯定会弄的乱七八糟，它们就喜欢这样捣乱。”

“我骑马去拿包和衣服。”爱拉说。

“我怎么没想到！做完事，我们就有吃的了。可我不想留给它们吃。”

“你忘了，我们把包藏起来了。”德鲁韦说，“她找不到。”

“对哦，”巴泽克说，“我们还是得自己去。”

“德鲁韦知道在哪儿吗？”爱拉问。

孩子看着爱拉，点点头。

爱拉笑着问：“你想跟我一起吗？”

孩子高兴地笑了，“可以吗？”

她看着乔达拉，他也在看她。爱拉示意他牵马过来，他便走了。

“刚才追赶牛群时留了点儿东西，我带德鲁韦去取。”爱拉用泽兰达尼语说，“我想带上雷瑟，运动一下，它能安稳一点儿。马不喜欢死动物，开始的时候威尼也接受不了。给它套上缰绳是对的，该想想怎么把它也训练成威尼。”

乔达拉笑着说：“好呀，那怎么训练它呢？”

爱拉皱皱眉：“没想好，威尼肯听我的，是它心甘情愿的，而且我们是朋友。可是我不知道雷瑟。乔达拉，它挺喜欢你的，可能会听你的。可以试试。”

“好呀，”他说，“我也想有一天能像你骑威尼那样骑它。”

“乔达拉，我也想这样。”她说。满眼柔情地看着他。她曾经多么希望这个外族男人能喜欢威尼的孩子，以为这样他就能跟她住在山谷里。所以她才让他给马驹起名字。

巴泽克看着他们用他听不懂的语言交流，有点儿着急。他说：“既然你们去取东西，我就帮助收拾牛了。”

“等等，我先扶德鲁韦，再跟你一起。”乔达拉说。

他们扶孩子上马，看着他们远去。

他们回来时，太阳已经快落山了。两人去帮忙。过了会儿，她到河边洗牛肠。爱拉回忆起跟家族女人剥皮、切肉。突然，她发现，这是自己第一次真正成为狩猎队的成员。

从小到大，虽然她知道女人不允许打猎，还是一直想跟男人一起出去打猎。男人因为勇敢而获得尊敬，他们让打猎看起来那么刺激。她经常想象自己可以成为猎手。尤其是当她不想面对困难和困境的时候。可是那只是个单纯的开始，以后的现实比她想的残酷得多。虽然她可以用弹石带打猎，但别的打猎方式还是不允许的。她经常偷听男人们讨论打猎的计划。家族的男人除了打猎什么都不做。不打猎的时候就讨论打猎计划,做打猎工具,或举行打猎仪式。女人们要制作器皿、绳索、垫子及各种用品。还要采集食用、药用、以及其他用处的植物。还要把猎物剥皮、切碎,整理牛皮,做衣服和床垫。还要保存兽肉、做饭。

布仑家族的人口和狮营的人口差不多,但猎手们一次最多也就能捕到两只动物,因此他们必须经常外出打猎。每年这个时候,猎手们几乎天天都要出门,尽量多打一点儿猎物,储存起来过冬。她来到这以后,这是第一次见到狮营人打猎。尽管她很好奇,但其他人好像一点儿都不担心。爱拉看着大家处理一群野牛,两三个人一头,出乎爱拉的意料,很快就完成了。她发现了他们跟家族人的区别。

马穆塔的女人也可以打猎。这样就有了更多猎手。有九个男猎手,而有孩子的女人一般都不出来打猎,因此只有四个女猎手。但还是有用的,她们比其他猎手效率更高,大家一起处理牛肉效率就会更高。这样想是有道理的,但她觉得这还涉及了更多东西,还有她尚未意识到的部分,马穆塔的思维方式很特别,他们不刻板,不受世俗的清规戒律的束缚。他们没什么成文的规矩。男人和女人的行为也没有分得那么清楚,他们更看重的好像是每个人的意愿以及最佳的解决办法。

乔达拉跟她说过,他的族人从来不禁止别人打猎,而且小时候也不会强迫去打猎。马穆塔人的习俗显然也差不多。他的解释是,人们有别的很有价值的技能,比如凿燧石的人就可以用工具和燧石换取所需,完全没有打猎的必要。除非他自已想。

可爱拉还是不太懂,如果男人跟打猎没有什么必然联系,那成人仪式呢?家族的男人如果觉得打猎可有可无,那成人仪式就毫无意义了。男孩子在捕获很多猎物时,才能举行成人仪式,成为真正的男人。她想起了克莱伯,他从不打猎,也不能打猎,他一只眼睛和一只胳膊都没了,还是瘸子。可他是最伟大的莫格乌,家族中最神圣的人。他从没捕杀过,从没举行过成人仪式。他觉得自已不是一个男人,但她知道他是真正的男人……

等人们干完活,夜幕已经降临了,满手血腥的猎手们纷纷脱掉衣服,跳到河里。女人在上游,男人们能看得见的地方。卷好的牛皮和切好的牛肉都堆了起来,旁边点了火把,驱走那些食肉和食腐动物。建围栏用的浮梭镖和树枝堆在一边。火堆上正烤着一块牛肉,几个矮帐篷搭在旁边。

暮色遮住大地,气温明显降低了。尽管图丽和狄琪借给爱拉的衣服不太合身,她已经很满意了。她把自已血渍斑斑的外衣洗干净,跟别人的衣服一起放在火边烤。她陪了马好久,确定它们心情不错,也很舒服。威尼站在火堆边,尽可能地远离野牛肉,远离被火围住着的那一堆肉,高兴的叫喊声不时从火堆边传来。

大家吃饱了美味的牛肉，围着火堆，一边喝着热腾腾的花草茶，一边聊天。

“你们真该看看她是怎么让牛群转身的，”巴泽克说，“我都不确定我们还能把它们困多久，它们越来越焦躁。只要那头公牛冲出来，它们肯定就跑光了。”

“这次狩猎能成功，多亏了爱拉。”塔鲁特说。

爱拉不习惯别人夸奖她，脸都红了。害羞是一方面，更重要的是这赞赏代表了对她的接受，以及对她的技能的肯定。她的心里暖暖的，这正是她一直想要的！

“在夏季大会上，这故事多好啊！”塔鲁特说。

大家都不说话了，塔鲁特捡起一根树枝，用膝盖折成两段，扔进火里，火光冲了起来，映红了大家的脸。

“狩猎是要靠运气的，还记得我们差点儿抓住的那头白野牛吧？”图丽问，“真可惜，让它给跑了。”

“圣母肯定偏爱它。我还以为我们那时候能捉到它。你见过白野牛吗？”塔鲁特问乔达拉。

“我听说过，见过一张皮。”乔达拉回答道，“泽兰达尼人把白色的动物视为神圣的象征。”

“狐狸和兔子也是吗？”狄琪问。

“对，不过没那么神圣。就连白色的雷鸟也是，我们觉得这表示它们见过多尼，因此生来就是白色，如果一年四季都是白色，那就更神圣了。”乔达拉解释道。

“对我们来说，白色的动物也有特别意义，所以鹤火塘才有这么高的地位……通常，”图丽厌恶瞪了弗里贝克一眼说，“北方的鹤是白色的，鸟是穆特的使者，而白色的猛犸象也有非凡的力量。”

“我还记得捉白猛犸象的场景。”塔鲁特说，大家渴望地看着，等他继续说，“听侦察的人说发现它，大家都特别兴奋，圣母赐给我们白色的猛犸象是无上的光荣。又是夏季大会的第一次狩猎，假如我们捉到它，大家都会有好运的。”他对大家解释道。

“猎手们要受到洗礼和禁食，以保证我们得到了允许。就算事后，猛犸火塘也会有很多禁忌。大家都希望入选，我那时跟达努格差不多年纪。长得跟他差不多，因此选中了我。我投的梭镖也射中了它。像那头野牛一朝你冲过去，没人知道谁的梭镖杀了它。我想圣母不想让哪一个人或营地独享胜利。它是大家的，这样最好，不会嫉妒。”

“听说北方有白色的熊。”弗里贝克不想被孤立。杀死白猛犸象的荣耀没有赐给哪一个人或营地，但也不能消除嫉妒。那次狩猎之后，被选中的猎手都得到了比弗里贝克高的地位。

“我也听说过，”达努格说，“我在燧石矿的时候，有人来交换燧石。有个女人很会说故事。她说起宇宙母亲，在夜里寻找太阳的蘑菇人，各种生物。她说起过住在冰上的白熊，吃海里的生物。它们很温顺，像不食肉的大洞熊，跟凶残的棕熊不一样。”达努格没发现弗里贝克正气鼓鼓地看着他，他不是故意打断他的，只是想说点儿话。

“有一次家族的男人打猎回来，说起过白犀牛。”爱拉说。弗里贝克还在生气，朝她皱眉。

“对呀，白色的东西还真是少见，”雷奈克说，“不过黑色的也很特别。”他向后坐坐，离火远一点儿，黑暗中除了脸上的白牙和闪烁的大眼睛，什么都看不到。

“对呀，你是很特别，还想让夏季大会的每个感兴趣的女人都知道你有多特别。”狄琪说。

雷奈克笑了笑：“狄琪，圣母让她的孩子充满好奇心，我能怎么办？我总不能让别人失望吧？我没说自己，是说黑猫。”

“黑猫？”狄琪问。

“韦麦兹，我模糊地记得一只黑猫。”说着，他看着韦麦兹，“你知不知道有这种动物？”

“没想到你还记得，你的印象这么深。”韦麦兹说，“那时候你还小，你妈妈都尖叫出声了。你当时一个人蹒跚学步。就在她望向你的那一刻，一只黑猫跳下了树，就像一头黑豹。她以为它是奔着你去的。也许她的叫声把它吓跑了，也许它本来就没恶意。它跑了。她向你跑过去，很久不让你离开她身边。”

“你之前的住处有黑猫吗？”塔鲁特问。

“虽然不多，还是有的。它们在森林，夜里觅食，并不常见。”

“正如这里很少有白色的动物，对吧？野牛是深色，猛犸象也是，但不是纯黑色。黑色很特殊，很少有什么动物是黑色的。”雷奈克说。

“我和德鲁韦一起看到了从没见过的黑狼。”爱拉说。

“的确是黑色吗？确定不是深色？”雷奈克好奇地问。

“是黑的。肚子颜色浅一些，但绝对是黑色的，我猜是孤狼。”爱拉又说，“我没看到其他的，可能在狼群中等级很低，也可能离开狼群，寻找别的孤狼，重建狼群。”

“等级低？你怎么这么了解狼？”弗里贝克问，语气带着讽刺和质疑，还有明显的好奇。

“我在学习捕猎时只用弹石带射杀食肉动物。我不但仔细观察，而且从别人那里也听说了很多。有一次，我发现狼群中有一只白狼受到孤立，白狼不久就离开了。狼一般不喜欢颜色不同的同类。”

“是黑狼，”德鲁韦想帮爱拉，特别是在高兴地骑完马，“我也看到了，最初我不确定。不过那的确是只黑色的狼，只有一只。”

“今晚应该有人站岗,周围既然有狼,就更应该如此,”塔鲁特说,“我们可以轮班,但该有个人整夜值班。”

“我们要好好休息,”说着,图丽站起来,“明天还要赶路。”

“我先站岗,”乔达拉说,“困的时候再叫别人。”

“你能叫我。”塔鲁特说。乔达拉点点头。

“我也站岗。”爱拉说。“你干脆陪乔达拉站岗好了,跟同伴一起是不错,都能清醒。别把狼放进来。”弗里贝克抓住机会讽刺爱拉。

8

“昨晚好冷呀,肉都冻住了。”说着,狄琪把一只牛后腿系到板上。

“这很好呀,”图丽说,“可是那么多我们抬不动的,得留一些下来。”

“能不能用围栏上的石头把它们堆起来?”拉蒂问。

“对呀,可以这样做,拉蒂,这是个好主意。”图丽说。爱拉想,她给自己挖了个大坑,就算她再大力气也不可能搬得动。“可是如果天变寒冷了,也许要到春天才能过来取。如果能在营地附近就好了,没什么动物会去那儿,还可以派人看着。在宽广的草原上,穴狮或者狼獾想吃肉,会想尽办法。”

“可以浇上水,结成冰,动物就进不去了,结了冰的石头用锄头都很难砸开。”狄琪说。

“虽然动物进不去,但阳光会照过来呀?”托奈克问,“无法确保它一直冻着,现在还太早。”

爱拉听着大家的讨论,看着人们尽量多装点儿东西。野牛器官越来越小。她不想扔掉那么多有用的东西。在家族的时候,食物很充足,做衣服、床单和其他东西的兽皮也足够使用,却不怎么浪费。她不知道还要扔多少,很多东西都被扔到杂货堆了。一想到还要再扔,爱拉就觉得很浪费。大家似乎都不想扔掉这么多东西。

她看到达努格拿着图丽的斧头,跟她一样自如地使用,把灌木枝砍成两段,扔到燃烧着的火堆里。她走了过去。

“达努格,”她小声地问,“能帮我个忙吗?”

“嗯……啊……好啊。”他结结巴巴地说,羞红了脸。她的声音如此独特,绵软低沉。她走过来的时候,他并未发现,吃了一惊。看到身旁的漂亮女人,他没来由地紧张起来。

“我要……两个杆子。”爱拉伸出两只手指,“下游有小树,你能帮我砍两棵来吗?”

“好……当然可以，我去帮你砍。”

两个人走向河湾，达努格放松了一点儿，他偷偷看着爱拉金色的头发。她跟他一起，只比他快了半步。她挑选了足够粗的笔直小树，达努格砍倒它们，又把树枝除去，砍掉尖端，把它们弄成一样的长度。此时，强壮的年轻人已经不害羞了。

“你用它们做什么呢？”达努格问。

“马上你就知道了。”说着，她吹起嘹亮的口哨，威尼飞奔过来。爱拉已经给它安好了马具和篮子，准备出发。达努格发现马背上铺着一张毛皮，两个篮子系在腰上。他觉得很好奇，这没有妨碍马的奔跑。

“你是怎么做到的？”达努格问。

“做到什么？”

“你一吹口哨，它就过来了。”

爱拉想了想：“达努格，我也不知道。遇到贝贝前，我独自一人跟威尼住在山谷，它是我唯一的朋友，陪我成长。我们……彼此学习。”

“你能跟它交流吗？”

“达努格，我们学习彼此。威尼的表达方式跟人类不同，我模仿它的姿势，学习它的符号，它也学我。”

“你说的是像莱达格学的手语那样吗？”

“有点儿像。动物和人都有自己的语言，你也有的，你用词语来表达，但是你的身体表达了更多东西，你完全没有注意到。”

达努格皱了皱眉头，说不清自己对这个话题是否感兴趣，“我不懂。”他转过头。

“现在我们在说话，”爱拉继续说，“说话的并不是词汇而是符号……你想骑马吗？”

“嗯……啊……对，我想骑马。”

“那你就来骑吧。”

“真的？我能跟拉蒂和德鲁韦那样骑马吗？”

爱拉笑了：“过来吧，这是第一次，得用一块大石头帮你上去。”

爱拉轻抚着威尼，用她们之间特有的语言跟它交流。这语言融合了家族的手势语，乔达拉教给她的语言，她创造的跟孩子之间的语言，还有动物声音。她对威尼说，达努格想骑马，得让他高兴，但不能冒险。达努格学了一点儿爱拉教大家的家族的手势语，她跟马的交流，他也可以看懂一点儿，觉得特别惊讶。对她的崇拜油然而生。她真的可以跟马交流，正如马穆特和神灵交流时那样，她的语言神秘莫测。

无论马明白没有，当爱拉把年轻人扶到马背上，它确实从爱拉的动作中知道了自己的职责。爱拉觉得威尼开始了解并且接受这个男人。他垂下修长的双腿,完全没有方向感,也不会控制。

“抓紧马鬃,”爱拉说,“想走就向前靠,减速或者停下就坐直。”

“你的意思是让我一个人骑?”达努格有点儿害怕,声音都颤抖了。

“你可以的。”说着,她拍了一下威尼的腰。

威尼飞奔了出去,达努格晃了晃,接着抓紧马的鬃毛,抱住它的脖子不敢放。爱拉骑马的时候,前倾就代表加速。雄壮的骏马在广阔的平原上飞驰而去,它已经熟悉了这片草原。它跳过灌木丛,避开岩石和树丛。

达努格开始吓坏了,紧闭着眼不敢动弹。渐渐地,他发现自己不会掉下去的。跟着马的脚步,能感觉到它的肌肉。他小心翼翼地睁开眼,看见飞闪而过的树木、灌木丛和大地。他激动得心都要跳出来了。他抬起头四处张望,却不敢松开马。

他完全不敢相信,自己竟然跑了这么远,眼前就是河岸边的悬崖。他听到身后好像传来了响亮的口哨声,威尼转了个身,跑过河岸边的大岩石,慢下脚步兜了个圈,接着飞奔回去。达努格依然抓紧马,不过已经没有害怕了。他想看看去了什么地方,直起身子。威尼以为是减速。

当他们走向爱拉时,笑容满面的达努格让爱拉想到了塔鲁特。特别是他高兴的时候。她能从达努格身上看到他。威尼停了下来。爱拉把马牵到石头边,让达努格下来。他激动地说不出话了。他从来没想过可以骑马,这样的经历完全超出了他的想象。他永远都不会忘记的。

看到达努格的微笑,爱拉觉得很高兴。她把威尼的鞍系在杆子上。等他们回到营地,达努格还在满足地笑着。

“怎么了?”拉蒂问,“干吗笑得那么高兴?”

“我骑马了。”达努格回答。拉蒂笑着点头。

所有可以带走的东西几乎都堆在板上,用牛皮包好挂在杆子上,两个人扛着。剩下的腰腿肉和牛皮,比爱拉预想的少得多。跟打猎和处理野牛一样,人们齐心协力,能多带回去一点儿。

有人发现爱拉并没有打包准备带走的东西,人也没了踪影。但乔达拉看到她领着威尼,拖着两根杆子回来的时候,就知道她想做什么了。她又加工了杆子,粗的一头放在篮子上,马的肩上。细的一头拖在地上。她在两根杆子中间,系了一个帐篷做的临时的架子,用树枝支撑。大家都停下来看她。当她把牛杂碎都放到拖车上的时候,人们才明白过来。篮子装满以后,她把最后一点东西放在板上自己拿。等她完工以后,大家惊讶地发现一点儿都没剩。

图丽见到爱拉的拖车和马,感慨万千。“我从没想过用马来搬运货物,”她说,“我只知道吃马肉,没想到还能用马来做事。到现在才明白。”

塔鲁特撒了些土到火里,拨了拨,确认它熄灭。他把沉甸甸的战利品扛在背上,把装粮食的袋子扛在左肩上,带上他的梭镖,出发了。别的猎手也跟了上去。

刚见到马穆塔人的时候，乔达拉就觉得很奇怪，不知道他们为什么喜欢用单肩包。他调整了一下肩膀上的板，让它更舒服一点儿，又把另一只包背在肩膀上。突然，他明白了过来，这样他们就能背得动沉甸甸的板子了。他们肯定经常运送很重的东西。

威尼跟在爱拉后面，头贴着爱拉的肩膀。乔达拉牵着雷瑟，跟她并排。塔鲁特在他们前面，边走边聊。人们带着沉甸甸的战利品缓慢前进。爱拉觉得有人老是在看她和马。

过了一会儿，塔鲁特唱起了有节奏的旋律，接着就按着步伐唱了起来：

哈啦，哒啦，撒啦，叽啦，
吧啦，啥啦，吧啦尼呀，
哈啦，哒啦，撒啦，叽啦，
吧啦，啥啦，吧啦尼呀！

大家一起唱起来，重复着相同的节奏。塔鲁特露出了坏笑，按着原来的节奏和步伐，看一眼狄琪，换了歌词：

漂亮的狄琪在想什么？
布拉那格，布拉那格，来我床上。
漂亮的狄琪去哪儿了？
原来在那空空的床上。

狄琪笑着，羞红了脸。大家心领神会，都偷偷地发笑。塔鲁特又重复了第一个问题，大家都一起唱。他唱出第二个问题时，他们唱出了答案。接着跟塔鲁特一起唱道：

哈啦，哒啦，撒啦，叽啦，
啪啦，撒啦，吧啦尼呀！

他们反复唱着。塔鲁特又即兴唱起另一套歌词。

韦麦兹如何过冬呀？
制造工具真快乐。
韦麦兹如何过夏呀？
装扮潇洒惹人爱！

大家都笑了。除了雷奈克,他不是在笑,而是在咆哮。人们反复地唱着,一向泰然自若的韦麦兹,被逗得满脸通红。大家都知道,他喜欢借夏季大会来弥补他几乎独自度过的冬季。

跟大家一样,乔达拉也很喜欢这样的玩笑,他的族人也会这样做。但爱拉一开始并不能理解玩笑中的幽默,尤其是她看到狄琪害羞的时候。后来她看到人们开怀大笑,便渐渐明白了其中的幽默,笑声是相互传染的。听着说韦麦兹的歌词时,她也笑了。

人们又安静了下来,塔鲁特又重复起相同的旋律。人们已经猜到了,都跟着一起唱。

哈啦,哒啦,撒啦,叽啦,
啪啦,撒啦,吧啦尼呀!

塔鲁特看了爱拉一眼,高兴地大笑,唱道:

谁想跟爱拉亲热呀?
两个人想分她的床。
难得的机会谁能赢?
一黑一白她决定。

听到大家拿自己开玩笑,爱拉很高兴,尽管她没能完全明白歌词的意思。她羞红了脸,毕竟歌词跟她有关。联想到昨晚的聊天,她想到黑色和白色肯定是指雷奈克和乔达拉。雷奈克的开怀大笑已经证明,看到乔达拉面无表情,她觉得有点儿担心。他并不喜欢这个玩笑。

巴泽克又开始重复相同的旋律。虽然爱拉对此并不熟悉,也能从他的音调中发现点儿什么。他朝爱拉笑了笑,表明他要开谁的玩笑了。

爱拉如何作选择?
黑色同样很少见。
爱拉怎么选情人?
两人都为她暖床!

人们又重复起歌词。巴泽克瞄了图丽一眼,她满眼温柔。乔达拉却眉头紧锁,无法假装他喜欢这样的玩笑。他不愿意跟别人分享爱拉,特别是那个魅力四射的雕刻家。

雷奈克继续重复,大家也一起唱道:

哈啦，哒啦，撒啦，叽啦，
啪啦，撒啦，吧啦尼呀！

这次他谁都没看，想留个悬念。最后，他笑望着发起者塔鲁特。人们都笑了，等着他的回击。

是谁高大威猛又智慧？
狮子营中红发人。
谁能与他共比肩？
妇女之友塔鲁特！

魁梧的首领听到这含沙射影，开怀大笑。人们大声地重复，接着他又唱起那相同的旋律。在人们步行回去的路上，有节奏的旋律让人们的步伐也有了节奏，笑声让他们的战利品变得不那么沉重了。

妮兹走出长屋，放下门帘。她望着河对岸，太阳快要落山了，准备躲到地平线后的云层里。她没理由地朝山坡上望了望。她知道他们不会这么快回来。他们前一天刚走的，最少也得待上两夜。可忍不住抬头看看，伸向平原的道路的顶端好像有人？

"塔鲁特！"她望着那个熟悉的身影，大叫道。"他们回来啦！塔鲁特跟猎手们都回来啦！"她赶紧冲上山坡，迎接他们。

人们纷纷从屋里跑出来，欢迎凯旋而归的猎手们，他们不但要打猎，还要把战利品背回来。他们把沉甸甸的担子卸了下来。人们惊奇地发现，马拖着比任何人都多的货物。人们聚集过来，看爱拉把更多东西从篮子里取出来。牛肉和其他东西都被抬到屋里。分发储存。

人们进屋后，爱拉卸下了威尼的马具和雷瑟的缰绳，让它们放松。虽然它们独自在屋外过夜也没受什么伤害，她还是觉得不安。自己晚上都待在屋里，它们却要在外面受冻。天气暖和的时候倒是没什么，有点儿降温也没太大关系。但是现在气候多变。假如起了狂风暴雨，马怎么办？它们上哪儿去？

她双眉紧锁，担心地抬起头，天空中飘着厚厚的云。太阳刚落山，天空中五彩斑斓。她一直静静地看着，雾气散去，蔚蓝的天空变成灰色。

她走进屋，刚准备拉开门帘，就听到有人在说她和马。大家在一起休息，一边吃饭一边聊天。一看到她，人们就停止聊天了。她走进第一个屋区，人们都盯着她，爱拉觉得很不安。妮兹递给她一个骨盘，谈话又继续。爱拉吃起自己的东西，又停下来看看周围，他们带回来的牛肉都到哪里去了？一点儿都找不到了，肯定是收起来了，但收到哪儿了呢？

爱拉推开厚重的猛犸皮门帘，先找到了马，看到它们都很安全。她去找狄琪，狄琪也走了过来，她笑了笑。狄琪答应过给她看看新鲜的野牛皮，让她看看马穆塔人如何处理牛皮。爱拉很想知道他们如何染红皮革，像狄琪的外套一样的颜色。对乔达拉来说，白色是神圣的，而对爱拉来说红色就是神圣的，红色在家族就是神圣的。在起名字的仪式上，使用的是红赭石和洞熊脂肪混合而成的药膏。一旦一个人的图腾确定下来，红赭石是第一个放进护身符里的，陪伴人的一生，很多仪式都会用到红赭石，包括最后的葬礼。爱拉拥有的唯一的红色东西，就是装着可以做圣水的树根的小包。这是除了她的护身符之外，她最珍贵的东西。

妮兹拿着一块有点儿发黑的皮革，从屋里走出来，看到爱拉和狄琪。"嗨，狄琪，我正想找人帮忙呢，"她说，"捕牛这么成功，我想给大家做点儿好吃的，塔鲁特想开个庆功会，你收拾收拾，准备做饭好吗？煤在火堆旁边的坑里，架子已经架起来了。旁边还有一包猛犸粪便，能放在煤里，我叫达努格和拉蒂去打水。"

"妮兹，帮你做菜，我随时候命。"

"我能帮忙吗？"爱拉问。

"我也去。"乔达拉说，他想过来跟爱拉说话，正好听见了。

"你帮我搬点儿东西出去吧。"说着，妮兹转身回去了。

他们跟她一起走到屋里，墙角有一个猛犸牙做的拱门。她推开猛犸皮做的帘子。猛犸皮又厚又硬，还带着毛，露出红色的内绒毛跟长长的外层毛。后面还有一张帘子，帘子一推开，他们感觉到一股寒风。昏暗的火光中，只跟小屋子差不多大的坑，大约有三尺深，里面装满了冷冻的牛肉。

"是仓库！"乔达拉举起厚重的门帘让妮兹进来，"我们也把肉冻起来，留着冬天吃。不过不像这么方便，我们都住在悬崖下面或者山洞前面，可是肉在这些地方不易上冻，我们得把它们都放在外面。"

"冬天，家族人把肉放在地窖里，铺上一层石头。"爱拉说。她现在知道运回来的牛肉都放在哪儿了。

妮兹和乔达拉都很吃惊，没想到家族人也会存肉过冬。听到爱拉说起这么聪明、这么有智慧的事情，他们还是很疑惑。乔达拉说起他们的住所也让爱拉觉得很惊讶，她之前一直觉得外族人住的地方都差不多，没想到土屋对乔达拉来说也同样很新鲜。

"我们没有那么多石头用来做地窖。"塔鲁特大声说。他们一抬头，见红发巨人走向他们。他帮乔达拉扶着门帘。"妮兹，我听狄琪说，你想炖肉，"他开怀大笑，"我来帮忙。"

"饭还没做你就闻到香味了！"妮兹笑着，在坑里翻起来。

乔达拉对仓库依然很有兴趣："屋里这么暖和，肉怎么不化呢？"

"冬天，地面会冻得跟石头一样硬。但夏天会融化，能挖开。我们建房子的时候，就挖到了冻土层做仓库。就算在夏天，食物虽然没冻住，也是凉的。秋天的时候，天一凉，地面就结冰了，肉也结冰了，我们就能储藏冬天的食物了。”他笑着说。

“塔鲁特，接好。”说着，妮兹递过来一块红色的、冻硬了的牛肉，一边挂着厚厚的脂肪。

“我来。”爱拉接住肉。

塔鲁特伸手握住妮兹的手。尽管她的身材并不娇小，强壮的男人还是像抓小孩一样把她抱过来。“你这么冷，我帮你暖和暖和。”他搂着她，把她抱了起来，爱抚着她的脖子。

“塔鲁特，好啦，快把我放下来！”她大声叫道，脸上还是很高兴的，“我还要做事，现在不行……”

“你说什么时候行，我才放你下来。”

“客人还在呢。”她怒斥道，可她还是搂住他的脖子，在他耳边低语了几句。

“说好了哦！”塔鲁特大声说，轻轻地把她放了下来，又在她圆润的屁股上拍了几下。女人赶紧整理好衣服，想恢复尊严。

乔达拉对着爱拉笑了笑，挽住她的腰。

爱拉想，他们又在玩，用语言说的一套，动作表达的又是另一套，但这次，她懂得了其中的意思，还有塔鲁特跟妮兹的浓情蜜意。突然，她发现他们跟家族人一样，不会表示爱意。他们说的和想的并不一致。这个新发现，让她明白了一个很重要的事。之前的疑惑和困扰都一扫而空，她也更能明白大家的幽默了。

“塔鲁特！”妮兹装作很生气地说，可是大家从她甜蜜的笑容中已经看明白了。“你要是没事，就拿点儿根过来。”接着，她对爱拉说，“爱拉，让你见识一下我们的储藏室。今年圣母赐给我们不少东西。我们趁着天气好，挖了很多。”

他们绕过一张床，来到一个挂着帘子的门前。“根和水果都放在高处。”塔鲁特解释道。他拉开帘子，他们看到里面有几个篮子，堆着棕色的花生、黄色的野胡萝卜、肥美的香蒲，更深一些的沟渠边还放着其他的储藏品。“温度保持很低，它们的储存时间久一点儿。但它们一结冰就会变得很脆。兽皮也存放在坑道里，直到需要使用。还有骨头和一些象牙，是雷奈克做工具时用的。他说冷冻能保持新鲜，更容易雕刻。剩下来的象牙和烧火的骨头都堆在门口和门外的坑道。”

“你倒是提醒了我，可以用猛犸膝骨炖汤，味道会更鲜美。”说着，妮兹把各种蔬菜装了一大篮子，“干洋葱花在哪儿？”

“我还以为必须用坚固的岩石墙壁才能抵御寒冬，抵挡猛烈的风暴。”乔达拉崇拜地说道，“我们的房子都是靠着山洞建的。可你们不是在山洞里，我们也没什么木头可以用来建房子，你们竟然用猛犸象骨！”

“所以猛犸火塘是最神圣的，其他动物我们也会捕猎，可是没有猛犸象，我们就无法生存。”塔鲁特说。

“我跟布瑞茜一起住在南边的柳树营地的时候，都没看到过这样的屋子。”

“你认识布瑞茜？”塔鲁特插话说。

“是布瑞茜和她营地里的人把我们两兄弟从沼泽里救出来。”

“她跟我妹妹是老友，”塔鲁特说，“跟图丽的第一任丈夫是亲戚。我们一块儿长大。他们夏天的居所叫羽毛营，但他们的家在麋鹿营。夏天住的地方更简单一点儿，不像狮营是冬天住的地方。柳树营人经常到海边捕鱼换东西。你在那儿干吗呢？”

“我和索诺兰过三角洲的时候，是她救了我们……”

“待会儿，你可以讲讲，大家喜欢听布瑞茜的故事。”塔鲁特说。

乔达拉想起来很多故事都是跟索诺兰有关的，不管怎样，都要说到他的。这对他来说，并不容易，可是他想继续谈话，就得习惯。

他们走到猛犸火塘，这个火塘跟别的火塘差不多，不过中间的走道是猛犸骨和大象皮做的门帘。塔鲁特盯着乔达拉的投掷器。

“你们起了很好的带头作用，”首领说，“杀死了奔跑的野牛。”

“它可不止这些功能呢，”说着，乔达拉停下，捡起投掷器，“有了它，你能把梭镖投得又准又远。”

“真的？你再给我们表演一次吧。”塔鲁特说。

“好呀，不过我们要去草原上，才有更远的距离。你就等着惊讶吧。”说着，乔达拉转向爱拉，“你的怎么没带来呀？”

塔鲁特走到屋外，发现他妹妹正走向河边，便叫住她。说他们要找个地方看乔达拉投梭镖。他们开始爬坡，走到宽广的平原，营地里的大部分人都过来了。

“塔鲁特，你能投多远？”人们到了一个空旷的示范地点，乔达拉说，“你能先投一下吗？”

“当然可以，不过为什么呢？”

“我想证明我投得更远。”乔达拉说。

人们都哈哈大笑。“你还是换一个人选吧。你虽然长得高大，也还算健壮。可是没有人能比塔鲁特投得还远的。”巴泽克劝说道，“塔鲁特，你就让他开开眼界吧，给他一个公平的机会，让他清楚对手的实力。最好找个实力相当的人较量，让竞争更有意思，达努格就可以。”

“不用。”乔达拉说。他双眼闪亮，这俨然成了一场比赛了，“既然塔鲁特是最厉害的投手，那就只能是他。我敢打赌，我能比他投得更远……其实我没有什么能赌的，而是用这个，”说着，乔达拉拿起又窄又平的投掷器，“我敢打赌，爱拉也能投得更远、更准。”

人们听到乔达拉的话，都惊讶地窃窃私语。图丽看了一眼乔达拉和爱拉，他们好像完全没有压力、非常有自信。他们应该知道，自己不是哥哥的对手。她怀疑他们连她都赢不了。她跟乔达拉差不多高，比他还壮。只不过他的手臂比她长一点儿。他们有什么秘密武器呢？她凑上前。

“我跟你赌，”她说，“要是你赢了，你可以提一个合理的要求，只要我能做到，都会答应。”

“那假如我输了呢？”

“你也答应我同样的东西。”

“图丽，你确定要打未知的赌吗？”巴泽克皱着眉问。这种无法预测的赌注是有很大风险的，赔偿往往也很特殊。不是因为胜者会提出很高的要求，而是败方得确定自己能赔得起，而且不会有后续债务。可谁知道这个陌生人想要什么呢？

“是的，就是未知的赌注。”图丽答道，她没说出她觉得自己不会输。假如他赢了，他真的有那么厉害，他们就会得到一个宝贵的新式武器。假如他输了，她就可以对他提出一个要求。“乔达拉，你觉得如何？”

图丽很聪明。乔达拉笑了笑，他打过这样的赌注，这会让观众觉得更有意思。让大家了解他的新式武器，知道大家的反应，以及在集体狩猎中的用处。这是他对新式武器的又一次检验。任何人通过实践和练习，都可以学会。这才是其中的妙处。但实践和练习新的武器需要很长时间和很大热情。打赌能让人们产生热情……他还能对图丽提个要求，他对此深信不疑。

“我同意。”乔达拉说。

爱拉看着他们说话。她还不太懂这个赌注，只知道会有竞争，但她觉得肯定很有意思。

“我们放点儿靶杆和记号在这儿，”巴泽克主持起比赛，“德鲁韦跟达努格拿点儿骨头来当柱子。”

看到两个男孩跑下山，他笑了。达努格跟塔鲁特很像，虽然只比他的同伴大一岁，已经高出一个头了。十三岁的德鲁韦跟巴泽克很像，已经有了完美的肌肉。

巴泽克觉得德鲁韦和图茜是他全部的精神寄托。正如狄琪和塔奈格也是达奈夫的精神寄托。布里南他就说不准了，他已经八岁了，却还是说不准。穆特也许选择了其他精神，而非野牛火塘的。他跟图丽很像，一样的红色头发，可是布里南有自己的特点，达奈夫也觉得。巴泽克如鲠在喉，突然想到自己的同伴不在了。已经过了两年，他跟图丽一样，还会觉得难过。

人们把猛犸腿骨立起来做柱子，表示起始线。拴着红色狐狸尾巴，盖着鲜艳的草篮，有点儿节日的气氛。柱子之间，用长草系在一起，形成一条宽宽的走道。孩子们在投掷区跑动，把草弄平了，标记会看得更清楚。大家拿出梭镖，又有人想出，把装满干草和猛犸粪便的床拿出来，用黑色的木炭做标记，做成移动的靶子。

准备越来越充分了。爱拉给乔达拉、马穆特和自己做早饭，又给狮子火塘人带了一份。妮兹只要做菜就行了。塔鲁特也贡献出他的发酵饮料做午餐。人们都觉得这个场合很特殊。因为只有在迎接客人和庆祝仪式上，首领才会贡献出他的酒。雷奈克说他将奉上他的拿手菜，连爱拉都大吃一惊，她没想到他竟然还会做饭。人们都很高兴，托奈克和狄琪说他们还要为宴会做其他的准备。虽然爱拉没有完全听懂，但大家的反应比听到雷奈克做菜还要热烈。

吃完早饭，收拾好，屋里都没人了。爱拉最后走，放下身后的门帘时，已经快中午了。看到她，威尼摇着头叫了一声走过来。梭镖都拿到草原上了，她把弹石带带回来。还拿了个袋子，装满了从河床边捡来的鹅卵石。她的斗篷上没有带子可以放弹石带，围裙上也没有地方可以放。她穿着宽松的斗篷和外套。

大家都被比赛吸引住了，所有人都等在山坡上。她也走向山坡。突然她发现莱达格正耐心地等别人发现自己，便走上前去。平时抱他的人塔鲁特、达努格和乔达拉都在草原上了。

爱拉对他笑笑，把他抱了起来。她突然有个想法，转过身，叫威尼过来。母马和马驹朝她跑了过来，很高兴。爱拉突然发现她最近跟马在一起的时间很少，很多人占用了她的时间。她决定在天气还允许的时候，每天早晨骑一会儿马。她把莱达格抱到马背上，让威尼驮他上坡。

“抓紧鬃毛，就不会倒了。”她说。

他点点头，抓紧马脖子上的鬃毛，高兴地松了一口气。

到了比赛区域，能明显感觉到紧张气氛。她发现，虽然气氛很热烈，但比赛是严肃的。这个赌注让她不能只是做示范而已。莱达格还待在马背上，能更好地观看。她安静地坐在马身边，让它们也安定一点儿。它们能轻松地和人相处了。但她明白，威尼感觉到了紧张，而雷瑟总能发现妈妈的情绪。

大家期待地来回走动。有人把自己的梭镖投在比赛场上。事先并没有约定时间，但就像有人在发号施令。人们好像都知道何时整理场地，保持安静。塔鲁特和乔达拉站在两根柱子中间，看着赛场，图丽在他们身边。乔达拉说，他打赌爱拉能赢过塔鲁特。但好像太不靠谱了，大家都没有注意。她只能在一边，期待地观看。

塔鲁特的梭镖比别人的更大更长， 他强健的肌肉似乎就是用来投重物的。爱拉想，家族的男人的梭镖没有那么长，但更重、更大。爱拉还发现了区别，家族人用梭镖刺东西，而这里的梭镖，包括她和乔达拉的，都是用来投的，这里的梭镖都有羽毛。虽然狮营的人都贴三根羽毛在梭镖底部，但乔达拉只用两根。她住在山谷的时候，亲手做的梭镖很尖锐，跟她在家族见到的差不多。乔达拉曾把兽骨打尖做梭镖头，系在梭镖柄上。猛犸猎手们好像更喜欢用燧石做梭镖头。

她仔细地观察着每个人手里的梭镖，都没看到塔鲁特第一次投掷。他后退了几步，接着向前跑去，用力投出梭镖，嗖的一声，梭镖从观众身边飞过，稳稳落地，梭镖头几乎全部钻进土里，梭镖柄还在颤抖。营地里的人满是敬佩，他们丝毫不怀疑首领的技艺。乔达拉都大吃一惊，他已经料到塔鲁特会投得很远，但已经远得出乎意料,怪不得大家不相信他。

乔达拉测了一下距离,看看他要用多大力气,然后又回到起点。把投掷器放平,梭镖放到的凹槽中,把梭镖柄的小洞挂在后面的钩子上。伸出两个手指,套入前面的皮环,让梭镖和投掷器都保持平衡。他盯着地上塔鲁特的梭镖,射了出去。

他投的时候,投掷器尾部抬了起来。给他胳膊的长度增加了两尺,也加大了力度。他的梭镖从观众身旁飞过。出乎大家的意料,比首领的梭镖远很多。梭镖水平落下,还滑行了一段距离,却没有钻入地面。这个工具让乔达拉之前的距离增加了一倍。虽然没有塔鲁特的两倍,也超过了很远。

大家还没回过神,测量两次的距离。另一支梭镖从赛场上飞过。图丽吓了一跳,一回头,看到爱拉站在起点,拿着投掷器。她转过身,梭镖刚刚落地。虽然爱拉投得没有乔达拉的远,但比塔鲁特还要远,这让图丽有些目瞪口呆。

9

"乔达拉,你可以提个要求,"图丽说,"我接受你赢了塔鲁特,但不能接受连爱拉都可以,我能看看……嗯……它叫什么?"

"投掷器,我也不知道叫它什么,有一次我看到爱拉在用弹石带,突然想到了这个方法。我想,假如我能像她用弹石带一样,把梭镖投得又远又准,多好呀。于是我就开始想着怎么做。"乔达拉说。

"你说起过她的技术,真的那么厉害?"图丽问。

乔达拉笑了笑,"爱拉,不如你把弹石带拿来,让他们开开眼吧?"

爱拉皱了皱眉,在大家面前展现自己,她还不太适应。她总是默默无闻地锻炼,勉强被同意狩猎,她也是独自出去。他们要是发现她的工具,家族人跟她自己都会觉得别扭。乔达拉是第一个跟她一起打猎的人,看到她展示自创的技能的人。她看着笑容满面的男人,他放松、而且自信。她没有理由拒绝。

她点点头,把弹石带和石头从莱达格那里取过来。她投梭镖的时候,把这些都放在他那儿了,孩子在马背上冲她微笑,觉得很刺激,很高兴她让大家都刮目相看。

她看了看周围,想找靶子,看到地上的猛犸肋骨。决定先用它。石头和骨头发出清脆的碰撞声,毫无疑问,她打中了。这完全没有挑战,她又朝四周望望,想打点儿其他东西。她喜欢打鸟和小动物,不喜欢打静止的物体。

乔达拉明白她的本领远不止这些,想到去年夏天,他笑容满面地踢开一团土。"爱拉。"他叫。

只见他两腿分开,手叉在腰上,肩膀上放了两块土。她皱了皱眉。之前他用两块石头做过同样的事。她不愿意让他冒险，弹石带打出的石头是很危险的。可是她想想，无可否认，事实上没看起来那么危险。对她来说打，静止的物体是很容易的，这么长时间她从来没打偏过。难道只因为她深爱的男人，就一定会打偏吗？

她闭上眼，吸了口气。点了点头，她从袋子里取出两块石头，把皮筋的两端抓在一起，一块石头放到旧口袋中，另一块预备第二次射击。她抬起了头。

观众们鸦雀无声，大家都不说话，不敢呼吸，空气中弥漫着紧张的气息，仿佛万物都静止了。

爱拉盯着乔达拉，她开始动的时候，大家的心都提到了嗓子眼。像已经学会隐藏意图的老猎手，年轻女人优雅地拉紧皮筋，弹出了第一块石头。

石头还没落地，她就在准备第二次射击了。乔达拉右肩上的土块在强大的冲击下变得粉碎。人们还没回过神来，第二块石头也紧接着射了出去，他左肩上灰色土块瞬间化为烟雾。一切都太迅速了，有的观众觉得自己什么都没看见，也许这根本就是个小戏法。

确实是没多少人能完成，没人教爱拉用弹石带，她也是偷看家族的男人用的。自己尝试、失败、又练习了好久，才学会的。起初，她根本打不中，还差点儿被猞猁攻击。从那以后，她就发明了迅速双投的技能，来保护自己。她不知道在大家眼里，这几乎不可能做到，也没人跟她说过。

尽管她没发现，她已经很难找到能跟她相匹敌的对手，这些对她毫不重要。跟别人比赛，谁赢谁输，她一点儿兴趣都没有，她只跟自己比，只想加强自己的能力。她明白自己的潜力，她想到什么新技术，比如双投或者在马上狩猎，就会尝试很多方法。直到找到最有效的，一直练习，直到学会。

人类的每个活动，都有人通过苦练和兴趣，达到出神入化的境界，超过所有人，爱拉弹石就很厉害。

大家都松了口气，又沉默了一会儿，惊讶地窃窃私语。突然，雷奈克手拍着大腿，过了一会儿整个营地都欢呼起来。爱拉明白大家的意思，看着乔达拉，他满脸的喜悦。她想应该是赞扬的意思。

虽然没有别人那么热情，图丽也在鼓掌。她尽量表现得不太惊讶，不过乔达拉知道她其实很惊讶。

“大家可不要觉得这样就很厉害了，接着看！”说着，他又捡起两块土，爱拉看着他，拿出两块石头。他把两个土块同时抛起，爱拉也射出两块石头，只见尘土飞扬，落下地面。他又抛出两个土块，她在落地前把它们全部打得粉碎。

塔鲁特激动得眼里都闪光了，“太厉害了！”他说。

“你再扔两个。”乔达拉说。他自己又捡起两个硬土块，举起来给她看。她从口袋里取出四块石头，一手两块。在两个土块抛出后落地前，必须特别调节装好并射出两块石子，才能准确地击中，这对爱拉的能力毫无疑问是一次考验。乔达拉听到巴泽克在跟马努夫打赌，马努夫相信爱拉能做到，自从她救了小努韦，他相信她肯定无所不能。

乔达拉右手用力把土块连续抛了出去，与此同时，塔鲁特也把两个土块用力向上抛。

一个乔达拉的，一个塔鲁特的土块，立刻就被击碎，尘土飞扬。把石头换到另一只手要花点儿时间，爱拉还没准备好弹石带，乔达拉的第二个土块已经下降，塔鲁特的土块也减慢了速度，将要到最高点。她盯着下落加速的土块，弹出了一块石头，等它击落目标。又过了一会儿，她才抓住弹石带的皮筋。她得赶紧了。

爱拉迅速把最后一块石头放到带子上，用难以置信的速度发射出去，击碎最后一块土块后，落回地面。

营地里想起了雷鸣般的赞扬和祝贺声，还有拍大腿的声音。

"爱拉，太精彩了。"图丽真诚地说，"我从来没见过这么精彩的表演。"

"谢谢。"爱拉羞红了脸，女首领的赞扬和自己的成功让她很高兴。人们都围过来表扬她，她害羞地笑笑。转身去找乔达拉，这么多关注她还不太适应。乔达拉正在跟韦麦兹、塔鲁特讲话，鲁琪坐在塔鲁特肩膀上，拉蒂在他身边。乔达拉看到她在看他，笑了笑，又继续跟他们聊天。

"爱拉，你怎么学会用弹石带的呀？"狄琪问。

"在哪儿学的？谁教你的？"克罗兹问。

"我也想学。"达努格不好意思地说，高个子年轻人站在人群后，崇拜地看着爱拉。他见她的第一面，她就让年轻的达努格悸动不安，觉得她就是世上最漂亮的女人，他觉得乔达拉很幸运，而他，在骑马之后，加上现在她又展现了非凡的能力，他萌芽的感情已经全面爆发了。

爱拉对他笑了笑。

"你跟乔达拉展示的时候，应该也教教我们。"图丽提议说。

"对，我对如何使用弹石带没多大兴趣。不过它看起来还挺有趣的，况且还可以射得这么准。"托奈克接着说。

爱拉觉得不太适应，连珠炮的问题和这么多人让她觉得不安。"弹石带很准……因为手很准。"她回忆起她跟乔达拉以前费了多大功夫来练习，任何东西都不会生来就准的。

"爱拉，凡事都是如此，手和眼成就了艺术家。"说着，雷奈克走过来握住了她的手，直视她的眼睛，"你知道刚才你多迷人，多敏捷吗？你用弹石带的时候，简直是艺术家。"

她被他的那双深色的眼睛迷住了，他太有魅力了，让爱拉的反应如生命般长久。她心跳加速。她警告自己这不是她想要的人，她爱的人。不可否认，雷奈克很吸引她。但本质不一样。

她强迫自己转移视线，继续找乔达拉……终于，她看到他，他正盯着他们，眼睛里有火，有冰，还有痛苦。

爱拉把手缩回来，她已经无法承受了，这么多问题，这么多人，和无法抑制的情绪都令她无法承受。她觉得很纠结，心跳加速，如鲠在喉，她得马上离开。看到莱达格还在威尼背上，她想都没想，拿着弹石带的口袋，朝马奔过去。

她跳上马背，身体前倾，一只手抱住孩子，保护他，力量的变化，身体的信号，以及无声的语言，让威尼觉得应该加速，它抬起前蹄，在宽广的平原上疾驰而去，雷瑟紧跟在它身后，它轻轻松松就跟上了妈妈。

大家目瞪口待在，不明白爱拉为什么突然骑马，而且只有几个人看过她快速地骑马。她金色的长发在风中舞动，她靠在奔驰的母马背上，这场景令人惊心，又令人敬畏。大家想，要是自己变成莱达格就好了！妮兹有点儿担心，但又想到爱拉绝对不会让他有危险，才放心下来。

孩子完全不知道他为什么这么幸运，但他眼里全是笑意。他激动地心跳加速了，还好爱拉抱着他，他并不害怕，而且随风飞奔也很奇妙。

逃出压抑的气氛，马儿的声音是那么亲切，爱拉不再紧张了，她松了一口气，发现莱达格的心脏贴在她手臂上，发出了奇怪的声响。她有点儿担心，觉得带他来不是一个正确的决定。但她又发现，虽然他的心跳不是很正常，但并没给他身体造成过重负担。

她减速兜了个圈子，又骑了回去。他们快到梭镖场的时候，看到一对躲在草丛中的雷鸟。夏季的有斑点的羽毛还没有变成冬季的白色，它们惊得飞起来。爱拉习惯性地拿出弹石带，一低头，莱达格已经拿好两颗石子，她接过石子，用腿指引威尼。石子射中一只肥鸟，接着把另一只也射了下来。

她示意威尼停下来，把莱达格抱下马背，放在地上，然后去捡鸟，扭断了它们的脖子。她拔了几根草，把长满羽毛的腿绑了起来。可怜的鸟儿，原本能飞得远远的，却不去南边。冬天，它们就会长满白色的羽毛，腿上也像穿了雪地靴一样。它们留下来，就要接受寒冬的考验，只能吃种子和树枝生存。要是遇上暴风雪，就躲在雪中挖出的小洞里。

爱拉抱莱达格到威尼背上，“你能拿着它们吗？”她用手势语说。

“我可以吗？”他回答。他很高兴，他从来不对奔跑感兴趣，这是第一次知道奔跑的感觉；他从没狩猎过，也不知道，为了大家的生存而进行的智慧和能力的活动，竟是如此美妙。这一次是他靠的最近的，也是他能靠的最近的。

爱拉微笑着把鸟放在莱达格面前隆起的马肩上，转身走向梭镖场。威尼就跟着她。爱拉并不着急回去，想起乔达拉怒气冲冲的脸，还是有点儿担心，他为什么那么生气呢？人们围在她身边的时候，他还对着她笑呢，她多高兴呀，但是一想到那双深色的眼睛和低沉的嗓音，她就害羞了。外族人！她摇摇头保持清醒，真搞不懂外族人！

风从身后吹来，把她的卷发吹得满脸都是，她烦躁地撩开头发。她好几次都想把头发梳成辫子，就像在山谷的时候。可是乔达拉喜欢她散开头发，也就没梳了。但还是很麻烦。看到弹石带还拿在手里，没地方放，也没带子系，穿着乔达拉喜欢的衣服，药包都没地方放。之前都是放在围裙的带子上。

她又举起手，撩开头发，看到弹石带，她停了下来，把头发撩到后面，把皮做的弹石带绑在头发上。她暗自笑笑，很满意，这样很管用，头发还是散在后面，不过有了弹石带，头发就不会挡住眼睛了。她的头发好像是弹石带最好的存放处。

大家以为爱拉让马抬起前蹄、飞奔、迅速射杀雷鸟，都是她的表演，她也没解释。只是尽量回避乔达拉和雷奈克。

她转身离开的时候，乔达拉感觉到了她的烦躁，而且知道是他的错，他也很后悔，责怪自己。可是突然而来的复杂情绪一时还难以平复，他不知道如何跟她解释。雷奈克却没发现爱拉的烦躁，他只知道自己让她的情绪有些波动，猜想是自己导致她突然跑过去骑马，但他觉得她的举动又可爱又有吸引力，他已经完全被她迷住了，不知道她是多么深爱着乔达拉。

她回来的时候，孩子们又在梭镖场上跑动，妮兹来接莱达格，把鸟也拿了回来。爱拉放开马，让它们去吃草了。这时，几个人正相持不下，决定举办一个业余的梭镖比赛，她从来没见过这样的游戏。她懂得竞争，考验能力的竞赛她可以看懂，比如跑步，或者投梭镖，但看不懂看上去是在做游戏的比赛，也不明白考察和提高基本技能只是比赛的次要目的。

大家从屋里取出圆环，有大腿那么粗，是用湿牛皮编在一起，晒到发硬，再包上熊草。尖锐的羽毛的杆，就是没装骨尖或燧石的梭镖，也是装备的一部分。

圆环放在地上滚，人们把梭镖柄朝上抛。如果有梭镖柄能从中间穿过，并且把圆环固定在地上，人们就会叫喊着和拍着大腿表示赞扬。这种比赛还需要数数和打赌，人们都兴致勃勃。爱拉被吸引住了。男人女人一起参加，交替着滚圆环和投梭镖柄，似乎在暗自较量。

终于较量有了结果。几个人走进屋子，狄琪激动得满脸通红，跟着人们往里走，爱拉朝她走过去。

“今天就跟节日一样。”狄琪说，“竞争、比赛，看来真要有盛宴了，妮兹还做了菜，塔鲁特也贡献出他的酒，还有雷奈克的拿手菜，怎么做你的雷鸟呢？”

“我有独特的方法，你觉得我应该做吗？”

“当然啦！加上一种特别的菜，盛宴就会更有滋味。”

还没等人们进屋，宴会已经开始准备了，令人垂涎的香味弥漫在空气中，主要是妮兹做菜的香味，大兽皮锅里发出咕噜噜的响声。拉蒂和布里南在帮忙，其他人也都在各自准备做饭。爱拉很好奇他们做菜的方法，看妮兹和狄琪架起火堆。

在旁边挖了一个大灶坑，放进热煤，堆在坑底灰渣上，煤上面又铺了一层碎猛犸粪便。上面又支起了一张厚猛犸皮，注满水。猛犸粪便下面的煤越烧越旺，把水加热了。等粪便燃起来的时候，燃料已经耗费了很多，兽皮用架子撑起来，就不会靠近燃料了，水缓缓从兽皮中渗了出来，虽然水已经沸腾，兽皮却不会点燃。兽皮锅下的燃料烧光后，由于火堆里的河石已经滚烫，汤还保持着沸腾，这个工作都由孩子们来完成。

爱拉给雷鸟拔毛，用小燧石刀取出内脏。虽然刀没有柄，但后面已经变钝了，不伤手。刀刃后面有个凹槽，用拇指和中指抓住，食指放在凹槽上，容易使用。这不是来用做重活的，只用来切肉和兽皮。来到狮营之后，爱拉才学会使用，不过很方便。

她在坑里放了一些石头，点着火，在鸟放进去之前，要把火熄灭。这个地方，大石头很少，因此她决定用做菜的热坑，这个时节，没有她喜欢的植物，比如款冬、荨麻和苋草，也没有雷鸟蛋，不然她就能把这些东西塞进鸟肚子了。幸好她的药包里还有点儿草药，放一点点，不仅能做调味品，还可以治病。包鸟的干草也增加了独特风味。虽然做出来跟自己的口味不太一样，不过她相信味道肯定也会很好。

她把鸟洗干净，回到屋里，第一火塘正在生火。

“我想像你做菜一样，在洞口做雷鸟，能用煤吗？”爱拉问。

“可以呀，你还需要其他东西吗？”

“我还想要草本植物，我喜欢在鸟里面加一点儿绿色植物，但这个时候没有。”

“你去储藏室找找看，有几种蔬菜也许能用上，我们还有盐。”妮兹建议道。

盐，爱拉想，自从离开家族，她就没用过盐。“好的，我需要盐，可能还会用点儿蔬菜，我去看看。煤在哪儿呢？”

“等我把这边弄好，就给你拿。”

一开始，爱拉只是看着妮兹生火，并未多想，现在来了兴趣。她知道他们的木柴很少，但之前都没注意过。他们把骨头当做燃料，但骨头不容易点燃。妮兹从另一个火堆取出一小块火源，点燃收集来的绒草，又加了点干粪，让火烧得更旺，又放了点儿骨片，烧的不那么顺利。

妮兹对着火吹气，防止它熄灭，一边转动着爱拉没见过的小柄，火呼呼作响，有几粒灰飞了起来，火越烧越旺。等火变热以后，骨头便咔咔作响，很快就燃着了。突然，爱拉发现了她的困扰的来源，自从到了狮营，她就一直有个困扰，只是从来没注意。是骨头烟的气味，很难闻。

之前她也烧过动物粪便，很熟悉燃烧产生的烟的刺鼻气味，但她使用的燃料大部分还是植物，她已经适应了木头的气味。狮营使用的燃料大部分来自动物，骨头燃烧的气味很特殊，总让人联想起烤熟了的食物。再加上干粪便，一股刺鼻的气味就弥漫在整个营地。这种气味不是特别难闻，只是爱拉还没有适应，觉得不舒服，现在，她发现了原因，就不再那么紧张了。

爱拉笑着看妮兹又添了点儿骨头，调节火柄，火烧得更旺了。

“你怎么做到的？”她问，“火这么旺？”

“火焰需要呼吸，这点只有风能办到。圣母让女人们掌管炉灶，就教会我们。对着火吹气，你会发现，一吹气，火就烧得越旺。我们在火堆下挖了一条坑道，一直连着屋外，风就能吹进来。把动物肠子放在里面，晒干前让它充气，再铺上骨头，最后铺上土。火堆的坑道一直伸到外面的草坪的底下，懂了吗？”

爱拉看着妮兹指的方向，点点头。

“这里可以进来。”她继续说，一边给她展示地下部分，火坑旁有一个开口，一只空牛角伸了出来，“可是风力的大小会不一样，这要根据外面的风势，以及需要的火力。可以用它挡住风，或者让风吹进来。”说着，妮兹又向她展示薄薄的肩胛骨做成的火柄。

看上去似乎很容易，但这个想法很有创意，是技术的一大进步，也是生存需要。没了它，就算有再多猎物，猛犸猎手们只能在寥寥无几的几个地方生存，在次北极草原就无法存活，最多在某些季节过去住。这儿几乎找不到树丛，冬季的到来也是看冰川飘向大陆来计算的。他们用这样的风火堆可以烧骨头，这是唯一的充足的燃料，使得他们能常年在这里生存。

妮兹生好火。爱拉在储藏室里寻找放在鸟肚子里的食材，她看到几颗风干的鸟蛋，但必须浸泡以后才能使用，她不知道需要多久，她本来想用野胡萝卜和紫云英豆，最终还是改变了想法。

她发现了一个编织容器，里面是早上用石头煮的谷物和蔬菜，放这儿给大家做午餐。已经变稠、沉淀了，她尝了尝，没放盐，人们都喜欢有点儿味道，以前她在粥里放鼠尾草和薄荷，并在黑麦和大麦里放过大根草、洋葱和野胡萝卜。

她想，如果有盐，加上她找到的葵花子，葡萄干……再加上点儿药材，做填充物肯定很好。爱拉把鸟弄干净，把调料塞进去，用新鲜的干草包好，把它跟骨头一起放入坑中，又铺上一层灰。她走过去看看大家都在做什么。

门口正热烈地开展着什么活动，大部分人都在那儿。她走过去，看到一大堆结了谷物的秆，人们踩踏敲打谷物秆，把谷粒打出来；还有人用柳条制成的又宽又平的匾，把谷粒向空中抛起，谷皮就被风吹走了。雷奈克把谷粒都装到臼盘里，臼盘是用空心的猛犸脚骨做的，还连在腿骨上，他拾起一颗猛犸象牙，折断了做臼杆，接着敲击谷物。

巴泽克脱掉毛皮外套，走过来，接过象牙。他们轮流劳作。托奈克用手打出节奏，马努夫唱起重复的歌词。

啊——呀，嘿嘿，雷奈克剥谷呀！

啊——呀，嘿嘿，雷奈克剥谷哪！

随着臼杆的更替,狄琪也变换着歌词。

哎呀呀,巴泽克来帮忙呀!
哎呀呀,巴泽克来帮忙哪!

大家都拍起大腿,男人跟马努夫一起唱,女人跟狄琪一起唱。爱拉产生了强烈的节奏感,跟着小声吟唱,她不知道是不是应该加入,不过感觉很有意思。

过了一会儿,韦麦兹脱掉外套,来到雷奈克身边,代替了他,并且一个节奏都没打乱,马努夫也立刻改掉了重唱,换了歌词。

哎呀呀,韦麦兹接过臼杆啊!

巴泽克有点儿累了,德鲁韦就接过他手中的臼杆,狄琪换了歌词,弗里贝克又接着唱。

人们暂停一下,检查成果。打好的稻谷倒进筛子里,选出饱满的。再把谷物倒进臼盘中,这次图丽和狄琪举起了臼杆,马努夫给两个人分别创作了一首歌,用假声唱女生的部分,惹得人们哈哈大笑。妮兹接过图丽的活,爱拉一时兴起,来到狄琪身旁,人们纷纷笑着点点头。

狄琪猛地砸下臼杆,松开手,妮兹举起臼杆。爱拉代替了狄琪,臼杆落下的时候爱拉大叫了一声,她举着弯曲粗壮的象牙柄,比她想象的重多了,但是她举了起来,马努夫唱道:

哎呀呀,我们欢迎爱拉呀!

她差点儿没抓住,没料到这种表示友好的方法。敲第二下的时候,大家一起唱,她激动得泪水盈眶,她睁大眼睛,不让眼泪流出。这大合唱对爱拉来说,不单单是热情,更是对她的接纳。她找到外族人,他们也接受了她。

特鲁妮代替了妮兹。过一会儿,弗莱莉也走了过来,爱拉摇了摇头,怀孕的女人不再坚持,走到后面。爱拉就放心了,可是也证明了她的猜测是对的,她觉得不舒服。大家接着碾谷物,直到妮兹喊停。她们把谷物倒进筛子,再装满臼盘。

乔达拉也加入进来,这项劳作又长又辛苦。人们齐心协力、开开玩笑才稍微轻松一点儿。看到雷奈克走过来,他皱皱眉。深皮肤男人和浅皮肤客人之间的敌对给祥和的气氛注入一丝恨意。

两个男人手中的臼杆不断交换,速度也越来越快。看到他们在加速,歌声逐渐停止了。有人开始跺着地面,鼓掌的声音越来越大。人们都没发现,乔达拉和雷奈克在提速，同时力量也加大了。这个劳动由集体活动变成了体力和毅力的抗争。一个狠狠地砸下臼杆，臼杆都跳了起来，另一个也用力砸。

汗水从额头上渗出，流淌过脸颊，落入眼中。汗水浸湿他们的衣服。他们互不相让，把又大又重的臼杆砸到臼盘里，越来越快，越来越猛，相互交替，都喘着粗气，明显的已经很累了，可还是互不相让，不想输给对手，好像宁死不屈。

爱拉不知所措。他们太较劲了。她慌乱地看了一眼塔鲁特。塔鲁特冲达努格点点头，他们走向两个决一死战的男人。

"该换别人了！"塔鲁特大声说。他推开乔达拉，抓住臼杆，臼杆往回弹的时候，达努格抢过了雷奈克手中的臼杆。

两个人都筋疲力尽，喘着粗气，摇摇晃晃地离开，好像完全没发现竞争已经结束。爱拉想上去扶他们，又犹豫了，她明白，无论如何，自己才是他们竞争的原因。不管她先找谁，另一个人都会丢了面子。大家都很担心，却不能插手，他们担心一旦表示关切，就默认了这场较量不是游戏，而且一场真正的较量。

乔达拉和雷奈克恢复体力的时候，大家都在关注着塔鲁特和达努格，他们还在碾谷物，也把它当作比赛，虽然是友好的竞争，但是同样激烈。塔鲁特对着儿子笑笑，一边把臼杆砸在臼盘里。达努格表情严肃，用力砸了回去。

"达努格，好样的！"托奈克喊道。

"他不会赢的。"巴泽克反驳说。

"达努格更年轻，"狄琪说，"塔鲁特肯定会先放弃的。"

"他没塔鲁特那么精力旺盛。"弗里贝克反对说。

"虽然他没塔鲁特那么大干劲，但是他有精力。"雷奈克说。他差不多恢复过来，能发表言论了，但还是累得半死，他明白，他们的比赛是为了让他和乔达拉的比赛看起来不那么惨烈。

"达努格，加油！"德鲁韦大声喊。

"你可以的！"拉蒂也激动地大叫，虽然她也搞不清楚自己是在对达努格还是塔鲁特说。

突然，达努格猛地一砸，臼盘裂了。

"够了！"妮兹训斥道，"你们那么用力干吗？臼盘都砸坏了，现在需要个新的。塔鲁特，你来做吧！"

"你说得对！"塔鲁特笑呵呵地说，"这场比赛够精彩。达努格，你在外面也变强壮了，妮兹，这孩子真的长大了！"

"看吧！"说着，妮兹倒出臼盘里的谷物，"谷子都砸成粉末了！我只想把它砸开。还准备晒干存起来的，现在都没法存了。"

"这是什么谷物？我问问韦麦兹。不过我母亲的族人，可以用谷物的粉末做食物。"雷奈克说，"没人要的话，我就拿点儿。"

"大部分是小麦，还有点儿黑麦和橡子，图丽的面已经够了，能给大家做喜欢的饼。这些谷子必须打好。塔鲁特酿酒，想在香蒲根里面加点儿谷物。不过你能拿走，你也付出了劳动。”

“塔鲁特也劳动了，他想要也可以拿点儿。”雷奈克说。

“雷奈克，你随便拿，剩下的给我。”塔鲁特说，“我泡的香蒲根粉已经发酵了，可以加点儿谷物，应该很有意思。”

爱拉看了看乔达拉和雷奈克，确定他们都还好好的。乔达拉脱掉湿透的衣服，往身上洒水，回到屋里。她知道他没事，她觉得自己替他操心有点儿傻，他身体那么好、精力又旺盛，使点儿力气对他和雷奈克不会有什么影响。可是她尽量躲开两个人，他们的举动让她觉得很烦躁，她要好好想想。

特鲁妮急急忙忙地从门口走出来，一手抱着哈塔尔，一手拿着骨盘和篮子。爱拉赶紧走过去。

“要我帮你抱哈塔尔吗？”她问。

“可以吗？”说着，她把孩子递给爱拉，“大家在做饭，准备宴会。我也想帮点儿忙，但一直很烦躁，哈塔尔醒了，我喂过他，他又不睡了。”

特鲁妮走到屋外的火堆边，爱拉抱着孩子，看着特鲁妮从篮子里拿出葵花籽，去了壳，放到骨盘里。再用犀牛的踝骨把葵花籽碾成浆。碾了一点儿，她把另一个篮子装满水，拿着两根骨棒，她一手拿着为此而做成特定形状的骨棒，熟练地从火里取出滚烫的石头用来做菜。嗞的一声，一股热气冒了起来，爱拉把石头放到水中，把凉了的取出来，热的放进去，一直到水沸腾，她又把葵花籽浆倒了进去。爱拉看得入了迷。

葵花籽油很快就蒸好了，特鲁妮用大勺舀出油，倒进用桦树皮做的容器。油差不多舀尽了，她又放入不知名的野生谷物和草药调味，又加了些烧热的石子使水保持沸腾。她把桦树皮做的容器放在一边凉一凉，葵花油就凝结在一起。她又让爱拉舀一勺尝尝，真的很好吃。

“图丽做的饼配上这个会更好吃，”特鲁妮说，“所以我才做的，水烧开了，正好能做点儿明天的早餐，宴会过后，肯定没人想做早饭，可是孩子们还要吃。谢谢你帮我抱着哈塔尔。”

“不客气，我很乐意。我好久没有抱过孩子了。”爱拉说，这是实话。她意识到自己盯着哈塔尔。跟家族的孩子相比，哈塔尔眉骨不突出，不过家族孩子的眉骨也不是完全突出的。他的前额比他们平，头比他们圆。不过孩子还太小了，没有太多差异。哈塔尔会笑，还会牙牙学语，家族的孩子就没这些声音。

看到妈妈去洗碗，孩子有些烦躁地动来动去。爱拉把他放在膝盖上摇，让他换了个坐姿，到她能面对他，跟他讲话，他可爱地回应着。孩子稍微玩了一阵子，很快就厌倦了，眼看要哭了。爱拉吹起了口哨，孩子有点儿吃惊，专注地倾听。她继续吹，学鸟的声音。

独自住在山谷的时候，爱拉花了很多时间模仿鸟的叫声。她学鸟叫声学得很像。她能学出很多鸟的声音,而且不光是山谷特有的。

她学鸟叫哄孩子的时候,有几只鸟飞了过来,吃起特鲁妮剩在篮子里的稻谷。爱拉看到了,继续学着鸟叫,伸出一只手指。鸟儿们开始还有点儿害怕,最后,有一只大胆的麻雀停在她手上。爱拉小心翼翼地继续吹,小鸟放心了下来。接着爱拉把它放孩子面前,孩子伸出肉肉的小手,高兴地大笑,把小鸟吓飞了。

突然,爱拉听到了出人意料的掌声和拍大腿的声音,她一抬头,见大家都对着她笑。

"爱拉,你怎么做到的?我听说过有人会模仿鸟和动物,可是你学得太像了,鸟都被你迷惑了,"特鲁妮说,"我从来没见过谁能把动物训的这么好。"

爱拉羞红了脸,好像做了错事,被人发现了。做了特殊的事,被人议论纷纷。虽然大家都是善意的赞扬,还是让她觉得不舒服。她不知该如何回答,怎么解释。人只有在非常孤单的时候,才有这么多时间来模仿鸟的叫声;只有在无人陪伴的时候,才会跟马和狮子做伴;只有不知道同类是否存在的时候,才会极尽所能跟任何活物交流。

10

下午,狮营里的庆祝暂停了。午餐对大家来说是最重要的,但是很多人都没吃,或者吃点儿早上剩的东西。大家都在盼望着隆重的晚宴。有人在休息,有人打盹,还有的负责监管食材。有人在轻声说话,空气中弥漫着兴奋,人们都在盼望一个特别的晚上。

爱拉和特鲁妮在房子里,听狄琪讲述布拉那格营地的事情,他们为结婚做的准备。爱拉起初兴致勃勃的。当两个马穆塔女人说到一些亲朋好友,她一个都不知道。就站起来,说要去看看雷鸟,走了出去。听狄琪说起布拉那格和她未来的婚姻,爱拉就不禁想到她和乔达拉。他说他爱她,但是从没说过要和她在一起,跟她结婚。她觉得很奇怪。

她来到做雷鸟的火坑边,看了看,感觉还是热的。她看到乔达拉、韦麦兹、达努格就在旁边。他们经常远离人群,在那里工作。她能猜到他们在聊什么。那里遍地都是碎燧石和尖锐的石片,三个石匠身旁有几大块可用的石块。爱拉常常在想,他们怎么能聊燧石聊的那么久。

她对燧石不是很在行,遇到乔达拉前,也都是亲手做石器,也都够用了。小时候,她经常看德路盖做石器,跟他学了不少技艺。可是爱拉第一次看到乔达拉做石器,就发现他的技术比她高多了。虽然他们对技艺的感觉差不多,能力也差不太多,但乔达拉的手艺和石器的质量都比家族人好。她一直都很好奇韦麦兹的技艺,还想向他请教请教,现在就是个好机会。

她走出屋子的时候，乔达拉就发现了，但他没有表现出来。他知道，从那次草原上的弹石表演之后，她都在躲避他。只要她不想跟他见面，他是不会勉强她的。看到她走过来，乔达拉十分紧张，怕她改变想法，也许不是向他们走来的。

“打扰你们了，我想看你们是怎么制作石器的。”爱拉说。

乔达拉大大地松了一口气，他紧缩的双眉舒展开来，下颌肌肉也松弛了。她坐在达努格身旁，达努格欲言又止。乔达拉发现了他仰慕的神情，收敛了笑容。他渐渐喜欢上了这个少年，他明白小孩子的爱慕对他毫无威胁，他很想像哥哥一样保护着他。

“乔达拉，你的技艺常用吗？”韦麦兹继续被爱拉打断的话题。

“还行吧。很多人都用加工过的材料做刀刃，做成别的工具——凿子、小刀或梭镖。”

“还有长梭镖吧？你捕猎过猛犸象吗？”

“捕过一些，”乔达拉说，“不像你们这么娴熟，长梭镖是骨头做的，我经常用鹿的前腿骨，用刀刻出轮廓，把凹陷的地方反复划开。再用刮刀磨成合适的形状，砂岩能磨得很尖。”

爱拉也帮他做过骨梭镖，还记得它们的威力。骨梭镖又长又尖，用力、特别是用投掷器的时候，梭镖可以扎得很深。这种梭镖比她用过的轻很多。她用的梭镖都是仿照家族的重梭镖做成的。乔达拉的梭镖是用来投的，而不是用来扎的。

“骨梭镖可以扎得很深，”韦麦兹说，“只要打得准，就可以迅速置猎物于死地，但不会流太多血，想一击就让猛犸和犀牛毙命就更困难了，它们的毛长而且皮厚。假如扎到肋骨中间，还会穿过脂肪和肌肉。眼睛作为靶子，太小了，而且在不停转动。假如扎喉咙，猛犸容易迅速毙命，可是很危险，因为得十分靠近。燧石梭镖的刀刃很锋利，容易穿透厚厚的皮毛，还能导致大出血，降低动物的战斗力。想让它们大出血，肠和膀胱是最好的靶子，虽然不能迅速置动物于死地，也没那么危险。”

爱拉听得入了迷，做工具已经很好玩了，可是她从来没有捕猎过猛犸象。

“你说得对。”乔达拉说，“可是长梭镖是怎么变直的呢？无论用什么刀刃，它都是弯的，因为它是石头做的。弯梭镖根本用不了，会降低准度和穿透力。而且会减弱一半的力量，所以燧石梭镖的头很小，因为必须削掉很多石头，梭镖才能变直。”

韦麦兹赞同地点点头：“乔达拉，说得对，不过你过来看个东西。”他从身后掏出沉甸甸的兽皮包，打开以后，拿出了一个不带把的斧头，跟大锤差不多大，由燧石做成，底座是圆形的，刀刃一头很厚，很锋利，“我猜你肯定也做过。”

乔达拉笑了笑：“对呀，我做过斧子，可是没这么大，这肯定是专门给塔鲁特准备的。”

“你说对了，我想装个长骨把手，送给塔鲁特……或者达努格。”说着，韦麦兹对他笑了笑，“用它砍猛犸骨或象牙，很壮的人才能用。塔鲁特用起来就像挥棍子一样，我猜达努格应该也差不多了。”

“他肯定可以，他帮我砍过树。”说着，爱拉感激地望着他，达努格羞红了脸，不好意思地笑了。她也做过、用过斧子，不过没这么大。

“你是怎么做斧子的？”韦麦兹接着说。

“通常，先用锤子砸一片厚石头，再慢慢磨出刃来。”

“雷奈克母亲的族人，亚特利安人，会做双面刃梭镖。”

“双面？跟斧子一样，两面都磨过？可是为了保持垂直，得用一大块石头，不能用又薄又脆的刀刃，那肯定很重吧？”

“确实有点儿重，但跟斧头比起来，也算是进步了。很有帮助。可是，要捕猎猛犸象或犀牛，得用更长的燧石梭镖，那么薄，要怎么弄呢？”韦麦兹问。

“要做两面刃，唯一的办法就是把石头在地上磨平，两边磨掉，”乔达拉想象着自己在制造工具，“控制力很重要。”

“你说得太对了，关键就在于力量的控制跟石头的质量。”

“对，石头一定要是很新的，我师傅达拉那，住在光秃秃的岩壁周围，遍地都是燧石，说不定有些就可以。就算如此，真做起来也很困难。我们造过好斧子，可我不知道你是如何造出这种的。”

韦麦兹拿出另一个软皮革包，小心翼翼地打开来，里面是燧石梭镖。

乔达拉目瞪口待在，看着韦麦兹，又望着达努格，达努格为他的师傅感到骄傲，高兴地笑着，乔达拉拿起了一个梭镖头，小心翼翼地翻来覆去地看，似乎在爱抚它。

燧石非常光滑，阳光下闪闪发光，像一片柳叶，而且每一面都完全对称，有他的手掌那么长，从刀尖开始，越来越宽，中间有四个手指那么宽。又越来越细，另一头又变尖了。乔达拉把它翻过来观察刀刃，确实不像普通工具那样弯，而是笔直的，最厚的也跟小拇指差不多。

他崇拜地抚摸着刀刃，很锋利，不过用了很多次以后，已经有点儿凹凸不平了。他的指尖轻抚刀刃，感受着敲击留下的印记。

“太好看了，简直不像是工具，”乔达拉说，“是艺术品。”

“这个不是工具，”韦麦兹说，听到同行的赞赏，他很高兴，“对我来说，它就是一个模型，展现我们的技艺。”

爱拉伸着脖子，想看看软皮包里的工具，都不敢去触碰。她从来没见过这种梭镖，大小不同，形状各异，除了柳叶形，有的是不对称的，像一根柄，可以接上把手，做刀用。还有几个是对称的，有手柄，也许是梭镖，也许是一种刀。

“你想再瞧瞧吗？”韦麦兹问。

她睁大了眼睛，好奇地逐个捡起，视若珍宝地玩弄起来。这些工具真的太宝贵了。

“燧石……光滑……灵动，”爱拉说，“我从来没见过这种燧石。”

韦麦兹笑了。“爱拉，你看出了门道。”他说，“所以这些才能做的这么好。”

“周围有这种燧石吗？”乔达拉问，他还是觉得很吃惊，“我也从没见过。”

“应该没有。我们总能找到高质量的燧石，北边的一个营地旁有个燧石矿，很好。达努格在那儿待了好久。可是这种石头都用火加工过。”

“火?！”乔达拉不敢置信。

“是的，火烧过以后，石头就不一样了，变得很光滑，”韦麦兹望看爱拉，“灵动。火还改变了它的质量。”说着，他拿起一块燧石，上面有被火烧过的痕迹，外面很黑。他用锤子砸开后，颜色更深。“最初燧石偶然掉到火中，火的温度很高，你知道炖骨头的水温是多少吗？”

爱拉点点头，乔达拉耸了耸肩，他没关注过，不过既然爱拉知道，他也想听听。

“我想把燧石捡出来，可是妮兹说，都掉进去了就算了，还能架个碗，接着烧烤滴的油。可是油着了火，把象牙碗毁了。之后，我给了她一个新的，因为她做了大贡献。已经烧成这样，我差点儿把石头扔了，一直都没用过。有一天材料不够，我才把它砸开，我还以为不能用了。来看一看，你就知道原因了。”说着，韦麦兹给一人递了一个。

“燧石颜色变深了，而且很光滑。”乔达拉说。

“我有一次尝试亚特利安人的梭镖，想学习他们的技术。只是尝试而已，石头不好也没关系。但是一做起来，就感觉不同了。我刚回来的时候，雷奈克还是小孩子，我开始钻研技术进步。”

“你说有什么不同？”乔达拉问。

“乔达拉，你试一下就明白了。”

乔达拉拿着椭圆石头做成的锤子，使用了太久已经凹凸不平，不过拿在手里的感觉还是不错的，他击打石头，开始雕刻。

“火烧过的燧石，”在乔达拉雕刻的时候，韦麦兹继续说，“控制力就会强很多，用力可以削很小很薄的石片，而且能把石头变成任意形状。”

韦麦兹用一块皮革把左手包裹住，防止擦伤，从刚烧过的大燧石上切下一块，左手拿着，给他们展示。右手拿着有柄的骨制短磨具，用尖端顶着燧石，前后用力推，把它磨成长而扁的石片，他举起来，递给乔达拉，他觉得很惊奇，想自己来试试。

“一定要给达拉那瞧瞧！太令人难以置信了！他对石头有与生俱来的天赋，跟你一样，他也尝试过改良，你就像在刮脸，是因为加热过吗？”

韦麦兹点点头：“不能说刮，毕竟是石头，没有骨头好雕琢，只要你会雕刻石头，加热过后会更轻松。”

“不知道间接敲击会有什么效果……你有没有用尖骨头或者角来指引敲击

的力量？这样做出来的刀刃长而薄。”

爱拉知道，乔达拉雕刻石头很有天赋，可是，看到他的急切的盼望跟达拉那说这奇妙经历，她感觉得到他很想回家。

在山谷的时候，她不想跟陌生的外族人接触，她以为乔达拉想走，只因为想和别人相处。她从不知道他归乡的渴望如此强烈。她知道他在别的地方永远不可能真正快乐起来。

虽然她很思念儿子和亲人，但她的思乡情绪远没有那么强烈，没有那么想回到熟悉的地方。她被赶出家族的那天，就知道自己再也回不去了。在家族人的眼中，她已经是死人了，要是看到她，他们一定会觉得她是冤魂。现在她终于明白，就算有这个可能，她也不想再跟他们一起生活，虽然她和狮营的人相处的时间很短，但是比跟家族人在一起生活更快乐、轻松。伊扎是对的，她不是家族人，她生于外族。

爱拉陷入沉思，错过了下面的一些谈论，听到乔达拉在说她，才回过神来。

“我觉得爱拉的技术应该跟他们的差不多，她也是在那儿学的，我见过他们的工具，可是她告诉我之前，我一直都不知道是怎么做的。他们的技艺并不精湛，而且远远没有把原材料凿成可以用的形状，这就是笨重的工具和精致的磨具之间的区别。”

韦麦兹笑着点了点头：“假如能让刀刃变平就好了，无论如何，刀刃磨过以后就没这么锋利了”。

“我也想过，”达努格也加入进来，“可以在骨头或者角上凿一个洞，把小刀刃插在里面，可以吗？小得几乎是笔直的？”

乔达拉想了想：“可是要怎么弄呢？”

“小的原材料不行吗？”达努格试着说。

“听上去可以，可是，达努格，那么小的原材料很难凿，”韦麦兹说，“我也想过把大刀刃分成小的……”

爱拉发现他们仍然在说燧石，好像不会觉得腻，他们对燧石以及它的潜力深深着迷。了解得越深，他们就越有兴趣。她也懂一点儿燧石和制作工艺，她觉得韦麦兹的刀刃是她所见过的最精致的，既好看又实用，可是她从没看到有人对燧石这么感兴趣。她想起了自己也热衷于治病救人和驱除灾祸，伊扎教她和尤芭学医，那些都是她最幸福的记忆。

看到妮兹走出来，爱拉站起来准备帮忙，虽然她走的时候，三个男人微笑着，说了些什么，不过她觉得他们完全没发现她的离开。

这可不是事实，虽然没人表示，不过看到她离开，三个男人的谈话还是停顿了一下。

韦麦兹想，爱拉年轻漂亮，又很聪明，有强烈的好奇心，假如她是马穆塔人，肯定会有很昂贵的嫁妆，给她的丈夫和孩子带来很高的地位。

达努格也在无边无际地遐想，他也想过嫁妆、结婚，甚至成为伴侣。可是他觉得自己不会有这样的机会，就只想陪在她身边。

乔达拉更想得到她，假如能找到好的理由，他肯定会起身跟她一起走。但是他怕自己太束缚她，当女人们争先恐后向他求爱的时候，他很想离她们远远的，觉得她们很可悲。他不是要爱拉可怜他，而是要她爱上他。

他看到雷奈克走了出来，朝她微笑。一股苦涩的胆汁涌入他的喉咙，他想咽下去，忍住失望和火气。他从来没有这么强烈的嫉妒感，他恨自己。他敢打赌，要是爱拉知道他的想法，肯定会恨他的，甚至可怜他。他拿起一大块燧石，用锤子凿开，外面脆弱的白垩露了出来，乔达拉不停敲打，把它砸成了越来越小的碎片。

看到爱拉从燧石厂走过来，雷奈克没有办法抑制见到她时，越来越强烈的悸动。一开始他就对她美丽的外表着迷，在他眼中，她不但美丽，而且有种由内而外的自然的优雅。他很善于观察细节，他觉不到一丝矫揉造作，她的举动展现着独立和勇敢的自信，如此自然，他觉得她天生如此，简直是天生丽质。

他激动地朝她笑，让爱拉无法忽视，她也回应了一样热情的笑容。

“你的耳朵听燧石都要听出茧了吧？”他把词合在一起说，带着贬损。爱拉发现了不同，可是还不太懂它的含义，她以为是为了幽默而说的笑话。

“对呀，他们在聊燧石。做刀刃、工具和梭镖。韦麦兹的梭镖很好看。”

“噢，他把宝贝都拿出来了呀。你说得对，它们都很好看。我都不知道他自己有没有觉得，他不光是工匠，更是艺术家。”

爱拉皱起眉，她记起她用弹石带的时候，形容她的也是这个词，她还不知道自己的理解对不对。

“你是艺术家吗？”她问。

他苦涩地笑笑，她提出了一个敏感的问题。

他的族人都信奉圣母造了精神世界，所有精神都是完美的，这些精神根据自己的样子创造了生物，分布在世界各地。精神才是原型，其他的都是它的派生，只不过不如原型完美，所以每个东西都是不同的。

人也是独一无二的，跟别的精神比起来，他们离圣母更近，圣母根据自己的样子，创造出圣女，用她的子宫生下圣男，所以男人都是由女人生出来的，然后，圣母把完美的女人精神跟完美的男人精神结合在一起，就产生了各种各样的圣子，她会选择哪个男人的精神跟女人的精神结合。接着，把自己的生命力从女人口中呼进去，女人就怀孕了，圣母给予她的孩子，无论女人还是男人，特殊的恩赐。

雷奈克说自己是雕刻匠，雕刻的东西都是很有用的，能把活着的精神变成人，让它们看得见，摸得着。它们也是仪式的重要工具，在马穆特主持的仪式上是不可或缺的。雕刻家都会备受尊重。他们是天才艺术家，有圣母的恩赐。

很多人觉得，艺术家就是雕刻匠以及能创造修改物品，让它们不光能用的人，可是雷奈克觉得，不是所有的艺术家都是天才，有的人对工作毫无兴趣、做出的动物形象质量低下，这是对精神和精神的创造者极大的羞辱。

雷奈克觉得，对世间一切事物最精巧的雕塑都是漂亮的，而漂亮的东西必然是对精神的最精巧的雕刻，这才是雕刻的本质，是他的信条。此外，他的美学观点的核心，就是觉得美有内在价值。他相信在任何事物都有美的存在。有的也许只是功能上，但是他认为任何劳动，能做到接近完美的人就是艺术家，他的成绩体现了美的本质。可是艺术不仅只在乎结果，也在于过程，艺术品不只是一件物品，也是创造性的过程。

雷奈克用手和眼睛，像搜寻圣物一样寻找美丽。他想置身于美的海洋。他把爱拉看做一件艺术品，是女人最完美的代表。美不只是画面，更是一种精神，一种本质，是生命的展现。在行动和成就中才能充分地展示。美丽的女人是完美而灵动的女人。虽然他并未多说，可是在他眼中，爱拉已经渐渐成为原始的圣女的完美化身，她就是女人的本质，也是美的本质。

雷奈克已经学会，用微笑的眼睛和灵动来掩盖内心深处的渴望。他努力让自己的作品达到完美。因为他的努力，他已经被认为是最优秀的雕刻匠，真正的艺术家。可是跟很多完美主义者一样，他对自己的作品并不是特别满意，也不想称自己为艺术家。

“我只是个雕刻匠。”他说。看到她有点儿疑惑，他又继续说，“有的人把所有的雕刻匠都称为艺术家，”他停了停，想知道她会如何评判自己的作品，又接着说，“你想看看我的雕塑吗？”

“当然啦。”她说。

她毫不犹豫的回答让他大吃一惊，他摆着头哈哈大笑。这是肯定的，难道她还会拒绝吗？他喜出望外，眼角的皱纹都起来了，他叫她一起进屋。

乔达拉看着他们一起进拱门，有一种沉重的压抑感，他失望地合上眼，低下头。

他从来没有因为得不到女人关注而苦恼，他也不知道自己什么地方可以吸引女人。他是燧石匠，对现实的东西更游刃有余，擅长用智慧去感受结晶硅，燧石的压力和震荡的性质。他对世界的认识是现实的。

他很直接，用动作比语言更管用。不是他不会说，只是不太会运用语言。他很擅长讲故事，可是和别人交流争辩就反应不过来。他很内向，不多谈自己，听别人讲话也敏感，得到很多人的信任。在家的时候，他被封为最优秀的艺人，他灵巧的双手，能把坚硬的石头雕刻成精致的工具，在女人身上也是同样的灵巧。这也暗示了他是个很现实的人。他也因此成名，有人也拿他开玩笑。

他学雕刻的时候就学会了。知道应该触碰哪儿，对信号很敏感，也很享受。他的手、眼睛和身体比任何语言更有说服力，假如雷奈克是女人，也会称他为艺术家的。

乔达拉跟女人亲近过,也得到过快感。可是见到爱拉之前,都没有爱的感觉。可是她真的爱他吗?他没有信心。她没有选择,此前,他是她认识的唯一男人。他知道雕刻匠很优秀,又有魅力。显然,他已经被爱拉深深吸引。他明白,假如爱拉爱上某个男人,那一定是雷奈克。乔达拉走了这么远才找到他的爱人,找到她,又要失去了吗?

他就应该失去她吗?他能想象族人对她的态度,能带她回去吗?虽然妒火中烧,他还是怀疑自己合不合适她。他对自己说,要公平,但他依然在犹豫要不要因为她犯错。

达努格发现乔达拉不高兴,担心地看看韦麦兹,韦麦兹只是轻轻点了点头,他也曾爱过一个漂亮女人。可毕竟雷奈克跟他是同一个火塘的,也该成家了。

雷奈克带爱拉到狐狸火塘。虽然她经常从这儿过,可是都尽力避免四处张望,窥探别人的隐私。这是家族的习惯。土屋是开放式的结构,隐私不只是紧闭房门,更代表了关怀。

"坐吧。"他让她坐在用柔软美丽的毛皮铺的床上。她的好奇心得到了满足,向周围张望,一个火塘住着两个男人。走廊两边的空间都很独特。

工匠的空间在火堆对面,很朴素,床是垫子和毛皮做的,上面挂着凌乱的皮帘子,似乎很久都没打开了,还有一些衣服挂在架子上,不过大部分的衣服还是堆放在床沿靠墙的地方。

大部分空间都是工作区域,大大小小的燧石片堆在猛犸脚骨旁边,脚骨既是凳子,也是砧子。床边放着各种各样的石锤、骨锤和工具。墙洞中的象牙圣母像是唯一的装饰,旁边还有一个环,挂着干枯的草裙,不用问,爱拉也知道是他母亲的。

雕刻匠的空间则更富丽堂皇,雷奈克喜欢收藏,但很挑剔,每件物品都是精挑细选的,摆放出来展示出最美的一面。丰富的结构也加强了整体的美感。床上的毛皮让人看了就想摸,非常柔软,两边的帘子是棕色的鹿皮制成的,整齐地叠好挂了起来,散发着松香,很好闻。地面铺着垫子,垫子是香草编成,上面还有五颜六色的图形。

床沿放着各种各样的篮子,大篮子装着衣服,是用羽毛或者毛皮编织的。篮子里、架子上还挂着象牙手镯,还有项链、石灰柱、五颜六色的挂坠以及夺目的琥珀。一颗大猛犸牙挂在墙上,上面雕刻着奇怪的图案,狩猎的武器和挂着的外衣都形成了一个整体。

她越看越有兴趣,可是墙洞里精致的圣母像和工作区域的雕刻品好像在召唤着她。

雷奈克看着她的眼神,明白她在看什么,她看向他的时候,他笑了。他坐在猛犸小腿骨的凳子边,陷入地面,他坐在垫子上的时候,微凹的膝关节抵在胸前。水平的工作台上，有各种各样类似凿子的雕刻工具，还有一个没完成的鸟雕像。

“这是我现在的工作。”说着，他把它递给她，看着她的表情。

她小心翼翼地把雕塑放在手心，看了看，又翻过来，她有点儿不解，翻来覆去地看，“正面是鸟，”她说，“但这面，”她反过来，“是个女人！”

“太棒了！你这么快就发现了，我一直想做一个圣母的雕像，能代表圣母的精神，像鸟一样飞到精神世界。可是圣母也是女人，我就把两者融为一体了！”

雷奈克的眼睛闪闪发光，他激动得都说不出话了。看他这么激动，爱拉也笑了，她从来没见过他这样，他一直都是很淡定的，笑起来也是如此。雷奈克让她突然想起，乔达拉设计投掷器时的样子。她皱了皱眉，那好像已经是很久以前了。乔达拉现在都不怎么笑了，就算笑了，很快又会生气了。她突然觉得乔达拉肯定不乐意自己同雷奈克这样兴高采烈地说话。她突然觉得不高兴，还有些生气。

11

“爱拉，原来你在这儿。”狄琪经过狐狸火塘时说，“音乐会马上要开始了，哦对了，雷奈克，你也一起来吧。”

狮子火塘的大多数人也都被狄琪顺便拉了来。爱拉瞥到她带着猛犸头骨，而托奈克带着肩胛骨，上面画着红线和几何图形。接着爱拉和雷奈克跟着他们来到了外边。

天色逐渐暗了下来，一片又一片云朵迅速地滑向北边，风势越来越大，把斗篷和外套上的毛吹得张牙舞爪，不过这些景象都没有引起聚成圈的人们的注意。室外的火堆靠着土丘和几块石头垒成，以便借助强劲的北风生火。扔进去一些柴火和骨头后，火势变大了，不过在夕阳的余晖中，几乎看不见火焰。

随意散落在地上的石头这时候有了用途，狄琪和托奈克加入马穆特那边，在石头上坐下后，狄琪把有图案的头骨放在地上，用其他大骨头把头骨前后支撑起来，使它悬空；托奈克垂直地拿着画着图案的肩胛骨，用由兽角制成的锤形工具敲击它不同的地方，并进行微调。

爱拉对敲击所产生的声音感到很惊讶，这声音与她曾在屋里听到的声音不一样：她可以感受到鼓的节奏，但这种声音的音调更加清楚，虽然与她以前听过的任何声音都不同，却有一种她所熟悉的特征，在多变性上，这些调子让她想起说话声，就像她有时自己哼的声音，但更清晰。那就是音乐吗？

霎时间，一个声音唱了起来，爱拉侧身，看见巴泽克头向后仰着，嘹亮的啸声从他喉咙里蹦出，仿佛要划破天空，然后又突降为低沉的颤音，这使得一阵哽咽的感觉在爱拉喉咙里泛开来，最后，音乐在又尖又高的声音中戛然而止，似乎留下了一个悬而未决的问题。紧接着，三个鼓手开始猛烈地敲打猛犸骨，重复起巴泽克所发出的旋律，以一种爱拉难以言说的方式与他的音调和感情配合着。

很快，其他人跟着唱了起来，没有歌词，只有哼唱和旋律，与象骨乐器的伴奏声相融合。过了一会儿，音乐发生了变化，产生了不同的感觉，变得更缓慢，更细腻，调子给人一种悲伤的感觉。弗莱莉那洪亮、甜美的声音加了进来。这次还加入了歌词，歌词讲述着一个女人失去了丈夫，又失去了孩子的故事，爱拉被深深地打动了，她不禁想起了杜尔克。泪水止不住地溢出眼眶，当她抬起头，看见不止她一人在流泪。然后她注意到克罗兹目光待在滞地望着前方，苍老的面容毫无表情，但一道道泪水顺着两腮流了下来，这让爱拉更觉得心痛。

弗莱莉重复最后的歌词时，特鲁妮加入了进来，然后拉蒂也加入进来，再次重复时，歌词有了变化，妮兹和图丽圆润的女低音也和她们一起唱着，然后歌词再一次变化。更多的声音加进来时，音乐又改变了内容，讲述着圣母的故事、人们的传说、精神世界及其起源。当女人们唱到圣子出生时，男人们加入进来，音乐在男声和女声中此起彼伏，出现了一种友好的竞争。

音乐快了起来，节奏也愈加明显。塔鲁特在兴奋之余脱掉了毛皮外衣，站在人群中，边唱边踩着拍子，打着响指。在笑声、赞许声、踏脚声和掌声中，塔鲁特随着音乐跳起一种踢腿和跳高的竞技舞蹈；巴泽克不甘示弱，跟他一起跳了起来；当他们跳累的时候，雷奈克进入圈内，他舞步快捷，动作细腻，激起了更多的叫声和欢呼声。结束之前，他邀请了韦麦兹，韦麦兹开始时不大情愿，但在人们的鼓励下，开始跳起来，对大家来说，他的舞蹈动作又是另一番味道。

爱拉身处在音乐、歌声和舞蹈之中，并与其他人一起笑着，呼喊着，不过最触动她的还是人们的激情和欢乐，这一切都给她一种美好的感觉。德鲁韦跳了进来，灵巧地表演着杂耍；布里南试图模仿他，但他的舞步少了他哥哥的精巧，不过人们还是为他的努力而喝彩；这使得弗莱莉最大的儿子克里萨维克大受鼓励，他也加入了进来；接着图丽决定参加到跳舞的人群中去；巴泽克微笑着捋了捋她耳边的头发，抓住她的手，和她一起跳；巴泽克启发了塔鲁特，他找到妮兹，把她带到圈里；乔达拉试图哄爱拉加入进来，但她拒绝了，然后他注意到拉蒂睁着大眼睛全神贯注地看着跳舞的人们，爱拉劝他去看看她。

"能教我舞步吗，拉蒂？"他问道。

她冲着这个高个儿男人高兴地一笑，然后握着他的手走到人群之中去了。以外族人的眼光来看，与族内其他女人相比，这个十二岁的女孩子显得十分高挑，身姿优美且举止优雅。爱拉相信她终有一天会长成充满魅力的女人。

更多的女人加入到舞蹈中，音乐再次发生变化时，几乎每个人都在随着节拍跳动，人们开始唱歌，爱拉感觉到自己的手被人拉着，和大家组成一个圈，乔达拉和塔鲁特分别在她两旁。随着音乐越来越快，她的身体也不断地前后左右摆动着，舞蹈和歌声将她紧紧包围了起来。

终于，随着最后的叫声，音乐停止了，演奏音乐的人和跳舞的人都大口地喘着气，笑着，交谈着。

“妮兹！吃的弄好了吗？那香味一直在我鼻子上跳舞，现在我都快饿死了！”塔鲁特喊道。

“看看他，”妮兹对她那大块头的男人点着头，“你看上去像是要饿死了吗？”人们都笑了。“好了，吃的做好了，就等着大家呢。”

“我要吃了。”塔鲁特回答道。

做饭的人端出食物，另一些人去拿盘子。每个人都有自己的盘子，大部分是野牛或鹿的盆骨或肩骨制成的。编织紧密的不透水的篮子或是鹿的杯状前额骨都被当作了盛食物的容器。蛤蜊壳和其他的贝壳可用作较小的盘子、勺子，甚至是羹匙，里面还放了盐，这些都是跟去过海边或住在海边的人交换来的。

妮兹的炖菜香气扑鼻，里面还加入了图丽的小面饼。尽管两只鸟满足不了一整营饥饿的人，但大家都尝到了爱拉的雷鸟。经过地炉的烘烤，鸟肉松软可口，在加上她特有的调味——虽然马穆塔人觉得不很习惯，但还是给予一致好评。

快吃完时，雷奈克把他的菜也端上来了。看到他的小脆饼，大家都吃了一惊，那并不是他的拿手菜啊。爱拉先尝了一个，然后马上又伸手拿了一个。

“你是怎么做的？”她问，“真好吃。”

“要不是我们在竞赛，我是没有动力费这么大心思的。我把谷粉和猛犸油混合，然后加进乌饭果，并求妮兹给了我一点儿蜂蜜，然后放在热石头上烤。”

“猛犸油和野猪油的味道差不多，”爱拉说，“但猛犸油口感更好，入口即溶。”说完，她看了看眼前这个棕皮肤、黑眼睛的卷发男人，尽管相貌有些奇特，但也是狮营的马穆塔人。

“你为什么做饭？”

他笑了：“为什么不呢？狐狸火塘只有我们两个，而且做饭是我的兴趣，虽然大部分时间里妮兹做的就很让我满意了。你怎么想到问这个？”

“因为家族里的男人从不做饭。”

“也许他们没这个必要吧。”

“不，家族男人不是不愿做饭，而是不知道怎样做。他们没有做饭的记忆。”爱拉不知道她是否表达清楚了，正巧这时塔鲁特过来倒酒，她无意中瞥到乔达拉正盯着她，但又装出毫不在意的样子。她伸出骨杯，看塔鲁特给自己添满苞扎酒。她一开始并不喜欢这酒的味道，但看到其他人都很着迷后，她认为应该再仔细品一品。

塔鲁特给所有人添完酒后，就拿起盘子又去盛炖菜。

“塔鲁特！你还没吃饱？”妮兹用嘲弄的语气说。爱拉逐渐明白，妮兹这样说话其实表达了她心头的欢喜。

“因为你这次的菜做得比以前更好吃,这是我吃过的最好的炖菜。”

“又贫嘴了,你这样说是让我不说你馋嘴。”

“妮兹,”塔鲁特说着把盘子放下。大家都笑了,彼此会意地看了看。“我说你是最好的,你就是最好的。”他把她抱起来,亲吻着她的脖子。

“塔鲁特!你这只大熊,快放我下来!”

他照做了,但仍揉捏着她的胸部,轻咬着她的耳垂。“我想你是对的,谁要那么多炖菜?我记得之前不是有人跟我保证要跟我一起吃晚饭吗?”他故作严肃。

“塔鲁特!你坏得像头发疯的公牛!”

“开始是狼獾,然后是熊,现在又成公牛了。”他大笑道,“那么你就是只母狮子。到我那儿去吧。”说话间,他把她抱了起来。

她让步了,笑着说:“噢,塔鲁特,要是没有你,这日子要有多难熬呀!”

塔鲁特也笑了。他们四目相对,爱意与理解从眼中散发出来,仿佛有一阵温暖的气息朝四周扩散,爱拉也感受到了这种暖意。在她心底,她明白他们的共同经历就是那种亲密的来源,他们生活在一起,并学会彼此接受对方。

但他们的亲昵给她带来了一丝不安的想法,她怀疑自己能否拥有这样的伴侣。她坐在那里,一边静静琢磨,一边向河对面眺望。广阔无垠的大地一片宁静肃穆,令人心生敬畏。她和大家一起分享了宁静的时刻。

狮营晚宴即将结束时,北方的云朵占据了一大片天幕。而对面,四溢的霞光在遥远的地平线上宣告着胜利。这番美景尽管光彩夺目,但也只是短暂的庆典,因为如潮水般来袭的夜色将很快吞噬这一刻的辉煌。火焰般的红逐渐褪成朦胧的浅紫,接着又添上一抹灰色,最后完全被一片漆黑取代。

夜幕降临后,风变大了,人们进入了温暖安全的土屋。在昏暗的光线下,人们用沙粒擦洗盘子,然后用水冲净。剩下的炖菜被倒入碗中;做饭用的兽皮洗干净后被晒在架子上。添了木柴的火堆烧的更旺了,人们纷纷脱下厚厚的外套。

“拉蒂,坐到我这儿来好吗?”爱拉看到拉蒂孤零零一个人,便发出了邀请。拉蒂立刻振奋起精神,坐到了爱拉身边。

塔鲁特正和马穆特谈话,图丽和巴泽克也加入进来。狄琪坐在了拉蒂另一边,冲她笑了笑。

“德鲁韦去哪儿了?”她问道,“你和他最好了,一定知道他在哪儿。”

“噢,他和达努格在一起,”拉蒂说,“他们现在形影不离。我哥哥回来时我高兴极了,以为我们三个会有说不完的话,可现在他们俩却不怎么理我了。”

狄琪和爱拉对视了一下,交换了会意的目光。的确,孩提时的友谊在一段时间后总会迎来质变。当双方逐渐成长为男人和女人时,他们之间的关系也会随之调整到成人的模式,但中间会经历一个充满迷惑和孤独的时期。爱拉长期忍受着冷落和孤独,她知道那意味着什么,即使有爱她的人在身边也于事无补。后来，她终于在山谷里找到了能排解孤独的办法。这时，爱拉突然想起拉蒂每次看到马时眼底的那种渴望和兴奋。

“今天真忙死了，这些天都抽不开身，你能帮我个忙吗，拉蒂？”爱拉问道。

“当然，你想让我做什么？”

“我从前每天都要刷马，并骑马外出，但现在我太忙了。你能帮我照顾马儿吗？我可以教你。”

拉蒂的眼睛瞪得又大又圆。“你想让我帮你照顾马？”她吃惊地低声问，“爱拉，我能行吗？”

“当然，我会帮你的。”爱拉回答道。

大家都聚到猛犸火塘里，塔鲁特、图丽和其他几个人都在跟马穆特商讨捕猎野牛的事。这个老人已做过了探寻，他们正在考虑他是否该再探寻一次。他最终愿意一试。

马穆特在做准备时，塔鲁特又把苞扎酒传给了大家。他把爱拉的杯子倒满，爱拉先闻了闻，在杯边抿了几下，然后深吸一口气，一咕噜都吞了下去。塔鲁特笑着又把杯子添满，她无可奈何，只得冲他笑笑，继续灌下去。一发现杯子空了，爱拉还没来得及拒绝，他又把它添满了。她实在是不想喝，只好闭上眼睛，喝下那浓浓的液体。她开始适应这味道了。

突然，她感到一阵眩晕，耳朵里嗡嗡作响，视线也变得模糊，没注意到托奈克已经开始有节奏地敲打猛犸肩骨，还以为那鼓点是从她身体里面响起的。她晃晃头，试图打起精神。她看到马穆特似乎吞下了某种东西。不知为何，她感觉那东西不安全，想上前阻止，但身体已动弹不得了，只得待在原处。

鼓的后面坐着白须飘飘的白发老人，高挑瘦削。只见他拿起一个鹿角锤，顿了一下，便和托奈克一起演奏起来，并开始唱歌。其他人也加入进来。很快，大多数人都专注地重复着催人入睡的曲子，声音震颤，音调平和，夹杂着富有变化的鼓声。当另一个鼓手也加入进来时，爱拉感觉到狄琪不在位子上了。

外部的鼓声和爱拉脑子里的敲击声渐渐达到一致，爱拉感觉她听到的不止是吟唱声和鼓点声，而是人的说话声。鼓点中变换的音调、节拍、音高和音量都仿佛在诉说着爱拉听不懂的故事。她试图听得更仔细些，但越是如此，就越听不清，反而觉得自己正离鼓声越来越远。最后还是她放弃了，就在那一刻，她发现自己被什么东西卷走了。

那股力量仿佛在带她旅行。她飞过了荒凉的冻原，身下是空旷的大地在铺展，风雪笼罩了一切。万物都被蒙在纱里似的，朦朦胧胧，模模糊糊。渐渐地，她意识到自己不是孤身一人。有一个同伴正以某种难以名状的方法与她一道见证着这一切，还在一定程度上把握着前行的速度和方向。

远处似乎射来了一缕亮光。她听见有人在吟唱，鼓声在奏响。一瞬间，她清醒过来，清楚地听见了一个词，像极了人类语言的音阶、音调，还有回响。

“嗞——噜——”

她感到飞行的速度放慢了。在她的下面，几只野牛挤在了河岸高耸的背风面。她看到这些庞然大物在狂暴的风雪中无助地矗立着，大雪簌簌地落在它们长满长毛的身上，头顶的黑色犄角似乎十分沉重，压得它们抬不起头。虽然轮廓清晰可见，但它们一动不动，只有鼻孔吹出的热气还显示出它们是有生命的，而非大地上固定的风景。

爱拉感到自己又离它们近了一些，近得可以数清它们，并注意到每个动物的细节。一头小牛向旁边移了几步，依靠在它妈妈身上；有一头老母牛，它的左角尖端折断了，一边摇头一边吐气；一头公牛正用蹄子扒开地上的雪，然后咬住露出来的一丛枯草。这时，远处传来一声怪叫，听着像是风声。

随后他们向上攀升，视野扩大了，她看见那些安静的野牛开始悄无声息地、有目标地移动。它们在寻找遮蔽的地方。河水冲过平原，在高高的山壁间变窄，随后又冲过嶙峋的峡谷，孕育出急流和小瀑布，最终在险峻的岩石隘口一跃而出——这是春洪泛滥时的唯一通路，一直通往无垠的草原。

“呜——呣……”

长长的元音在爱拉的耳边回响，每一次的震动之后，音量也随之加强。带着这种震动，爱拉越过了平原。

“爱拉！你没事吧？”乔达拉说。

爱拉只觉得身体一阵抽搐。她勉强睁开眼睛，一双蓝色眼眸正关切地望着自己。

“嗯……我没事。”

“发生什么事了？拉蒂说你突然仰面倒下，浑身僵硬并开始抽搐，然后你就昏过去了，谁也叫不醒你。”

“我不知道……”

“爱拉跟我一起去了。”听到马穆特的话，大家都看向了他。

“我和你去哪儿了？”爱拉一头雾水。

老人望着她，她似乎很害怕。他心想，她没有准备好，自然会觉得害怕。就算是准备充分的人，也难免会对此心生恐惧。我没想到她竟然天赋异禀，在没使用草药的情况下就能做到这点，她一定是受过训练的。可我该怎么做呢？我不想让她的天资成为一生的负担，我想让她知道那是个祝福，尽管它同时意味着承担巨大的责任……圣母绝不会随便赠与，她对这个年轻女人一定有特别的意图。

“你觉得我们去哪儿了，爱拉？”马穆特问。

“我只知道是在户外……我在暴风雪里，看见了河边的野牛……有一头的牛角断了……。”

“你很厉害。当我觉察出你与我同行时我非常吃惊，不过我马上想到了你是很有潜力的女子。爱拉，你有这方面的天分，但你需要训练和引导。”

“天分？”爱拉坐了起来，感到背后一阵发凉。她不想要什么天分，只想要一个配偶和孩子，就像狄琪和其他女人一样。“马穆特，你是什么意思？”

爱拉脸色苍白，乔达拉看在眼里，急在心上。她看上去充满恐惧，十分脆弱。他抱住她，想要保护她，给她安慰。爱拉靠在他温暖的身体上，忧虑似乎减轻了不少。马穆特在想，这个神秘的年轻女人突然闯入他们的生活，背后肯定有某种力量在推动。

在马穆特的世界观里，他不信意外和巧合，所以他不相信是机遇带来了爱拉。虽然他无法清楚描述，但他认为任何事物的存在都是有目的的，都是因为一种召唤而存在。他对爱拉有过许多大胆猜想，而现在，当他更了解这个女人的背景后，他怀疑自己才是她来到这里的原因。

“因为圣母的恩赐形式多样，所以我不能确定你具有的是哪种天赋。但可以肯定的是，你有行医的天赋，也有和动物共处的天赋。”

爱拉笑了。她的医术是从伊扎那里学来的，应该与天赋无关；但如果威尼、雷瑟以及贝贝果真是来自圣母的恩赐，那么她会心怀感恩。她一直相信是穴狮之神让这些动物来到自己身边，但或许圣母也有功劳。

“到今天为止，我可以肯定地说，你在探寻方面也有天赋。看来圣母对你非常慷慨。”马穆特说。

听到这话，乔达拉眉头紧锁——得到圣母太过的关注也可能是坏事。世人都对他说，圣母是多么宠爱他，但他并未因此得到多少快乐。突然他想起了沙穆德。那位老人曾告诫他，得到圣母偏爱的同时也就背上了一种债务，是需要偿还的。莫非说爱拉也欠了圣母的债？

爱拉仍是一脸疑惑，不知自己该作何反应：“我不了解圣母，也不明白你所说的‘天赋’。我一直以为是我的穴狮图腾把威尼赐给了我。”

马穆特大吃一惊：“你说你的图腾是穴狮？”

“是的，大莫格乌说穴狮选中了我并在我身上留下记号。你看。”爱拉解开了腰带，露出左大腿上的四道爪痕，那就是见证。

老巫师看出那爪痕已经愈合很久了，估计是她很小时发生的事。可是一个小女孩怎么可能逃过穴狮的利爪？“这个记号是怎么留下的？”他问。

“我不记得了……只记得在梦里……”

“梦？”他好奇极了。

“是的，到现在我有时仍会做这种梦。周围一片黑暗，空间非常促狭，只有一道光从一个小缝漏进来，然后……”她闭上眼睛顿了顿，“有什么东西挡住了光。一只穴狮把爪子伸了进来，锋利极了。我吓得尖叫，然后就醒了。”

“我最近也做了一个关于穴狮的梦。”马穆特说，“天气炎热，一群狮子在草原上休息。边上有两只幼狮在玩耍，一雄一雌。雄的是兄长，生得壮硕有力，红色的鬃毛威风凛凛。只见雌狮刚伸出爪子轻轻碰了碰兄长的脸，雄狮就马上把它扑倒，用粗糙的大舌头舔它的脸。”

爱拉和乔达拉都听得入了神。

“突然，”马穆特话锋一转，“狮群出现骚乱。一大群驯鹿径直向它们冲了过来。它们见到狮子似乎吓坏了，马上四散逃开。混乱中，小雌狮的兄长躲闪不及，被鹿蹄踏伤了。等局面稍微稳定后，老母狮试图帮助小雄狮站起来，但小雄狮似乎已经奄奄一息。老母狮无能为力，只能同狮群一起离开。”

爱拉惊呆住了。

“怎么了，爱拉？”马穆特问。

“贝贝！贝贝就是那只小雄狮。我当时正在捕猎驯鹿，后来发现了受了重伤的小狮子。于是我把它带回山洞，治好了它，然后像婴儿一样照顾它。”

“你养的那只穴狮曾被驯鹿所伤？”现在轮到马穆特吃惊了。他意识到这绝不是某种巧合，一定有更深刻的意义在里面。这个梦已经不是他过往的经验可以解释的，他必须仔细思索和琢磨，希望从里面获得更多信息。“爱拉，如果你不介意的话，我想问你一件事……”

马穆特的话还没说完，就被一阵吵闹声打断了。

“你根本不关心弗莱莉！你甚至连体面的新娘贺礼都没给！”克罗兹尖叫道。

“你只关心你的地位，其他一概不管，你怎么不想想，当初没人愿意帮你们的时候，是谁最后出手相助的？”

“你说这话是什么意思？当初可是你求我把她嫁给你的，你答应会好好照顾她和她的孩子的，你还说你会很欢迎我到你们的火塘去住……”

“我不是照做了吗？难道我没让你住在这里吗？”弗里贝克怒不可遏。

“你这算什么？你什么时候表示过对我的尊重了？你什么时候真正把我当做母亲了？”

“那你又尊重过我吗？不管我说什么你都不满意。”

“都是因为你太蠢了。弗莱莉本来值得拥有更好的男人，你看她，全身都充满了圣母的恩赐……”

“妈妈，弗里贝克，求你们别吵了。”弗莱莉虚弱地打断他们，“我只想安静休息一下……”

看到她脸色苍白，爱拉很是担心。多年行医经验告诉她，嘈杂的环境对怀孕的妇女很不利。她无法袖手旁观，于是起身走向了鹤火塘。

“你们看不出弗莱莉不舒服吗？”爱拉插话进来，“她需要你们的帮助，而你们却只顾着吵架，不顾她的感受。你们知不知道嘈杂的环境可能让妇女失去婴儿。”

克罗兹和弗里贝克都吃惊地看着她，但克罗兹首先作出了反应。

“我早就说你根本不关心弗莱莉。这个爱拉在这方面经验丰富，可你为什么不让她帮助弗莱莉？如果她的婴儿没了，那就是你的责任！”

“她知道什么？”弗里贝克一脸不屑，“被一群肮脏的动物养大的东西，怎么可能懂得治病救人？她还把动物带到这儿来了，说明她是个不折不扣的怪物。你说对了，我绝不会让弗莱莉靠近这个怪物，绝不会让她给我们带来厄运。如果弗莱莉失去了婴儿，那都得怪这个女人，因为她和她的扁头族人受了圣母的诅咒！”

爱拉受不了这样的谩骂，一下子没喘上气来，踉跄着后退了一步。营里的其他人也都不说话了。在一片死寂中，爱拉忍住喉咙的哽咽，转身跑了出去。乔达拉连忙抓起斗篷跟在了后面。

爱拉推开重重的门帘，外面寒风呼啸。阴沉的暴风已怒吼了一整天，却并没有带来任何雨雪，只是不断拍打着厚墙。没有障碍物能抵挡住风的脚步，再加上北部巨大的冰川造成了大气压力的异常，广阔草原上的风此刻已达到了飓风的程度。

爱拉吹了一声口哨，回应的嘶鸣马上在附近响起，威尼和雷瑟从长屋的背风面走了出来。

“爱拉！你不能在这种天气里骑马外出。”乔达拉追了上来，焦急地对爱拉说，“快披上斗篷吧，外面太冷了，你会被冻僵的。”

“乔达拉，我一刻也不想在这儿多待。”她叫道。

“先穿上斗篷，听话。”他先帮她穿好斗篷，然后抱她入怀。他早就预见到刚才的场面总有一天会发生——他太清楚弗里贝克这个人了，他一定会公开嘲笑爱拉的背景。

“你现在不能走，至少不能在这种天气里外出，再说你能去哪儿呢？”

“我不知道，”她开始抽泣，“我只想离开这儿。”

“可是威尼和雷瑟也不能对付这样的暴风啊。”

爱拉靠在乔达拉身上没有出声。她看到马儿们在大风中紧靠着土屋寻求支撑。一想到她不能让它们在山洞里躲避风雨，她就钻心地难受。乔达拉说得对，她不可能在这种天气里负气出走。

“但是乔达拉，天气一好转我就要回山谷。”

“我都听你的。现在跟我回土屋里去吧。”

12

“看看它们这一身的冰柱。”爱拉用手顺出结在威尼又长又密的鬃毛上的冰晶，威尼忍不住打了个哈气。温热的气息在冬日清晨的寒风中散成水雾，直至薄不见底。风暴已经过去，但云层依然压得很低。

“你知道只要一到寒冬，比起洞里，马儿们更爱待在外头。”乔达拉的语气像个行家。

“就算待的地方有所遮蔽，还是有很多马儿熬不过残酷的严冬。威尼和雷瑟原来的休憩地温暖干燥，它们不跟随马群行动，无法适应完全的野外生活，这里并不适合它们……也不太适合我，你答应过我随时都可以离开，我想回到山谷里。”

“爱拉，我们和这里的人相处得多么融洽啊！他们是如此的善良大方。”

“的确，我们相处得很好，马穆塔人也十分热情好客，但是我们得走了。”

乔达拉欲言又止，微蹙的眉头泄露了他的踌躇。他烦躁地拖着脚，低头呢喃，“爱拉……假设……我是说假设，如果你……如果你提起……呃……你的族人，大部分的人对他们的看法……和你不同。”他抬起头，“假如你没有说过……”

“我的命是被家族捡回来的，乔达拉！”爱拉愤怒吼道，“你是说我得为救命恩人感到耻辱吗？难道就只有妮兹有人性？”

“不，你误会我了，爱拉。我不是让你觉得耻辱，而是……我想说……没必要跟那些不明事理的人谈。”

“不明事理的是你，乔达拉！当我被问到是谁，属于哪个族的，从何而来，我该怎么回答？就算被勃劳德诅咒，我被家族当做死人，我仍想待在那里，以一个女巫医的身份。谁会阻止我去拯救一个生命呢？你知道作为一名巫医看到病人痛苦不堪却无法施以援手是多么难受吗？”爱拉气急败坏地叫着，愤然转身背对着乔达拉。

此时，拉蒂的到来缓解了剑拔弩张的气氛。她兴高采烈地朝爱拉和马走来：“我能帮上忙吗？”

想起前两天让女孩帮的忙，爱拉强压怒气，用拉蒂的语言回答：“没什么需要帮助的，我要离开了，回到山谷里去。”

拉蒂像被泼了一盆冷水，“啊……哦……我大概有些碍手碍脚。”说完尴尬地转身朝拱门走去。

爱拉看着她失落的背影忍不住说，“今天要把马身上的冰给刷掉，或许你愿意搭把手？”

“噢，当然。”拉蒂立刻露出了笑容，“你教我怎么做。”

“你看到屋子旁边的干草了吗？”

“这个起绒草？”拉蒂边说边拾起一根干草秆，其中带有干刺的一端呈圆形。

“对，这是我在河边发现的。你先找块皮革包住手，把干草这样折断，用带刺的那头刷。”爱拉将拉蒂带到雷瑟身边，向她演示如何用绒草拭去结在长毛上的冰条。等到拉蒂上手，爱拉走回到威尼跟前，继续之前未完的工作。乔达拉则待在雷瑟身边，好让它逐渐适应这个陌生的女孩。

拉蒂的出现让乔达拉大大松了口气。他之前的口不择言让气氛一团糟，导致后面都不知该如何开口。他很清楚爱拉一旦回去就不会再出来了，也不知道自己是否能够忍受只有两个人的生活，尽管他那么爱她。不过爱拉大概也到了极限，但她已经做得够好的了。就连泽兰达尼人她都能很好地适应，只要不提到……可她考虑的一点儿都没错。她该怎么回答别人对她身份的询问呢？要是他将她带回去，所有人都会好奇的。

"你需要常常为它们拭去冰条吗？"拉蒂问。

"不，不用。在山谷，遇到恶劣的天气马就躲进洞里，不像这里只能待在外头，等天气好一些我就回去。"爱拉说。

而正要从外拱门出来的妮兹听到他们的对话，不禁停了下来。她担心前晚出的岔子让爱拉想离开。爱拉一走，就没人教莱达格和营地的人手语了。他已经可以和人们交流得十分顺畅，也不再被区别对待，当然除了弗里贝克以外。妮兹有些后悔劝塔鲁特留下他们，但是不这么做的话，弗莱莉要怎么办？怀孕让她的身体变得很差。

"你为什么一定要走？我们可以为马儿搭个棚！"拉蒂劝道。

乔达拉立刻接口："这提议不错。我们可以在屋边搭个帐篷或棚子，这样就能为马儿遮风挡雨了。"

"弗里贝克不会让动物靠太近的。"爱拉说。

"弗里贝克？总不能什么都由他做主。"乔达拉急道。

"但他是马穆塔人，可是我呢？"

这话谁也反驳不了。拉蒂感到十分羞愧。

妮兹回到营区时，塔鲁特才刚刚睡醒。他撩开毛皮被，露出搁在床沿的粗壮大腿，坐起来伸了个懒腰，打了个大大的哈欠。他的脸色不是很好，抱头似乎想让自己清醒一会儿。抬头看到妮兹，温柔地展开了一个笑容。

"昨晚苞扎酒喝多了。"他说着起身穿上外套。

"塔鲁特，爱拉想等天气一好就回去。"

"太糟了，我一直在担心这件事，真想让他们留下来。"塔鲁特懊恼极了。

"我们一点儿忙都帮不上吗？大家都希望他们能够留下来，就只有弗里贝克叫嚣着要赶走他们。"

"我不知道。你们交谈过了，妮兹？"

"没有。我只是听到他们的对话。爱拉觉得在这里遇到坏天气的话马儿得不到很好的照料，拉蒂和乔达拉建议搭个帐篷试图挽留她，但爱拉提到弗里贝克不喜欢动物靠太近，你知道她不仅仅指的马。"

妮兹跟着塔鲁特向门外走去，"我们可以为马搭个东西，不过如果她执意要离开，我们也不会强求。她毕竟连马穆塔人都不是，乔达拉是泽……泽兰……什么的。"

妮兹急了，"为什么不把她变成马穆塔人呢？她不属于任何家族，你和图丽可以举行一个仪式,让她成为狮子营的人。”

塔鲁特沉吟了一会儿:“这很难,妮兹。想要成为马穆塔人必须得到所有人的同意,在夏季大会上我们得向委员会提供充分的理由,更何况她现在想要离开了。”说着,他拉开挂帘走向水渠。

妮兹收回看着塔鲁特离开的视线,看向那个正给褐色的马驹刷毛的黄发女人。她仔细打量了一番,对她的来历无从知晓。要是爱拉是在南部的岛上与家人失去联络,那么她是马穆塔人的可能性很大。因为当时有几个营地在贝伦海边过夏,半岛就在那儿边上。但是她的心里还是有一丝不安,由于那是克兰人的地盘,马穆塔人从来不屑靠近。并且她身上有一些东西并不属于马穆塔,但说不定她是沙穆多人,住在西部的河畔上。又或许她是南迁的东北部的桑吉尔人。更有一种情况是她来自非常遥远的地方,总之她决不会是克兰人……但是他们却收留了她。

巴泽克和托奈克走出屋子,后面跟着达努格和德鲁韦。他们习惯性地用爱拉教他们的手势向妮兹问候早安。接着妮兹看到微笑向她打招呼的莱达格,她同样回以灿烂的笑容,并将他抱起。但莱达格糟糕的身体状况让她脸上的笑容迅速消失了。他脸色苍白,看起来喘不过气,很有可能是得病了。

“乔达拉,可算找到你了,”巴泽克说,“我们想去草原试用一下我做的投掷器。顺便让托奈克从昨晚的宿醉中清醒过来,治治他的头痛,你要一起吗?”

乔达拉看了爱拉一眼,觉得今天上午是不会有什么进展了,况且雷瑟对拉蒂适应得很好。

“行,我去取我的家伙。”乔达拉应声。

达努格和德鲁韦站在原地等乔达拉,爱拉看到拉蒂一直试图引起他们的注意。但是兄弟俩都选择视而不见,只有瘦高的那位露出了一个羞涩的笑容。最后留下拉蒂怨恨地看着他们离去的背影。

“明明可以带我一起去。”她不快地嘀咕,然后转身去照顾雷瑟。

“你也想学如何投掷吗,拉蒂?”爱拉问道,拉蒂让她想起自己小时候希望同猎手一起外出的场景。

“他们本可以捎带上我,我的投圈和投镖可是比他们技高一筹,他们竟然无视我。”拉蒂愤愤不平。

“如果你同意,等干完活,我可以做你的老师。”爱拉说。

拉蒂惊喜地望着爱拉,她想起上次这个女人用投掷器和弹石带所作的惊人演出。看到达努格对着她展开的笑容,她就意识到爱拉并不是要出风头,她只是认真做好每件她想做的事,她的才干让人们无法忽视。

“这太棒了,爱拉。”她说。过了一会儿,她忍不住问,“你为什么这么厉害,我是指投掷器和弹石带。”

“因为我很喜欢,”爱拉想了想,“所以长时间地去练习。”

头发和胡子都湿答答的塔鲁特从河对岸走来，微睁着眼叫唤："哦，头痛死我了。"

"塔鲁特，头发怎么弄得这么湿，这样很容易生病的。"妮兹说。

"头太痛了，就把脑袋伸进水里缓缓。啊……"

"你这是自作自受，赶紧进去擦干。"

爱拉很是担心，并且有些纳闷妮兹满不在乎的态度。早上醒来时她也感到脑袋有些难受，看来是喝了那种饮料的后果。那就是大家为什么都爱喝的苞扎酒吗？

威尼见爱拉停下来沉思，不满地叫着撞了她一下。结在身上的冰虽然不会让马受伤，但是爱拉的服务显然十分合它的意。

"威尼，别这样。你只想我陪着你，对吗？"爱拉用马的沟通方式对它讲话。

拉蒂听过爱拉模仿马的声音，还是对其相似度感到十分吃惊。拉蒂还看到她一边在比划手语，她虽然知道一些手势，但是还未能完全看懂。

"你能和它对话！"女孩惊讶。

"威尼是我的朋友。"爱拉学乔达拉使用的称呼，营地里的人也更听得惯这种叫法，而不是马的嘶叫。"一位陪我度过一段漫长岁月的朋友。"她轻拍马身，检查了一下马背，又轻轻地安抚它。

"差不多可以了，我们去练习投掷器吧。"

她们进屋去拿投掷器和梭镖。途经塔鲁特的屋子，看到他难受的模样，爱拉想着欧蓍草茶对治头痛很有效，就给他捎带了过去。不过也许麦角菌更起作用，但好歹也是对症下药。

"喝这个，塔鲁特，对头痛很有效。"她对虚弱的塔鲁特说。塔鲁特感激地笑笑，不抱希望地喝了，至少他接收到了关心。爱拉带着拉蒂翻过一个坡地到达了比赛的场地。那四个男人正在草原的一端练习，她们走向另一头，后边跟着威尼和雷瑟，雷瑟边甩着头边朝拉蒂鸣了一声，拉蒂对它露出一个灿烂的笑容，让它待在她的身边吃草。爱拉开始了投梭镖的教学。

"注意手势。"爱拉将右手的前两个手指扣进皮草环套，横向握住约长两尺的狭长梭镖用具，"接着安置梭镖。"她边说边把约长六尺的梭镖柄放入沟槽，梭镖的尾部安上阻环，放稳投掷器之后，往后一拉，投掷器迅速射出。投掷器的前面一截朝天空高高抬起，有利于飞行的力度和距离，梭镖快、准、狠地射了出去。爱拉将工具递给拉蒂。

"是这样吗？"女孩重复爱拉刚才示范的动作，"把梭镖放在沟槽，用套进环套的手指握住，拉伸梭镖的后端顶到最后。"

"没错，开始投吧。"

"这一点儿都不难。"看着飞向远处的梭镖，拉蒂显得有些得意。

"投梭镖是不难，"爱拉说，"难的是将梭镖投进你的目标地。"

“你是说准度吗，把梭镖投进环里。”

爱拉笑着说，“没错，只要多练习，就能把镖投……投进环里。”她意识到弗里贝克过来看那几个男人的活动，这让她紧张自己的话是否准确，但看起来还需要练习。不过她又想到自己要走了，就释然了。

拉蒂有了爱拉的指导渐入佳境，两个人都聚精会神，完全没注意几个男人已经走到她们身边看她们训练。

“太棒了，拉蒂。”看到拉蒂击中目标，乔达拉喝彩道，“你一定会成为最厉害的！他们练得烦了想来看看你的练习。”

达努格和德鲁韦有些局促，不过乔达拉至少说中了一点，这让拉蒂心花怒放，“我绝对会坚持练下去，直到比所有人都强。”

练习结束后，她们便走回土屋，快到象牙拱门时看到塔鲁特冲到爱拉面前。

“你终于回来了，爱拉，那饮料里有什么神奇的东西？”他激动地询问。

爱拉退了一步说：“欧蓍草，一些紫苜蓿，覆盆子叶片，以及……”

“妮兹，快注意听。把做法记下来，它治好了我的头痛，我简直像重获新生。”他四处张望，“妮兹呢？”

“她带着莱达格去河边了，”图丽说，“早上起来他的脸色就很疲惫，虽然妮兹不赞同他走远，但莱达格说想和她一起……或许他想和她一起待着……我看不懂他们的手势，不过我说过要帮他们带水回来，正准备出发。”

爱拉对图丽的话十分敏感，并且有些忧虑。她察觉到图丽已经将他看做一个大人，是莱达格而不是“那孩子”了。她原封不动地传达了他的讯息。

“啊……”塔鲁特迟疑了一下，他为妮兹不在身边感到吃惊，又唾弃自己抱太大的期望，他对爱拉笑了笑，“你可以告诉我方子吗？”

“哦，当然。”爱拉应道。

他高兴极了，“要是我做苞扎酒，这方子第二天准能用到。”

爱拉被他逗乐了。这位红发的首领体形虽然庞大得吓人，但十分讨人喜欢。她完全可以想象他被激怒后的可怖模样，但是他不仅强壮敏捷，还有聪慧温柔的一面。他开玩笑的对象不仅仅是他人，而是常常自嘲。不管营区内外，对于人际关系他处理得十分得当。

河边突然传来一阵凄厉的哭声，所有人都吓了一跳。爱拉率先反应过来跑下坡，其他人跟在后头。妮兹跪在失去知觉的莱达格的身旁号啕大哭，图丽惊慌失措地站在旁边。爱拉加快速度来到他们身边。

“妮兹？”爱拉想问她到底是怎么回事。

“我们正要上坡，”妮兹止不住抽噎，“他突然喘不上气，我本想抱着他走，还没来得及放下水袋，就听到他痛苦地呻吟，抬头就发现他已经倒下了。”

爱拉立刻着手对莱达格进行检查，用手和耳朵放在前胸感受颈部的脉搏。她神色一紧，回头对女首领命令道：“图丽，快，快把莱达格抱回猛犸火塘！”

爱拉以最快的速度冲回屋子，拼命地翻看床榻下的一堆东西，终于翻出一个水獭皮制的袋子。她把所有东西倒在床上，从一个个小包中仔细分辨袋子的形状，绳结的颜色和样子，以及打结的次数和方法。

她的脑袋在高速运转："心脏，心脏出了问题。但究竟是什么问题呢，怎么办？心脏我并不熟悉，布仑族的人也没有碰过这个问题。之前伊扎是怎么说的来着？家族大会上的那个女巫医又是怎么医治两个心脏病患者的？对了，要先看病症。莱达格脸色苍白，面部浮肿，呼吸和脉搏十分微弱，心脏却跳动得厉害。什么药能起作用？曼陀罗？不。蒜藜芦？颠茄？天仙子？毛地黄？毛地黄……毛地黄药性太强，会直接索了他的命，但如果药性太弱的话，心脏功能无法复原也活不了多长时间。药量多少？该煮该泡？我真该死，怎么当初不记下伊扎的方法。毛地黄被我搁哪儿了，应该还有的。"

"爱拉，怎么了？"马穆特来到爱拉身边。

"莱达格……他的心脏……人已经带过来了，我在找……一味药，是植物，茎长叶宽……花瓣下垂，里面有红点和紫点……叶子很像皮毛，可以让心脏……重新跳动，你明白吗？"因为词汇的匮乏让爱拉的描述有些磕磕绊绊，但依然条理清晰。

"我懂了，你是说顶花，也就是毛地黄，药性很强……"爱拉深吸一口气打断马穆特，"没错，但是非用不可，再想想分量……我找到包了！伊扎提醒过我要一直带着。"

就在这时，图丽把人抱了进来。爱拉扯掉床上的毛皮铺在火边的地面上，示意图丽把人放在上面。妮兹紧随其后，别的人也纷纷围了过来。

"妮兹，帮他脱掉斗篷和衣服，塔鲁特，疏散人留出空间。"爱拉根本未意识到自己在直接下达命令。她闻了闻口袋，稍作犹豫看了一眼老圣者，回头看到陷入昏迷的孩子，果断地下了决定："马穆特，生火。拉蒂，给我做菜的石头、水和杯子。"

爱拉趁妮兹解开病人衣服时，在他的后脑勺垫上一些毛皮，抬高脑袋。塔鲁特让营地的人退后几步以保证空气流通，并留出空间。另一边，拉蒂帮马穆特生火添柴，使石头热得快一些。

爱拉摸了摸莱达格的脉搏，还是非常微弱。她将耳朵贴于颈部附近，只能听见低沉暗哑的呼吸声。治疗刻不容缓。爱拉抬起他的头，使之后仰保证呼吸的通畅，接着开始对他进行人工呼吸。

马穆特目不转睛地看着爱拉，她有着不符年龄的高超医术。即使有片刻的犹豫，一旦开始治疗，她变得沉稳专注，将所有注意力都放在病人身上，沉着自信地发号施令。

他点了点头，走到猛犸头骨的后面，开始演奏起节奏明快的音乐，并和着调子轻声唱了起来。神奇的是，爱拉的紧张情绪得到了很大的缓解。其他人也开始跟着唱和这个奇妙的调子。他们齐心协力，一起帮助这场治疗。托奈克和狄琪甚至奏起了自己的乐器，雷奈克也演奏起能发出声响的象牙环圈。一时间，鼓声、歌声、环圈的乐声交织在一起，却出人意料地温柔悦耳，使人内心平静，祥和安定。

水终于开了，爱拉把一些干毛地黄撒进了沸腾的水里。她耐心地等，看到颜色合适了，就倒出一些待用。只见她抱着莱达格的头，闭目凝神，令自己达到绝对的冷静。这药非同一般，每片叶子都有巨大药力，剂量稍有偏差就可能伤及性命。

过了一会儿，她睁开了眼睛，看到乔达拉炯炯有神的蓝色眼眸正注视着自己，眼神饱含了爱意和关怀。她觉得感激，冲他笑了笑。她把杯子端到嘴边，先用舌尖试了试药量，然后把苦苦的药汁给孩子喂下。

男孩喝进第一口时呛了一下，但这也让他稍微恢复了意识。他认出眼前的人是爱拉，努力想要微笑致意，但笑容因为身体的痛苦而扭曲了。她又让他慢慢喝了几口，细心观察着他的反应，比如皮肤的温度和颜色、眼球的转动以及呼吸的深浅。狮营的人都屏住了呼吸。知道这个孩子危在旦夕时，他们才意识到他的重要。他们终于懂得，他在营中长大，早已成为他们的一员，与他们并无半点区别。

土屋里安静而紧张的氛围在弥漫。爱拉不知道歌声和节奏是何时停止的，但此刻莱达格轻轻的呼吸声让众人都感受到一种胜利后的狂喜。

当他再次深呼吸时，爱拉注意到他脸上有了些许红晕，提着的心总算稍微放下了。音乐又奏响了，节拍也发生了改变，爱拉听见一个孩子的哭声，还有人在小声议论着什么。她放下杯子，试了试男孩颈上的脉搏，又仔细听了听他的心跳——他的呼吸已经轻松多了，远没有之前那么痛苦。她抬头，正对上泪眼汪汪的妮兹——不只她在冲着爱拉笑，在场的其他人也对爱拉投来了感激的目光。

看到孩子减轻了痛苦，爱拉轻轻抱住了他。她想，如果把眼睛闭上，营地的人就好像不存在了，而怀里的男孩就是她日思夜想的儿子——她的杜尔克。眼泪不断沿她的脸颊落下——不光为她自己，也为她思念的儿子，和此刻怀里的这个男孩。

莱达格终于睡着了，痛苦早已掏空了他，也掏空了爱拉。看到塔鲁特轻轻把孩子抱到床上休息，乔达拉也把爱拉扶了起来，胳膊环住了她的肩。她感激地靠在他的胸口，觉得一点儿力气也没有了。

营地里的人们聚集在一起，悬着的心总算放下了。他们眼含热泪，却找不到合适的词语，不知该如何对这个救了孩子性命的年轻女人表达感激。他们或冲她微笑，或赞许地点头，又或是亲昵地触碰她，并轻声说着什么。虽然话不多，但爱拉已经心满意足了。在这样的时刻，太多的感激和赞扬反倒会令她不自在。

妮兹安顿好莱达格后，走到了爱拉身边："我还以为我要失去他了。你的药真有效，看他睡得多香。”

爱拉点点头：“是有效，但药性太强。他每天都得服用，千万不能过量，而且要和其他草药搭配服下。我会调配给你看的。每天早上喂他喝一小杯，睡前再喝一杯，可以促进他的排尿，直到完全消肿。”

“那药能治好他吗，爱拉？”妮兹满怀希望地问。

爱拉握住了她的手，看着她的眼睛。“抱歉，妮兹，没有药能治愈他。”她肯定的回答中带着一丝悲伤。

妮兹无奈地低下头。她早就料到了，但看到爱拉的药如此神奇，忍不住又燃起了希望。

“这药会为莱达格减轻痛苦。”爱拉接着说，“只是我手里没剩多少了。大多数的药都被我留在了山谷。马穆特知道毛地黄，他那里可能会有一些。”

爱拉找到马穆特。他对她说：“爱拉，我的天赋是探寻，而不是治病。我知道狼营的马穆特医术高明，等几天后天气好转了我会派人询问他有没有这种药材。”

跟伊扎一样，爱拉总是随身携带水獭皮制成的药袋，里面有根茎、树皮、花朵、叶片、果实和种子，但数量不多，只能用于急救。她在山洞里存放了齐备的药品。她平常一个人住，其实根本用不完那么多药，但她所受的训练已经令她形成习惯，在固定的季节采集成熟的药用植物。对大多数植物的用途她都很熟悉，比如这种能用来做绳缆，那种能食用——但最让她感兴趣的还是有医用价值的植物。她熟知的药用植物就有数百种之多，只要有机会她就一定会采集。

爱拉已经掌握了大部分植物的知识，因此遇到新奇的植物时总是会特别有兴趣。她会把未知植物和已知植物联系起来对比，并通过筛检，在大的分类里再归出小类，辨认出相近的植物类型和属性。不过她也明白，相似的植物不代表相似的效力，因此她一直小心实验，不断丰富自己的知识和经验。

她对药物的剂量和用法也很慎重。她懂得浸注法，也就是把各种花叶和浆果浸入沸水——在令其香味挥发的同时逼出其内在成分；她知道如何提炼植物性脂肪和苦味元素，这种方法适用于质地坚硬的药物，比如树皮、根茎和种子；她通晓如何提取植物里的胶脂，以及怎样利用提取出的脂肪制成药膏、敷剂、糖浆、药油和油膏等。另外她还熟谙如何混合各种成分的植物，以及如何通过加浓或稀释得到需要的药物。

爱拉对植物的研究也增进了她对动物的了解。通过长期的试验，她得到了许多成功的经验和失败的教训，令她对人体以及人体功能有了进一步了解。她还通过宰割动物获得了大量解剖学知识，用来探索与人类身体的联系。

爱拉可以称得上是一位植物学家、药学家和医者——她的方法来源于几百年、几千年，甚至是几百万年以来人类积累的丰富经验，那是植物采集者和狩猎者通过大量实践、代代相传得来的。这些人的求生欲望要求他们对所生活的土地及土地上的生物作到尽可能的了解。

有了伊扎世代相传的经验,再加上爱拉天生的分析能力和准确直觉,爱拉很早就可以独立诊断和治疗大多数患者,甚至可以用锋利的燧石刀片进行小型的外科手术。但她的医术主要依靠药物的药力,而要治好先天心脏残疾需要大型的外科手术,因此对她来说还是比较困难的。

爱拉看着这个像极了自己儿子的孩子,心里不禁感到一阵庆幸。同正常健康的杜尔克不同的是,这个男孩要承受很多先天缺陷带来的痛苦。爱拉一想到自己必须告诉妮兹没有药能治愈莱达格这件事,就无法抑制地感到难受。

那天下午,当爱拉正在药袋里翻找药物时,马穆特就在一边默默注视她。现在已没有人怀疑她的医术了,包括弗里贝克在内——虽然他不愿承认;图丽也一样,虽然她过去从没公开质疑爱拉。爱拉看上去虽然没什么特别的,但在他这个老年人眼里也算得上是迷人了,但除此之外,他坚信她还有许多不为人知的秘密。他相信她也许根本没意识到自己拥有怎样的天赋。

他想,虽然她还很年轻,但她一定经历了很多非同寻常的事。她和那些传授她医术的人共同生活了多久?为何那些人的医术那样高明?他知道医药知识一般是不外传的,但她又是个十足的外族人。她的脑袋里还装着怎么样的智慧?除了超乎想象的探寻能力,她还有什么未发掘的才能吗?她到底还有多少秘密不为人所知?

在危急时刻,她总能表现出色,他记起爱拉之前命令图丽和塔鲁特时的样子——甚至在她命令我时都没有人表示异议,她天生就是个领导者啊,他笑着想。但他也很好奇,到底是怎样的挫折和考验,才让她如此年轻就练就了一身本领?圣母一定对她另有重用。那么乔达拉呢?虽然圣母也很偏爱他,但他的天资与爱拉相比并不突出。圣母究竟给了他什么使命?

想到这里,马穆特突然又对爱拉的水獭皮药袋产生了兴趣。那个药袋看上去很眼熟,似乎在哪里见过……他闭上眼睛,回忆又涌进脑海。

"爱拉,我可以看看这个吗?"他想仔细确认一下。

"我的药袋吗?"她问道。

"是的。"

于是爱拉递给他,无意中看到他苍老的双手枯槁消瘦,上面还鼓着风湿的肿块。

老巫师看到药袋有磨损,用的时间应该不短了。它不是用皮块拼凑而成,而是用了一整张的水獭皮。制作者当时没划开水獭的腹部,而是从脖颈处下刀,掏出骨头、内脏和脑髓,把水獭变成了空空的皮囊后,再把头和背缝在一起。在经过鞣制后,颈部还用石钻打了一些小洞用来穿绳子——一个防水又光滑的水獭皮袋就大功告成了。脚和尾巴依然完整,头部则被当做了袋子的盖。

马穆特还给她:"这是你做的吗?"

“不,是伊扎做的。伊扎是家族的女巫医,也是我的……妈妈。从我很小时,她就带我熟悉各种植物,教我制药救人。后来她生病了,不能去参加家族大会,而尤芭又还太小,所以布仑就派我出任家族女巫医。”

马穆特点点头表示理解,随后注视着她,目光犀利而深邃:“你刚才提到了一个人名?”

“伊扎?”

“不,另一个。”

爱拉想了一会儿:“尤芭?”

“对。尤芭是谁?”

“尤芭是……我的妹妹,但我们不是亲姐妹,但也差不多了。她是伊扎的女儿,是现在家族里的女巫医……”

“那名字常见吗?”马穆特打断她的话,声音带着兴奋。

“不……那是克莱伯起的名字。伊扎的外婆也用的这个名字。克莱伯和伊扎是兄妹。”

“克莱伯?!爱拉,你告诉我,他是不是一只胳膊有残疾,走路一瘸一拐的?”

“是的。”爱拉有些疑惑,他是怎么知道的?

“他是不是还有一个弟弟?长得孔武有力?”

马穆特一连串的发问让爱拉更加一头雾水。“是的,那是布仑。他是家族首领。”

“天哪,我简直不敢相信。这样一切都能说通了。”

“什么意思?”爱拉迷惑不已。

“爱拉,你过来。我给你讲个故事。”

他带她走到火堆旁,他在床沿坐下。她坐在垫子上,一脸期待地抬头望着他。

“很多年前,当我还是个年轻小伙,一次奇遇改变了我的一生。”马穆特开始娓娓道来。爱拉突然浑身战栗,似乎预知到故事内容将令她震惊。

“马努夫和我来自同一个营地。我的表哥是他母亲的配偶。我们从小结伴长大,还计划一起出游。但就在即将出发的那个夏天,他突然病倒了。我们对这次出游已经期待多年,因此我希望他能赶紧好起来,可他就那样一病不起。终于,在夏天马上要过去时,我等不及了,决定独自上路。大家都上前劝阻,但我谁的话也听不进了。

“我们的原计划跟韦麦兹的路线差不多——绕开贝伦海,沿广阔的东岸走。但考虑到夏季时日无多,于是我决定抄近路,横穿半岛。”

爱拉点点头。布仑的家族去家族大会时走的也是那条路。

“我没跟任何人透露这个计划,因为那是克兰人的地盘,我知道可能会有麻烦。但我想如果我足够小心,应该能避免正面接触他们。可惜意外还是发生了,直到现在我都不清楚究竟发生了什么,只记得当时我走在陡峭的山上,然后失足摔了下去。我昏迷了很久,醒来已经是傍晚了,头疼欲裂,反应迟钝,更糟的是我的胳膊骨折错位,令我痛不欲生。

“我沿着河跌跌撞撞走了一会儿，不知道往哪里去，包丢了我都没想到去找。我不知走了多远,天黑的时候,才最终看到火光。我忘了自己身处克兰人的半岛,一看到火边有人,就立马奔了过去。

“我依然记得到当我冲到他们中间时,他们吃惊的样子。但那时我已神志不清,不知身处何地,直到后来才震惊万分。我昏睡了很久,醒来时看着周围陌生的环境,回想着自己是怎么来到这里的,又发现自己头上敷着药、胳膊被吊带悬着时,才想起自己是摔伤了。当时我正庆幸自己被一个医术高明的医者所救,那个医治我的女人就出现了。爱拉,我简直不敢相信,救我一命的竟然就是你的家族。”

爱拉目瞪口待在:“你！你就是那个断臂人？所以你认识克莱伯和布仑？”爱拉惊待在了,这实在是太不可思议了。巨大的感情冲击令爱拉喘不过气,她泪流满面。

“你听说过我吗？”

“伊扎曾告诉我,在她出生前,她的外婆治疗过一个胳膊折断的外族男人。克莱伯也曾对我说,布仑之所以让我留在家族,就是因为他从那个人——也就是他那里得知,外族人也是人,同他们并无分别。”爱拉说不出话来,凝视眼前这个受人尊敬的老人,凝视着他的满头华发,和枯槁的脸庞。

过了一会儿,平静下来的爱拉问出了心底的疑惑:“你误闯家族时,伊扎还没出生,就连克莱伯也还只是个孩子,还没被洞熊之神选中。现在,伊扎早已不在人世,克莱伯离世时也是年岁已高,而你却……”

“曾经我也不解,为什么圣母赐予我这么多的岁月。终于,她在刚才给了我答案。”

13

“塔鲁特?塔鲁特,你睡着了吗?”妮兹边摇着壮实的首领,边在他耳边低声道。

“嗯,怎么了？”他猛地醒了。

“嘘——小点儿声。塔鲁特,我们如今不能让爱拉离开,她要是走了,谁来照顾莱达格？我们应该留下她,让她成为一个马穆塔人。”

他抬起头望着她,火苗的影子在她眼睛里跳动。“妮兹,我明白那孩子对你意味些什么。但是让一个陌生人成为我们的一员这事并不能靠你对莱达格的爱就能解决,再说,委员会那关怎么过?"

"不光是因为莱达格,还有她那妙手回春的医术……回想一下这几天的事吧,努韦多亏了她才没死……嗯,是的,图丽说她可能只是碰巧会那一手,不过莱达格的事已经说明了一切,更别提你的头痛了。"

塔鲁特咧嘴笑了笑:"那一手,简直神了!"

"嘘——大家都要被你弄醒了。爱拉不仅是个医者,马穆特也说她有探寻的天赋,还记得她和动物相处的情况吗,我肯定她还是一个召唤师。你想,如果她能召唤猎物,这对营地该有多大益处!"

"妮兹,你只是在猜测。"

"好吧,可你不能否认她能熟练使用武器。假设她是马穆塔人,那新娘礼肯定不会少。你想想看,她能为我们带来多少好东西呀。"

"话虽这样说……或许她不愿成为马穆塔人呢。而且不是还有一个乔达拉吗?他们俩应该是不会分开的。"

妮兹思考了半晌:"那也邀请他加入便是。"

"什么?!"塔鲁特坐了起来。

"嘘——小点儿声!"

"他可是有族人的,他说他是泽……泽……泽什么来着的人。"

"泽兰达尼人。"妮兹提醒道,"但他的家乡和这儿相隔千山万水啊,说不定他会愿意留下。当然了,我们得先问问他的意见。委员会那里应该不会拒绝,他们都知道他会的武器很厉害,再者韦麦兹也说他是个技艺高超的匠人——如果有了我弟弟的推荐,这事就十拿九稳了。"

"话是没错……但是,妮兹,"塔鲁特又躺下了,"你确定他们真的想留下来?"

"我不确定,不过问了就知道了,不是吗?"

塔鲁特离开土屋时正值清晨。雪虽已停了,但冰晶一般的白霜还未消散。他看见爱拉和乔达拉牵着马,好像要离开营地。呼吸产生的白雾在头顶聚集;静电声在清冷的空气中时不时响起。他们穿着毛皮斗篷,帽子紧捂着脸,裤腿掖在了靴子里。

"乔达拉!爱拉!你们要走了?"他急急忙忙地追上去。

爱拉肯定地点点头,塔鲁特的笑容立刻就僵住了,乔达拉忙解释:"我们只是去遛马,中午过后就会回来。"

乔达拉话只说了一半,他们俩就是想找个安静的地方,仔细考虑考虑要不要回山谷这件事。虽然乔达拉打心底里希望爱拉留下来。

"等天气晴了,我还想好好看看那投掷器的构造,看我能否学会。"塔鲁特说。

"你一定能学会。"乔达拉笑着回答说,"它们很有用。"

“也许是因为你们技艺高超吧。春天快来了,我们要抓紧练习。”塔鲁特说道。

爱拉的手摩挲着母马的鬃毛,挂在脖子上的两只毛皮手套暂时搭在身旁。在这个天寒地冻的地方,少一只手套很可能意味着失去一只手或一条命。马吐着气,兴奋地跳着,不耐烦地拱了拱乔达拉。塔鲁特知道它们有些不耐烦了,便马上开门见山。

“妮兹昨晚跟我说了一些事,今天早上我又跟别人谈了谈,我们很感谢你们教我们使用投掷器。”

“你太客气了,举手之劳罢了,跟你慷慨的招待相比简直不值一提。”乔达拉说。

塔鲁特点点头,接着说:“韦麦兹夸赞你是一位高超的燧石匠,而马穆塔人一直尊重高水平的石匠。此外,爱拉的才能对于任何一个营地都会是无价之宝。”他转向爱拉,“再说她还是个医者,因此我们希望你们能留下。”

“谢谢你的邀请,我也很想和你们一起过冬,但我还需要问问爱拉。”乔达拉笑着回答道。塔鲁特的邀请真是及时,爱拉现在不能离开,虽然弗里贝克极度惹人厌,但塔鲁特的邀请实在让人盛情难却。

塔鲁特继续对爱拉说:“爱拉,你现在没有族人,乔达拉住得又远,为什么不考虑在这里成家呢?我邀请你们留下来,成为我们中的一员。不只是我,图丽和巴泽克也很愿意让乔达拉为野牛火塘的人,而妮兹和我则想让爱拉成为狮子火塘的女儿。图丽是女首领,而我又是男首领,你们的地位是不会低的。”

“你想留下我们?让我们成为马穆塔人?”乔达拉惊讶地说道,面色发红。

“你们需要我?你们想收养我?”爱拉也惊讶不已。她一直仔细地听着让她感到震惊的这段对话,“你想让没有族人的爱拉成为马穆塔人的爱拉?”

高大的塔鲁特笑道:“没错。”

乔达拉不知说什么好,对客人的热情款待可能是他们的习俗,但邀请陌生人加入族群就没这么简单了。

“我……嗯……”他说,“我们有些受宠若惊。”

“我知道你们需要时间考虑,”塔鲁特说,“如果你们立马就答应,我倒会不安心呢。我还没跟所有人提这件事,但相信整个营地都不会有意见,营地欠你们的太多了。有了我和图丽的支持,事情就更简单了。不过我还要先征求你们的意见,如果你们同意,我就召集大家来商讨这件事。”

塔鲁特向回走时,两人都陷入了沉默。他们本计划找个地方就最近出现的问题好好谈谈。不过塔鲁特意外的邀请使他们不得不好好考虑接下来的生活了。爱拉和乔达拉骑上威尼,在辽阔的平原上漫无目的地走着,一路无话。

塔鲁特的邀请带来的感动是爱拉无法形容的。和家族一起生活时,她是孤单的。当她被赶出家族时,那痛彻心扉的绝望和孤独感只增不减。从她离开家族到遇见乔达拉，她一直都是孤身一人，没人陪伴、没有归属感、没有家庭、也没有家族可以依靠——更何况她明白自己再也不能见到家族的亲人了。在她的脑海中，地震先是使她成为孤儿，后来又导致她被驱逐，这种灾难将恐惧和绝望深深烙印在她心里。不论是震动的大地，抑或是失去的记忆，都令爱拉悲恸不已。大地的运动在爱拉看来是那样可怖，它在剧烈重塑大地的瞬间，似乎也在剧烈改变她的生活，大地似乎是在告诉爱拉：要么留在原地痛哭流涕，要么奋起向前。

当她第一次失去一切时，她有了克兰人。现在如果她愿意，她将会再次拥有族人，她会成为马穆塔人，绝不会孤独终老。

可乔达拉呢？他怎么可能接受？他愿意成为马穆塔人吗？爱拉对此很怀疑。她清楚他想回家。他曾顾虑他的族人都会像弗里贝克那样对她，不愿意听到她谈论自己的身世。如果她和他一起回去，那些人到时不接受她又该怎么办？尽管一谈到伊扎、克莱伯、布仑和她儿子，爱拉就觉得自己应该摆出以他们为耻的样子，但在她的心底，她绝不会为她爱的人感到羞耻！绝不！

跟他回家，她可能会被视做粗野的动物对待；而留在这里，她将被大家需要，将有归属感。狮营收留过一个像杜尔克一样的混血孩子……她突然想到，如果他们收留过一个，那么能否再收留另一个？一个不那么体弱多病，而且能学会讲话的？马穆塔人的领地一直延伸到贝伦海——塔鲁特不是说过在那里有个柳树营吗？克兰家族生活的半岛离那里不是很远。如果她成为了一个马穆塔人，也许有一天她能回去看望杜尔克……但乔达拉如果执意要离开呢？想到这里爱拉的心都拧在了一起——她能忍受没有乔达拉的生活吗？她在进行激烈的思想斗争。

乔达拉的内心也在斗争——他想找个不冒犯塔鲁特和马穆塔人的理由来回绝邀请。他兄弟说得对，他永远只能是泽兰达尼人乔达拉。再说他还思乡心切。不过这些都不是让他苦恼的原因，毕竟他离家千里，漫漫回家路还长着呢。

爱拉才是他心烦意乱的真正原因。尽管身边从不缺少爱慕他的女人，而且绝大多数都想与他成家，可爱拉才是他梦寐以求的。在遇见她之前，没有一个女人能让他如此神魂颠倒。他没有意识到自己爱她已胜过一切。爱拉实现了、甚至超出了他对女人的所有期望。一想到没有她的生活，他就感到窒息般痛苦。

但他也明白他的爱人会带给自己什么。她的纯洁、智慧、诚实、神秘、自信、脆弱，统统让他着迷，但她的背景会让他再次遭受羞辱，让他重新开始漂泊。

克兰家族抚养爱拉长大。那些人不同于一般意义上的人，相异之处很难形容。在乔达拉和许多人眼里，爱拉口中的家族人根本不是人类——他们是动物，但又不同于圣母为满足人类需求而创造的其他动物。虽然克兰人不承认，但众所周知，克兰人是类似动物的族群。虽然他们身上也有鲜明的人类特点，但那并没有拉近他们和其他部落的距离，而是被视做了威胁，招致了更多人的敌意。在众人眼里，这个家族就是被强大的恶鬼催生的畜生，根本不配登上圣母的造物神殿。

但就人性方面，克兰人在行动上的认知大于他们在言辞上的认知。乔达拉的先祖们很早就迁移到克兰人当时的领地里，占领了林木资源丰富和易于狩猎的地区，并扎营立寨，赶走了克兰人。但就像狼群之间会划分领地并不是为了防止其他捕杀者或捕杀对象的进入，而是出于同类排斥的道理一样，双方一旦接受了地界的划分，就等于达成了无言的共识：他们是同类。当乔达拉意识到自己对爱拉炙热的感情时，他终于明白过来：天地万物，包括克兰人在内，都是大地母亲创造的，并无分别。但尽管如此，他仍坚信爱拉将被他的族人嫌恶。克兰人之所以驱逐爱拉，不光由于她是外族人，更重要的原因，是她诞下了一个长相怪异的混血孩子。族人认为那孩子是不祥的，她已因此被视为一个受了诅咒的女人。

旅行途中，乔达拉遇见的所有人都对克兰人嗤之以鼻，只是程度稍有不同。一些人根本不承认克兰人后代的存在，还有一些人把这种事当做了不值一提的玩笑——因此当他发现混血的莱达格出现在狮营里时才那么惊讶。他相信妮兹一定经历了许多不愉快，而事实上她的确遭受了许多冷眼和非议。幸亏她对自己的地位足够自信，因此勇敢地回击了那些侮辱和谩骂，最终用她真诚的同情心和仁慈赢得了大家的尊重。但即便是妮兹，在试图说服其他人收留爱拉的时候，也故意忽略提到爱拉的那个儿子。

在爱拉被弗里贝克讥讽时，爱拉并不了解乔达拉的痛苦。他痛苦不仅仅是因为他能感同身受，更因为他在那一瞬间竟然为自己跟爱拉之间的关系而感到羞耻——他怎么能一边爱着这个女人，一边为她感到羞耻呢？

乔达拉一直想让自己保持冷静，但内心的挣扎不断地折磨着他，他快要按捺不住了。他想带爱拉回家，带她去见达拉那和族里的其他人，包括他的母亲和兄弟姐妹；他想让大家接受她，然后和她一起建立火塘，她可以为他生下属于他的孩子，然后不再过问世事。可是，一想到这样做必将面临许多坎坷，他又畏缩了，而且他也不愿让爱拉和他一起承受痛苦。

不过，如果她能不提及克兰家族的话，情况或许不至于那么糟。可万一有人问起她的族人和她的来历，她该如何回答？除非……她接受塔鲁特的建议，留在这里，成为马穆塔人爱拉。虽然她口音有些古怪，但不会有人在意的。他想，或许她本来就是马穆塔人，只是她自己不知道罢了。

可一旦她留下来成为马穆塔人，我也要留下来吗？我能接受成为这个部落的一员吗？索诺兰就是个例子。沙拉穆多是杰塔米的族人，她是在那儿出生并长大，索诺兰那么爱她，加入她的部落的确无可非议。但马穆塔人不是爱拉的族人，也不是我的族人。要是她能留在这儿，那么她到了泽兰达尼也会很高兴的。可要是她真的成为了马穆塔人，她可能就不愿跟我回家了，在这里她将很容易找到伴侣……我相信雷奈克肯定巴不得呢。

爱拉感到乔达拉抓着自己的手越来越紧,她不清楚发生了什么。这时一排灌木丛进入她的视线,前面是一条小河。到了河边,爱拉和乔达拉下了马,找了个干净的地方坐了下来。

冬天临近,河岸边已结了冰。冰层随着气温的降低而堆积变厚,迅速向河心逼去,很快会把河水完全封冻。只有当春日来临,气温回升,奔腾的河水才会破冰而出,翻涌而下。

爱拉打开皮篮,先拿出了一些食物:干肉、蓝草莓和小酸梅,然后掏出一块黄铁矿石和燧石,生起了一堆火。看到爱拉如此生火沏茶,乔达拉仍觉得很不可思议,虽然他已经见了很多次了。在他眼里,用火石生火简直就是魔法,就是奇迹。

黄铁矿石,即火石,大量散落在爱拉山谷里的河滩上。一次偶然的经历,令她发现这种矿石和燧石碰击可以产生高温的火星,足以用来生火。当她看见石头在敲击后迸出第一串火花时,她没有意识到,这已经是人类历史上的一次飞跃。

以前做燧石匠时,乔达拉也曾见过火花,但他认为那是自由的精灵,从未想过用利用火花生火。不过也难怪,那时他和族人生活在一起,不用一个人在山谷里为生存而挣扎。不过,当他看到爱拉发明的这个简便神奇的生火方法时,他立刻懂得了火石以及敲击生火的价值。

他们正闷头吃着食物,突然被雷瑟滑稽的动作逗得捧腹。雷瑟想让它的母亲和自己玩游戏,于是两匹马便在一处避风的、被晒得暖洋洋的沙地里打滚,八只蹄子不时在空中乱舞。笑声有效地缓解了两人之前的紧张感。没有了旁人的打扰,他们不禁回想起了在山谷的日子和那些美好时光。茶沏好了,乔达拉打算打开天窗说亮话。

"我猜拉蒂会很高兴看到马刚才的样子。"乔达拉说。

"对。她很喜欢马。"

"她也喜欢你。爱拉。她那么崇拜你。"乔达拉顿了一下,接着说道,"这儿的好多人都尊敬并且喜欢你。我觉得你不会想再回到山洞了。"

爱拉低头看着手里的茶杯,里面还有一点茶水和残渣,然后她低头啜了一小口:"我很珍惜和你在一起的时光。以前我从不觉得独自一人过活有什么坏处,而且山谷里还有很多对我非常重要的东西。不过在跟他们一起生活的这段时间里,我的确不想再回到孤独的状态了。我喜欢拉蒂、狄琪、塔鲁特、妮兹,我喜欢他们所有人……除了弗里贝克。"

太好了,她不会回山洞了。乔达拉松了口气:"弗里贝克只是一个人,'一条鱼可腥不了一锅汤',不是还有塔鲁特和图丽他们吗?你想,如果他们不喜欢你,或者他们觉得你不重要,又怎么会邀请咱们加入部落呢?"

"你对他们也很重要啊,乔达拉。那么你说,你愿意留下来成为马穆塔人吗？”

“他们一直待我们不薄。我不介意在这儿过冬，待久一些也可以。虽然我很乐意把全部手艺传授给他们，但我对他们已经没什么价值了。韦麦兹是个优秀的燧石匠人，达努格很快也会赶超他，而且我已经教会他们如何制作投掷器，只要勤加练习，很快就能熟练使用了。而我，泽兰达尼族的乔达拉……”

他突然沉默，望着远方思索了一会儿，然后努力想要解释：“我必须回去……路途多遥远也一定要回去……我要把弟弟的死讯告诉我母亲……让泽兰多尼人找到他的灵魂，带他去往另一个世界。爱拉，我身上背负着责任，所以我不能成为马穆塔人。”

爱拉凝视着他。她明白，虽然他说是因为责任，但他不想留下的真正原因还是因为他对家乡的眷恋。

“你呢？”乔达拉尽量保持镇定，“你愿意留下来成为马穆塔人爱拉吗？”

爱拉闭上眼，不知如何开口。也许是觉得自己的词汇太少，怕会词不达意。“勃劳德咒死了我，从此我失去了族人，独身生活。我喜欢马穆塔人，在这里我很快乐。狮营……就像布仑的家族一样……大部分的人都很善良。虽然我不知道我真正的族人是谁，但我曾在夜里想象过……我希望马穆塔人就是我的族人。”

她看着他。他金色的发绺落在黑色头巾外面，英俊的脸庞棱角分明。她觉得那张脸很漂亮——虽然他告诉过她这个词不适合用来形容男人。他的身体敏捷强壮，双手大而灵巧，忧伤的蓝眼睛透露出热情的渴望。爱拉对他坦白了心声。“不过，在遇到马穆塔人之前，你来到了我身边。是你赶走了虚无，教会我爱。所以，乔达拉，我想永远和你在一起。”

乔达拉眼中的忧虑消散了。他感到久未有过的轻松和安心，温柔又回到了他的双眸。他的魅力是如此摄人心魂，爱拉的身体不知不觉有了反应。她欲火焚身，不由自主靠近他，感觉到他的双臂紧紧环住了自己，双唇也覆了上来。

“爱拉，我的爱拉，我这么爱你。”他似在抽泣，又似在呢喃，沙哑的嗓音透出痛苦。他们坐在地上，他把她紧紧抱在胸前，眼底是望不尽的温柔。他意乱情迷，欲火中烧，就想紧紧抱着她。然后他稍稍松开胳膊，捧起她的脸，在她的额头、眼睛、鼻尖和嘴唇上一阵狂吻。天气很冷，他们没有遮蔽也无从取暖，但他就是想要她。

他解开她的衣领，触到她的喉咙和脖颈，同时，他的双手伸入了她的袍子底下……

他听到她在呻吟，在颤抖，爱拉想推开他。“爱拉，我要你。”他说。

“我得脱掉脚盖和裤子。”她说。

“不要，外面太冷了。背过身来，记得吗？”

“像威尼和它的公马那样。”爱拉小声说。

她背过身子，跪在了地上。一瞬间，脑海中突然出现了勃劳德。不同于勃劳德的粗鲁，乔达拉的抚摸是那么的爱意绵绵……

两人一起滚到侧面，他用力地将她拥在怀中，用他的身体和斗篷盖住她。他们休息了一会儿，再坐起来时，风已经变大了，云层也在慢慢堆积。乔达拉有些担忧，希望能马上返回营地。

“我得先洗一洗。”爱拉说着站起来，“这是狄琪的新绑腿，都弄脏了。”

“回去后再洗吧。你可以先放在户外冻干，然后再刷干净。”

“可河里还有水呢……”

“不行，那水太凉了！”

“放心吧，我很快就会洗好的。”

说完，她小心地走上冰面，蹲在未冻结的水边，捧起水清洗下身。等她离开河岸时，乔达拉已经走了过来，用斗篷上的毛皮给她擦干水珠。

“我不想让它冻上。”他咧着嘴，逗趣地笑着抚摸她。

“我想你会让它保持温暖的。”她系紧斗篷，对乔达拉微笑。

这就是她爱的乔达拉，这个男人仅用眼神和双手就能让她欲仙欲死，让她感到温暖和战栗；这个男人对她的身体了如指掌，带她体会了从未有过的感受；而且这个男人还令她忘记了勃劳德夺去自己贞洁时的痛苦，教会她什么是快乐。这就是她爱的乔达拉——开朗、体贴，充满爱心。在山谷时，他是这样；两人独处时，他也是这样，可为什么到了狮营里，他就像变了一个人呢？

“爱拉，我都说不过你了！”他搂着她的腰，自豪地看着她，“你的学习速度实在快得惊人，你是怎么办到的？”

“我必须尽快适应环境。因为我没有族人，只能依靠自己。”

“你可以有族人的，爱拉。如果你愿意，你可以成为马穆塔人。”

“可是我想和你在一起。”

“这并不矛盾。加入马穆塔人并不意味着你永远都不能离开……”

“你是说你不介意？”

“当然不介意，只要你高兴。”

爱拉看出他有些迟疑，但也看得出他的诚恳。“乔达拉，我永远会是你的爱拉。”她向后退了退，“让我考虑一下吧。”

她想，如果我要和乔达拉一起离开，那就得回绝塔鲁特。可他又说他愿意留下待上一段时间……或许其间他会改变主意，把这里当做自己家也说不定。可不管怎么想，爱拉总觉得自己是在为留下来找借口。

她伸手摸到护身符，默默对自己的图腾说：“穴狮之神啊，你能告诉我该如何选择吗？我爱乔达拉，但我也想有自己的族人，塔鲁特和妮兹想收养我，他们想让我成为狮……狮子火塘的女儿，还有狮营的女儿！伟大的穴狮！原来是你引导我走到这里！我怎么会到现在才察觉呢？”

她转过身，乔达拉看着她。

“我决定了。我要留下！我将成为马穆塔人狮营的爱拉！”

乔达拉皱眉的小动作被爱拉看在眼里，不过乔达拉仍笑道：“爱拉，我真为你高兴。”

“乔达拉，这样做是对的吗？”

“没人能回答，”说话间，他向她走来，还瞥了瞥暗下来的天空，“我希望这是对的……至少对我们两个都好。”他们拥抱了一会儿后，乔达拉提醒道：“该回去了。”

爱拉突然发现脚边有一个奇怪的东西。她俯身捡起，是一块金黄色的石头。她擦拭掉上面的尘土，仔细一看——在这颗光滑的石头里，竟然包裹着一只完整的昆虫，连翅膀的脉络都清晰可见。

“乔达拉！快来看，你见过这样的东西吗？”

他接过来细看，然后充满敬畏地说：“这是琥珀。我母亲有一个，很是珍惜，不过没这个漂亮。”他注意到爱拉正盯着他看。他被她的眼神震住了，“怎么了，爱拉？”

“这是暗示，是我的图腾精灵给我的暗示啊。乔达拉，穴狮之神是在告诉我，我的决定是正确的——穴狮之神也想让我成为马穆塔人的爱拉！”

爱拉和乔达拉骑马回去时，狂风开始肆虐。刚过中午，冰冻大地上扬起的尘土已遮天蔽日，阻人视线。干冷的空气中，他们似乎被闪电包围，雷声隆隆。突然一道闪电在附近炸开，雷瑟恐惧地跟上来，威尼不安地嘶叫着。他们下马安抚马匹，然后徒步牵它们回去。

等他们回到营地时，强风卷起尘土，拍打在他们的皮肤上。靠近土屋时，一个人影从风沙中显现，正试图抓住一个在风中摇摆不定但又维持挺立的东西。

“你们可算回来啦。”塔鲁特在风吼和雷鸣中喊道。

“你在做什么？我们能帮忙吗？”乔达拉问。

“风暴来之前，我们给爱拉的马搭了个靠屋的棚子，不过我不知道是干风暴，现在风把它吹散架了。我觉得你应该把它们牵进来，它们可以待在入口处。”塔鲁特说。

“干风暴经常出现吗？”乔达拉问。

“不，这几年不怎么常见，只要来场雪就好多了。”塔鲁特说，“因为只剩暴风雪了！”他说完笑了，低头进到土屋里，撩起沉重的挂帘。爱拉和乔达拉把马牵了进来。

一进到充满陌生气味的地方，两匹马显得有些紧张。不过相比之下，它们更不喜欢风暴，而且它们相信爱拉，很快安定了下来。爱拉很感激塔鲁特的慷慨照顾，有些受宠若惊。安顿好马匹后，爱拉走出拱门，顿时感到了逼人的寒气袭来。尘土和沙砾打在身上，冻人的温度和凛冽的寒风让她止不住地打颤。

吃完了晚餐，人们都聚集在第一火塘里喝茶。大家七嘴八舌地讨论，只等塔鲁特发言。

终于，塔鲁特大步走向狮子火塘，回来时手握着一支象牙手杖。那手杖比他还高，上细下粗，在顶端下面约三分之一处是一个轮式的装饰物——上半圈粘着白鹤羽毛；下半圈垂着毛皮和象牙雕刻。爱拉定睛一看，才发现手杖是由一整只极长的猛犸牙制成。她不禁满心疑惑，这些人究竟是用什么办法把象牙弄直的？

人群安静了，都注视着首领。塔鲁特看到图丽点头后，便拿起手杖在地上敲了四下。

"我有重要的事情宣布，"塔鲁特如此开场，"这事关乎每个人。手杖在此，所有人不能打断我的话，如果有人有问题，可以请求持手杖。"

人们的注意力更集中了，纷纷猜测他要宣布的是什么消息。

"爱拉和乔达拉虽然来我们营地不久，但感觉他们已经是我们的老朋友了，似乎他们本来就属于这里，我相信你们大多数人也有同感。一开始，出于乔达拉和爱拉的友好，我希望他们能多留一段时间，还计划留他们过冬。不过在后来的这段时间里，他们不仅表现出友善，更重要的是，他们毫不吝惜地教会我们技能和经验，把我们当成了同伴对待。

"乔达拉、达努格和韦麦兹交流经验，韦麦兹称赞他是技艺高超的燧石匠。不仅如此，他还带来了一种新型狩猎武器——投掷器，加大了我们投掷梭镖的射程和力量。"

人们纷纷点头，表示出赞许。爱拉注意到马穆塔人在集会时常常积极参与讨论，很少能静静地坐着听讲。

"而爱拉也带给我们很多，"塔鲁特接着说，"她能熟练地使用投掷器和弹石带；马穆特也说过她很有探寻的天赋；另外，妮兹还认为她还可能是一个召唤者——虽然这还没有得到确认——但她确实可以让马驯服，服从命令，并骑在马背上；她还教会我们手语，帮助了我们和莱达格的沟通；最为重要的是，她是一名医者，迄今已成功救回了我们营里两个孩子的性命……更别提她还有治头痛的妙方！"

听到最后一句话大家都会意地笑了。

"他们两人都很宝贵，所以我不想让狮营或马穆塔人失去他们。我已经邀请他们留下——不光是过冬，而是永远加入我们。"塔鲁特重重地用手杖敲了一下地面，"以万物之母穆特之名，我邀请他们加入我们。希望大家能同意。"

塔鲁特向爱拉和乔达拉点点头。两人便按事先排练过的，严肃地向塔鲁特走去；一直等在旁边的图丽也站到了她哥哥身后。

"我请求持手杖。"她说。

塔鲁特递给了她。

"作为狮营的女首领，我同意塔鲁特的做法。乔达拉和爱拉对狮营和马穆塔人都将是宝贵的财富。”她转向高个的浅皮肤的男人。“乔达拉，”她敲了三下手杖，“图丽和巴泽克已经邀请你做野牛火塘的儿子。我们表示赞成，你的意见呢？”

乔达拉向她走过来，接过手杖，也敲了三下：“我是泽兰达尼人第九洞穴的乔达拉，是第九洞穴前首领玛索娜的儿子。我出生在达拉那，兰扎达尼的首领的火塘。”考虑到这是正式场合，乔达拉用正式的说法来指明他来自的世系。他彬彬有礼的举止赢得了人们的微笑和赞许的点头，而他所说的那些陌生名字也的确给仪式增添了一抹特别的庄重，“对你们的邀请我深感荣幸，但我必须诚实地告诉你们，我肩负重大的责任。我必须回到泽兰达尼，将我兄弟的死讯告知我的母亲，还要告诉我们的马穆特泽兰多尼，请他做一次搜寻，把索诺兰的灵魂引渡到另一个世界。我很珍惜和大家的情谊，你们的友善令我印象深刻，我很遗憾，不能永远留在这里。”说完，乔达拉把手杖递回给了图丽。

“我们也很遗憾，但我们理解你的责任。乔达拉，我们仍会尊重你。鉴于你与我们的族人有亲戚关系，你可以愿意住多久就住多久。”图丽说完把手杖又递还了塔鲁特。

“爱拉，”塔鲁特敲了三下手杖，“妮兹和我愿意收养你为狮子火塘的女儿，你的看法呢？”

爱拉接过手杖，在地上敲了三下。“我是爱拉。没有族人的我很愿意成为你们的一员。我既高兴又荣幸，能够成为马穆塔人的爱拉，我备感自豪。”她用反复排练过的台词说道。

塔鲁特拿回手杖敲了四下。“如果没人反对，这次会议就到这……”

“我请求持手杖。”人群中突然有人喊道。大家都很吃惊，纷纷转向声音的来源。

弗里贝克走了出来，从塔鲁特手里接过手杖，在地上叩了三下。“我反对接受爱拉。”他说。

14

狮营被吓得鸦雀无声，过了一阵子，人们才开始交头接耳。男首领和女首领都分别表示支持爱拉，大家也知道弗里贝克对爱拉打的是什么主意，因此没人支持他，同时，弗里贝克和鹤火塘似乎没有反对的资格，许多营地都不愿意接受他们，只是妮兹和塔鲁特给他们美言了几句，狮营才接受了他们。鹤火塘以前地位很崇高，在各个营地也有想让他们加入的人，但总有人存有异议，不能一致同意的话就不能让他们加入，每个人都需要首肯。首领既然赞成这么做，弗里贝克却表示反对，就显得有点儿恩将仇报了，他的举动出人意料，最惊讶的莫过于塔鲁特。

塔鲁特把手杖从弗里贝克手中拿了过来，举起来挥舞了一下，把它的权威展现出来，下面的乱哄哄的人群很快就安静下来了。“弗里贝克既然拿着手杖，就给他发言机会吧。”塔鲁特说道，然后把手杖放回弗里贝克手中。

弗里贝克敲了三下地面，接着说：“我不愿意收留爱拉，是因为我觉得爱拉并不能贡献什么，让她有资格成为马穆塔。”下边的人群发出了反对的声音，特别是之前爱拉已经被塔鲁特嘉奖过，但他没有被这些杂音打断，“让一个陌生的访客成为马穆塔这合适吗？”

即便慑于手杖的威严，人们也会说出自己的想法。“你到底想她干什么，说她没什么贡献？她打猎的技术不算？”狄琪愤愤不平说。她的母亲作为女首领也没有一看见爱拉就决定接受她，都是权衡利弊之后，才遵照塔鲁特的意思办的，弗里贝克这人怎么就要反对呢？

“会打猎又如何？你的意思是只要会打猎就能加入马穆塔了吗？”弗里贝克说，“这理由太牵强了，并且她也不能再打多久猎了，生了孩子难道还打猎？”

“有孩子的话那她就更有用了！孩子会给她带来尊贵的地位！”狄琪义愤填膺。

“你觉得我不懂这个？我们连她能不能怀上孩子都不知道呢，要是不能生育的话，她也就没什么价值了，我们现在讨论的也不是生育的问题，现在说的是打猎，她单单会打猎是不足以成为马穆塔的。”弗里贝克反驳道。

“投掷器呢？你要承认那是个很有用的武器，爱拉也精通使用这个，她也在教别人如何使用。”托奈克说。

“那不是她的东西，把这个带给我们的是乔达拉，他又不准备成为马穆塔。”

达努格说话了：“她或许是一个搜寻者或召唤者，她可以让马屈服，甚至可以骑上去。”

“马是食用的，上天的意思是让我们捕猎它们，而不是一同生活，我并不认为骑马是正确的行为。并且人们也不清楚她的能耐，是搜寻者呢，还是召唤者呢，又或许是上天显灵，也或许什么都不是，难道现在因为一句可能就可以接受别人了？”现在还没人能反对他所说的话，弗里贝克开始为自己说的话和人们的目光沾沾自喜起来。

马穆特惊讶地看着弗里贝克，尽管他全然不赞同他所说的，但也同样感到弗里贝克精于言辞，人们因此很容易被误导。

“爱拉让莱达格学会了说话，别人还都以为他不会说呢。”妮兹说道。

“那叫说话？”他不屑地说，“当然你喜欢的话，把那套手势叫‘说话’也可以的，不过我可没这么想，我以为对着他手乱摆一通的事无聊透顶，那不能让人接受她，反而要拒绝她。”

“尽管事实摆在眼前，你也并不承认她是个医者吧？”雷奈克说道，“我希望你能知道，要是你赶走了她，使得弗莱莉生小孩的时候没她照料，那你会悔恨不已的。”

弗里贝克一直看不惯雷奈克，尽管他是个地位尊贵名声良好的雕刻匠，弗里贝克琢磨不透这个皮肤黝黑的男子，在他周围就会浑身不舒服，雷奈克一开口，发出那聪颖的腔调时，弗里贝克就很烦他，觉得他在嘲笑自己，他讨厌他，其次呢，他觉得雷奈克的深肤色很古怪。

“没错，雷奈克，”弗里贝克提高了声调，“我可没觉得她是个医者，和动物一起长大的人怎么能学会医术呢？并且弗莱莉又不是没生过孩子，这怎么就有问题了呢？要不就是这个野女人把霉运带到了这里。那个扁头的小孩已经拉低了狮营的地位，难道你们都没觉得吗？她只会进一步拉低狮营的地位，怎么能接受一个由动物抚养成人的女性？此外，要是别人到这儿以后，看居然有马在屋子里，那会怎么说？我可不愿意让狮营接受一个和扁头的小孩一起待着的野女人。”

他对狮营的评述，引起了底下的骚动，但场面还是被图丽控制住了：“谁告诉你狮营的地位降低了？莱达格并没拉低我的地位，我在姐妹会上也还是说话算话的；塔鲁特也没因此丢脸。”

“人们老说‘那个有个扁头的孩子的营地’，都让我不好意思说自己是狮营的人。”弗里贝克叫嚣。

图丽直了直身子，面对着这个瘦弱的男人。“你随时可以走。”她冷冷地说道。

“瞧你干的好事。”克罗兹哭了起来，“弗莱莉都怀孕了，你居然要把她扔到冰天雪地中去，无家可归，我怎么就会让你们结合呢？一个聘礼都不愿意给的男人怎么可能会不亏待我女儿？我命苦的女儿啊，真命苦啊……”

人们开始声讨弗里贝克，声音盖过了克罗兹的号啕大哭。爱拉转身走向猛犸火塘，她发现在狮子火塘里面，莱达格正目不转睛地看人们讨论，接着她走了过去。她和他坐到一起，听了一下他的心跳，望了望他，确认他无恙之后，就沉默了下来，她也不知道要说些什么，她把他拥入怀里，轻轻地晃着，嘴里慢慢哼着小调，她以前也这么抱着自己的小孩，之后在山谷独居的时候，也时常这么做帮自己入眠。

“都无视手杖了吗？”塔鲁特厉声道，制止住了众人的喧哗。他眼神发亮，他怒了，爱拉没见过他如此愤慨，但他说话还是很有分寸，她对此十分佩服。“克罗兹，我们是不会让弗莱莉离开的，你这么说，是侮辱了我和狮营。”

老妇人目瞪口待在，赶走弗莱莉这事她可没当真，她就是想震住弗里贝克，没想到会以为她侮辱狮营。她的脸居然羞红了，很是让人惊讶，不过她的确也是知道些人情世故的，弗莱莉的地位也是有她才有的，克罗兹本身就很有威望，起码以前是这样，之后她就一无所有了，但自己独特的身世，使得她即便不能明察秋毫，也能略知一二。

“弗里贝克，可能狮营的地位给你带来了些烦扰，”塔鲁特说，“但狮营地位低下的原因，也仅仅是因为只有它收留了你，如图丽所言，你爱走就走，你喜欢什么时候走就什么时候走，但我们不会赶你的，因为有一个身体虚弱的女人要在冬天生产。可能你没见过女人怀孕，我不管你知不知道，连我都能看出来，弗莱莉这么虚弱可不仅仅是怀孕造成的。

“不过这也不是开这个会的原因，不论你和大家是怎么觉得的，你也是狮营的一分子，我也说了我的看法，希望爱拉能加入到我的火塘，成为马穆塔，大家也都赞成，就你反对。”

现在，轮到弗里贝克纠结了起来，反对和说赢别人让别人重视自己是很爽，但塔鲁特已经旧事重提，说到了他带着弗莱莉，绝望地奔波，低声下气地求营地收留的日子，是因为这个女人，他才有了现在的身份。

马穆特一路都有留意他。弗里贝克本人并无显赫的地位，他妈妈没给他什么遗产，自身也没什么成绩，品质和能力也平平。他不遭人嫌，也不讨人喜，就是一个平凡的普通人，但他的辩论能力实属了得，即便观点不对，但却有理有据，或许他比人们认为的要聪明，同时他心气也很高，像这样的人，和弗莱莉的结合的确是挺了不起的。他值得再留心留心。

敢于向弗莱莉求婚，本身就勇气可嘉，马穆塔人认为，男人的配偶就是评定男人身价的标志，男人的身价来自他的生母和他通过地位、打猎的英勇程度还有技巧、才华还有魅力吸引到的一个或多个愿意和他一起生活的女性。既然找到了一个有崇高地位的女人愿意委身于他，那么弗里贝克是不会放手的。

马穆特思忖着，但她怎么又答应他了呢？在这之前必然也有过一些人来提亲，弗里贝克毫无优势，他没有什么能提供的，况且克罗兹又没有什么朋友，他们被弗莱莉的营地赶出来了，弗里贝克这里也不愿意接受他们，之后其他的营地也纷纷地拒绝了他，尽管有一个高地位的孕妇和他在一起。然而每次克罗兹都会因为自己的情绪不佳去不断地讥讽挖苦他，情况就变得更坏了，更加没有人愿意接受他们了。当狮营同意接纳他们的时候，弗里贝克感激万分。他没有其他办法了才选择了加入狮营，这与狮营的地位高低无关，只不过他觉得狮营的成员很复杂。塔鲁特有这种能力，他能够把不起眼的东西变成很独特新奇的东西。他这辈子已经把高地位看得很平常，他渴望的更多。而他从平常的东西里找到了他想要的，他十分珍惜，并且特地在营地里开始培养它。也正因为此，他的营地变得很有特色。塔鲁特本身就是别人眼里最大最强壮的人，马穆塔人觉得是这样，附近的人也很赞同这一点。大家都觉得，图丽是最大最强壮的女人，马穆特是最老的人，韦麦兹是最棒的燧石匠，雷奈克是最黑最出色的雕刻匠，莱达格是仅有的一个扁头小孩。塔鲁特想得到爱拉，因为她在驯马方面的表现，她的技能和天赋都是无人能比的。他也不讨厌远道而来的乔达拉。

弗里贝克并不想与别人显得不同，他知道自己在其他人眼里是很无能的，他习惯在平常的东西里找到自己的位置，并且他觉得普通也是很可贵的。他是马穆塔人，所以在他看来，他比其他族群的人都要强壮。雷奈克很黑，而且很爱说些难听的俏皮话，他连出生都不是在他们当中，他不能算是真正的马穆塔人。然而弗里贝克是，因此他势必比克兰人要强壮。即便妮兹那么喜欢那个孩子，他的地位也很卑微，因为他的母亲是克兰人。雷奈克那双可恶的眼睛放在爱拉身上根本移不开，尽管雷奈克很出众，那么多女人都喜欢他，可是爱拉根本不把他放在眼里。难道他真的如此不值得她眷顾？她是有些技能、天赋，也长得不错，可这些都不算什么，雷奈克比她强大，他是马穆塔人，而爱拉不是，并且她过去和那些克兰人住在一起。但是现在塔鲁特却要让她加入马穆塔！

弗里贝克知道这难看的场面是因为他造成的，他的重要性已经被证明了，爱拉要被驱逐，但是首领这么生气，是从没有过的。这么高大结实的人这么气愤，大伙都有点儿胆怯了。塔鲁特足以把他举起来撕开，并且他完全有权力把他赶走。那样的话，弗莱莉怎么办呢？

虽然塔鲁特十分生气，但是他还是尊重弗里贝克，没有轻视他的意见。

塔鲁特语气冷淡地说："你的反对有没有道理都无所谓，我相信爱拉非凡的才能是能够给我们带来福分的。你不同意，说她不能带给我们什么有用的东西。我不明白，到底要给我们些什么，大家才会同意，如果他们行……"

"塔鲁特，请原谅我在此刻打断你，我想我能说出一个没有人会再反对的东西。"乔达拉说道。

"你知道？"

"嗯，我知道。能单独和你说说吗？"

"帮我拿着手杖行吗，图丽？"塔鲁特说完就同乔达拉一起朝狮子火塘走去，身后的嘀咕声也同时响起。

乔达拉走到爱拉身边，和她说了几句，她点了点头，放下莱达格后就朝猛犸火塘飞快地走去。

乔达拉说："塔鲁特，你能够把所有的火都灭掉吗？"

塔鲁特拧着眉毛奇怪道："所有的火吗？风这么大，外面温度这么低，地面会很快降温的。"

"我知道的，但是请相信我，这绝对是值得的，因为要爱拉完美地演示这个的话，黑暗是必须的。不会很久的。"

爱拉回来的时候带着一些石头，塔鲁特在爱拉和乔达拉身上来回看了几次以后，最终同意了。虽然不容易，但火还是可以再生的。他们会到做饭的地方，塔鲁特悄悄和图丽交流了一会儿，大家议论了一段时间，马穆特也参与了。之后图丽跟巴泽克说了。巴泽克又告诉德鲁韦和达努格，三个人都带着结实的大篮子，穿着斗篷去外面了。

人们都低声密语，话语间包含着激动，似乎会发生什么大事，整个营里的人都翘首以盼，似乎在等待某种仪式，人们可没料到会有密谈，接下来还会有演出。

巴泽克和孩子们没过多久就回来了，装了满篮子的土，接着从最深的犀牛火塘开始，一个一个地把火塘的火盖上土灭掉，灭之前会挪一下正在燃烧的煤炭，营里的人似乎都知道要发生什么了，开始变得紧张。

随着火焰的熄灭，屋区阴暗了下来，人们都不说话了，房子一片寂静。屋外狂风大作，寒风穿过墙缝钻入房屋，让人们背脊发凉，人们对火苗很珍惜，虽然也会当做是稀松平常的事情，但在失去火光之后，人们都深刻地体会到了火的重要性。

只剩下烹饪用火还在亮着，爱拉在边上放好了点火的东西。接着，塔鲁特点了点头，巴泽克知道要开始行动了，他把最后的火用土扑灭，人们都十分惊讶。

瞬间，屋区就变得漆黑一片，不仅是光消逝了，而且黑暗涌了近来，漆黑占据了一丝一毫的空间，让人们无处藏身、非常害怕，天上也是漆黑一片，星星和月亮都消失了，连稍微反光的云彩也没有，什么都看不见。在漆黑一片中，没有了形象，没有影子，没有图像，视力的作用几乎等于零。

一个母亲捂住了孩子的哭泣，接着呼吸、走动和咳嗽的声音此起彼伏，人们小声议论，轻声说话。人群中散发出很浓的骨头烧过的气味，里面还掺杂着些别的：处理皮革的味道，熟食和腌制食品的味道，草的味道，草药的味道，还有人的脚气和体味，还夹杂着呼吸的热气。

营里的人就这么在黑暗中等着，对要发生的事情一无所知，他们内心并不害怕，但还是有点儿焦虑。过了一阵，人们又躁动起来，过了这么久，到底要发生什么？

马穆特把握好时机，这个老巫师第二擅长的事情就是营造戏剧效果，他只要通过直觉就能知道什么时候时机会刚刚好。爱拉觉得有人拍了一下她的肩膀，她等的就是这个暗号。她一手拿起火石，另一手拿起燧石，面前有一小堆曼陀罗绒在地面上放着。在一片漆黑当中，她合上眼，深呼吸了一下，用燧石向火石猛力撞击。

火光乍现，在这片漆黑中，这个跪着的女人被这点亮光照亮了全身，营里的人发出一阵阵赞美和惊叹。火光很快就暗淡了，爱拉往前挪了一点儿，靠近她准备的燃料，这次火光很快就蹿到了燃料上，爱拉压低身子往火堆吹了口气，刹那间火光绽放，各种赞叹声不绝于耳。

她在边上又摘了点木头的枝条扔到火里，都燃烧起来之后，又加了点儿粗木棍和燃料进去，接着她退了退后，让妮兹清理了做饭的火坑里的灰土，再加回火进去，接着她摆弄了一下风道，让空气可以流通，接着骨头就点着了。人们一直在观看到底发生了什么，等火烧了起来回过神，才想起这才用了一小会儿，太厉害了！她是如何在那么短时间内生火的呢？

塔鲁特举起手杖晃了晃，接着又敲了三下地面：“还有人对爱拉成为马穆塔，成为狮营的一员反对吗？”他问道。

“她会让我们知道这其中的奥秘吗？”弗里贝克说。

“她不单会教给我们原理，还会给每一个火塘一块她刚才使用的石头。”塔鲁特回应说。

“那我没有想法了。”弗里贝克说。

爱拉和乔达拉从旅行包中翻出带着的全部火石，把最好的六块挑了出来。前一天夜里她又重新帮每个火塘生起火来，让大家去看看是怎么办到的，但时间不早了，爱拉也很疲惫，因此当时人们没去翻包要火石，而是睡觉去了。

床上放着六块亮闪闪的小石头，就一小堆，不太显眼，就是这个小东西让她能够留在狮营，从外观上看，没有人能发现里面暗藏的魔力。

爱拉把石头收起来端在手上问乔达拉。

“要是真的每一个人都希望我加入，为什么他们因为一个人的反对就要赶我走呢？”她问道。

“我不知道，”他说，“但人们在一起生活的话就不得不相互往来，如果一个人对另一个人有成见，就会闹出矛盾，特别是天气寒冷人们都只能在室内活动的时候，最后会导致人们分裂成两派，争吵就会变成打架，人们就会因此负伤，甚至更惨，这又会引起仇恨，有了仇恨人们就会想复仇。到时候想避免更糟糕的情况发生就只能把人们分开……又或者让始作俑者离开，付出高昂的代价……”

他合上眼，眉头紧皱，爱拉不知道什么东西在烦扰乔达拉。

“但弗里贝克和克罗兹一直在争吵，这是人们最反感的。”她说。

“营里的人在接受他们之前肯定也已经知晓，至少也略有耳闻，人人都有权利反对，大家也不能因此互相埋怨。既然你赞成要这么做，自己就努力做好，其实只是冬天麻烦些，夏天改变主意也相对方便点儿。”

爱拉点头表示赞同，她至今不知道他到底是不是真情实意想让她加入，不过打火的表演是他提出来的，也行得通了。他们一块把火石送去狮子火塘，塔鲁特和图丽正在深切交流，妮兹和马穆特也间或地插话，但他们还是以听为主。

“这些是我说过的火石，”他们都知道爱拉走了进来，爱拉说，“现在就可以分发出去了。”

“不不，”图丽说，“现在不发，等到仪式的时候再发，正说着呢，它们会作为礼物的组成部分，我们得先衡量它们价值多少，如此我们就可以知道还要什么添头。它们应当价值非凡，不仅是自身的价值，做买卖的时候用，也应当让它们提高你们的地位。”

“什么礼物？”爱拉说。

“依据习俗，当接受了新成员，”马穆特详细说道，“就要交换礼物，新成员接受营里的人赠送的礼物，然后再以火塘的名义把自己的礼物派给别的火塘。礼物可以是小东西，象征性地交换用，也可以很珍贵，这就具体情况具体分析了。”

“我觉得这个火石已经很有价值了，直接分送到火塘里完全足够。”塔鲁特说。

“塔鲁特，要是爱拉已经是马穆塔了，身价也定下来了，那么我就会照你说的办。”图丽说，“不过这次我们决定给她定嫁妆的价值，要是我们帮她确立了一个很高的身价，营里的人都会因此受惠的。既然乔达拉不愿意加入狮营，至少呢……”图丽展现出一个微笑，表明她没有针对乔达拉，她的笑容已经带有些诱惑了，一点儿羞涩感也没有，单纯地显露出她很喜欢爱拉，爱拉吸引力很大，人们也喜欢她，“我很高兴能给各个火塘送出这样的礼物。”

“怎么样的礼物？”爱拉问。

“嗯，就是礼物……或许会包含各种东西，”图丽说，“精致的毛皮，衣服……外套、裤子、靴子，或者皮革原料；狄琪做的皮革颜色就染得很好看；琥珀还有贝壳、象牙珠子，可以做首饰或者给衣服做装饰品；或者是狼和别的食肉动物的珍贵的獠牙；还有象牙雕；火石、盐……食品总是不错的，要是可以放很久的就更好了；各种各样的工艺品：篮子、垫子、皮带、刀子。多送些总是没错的，这样当在大会上把礼物摆出来的时候，就会让别人觉得你应有尽有，肯定是身份高贵。你可以把在那之前收到的礼物先交给塔鲁特和妮兹。”

“你和塔鲁特、妮兹没必要给我礼物了，我还有东西要给你们呢。”爱拉说。

“当然了，你有火石，它们才是宝物，虽然看上去很不起眼，但大家都会慢慢意识到它的用处的。当然第一印象也十分重要。”

“图丽说的有道理，”妮兹说，“大部分年轻女性都制作和收藏礼物，这样结合或者是加入别的营的时候就有东西拿得出手。”

“马穆塔会收那么多人吗？”乔达拉问。

“外人不可以，”妮兹说，“但马穆塔会经常接受别的马穆塔。每个营里的首领都是由一对兄妹组成，当然不可能每个哥哥都会有图丽这么好的妹妹，要是他们其中一人出了状况，或者营里面有年轻男女想自立门户，那么就可以接受一个姐妹或者兄弟，别担心，爱拉，我有一大堆可以让你拿得出手，连拉蒂都给了些东西出来，让你到时候可以拿得出手。”

爱拉说：“妮兹，可是我有东西给大家的，我花了好几年做了一些东西，放在山谷里的洞里了。”

图丽说，“你不需要回去……”可她心里却在想，不管是些什么东西，她一个克兰人，那些东西肯定都很原始了。她该怎么让爱拉明白，她的礼物可能并不合适呢？真的很尴尬啊。

爱拉却很坚持，“我要回去，我还要去拿别的东西，我的药用植物，储存好的口粮，还有马料。”她转身望着乔达拉说，“我真的想回去。”

“我猜我们如果路上不停留，不停地赶路的话，也许可以做得到呢……不过前提是，天气好的话。”

塔鲁特回答：“按往常的情况，我们这儿在第一次降温以后，还会有好天气的。但是这没有办法预测，因为随时可能有变化。”

“那好吧，如果天气好点儿了，我们就回去。”爱拉在听到乔达拉的话后笑了。

他也有想要的东西，这让大家很好奇。但是在爱拉的山谷里，河水蜿蜒处的石子沙滩上，有许多那些东西，他渴望当他回到家乡的那一天，能和族人们一起分享自己学到的和看到的所有事情——火石、投掷器，还有韦麦兹烧燧石的方法，这个要告诉达拉那。将来……

妮兹把两手高高举起，手心朝着里面，向他们道别，大声喊着：“快点儿回来啊。”

爱拉和乔达拉也回身道别，他们两个人坐在威尼背上，被绳子拴着的雷瑟紧跟在后面。他们看着狮营里来送行的人们，爱拉的心里又兴奋又难过。要回到三年里视为自己的家的那个山谷，爱拉高兴极了。可是一想到要离开这些人了，她又依依不舍，因为大家已经像家人一样了。

莱达格、妮兹、鲁琪站成一排，他们分别靠在妮兹的左右侧向他们道别，爱拉不禁想到，他们俩一个是妮兹的小模型，一个是一半家族人，相似的地方那么少，却被当做兄妹一起养大。她回想起，奥茄就曾把杜尔克和自己的儿子克里夫一起抚养，把他们当做两兄弟一样。克里夫是完全的家族人，但是杜尔克只是一半的家族人血统，他们之间有许多的不同之处。

大腿的压力和大腿位置的移动使得马儿知道爱拉的移动信号。这是很习以为常的了，她自己几乎没意识到是在引导马，威尼和雷瑟向坡上飞快跑去。

出来的路那样的欢快，可这会儿回去的路就不似那样轻松了。他们一直向前走着，没有探路，也没有狩猎，更没有中途停下来休息。想到总有一天要回来，他们从山谷出来的时候是记了地形的，但是季节的变化使那些峭壁、高地、石群、山谷和水流都不一样了。

爱拉和乔达拉在回忆原来的路线时发现地貌已经和原来不一样了，他们觉得很迷惑。自以为还有些印象的小溪已经找不到了。它们冻住了，朝源头伸展过去，在下游就断流了。夏季里的沼泽和泥潭，由于密集的下层岩石阻碍了溪水的流通，一些从没见过的冰山凸起来了。那些没有结冰的底层上，有树丛生长，让人乍一看去还以为是山谷。他们对此完全陌生。

乔达拉不是特别熟悉这里的地形，爱拉厉害一点儿，大多数时候按她的意思走，等到她也没把握的时候就只能让威尼带路了，它以前经常把爱拉带回家，好像它知道路线。偶尔他们一起骑着马，偶尔交换着骑，偶尔自己下来走，让威尼休息一下。他们一直往前走,直到要停下过夜了。然后他们俩简单地扎起营地,点燃火堆,把兽皮帐篷搭起来,再铺上毛皮被褥。已经剥掉壳、晒干了的野谷熬成粥就是他们的晚餐,爱拉还配了些热的草本饮料。

到早上的时候,他们收拾好了行李,喝了些热茶,等身子暖和了些就上路了。一路上还吃了些做成的饼状的干莓和干肉。爱拉除了偶尔打一只兔子,他们都不狩猎。妮兹给他们准备了一些路上吃的干粮,等走累了,摘些松子,扔到火里一炸就能美餐一顿。

身边的地形慢慢不一样了,多了很多突出的石头,还有许多陡峭的峡谷,爱拉的兴奋感不断加深,她感到越来越熟悉这里,例如山谷西部和南部的地形,当她看到那个岩层色彩奇特的峭壁时,她的心跳加速了!

"乔达拉,来,快过来看!"她指着大叫道,"我们要到了!"

威尼似乎也变得激动了,步子自然而然地快了起来。爱拉在找另外一个标记,一块石峭壁,外形很独特,能让人联想到一只匍匐的母狮,当爱拉又看到了这个之后,接着就一路向北,走到了一个斜坡的边缘,上面堆满了花岗岩和碎石,他们从边上往下看,发现了一条小溪一直往东蜿蜒,不断冲击着石头,在太阳下发出耀眼的闪光。他们下了马,小心前行。马也开始渡河,接着又停下脚步喝水。爱拉发现了她以前过河常用的石块,一块块都显露出水面,其中有两块相距较远,要跳跃才能过去。大家都过河了,爱拉也喝了口水。

"这里的水好清甜,水质也好透明!"她大声说,"没有任何泥土杂质,清澈见底。乔达拉,来看看,马过来啦!"

乔达拉对她微笑了一下,感到十分亲切,看着这熟悉的山谷,他也感受到了一阵家乡的感觉,尽管没爱拉的感受那么深。草原上的风暴没有过多地侵袭这片山后的谷地,即便是在落叶之后,植物也完好无损地在地表上生长。他们刚顺路下来的斜坡一路延伸,到左边之后竖起成了一面石墙。河的对面是一片参差不齐的灌木和小树,渐渐地过渡到一片黄金的干草甸,在午后的阳光照耀下如海浪一般。草地上长着和腰一样高的野草,逐渐抬高,在右边过渡成了草原,接着又慢慢收缩,最远处山谷的坡度逐渐升高,直到最后形成了另一面石墙。

在低洼的地方,有几匹草原马在嚼着草,看了看他们,其中有一匹突然发出了轰鸣,威尼摆着头回应,马儿们一直注视着他们逐渐走近,最终,当它们都闻到了陌生的气味时,转了过去,飞奔上了宽阔的草坡,他们俩人在同一匹马的背上,用绳子绑着一匹小马,停下了脚步,看着马儿分散。

雷瑟直起耳朵仰起头,也想随着它们奔跑,但它最后发现自己被套住了,接着撑大鼻孔,伸直了脖子,眼巴巴地看着它们飞奔,威尼叫了叫它,然后它就转过身,跟着他们一起下山。

他们一路往上向山谷尽头的方向走着,小河突然改变了流向,在那里一边是石沙滩和突出石块,另一边则是岩石堆,上面堆满顺着河水冲过来的浮梭镖和不同的兽骨、鹿角、牛角、象牙还有骸骨，还有一些动物的尸体，都被冲到了这里。

爱拉几乎没办法再等了，她从威尼背上滑下来，顺着陡峭而狭窄的小道匆匆向上走去，穿过骨堆一直走到陡壁顶部。陡壁在山崖正面的洞口前形成一个显著的突起。她几乎是直接跑进洞去的，但还是在最后进入的一瞬间之前又检查了一下，这正是她曾经独自生活过的地方，她能够存活下来是因为自己从未疏忽过，要警惕一切危险，因为会靠近山洞的生物不只是人，她沿着外壁向前走，又从头上摘下了弹石带，弯腰捡了些石块。

她小心地进了洞，眼前漆黑一片，但是可以嗅到很久前烤过梭镖头的淡淡味道，还有比较新鲜的狼獾的气味，但也是过去的气味了，她迈进洞口，让眼睛适应了光线情况，然后开始打量四周。

她顿时热泪盈眶，自己的情绪完全无法控制。到了，这就是她的山洞。她到家了，一切都那么熟悉，但仍是有着一丝荒凉，从顶上小洞射下来的光线验证了她刚才的嗅觉判断，她在一番仔细检查后不禁惊叹了起来。山洞里十分混乱，不止一个动物闯入过，因为到处都是破坏的迹象。

这时乔达拉出现在入口处，他进了洞，威尼和雷瑟尾随其后，山洞也曾是威尼的家，而在遇见狮营之前，这是雷瑟所熟悉的唯一的家。

“看来这儿来过客人，”他看到一片废墟时说，“这状况真是一团糟！”

爱拉长叹了一口气，擦去了泪水。“我最好生个火，再燃几个火把，看看弄坏了多少东西，但还是要先把马具从威尼身上卸下来，让它好好进食休息。”

“你觉得该让它们那样自由行动吗？雷瑟看上去像要跟那些马跑了，或许该把它们拴起来。”乔达拉有点儿担心。

“威尼总是随便跑，”爱拉有点儿震惊，“我不能把它拴起来，它是我的朋友，它和我住在一起，因为这是它愿意的。它曾经和马群待在一起，为了找一匹公马，我那时真是特别想念它，不知道要是没有威尼该怎么办，但它最终还是回来了，还会继续和我一起生活的，只要它留下，雷瑟也会留下，至少到它成年为止。贝贝离开了我，雷瑟也可能会这样，就像当孩子长大就会离开母亲的屋区一样。但马和狮子不一样，我觉得，如果和它像和威尼那样变成真正的朋友，它就会留下来的。”

乔达拉点点头：“好吧，你知道得比我多。”爱拉毕竟是专家，在和马相处时的独一无二的专家，“那为什么不叫我生火呢？你给它卸下马具吗？”

他走到以前用来存放引火材料和木头的地方，没有意识到，仅仅一个短暂的夏天，他已经对她的山洞是如此熟悉。乔达拉不知道怎样才能和雷瑟成为好朋友，他仍然没有彻底明白爱拉是怎么和威尼交流的。他们骑马时，爱拉叫它往哪走，它就往哪走，叫它停在哪里它就停在哪里，而且事实上它随时可以自由离开。或许他永远也学不会，但他愿意一试。在他学会之前还是决定，有必要时可以给雷瑟身上系根绳子，比如在遇到其他马群的时候。

检查了山洞和洞内物品之后他们就明白情况了，有狼獾或鬣狗曾闯进过储存干肉的地方，爱拉说不准是哪一种，因为这两种动物都在不同时候进过洞，两种足印已经混杂在一起，干肉都被吃光了。他们给威尼和雷瑟拾的谷物一直都摆放在挺明显的位置，如今这筐谷物也被动过了，从足迹可以分辨出各种小啮齿类动物，比如田鼠、野兔、松鼠、跳鼠和大鼠等等，它们都来到这里并带着充足的养料逃跑了，所以谷物几乎颗粒不剩。他们还发现干草堆下面有一个窝，里面藏满谷物。其他的谷物、根茎和果干被放进山洞坑里的，有些是覆盖了石堆做保护，所以这一部分的损失少很多。

爱拉十分庆幸当初他们的决定，把这些年里做的软兽皮和皮毛都放进了结实的篮筐里，还把篮筐藏在石堆里。石堆成功阻挡了企图要偷袭的野兽。但上次临走前另外一部分没有藏好的皮革已被撕咬成碎条了。在另一石堆里，还藏了一个生牛皮制的容器，里面装满了储存在鹿肠里的煎炸脂肪，很明显遭受了多次攻击，因为其中一个边角被牙齿和利爪撕开了，有一段鹿肠被撕咬过，但主体的石堆没有散开。

动物们除了糟蹋了储存食物以外，还潜入了其他储存地区，碰倒了一大摞平滑的木制碗杯，还拽开了一些编有精致图案的篮筐和垫子，有几处还留有动物粪便。简而言之就是发现什么便糟蹋什么。但事实上，损失比爱拉第一眼的估测要小得多，她那一整套晾干处理过的草药完好无损。

到晚上的时候爱拉感觉好多了，两人把山洞整理得井井有条，确认损失并非很严重，两人做了顿饭，吃饱之后还进山谷里想看看有什么变化。爱拉回来后点起火堆，把睡觉时铺垫的毛皮铺在干净干草上，便又做好了以前常睡的床。威尼和雷瑟十分惬意地在洞口另一端安顿下来。爱拉终于感觉到，自己是真的到家了。

"真是很难以置信，我居然回来了。"爱拉坐在垫子上，靠着乔达拉说道，"我感觉像是已经离开了一辈子，但事实上时间一点儿也不长。"

"对，并不是很长。"

"我学到了许多东西，可能因此我才感到时间很长。你说服我和你一起走真是太好了，我很庆幸能够遇见塔鲁特和马穆塔人，你无法想象以前的我是多么害怕遇到外族人。"

"我知道你十分担心这一点，但我也相信，一旦认识了一些人，你就会喜欢上他们。"

"不仅是遇见人，是遇见外族人，对家族来说，他们就是外族人，虽然这一辈子里，别人一再告诉我，我是出生在外族人中，但我仍把自己看做是家族人。就算在我遭到诅咒，确定自己再也回不去时，我也仍然惧怕外族人。威尼来和我一起住之后情况甚至变得更糟，因为我不知道该怎么办，我担心他们不会让我留住威尼，甚至担心人们会杀了它吃肉，我还害怕他们不允许我打猎，要是有人不让我打猎、强迫我做不愿意做的事情，我是绝不愿意和他们住在一起的。”爱拉说。

回忆起过去的那些恐惧和焦虑，不安和紧张感又出现了，她起身到洞口推开了沉重的遮风帘，来到了突出的陡壁，这块陡壁在洞前形成一个宽阔的平台。洞外温度很低，但天空很静朗，明亮的星星在深色夜空中闪烁，闪闪发亮。她紧紧抱着自己的双臂，摩擦着给自己取暖，然后向石台尽头走去。

她颤抖了起来，随即发觉毛皮披在了她肩膀上，她转过身看见乔达拉，他把她拥进怀里，她就靠向了他温暖的身体。

他弯下腰吻她：“外面太冷了，回洞里去吧。”

爱拉跟着他进洞，但又在沉重的兽皮后面停住了，自从第一个冬天起，她就一直在用它挡风。

“这曾是我的帐篷，不，是克莱伯的帐篷，”她纠正道，“不过他从来没用过，男人们出去打猎时会挑几个女人一起带去，帮着分肉、把肉送回来，当时我是其中一个，就用了这个帐篷。但它不属于我，它是克莱伯的，我离开时一起拿来了，因为我觉得克莱伯不会介意的，我没办法再问他了，他已经不在了，但即使他活着也无法和我见面，我刚受到诅咒。”眼泪从她脸上慢慢滑落，她似乎已经察觉不到了，“当时我已经死了，但杜尔克看见了我，他太小，不明白他不应该见到我的，乔达拉，我真的不想离开他。”她开始抽泣了，“但我不能带他走，我不知道自己以后会遇上什么事。”

他不知道该说些什么，也不知能做些什么，于是只是抱着她听她哭泣。

“我想再看看他，每次看见莱达格都会让我想起杜尔克，我多希望他能和我在一起，我多希望我们都能被马穆塔人收留。”

“爱拉，今天已经晚了，你也太累了，先上床吧。”乔达拉说着把她带到毛皮前，但内心却暗暗感到不安，爱拉的想法很不现实，他不愿意鼓励这件事。

她顺从地转身，让他带着她走，他静静地帮她脱下衣服，扶她坐下，搂着她躺下，给她盖上毛皮。他往火里加了些木头和煤，以便使燃烧时间更持久一点儿，然后就很快脱了自己的衣服，趴到她身边，他搂着她轻轻地吻，用他的嘴唇微微触动她的嘴唇。

这触动了她，她急切地给了他回应，然后他再次用轻拂一般的力度开始吻她的额头，她的面颊，闭着的眼睛，以及她圆润的嘴唇，他让她下巴向后仰，继续轻吻着她的喉咙和脖子。爱拉静静地躺着，并没有被触到痒处，反而是在他轻柔的接触下燃起了强烈的欲火，让她身体颤动不能自已，驱散了她心中浓烈的忧伤。

他的指尖抚过她起伏的肩膀，顺着胳膊滑下去，接着又慢慢地沿着胳膊内侧向上摸回去。她兴奋地摆动着躯干，全身的神经都无比敏感而急切地期待着。

他沿着她身体的轮廓向下抚去……

他完全向自己那强烈的欲望和眼前所深爱的这个美丽而多情的女人屈服了,他看着她睁开了眼睛。

在阳光之下,她的眼睛是灰蓝色的,像燧石一般,而此刻却呈现出深黑,流露着她的爱和渴望,一种强烈的感觉从他心底一直上升到他的喉咙,他用食指指背轻抚她的面颊,从下巴上滑过,又攀上嘴唇,对于他来说,怎么看都不够,怎么抚摸都无法满足,他只想把她的脸刻进自己记忆。她抬头看着他,看着他清澈的蓝色瞳仁在火光下变成紫色,在他的爱和欲望中,他的眼神几乎快要把她吞噬,她想融化在他的眼中,她不想拒绝他……

他最后直起身来,然后站了起来;她也站起向屋后走去,往火里扔一些做饭用的石头。

"乔达拉,你往做饭的篮子里加些水吧,我觉得大水袋已经满了。"她说着向山洞最里面走去,她总在天气太冷的时候改用这个地方。

她回来时,像马穆塔人那样从火里捡出热石头,扔进不漏水的篮筐,石头吡吡地冒着气让水升温,她把石头捞出来重新扔回到火里,然后再加进别的滚烫的石头。

水温升高,开始咕嘟咕嘟响起来的时候,她舀出几杯水,把杯子放在一个木盆里,又从她收集的草本材料里挑了几条晾干的丁香状的鼠李花,加进杯里,顿时扑鼻的香味传出来,植物已经微微地起泡,留下一股清香的气味。他看着她站在火边擦拭脸和身体,饮茶,身体优雅地移动着,他希望能再次开始。

她给乔达拉一块吸水的兔子皮,把盆递给他,他清洗身体的时候,她去看了看她的草药,很庆幸材料都在,她像往常一样开始为自己准备金线草和羚羊根,又想到怀孕的因素,思索着是不是应该停喝。无论他如何解释,她还是相信生命的起源并非精神,而是男人,但不管原因是什么,伊扎的魔法似乎有效,而她的作为女人的诅咒,或是乔达拉所谓的月亮时期,还仍然定期到来。和乔达拉一起……要一个孩子是件好事,但她觉得最好还是先等一下,如果他也决定成为一个马穆塔人,那么事情会这样发展。

于是她开始找蓟做泡茶材料,蓟可以巩固心肺功能,并且能催生奶水,她还取了有利健康而且味道清香的红苜蓿和玫瑰宝。她为乔达拉选了人参,以加强雄性的平衡力、能量和耐力,加进黄酸模作为补药,然后又放了甘草根,因为她注意到他常皱眉头,这是焦躁不安的表现,而且甘草根会增添甜味,她又放进了一小撮甘菊以帮助神经功能。

她直起身整理毛皮,把乔达拉的杯子递给他,他十分喜欢她做的这个木杯,两人微感风寒,于是喝完茶回到了床上,相拥躺下。

"你像花一样好闻。"他说着将热气呼到她耳里,又轻轻噬咬她的耳垂。

"你也是。"

他轻轻地吻她,停不下来,感情也越来越强烈。“茶很好喝,放了什么材料?”他吻着她的脖子。

“只是甘菊和一些别的,增强你的力量和耐力,我叫不上它们的所有名字。”

他吻她的热情更加高涨,她也万般热烈地回应着他。他又用肘支起身体,低头看着她。

“爱拉,你知道你对我有多么特别吗?”

她笑着摇摇头。

“每一次我需要你的时候,你都愿意,从来没有抗拒或是拒绝我,我一旦拥你入怀就欲罢不能。”

“那就是奇妙特别吗?我不也同你一样经常需要你吗?你比我自己更了解我的身体,乔达拉,你让我体会到以前从未体验过的快感。在你需要我的时候,我为什么就不能需要你呢?”

“但对大多数女人来说,她们有时并没有那个心情,或是身体不方便,在草原或是潮湿的河岸上,天气十分寒冷,就算温暖的床只有几步之遥,你也从不拒绝我,也从不犹豫。”

她合上眼,微微皱眉:“乔达拉,我就是这样被抚养成人的,家族女人从不会选择拒绝,当男人表达需求之后,无论她身处何方,在做什么,她都会停下来首先去满足他的需要,任何男人都一样,即便是她恨的男人,像我恨勃劳德那样。乔达拉,你给我的永远都是快乐,以及快感,你需要我时,我也享受被你需要,无论何时何地。如果你需要我,我永远都不会抗拒,我永远都想要你,我爱你。”

他突然抓住了她,紧紧地搂到她几乎喘不过气来。“爱拉,爱拉,”他把头埋进她的颈窝,沙哑地叫道,“我以前确信,自己永远不能爱上别人,每个人都在找女人,建立火塘、成立家庭,而我却什么也没有。连索诺兰也在旅行中寻觅到了一位女人,所以我们才会和沙拉穆多人待在一起,我当时结识了很多女人,也喜欢很多女人,但总是觉得缺了些什么,我认为我就是这样,我认为圣母剥夺了让我去爱的能力,我认为这是对我的惩罚。”

“惩罚?为何而惩罚?”爱拉问。

“为了……为了很久以前发生的事。”

她没有继续问下去,家族教养令她如此。

15

他听见呼唤的声音,那声音是他母亲,像是从远处随风飘来一般。乔达拉感觉又置身家中,但周围环境熟悉又陌生,有些怪异。于是他向身旁摸去,却什么也没摸到。他一阵恐慌,猛地起身才清醒。

乔达拉环顾四周，意识到自己身处在爱拉的山洞。洞口有挡风帘飘动。冷风吹来，洞口和洞顶上的小孔洒进了点点日光。他很快穿上外套。随后才注意到火堆旁有一杯热茶，茶杯旁有一条被剥皮的树枝。

他忍不住笑了。她如何完成的呢？她是怎么在等他的时候准备好热茶呢？而她真的就做到了，至少是在这山洞里做到了。在狮营的时候食物通常是大家一起分享。他在狮营喝早茶的次数并不少于他在猛犸营喝的次数，那些时候常常是和别人一起喝。他没有留意她在那时是不是也都是把热茶准备好等他，但他明白她做到了。她从来就不喜欢高调张扬，正如为他做的别的事情一样，她一直在那里默默为满足他的需要而努力。

他喝了一口茶，尝出了薄荷，因为她知道他喜欢在早晨享受薄荷，除此之外还有黄春菊和他分辨不出来的其他材料。茶水里有些可能是蔷薇果的材料微微发红。

他想，竟然如此简单便恢复到了过去的生活模式。他在过去总是乐于猜测早茶里准备了什么材料，他把这个当作游戏一样。他捡起树枝，从一端开始嚼去，然后向外走去，把嚼过的一端用来擦洗牙齿。他抿了一口茶水漱口，走向壁架的另一侧去小解。之后他便扔掉树枝，吐了茶叶，站在洞边远眺着那冒着热气的瀑布，陷入了沉思。

风并不是太大，晨光经浅色的岩石反射之后让人感觉到温暖。他穿过凹凸不平的小路，来到河岸突出处望向小河。河边已开始结冰，但急转弯处仍然湍急。那个急转弯让小河由南流向东，延伸几里之后又恢复向南。在左侧是沿着小河延伸的山谷，山谷附近威尼和雷瑟在食草。而右侧则是不同的景致。在骨堆的远处是河岸，嶙峋怪石堆叠在壁边，两侧石壁逐渐互相靠近，小河在谷底流淌。他记得自己曾经有一次游向过上游，最后游到了一处瀑布。

他转眼看到爱拉从那陡峭的小路上向他走来，微微笑了："你上哪儿去了？"

他向前走了几步，没等爱拉回答就都明白了。她此时手里拎着两只肥胖的灰白色雷鸟。"我站在这个地方的时候看见它们在草地上，"她说着，把那两只鸟举了起来，"我觉得用新鲜的肉换换口味会是个好主意。我在河滩那边做饭的地方生起了火，吃完早饭就把它们的毛拔了，然后放火上烤。你看，我又找了一块火石。"

"河边还是有很多火石？"他问道。

"好像没以前那么多了，要仔细找才能找到。"

"一会儿我也去找找吧。"

爱拉去继续做早饭。这顿准备的是米饭煮红越橘，这是她在光秃秃的树丛里发现的。鸟儿吃后没多少了，她采了很久才收集到几捧，但也让她很高兴了。

"就是这个！"乔达拉快要喝完第二杯茶时说了起来，"你在茶里放了红越橘！薄荷、黄春菊和红越橘。"

她微笑赞许。他为自己寻找到了答案颇为得意。

他们俩吃完了早饭就一起向河岸走去。爱拉在处理两只雷鸟,准备放到石头炉上烤,乔达拉开始在河滩上搜寻散落的火石。爱拉准备回山洞的时候他仍然在找。除了矿石之外,他还找了一些大小刚好的条形燧石摆在一边。临近中午已经堆起了一小堆火石,他不想再找了,于是就绕过了石壁,向山谷下面的两匹马儿走去。

当他走近了之后,发现马匹正向着草原张望,坡顶上有几匹野马正在回望。雷瑟向野马群走了几步,脖颈微仰,鼻息粗暴。乔达拉见状毫不犹豫地作出了反应。

“滚！离开这儿！”他挥舞着手臂,大喊着朝它们跑去。

野马群受惊向后退避,嘶叫着跑开了。最后一匹黄色的公马向他冲了几步才往后回退,像是在对他叫嚣,之后也飞奔离去了。

乔达拉转身向威尼和雷瑟走去。两匹马都受了很大的惊吓,它们也察觉到野马群的恐慌。他拍拍威尼,搂住了雷瑟。

“没事了,”他对雷瑟说,“我不想吓你,我只是不想在成为好朋友之前就让你被它们拐走。”他亲热地抚摸着它,“试想一下,要是骑着像那匹黄马一样的公马会是个什么感觉呢?”他边想边说道,“一定不好驾驭,而且也不会允许我这样摸它挠它,对吧?我应该为你做些什么,你才能让我骑在你背上,带我去我想去的地方呢?什么时候可以试试看呢?是现在就试试骑上去,还是再多等一些时间呢?你还没成熟,可你很快就会长大的。我还是问问爱拉吧,她肯定比我有头绪。感觉威尼总能听懂她的话。雷瑟,我不知道你到底能不能听懂我的话。”

当后来乔达拉要往山洞里走的时候,雷瑟跟在后面,嬉闹着轻轻撞他,还用鼻子蹭他,这让他很愉快。看来小马真的想和他交朋友哪。雷瑟一路跟着他直到入了山洞。

“爱拉,有什么能让我喂给雷瑟吃吗?谷物之类的?”他走进山洞便开口问道。

爱拉坐在床边,身旁摆着一堆堆物件需要整理。“要不给它一点儿碗里的小苹果吧?我已经看过了,那些外表都有划痕。”她说。

乔达拉抱起一捧酸味的小圆果子,一个个喂给雷瑟吃,之后又轻轻拍了它几下,然后向爱拉走去,雷瑟仍旧紧随其后。

“乔达拉,让雷瑟出去,它会把东西都踩坏的！”

他一转身正好撞在小马的身上。“现在没问题了,雷瑟。”他说着把马牵到了洞口外,这是两匹马平常待着的地方。可当乔达拉要走了,它再次跟上了他。他只好又一次把它带回原地,但它仍是无论如何不愿留下来。“它向我这般示好,我怎么忍心离开呢?”

爱拉一直在旁看着他们的有趣举止,脸上露出一抹微笑:“你往水桶里加些水，或者在食槽里放点儿粮食试试看。”

乔达拉两样都照做了。到后来雷瑟的注意力终于不再集中在他身上了，他就回到爱拉身边，一边回头看雷瑟有没有跟来。“你在干什么？”他问道。

“我正在考虑这些东西该带哪些、扔哪些。”她解释说，“你觉得在仪式上我该给图丽送个什么礼物呢？应该送个特别好的礼物才对。”

乔达拉注视着那些堆积如山的物品。那是爱拉独自一人在山洞中为了消磨掉寂寞夜晚和漫长寒冬的东西。在和家族人共同生活的时候，她的工作能力、技巧就已经被大家认同了。何况在那些在山谷里生活的岁月中，她没什么别的事情能做。她对每件工作都格外投注时间精力。

他从一摞碗中挑出了一只。那是只简洁至极、近乎完美的圆碗，抛光很精妙，碗面极其光滑，既简单又精致。她告诉过他这是怎么做的。工艺的过程和他所料想的完全一致，只是不同在于对细节的严谨细致。她会首先用石斧凿出一个大致的形状，之后用燧石刀进行下一步的雕刻，然后用圆石和沙砾打磨里外，直到摸不到任何微小的毛糙，最后再用马尾蕨完成最后的打磨。

无论是透孔或是防水的类型的篮子，只要是她织出来的，工艺都十分高超、简约。她从来不用染料或颜料，总是用编织手法和纤维色泽来表现织物的纹理。地毯也是类似。绳团、筋或是树皮，无论大小一律排布均匀，就像是从一整块兽皮上直接割下的螺旋形长条。

她制出的皮革十分柔顺，而他对这个尤其印象深刻。通常来说，里面会同外毛一起刮去，这样能让皮子柔软，如果把毛保留下来，皮的质地就会比较硬，但爱拉做成的皮革不仅皮毛面精致华丽，就连里侧那一面也十分柔软顺滑。

“你给妮兹准备了什么呢？”他问道。

“食物，比如苹果还有装苹果的容器。”

“好主意。那你打算给图丽什么呢？”

“她很为狄琪的皮革骄傲自豪，所以我不打算送她皮革，而且我也不想像对妮兹那样给她食物，但又没有什么特别实用的东西。她是女首领。我觉得应该送她特殊的佩饰，比如琥珀或贝壳之类的。但我又没有那类东西。”爱拉说。

“不，你并不是没有。”

“我也考虑把找到的琥珀送给她，但那是我图腾对我的指引，不能随便送人。”

“我不是在说琥珀。她没准拥有很多琥珀。送皮毛吧，她第一件提到的就是皮毛。”

“但她肯定已经有好多好多皮毛了。”

“没有比你手制的更别致的皮毛了，爱拉。那么精致的皮毛我只见过一次。我保证她肯定没见过这般出色的。我见过的那一件是出自一位家族女人之手。”

那晚，爱拉结束了艰难的抉择。自己数年以来积累的成果分成了两堆。大的一堆要留在岩洞里，而小的一堆则是要带走的那些……包括她的回忆。她曾那么希望能够外出寻觅，但一旦要离开这居住了三年的山洞，她心中五味杂陈。她的情绪也传染了乔达拉，他发现自己越来越频繁地想念自己的家、生活以及一切过往，这么多年以来他从来没有这么怀旧。他的思绪不断地陷入到那些自己以为忘却了的，自己希望忘却的痛苦回忆之中。他很不解为何自己现在总是沉浸在回忆里。

晚饭过程都十分安静。他们偶尔交流一两句，之后又很快恢复沉默。两人都集中在自己的思绪里。

“鸟肉和平时一样很好吃呢。”乔达拉说。

“这是克莱伯喜欢的。”

以前她就提起过。她从一起生活过的家族人那里学到了这么多，有时真是令人难以置信。他有时也在纳闷，为什么他们不能像别人一样知道如何烹饪呢？

“我妈妈厨艺也很好，她估计也会喜欢的。”

爱拉想，最近乔达拉总是想起他的母亲。他说早晨醒来的时候梦见她了。

“我长身体的阶段，她给我做她喜欢的食物，都是很特别的，只要洞族里的事务还不太忙的话。”

“洞族？”

“她是第九洞族的首领。”

“你告诉过我这个，但我还是不明白。你是说她类似于图丽是个女首领？”

“嗯，差不多吧。但是第九洞族没有塔鲁特，而且规模比狮营大得多。”他停下来专心地想了一下，“人数大约是狮营人数的四倍。”

爱拉试图计算那是大约多少人，后来又想可以以后再在地上做记号算出来，于是就停下来了。但她不明白这么多人如何能够一起生活。这人数已经快赶上家族大会了。

“在家族里，不允许女人当首领。”她说。

“玛索娜继承乔肯南做了首领。泽兰多尼告诉我她的地位十分重要，所以在乔肯南去世后，几乎大家都归顺了她。我的兄弟乔哈兰就在她的火塘出生。现在他已经是首领了，但玛索娜还是个顾问。或者说，在我离开的时候仍然是。”

爱拉皱了皱眉头。他曾经提起过他们，但她没有完全搞清楚他们之间的关系。“你妈妈的配偶是……呃，乔肯南？”

“对。”

“但你总是谈起达拉那。”

“我出生在他的火塘里。”

“所以你母亲也是达拉那的配偶。”

“对。他们在一起的时候她已经是个首领了。两人关系十分密切，人们还在传颂着玛索娜和达拉那的故事，歌颂他们的爱情。泽兰多尼告诉我说人们过于在意，所以达拉那不想和洞族分享她。他渐渐地开始对她花费在领导地位上的时间产生不满，但是她有一种责任感。到后来他们的关系破裂了，他走了。所以后来玛索娜和威洛马组成一个新火塘，生下索诺兰和弗拉拉。达拉那向东北出发，后来在那儿发现了一个燧石矿，还遇见了杰里卡，后来就有了兰扎达尼的第一个洞族。”

他沉默了片刻。乔达拉觉得，是时候讲述一下他的家庭了，虽然他重复了以前说过的一些事情，但爱拉还是很认真地倾听。她站身把茶水倒进杯子里，又向火堆里加了些木头，然后在床头皮毛垫上坐了下来，目光凝固在乔达拉的脸在火光下的阴影。“兰扎达尼是什么意思？”她问。

乔达拉微微笑了：“兰扎达尼也就是，人们……嗯……多尼的孩子们，确切来说是生活在东北部的大地母亲的孩子。”

“你住在那儿对吧？和达拉那一起？”

他闭上眼，因为痛苦而牙关紧闭，眉头紧皱。爱拉曾见过他这般表情，而且十分迷惑。夏天的时候他也曾提起过，并且十分难过，她明白他在犹豫。她感觉到气氛变得紧张了起来，有一股巨大的压力形成了，像是要从地球深处喷射而出一般。

“对，我住在那儿”，他答道，“三年。”他突然跳起来撞翻了茶杯，径直向山洞后壁走去。“圣母！太可怕了！”他举起手贴在墙上，又把头贴在手臂上。他在黑暗中尽力保持自控。后来他终于踱回来，低头看着茶水打湿了的地面，单腿跪下把茶杯放好倒扣在手里，目不转睛地盯着火堆。

“和达拉那生活非常糟糕么？”爱拉问道。

“和达拉那？不是。”他显得很惊讶，“糟糕的并不在于这个。他很高兴看见我。他欢迎我到他的火塘里去，还教我和琼普拉雅学手艺，像对待成年人一样对对待我……况且他从来不提起那件事。”

“从来不提起什么？”

乔达拉深吸一口气，“我被送到那儿去的原因。”他盯着手中的茶杯。

沉默。马儿的呼吸声充斥着整个山洞，火焰燃烧时的噼噼啪啪的响声在石壁之间回荡。乔达拉放下茶杯站起身。

“我一直显得比实际年龄大一些，老一些。”他沿着火堆周围的空地绕了一圈，开始慢慢地讲，“我比较早熟。多尼在梦里第一次出现的时候，我还不到十二岁，而她有着佐拉娜的脸。”

又是这个名字。这个女人对他来说太重要了。他曾提起过她，只是轻描淡写，而且颇为烦恼。爱拉从未理解是什么令他如此苦闷。

“所有年轻男人都希望她做多尼女，都想让她来教他们。他们都渴望她，”他转过身来面对爱拉，“但是绝对不可以爱上她！你明白爱上多尼女意味着什么吗？”

爱拉摇摇头。

“她应该向你展示、教会并且帮助你懂得圣母给予的恩典，所以到你把一个少女变成真正女人的时候，能明白该如何做。所有的女人，在变得老些的时候，都要至少做一次多尼女，就像男人都至少该拥有一位女子的初夜仪式。那是属于多尼的神圣责任。”他眼眉低垂，“但是多尼女是象征着圣母，不能爱上她或是让她成为配偶。”他再次抬眼，“你能理解吗？这是被绝对禁止的。就像是爱上了自己的母亲，或是想和自己的姐妹结合一样。对不起，爱拉，那就像是和一个克兰妇女结合！”

他转身走到洞口，把挡风帘推到一侧，但当肩膀刚靠近洞口他又改变主意，返回了山洞。他坐在她的身边，向远方望去。

“我十二岁，佐拉娜是我的多尼女，我爱上她，她也爱我。她最初的确明白如何使我快乐，但是却没有止步于此。我们两人可以谈论任何话题。我们都喜欢在一起相处的感觉。她让我懂得了女人，如何让她们感到快乐。我掌握得很好，也享受让她感到愉悦。最初我们没打算相爱，甚至没有互相倾诉过，彼此都默默埋在了心底。但后来我希望她能够成为我的配偶，我希望能两人共同生活，我想让她为我养育后代。”

他眨了眨眼，又望向了火堆，爱拉看到他的眼角闪烁着晶莹的泪珠。

“佐拉娜总说，我太年轻了。但我觉得自己能克服这一点。大多数男人至少在十五岁才开始寻找女人。我并不觉得自己过于年轻。但是我却不能够拥有她。她是我的多尼女，我的导师，而且她也不能让我爱上她。她会遭受责备，而不是我，这只会让情况更加糟糕。如果我不那么天真，她也不会遭受那般责备。”乔达拉朝地上吐了一口唾沫。

“别的男人也想要她，丝毫不考虑她的感受。有个人叫拉罗曼，总是纠缠她不放。几年之前她曾做过他的多尼女。我没有资格责备他想要她，但是她对他真的没有兴趣。后来他开始跟踪、观察我们。后来有一次让他发现我们在一起。他威胁她，说如果她不顺从他，就要把我们两人的事公之于众。

“她当时只是轻笑，还叫他随便，说并没有什么见不得人，她只是我的多尼女。我也该坚持一样的态度。但是他用偷听到的我们俩人对话来讽刺我们的时候，我发怒了……而且是出奇的愤怒。我失去理智，动手打了他。

“我不停对他拳打脚踢。佐拉娜让我停下我都听不见。最后她只能叫人来把我拉开。她是明智的，否则那天他会被我打死。”

乔达拉站起来在洞里来回走动。“然后事情都曝光了，所有不能公开的细节。拉罗曼道出了一切……当着所有人的面。他跟踪我们很长时间，也听到了很多对话，我特别难堪。我和佐拉娜都受到了责备。”他脸红了一下，继续回想，“两人都遭到批评，但有人指出她要对此负责的时候，我听了恨得咬牙切齿。因为我是第九洞族首领的儿子，我让母亲丢了脸，让第九洞族鸡犬不宁。”

“她是如何处理的？”爱拉问道。

“她做了她必须做的事。拉罗曼受了重伤，被我打掉了几颗牙齿所以咀嚼会有困难。女人们也不喜欢没牙的男人。母亲只能替我付了一大笔罚金作为赔偿，但拉罗曼的母亲还是不愿松口，母亲只好答应会把我送走。”

他闭上了眼，回忆中的痛苦让他眼眉纠结。“那晚我忍不住哭了。”对他来说很难承认这件事，“我不知道该去哪儿，也不知道母亲已经派人求达拉那收留我。”

他喘了口气继续，“佐拉娜比我离开得更早，她向往泽兰多尼，她成为了圣母侍者。我也想到过侍奉圣母，以雕刻家的身份，因为我觉得自己有雕刻天分。但是达拉那回话了，紧接着我便意识到威洛马把我送到了兰扎达尼。我并不真正认识达拉那。他在我还小时就走了，我只在夏季大会见到过他。我不知道未来是怎样的，但玛索娜的决定没有错。”

乔达拉又在火堆旁蹲下来，扔了一段枯枝进火里。“我离开之前人们都躲着我，在背后骂我，”他接着说，“只要我在附近，人们就会把自己的孩子带走，以免被我影响到，那时好像看我一眼就会让人们自甘堕落。我清楚这是自作自受，我们二人的行为的确人神共愤，我连想死的心都有了。”

爱拉静静地望着他。他所讲述的那些习俗，她并不能完全了解，但她曾经的痛苦让她深切体会到他的难过。她和他一样，也曾因触犯禁忌而付出了惨痛的代价，但她从中得到了教训。从此学会了向别人确认，自己的所为是否会触及雷区。在这过程中，她渐渐明白，自己用弹石带、梭镖去打猎根本没错，仅仅是因为家族人不同意女人打猎。但她从不后悔，因为那时她没有被勃劳德的施压所击倒，她选择反抗了这些家族传统。

“乔达拉，”看着他如此自责，爱拉心痛不已，“你做了一件很恶劣的事，”他点头表示同意，“你把那人打得很惨，但是你跟佐拉娜真的就铸成大错了吗？”

他看着她，因为这个问题令他十分吃惊。他本来是在等待藐视和嘲笑，觉得她会像自己一样对自己感到轻蔑。“你没有听懂，佐拉娜是我的多尼女，我们触犯圣母，让她丢脸，非常可耻。”

“何谓可耻？我不认为有那么严重。”

“爱拉，当一名妇女承担了圣母的那项义务来教授一个年轻男子时，她便承担了重要的责任。她准备让他成为一名男人，成为‘转化者’。多尼给男人责任，也就是让女人准备接受来自大地母亲的混合神灵，令她成为母亲，这是神圣的使命。它并不是谁能随便拥有的普通联系，容不得一丝随意。”乔达拉解释说。

“你很随意？”

“当然没有！”

“那你犯了什么错？”

“我亵渎了神圣仪式，我爱上了……”

“你爱上了佐拉娜，而她也爱上了你。那有什么错？难道你们之间的感情没有带来温暖和美好？你并不是有意如此，它只是自然发生了。爱上一个女人是再自然不过的事呀。”

“但不该是她，”乔达拉反驳，“你不懂。”

“是，我不懂。勃劳德强奸了我，他那么残忍那么令人可憎，但他却很快活。你教会了我何为快感，教会我忘却痛苦，带给我温暖和美好。我觉得爱总是会带来这类感受的，但你现在却说，爱上某个人是错误的，而且会带来难以想象的痛苦？”

乔达拉又捡起一块木头放在火堆上。怎样才能让她理解呢？你也可以爱你的母亲，但是你不能和她成为夫妻。同样道理，你也不能要求多尼女为你的火塘生孩子。他不知道该如何表达。

过了一阵儿，爱拉问道：“你为什么离开达拉那回家了呢？”

“母亲派人命令我……不对，不仅如此。是我自己想要回去的。虽然达拉那对我很好，我非常喜欢杰里卡和琼普拉雅堂妹，但那里无论如何并不是自己的家。我不知道自己能不能回去，焦虑不已，但回家的渴望仍非常强烈。我发誓绝不再发脾气，绝不再让自己失控。”

“回到家里你高兴吗？”

“情况有些变化。但是过了头几天之后，事情要远远好于我的预期。拉罗曼一家已经不在第九洞族了，没有了频繁的提醒，大家也就慢慢淡忘了那件事。如果他还在，我真不知道自己会有什么表现。夏季大会给我的感觉很差。每次看见他都会让我想起那件事。过了不久，佐拉娜第一次回来时候就已经有很多人在议论纷纷。我害怕面对她，但又想见她。这是我不由自主的，爱拉，尽管后面发生了很多事情，但我觉得自己仍然爱着她。”他用话语和神情在请求着她的理解。

他又站起来来回走动了几步。“但她变化却太大了。她已经成为一个真正的圣母侍者了。我最开始不愿意相信这一点。我想知道她到底变了多少，她对我还有没有感情。我想寻找和她单独碰面的机会，事先作了周密的计划，满心期待下一次的圣母荣誉节。但她肯定是预料到我有这个打算了。一开始她总是尽可能避开我，但后来又改变了主意。虽然和她一起度过愉快节日合情合理，但第二天还是传出了丑闻。”他不甘地哼了一声，“她说她仍然记挂着我，希望我生活愉快，但已经和从前不一样了。实际上，她根本不想要我了。”

“我真蠢，”他痛苦自嘲，“我以为她真的还惦念着我。现在我们俩是好朋友，但佐拉娜明白她自己想要什么……而且还实现了。如今她不是佐拉娜了。在我开始旅程之前，她已经成为了泽兰娜，排名第一的圣母侍者。在这之后没过多久我就和索诺兰一起走了。我想我就是为了这个出走的。”

他又伫立在洞口，从挡风帘的上方缝隙望出去。爱拉站在一旁感觉到风吹打在脸上，耳边听到威尼平静的呼吸和雷瑟不安的喘息。乔达拉深吸了一口气便往回走，在火堆旁垫子上坐下，但并没有打算去睡觉。爱拉跟在身后，取下大水袋给水壶加了水，还扔了几块石头进火里加热。看来他并不打算睡觉，他还没讲完这个故事。

“回家最大的收获是见到了索诺兰，”他继续这个话题，“我离开的这段时间里面，他长大了，回来之后，我们俩就成了十分亲密的好朋友……”

乔达拉停了下来，脸上浮现了痛苦。爱拉知道他弟弟的死对他打击沉重。他一下子心力交瘁地倒在了她身旁。她意识到回忆对他来说太痛苦了。她还不明白这究竟是为何，但她知道他心里有个结没有打开。

“爱拉，返程的时候，你觉得我们能找到，索诺兰……遇害的地方吗？”他转过脸面向她，声音干涩，眼里噙满了泪。

“我没办法保证，但可以试试。”说着她加了几块石头，并挑了几种能起安定作用的草药。

她突然想起他在她的山洞中所度过的第一个夜晚，以及当时她所有的忧虑恐惧。那时她不知道他能不能挺过来。他呼喊着他的弟弟。尽管不懂他的话，她也足以明白他正在呼唤那位逝者。当她最后终于让他醒过来之后，他在她的怀里，内心经历着巨大的痛苦。

“你知道在第一夜里我喊了多长时间吗？”他问道。她很是吃惊，因为他仿佛知道她一直在思考什么，而随后他又继续说起索诺兰，“爱拉，为什么他一定要离开？”他压抑的嗓音带有乞求的意味，“索诺兰比我年轻！怎么能先我而去？我根本无法接受，脑子里一刻不停地在发出疑问。爱拉，如果当时没有你在，我真不知道该怎么办才好。以前我从没想过告诉你这一点。我觉得自己很可耻，因为……我再次失控了。”

“悲痛，或者是爱，都并不可耻，乔达拉。”

他的目光在闪躲。“你觉得不可耻？”他的语气透着十足的自蔑，“即使当你利用它损人利己，对别人造成伤害？”

爱拉皱眉。

他转身再次面向火堆。“在我回去了的那一届夏季大会上，被推选去做初夜仪式的主持。我十分焦虑，大多数男人也都会如此。会担心伤害女人，而我不想这样。总会存在几位证人，他们不仅要验证初步结果，还会去确认她是否受到真正的冲击。这时当事人会担心自身的男性能力没办法证明，若是这样，他们就会选择换上另一个男人，这就是被羞辱的结果。一切皆有可能。我必须要感谢泽兰多尼。”他自嘲地笑了笑，“她十分妥当地完成了一个多尼女应该做的事。她给了我很多建议……那很有用。

“但是，那天夜里我想起了佐拉娜，而不是心怀抱负的那位泽兰多尼，然后我看见了那个十分害怕的小姑娘，我意识到她比自己更害怕。她在看到我勃起的东西时真的受到了惊吓，很多女人第一次时都会这样。但我想起了佐拉娜对我的教导，如何让她做好准备，如何对自己加以控制，如何让她体验到快乐。结果很令人满意，这个惊恐的姑娘成为了一个开放而成熟的女人。她心情十分愉快，表现得也很可爱……我觉得我爱她，在那一个夜里。”

他又开始痛苦地皱眉，爱拉最近见得太多了，他突然又跳起来踱步。“我从来也没意识到这件事！第二天我明白自己并不真正爱她，但是她爱上了我！她是不能爱我的，就像我不可以爱上我的多尼女一样。我应该使她成为一个真正的女人，教她如何享受，但不能令她爱上我。我尽可能不去伤害她，但她最终明白我的心意后，我能看得出她那极端的失望。”

他从洞口走回来，停在她面前大喊道：“爱拉，把一个姑娘变成真正的女人是一种神圣的行为，是义务，是责任，而我又亵渎了！”他无法停下脚步，“虽然我告诫自己不能重蹈覆辙，但到了下一次，历史还会重演。我跟自己说，不要再接受这个角色了，因为我不配完成这个任务。但下次他们还会推选我，我无法拒绝，因为我也仍旧渴望它。他们频繁地推选我，我也开始越发向往和需要，需要夜晚的激情和热度，尽管第二天我会唾弃自己。”

他抓住了一旁草药晾架的柱子，低头望着她。“几年之后，我意识到圣母是在惩罚我。跟我同龄的男人们都在寻觅配偶、定居、生育自己火塘里的孩子。但我不能用那样的方式爱一个女人。我认识很多女人，我享受和她们在一起，与她们体验快乐，但我已经失去了爱人的能力……”他垂下了头。

耳边轻柔的笑声让他十分意外，他抬起头。“乔达拉，可是你还是爱上了我，不是吗？你还不明白吗，你并没有受到惩罚，只是一直在等待我罢了。我告诉过你，是我的图腾，要不就是圣母，将你引到我身边来的。在这之前，你必须经过艰难跋涉和耐心等待。如果你爱上了别人，就不可能来到这里，也不可能与我相知相识了。”

是真的吗？他不确定，但他想让自己去相信。多年以来，他首次感到精神上的重压变轻了，脸上闪过一丝期冀。“可我还是爱上了多尼女佐拉娜啊？”

“我觉得与她相爱并不是错，但因为它违背了习俗，所以你躲不过责罚，所以才被送走了。现在一切都过去了，你不需要自己惩罚自己。”

“可是那些姑娘们，她们在初夜仪式上……”

爱拉的脸暗了下来。“乔达拉，你知道女人在第一次被强迫是多痛苦的回忆吗？你知道那种十分憎恶而又不得不忍受的感觉吗？没有快乐，完全是痛苦和恶心。或许你不该爱上那些女人，但对她们来说，在初夜能够被温柔相待，能够感受到快乐，感受到自己是被人爱着的，那必定是十分美妙的回忆。相信我，你一定让她们拥有了终生难忘的体验。乔达拉，你没有伤害她们，你做了完全正确的事。”

他一直以来深藏心底这么长时间的自轻和羞耻感减轻了。他开始试想，或许他的人生路径都是有根据的，他幼年时的痛苦经历是有着特殊意义的。他的忧虑和重负在思索之后得到消解,他认识到,或许自己的所作所为并不如他原先所想的那般卑鄙。或许他是完成了不错的事情,而且,他十分需要感觉到自己做了正面的事情。

但是,折磨他多年的情感包袱依然难以放下。诚然,他找到了一个值得爱的女人,而且他只想要她一个。但如果要把她带回家里,而她又承认自己是被家族养大的,还有一个混血儿子,那会发生什么事情?会不会再次让两人一同遭到羞辱?

对于她来说,这公平吗?万一他们责骂她,甚至要驱逐她怎么办?他说不准自己到时是否会默许他们这么做。他不禁颤抖。不,他不能允许她遭受这样的对待。他是那么地爱她。但是,如果真有万一呢?

为什么爱拉就是他的灵魂伴侣?她的解释仍是不能完全令他信服。也许爱拉说对了,是多尼把他引向了她。但是,他爱上的这个美丽女人也和他爱过的第一个女人一样,也不被本族人接受——这难道不正是一种惩罚吗?他最终想要的女人竟是生了野种的流浪者——这难道不是讽刺而滑稽的罪孽吗?

但是,马穆塔部落和她有相似的信仰,他们不会把她赶走的。即便知道她是由家族养大的,狮营也打算收留她。他们之前也收留过混血的孩子。让她留在这里应该会更幸福吧,或许他也应该留下来,成为一名马穆塔人。但他无法忘记自己是泽兰达尼人。马穆塔是个优秀的民族,生活方式也相似,但毕竟不是自己的部落,没有家人也没有朋友。在这里,他能给爱拉什么呢?但一旦带她回家,他又能给她什么呢?

这一系列问题让他十分迷茫和疲乏。爱拉看见他低垂着脸,便说:

“天晚了,乔达拉,喝下这个就睡觉吧。”爱拉说着,递给他一杯饮料。

他点头,喝下了温热的饮料,然后脱了衣服躺进被褥里。身边的爱拉默默地注视着他,直到他的眉头渐渐舒展。他的呼吸深沉均匀,但她却迟迟不能睡去。乔达拉的重负让她十分不放心。她很欣慰她知道了更多他自己年轻时候的事情。长久以来,她一直认定他的内心痛苦来自某些过往,或许开口讲出来能让这份负担小一些。但是她仍然十分忧虑,因为仍有些事情让他烦恼,他没有讲出所有缘由。

她躺着尽量不惊动他,想让自己快点儿入睡。曾经有多少个这样的夜晚,她独自留在这山洞,辗转反侧。于是她又想起了那件外套。她悄悄爬出被子在物品里翻找,抽出那片柔软的旧皮革,轻轻摩挲着脸颊。这是她在离开岩洞时带出来的。当杜尔克还是个婴儿时,她曾用这片软革裹着他;当他大了一些,她还用它背过他。她不知道自己为什么一直带着它。它并不是必需品,然而,当她独自一人的时候,她总是忍不住让它伴自己入睡,不过自从乔达拉来了以后,她已经很久没有用到它了。

她把那块柔软的兽皮团在一起,紧紧搂在怀里,慢慢进入梦乡。

“东西太多了。就算用爬犁和筐也装不下。两匹马才能把这些都驮走!”爱拉望着她想要带走的几大堆整齐的物品，她自言自语道，“又要再次被迫扔下些东西。可是我已经选了好几遍了，我不知道还能扔什么了。”她环顾四周，试图寻找什么去解决这个难题。

山洞处于被废弃的状态。不能带走的有用物品都被藏在了洞和石缝之中，以备未来哪一天他们可能会返回来取用，尽管他们都觉得希望渺茫。他们面前堆了很多废弃物，甚至爱拉晾草药的架子也被扔在那儿。

“你有两匹马，但问题在于不能两匹一起用。”乔达拉望着在洞口附近吃草的两匹马，朝爱拉说道。

爱拉盯着那两匹马思索着他的话。这番话给了她一些触动：“我还把它当做是威尼的小马驹，但雷瑟差不多赶上它了。没准它能驮个小包。”

乔达拉立即来了兴致：“我一直想知道它什么时候才能长大到像威尼一样做些事，而且你怎么教会它的呢？你第一次骑威尼是什么时候？你怎么想到要去骑它的？”

爱拉笑道，“有一天我正在和它跑步，我真想跑得像它那么快，突然间就有了这个念头。我刚骑上时，它因为害怕而有点儿慌张。但当它开始跑起来的时候，那感觉和风一样畅快！后来它跑累了就停下来了，好像并不介意。”

乔达拉望着她。令人激动的回忆让她两眼放光，呼吸加快。爱拉第一次让他骑威尼时，他也有同样的感受，所以他十分理解爱拉。他对她产生了强烈的欲望。他一直惊讶于这一点，为何自己对她的欲望总是那么轻而易举被撩起，但是她正想着雷瑟。

“我不知道它需要多久才能习惯背东西。在让威尼背东西之前我就开始骑它了，所以它适应得很快。但如果让它从背一个小包开始，到以后人骑应该就会比较容易。先看看能不能找点儿东西练习吧。”

她在大堆的物品中翻找着，可以看到几张皮毛，几只篮子，几块她用来打磨木碗的石头，以及为了计算日期来做记号的梭镖棍。

她拿起了一根木棍，用五个手指覆盖在第一片记号上，这是很久以前克莱伯演示给她看的。她想起了克莱伯。乔达拉曾经根据木棍上的记号计算出她居住的时间，还帮她算了她的年龄。初夏时她十七岁，冬末或春天来到的时候，她就要再加上一岁。他说过自己是二十一岁，还笑说自己老了。三年前他就开始了旅行，那时她刚好离开家族。

她收拾好所有东西便走出了洞口，吹口哨召唤来了威尼和雷瑟。他们两个都投入了一些时间和精力在空地上给雷瑟挠痒、爱抚。然后爱拉捡起了一块皮革，先让它闻了闻，咬一咬，又用皮革擦它的毛，然后把它披在马背上，让它自然垂下。公马用牙衔住了其中一头，并把它拉下来叼还给她，表现出很有兴趣的玩耍欲。她又把皮革再次搭在马背上，下一次让乔达拉放在马背上。爱拉准备好了一卷长绳子。他们又把那块皮革往雷瑟身上放了几次，小马每次都会扯下来。威尼十分好奇地打量着他们。

这次，爱拉把那块皮革披在雷瑟的背上，然后用一根皮革绳搭在皮革上，再钻到马肚子底下，抓住绳子的另一头，就把皮革固定在马身上了。这回，当雷瑟用牙齿去扯的时候，皮革没有立即掉下来。刚开始，它不喜欢这东西，使劲跳动，想把皮革甩下来，不过，随后雷瑟就发现了那飘动的绳头，开始用牙扯，把它扯了出来。之后，它接着转动那已松动的绳子，直到找到绳结，然后用牙扯弄它，把它解开了。雷瑟叼起那块皮革，扔到爱拉的脚边，又跑回去叼那条绳子。当雷瑟高兴地飞奔而去时，爱拉和乔达拉都忍不住笑了起来。

乔达拉再次把皮革绑在这匹小马身上。雷瑟走了几圈，才又开始玩摆脱皮革的游戏，不过这一次它好像已经失去了兴趣。于是爱拉又把皮革绑在马背上，一边安抚着雷瑟一边对它说着话，让它无暇顾及皮革。照着已经计划好的训练方法，她把两个篮子拴在一块，里面放上加重的石头，一下子挂到了雷瑟背上。

还不习惯背上有重物的雷瑟回过头来看。不过，生命中的那些抚摸和依赖已经让它对背上承受的压力和重量相当熟悉——最重要的是，它和它的母亲一样信任这个女人。爱拉安慰着雷瑟，然后把篮子、皮革和绳子一起从雷瑟身上取了下来。雷瑟又闻了闻，但已经不太介意了。

“我们得多待几天，让它熟悉熟悉。我还得再检查一遍所有东西——这肯定能成！”当他们走向山洞时，爱拉得意地说，“除了像威尼那样用爬犁拖，还可以让雷瑟背些行李。”

“我只希望接下来几天都是好天气。”乔达拉说。

“如果不骑马的话，我们还可以在马背上放一捆干草，我系得很紧的，乔达拉。”爱拉冲着他喊道。乔达拉正在河滩上为找火石做最后的搜寻，两匹马也在那儿：威尼耐心等着，它拖着一架重重的爬犁，背着两只篮，屁股上还放着一个鼓起的包。而雷瑟则对身上挂着的篮子和小背包很不习惯，不过它可是一匹纯种的草原马，孔武有力且适应野外生活。

“为什么要带干草？那边草很多，肯定吃不完的。”

“但是到下大雪，雪上再结一层冰的时候，它们就很难找到草吃了。粮食吃多了马会胀气，备上够吃几天的干草是很有必要的。严冬经常能饿死马。”

“如果你砸开冰层亲自割草的话，马是不会饿死的，爱拉。”乔达拉笑了。但当他抬头望着晴朗的天空时，他收起了笑容，“总之，马背着这么多东西，回去肯定会比来时慢多了。”

乔达拉握着三块丑陋的石头，沿着小路向洞口走来。来到洞口，他发现爱拉泪眼婆娑，不舍地向洞里望着。他把那几块矿石放进旅行袋里，走到了她身边。

“这是我的家，”终于要离开了，爱拉满怀不舍，她抚摸着挂在脖子上的小皮包说道，“这地方属于我，是我的图腾给我指示引领我来到这里的。虽然在这儿我很孤独，不过我很自由，可以做我喜欢的事。现在穴狮之神却要我离开这里。”

她抬起头来望向乔达拉，“你觉得我们以后还会回来吗？”

“不会。”他答道，声音不停地在空山洞里回响。虽然看着那小小的山洞，乔达拉眼前浮现的却是别的地方和别的时刻，“即使回到老地方，也找不回原来的模样了。”

“既然如此，你为什么还是想要回去呢？为什么不能留下来做一名马穆塔人呢？”她问道。

“这很难解释，但是我不能留下来。即使那里和从前不一样了，泽兰达尼也仍然是我的人民。我想把打火石给他们看，教他们怎样用梭镖捕猎，想让他们瞧瞧，加热燧石是多么有用——所有这一切都能帮助他们。所以我一定要回去。”看着地面，他的声音低了下来，“我想要他们认可我的存在价值。”

看着他那摇晃的眼神，爱拉希望自己可以为他解忧。“他们的看法有那么重要吗？难道有自知之明不是更重要吗？”她问道。

就在这时，她突然记起穴狮也是他的图腾——他们俩都被这只猛兽的神灵选中。她知道同一个强大的图腾生活在一起是多么艰难，但同时也能收获珍贵的知识与成长。克莱伯曾经告诉过她，伟大的穴狮只挑选值得选的人。

他们背上乔达拉曾用过的那种双肩大背囊，和马穆塔式的单肩小粮袋不同，这种背囊很沉，里面装满了食物、打火工具、帐篷以及睡觉用的皮毛等。接着，他们开始调整风衣上的兜帽，以便能很容易地戴上或脱下。尽管爱拉平常只喜欢在头上缠一条弹石带，这次她也戴上了一条带子，绕过额头，增强耐力。

乔达拉背了两大包从河滩里上挑出来的燧石，他还背了很大一包火石。他俩每人都多背了一个单独的小袋子，来装梭镖和投掷器。爱拉还带了几块很不错的石头，水獭皮药袋拴在了腰边。

那捆干草早已被爱拉裹成圆柱形，系在威尼的背上。她把两匹马都仔细地查看了一番，检查它们的四肢和负重，确保它们可以承受行李的重量。爱拉牵着威尼，乔达拉牵着雷瑟，他们一同向那陡峭的小径上边望了最后一眼，之后就开始出发，沿着那长长的山谷走了下去，穿越小河。爱拉本想帮威尼减少一些负重，让它更容易爬上石头很多的山坡，不过它很轻松地就上去了。

走到西面的草原时，爱拉转错了一个弯，然后又退回来找到原路，来到一个巨石密布的山谷。这些石头在漫长的岁月里从花岗岩石壁上落了下来，每一块都很锋利。他们察觉到了威尼的慌张，这里曾是穴狮的家，他们向远处的山坡走去。

当初爱拉发现他们时，索诺兰已经死了，乔达拉也身受重伤。她没有时间举行埋葬仪式，只是简单地请求穴狮之神引渡那人的灵魂。不过，她也不能让尸体就这样横陈荒野，任由野兽处置。于是，她把尸体拖到了山谷尽头，用梭镖劈开了一块大石头。当血肉模糊的男人被碎石掩住之后，她陷入了巨大的悲伤——她从来就不认识那个男人，将来也不会有机会认识。

乔达拉站在原地，希望能找办法来让自己记住这个弟弟安息的地方。也许多尼已经找到了他，因为她能极快将他唤回身边；他知道，泽兰多尼会尽可能找到索诺兰的灵魂落脚处并且引导他。可是他如何告诉她是个什么地方呢？这个地方连他自己都不知道。

“乔达拉？”爱拉叫道。乔达拉向她看去，看到她手里拿着一个小皮口袋。“你说过，他的灵魂会回到多尼。虽然我不了解大地母亲的方法，但我知道家族图腾的灵魂世界——我已经请求我的穴狮之神把他引到那儿去了——或许是同一处，可能你的圣母知道那个处所。放心吧，穴狮是个强大的图腾，你的弟弟一定会受到保护的。”

“谢谢你，爱拉。我知道你已经尽力了。”

“也许你不能理解，就好像我不能理解多尼一样。不过现在穴狮也是你的图腾了，他选择了你，正如他选择了我！他注视着你也注视着我。”

“这些话你以前也说过，不过我不明白它是什么意思。”

“他选择了我之后就不得不选择你——只有拥有穴狮图腾的男人才足够强壮，才能配得起穴狮图腾的女人。但是你必须清楚，和一个强大的图腾一起生活是很辛苦的。克莱伯常常对我说，穴狮的神灵会考验你，让你证明自己的价值。那会很难，不过也会有意外收获。”她举起小口袋，“我给你做了一个护身符。你不用时时戴在脖子上，但要随身揣着。我放了一块赭石在里面，这样它就装上了你的一块灵魂和你图腾的一块灵魂，不过里面还得加上一样东西。”

乔达拉皱起了眉头。他不想惹她生气，但是他很犹豫，不知道要不要收下这个家族图腾护身符。

“从你弟弟的坟上取一块石头吧，那是他的一部分灵魂，这样你就可以把它和你的那部分一起带回给人民了。”

他很惊诧，眉头攒得更紧，不过他突然想通了——没错！这能让泽兰多尼在催眠后找到这里。也许是他对家族还不够了解，但总而言之，是多尼创造了一切动物的灵魂啊。

“爱拉，你是怎么知道该做什么？你从哪里学来这些？你说得对，我不仅要带着它，还要从索诺兰的坟上拿一块石头放在里面。”

突然，一块石头和一些碎石滚落下来，停在了乔达拉脚边。他捡起那块石头细细打量。乍看之下，这石头和所有其他普通花岗碎岩没什么两样。不过，当他把它翻过来端详的时候，石头背面的纹样让他十分惊讶：断裂处熠熠闪光，石心折射出烈焰般的红光，而当他对着阳光来回摆弄石头时，还可以看到蓝绿色的光芒在闪晃。这是一块蛋白石。

“爱拉你看！”他把石头递给她，“从背面看它只是一块普通的石头，但你看它的断裂处——这些颜色如此明亮，仿佛是深处透出的生命之光。”

“很有可能。也许它就是承载着你弟弟灵魂的那块石头。”

16

低矮的帐篷下，寒流涌动，一条露在外面的胳膊快速缩到毛被子里。狂风怒吼着穿透了门帘，熟睡中的人额头皱了起来。门帘被大风来回地撕扯，狂风涌入，发出巨大的响声。刹那间，爱拉和乔达拉清醒过来。乔达拉去把门帘吹动的一端扣上，可是寒夜的狂风越刮越盛，呼啸着，低吟着，在弱小的兽皮帐篷周围悲鸣，咆哮，又是一个不眠之夜。

清晨，狂风依旧波涛汹涌，他们不情愿地卷起帐篷，快速地捆好。由于懒得生火做饭，他们只吃了些干粮，喝了点儿从附近小溪中取来的凉水。大约上午过了一半时，风势渐渐弱了下去，但紧张的气氛仍未消散，最坏的状况似乎还未到来。

近午时分，风势渐盛，爱拉注意到空气中有一股新鲜的、近似于金属的气味，比起真实的气味更像是一种虚无的味道。她用力地嗅，心里作着推测。

“风中有雪。”爱拉叫喊，以便压过狂风声，“我可以感觉得到。”

“你说什么？”乔达拉说道，但是大风把他的话刮走了，她从他的嘴型中明白了他的意思远比听到的多。她停下来，等他与自己齐平。

“我预感到即将要下雪。我们必须在雪下来之前，找到一个躲避的地方。”爱拉边说，边用焦急的目光在宽广平坦的草原搜寻，“可是这儿哪能找到躲避的地方呢？”

乔达拉审视着空旷的大草原，同样十分焦急。这时，他想到昨晚他们搭帐篷附近的那条快要冻住的溪流。他们一直没有渡过去，所以无论它怎么曲折蜿蜒，却始终在他们左边。

“我们得想法找到那条小河，”他说道，“河边或许会有些树或者高的堤岸可以给我们些遮蔽。”爱拉点点头，和威尼一起跟在他后面。

很快，轻盈的粉状雪花飘然而下，在风中盘旋飞舞，模糊了视线。

低矮的树丛和一道灌木指明了河道。爱拉和乔达拉本想躲在这后面，可是母马威尼却继续前行，径直到了一个拐弯处，河水把那里冲出了一个深坑，狂风完全被挡住。

爱拉和乔达拉快速卸载掉了马背上的驮物，并且挨着母马的脚边，搭起帐篷，等待雪停。

风暴威胁着这个简陋的帐篷。大风从帐篷边缘偷偷钻进，并且总是带入些许雪花。两个人在毛皮被褥下互相取暖，交流过往的趣事习俗、想法和希望，似乎总有说不完的话。这一夜，他们分享了彼此的身体，然后沉沉睡着了。从午夜的某时起，风停了。

爱拉睡醒了，环顾着昏暗的帐篷内部，有一种恐慌快要从心口迸发。她非常不适，头疼得厉害，帐篷里空气混浊，快要令她窒息。好像出了什么事，但她不确定，只觉得似曾相识。但这更像是一种危险的预兆。她按捺不住，终于坐了起来，掀开了身上的被子。

“乔达拉！乔达拉！”她摇动他，其实他早已经醒了。

“怎么了？”

“我不知道，但好像出事了！”

“不会吧。”他不习惯看到爱拉这样惊慌。她平时总是非常镇定，即使在危险迫在眉睫时，也能完全控制住自己。任何四足肉食猛兽都不能让她的目光露出如此恐惧。“为什么你觉得出事了？”

“我做了一个梦。我在一个比夜晚还黑暗的地方，喘不过气来，无法呼吸！”

他环顾了帐篷，也许真的哪里出事了。帐篷里很黑，只有一缕微弱的光透了进来。没有什么被吹走了，帐篷也没被风撕破或是卷走。事实上，风已经停了，外面一点儿动静也没有，一片死寂。

乔达拉爬到帐篷出口，揭开幕帘，一道柔软的白墙迎面扑来——雪一下堆进了帐篷里，而后面还有更多的雪。

“我们被埋了，乔达拉！我们被埋在雪里面了！”爱拉惊恐万分，声音也变得嘶哑。

乔达拉把她抱在怀里：“没事的，爱拉，没事的。”但他心里也没有底。

“太黑了，我要窒息了！”

她的声音听起来很奇怪，仿佛是从远处飘来。他把瘫软的她放在被子上，看到她眼睛半阖，还在用恐惧而遥远的声音哭喊。乔达拉毫无办法，甚至对这样的她感到有些害怕。

他注意到他的袋子被雪盖住了一半。他爬过去，拨去上面的雪，摸出了一支梭镖。随后，他解开了通风口的盖子，用梭镖柄捅了捅上面的雪——雪块哗的一下掉在了被子上，一道阳光和新鲜的空气随即漏入了帐篷。

爱拉明显地放松了，很快睁开了眼睛：“你做了什么？”

“我用梭镖通了风。外面的雪好像没那么厚，我们可以挖出一条路。”他关切地近看她，“你还好吗？我担心极了。你不停地说你无法呼吸，我真怕你昏迷过去。”

“可能是帐篷的空气太混浊了。”

“你看上去真的很害怕，我从未见过你那个样子。”

爱拉仍旧有点儿头晕，像是在回忆一个令人不愉快的梦，但她无法解释这一切。

“我记得有一次雪封住了家族的山洞。我也是在黑暗中惊恐地醒来。”

迫暮时分，那个留着红胡须的高大男人还没停下手里的活儿。突然，他看到一支奇怪的队伍从山脊的最高处走来。最前面的是一个女人，似乎非常疲惫，后面是一匹筋疲力尽的马，背上驮着一个大包裹，身后还拉着一副雪橇。一匹小马跟在后面，也驮着一个包裹，缰绳被一个男人牵在手里。

“妮兹！他们回来了！”塔鲁特大声喊道，连忙上前迎接他们，并帮爱拉踏平最后一点儿积雪。他并没有领他们从熟悉的拱形入口进入，而是来到了长屋的中间。在他们不在的这段时间，一间新的房屋已经建成，就挨着原来的房子，类似于门厅，却比门厅大一点儿，一条新的入口直接通向猛犸火塘。爱拉他们都惊讶万分。

“这是给马住的，爱拉。”他们一进门，塔鲁特就得意地说，他已经料到爱拉会难以置信，不禁大笑起来，“我知道我们得建造更坚实的屋子给马儿庇护，免受暴风雨的侵扰。我想我们应该叫它马火塘！”

爱拉的眼中噙满泪水。她精疲力竭，很高兴最终能回来。她从未如此被人重视过。在和家族一起生活的那么长时间里，她从未感到自己被完全接受，也没有归属感。家族人连养马都不允许，更别提给马建造住所了。

“哦，塔鲁特！”她哽咽了，张开双臂搂住了他的脖子。塔鲁特很惊喜，随即也拥抱住她，轻拍她的后背，满意地笑了。

在新屋子里，狮营里的大部分人都来了。他们围成一个圈欢迎他们。

“我们都挺担心你们的，”狄琪说道，“特别是在下雪以后。”

“要是爱拉不带那么多行李，我们可以更早回来，”乔达拉说道，“我也不确定是否能挨过最后那几天。”

爱拉已经开始卸行李。当乔达拉去帮忙的时候，几个神秘的包裹激起了人们的好奇。

“有给我的礼物吗？”鲁琪问道。这是每个人都想问的。

爱拉微微一笑：“有，我给每个人都带了礼物。”众人更加好奇，纷纷猜测自己会得到什么礼物。

“那是给谁的？”看到爱拉开始拆最大的包裹，图茜忍不住问。

爱拉瞧了狄琪一眼，她们俩都笑了。

“我甚至给马也带了东西，”爱拉对这个小女孩说。割断最后一根绳子后，一捆干草露了出来，“这是给威尼和雷瑟的。”

而后，她开始解开雪橇上的包裹：“我应该把这些都搬进去。”

“等等再搬吧，”妮兹说道，“你连外衣都没脱呢。先喝点儿热茶，吃点儿东西再说。”

“妮兹说得对，”图丽补充说道，她和营里的其他人一样，都很好奇包裹里的东西，“你们俩一定累坏了，快休息一会儿，垫垫肚子吧。”

乔达拉对女首领感激地笑了，随后跟着爱拉进了房间。

翌日清晨，许多人来帮助爱拉搬行李。马穆特小声建议她等到那天晚上的典礼再拆礼物，爱拉理解了他的意图，微笑着表示同意，但是当图丽暗示她透露一点儿内幕时，爱拉含糊的回答令她很不高兴，尽管她没有流露太多。

将行李和包裹堆放在一张空床上后，爱拉拉上床边的幕帘，爬进自己的私人空间，她在不同的位置点了三盏石灯，令光线更加充足，然后清点并整理了所有物品。她把礼物的分配作了调整，然后吹灭石灯，钻了出来，满意地把床帘合上。

她向外走了几步，朝马儿喜欢吃草的河湾处望去，却看不见马儿。阳光很温暖，积雪的山顶闪闪发光。爱拉正要打口哨时，终于看见了威尼，它抬起头，看见了爱拉。威尼嘶叫了一声，向爱拉打招呼，此时正好雷瑟从它身后走出来，爱拉回应了一声。

当她正转身要走的时候，发现塔鲁特正用一种类似敬畏的表情看着她。

"那匹母马怎么知道你出来了？"他问道。

"马的嗅觉灵敏，可以闻得远；还有好耳朵，可以听得远。"

高大的首领点点头。虽然她简单的解释合乎逻辑，但他还是有些难以置信……他微笑注视着她，很庆幸他们能回来。他一直期待爱拉的加入。她技艺出众，肯定会成为一个受欢迎的马穆塔女子，为家族出力。

他们俩一起回到新建的房屋里，正巧乔达拉走了出来。

"爱拉，大家都想知道你带了些什么。"塔鲁特说。他和别人一样期待和兴奋。

"我怕礼物不够分。"爱拉说。

"不用担心，大家不在乎礼物的多少，就算是一块火石也很好。而且大家有你就足够了。"塔鲁特的笑容非常迷人，"我们都要感谢你给了我们举办宴会的理由！"

"你们是怎么建造岩洞的呢，塔鲁特？"爱拉问。

"如果你想知道的话，我可以告诉你，这不是什么秘密。"塔鲁特因为爱拉露出的崇敬目光而高兴，"我们首先步测出到猛犸火塘的外墙距离，在中间立上一根杆子，那是火炉的位置。然后我们取一段与这段距离相同长的绳子，将其一头拴在那根杆子上，另一头用来画一个圆，也就是墙壁的走向。"塔鲁特边说边演示。

"接下来，我们向草地下挖，小心地把它抬起，这是为了节省，然后再向下挖我腿这么长的距离。"为了进一步解释他的陈述，塔鲁特抬起一条长得难以置信的腿，让人惊讶的是，它极其窄而又美观，穿着合适而柔软的鞋子，"然后我们标出台阶的宽度——这部分平台可以当作床或者储藏室——再为墙留出一些。从台阶内侧边缘再向下挖深一些，大约有我的脚两三倍深，凿开地面的中心，把土整齐地堆在外侧构成一道土坝，用来支撑墙壁。"

"那得挖很多土啊，"乔达拉看着围墙说道，"我敢说从这面墙到对面的那堵墙的距离,或许是你的三十倍脚长,塔鲁特。”

男首领惊讶地睁大眼睛:“你说得对!我准确地量过这段距离。你是怎么知道的?”

乔达拉耸耸肩,说:“我只是猜测而已。”

其实这不仅仅是乔达拉的猜测,也是他的一种本能。他仅用目测就能准确地测量出距离,还能用他自身的身体大小来度量空间的大小。他知道自己的步长、掌宽、臂展以及掌围,他能用手指估算厚度,或者通过步长测量出阳光下的树影来得到树的高度。这不是他后天学来的,而是他与生俱来的本领,并且在运用时更加纯熟。他从未意识到这一切。

爱拉也觉得挖了很多土。她曾参加过挖捕猎用的陷阱,知道这当中的工作量,因此十分惊奇,“你是怎么挖出这么多土的,塔鲁特?”

“我们用鹤嘴锄挖开土壤,再用铲子把土抛出去,当然,我们已经事先切除了最上面结实的草皮。”

她迷惑的表情表明她没有听懂。于是他走到门外,拿了几件工具回来——它们都有长长的手柄。其中的一把上面系着一根一端磨得很锋利的猛犸肋骨,像一把刀片微微弯曲的锄头。爱拉仔细研究起来。

“我想,它是一根用来挖掘的棍子。”她向他求证。

他笑了:“是的,它就是鹤嘴锄。我们有时也用尖尖的挖掘棍,因为棍子很容易制作,可以应急。但是鹤嘴锄更好用。”

然后,他又拿出一副巨大的鹿角,中间有三对孔洞,绳子穿过去后绑上了手柄。它可以用来刨黄土和铲雪。他还有另一把勺子形的铲子,那是用猛犸牙做成的。

“这些是铲子。”塔鲁特告诉她。她曾经也加工过骨块和鹿角等,但从没有装过手柄。

“我很高兴,在你走后的那段时间天气还是很不错。”首领继续说道,“既然如此,我们没有像我们往常一样挖的那么深。下面的土已经很硬了。明年,等我们忙完夏季大会后,可以挖得再深一点儿,还可以建几个储藏坑,说不定还会有一个蒸气浴池呢。”

“你们不去打猎了吗,如果天气变好的话?”乔达拉问道。

“上次捕猎野牛非常成功,马穆特一直以来捕猎的运气都不太好,他发现的都是我们错过的那几头野牛,那都是我们不屑于追的。我们决定做些其他事,给马建造一个住处,相信会有帮助。”

“鹤嘴锄和铲子的确让施工更轻松,塔鲁特,但是……这需要很多土。”爱拉说道,既吃惊,又有些被折服。

“我们有很多人都参与了建造,爱拉,几乎所有的人都认为这是一个好主意,都想搭把手……大家都希望你能高兴。”

爱拉感到一阵突然而强烈的感动，急忙闭上眼睛，强忍住因为被打动而要夺眶而出的眼泪。塔鲁特和乔达拉体谅地将头转了过去。

乔达拉查看了四周的墙壁，他仍然对这个建筑的结构很感兴趣，"看上去你们是在平台之间把它挖出来的。"他评价道。

"是的，这是为了主要的支撑柱。"塔鲁特指向六根巨大的猛犸墙面牙石，底部由一些小的碎骨头楔入——脊椎骨和趾骨的残片——它们的尖端指向中心。它们均匀地间隔分布在用作为拱形门的两对猛犸牙两侧的墙壁上。那对牢固的、长而弯的象牙是这座建筑的主要建筑材料。

塔鲁特的描绘把爱拉和乔达拉都深深地震撼了。这远比他们想的复杂。从房屋中心到四周墙壁，共有六根木制的柱子作为支撑——向上逐渐变细的树木被剥去了树皮，顶端的分叉也起到支撑作用。在屋子的外围，猛犸头骨向上竖立在广场上，底座由肩胛骨、髋骨、脊骨和几根放得特别巧妙的长骨即腿骨和肋骨堆成一个斜坡支撑着。墙的上部，主要是由肩胛骨、髋骨和猛犸小一些的象牙组成，并融入进了屋顶，而屋顶由在象牙外圈和柱状内圈之间围成一圈的梭镖梁支撑住的。这些嵌入的骨头经过了精心挑选，有的还被磨成一定的形状，并被绑在强健而坚固的象牙上，组成了一道弧形围墙，犹如繁复的迷宫。

从河谷中可以获得一些木材，但建造房屋仍需要大量的猛犸牙。而他们捕猎到的猛犸只是占他们所用骨头的一小部分，绝大一部分是从河湾的骨堆里挑选出来的；还有一部分骨头甚至来自附近大草原上被食腐动物吃剩下的动物尸体，但不仅如此，宽广的大草原还为人类提供了另一种重要建材。

每年，驯鹿群迁徙过程中都会把角褪掉，以便下一年长出新的鹿角，而鹿角会被人们妥善收集。为了完成房屋的建造，人们把驯鹿角连接起来，做成一个坚固的交错框架，作为圆顶的支撑，并在中心留一个排烟孔。随后，人们再用采摘来的柳树条编成席子，盖在鹿角组成的顶架上，捆紧扎牢，从墙壁上垂下。接下来，用一层更厚实的茅草捆在柳条上，一直捆到地面，便于排水。茅草顶最后还得再铺上一层稠密的泥。这个建筑的墙壁可以达到两三尺厚，但是仍需要最后铺一道材料才算建成。

他们当时正站在外面欣赏着这座新的建筑，塔鲁特刚好完成了他对地屋结构的详细讲解。"我一直希望天气变好，"他说道，向着蓝天做了一个扩胸拥抱的姿势，"我们得尽快完工。"

"这样一个地屋能维持多久？"乔达拉问道。

"和我活得一样长，有时会更长。但是这种地屋是冬天住的。我们通常夏天不住在这儿，去参加夏季大会、狩猎猛犸和其他旅行。夏季是旅行的季节，能采集植物、狩猎、捕鱼，交换物品或者观光。我们走的时候，把大部分东西都丢在这儿，因为我们每年都回来。狮营是我们的家。"

"如果你想给爱拉的马匹搭建长期生活的家，最好现在就开始动手。"妮兹插话道。她和狄琪放下沉重的兽皮水袋,里面是从半冻着的小河里拉上来的水。

雷奈克来了,他拿着几件挖掘工具,拖着一个装满湿土的大筐。“我听说有人正在建造一个地屋。”他说道。

巴泽克这时已在他身后。“这将是一个有趣的尝试,”他说,放下第二筐光滑的泥,那是他们从河岸的某个特殊的地方挖来的。达努格和德鲁韦也出现了,每个人都带着一袋稀泥。

“特鲁妮已经生火了,”图丽说,独自拿起水袋,“托奈克和其他几个人正在堆雪,等水烧开了就拿来融水。”

“我想去帮忙。”爱拉说道。每个人都在发挥用处,而自己却只能在边上干站着,这让她很着急。

“是啊,我们能帮上忙吗?”乔达拉也问道。

“当然可以。”狄琪说,“不过爱拉,我得找件旧衣服给你,这可是个脏活儿。塔鲁特和达努格,你们谁有衣服给乔达拉穿呀?”

“我会找件衣服给他的。”妮兹说道。

“如果当我们结束后你们还想帮忙的话,就来帮忙建新的地屋吧,我和塔奈格正准备建造我们的火塘……”狄琪笑着补充道。

“有人在蒸气浴室里生火了吗?”塔鲁特问道,“干完活儿如果能洗个澡就好了,尤其是晚上我们还有一个庆祝晚会。”

“韦麦兹和弗里贝克一大早就生好火了。他们现在正在弄更多的水。”妮兹说道,“克罗兹和马努夫已经带着拉蒂和几个小朋友去找新鲜的松树枝了,这样可以为浴室增香。弗莱莉也想去,但是我不喜欢她到处跑,所以我让她帮忙照看莱达格和哈塔尔。马穆特也正忙着在为今晚的晚会准备。我有预感,他在谋划大事。”

“嗯……马穆特请我告诉你,从天气看来,这几天将很适合狩猎。他想知道你是否想要他去寻找猎物。”巴泽克说道。

“的确如此。”这个高大的首领说道,“你们看这雪,底部很柔软,上部在融化。要是来一场霜冻,它就会结成一层冰层,而在这种情况下,野兽会很容易陷住。太好了,我认为这是个好主意。”

大家都朝火堆走去,在火堆的正上方是一个大皮袋,里面盛满了雪。雪一旦融化,便用水瓢将水舀出来,倒入另一个放在洼地上的袋子里,再加入特殊的河泥,混合成一种光滑而又黏稠的泥浆。

更多的泥浆被混合好,爱拉提了重重的一篓泥上去,溅了她一身。但这有什么关系呢,和其他人一样,她已经全身都是泥了。狄琪说得对啊,这真是一个脏活!他们从边缘开始给屋顶涂泥,但是圆顶一旦盖上了光滑的泥浆,踩在上面就不安全了。

爱拉将篓子里的最后一点儿泥倒光,注视着泥浆慢慢向下流淌,转身准备走。没等到她反应过来，只听脚下啪嗒一声，她滑倒了，正顺着稀泥往下掉，惊得她不由自主地大叫。

眼看就要摔到地上，她发现自己竟被一双有力的手臂接住了。她震惊地看着雷奈克溅满泥水的笑脸。

“这不失为涂泥浆的一种方法，”他说道，扶着她站稳了，此时她已经恢复了神志，但他依然没有松手，而是继续说道，“如果你想再来一次，我还会接住你。”

她感到一阵温暖，发现他正紧紧地抱着自己。他乌黑有神的双眼深邃而温柔，其中充满了渴望，唤起了爱拉的本能反应。她微微战栗，双颊绯红地挣脱了他的怀抱。

爱拉瞧了乔达拉一眼，证实了想法。他很生气，正紧握着双拳，太阳穴突突地跳动着。她迅速看向别的地方。她现在更了解他的愤怒，那是一种他害怕的表现——害怕失去，害怕被抛弃——尽管如此，她对他的反应还是感到有一点儿恼怒。她又不是故意滑倒，而且她很感激雷奈克突然出现在那儿接住了她。回想起刚才自己的反应，她再一次脸红了。她控制不住。

“爱拉，过来。”狄琪说，“塔鲁特说泥够了，水也热了。我们把泥巴洗掉，为你的宴会做好准备。”

两个女人经过新房子到地屋里。她们来到猛犸火塘的时候，突然，爱拉问道：“狄琪，蒸气浴是什么呀？”

“你没洗过蒸气浴吗？”

“没。”爱拉摇摇头。

“你肯定会喜欢的！你可以把脏衣服脱在野牛火塘。女人们经常去后面的蒸气浴室。男人喜欢在这里。”她们穿过驯鹿火塘走到天鹅火塘的时候，狄琪指着马努夫床边的拱门说。

“那不是放东西的地方吗？”

“你觉得旁边的房子都是储存室？我猜你不知道吧？你已经对我们很了解了，都不敢相信你这么久都没来过了。”她停下来，转身看着爱拉，“大家肯定都跟我一样，非常欢迎你的加入。”

爱拉不好意思地笑了，“我也很高兴遇见大家。狄琪，我真高兴你在这儿……”

狄琪对她笑笑，“我知道。过了夏天，我就要走了。可是我不想走。我想跟我妈妈一样，做自己火塘的首领，我会想她、想你和大家的。”

“那儿离这有多远？”

“我也不知道。”狄琪回答。

“为什么要去那么远的地方呢？为什么不在附近建火塘？”爱拉问。

“不知道，很少人这样做。”狄琪吃惊地看着爱拉。她们走到最后一个火塘，她又说，“把脏衣服脱下来，堆在那儿吧。”

她们脱下沾满泥的衣服，挂在最后一面墙上。墙边有个矮象牙拱门，一张红皮帘子挂在上面,爱拉能感到后面散发的热量。狄琪弯下腰钻了过去,爱拉也跟她一起,就要进去的时候,她突然停了下来。她拉开帘子,朝里面看了看。

“快关上帘子！热量都给你放跑了！”乌烟瘴气的昏暗过道里有人喊道。

她迅速放下帘子,钻了进去。屋内一点儿都不冷,还很热。猛犸骨铺成的台阶,紧靠着三尺左右深的水池。狄琪带她下去。走到下面,爱拉站在地上,地面都铺着柔软的毛皮。她的眼睛适应之后，又看看周围。这个空间差不多宽六英尺、长十英尺。有两个圆形部分连在一起。离她头顶三四英寸的地方就是矮矮的屋顶。

地上烧热的骨头闪着亮光。爱拉发现墙上盖着兽皮,地上是仔细排列的猛犸骨,是供人站立落脚的。中间的火炉是唯一的光源和热源,里面有更多骨头在加热。女人们一丝不挂地坐在火炉边,凳子就是扁平的骨头。有一排盛水的器皿靠墙摆放着。有人从火炉中夹出一块火红的石头,扔进装满水里,腾起的水蒸气顿时弥漫了整个房间,带着松树的香味。

“过来,坐在我跟图丽中间。”妮兹说完腾出了一块地方。图丽也往边上动了动。虽然她身形高大,肌肉发达,但她丰盈的曲线不会让人怀疑她的性别。

“我想先洗掉泥巴,”狄琪说道。“爱拉也是一身的泥。你们看到她下午滑倒吗？”

“没有。你伤到自己了吗,爱拉？”弗莱莉关切地问道,大肚皮让她感觉有点儿不舒服。

没等爱拉回答，狄琪大笑道:“雷奈克接住了她，丝毫没察觉某人恨得要命。”周围人都微笑着会意点头。

狄琪拿起一个猛犸头盖骨,舀了些热水和凉水,无意中从热水里捞上来一小根松树枝。上面有一团黑色的东西。她扯下一些递给爱拉,剩下的也留给自己。

“这是什么呀？”爱拉问道。她摸着这极其柔软和光滑的材料。

“猛犸毛,”狄琪回答道,“这是它们冬天新添的绒毛。这些毛会在春天脱落,掉在树丛或是树枝上。有时你也可以在地上发现一些。用这些毛蘸水可以洗掉身上的泥。”

“我头上也有泥,”爱拉说,“我也要好好洗洗。”

蒸气翻滚弥漫,她们冲洗干净后,爱拉坐到了狄琪和妮兹中间。狄琪向后靠着,闭目养神,满足地长舒一口气。

门口突然有些动静,爱拉感到一阵冷风袭来。大家都在看是谁来了,原来是鲁琪和图茜下来了,后面跟着抱着哈塔尔的特鲁妮。

“我不得不照料哈塔尔,”特鲁妮诉说道,“托奈克想带他去洗蒸气浴,可是我不想麻烦他。”

难道连男性婴儿也不能例外？爱拉很惊讶。

“所有的男人都在浴室了吗,特鲁妮？也许我应该来抱莱达格。”妮兹说。

“达努格带他进去了。我想这一次所有的男人都去了吧，”特鲁妮说，“甚至那些孩子。”

“弗里贝克带了塔舍和克里萨维克。”图茜最后提道。

“这是他开始对男孩子感兴趣的时候了，”克罗兹嘟囔道，“这不是你和他在一起的唯一原因吗，弗莱莉？”

“不是的，妈妈。这不是唯一的原因。”

爱拉惊讶极了。她从未见过弗莱莉对妈妈表示反对，即使是委婉的拒绝也很少见。也许只有这时，但周围只有女人的时候，弗莱莉才不用担心自己会偏袒哪一方。克罗兹闭上眼睛向后靠着。她和女儿看上去像极了，简直是一个模子刻出来的，没人不称奇。爱拉注意到大肚子的弗莱莉太瘦了，看上去几乎和母亲一样苍老。她的脚踝高高肿起，这不是好事。爱拉希望自己可以为她检查一番。

“弗莱莉，脚踝肿的厉害吗？”爱拉有些犹豫地问道。大家都坐起来了，等着弗莱莉回答。

弗莱莉看着自己浮肿的脚踝，似乎在想着什么。然后她抬起头，说：“是的，最近一直肿着。”

妮兹长舒口气，其他人也轻松不少。

“早上还恶心想吐吗？”爱拉向前倾，问道。

“我前两次怀孕都没有恶心那么长时间。”

“弗莱莉，可以让我……检查你的身体吗？”

弗莱莉环顾四周。没有人说话。妮兹微笑点头，默默怂恿她赶快同意。

“好吧。”弗莱莉说道。

爱拉迅速站起来，想看看她的具体情况，但因为光线太暗了，怎么也看不清，而且浴室的蒸气让她无法判断她是否在发烧。“躺下来好吗？”爱拉问道。

人们为弗莱莉空出一个位置。爱拉仔细检查她的身体，其他人都在边上好奇地围观。

“比早上更糟了。”当爱拉结束时说道，“我有东西可以让你减少孕吐，减少浮肿。要吃一点儿吗？”

“我不知道。”弗莱莉说道，“弗里贝克负责我的饮食，他应该不会同意让我吃来路不明的食物。”

克罗兹坐在那儿，紧闭着双唇，害怕一旦说出口弗莱莉就会和弗里贝克一样拒绝爱拉的帮忙。妮兹和图丽交换眼色，对克罗兹的表现讶异不已。

爱拉点点头，“我想我知道是哪儿弄来的。”她说道。

“我准备出去了，”狄琪说道，“如果现在马上跳进雪里会感觉怎么样，爱拉？”

“应该会很舒服。我都快热得受不了了。”

17

乔达拉拉起挂在他跟爱拉的床上的帘子，笑了笑。她盘着腿坐在中间梳头。她没穿衣服，全身红得发亮。

“感觉真好，”她笑着说，“狄琪说我会喜欢的。你喜欢吗？”

他爬上床，坐在她身边，放下帘子。他的皮肤也红得发亮，他已经穿好衣服，梳好头，在背后梳成一个棒子。蒸气浴让他很兴奋，还想刮胡子，他修了修下巴上的胡子。

“我也喜欢。”说着，他就忍不住了，把她抱在怀里亲吻，爱抚她灼热的身体。她本能地反应，给他拥抱。他弯下腰吻她，听她发出暧昧的呻吟。

“伟大的圣母，你是多么诱人。”说着，他坐起来，“可是大家都在猛犸营地，等着你的仪式，要是看到我们衣冠不整，分享快感，他们会怎么想呢？”

“可以让他们过一会儿再来。”她笑着说。

乔达拉哈哈大笑，“我知道你会这样做的，对吗？”

“对呀，你不是给了我信号？”她坏笑着。

“信号？”

“当男人想要女人的时候，他会亲吻爱抚，这些都是你给我的信号。我们家族的女人都不拒绝这样的信号。”

“真的从来不拒绝吗？”他简直不敢相信。

“乔达拉，家族的女人从小就被这样教育。每个家族女人都得这样做。”她严肃而真诚地说。

“你的意思是我能作选择？假如想分享快感，你就让别人都等着？”他尽量不让自己把这当作玩笑话。

“只要你给我信号。”她还是认真地说。

他再次热烈亲吻爱拉，难以抑制冲动和欲望。

但最后还是不情愿地放开她说：“大家马上就到了，还是穿好衣服吧。你想穿什么衣服？”

“我的衣服并不多。我见过狄琪的衣服，十分美丽，让人羡慕。”

“你准备一下吧。”说着，乔达拉临走前再次亲吻了她。

帘子关上，他站着，看了它一会儿，皱了皱眉。他希望她能在自己身边，不理会别人。在山谷的时候，他们自由自在。从没想过，爱拉会被离他家这么远的家族收养。她要是想留在这里，该怎么办？他有种不祥的预感，仿佛今天过后，所有事情都将改变。

他正准备离开的时候看到马穆特，他走向了那位高大的巫师。

“如果你有空，我想请你帮个忙。”马穆特说。

“我很乐意。要做什么？”乔达拉问。

马穆特给他看了四根储物室后面的长柱子。走近了看，乔达拉才发现这不是木头，而是坚硬的象牙。原本弯曲的猛犸牙已经变直。老人递给他一把有柄的大锤。乔达拉停下来，看着沉重的锤子，他从没见过这样的东西。外面包着皮革。他感觉出大块石头的周围有一圈圆形凹槽，里面有一根柔韧的柳条，系在石柄上。锤子用一块刮净了还没加工的湿皮革裹着。湿皮革干燥以后收缩，把石锤和柄都裹在坚硬的皮革里，它们被紧紧地包裹起来。

巫师带着他走向屋区，掀开草垫子，出现一个大约六寸的洞，里面有小石子和碎骨头。他们取出这些东西，乔达拉拿来一根象牙柱，一头放到洞里。马穆特扶着，乔达拉把碎石和骨头放在象牙柱四周，用石锤打实。这根柱子树立好，又立了另一根，再一根，离屋区有一定距离，排列成一个弧形。

老人拿出一个包，谨慎地、毕恭毕敬地打开，里面是像羊皮纸一样卷起来的膜状物。展开以后，乔达拉看到上面有几只动物图案，有猛犸、鸟和一只穴狮，还有一些几何图形。他们把它系在立好的象牙柱上，面对壁炉，做成一个半透明的屏风。乔达拉后退几步，看看整体感觉，又走近了，觉得很惊讶。通常，动物的肠子剖开、洗净、晒干后，是半透明的，他猜到这个屏风是用其他材料做的，只是不确定。

“这不是肠子做的吧？肠子肯定有缝隙，但这是完整的。”马穆特赞同地点点头，“它是从一块巨大的野兽皮的里面取下的薄膜，用了一些方法完整地取下来的。”

老人笑了。“猛犸，”他说，“白色的母猛犸。”

乔达拉目瞪口待在，敬畏地看着屏风。

“每个营地得到了白猛犸的一部分，它在夏季大会的第一次狩猎时就死了。很多营地都想得到白色的东西，但是我选择了这个，半色皮。它有的精神比白色东西少得多，这精神不能展示大家都看得见的强大力量，但是我觉得神秘的东西会有更强大的力量。这不仅是一部分，它代表了整个猛犸的全部精神。”

突然，布里南和克里萨维克来到猛犸营地的空地上，追逐打闹，沿着野牛火塘和天鹅火塘的通道跑了过来。他们打闹着，扭成一团，差点儿撞到精致的屏风，布里南看到一条瘦长的腿挡住了他们，停了下来。他们抬起来，正对着猛犸图。两人倒吸一口凉气，看着马穆特。乔达拉觉得老巫师脸上毫无表情；但两个男孩子看到他的脸，立刻站起来，颤颤巍巍地移到屏风旁，走向第一个火塘，仿佛受了严厉的责备。

“他们似乎明白了，甚至有点儿害怕，但你也没说什么呀，都没责备他。”乔达拉好奇地问。

“那块屏风映入眼帘，人看到强大的精神，会看到自己的内心。”

乔达拉笑着点点头，虽然他也不知道自己有没有理解老巫师的意思。他说话的时候一脸神秘，就像他经常说的精神一样。虽然这样，他还是不确定是否想看到自己的内心。

两个孩子走到狐狸火塘的时候，朝雕刻匠点点头，他也对他们笑笑。雷奈克转向他一直关注的猛犸火塘，笑得更灿烂了。爱拉刚出来，在帘子前整理她的长袍。一看到她，他就脸红了，虽然他皮肤黑，根本看不出来。他紧张得心跳加速。

越看她，越觉得美丽动人。温暖的阳光从排气孔照进来，灿烂的阳光洒在她身上。他想铭记此时此刻，把她的倩影尽收眼底。他想得到她。她的秀发散落下来，如柔和的波浪拢着她的脸庞，又如五彩的云跟阳光打闹，她的举止优雅，她离开的时候，没人知道他多难受；她即将成为他们中的一员的时候，没人知道他多高兴。乔达拉看到她，走了过去，用手挽着她，正好在他们之间，遮住他的视线。

他们一起走向第一个火塘，朝着雷奈克方向。她停下来，敬畏地欣赏着屏风。乔达拉和她一起走到狐狸火塘的通道。雷奈克发现，爱拉看到他脸立刻红了，低着头，高大的男人看见雷奈克，也脸红了，他的眼神明显很不高兴。擦肩而过的瞬间，两个男人想用眼神击败对方。乔达拉满是愤怒和嫉妒，雷奈克则尽量表现出自信和嘲讽。雷奈克看着乔达拉身后的人，他是营地的精神领袖。不知道什么原因，他觉得有点儿惭愧。

他们走进第一火塘，从大厅走出去。爱拉发现人们七手八脚地为宴会做准备。妮兹指挥大家从烤肉坑里取出树叶和热腾腾的草，烤肉坑里散发出的香味让大家都垂涎三尺，准备工作早在取泥之前就开始了，他们劳动的时候，食物就一直在煮。现在，就等着这群饥饿的人好好享用了。

首先拿出来的是几个需要煮很久的坚硬的圆淀粉块，接着是几篮骨髓、蓝熊果和磨成粉的种子，混合了藜和其他谷物。煮几个小时，就变得黏稠，而且跟布丁一样有韧性，从篮子中取出来，还是篮子的形状，还有淡淡的蓝熊果香味，虽然不甜，却很好吃。最后拿出来的是一条完整的猛犸腿的肉，滚滚热浪和厚厚脂肪使它变得油光闪亮，又嫩又软。

太阳落山了，凛冽的寒风把大家都吹进屋，人们端着食物。这次，大家邀请爱拉第一个挑选，她已经不那么害羞了。这次宴会是为她举行的，虽然还不习惯成为众人瞩目的焦点，但她很高兴。

狄琪走过来，坐在她身边，爱拉完全被她吸引了。她浓密的红褐色长发盘了起来，在头顶形成高高的发髻。一串串手工雕刻的圆形象牙珠子，跟头发相互映衬，熠熠生辉。她穿着一件宽松的长皮裙，爱拉觉得是件长袍，腰上的带子垂了下来，展现出温柔的波纹，又染成明亮柔和的深褐色。虽然没有袖子，可是肩膀很宽，就像两个短袖一样，红褐色的长猛犸毛做成的流苏从肩膀向后垂下来，又向前垂下，正好盖住腰。

领口环绕着三圈象牙珠子，脖子上还有一条项链，使用锥形的贝壳、圆柱形的木棍和琥珀做成的。右上臂有一个象牙臂章，上面刻着变化的山水图。图案的形状差不多，但颜色各异，有赭红色、黄色和褐色，是动物毛做的，有的还染了色。腰带上挂着一个小环，上面挂着一把装在皮刀鞘里的象牙柄燧石刀。还有一个环，挂着黑野牛角的下半段，是水杯，也是野牛火塘的护身符。

裙子是对角形，从膝盖以上的侧面交叉到身后。三串象牙珠子、一条兔毛和一条松鼠毛拼接在一起，让裙子的斜边更突出。底边缀着一条长毛猛犸鬃毛做成的流苏，一直垂到小腿。她没有打绑腿，流苏让她的腿若隐若现，她穿着黑褐色的高帮鞋，脚面是鹿皮做的，既有光泽又防水。

爱拉还在想他们是怎么打磨皮革的。所有皮毛和皮衣都跟鹿皮一样柔软。她崇拜地看着狄琪，她是她见过的最漂亮的女人。

“狄琪，它真好看，是袍子吗？”

“它是长袍。不过它是夏天的衣服，为去年夏季大会准备的，布拉那格第一个说好看。我不想穿那件外套了。我就知道，这种活动，肯定会暖和的。”

乔达拉也加入进来。他也觉得狄琪很漂亮。对她笑笑，那种让人无法抗拒的魅力不但表达了他的感情，也引起了反应。狄琪热情地对他微笑，眼里充满诱惑。

塔鲁特端着一大盘食物走过来。爱拉惊讶地看着他：他的帽子很奇特，高得几乎碰到了屋顶。是用五颜六色的皮革做的；不同的皮毛，裹着一条毛茸茸的长松鼠尾挂在背后；两侧伸出两个小猛犸牙，尖端靠在一起，跟拱门一样；紫色的长袍垂到膝盖，长袍面前的装饰很华丽，是用象牙珠子、兽牙和贝壳做成的复杂的图案，都看不出皮革的样子。

而且，他的脖子上还挂着一条用穴狮爪子和犬牙做成的项链，中间镶嵌着琥珀，一块刻有神秘符号的象牙板挂在胸前。腰上扎了一条黑色的宽皮带，前面垂着几条流苏。腰带上的小环上挂着一把用锋利的猛犸牙尖做的刀，刀把上刻着平行交叉的线条，方便使用。还有一把装在皮鞘里、有象牙手柄的燧石刀，以及一个圆形的轮子，上面有很多分格，格子上用带子吊着一个小袋子和几根象牙。最醒目的是一条刷子形的穴狮的尾巴。他走起路来，拖到地面的长长的猛犸毛就露了出来，他的绑腿也一样装饰精美。

他闪闪发光的黑鞋也很醒目，上面没有任何装饰，也没有任何缝隙。就像跟他的脚一模一样的软皮革，爱拉觉得这又是一个谜。

“乔达拉！你发现了这里两个最美丽的女人！”塔鲁特说。

“对呀。”乔达拉笑着说。

“我敢打赌，她俩不亚于任何女人。”塔鲁特说，“你去过很多地方，你觉得呢？”

“我同意。我见过很多女人，但是都比不上这里的。”说着，乔达拉看看爱拉，又朝狄琪笑笑。

狄琪也笑了。她喜欢这种方式，不用猜测乔达拉的心思。塔鲁特一再夸奖她，她是公认的子嗣和继承人，是他的侄女。他爱火塘里的孩子，抚养他们，但他们都是妮兹的孩子，是她的兄弟韦麦兹的子嗣。他还收养了雷奈克，因为他妈妈死了，他既是韦麦兹火塘的孩子，又是他母亲的后代，这是例外。

大家都没放过展示自己漂亮衣服的机会，爱拉一直不想盯着某个人看。他们的衣服长短不一，有袖的无袖的都有，五颜六色，装饰也都各有特色。男人喜欢短的，装饰多一点儿，他们基本上都戴帽子。女人喜欢V形边的裙子，图丽的更像穿在绑腿上的裙子。图丽裙子上有珠子、贝壳、兽牙、象牙和琥珀片做成的精致而有艺术性的图案。她没有戴帽子，但她的发型很精致，就像戴了顶帽子。

整体来看，克罗兹的衣服最特别。它不是剪裁到前面，而是根据对角线剪过整个正面。右侧有圆点，左侧有圆形孔。但是最醒目的，还是颜色，它是白色的，不是灰白，也不是象牙白，而是纯白。还装饰着北方天鹅的巨大的白色羽毛。

孩子们也穿上节日的盛装。爱拉看到拉蒂站在围着她和狄琪的人群边缘，就把她叫了过来，展示她的衣服，其实是邀请她也加入进来。拉蒂评论了一下爱拉戴的狄琪送给她的珠子和贝壳，心想自己也可以试试。爱拉笑了。她也没过想怎么佩戴，只是把它们团在一起，从前额盘在头上，就像戴弹石带一样，大家很快就开始拿拉蒂开玩笑，韦麦兹说她很漂亮，她不好意思地笑了，这是这个简单的男人的夸张的赞扬。拉蒂进来之后，莱达格很快也进来了。爱拉把他抱在腿上。他的衣服跟塔鲁特一样，只是没那么多装饰，他还不用承担重担。塔鲁特的衣服比莱达格的重很多，光是他的帽子就没几个人能戴。

雷奈克一直都没来。爱拉几次发现他不在，就到处看看。看到他的时候，大吃了一惊。大家向爱拉展示他们美丽的衣服，都为了看她的反应；她很高兴，也很感动，都是发自内心的。雷奈克一直在观察她，想给她留下深刻的印象。就回到狐狸火塘换衣服。他一直在营地里观察，她跟别人说话的时候，他悄悄来到她身边，她一转头，就发现他在旁边。她惊讶的眼神，已经告诉他，他成功了。

他的长袍很特别，衣身是锥形的、袖子是喇叭形，显示出外族文化。跟马穆塔人的袍子很不一样。这是他历经千辛万苦才得到的，第一次看到它，他就一定要得到它。几年前，北边的营地跟西边的营地进行探险，西边营地是马穆塔族的远亲。这件衣服是他的首领的，是保持友好关系的信物。他不愿意割爱，但雷奈克也不肯放弃，拿了很多东西跟他交换，让他无法拒绝。

狮营人们的衣服大部分都染成了褐色、深红色和黑黄色，装饰着浅色象牙珠子、兽牙、贝壳以及琥珀，还有点缀着皮毛和羽毛。雷奈克的袍子是淡奶白色，但比纯白亮一点儿。他知道这跟他的皮肤形成鲜明的对比。但装饰更醒目，前后都有一幅图做背景，图是用鲜艳、明亮的毛管和精美的线做的。

衣服前面是一幅抽象画，坐着一个女人，有纯红、橘色、蓝色、黑色、褐色，五颜六色的同心圆构成的；有一组圆代表肚皮，另外两组代表乳房。圆弧代表臀部、肩膀和手臂。头部是三角形的，尖下巴，平头；神秘的线条代表五官。乳房和肚子中间，用鲜红色表示乳头和肚脐。平头上有一排彩色石头，绿色和粉色的碧玺，红色的石榴石，海蓝色的宝石。衣服的后背代表女人的背部，同心圆代表臀部和肩膀。喇叭形袖口旁边又重复同样的颜色。

爱拉目瞪口待在，说不出话。乔达拉也很惊讶。他去过很远的地方，看过各种各样的衣服，形形色色的人。有便服，也有盛装。他见过毛管刺绣，也明白它的染色和制作工艺，但是他从未见过这么美丽动人的衣服。

"爱拉，"妮兹拿过她手里的盘子，"马穆特想见你。"

她站起来，大家开始整理食物，擦盘子，为仪式做准备。在即将来临的漫长的严冬，还要举办几次宴会和仪式，给这个萧条的季节增添一些生气，有兄弟姐妹节、长夜宴、玩笑大赛和纪念圣母的节日和庆祝宴。不过爱拉的收养仪式是例外，因此更受欢迎。

人们都走向猛犸营地，按照马穆特的指示，爱拉开始准备燃料。接着静静等待，她感到不安和激动。她已经很清楚仪式的过程了，她知道自己的期待，也知道别人的期待。可是，她不是在马穆塔长大的。大家习惯了的行为方式和想法，对她来说不是第二天性，因此就算马穆特能理解她，安抚她。她还是怕自己会犯错。

她在火炉边的垫子上坐下，看着人群。她瞥见马穆特喝了一大口什么东西。还看到乔达拉独自坐在他们的床上。他好像很不安，也不怎么高兴。她发现自己也在犹豫，成为马穆塔人是否正确。她闭上眼，向她的图腾祈祷。如果穴狮不愿让她这么做，能给她暗示吗？

塔鲁特和图丽来到她身边，她知道仪式要开始了。马穆特往最后一点儿余火上撒了点儿冷灰。虽然之前也有过这样的事情，营地里的人也知道会发生什么，但在黑暗中等待光明也是很难熬的。爱拉觉得一只手放在自己的肩上，便点燃了火。大家都松了口气。

火烧得很旺，她站起身。塔鲁特和图丽站在两边，向前迈了一步，大家手里拿着象牙棒，马穆特跟在爱拉后卖弄。

"以大母亲河穆特的名义，我们欢迎爱拉加入马穆塔族狮营的火塘。"图丽说，"我们不仅欢迎这个女人进入狮营。她作为陌生人来到这里；我们更希望她能成为我们中的一员，成为马穆塔族的爱拉。"

塔鲁特接着说："我们是长毛猛犸猎手，这是圣母的恩赐。猛犸是食物，衣服，住所。只要我们尊重圣母，她就会让猛犸精神不断，每年都回来。如果我们亵渎圣母，不感激猛犸精神的恩赐，它们就会离去，再也不回来。这就是我们的信仰。

"狮营就像伟大的穴狮。我们勇敢、自豪地前进。爱拉也同样勇敢、自豪地前进。我，狮子火塘的塔鲁特，狮营的首领，赐给爱拉一个狮营马穆塔的位置。”

“她凭什么有这么高的荣誉？”有个声音叫道。爱拉听出是弗里贝克，她很高兴，她已经猜到会有这一出。

“凭你们看到的火。爱拉已经证明了她的价值。发现了伟大的秘密，点火的石头。她已经把这个秘密无偿提供给每个火塘。”图丽答道。

“爱拉有天赋、有能力，”塔鲁特说，“她挽救生命，证明自己是娴熟的医者；她捕获猎物，证明自己是勇敢的猎手；她用弹石带，并带来了新武器——投掷器；她控制门外的马，证明自己是优秀的驯兽师。她给营地带来光荣，带来价值，有资格做马穆塔人。”

“谁代表这个女人？谁对她负责？谁做她的亲人？”图丽看着塔鲁特，大声发问。塔鲁特还没回答，有个声音大声说：

“马穆特代表爱拉！对她负责！她是猛犸火塘的女儿！”老巫师说，他的声音低沉而威严，让爱拉出乎意料。

远处传来了惊讶声和窃窃私语，大家只知道狮子火塘会收养她。太出乎意料了，爱拉从没说过她是巫师，也没说想做巫师；她的举动不像是懂得未知神秘事物的人；她不会控制特殊力量。但是，她是医者。她对马和动物的控制能力惊人。她也许是搜寻者，也可能是召唤者。猛犸火塘代表着自称猛犸猎手的大地之子的精神。爱拉甚至还不能用他们的语言完整地表达想法，不了解他们的生活方式、也不懂穆特，如何为他们解释圣母的要求和期望？

“马穆特，塔鲁特已经准备了收养她的礼物。”图丽说，“为什么还让她去猛犸火塘？她没有献身给穆特，也不知道怎样侍奉圣母。”

“图丽，我没说她受训过，也没说她即将受训。但她的天赋你是无法想象的，受训是为她好，是个正确的决定。我没说她将成为猛犸火塘的女儿。我说她是猛犸火塘的女儿。她生来就是，是圣母选择的。是否受训得由她自己决定。不过这也不要紧。爱拉不需要献身，她没得选择。不管是否受训，她都要侍奉圣母一辈子。我替她说，她不需要受训，除非她自己想。我要收养她做我们火塘的女儿。”

听了老人的话，爱拉打了个冷战。她不喜欢命中注定，没得选择。他说她要侍奉圣母一辈子是什么意思？她也被选定了吗？克莱伯给她解释图腾时，说伟大的穴狮选择她是有原因的。他说她需要强大的保护。被选中是什么意思？因此她才要保护吗？或者，假如她成了马穆塔，她的图腾就不是穴狮了吗？不会再守护她了？她很烦躁，不想失去自己的图腾。她摇摇头，赶走这个可怕的想法。

她被收养，乔达拉已经觉得不安了，事情峰回路转，就让他更难受了。他听旁边的人在窃窃私语，猜测她是不是真想加入他们。如果马穆特早告诉大家，她注定会在猛犸火塘里，也许回山洞前，她就已经成为马穆塔了。

雷奈克很高兴。他一直希望爱拉能加入他们，但是，假如狮子火塘收养她，她就是他妹妹了。他一点儿都不想做她哥哥。他想跟她结婚，哥哥与妹妹是不能结婚的。因为他们需要被不同的母亲领养，他决定重新找个火塘，就能追她了，虽然他不想切断跟妮兹和塔鲁特的关系。假如猛犸火塘收留她，就用不着这样做了。他更高兴的是，她是马穆特的女儿，而不是侍奉圣母的人，不过就算是，也没关系。

妮兹有点儿失望：她把爱拉当做自己的女儿了。妮兹觉得，最重要的是爱拉能跟他们在一起。但是马穆特接受她，夏季大会委员会就更容易接受她。塔鲁特看了看她，见她点点头，决定让步了。图丽也没有意见。四人商量了一下，爱拉也同意了。能做马穆特的女儿，她没来由地高兴。

土屋暗了下来，人群也安静了，马穆特举起手，掌心对着自己："爱拉，能向前迈一步吗？"

爱拉靠近老人，她觉得胃有点儿不舒服，两腿发软。

"你愿意成为马穆塔的一员吗？"他问。

"愿意。"她沙哑地小声回答。

"你愿意尊敬伟大的圣母穆特，尊敬她全部精神，特别是，永远不触犯猛犸的精神吗？你愿意为马穆塔的称号争光，给狮营带来荣耀，永远尊重马穆特和猛犸火塘吗？"

"愿意。"她只会说这两个字了。她不知道怎么满足这些要求，但她会努力。

"狮营能接受这个女人吗？"马穆特问大家。

"我们接受。"大家异口同声。

"有人不接受吗？"

人群沉默了很久。爱拉不敢相信弗里贝克竟然没有反对，但没人回答。

"狮营的首领，塔鲁特，你愿意刻上标记吗？"马穆特缓缓地说。

爱拉看着塔鲁特拔出刀子，她心怦怦直跳，她没有想到这个步骤。不知道他用刀子做什么，不管怎么样，她觉得自己不喜欢。高大的首领握住爱拉的手臂，卷起袖子，握着燧石刀，在她手臂上迅速划了个直形标记。虽然很疼，爱拉并没有退缩。塔鲁特用带血的刀，在他脖子上的象牙板上也划了一个直形标记。马穆特又划出一个染红的圆槽。接着马穆特说了几句爱拉听不懂的语言。她不知道大家都听不懂。

"爱拉现在已经是狮营的一分子了，是猛犸猎手，"塔鲁特说，"爱拉是，并且永远是马穆塔。"

马穆特端着一只小碗，在她的伤口上倒了点儿刺激性液体。她知道这是消毒液。他扶着她转身面对大家。"欢迎马穆塔的爱拉，狮营的成员，猛犸火塘的女儿，"他停了停，接着说，"伟大的穴狮的代表。"

大家重复了一遍。这是爱拉第二次被收留，成为她并不了解的营地中的一分子。她闭上眼，人们的话在她脑中回荡。突然，她发现，马穆特也承认了她的图腾！就算她不是家族人，她也没有失去自己的图腾！穴狮依然守护着她。更重要的是，她不再无依无靠，她是马穆塔的爱拉！

18

"爱拉，不管你身在何方，都会得到猛犸火塘的恩赐。请接受信物，狮营的女儿。"说着，马穆特取下胳膊上的Z形象牙环，戴在爱拉手上那条伤口的下方，给了她一个大大的拥抱。

爱拉热泪盈眶，走到她放礼物的床台边，擦干眼泪，取出一个圆形的木碗，碗很结实，而且样式别致，制作精巧。碗上没有雕刻的花纹，也没有彩绘装饰，却有着梭镖的纹理，形成巧妙的图案，显得大方美观。

"马穆特，请接受这只碗，这是狮营女儿的礼物。"爱拉说，"如果你允许，我每天都把它装满药材，治疗关节、手指和膝盖的疼痛。"

"希望这个冬天我的关节炎能缓解。"他笑着说，接过那只碗，递给了塔鲁特。塔鲁特看了看，点点头，又递给图丽。

图丽挑剔地端详着。第一眼看，它很粗糙，没有她习惯看到的装饰设计，没有雕刻，也没有彩绘。但是她细细地观察一番，指尖拂过光滑的碗面，看到了完美对称的形状，她无法否认，这是名副其实的精致工艺品，也许是她见过的最完美的工艺品。碗被人们相互传递，引起了大家对爱拉的礼物更大的好奇，大家想知道是不是所有礼物都跟这只碗一样精致。

接着，塔鲁特走上前，紧紧抱着爱拉，送给她一把红色皮鞘装着的象牙柄燧石刀，刀鞘上刻着精美的图案，跟狄琪的那把很像。爱拉把刀拔出来，猜刀刃肯定是韦麦兹做的，刀柄是雷奈克刻的。

给塔鲁特的礼物是一张深色皮毛。塔鲁特哈哈大笑，展开用完整的野牛皮做的斗篷，披在肩上，浓浓的鬃毛让这个高大的男人更为勇猛，他喜欢这种效果。他发现了裹肩和下垂的柔软皱纹，仔细地观察这件温暖的斗篷光滑的内里。

"妮兹！看，"他说，"你见过比这还软的野牛皮吗？而且这么暖和。我不会把它做成别的东西，就要这样穿着它。"

看他那么喜欢，爱拉笑了。她很高兴自己的礼物能得到大家的喜爱。乔达拉站在后面，隔着人群看过来，他很高兴塔鲁特喜欢，他高兴如自己所料。

妮兹给了爱拉一个大大的拥抱，送给她一串螺旋贝壳做成的项链，每两块中间都隔着北极狐的空心腿骨，中间挂着一颗穴狮牙。爱拉拿着它，特鲁妮帮她从后面系好，她低下头敬畏地看着它，爱拉把穴狮牙捧在手心，好奇地想，他们是怎么在它根上打的孔呢？

爱拉把床台上的帘子拉到一边，拿出一个盖着的大篮子，放在妮兹的身边。它看起来很普通：编织篮子的草没有颜色，侧边和盖子也没有彩色的图案和鸟兽图形。可是仔细观察，妮兹发现了篮子的设计很精巧、做工也很精湛，是密封的，可以做饭用。

妮兹打开了盖子，人群一阵惊叹。篮子里面用柔韧的桦树皮分成几个区域，里面装满了食物。小苹果、野生的甜辣胡萝卜、剥了皮的淀粉茎根、去核的樱桃、风干的绿百合、晾干的圆绿奶豆、干蘑菇、干绿葱茎和一些不知名的干植物。看到这些礼物，妮兹高兴地笑着。这是最好的礼物。

接下来是图丽。她热情的拥抱更正式一点儿。她的礼物虽然不是用雕花做的，也增加了仪式的感觉。这份礼物是个精致的小器皿，用木头刻成的小盒子，所有的角都是圆形。盖子上刻着鱼，还贴了几片贝壳。让人觉得鱼和水草仿佛在水里游动，活灵活现。打开盖子，爱拉发现了盒子的珍贵之处，里面装满了盐。

她知道盐的价值。她在贝伦海旁边的家族长大，盐很多见，腌制鱼也要用盐，在内陆的山谷生活的时候，没有盐，她很久才适应。狮营比山谷离海更远。盐和海贝都需要长途跋涉，图丽送给她一整盒，十分珍贵。

她拿出送给女首领的礼物，有点儿尴尬，她希望乔达拉的建议是对的。她选的是一张雪豹皮毛，这是她和贝贝练习狩猎的冬天猎到的皮毛。

这份礼物让图丽喜出望外。她抵挡不了诱惑，把富贵、厚实的皮毛披在身上的时候，才感觉到它的品质上乘，塔鲁特也说起过。它的内里柔软得让人难以置信。皮毛一般都比生皮硬一点儿。理论上，皮毛只能用刮刀，在一面处理。用马穆塔的方法处理的皮毛，虽然更结实耐用，但是不像爱拉的那么柔软。图丽比她预料的还感动，她要学习爱拉的方法。

韦麦兹用软兽皮裹着一件东西走上台。她打开来，立刻屏了呼吸。一支锋利的梭镖头，正是她所崇拜的。火光中闪耀着光芒，像一块雕刻的宝石，但是比宝石更珍贵。给他的礼物是一张结实的草编的垫子，他工作的时候用得着。爱拉的篮子和垫子，都没有彩色图案。她在山谷里的最后一个冬天，开始尝试用天然颜色的草。结合她常用的图案，她发明出精致而独特的星光花纹。完工之后，她很高兴，她选择礼物的时候，从中心向四周辐射的线条让她想起韦麦兹美丽的射线，编织纤维让她想起他所剥落的细片隆起的线。她不知道他有没有注意。

仔细看了看，他露出了罕见的微笑："太漂亮了。让我想起了雷奈克妈妈的手艺。她的编织手艺是我见过最棒的。本来想把它挂在墙上，收藏起来，但是我决定用它。工作的时候坐在上面，它集中我的注意力。"他的拥抱跟他含蓄的话语一样。她发现，在少言寡语的外表之下，韦麦兹也是一个热情好客的人。

礼物的互赠没有固定顺序，爱拉发现，下一个站在床旁等待的人，是莱达格，她坐在他身边，紧紧地抱住他。他伸出手，递给她一根鸟的空心腿骨做成的长长的圆管子，上面还有几个洞。她接过来，转了一圈，不知道是怎么用的，他拿过去，放在嘴边，吹起来。笛子发出阵阵响亮的声音。爱拉也试了试，高兴地笑了。送给他一顶暖和防水的黑獾皮帽子，根据家族的样子做的。看到他戴上，她一阵心痛，又想起了杜尔克。

“我给过他一支笛子，他需要我的时候，可以吹它。”妮兹解释道，“不过这一支是他自己做的。”

狄琪送给她的是那天穿的外套，爱拉大吃一惊。那晚，狄琪看见爱拉看它的眼神，就暗自决定送给她。爱拉激动地说不出话，愣愣地站着，泪水盈眶。“我从来没有这么好看的衣服。”

给狄琪的礼物是一堆篮子和各种大小的精致的木碗，可以喝汤，也能做饭。她跟布拉那格结婚以后，就能用得上了。在木头材料稀少的地方，通常都用骨头和象牙做厨具，因此木碗很特别。她们俩很高兴，如亲姐妹一样激动地抱在一起。

弗里贝克送给她一双高帮皮靴，靴口有羽毛装饰，她很高兴，选了一块最好的夏季驯鹿皮回赠。驯鹿的皮中间是空的，可以隔热，夏季的皮毛是最温暖、最方便的，在冬天，穿着它狩猎也很实用，因此也最珍贵。她送他的这块能做成一套衣服和裤子，它很暖和，就算最冷的冬天也只需要加一件外套，显得不那么臃肿。跟大家一样，他也发现她的皮毛很柔软，可是他什么都没说，只给了她一个僵硬的拥抱。

弗莱莉送给她一副皮手套，正好配那双靴子，爱拉送给孕妇一只漂亮的木制饭碗，里面装着干叶子。“弗莱莉，希望你喜欢这茶，”说着，她看着她，好像在强调自己的话，“早上起来喝一杯，晚上睡前喝一杯，对你有好处的。如果你喜欢，喝完了，我再给你。”

她们拥抱的时候，弗莱莉点了点头。弗里贝克疑惑地看着她们。但那只是一份礼物，他也没办法对狮营新成员送给弗莱莉的礼物表示不满。这种情景，爱拉并不是很愿意。她很想光明正大地给弗莱莉治病，不过现在也比帮不上忙好。弗莱莉不想夹在她母亲和丈夫之间为难。

克罗兹走上台，对爱拉赞许地点点头，送给她一只小皮包，四周缝起来，顶上缝在一起。染成红色，装饰着精美的象牙珠子，还绣了几个白色的三角形。白天鹅羽毛黏在圆形底边上。爱拉很喜欢，还没打开，狄琪就在催她了。包里是用猛犸长毛、筋、兽毛和植物纤维做成的线，仔细地缠团或者绕在骨头上。里面还有用来切割和钻孔的锋利的刀片。爱拉非常喜欢，她想学马穆塔人制作和装饰衣服的方法。

爱拉拿起床台上一只结实地盖着的木碗，送给老妇人。克罗兹打开，疑惑地看着爱拉，碗里装满了白色的、大理石花纹的油脂，那是用小火熬出的无色无味的动物脂肪，没有一点儿腥气。她闻了闻，笑了，但有些疑惑。

“我加了玫瑰水。”爱拉开始解释。

“难怪它这么好闻，但是有什么用呢？”克罗兹问。

“能让手、脸、脚变得光滑。”说着，爱拉取了一小块，擦在女人粗糙、皱纹密布的手上。揉过之后，克罗兹感受着双手传递出的温暖，心里充满感激，拥抱她的时候，爱拉感觉到她心灵的颤动。

这样交换礼物的形式，让爱拉感受到自己是被接受的，她心里涌起一股暖意。

雷奈克一直在等别人的礼物都送完。他想最后一个送，就不会跟别人的混在一起。他希望在她收到的这么多精致的礼物之后，他的礼物能给她留下最深刻的印象。爱拉把礼物都放在床台上，跟开始的时候一样堆得满满的。突然，她看到了给雷奈克的礼物。她想了想，发现还没跟他交换礼物。她拿着那件礼物，转身找他，发现他就在面前。

"你忘记给我礼物了？"他问。他离她这么近，她能看到他黑色的眼睛。而且，她第一次发现他眼睛里褐色的条纹，那双深沉、迷人的眼睛。她感觉到他的暖意，有点儿手足无措。

"没……没忘记……在这儿。"说着，想到礼物还在手里，就举起来。他看到她递给他的华贵的白色北极狐狸皮，很高兴。这会儿，她镇定了下来，他再回头的时候，她露出调皮的笑，"是你忘了吧。"

他笑了笑，她这么快就明白了他的玩笑，又给了他一个合适的机会拿出礼物。

"我没忘。在这儿呢。"说着，拿出藏在背后的礼物。她看到他手中的象牙雕塑，简直不敢相信自己的眼睛。他拿她手中的白色皮毛，她都没伸手，都不敢碰它，她抬起头，惊讶地看着他。

"雷奈克。"她松了口气，伸出手，可是又犹豫了一下。他只好催她，她捧起它，好像怕它会碎了。"是威尼！"她说，把精致的、不足三寸长的象牙马雕塑放在手心转了一圈，雕塑有点儿颜色：黄褐色的身体，腿上的硬毛、脊椎和尾巴都是炭黑色，跟威尼同样的颜色。

"看这耳朵，完全是一样的。蹄子和尾巴，连条纹都跟它的毛一样。雷奈克，你怎么做到的？"

雷奈克给了她一个大大的拥抱，他感受到前所未有的幸福——她的反应跟他期望的一样。他看着她，眼中充满爱意，妮兹泪水盈眶。她看了一眼乔达拉，知道他看到了。他满脸的痛苦。她无奈地摇摇头。

交换完礼物，爱拉跟狄琪到野牛火塘换新衣服。雷奈克有那件外族衬衫之后，狄琪一直想跟他的颜色搭配。后来，已经很像了，她用奶白色的皮革做了一件V领的衣服和V形的裙子，颜色跟衬衫很相衬。整个夏天都在户外度过，爱拉的皮肤晒得黝黑，金黄的头发跟皮革的颜色差不多。这套衣服大小刚好，好像是为她量身定做的。

狄琪帮爱拉取下马穆特送的象牙环，挂上塔鲁特送的腰刀，和妮兹的项链。可是当她建议爱拉拿掉脖子上破损的脏袋子，爱拉断然拒绝了。

“狄琪，这是我的护身符。装着穴狮的精神，家族的精神，我的精神。跟雷奈克的威尼雕塑一样。克莱伯跟我说，如果护身符丢了，图腾会离开我，我会死的。”爱拉解释说。

狄琪想了想，看了看爱拉。这个小破包真的很影响整体效果。连带子都磨破了，她得想个办法。

“爱拉，它要是坏了怎么办？看起来这带子很快就会断的。”狄琪问。

“我就做个新的包和带子。”

“所以包并不重要，重要的是里面的东西？”

“对……”

狄琪朝周围看看，看到克罗兹送给爱拉的针线包。她拿起来，小心翼翼地把东西都取出来，放在平台上，把空包递给了爱拉，“可以用这个吗？把它挂在一串珠子上，你头发上的就可以，就能戴在脖子上了。”

爱拉接过那只精致的小包，心里很舍不得。这是家族给她的护身符。虽然她已经不是家族的人，但她并没有丢失她的图腾。穴狮之神的精神依然在守护她。但她已经是马穆塔人了。

爱拉回到猛犸火塘时，已经完全是个马穆塔女人了，美丽而高贵的马穆塔女人。人们对狮营的新成员投去赞赏的目光。但有两双眼睛中不只是欣赏：一双黑眼睛迫不及待，一双蓝眼睛痛苦忧伤。但相同的是，他们的眼神都饱含爱慕和渴望。

爱拉回去整理衣服，路上碰到马努夫带着努韦，热情地对她笑笑，她很高兴，笑着回应他们。她已经是马穆塔人了，她会努力工作，真正成为他们的一员。她看到乔达拉在跟达努格说话，虽然他背对着她，她的快乐立刻消失了。他的站姿，或者肩膀样子不对，但是她不自觉地停了下来，乔达拉不高兴，但她能做什么呢？

她赶紧去拿火石。马穆特告诉她，晚一点儿才会发火石。仪式会让石头特别的重要，让它们的价值提升。她捡起小块的灰黄的火石，走向火塘。她碰到妮兹和韦麦兹，正在跟图丽讲话，她说：

“……我不知道她竟然那么富有。看看那些皮毛，野牛皮，还有白狐狸皮，雪豹皮，在这儿你们不可能看到这些的……”

爱拉又高兴地笑了。大家喜欢她的礼物，而且很珍惜。

神秘的老人也没闲着。她交换礼物的时候，他也在交换。他脸上的Z形条纹突出了他的文身，披着穴狮皮的斗篷，塔鲁特炫耀的只是这只穴狮的尾巴。马穆特的项链是用小猛犸牙的挖空部分做的，中间穿着各种兽齿，有一颗是穴狮的牙齿。

“塔鲁特准备狩猎，我也要帮着探路，”老人说，“跟我一起工作吧，只要你能，并且愿意。不管怎么样，你要先准备好。”

爱拉点点头,她的胃又有点儿不舒服。

图丽走了过来,对她笑笑。“没想到狄琪会把那个送给你。”她说,“不然我可不一定同意;她花了很大功夫才弄到它的,可我不得不承认它是你的了。”

爱拉笑笑,不知如何回答。

“妈妈,因为这样我才送给她的。”说着,狄琪拿着头盖骨工具走过来,“我想知道,怎么样能把皮革做的这么好。我可以再做一套。”

“我已经做好准备了。”托奈克也拿着猛犸骨工具走了过来。

“好,爱拉来发石头,你就能开始了。”马穆特说,“塔鲁特呢?”

“他在倒他的酒,”托奈克笑着说,“他很慷慨。说要办一场隆重的庆祝宴。”

“一定会的!”高大的首领说,“爱拉,给,我给你带了一杯。无论如何,你是主角!”

爱拉喝了一口,还是觉得不太喜欢发酵的味道,可是马穆塔人好像都很喜欢。她决定学会品尝它。她已经是他们的一员,爱屋及乌。她喝了下去,塔鲁特又给她倒满了。

“爱拉,塔鲁特会跟你说何时分石头。在分之前敲敲每一块石头,让火冒出来。”马穆特说。她点点头,看看手里的杯子,喝光了酒。酒劲让她摇了摇头,放下杯子,拿起石头。

大家都安静了下来,塔鲁特说:“现在爱拉是狮营的一员了,她还有一份礼物,每个火塘给一块火石。妮兹是管家。爱拉把石头给她保管。”

爱拉走向妮兹。边走边用燧石敲打黄铁矿石,冒出一阵阵火花,把石头递给她。

“狐狸火塘的管家是谁?”狄琪和托奈克在击骨头乐器,塔鲁特又问。

“我。雷奈克是狐狸火塘的管家。”

爱拉递给他一块石头,敲了敲。她递给他的时候,他热情地小声说:“那狐狸皮是我见过的最柔软最漂亮的。我把它放在床上,每天晚上,我赤裸的身体就能感受到它的柔软,就会想到你。”他用手背轻轻地摸她的脸。她感到身体一阵骚动。

她有点儿紧张,往后退了退。塔鲁特叫驯鹿火塘的管家时,她敲了两下,才帮特鲁妮点燃火星。弗莱莉领了鹤火塘的火石,图丽拿了自己的火石,又给了马穆特一块,这是猛犸火塘的。爱拉有点儿晕,就坐在马穆特说的火塘旁边。

鼓声响了起来,既像安慰又像刺激。屋里突然暗下来,炉中微弱的火是唯一的光源。她听到旁边有呼吸声,想找到来源。一个男人蜷缩在屋区旁,又像头狮子。呼吸声变成了低沉的吼叫,她敏锐的听觉,觉得有点儿像是穴狮警告的吼声。鼓声让这声音更加突出,让它变得深沉还有回音。

突然,一声怒吼,狮形人跳起来,狮子轮廓闪过。爱拉本能的反应让他吓了一跳,差点儿停下。她发出狮吼,十分逼真,观众们倒吸一口凉气。狮子站了起来，像被击败的狮子叫了两声应答。爱拉又发出胜利的吼声，和一串喉声，慢慢变得低沉，好像狮子已经走远。

马穆特笑了笑。他想，她的狮吼模仿得太像了，都可以吓怕真的狮子。她高兴地跟他合作，发出第一声挑战前，爱拉不知道自己为什么要这么做。像狮子一样跟马穆特交流很有意思。贝贝离开山谷以后，她再也没有这样做过。鼓声又响了起来，场面变得热烈，跟随着那个舞动的轮廓。她坐在前面，看出来是马穆特在跳舞，连她都被感染了。她不知道，平常身体僵硬的关节炎的老人怎么还能这么灵活地运动。突然，她想起来看他吃过什么东西，她想应该是强效止痛药。第二天他会因此更痛苦。

马穆特突然从屏风后跳出来，蹲在猛犸头盖骨鼓旁。他快速地敲了一阵子，突然停住了。他拿起爱拉没注意的杯子，喝了一口，来到她身边，递给她。爱拉想都没想，喝了一口，又一口，味道很重、像麝香，让人有点儿难受。受到鼓点的刺激，她很快就感到了它的效力。

屏风后跳动的火苗让屏风上的动物好像都动了起来。她着迷了，集中精神看着，人们的歌声已经很遥远。有孩子在哭叫，但声音好像来自另一个空间，她已经被屏风上的动物奇特的动作深深吸引住了。它们栩栩如生，鼓点仿佛让她看到了奔驰的骏马、吼叫的小牛和猛犸。

突然，眼前不再黑暗。相反，和煦的阳光照在白茫茫的草原上，那里有一群北极麝牛。暴风雪在它们四周呼啸。她下降的时候，并不觉得孤单，马穆特在她身边。周围的景物变了。暴风雪结束了，但风吹起的雪团像鬼魂一样在草原上哀鸣。她跟马穆特一起走出虚无和荒凉。突然，她看到几头北美野牛躲在一个狭窄的山谷的背后，躲避暴风雪。她跑向前去，沿着陡峭的河谷向前跑。她看到在干枯的河床边，有一条熟悉的小路。

接着，她发现自己在一个黑暗的地方，俯视一堆火和一群围着屏风的人们。她听到了低沉的鼓声。她眨了眨眼，看到了模糊的脸，看到妮兹、塔鲁特和乔达拉焦虑地看着她。

“没事儿吧？”乔达拉问。他说泽兰达尼语。

“我没事，乔达拉。怎么了？我在哪儿？”

“我还要问你呢。”

“觉得怎么样？”妮兹问，“马穆特喜欢喝这种茶。”

“我很好。”说着，她坐起来，端起茶杯。她真的感觉不错。就是有点儿累，有点儿晕，也不算很差。

“爱拉，我觉得你并不会害怕。”马穆特走了过来。

爱拉笑笑，“不，我不害怕，但是我们怎么了？”

“我们去寻找了，我觉得你是搜寻者。所以让你成为猛犸火塘的女儿。”他说，“爱拉，你还有其他天赋，只是需要锻炼。”见她皱眉头，他又说：“不用担心。

以后有时间慢慢考虑。”

塔鲁特给爱拉和大家倒了点儿他酿的酒，马穆特给大家讲他们的经历，去过的地方和发现。她一口干了酒，好像也没那么难喝，也想听，但酒劲很快就上来了。她有点儿头晕，狄琪和托奈克还在演奏乐器，乐曲很有节奏，很吸引人，让她也想翩翩起舞。她想起了家族的舞蹈。她发现很难集中精神听马穆特说话。

她觉得有人在看自己，往周围看看。发现雷奈克在狐狸火塘盯着她。他们相互示意微笑。塔鲁特又把她的杯子倒满了酒。雷奈克走了过来，拿着杯子要酒喝；塔鲁特给了他倒了点儿，又接着说话。

“这个很没意思吧？我们走吧，狄琪和托奈克在玩。”雷奈克转过身，在她耳边低语。

“我不觉得。他们正说狩猎的事。”爱拉想继续听这个严肃的谈话，但她已经错过很多，听不懂他们在说什么，也没人注意她在不在听。

“你不会错过的。他们以后会全部说给我们听的。听，”他停下来，让她听火塘另一边有节奏的乐曲，“不想看看托奈克是怎么演奏的吗？他很厉害。”

爱拉转身朝着音乐的方向，有节奏的乐曲深深吸引住了她。她看了一眼制定计划的人们。又看看雷奈克，高兴地笑了。“对，还不如去看托奈克！”说着，她觉得很高兴。

他们站了起来，身边的雷奈克制止住她。“爱拉，你不能笑。”他严肃而认真地说。

“为什么？”她急切地问。不敢笑了，不知道自己犯了什么错。

“因为你笑起来太可爱了，我快喘不过气了。”雷奈克的每个字都很认真，他接着说，“我喘不过气怎么跟你一起走呢？”

听了他的赞扬，爱拉笑了笑。她知道他在开玩笑。

他们走过去的时候，乔达拉一直看着他们。他一边等她，一边欣赏有节奏的乐曲，但他看着爱拉跟雷奈克走向乐手，便觉得妒火中烧，有一种想要冲过去跟那个家伙大打出手的冲动。但考虑到这不是自己的地盘，他努力让自己理智一点儿。雷奈克跟爱拉不过一起走，他有什么好不满的呢？

看她被狮营收留，他的心情一直很复杂。看着爱拉与族人在一起的欢乐，他也为她感到高兴。但却觉得自己似乎越来越像个局外人。

起初，他以为自己跟爱拉一样被收留。现在，或许连爱拉也觉他是外人。爱拉是狮营的成员。这是她的夜晚、她的盛宴，是她的，是狮营的。他没送她礼物，也没收到她的礼物。他都没想过，尽管他也希望自己想到过。但是，他没有礼物能送给她和别人。他来到这里，身无分文，没有时间做东西、存东西。他从旅行中学会了很多，也积累了很多，却没机会施展。爱拉就是他得到的全部。

乔达拉满脸怒色地看着爱拉和雷奈克一起大笑，觉得自己是个多余的人。

19

结束谈论后，塔鲁特给每个人都倒了杯酒。围着狄琪和托奈克的庆祝更加热烈。他们演奏，大家一起唱歌，或者独唱。有人开始跳舞，跟爱拉在别的地方看见的充满激情的舞蹈不同，动作很舒缓，跟随节拍移动位置，还边唱边跳。

爱拉发现乔达拉在后面来回走动，她走到他身边，但总觉得有什么阻挡。人太多了，大家似乎都想吸引她的注意。喝了塔鲁特酒，她不太能控制住自己了，注意力开始涣散。

她敲着狄琪的头骨鼓，鼓声很有煽动性，她想起了家族的音乐。节奏复杂而特别。狮营的人们觉得既新奇又有吸引力。马穆塔人对爱拉的身世有所怀疑，但听到她的乐曲带来的回忆，就完全消失了。

雷奈克起来跳舞，还唱歌暗示爱拉，歌词满是暗示和双关。大家哈哈大笑，心照不宣地相互望望。已经这么明显了，爱拉羞红了脸。狄琪教她跳舞，教她唱歌回击他。结束的时候，应该用同意或拒绝的暗示，爱拉却停了下来。她不能做出选择。她没有明白这个歌的意义。虽然她不鼓励他，可是也不想让他觉得她一点儿都不喜欢他。雷奈克笑了笑。这种游戏看上去是玩笑，但通常都是用来试探双方的心意，又不会丢面子。就算爱拉断然拒绝，他也不会后退，他觉得很有希望。

饮料、笑声和说话声让爱拉有点儿晕眩。大家都想在她身边，想跟她聊聊，想听她说话，想抱着她，亲近她。她好久没有这么高兴过了，好久没有这么温暖、友善的感觉，没有这么受人欢迎。一转身，她总能看到笑容满面的脸，看到注视着她的黑眼睛。

夜深了，人越来越少。孩子们都睡着了，被大人们抱回床上。弗莱莉听了爱拉的建议也早早睡了。鹤火塘和其他人也陆陆续续离开了。特鲁妮那晚一直不太舒服，说头疼，回乔达拉的屋区去照顾哈塔尔，接着睡着了。乔达拉也无声无息地离开了。他伸展开来，躺在床上，等着爱拉，看着她。

韦麦兹跟平常很不一样，话很多。喝了几杯塔鲁特酒，又讲故事，又开玩笑，开始是针对爱拉，后来又是狄琪，最后是所有女人。这么久没见，图丽发现他突然变得有意思了，也开始逗他，跟他开玩笑。最后，她请他到犀牛火塘跟她和巴泽克睡。达奈夫去世后，她还没和两个男人同床过。

韦麦兹觉得把火塘留给雷奈克是一个好主意，女人选择两个男人也不是不可以。他了解目前的事态，虽然他觉得雷奈克跟乔达拉不会和解，但爱拉今晚真的是魅力四射，而且她被人们崇拜，地位也很高，成为能恩赐别人的女首领。假如雷奈克想改变狐狸火塘，谁知道他要做怎么呢？

三个人离开后不久，塔鲁特也跟妮兹去了狮子火塘。狄琪和托奈克还在研究乐器，完全不管别人，爱拉听出了她的节奏，突然，她发现自己跟雷奈克单独在一起，有点儿不好意思。

“大家都回去睡了。”她说。她有点儿急促不安。她感觉到苞扎酒的作用，晃晃悠悠地站着。灯基本上都熄灭了，火光微弱。

“我们也应该……”他没有了笑容，急切地说。她转过身，他从身后抱住了她，嘴狠狠地贴上她的嘴。她微微地张嘴，他立刻有了回应，怎么爱也都不够，恨不得把她吞没。意外的激情刺激了她全身。

“爱拉，我要你。来我的床上吧。”他迫不及待地说。她竟然跟他一起走了。

一整晚，乔达拉都看着心爱的女人跟她新的族人一起大笑、逗乐、跳舞。看的越久，越觉得自己是局外人。他最难容忍的就是雷奈克。他想发泄愤怒，穿过人群，带爱拉走。但是这里已经是她的家了，她被收留的地方。他有什么资格干涉大家的庆祝？不能装做高兴，他只好一脸无奈。可是他很痛苦，就早早上了床，想睡着了，忘记一切，可是怎么也睡不着。

乔达拉看到在黑暗的空间里，雷奈克紧抱爱拉，带她走向自己的床。他震惊了，完全不敢相信。他还在等她，她怎么能跟别的男人上床呢？从来没有任何女人在他想得到的时候，跟别的男人走，更何况，是他心爱的女人！他想把她夺过来，狠狠揍那张笑容满面的脸。

他想起了断裂的牙齿和喷涌的鲜血，记起屈辱和痛苦。这里的人不是他的族人，肯定会把他赶走，在无边的草原上，夜晚如此寒冷，他无家可归。更何况，没有了爱拉，他还能去哪儿？

可是，她已经作出决定。她选择了雷奈克，这是她的自由。我在等她，她就一定要来吗？她没有来，她选择了同族人，能陪她唱歌、跳舞，逗她高兴的马穆塔男人，他们一起大笑，一起游戏。他有什么资格责怪她？很多次，他不也和女人游戏人间吗？

但是她怎么能这样呢？他这么爱她！他深爱她，她怎么能选择别人呢？乔达拉痛苦而绝望，但他能怎么做呢？他什么都做不了，只能强忍嫉妒，把苦水咽到肚子里，眼睁睁看他心爱的女人跟别的男人上床。

爱拉意识已经模糊，塔鲁特的酒让她晕晕乎乎。毋庸置疑，雷奈克很吸引她，但她不是因此才跟他走的。不管怎样，她都会跟他走，爱拉在家族长大。她被教导要顺从命令她、给她信号、想跟她上床的男人。

在家族，任何男人给一个女人信号，她就该自愿满足他，就像给他拿食物和水一样。要求女人为她的同伴，或者经常联系的男人献身是可以的，但也不是强制的，只是很普遍。男人的妻子顺从他的命令，但不是唯一人选。男人和女人像伙伴一样互惠互利，就算过了很久，也会激情四射。但是嫉妒，或者别的强烈的情绪，就不能被理解了。男人的妻子为别的男人献身，对她并没有什么影响，男人也不会因此而减少对妻儿的爱。他对他们有一种责任、关心和教导。他通过捕猎来养育他一家，所有的食物，不管是采摘的还是捕猎的，都是大家一起分享。

雷奈克已经给了爱拉“信号”，就是满足他的性渴望。跟受过良好教育的家族女人一样，她从没想过要拒绝。她朝自己的床看了看，但没看到那双惊讶而痛苦的蓝眼睛。如果她看到，一定也会大吃一惊的。

狐狸火塘里，雷奈克激情依然未退。可爱拉却镇静了许多。两个人坐在床边。她看到自己送他的白色皮毛。她开始解腰带，可是雷奈克制止了她。

“爱拉，我想帮你脱衣服，我好几次梦见脱你的衣服，我现在就想脱。”雷奈克说。

爱拉耸耸肩，同意了。她已经发现雷奈克有些地方跟乔达拉不一样，她觉得很好奇，不是说哪个男人更好，只是发现了区别。

雷奈克欣赏了她一会儿。“你真美。”说着，他凑过来，开始吻她。他的唇很软，可是他吻的太用劲，就很硬了。她发现他黑色的手腕上有一圈白色的毛，她温柔地爱抚他的手臂。

他摘下她头上的珠子和贝壳，双手抚摸它，又贴在脸上摩挲着。“真好看。”他轻声说。他帮她解开项链，取下护身符，把它们放在床头架子上。他继续拉开她的带子，拉着她一起站起来。突然，他开始疯狂地吻她的脸、脖子，手从衣襟伸进去在她的身体上游走，已经迫不及待了。

他停下来，吸了一口气，把衣服从她头上脱下来。

他快速褪掉自己的衣服，放在她衣服旁，跪在她面前，脱下鹿皮的室内鞋。

“你怕痒吗？”他问。

“有点儿，脚心怕痒。”

“感觉如何？”他揉着她的脚，温柔而有力地按着她的脚背。

“很舒服。”他亲吻她的脚背。“好舒服。”她笑着说。

他也笑了，脱下另一只鞋，帮她揉脚。他扯下她的裤子，跟鞋子一起放在衣服旁边。牵着她的手，拉她站起来，她一丝不挂地站在狐狸火塘最后一丝昏暗的火光里。他让她转过身，仔仔细细地欣赏她。“圣母啊！太美了。跟我想的一模一样。”他小声说。好像在自言自语。

“雷奈克，我不漂亮。”她不自信地说。

“爱拉，你该看看自己，就不会这么说了。”

“随便你怎么想，怎么说，我本来就不漂亮。”爱拉说。

“你是我见过最可爱的女人。”

她只好点点头。只要他愿意，他可以这么想，她无法干涉。

他让她躺在那张柔软的毛皮床上。他也上了床，在她身边躺下……过了一会儿，雷奈克从爱拉身上下来，一只手撑起身子，侧躺在她身边，看着她。“我没有你那么完美。"他说。

她皱了皱眉:"我不明白,雷奈克,什么是完美?"

"太快了。你做得那么熟练,那么完美,但是我做得太快了。我迫不及待,所以你肯定觉得不太完美。"他解释说。

"雷奈克,这不是恩赐的快感吗?"

"对。"

"你觉得我不快乐吗?我真的已经很快乐了。"

"很多,也不是完美的快乐。你等一下,我想再做一次,我会准备好的。"

"不需要了。"

"爱拉,也许没有必要,但是我想要你……"说着,他低头亲吻她,"我准备好了。"说着,他又开始爱抚她。她享受着他的爱抚,全身战栗……

她对着他笑,"现在完美了。"

"还没有,下次会更好。爱拉,我还想有很多下次。"他侧着身在她身边躺下。她疑惑地皱了皱眉。不知道是不是自己误解了。

昏黄的火光中,他看到自己的黑手放在她雪白的肌肤上,笑了。他喜欢看自己的深色的皮肤跟和他做爱的女人的浅色皮肤形成鲜明的对比。这样的对比能产生别的男人都没有的特殊印象,女人会记住。她们常常说起他,就永远不会忘掉他。他很感激圣母赐给他黑色的皮肤,让他变得与众不同,难以被遗忘。他喜欢手放在她肚子上的感觉,但更喜欢知道她在自己床上,就在他身旁。他一直在希望、渴求、甚至梦到过。就算现在,她躺在这里,他还是觉得一切这么不真实。

过了一阵子,他的手向上摸到她的胸,抚摸着她的乳头,觉得它有点儿硬。由于疲劳和头痛,爱拉已经昏昏欲睡了,他用鼻子蹭她的脖子,把唇贴在她嘴上,她知道他想要她,给她发出信号。她突然感到厌烦,迫切地想拒绝他。这让她很震惊,完全清醒了过来。他在吻她的脖子,爱抚着她的肩膀……

"爱拉,美丽的爱拉。"雷奈克喃喃地说。他坐起来,低头看着床上的女人。"圣母啊!我不敢相信你会在这儿。爱拉,这次会完美的,我知道这次一定会完美的。"

乔达拉一动不动地躺在床上,咬着牙,握紧拳头,想揍那个雕刻匠,他强迫自己不要冲动。她是看了他一眼,才跟雷奈克走的。他一闭上眼都是她的脸,看着他,又扭头离开。

他反复告诉自己,这是她的决定,是她的决定。她说过她爱他。也许她曾喜欢过他,甚至爱过他。他们在山谷的时候,她不认识别的人。他是她遇到的第一个男人。可是如今,她遇到了其他男人,为什么不可以爱上别人呢?他想说服自己,她遇到别的男人,自己作出选择,无可厚非。可是他无法释怀,那一晚,她跟别的男人上了床。

他从达拉那返回之后,这个玉树临风、英俊潇洒的男人就开始寻找女人。他美丽的眼睛只要一个眼神,任何女人都会为他献身。她们竭尽全力满足他、追随他、想要他。他一直都是这样,可是所有女人都不能抹去恋爱的记忆,不能平复他的内疚。现在,他终于找到深爱的女人,她却跟别的男人上床了。

她选择了别人就已经够让他难过了,当他听到她跟雷奈克做爱时发出的呻吟,更是伤心欲绝。他身体蜷缩,敲打床板,发出痛苦的呻吟。好像体内有一块炙热的煤在燃烧。他胸口发闷,喉咙发干,喘着粗气,像呛了浓烟。虽然他努力闭上眼睛,泪水还是从眼角涌了出来。

声音终于停止了,他确定以后才放松了一点儿。可是,很快又响了起来,他已经忍无可忍了。他起身,犹豫了半晌,夺门而出。他穿过拱形门,来到屋外,威尼竖起了耳朵。

凛冽的狂风把他吹倒在墙边。迎面而来的寒风吹得他喘不过气来,他明白了自己的境地。他的眼神穿过冰封的河流,看云雾遮住了月亮。他离开土屋,向前走了几步。刺骨的寒风像刀一样割破他的衣服,穿过皮肤,直入骨髓。

他颤颤巍巍地回到屋里,脚步沉重地从两匹马身旁走过。回到猛犸火塘,他竖起耳朵,仔细地听,起初什么声音也没有。接着,听到了呼吸声、呻吟声和低语的声音。他看了一眼床,转身走向马棚。不知道应该去哪儿。他没有办法待在屋里;屋外又太冷。他忍无可忍,只好拿着旅行睡袋,穿过拱门走到马棚。

威尼抬起头,躺着的雷瑟也抬起头,打了个招呼。乔达拉走到它们身边,在雷瑟身旁铺好睡袋,钻进去。虽然马棚很冷,但是比屋外好一些。至少没有风,屋里还传来一丝温暖,马也能散发出一点儿热量,它们的呼吸声淹没了他沉重的喘息。就算这样,这一夜他也没怎么睡,他一遍遍回想那声音,和当时的场景。

清晨的第一缕阳光照了进来,亮光让爱拉醒来。她伸手去摸乔达拉,却发现身边是雷奈克,她很是不安。想起了昨晚的事情,她很头痛。她悄悄下了床,拿起雷奈克摆放整齐的衣服,赶紧回到自己的床。乔达拉不在。她看了看猛犸火塘其他的床。狄琪跟托奈克睡在一起,她不知道他们是不是分享了快感。她又想起韦麦兹被请去了犀牛火塘,特鲁妮不大舒服。也许狄琪和托奈克觉得睡在那儿更方便。这都无所谓,她只想知道乔达拉去哪儿了。

她想到从昨晚起,就没见到他。有人说他先睡了,可是他现在又会在哪儿呢?她看到狄琪和托奈克。她想,他应该那个屋区里。她想去看看,可是大家都没起床,她不想惊动别人。她惴惴不安地回到自己的床上,把兽皮盖在身上,一会儿又睡着了。

她再次醒来,烟孔盖已经打开了,温暖的阳光直射进来。她下了床,头痛袭来让她又躺下来,闭上眼睛。她想,要么就是我生病了,要么就是塔鲁特的酒后劲很足。它能让人这么难受,他们为什么还要喝呢?她回想起欢庆晚宴。她记不清楚了,但她记得打鼓、唱歌和跳舞,她只是记不清具体是怎么做的了。她曾经开怀大笑,发现自己歌唱得不好还自嘲。可是她没注意到自己成为了大家瞩目的焦点。这不符合她的作风。她通常喜欢静静观察、偷偷学习和锻炼。难道是酒精改变了她的习惯，让她不那么拘束，变开放了吗？所以才大家喜欢喝它？

她又睁开眼睛，抬起头，慢慢起身。她在用夜桶方便了一下，然后用冷水洗了把脸，点燃火堆，加了几块滚烫的石头做饭。她穿着之前自己亲手做的衣服，现在看起来它只是很常见的普通衣服，当时她做的时候，还觉得很特别、很复杂。

她轻手轻脚地从药袋中拿出几个小包，把柳树皮、欧蓍草、马先蒿、黄春菊按照比例混合，倒了点儿冷水到煮早茶的篮子里，放进热石头，水沸腾之后，再加入茶。她闭上眼睛，蹲在屋区边，等茶煮好。突然，她站了起来，已经顾不了头痛了。她又拿出药袋。

差点儿忘了，她想，急忙拿出有秘密避孕药的小袋子。无论伊扎想的对不对，它都会帮助她的图腾击败男人的图腾精灵，或者伊扎是对的，能挡住男人的性器官，爱拉现在还不想怀孕。太仓促了。她想过怀上乔达拉的孩子，但是等待茶水沸腾的时候，她开始想象，孩子如果是她跟雷奈克的，会长得什么样。像他还是像我呢？要不两个都像？跟杜尔克、莱达格一样，他们都是混种的孩子。雷奈克黑色的孩子肯定会很特别，可是，她有点儿难过地想，说不定他会被人讨厌，或者被认为是野兽。他跟大家一样，会哭会笑会讲话。

想起塔鲁特上次喝酒的时候，很喜欢她的止头疼药，爱拉就做了很多。喝完自己的，她出去找乔达拉。从猛犸火塘可以直接去马棚，不知什么原因，她很高兴不用经过狐狸火塘。马在外面，她穿过马棚，看到墙边乔达拉的睡袋，她很好奇，它怎么会在这儿。

她拉起帘子，经过第二个拱门，看到塔鲁特、韦麦兹和马穆特在跟乔达拉说话。他正好背对着她。

“塔鲁特，头还疼吗？”她走过去问。

“你还有神奇的止疼药吗？”

“我也头痛，煮了点儿茶。还有很多。”说着，她转过身看着乔达拉，脸上满是幸福的微笑。

她的笑容带来了一瞬间相同的反应，但很快，乔达拉的脸色就乌云密布，还有她从没看见过的眼神。她的笑容立刻消失了。

“乔达拉，你也要茶吗？”她很困惑，心里有点儿不安。

“你为什么觉得我会需要？我昨晚并没有喝太多，显然你根本不会注意我。”他的声音冷冰冰的，陌生得她都不认识了。

“你到哪儿去？我早上就去找你，也不在床上。”

“你也不在呀。”他说，“我去哪儿跟你没关系。”他转身就走了。爱拉看了看三个人，塔鲁特很尴尬，韦麦兹也很不高兴，并不全是痛苦。马穆特的态度她就更琢磨不透了。

“我想喝点儿你的茶。”塔鲁特说着，走进了土屋。

“我也想喝一杯。”说完，韦麦兹跟他一起离开了。

爱拉想，我做错了什么？心中的不安让她很痛苦，又不能解脱。

马穆特看了看她，说：“爱拉，等一下我们单独在一起的时候，你可以来跟我说说话。这么多人想喝你的茶。你怎么不做点儿食物呀？”

“我不饿。”说着，爱拉肚子有点儿不舒服。她不想刚和陌生人相处就犯错，她不知道乔达拉为什么会生气。

马穆特笑笑，安慰她：“你先吃点儿东西，宴会还剩了些猛犸肉，妮兹还留面团给你了。”

爱拉点点头。她不安地向长屋的大门走去，她在找两匹马，她心里总是惦记着它们。她看到它们的时候，乔达拉也跟它们在一起，稍微放心了一点儿。她不高兴的时候，常常会从动物那里寻找慰藉。虽然不是一定的，她还是希望乔达拉跟它们在一起能高兴一点儿。

她穿过拱门，走到厨房。妮兹正跟莱达格、鲁琪坐在一起吃东西。看到爱拉，她笑着起身。尽管很丰满，妮兹还是举止灵敏、优雅，爱拉觉得她也很强壮。

“你取点儿肉，我去给你拿面团，只剩最后一个了。”妮兹说，“你要是口渴，可以再喝杯茶，是用火草和薄荷煮的。”

爱拉跟他们坐在一起，分了几片硬邦邦的潮湿面团给莱达格和鲁琪，自己只吃了一点点。

“爱拉，怎么了？”女人问。她觉得有事情，而且也可以猜到一点儿。

爱拉不安地看着她：“妮兹，我了解家族的生活方式，但是不懂马穆塔人的。我想知道，想做一个好马穆塔女人，但不知道犯了什么错。我觉得昨晚我犯错了。”

“你为什么这么觉得呢？”

“我出去的时候，乔达拉生气了。塔鲁特不太高兴，韦麦兹也一样。他们立刻就离开。妮兹快告诉我，我到底犯了什么错呀？”

“爱拉，你没错。要错就错在同时被两个男人爱上。有的男人，对女人有深刻的感情，就会想占有她。不想让她跟别的男人在一起。乔达拉觉得你是他的，因此看到你跟雷奈克上床会生气。不仅是乔达拉，雷奈克肯定也这样想，只要可以，也想占为己有。从小到大，我从没看他对哪个女人如此。我猜乔达拉还不想表现出他的感情。但是他自己无法控制，假如他对你发火，就会让塔鲁特和韦麦兹尴尬，所以他们才急忙走了。

“我们有时候也会大吵大闹，相互开玩笑。我们待人友好，热情好客，这点我们很自豪，可是马穆塔人不太爱表现出深沉的感情。因为有可能带来麻烦，我们尽量不争吵，不打架。女性团体对年轻人偷袭外族也很不满，正想办法阻止他们。这样只会带来报复，人们受到危险。她们觉得交易比战争好得多。男人的组织应该更宽容一点儿，年轻的时候，大多数人都偷袭过外族，他们说只是趁着年轻，找点儿乐子而已。”

爱拉没听她还说了什么。妮兹的解释不仅没让她明白，反而更糊涂了。乔达拉是因为她为别的男人献身才生气吗？家族的男人从来不会注意的，勃劳德是唯一对她表示过好感的男人，那也只是因为他知道她不喜欢这样。但大家都不懂他为什么跟这么丑的女人上床，他也会欣然接受别的男人对她有好感。这样一想，她才发现一开始，乔达拉就因为雷奈克对她的好感而烦恼。

马穆特晃晃悠悠地走了过来。

“妮兹，我答应给马穆特治疗关节炎。”爱拉说。

她站起来想扶他，但他摇摇手，“你先走吧。我能过去，只是需要多一点的时间。”

她跑过狮子火塘和狐狸火塘，那里空空荡荡，爱拉觉得很轻松。她加了点儿燃料到猛犸火塘的屋区。一边配药，一边想起了多次使用过的外敷膏药，还制作止痛的饮料，缓解克莱伯的关节炎。这是她的拿手药。

她用膏药和药饮解除了他的病痛，让他躺好，喝了热茶，她开始提问。把自己的知识和技艺应用到实际中，老巫师和她都觉得很欣慰，舒缓了她心里的紧张情绪。她端起一杯茶，坐在马穆特对面，却不知道该说什么。

“马穆特，你在家族住了很久吗？”她终于开口。

“对，养伤需要很长时间，那时候，我想多了解他们，就一直等到他们的家族聚会。”

“你学会了家族的生活方式？”

“知道一点儿。”

“你知道信号吗？”

“知道，爱拉，我知道男人给女人的信号。”他停了停，好像在思考，又接着说，“我告诉你一件事，从来都没跟别人说过。我的胳膊恢复期间，有个年轻女人一直照顾我。我参加狩猎仪式跟他们一起狩猎归来，她就被赐给我。我知道信号，知道它是什么意思。我发出了信号，虽然开始，我并没有感觉很好。她是克兰女人，并没有吸引我，况且我听到过很多他们的事。可是，我那时年轻力壮，跟所有家族男人一样，我也那么做了。

“跟她相处的时间越长，她越来越有魅力，你不懂，能满足你所有的需要和欲望的人多有魅力。之后我才发现她有丈夫。她是二等女人，她的第一个男人死了，一个猎手勉强收留了她，因为她是另一个家族的人，而且没有孩子。我离开的时候，曾想带她一起走，但是我觉得她待在家族会比跟我在一起更高兴。而且我也不知道，如果我带回一个克兰女人，营地会有什么反应。我很想知道她现在过得怎么样。”

爱拉闭上双眼，回忆如潮水般涌来。听这个并不熟悉的老人，说起家族的事情，有点儿不可思议。她用自己知道的布仑家族的故事继续他的故事。

“她一直没有孩子，是二等女人，可是总有人会收留她。在我到家族之前，她在一次地震中死了。”

他点点头，说起自己过去的重要经历让他觉得很高兴。

“马穆特，妮兹说因为我跟雷奈克上床，所以乔达拉生气，是这样吗？”

“我想是的。”

“但是雷奈克给我信号！雷奈克给了我信号，乔达拉怎么还生气呢？”

“雷奈克是怎么知道家族的信号的？”马穆特惊讶地问。

“不是家族的信号，是外族的。乔达拉发现了我的山谷，教我初次仪式和圣母赐予的礼物，我问过他的信号是什么。他把嘴贴在我嘴上，吻我。用手摸我的身体，跟我做爱，觉得很快乐。他说他想要我的时候，我就知道了，他跟我说了他的信号。昨晚雷奈克也给了我信号。他说‘我想要你，跟我上床’，雷奈克给了信号，发了命令。”

马穆特抬起头，望着屋顶说：“圣母！”又看看爱拉，“爱拉，你不明白。雷奈克确实给了你信号说想要你，但那不是命令。”

爱拉疑惑地望着他：“我不明白。”

“爱拉，没有人可以命令你。你的身体是你自己的，你可以作选择。觉得你要不要做，跟谁做。除非是男的不同意，你可以选择任何男人的床，这完全没关系，但是你不用跟任何你不想的男人上床。”

她停下来，想想他说的话，“可是如果雷奈克再命令我，该怎么办呢？他说过还想再要我很多次。”

“我知道他很想要你，但是他没有权利命令你。爱拉，谁都没有权利违背你自己的意愿。”

“我的丈夫都不行吗？永远都不行？”

“如果出现这种情况，我觉得配偶也做不了多久的，但就算是你的丈夫也不能命令你。你的丈夫不能拥有你。你要自己作决定。”

“马穆特，如果雷奈克给我信号，我可以不去吗？”

“对。”他看见她皱着眉头，“你后悔上了他的床吗？”

“后悔？”她摇摇头，“没有。雷奈克做得很好。很温柔，不像勃劳德那么粗鲁，雷奈克很喜欢我，很会做，我没有因为雷奈克后悔。只是后悔惹乔达拉生气了。雷奈克很会做爱，但他毕竟不是乔达拉。”

20

迎着怒吼的狂风，爱拉摇摇晃晃地艰难前行。她转过脸，防止狂风夹带的刺骨雪花砸到她脸上。每当她谨慎地向前走一步，都会被一股巨大的力量重重地推回来。狂风夹杂着暴雪，疯狂地嘶吼着，雪砸在脸上，爱拉感到一阵阵痛。她挣扎着睁开了眼，看了一眼又迅速转身，向前移动几步。迎着怒吼的狂风，爱拉又看看前方。前面就是光滑的圆门。她终于碰到了坚固的象牙门，长长地舒了一口气。

“爱拉，暴风雪这么大，你不应该出去的！”狄琪说，“出门几步你就会迷路的。”

“可是，暴风雪吹了这么久，威尼和雷瑟不知道去了哪里。”

“找到它们了？”

“嗯。它们常在河湾附近吃草。那儿暴风雪不太大，草被埋得浅一点儿。雪都堆在另外一边。我有食物，可是没有草了。就算刮暴风雪，它们也能找到草。等它们回来，我给它们准备好水。”爱拉跺跺脚，说道。抖掉风衣上的雪。她走进屋里，把衣服挂在门口的架子上。

“你们敢相信吗？这么恶劣的天气，她还往外面跑！”狄琪大声对第四火塘的人说。

“为什么要出去呀？”托奈克问。

“马出去吃草，但是我……”爱拉回答道。

“你出去了好久，”雷奈克说，“我问马穆特，他说看到你在马棚。但是我到的时候，你已经不在了。”

“爱拉，我们都很担心你。”特鲁妮说。

“乔达拉发现你的风衣不在，马也不在了。他猜你是去找它们。”狄琪说，“我们想还是要出去找你。我正看着外面的天气，就看到你回来了。”

“爱拉，天气这么恶劣，你要出去，一定要跟个人说。”马穆特轻声责备。

“你不知道，天气这么恶劣，你跑出去，大家有多担心吗？”乔达拉说。他显然很生气。

爱拉刚想解释，人们又说了起来。看着一张张望着她的脸，爱拉觉得很不好意思。“对不起。让大家担心了。我一直一个人住，没有人关心，想外出就外出，想回来就回来。我还不适应别人关心我。”她望着乔达拉，又望望大家。乔达拉转过头去，马穆特发现爱拉皱起了眉头。

乔达拉从关心爱拉的人群中走了出来，他有点儿不好意思。她也没错，她一直独自生活，也过得很好。他根本没有资格管她，或者责怪她没跟别人说就出去。可是，他发现她不见了，而且可能碰上暴风雪，他就很担心。他遭遇过恶劣的天气。他的家乡，冬天就很冷，可是他从来没遇到过这么恶劣的天气。暴风雪好像不间断地吹了一整个冬天。

没有人比乔达拉更在乎她，可是他并不想让她知道。从她被收留的那一晚开始，他就没怎么跟她说过话。起初，因为她选择了别人，他很受伤，受到了打击，也很矛盾。他妒火中烧，可是他又不敢承认对她的爱，他还因为与她同行而感到过羞愧。

爱拉没再跟雷奈克睡过，可是乔达拉每天都害怕她去。让他焦虑不安，爱拉没睡觉，他就不离开猛犸火塘。他们睡在同一张床上的时候，他背对她，不碰她，害怕自己会突然失控、崩溃，恳求她的爱。

可是爱拉知道他躲避她的原因。她想跟他讲话，可他的回答总是很冷淡，或者就应付一下；她搂他的时候，他也没有任何回应。她以为他已经不爱她了，特别是他做了一张单人的皮毛被子，她就睡在他旁边，他却不再触摸她炽热的肌肤。他跟韦麦兹、达努格在厨房里建了一个加工燧石的空间，白天，乔达拉大部分时间都待在那儿，他不能忍受跟韦麦兹在狐狸火塘劳动，那离爱拉和雷奈克一起睡过的床只有一个走廊。

几天后，她的示好频频遭到冷落，她很困惑，犹豫不决，慢慢地就跟乔达拉疏远了。到现在，他发现他们之间的问题都是他一手造成的，可是他没有办法挽救。虽然他对女人很了解，也有很多经验，可是对于恋爱却完全不懂。他觉得自己不想告诉爱拉真实的想法。他想到了那些跟在他身后、向他示爱的年轻女人，他对她们都没感觉。这样只会让他很难受，想要逃离。他不想爱拉也对他有这种感觉，所以他犹豫不决。

雷奈克也知道他们没再分享过快感。他时时刻刻地思念着爱拉。虽然他没有表现，可是他一直关注着她什么时候入睡，什么时候起床。她吃过什么食物，跟谁说过话。他尽量多地在猛犸火塘。在人群中间，雷奈克总能跟别人开玩笑，他的机灵逗得大家都很高兴。可是他也很小心，不管爱拉在不在，都尽量不惹怒乔达拉。乔达拉知道雷奈克很会说话，而他自己却没有这么机灵。雷奈克健壮的身体和由内而外的自信，让乔达拉觉得自己像个傻瓜。

天越来越冷，乔达拉和爱拉也越来越冷淡。乔达拉害怕自己会彻底输给那个皮肤黝黑、魅力四射的异族男人。他努力说服自己保持公平心态，让爱拉决定，毕竟自己根本没有权利要求她。但他将同她保持距离，好让她没有表态和选择的机会。

恶劣的气候似乎并未影响马穆塔人的生活。他们储存了很多食物，在温暖舒适的安全长屋里安排了娱乐活动。空闲的时候，老年人们会聚在厨房，喝茶、讲故事、回忆过去、谈天说地，还用刻着花纹的象牙和骨片玩游戏。年轻人就在猛犸火塘，嬉戏、唱歌、吹奏乐器。人们的性格迥异，孩子们总是最讨人喜欢的。时下正是人们休息的时间，大家制造和维修各式工具、武器、器具和饰品；编篮子和垫子，雕刻象牙、骨头和鹿角；做皮带、绳索和网，还做衣服。

爱拉对马穆塔人的皮革加工技艺，特别是染色技艺很感兴趣。她对刺绣、羽毛和串珠子的细活也很好奇。在她眼里，佩戴饰品和缝制衣服都很新鲜。

“你答应过，我准备好毛皮，就教我把它染成红色。”爱拉说。

"好,我来教你,"狄琪说,"让我们来看看它。"

爱拉从床头的柜子里,拿出一张新鲜的毛皮打开来。它接近白色,很柔软而且有弹性。狄琪挑剔地观察着。她已经看过爱拉是怎么加工的,虽然没说话,兴趣却很浓厚。

爱拉先用一把锋利的刀去除毛发,接着放在火上烤;再挂在一根巨大的光滑的猛犸腿骨上,用燧石片再进行刮擦。她先从内部开始,除去了残留的脂肪和血管;再刮去外皮的颗粒物。

她根据狄琪的经验,把毛皮卷起来放在火堆旁,等它腐烂之后,毛就会掉下来。

接下来也是听取了狄琪的建议。浸泡洗过之后,爱拉想跟平时一样把脂肪抹在毛皮上,让它变软。狄琪教她做动物大脑汤,来泡毛皮。爱拉又惊讶又高兴。她把大脑抹上去的时候,就感觉到了毛皮的变化,变得柔软而有弹性。不过,毛皮要在晒干后才能用。晒干的时候,需要不断拉伸,成品的质量就是取决于这个步骤。

"爱拉,你很擅长做皮革。野牛皮很硬,可是这个却柔软。手感太好了。你想用它做什么呢?"

"还没想好呢,"爱拉摇摇头,"我想把它染红。你觉得做什么好?靴子?"

"它很有韧性,做衣服也会很柔软。我们先把它染色。之后再想想做什么。"狄琪说。她们一起走向最后一个屋区,她问道,"如果不把它染色,现在你会怎么做?"

"我会把它挂在浓烟滚滚的火堆上,这样,就算被淋湿了,也不会变硬。"爱拉回答。

狄琪点点头表示赞同。

经过鹤火塘的时候,她们碰到了克罗兹,爱拉突然想起一件事。"狄琪,你会把皮毛染成白色吗?像克罗兹的衣服?我喜欢红色,但我认识一个人,很喜欢白色,我想学习一下这种染法。"

"把皮毛染成雪白是很困难的,不过克罗兹可以教你,她比我厉害。你需要白垩,韦麦兹应该有。燧石就是在白垩中找到的,他在北边石矿里发现的燧石外面都有一层白垩。"狄琪说。

两个年轻女人拿着杵和臼和几团不同形状的红赭石颜料回到猛犸火塘。狄琪把脂肪放在火堆上融化,把五颜六色的颜料放在爱拉身边。黑色是木碳,蓝黑色是锰矿石,黄色是硫黄,还有五颜六色的矿石:褐色、红色、紫色和黄色。臼是天然的碗形的骨头,比如鹿的额骨,或者用花岗岩或玄武岩凿成的,像个石灯。杵是用坚硬的象牙骨磨成的,或者是天然的长形石棒。

"爱拉,你想染什么颜色?深红,血红,猩红,还有橘红,跟太阳的颜色很像。"

爱拉没想到有这么多选择。"我也不知道……亮红吧。"她回答。

狄琪看了看这些颜料。“那得用这个，”说着，她拿起一块艳丽的土红矿石，“再加点儿黄色，红色就会更明亮，应该是你想要的颜色。”

她把土红矿石放到石臼里，接着教爱拉如何把它捣碎，然后在另一只臼里捣碎了黄色矿石。狄琪用第三只臼把两种颜色混合在一起，觉得满意了，又加入了热脂肪，把颜色变得更明亮了。爱拉笑了。

“对。就是这个颜色，漂亮的红色。”她说。

接着，狄琪拿起一根已经被劈开的鹿的肋骨，突起的一头露出了孔洞丰富的内骨。她用一根杆子挑起一块冷却的红色脂肪，抹在野牛皮上，用力按压。矿物颜料瞬间渗进了孔隙中，变得光泽夺目。

看了一阵了，爱拉拿起另一根肋骨，学习狄琪的动作。狄琪一边看着她，一边帮她纠正。抹完了一个角，她叫爱拉歇一下。

“你看，”她拿着毛皮的一角，洒了几滴水，“看到了吗，水流下来了？”水溅上去又流了下来，丝毫没有渗进抛光后的皮子，甚至连一点儿痕迹也没留下。

“想好用它做什么了吗？”妮兹问。

“还没呢。”爱拉说。她把野牛皮拉开来给莱达格看，自己也在欣赏。这是她的，是她加工、处理的，她从来没有过太多红色的东西。“对家族来说，红色是很神圣的。如果可以，我真希望能把它送给克莱伯。”

“这是我见过的最好看的红色。要是有人穿着这样的衣服，肯定很远就能看见。”

“还很柔软。”莱达格叹了一口气。他常来猛犸火塘，她也很欢迎他。

“狄琪教我用脑子让它变软，”爱拉笑着说，“以前我用的是脂肪，不好做，而且很脏。原来野牛的脑子那么好用。”她停下来思考，接着问，“狄琪，所有动物的脑子都可以吗？”狄琪点点头，她又问，“用多少呢？驯鹿用多少？兔子用多少？”

“圣母穆特很聪明，”雷奈克笑了笑，回答道，“赐予每只动物足够的脑子来保存它的毛皮。”

莱达格呵呵地笑了，爱拉有点儿不解，接着也笑了，“脑子既然够用，怎么会被抓住？”

雷奈克笑了，爱拉也跟他一起笑。她很高兴自己明白了他的玩笑。她越来越适应他们的语言了。

乔达拉正好走了进来，见到爱拉、雷奈克高兴地大笑，觉得胃里一阵翻涌。马穆特看到他闭上双眼，好像很痛苦。他看了妮兹一眼，摇了摇头。

跟在他身后的达努格看他突然停下来，扶着柱子，低下头。乔达拉和雷奈克对爱拉的感情，和由此产生的问题，大部分人都是知道的，只是不想承认，也不想干预，给他们足够的空间，自己解决问题。达努格想帮助他们，但是他也很困惑。雷奈克是他的兄弟，是妮兹收养了他，可是他喜欢乔达拉，同情他的遭遇。对爱拉，他有一种强烈的模糊的感情。在她的身边，会不自觉地脸红，还会有生理反应。他觉得自己跟她很亲近。她常觉得自己生活有新的变化和情感也变得复杂,处理这种事情,她显得手足无措。

乔达拉深深吸了一口气,抬着头走进屋。爱拉一直看着他。他到马穆特身边,给了他什么东西。她看到他们聊了几句,很快乔达拉就走了,没跟她说一句话。她完全忘了自己正在跟别人说话。乔达拉一走,她走向马穆特,没听到雷奈克在问她话,也没看到他脸上闪过的失望神色。他开了个玩笑,想掩盖自己的失望,她依然完全没听见。妮兹发现了他受伤的眼神。她对他细微的情绪变化很敏感。只见他咬咬牙,抬起了肩膀。

她想劝劝他,告诉他自己这么多年的经验,可是她还是忍住了。她想,解铃还须系铃人。

马穆塔人一直都是群居的,他们一定要互相宽容。除了思想,大家在营地里没有任何的隐私。所以,大家都很小心翼翼,不询问太私人的问题,也不会未经允许公开别人的秘密,至多只是给人提些建议。他们从不干涉别人吵架,除非是场面失控了,或者伤害、打扰到别人。如果有争斗发生,他们反而会安静地看,耐心地等,一直到双方要求第三方介入时再插手。第三方并不是裁判,通常也只是努力劝双方彼此妥协。这里的人们都很善良。

"马穆特,"爱拉说,紧接着她就发现她不明白自己到底想说什么,"嗯……我觉得现在正好可以制作治疗关节炎的药物。"

"我没意见,"老人笑着说,"很久没有舒服地过冬了。爱拉,我很高兴你能来这儿。我先把乔达拉的刀放起来,就跟你一起。"

"你赢了乔达拉的刀?"

"我跟克罗兹玩掷骨游戏,他在旁边看,觉得很有意思,我就叫他参与。他很想玩,可是没东西可以赌。我说,有本事的人肯定是有东西可以赌的。我说我想赌一把特别的刀。他输了。他不该待在待在地跟神灵的侍者打赌。"马穆特自豪地笑了,"就是这把刀。"

爱拉点点头,她的好奇心得到了满足,可是她还想知道,乔达拉为什么不理她。参观爱拉的红色皮革的人们都走了,离开了猛犸火塘。莱达格留了下来,陪爱拉和马穆特。他想看看她给马穆特治病。便安静地坐在床角。

"先用热泥敷。"说着,她把几种药材混合在木碗里。

马穆特和莱达格看着她计量、混合药材,烧热水。马穆特问:"你用的是什么药?"

"我不知道你们叫它什么。"

"描述一下,也许我能告诉你。我的使命要求我必须认得一些植物和药材。"

"一种比膝盖略高的植物,"爱拉说着,一边认真地回想,"叶子很大,颜色并非嫩绿,好像有层灰覆盖似的。叶子有尖,背面像绒毛一样柔软。这种植物的叶子和根须能治很多病,特别是骨折。"

“雏菊！肯定是雏菊。还有什么？”他觉得很有意思。

“还有一种植物，小一点儿，没膝盖那么高，叶子也有尖，像韦麦兹的梭镖那样锋利。四季常绿，通体油亮，茎是从叶子里生发出来，开浅色带红点的花，能消肿，对皮疹也有疗效。”爱拉说。

马穆特摇摇头，“冬天也是绿的？花还带着红点……我不认识，暂且叫它斑点冬青吧。”

爱拉点了点头问：“还想知道别的植物吗？”

“对。你再说一种吧。”

“比塔鲁特还高的植物，跟树差不多高了。在水边生长。冬天结深红色的果实。嫩叶很可口，但成熟的人叶片味道太刺激，吃了会觉得恶心。根晒干了做成泥敷，可以消肿止痛。我在茶里放点儿浆汁，就能治关节炎了。你认得这种植物吗？”

“不，应该不认得。不过，只要你认得，我就很高兴了。”马穆特说，“你给我治关节炎的药很管用，你很会给老人开药。”

“克莱伯也老了。他是跛子，关节疼得厉害。我跟伊扎学如何治疗他。后来我又治疗家族里其他人。”爱拉的视线从药材上移开，她看着马穆特，“克罗兹肯定很疼，她年纪很大了。我想帮她。马穆特，你觉得她会同意吗？”

“她不想承认自己年纪大。她年轻的时候很漂亮。不过你说的也对。可以问问她，不过最好别伤她自尊。她就只剩下这点儿自尊了。”

爱拉点了点头。一切准备就绪，马穆特脱掉了衣服。“敷完你就可以歇一会儿了，”她说，“我这儿有特制的植物粉，放在火上烧一下，你就会出汗，能缓解疼痛。你晚上睡觉前，可以用苹果汁和草根做的水洗一下……”

“是辣树根吗？妮兹用它来煮食物。”

“应该是，跟苹果汁一起，加上塔鲁特的酒，喝了之后全身都会暖暖的。”

爱拉把黏稠的热药泥敷在老人的关节上。老人很舒服地闭目养神。

“这只胳膊恢复得不错，”爱拉给受过伤的手臂上敷上药，说，“当时肯定伤得很厉害吧。”

“是的。”说着，马穆特睁开眼，看了一眼静静聆听的莱达格。他只跟爱拉讲过这段经历，“莱达格，你也应该知道了，在我年轻时，有一次从悬崖上摔下去，手臂骨折。我晕死过去，幸好后来遇到了克兰人，也就是家族人。我被他们所救，跟他们一起生活了很久。”

“所以你学手势语才能学的这么快！”莱达格笑着说，“我还以为是你很聪明呢。”

“小伙子，我本来就很聪明呀，”马穆特笑了笑，“爱拉一提醒我，我就都想起来了。”

莱达格哈哈大笑。除了妮兹和狮子火塘的亲人，他爱眼前的两个人胜过任何人，爱拉的到来，让他感受到前所未有的幸福。他第一次可以加入大家的聊天，让别人明白他，逗大家笑。他看爱拉给马穆特医治，能感受到她的认真和娴熟。当马穆特看他的时候，他打了个手势语："爱拉是个好医者。"

"家族的女巫医医术都很精湛，她继承了衣钵，自然本领出众。我的手臂也只有她们能治好。当时，我的胳膊皮肉分离，沾上了泥土，断骨头也露了出来。尤芭帮我清洗和包扎，伤口没有流脓，我也没发烧，甚至从没肿起。治好之后，我的手臂灵活如初，只是在最近这几年开始觉得有点儿疼。爱拉是从救我命的女巫医的外孙女那儿学的。我听说她是最厉害的。"说着，马穆特看着莱达格的反应。男孩疑惑地看着他们，好奇他们是如何认识同一个人的。

"对，跟她妈妈的好外婆一样，伊扎是最厉害的。"说着，爱拉把药敷好。她还没发现男孩跟老人无声的交流。"她遗传了她母亲和外婆的所有知识和记忆。"

爱拉把火堆里的石头放到马穆特的床边，用棍子夹了几块点燃的炭放到石头上，再撒上蜜花根粉。她拿来了被子，给马穆特取暖。她把被子放在他周围的时候，他一只手撑起身体，意味深长地看着她。

"家族人有的地方是很特别的，很多人都没有发现。他们不是不交流，也不是交流方法特别，而是他们的思维方法不同。假如医治我的尤芭，伊扎的外婆，她遗传了妈妈和外婆的记忆，那你是怎么学会的？你不是没有家族记忆吗？"马穆特惊讶地发现爱拉尴尬地羞红了脸，低下了头。他又问："我说错了吗？"

爱拉抬头看了他一眼，又低下了头。"你说得对，我是没有家族的记忆。"她说。

"可是……"

爱拉望着他。

"你没有家族的记忆，但你有别的遗传，对吗？"

爱拉避开了他的目光。他是怎么知道的？她没有跟任何人说过，连乔达拉都没有说，因为连自已都不敢承认。

"你的遗传跟你的医术有关系吗？"马穆特问。

她看着他，摇摇头。"是这样，"她用眼神乞求他相信她，"伊扎从我很小就开始教我，那时候我比鲁琪还小。伊扎知道我没有记忆，但她让我一遍遍重复，强迫我记住。她很有耐心。大家都不理解她，说她想教会我的想法是愚蠢的。我也的确很笨，总是记不住。但她根本不听他们的。她告诉我，我只是很特别，但我不想与众不同。我发誓一定要记下来。终于，我学会了用自己的方式记忆。当我的进步越来越快时，人们终于不说我笨了。"

莱达格瞪着大大的眼睛。他比别人更能理解爱拉的想法，他不知道竟还有人跟自己同病相怜，而且那人竟是那么优秀的爱拉。

马穆特惊讶地望着她："所以你拥有了伊扎作为家族人的'记忆'?！真是了不起。那些记忆是他们代代相传的，对吗？"

莱达格全神贯注地听着,他觉得接下来的内容会对他有深刻的意义。

"对,"爱拉回答,"但我并没有记住她全部的记忆。伊扎无法把她的记忆都教给我。她告诉我她也不知道自己的知识有多少,只是教我学习的方法,如何证明,如何试验。后来,我长大了,她说我是她女儿,是她家族的女巫医。我问她,我不是她的女儿,怎么能继承她的记忆呢?于是她告诉我,我有别的能力,比如出众的记忆力。伊扎觉得我应该具有外族最好的女巫医的血统。她说,我总有一天也可以成为最优秀的女巫医。"

"她是什么意思?你明白你自己拥有什么能力吗?"马穆特问。

"我觉得我是明白的。当有人感觉不适,我可以马上从他们的眼神、脸色和呼吸判断出病症所在。我会思考,知道应该问什么问题,然后开出有不同针对的药方。有时我还会尝试新药,比如用酒治疗关节炎。"

"伊扎也许是对的,最好的医师就应该有这样的能力。"说着,马穆特又产生了一个想法,继续说,"爱拉,我发现你不同于我认识的所有医师——你治病时只用到草药和各种不同疗法,而其他的医者则还要向神灵求助。"

"我不懂神灵。家族里只有莫格乌懂。如果伊扎需要神灵的帮助,她会去找克莱伯。"

马穆特看着年轻女人的眼睛:"爱拉,你想要神灵帮助你吗?"

"当然,可是我问不了莫格乌。"

"不需要问任何人。你可以做自己的莫格乌。"

"我做莫格乌?怎么可能,我是女人啊。家族的女人做不了莫格乌。"爱拉被他的话吓了一跳。

"但是你并不是家族的女人,而是马穆塔的爱拉,是猛犸火塘的女儿。最优秀的马穆塔医者自有其跟神灵交流的方式。爱拉,你是优秀的医者,没有神灵的帮助,你怎能成为最优秀的呢?"

爱拉有点儿不安,觉得胃部一阵紧缩。伊扎说她肯定会成为最棒的女巫医,但马穆特又说没有神灵的帮助她就不可能实现理想。爱拉想,马穆特说的一定是对的——伊扎不也常常需要克莱伯的帮助吗?

"马穆特,我想我愿意这样做。但是我完全对神鬼世界一无所知。"爱拉没有信心,甚至有点儿恐惧。

马穆特觉得时机成熟了,他从内心鼓起强大的力量,有力地对她说:"不,爱拉,你懂的,对吗?"他严肃地说。

她恐惧地瞪大眼睛,叫道:"可我不想懂!"

"你也许会因为不理解而害怕,这我能理解,但我能帮助你,帮助你从中获益。你注定是猛犸火塘的人,注定将知晓圣母的秘密。不管你在什么地方,你都会不自觉地被它吸引,它也会跟随你,你根本无从躲避。可是经过训练,你不但可以控制、还将利用那股神秘的力量。爱拉,侍奉圣母的使命是命中注定的,你不可能违背。”

“我的命运是治病救人。”

“对，这也是你的宿命，这也是侍奉圣母的一种方式——但说不定她会让你用另外的方式侍奉她。爱拉，你得做好准备，我知道你想成为最优秀的女巫医，但你也知道，有些病是药物和疗法也无法治愈的——比如，你将如何治疗那些一心赴死的人？再者，如果有人死去，你又给那些悲痛欲绝的亲属开出什么药方？”

爱拉低下了头。当伊扎死的时候，如果她知道该如何治愈心痛，她就不会断奶了，也不会把自己的儿子送给别人抚养。她不禁在想，如果有天她治疗的病人出现了相同的情况，神灵会帮助她找到解决的办法吗？

莱达格看到局面变得紧张，知道自己已经被遗忘了。他不敢动弹，害怕打扰他们重大的讨论，虽然他并没太理解其中的意义。

“爱拉，你在担心什么？告诉我，你为什么离开家族？”马穆特和蔼地说。

爱拉一下站起身来，把温暖的毛皮放在老巫师身旁：“这样可以保温，让药泥的药效持久。”她已经因为心绪不宁而语无伦次了。马穆特躺了下来，没有继续追问——他知道她需要时间。爱拉很不安，眼神紧张而恍惚。突然，她转过身看着老巫师。

“我并不是故意的！”她说。

“什么？”马穆特说。

“我不是故意去山洞……不是故意去偷看大莫格乌的。”

“爱拉，你在说什么？你什么时候去的山洞？”马穆特知道在克兰人的某些仪式里，女人是绝对禁止参加的。他知道爱拉一定是做错了什么，触犯了戒律。

“家族大会的时候。”

“就是七年一次的家族大会？”

爱拉点点头。

“那是多久以前的事了？”

爱拉认真地想了想，集中注意力后她稍微清醒了一些。“是一个春天，杜尔克出生没多久。到明年夏天，就满七年了。到时候，家族人将会去参加大会，还将带尤拉回去。尤拉和杜尔克也将完成婚配。我的儿子终于要成为男人了！”

“爱拉，真的吗？他才七岁，就要婚配了？”马穆特问。

“没那么小。还要大三四岁。他当时跟德鲁韦一样，还只是个婴孩，但尤拉的妈妈为了尤拉，提前跟我商定了两个孩子的婚事——尤拉也是个混种孩子。我们同意让尤拉先跟布仑和爱菠拉一起生活，等他们长成后就完婚。”

莱达格难以置信地看着爱拉。虽然他没完全听懂，但有一点是听明白了：她有个跟他一样的混血儿子，而且仍跟家族人生活在一起！

“爱拉，七年前的家族大会上到底出了什么事？”马穆特问，他认为有必要继续这个话题。他觉得这件事对爱拉来说一定非常重要。

爱拉痛苦地闭上眼睛:“在大会之前,伊扎病重,不能前往,她跟布仑说我可以代替她行使职责,于是我跟家族一起去了大会。大会上的仪式是由布仑主持的。伊扎嘱咐我要嚼碎根块来制作饮料,但因为太过神圣,所以从未当面演示过,我也不能事先练习。伊扎说千万不能把汁液吞下去,而要全部吐到碗里,但我还是吞下了一点儿。后来,我只记得我迷迷糊糊地走进山洞,顺着火找到了莫格乌。其他人没发现我,但是克莱伯察觉到了。”

爱拉边说边来回踱步,显得很焦虑:“洞很深,我好像在往下沉。”她紧张地耸着肩膀,双手交叉揉搓着胳膊,好像感觉到寒冷,“后来克莱伯跟了上来。他带着我一同经历了不可思议的事。”

她顿住了,开始一言不发地走来走去,最后终于停了下来,接着说道,“事后,克莱伯勃然大怒。这件事我从来没跟你提起,因为一想起来我就很害怕。”

马穆特明白了她的遭遇。他也参加过一次家族的仪式。仪式上,他们会用特殊的方法处理一些植物,他也随之有了不寻常的经历,但后来在他成为马穆特以后就再也没有体会过了。他满腹疑问,正想询问,爱拉又开口了。

“我一直想扔掉根。但伊扎说它很神圣。”

马穆特半天才反应过来。他不敢相信自己的耳朵,震惊地差点儿站了起来。

“你还带着它?”他问,难以抑制激动。

“我在走时把药袋也带上了。根就装在药袋里的红袋子里。”

“你觉得它还能用吗?你已经离开家族三年多了。这么长时间,它会不会失效了?”

“不会的。根是用特殊的方法风干的,能存放很久。”

“爱拉,”马穆特说,想找到合适的词,“拥有它是很幸运的。你知道,战胜恐惧最好的方法就是直面它。你愿意再用那个根吗?为了你我?”

爱拉浑身开始发抖,“马穆特,我不知道,我真的很害怕。”

“不是说现在,”他说,“等你多加练习,做好准备之后再说。这是个特别的仪式,有重要的意义。可以等到春天,等到万物复苏的时候。”他发现她还在不停战栗,“当然了,决定权在你手上。你不用现在就决定,我只想让你同意我进行训练和准备。春天的时候,如果你没准备好,你也可以拒绝。”

“怎么训练?”爱拉问。

“我想,你首先得学一些歌,还有猛犸头骨的用法。接着,再学习一些符号和记号的意义。”

莱达格看到爱拉闭上眼睛,双眉紧锁。他希望她能接受这个提议。在刚刚的对话中,他了解了那么多关于自己母亲族人的事,超过了过去所有的总和。假如马穆特和爱拉能够举行一次家族仪式,他相信自己一定会了解更多,受益匪浅。

爱拉睁开眼睛,眼底仍满是焦虑,但她控制住了情绪,点了点头:“好的,马穆特，既然你肯帮我，我会尽最大努力，勇敢地面对神灵。”

马穆特重新躺了下来，没有发现爱拉的手握紧了她脖颈上有纹饰的小袋。

21

“呼！呼！呼！三！”克罗兹叫道，一边数着在柳条碗里有条纹一面朝上的碟子，一边轻轻地笑着，透出一份精明。

“又到你了。”妮兹说。她们在地上坐着，边上有一个圆形的黄土色土坑，这个土坑是塔鲁特用来制定打猎计划的时候用的。“你还有七个，那我再和你赌两个吧。”说着，妮兹又加了两条线到土坑光滑的面上。

克罗兹拿起了柳条碗，又摇晃起了里边的七个小象牙碟子。这些碟子的中心都微微隆起，所以可以在平面上摇晃起来。它们一边是平滑的，另外一边则刻上了一条一条细线并印上了颜色。克罗兹把浅碗放在她边上，紧接着把里面的小碟子往上抛向空中，又迅速地接回碗里面去，动作十分灵巧。这一次，条纹朝上的小碟子有四个，而平滑面朝上的只有三个。

“你瞧。这次是四个朝上了！只剩下三个了，那么我再赌五个！”

爱拉坐在旁边的垫子上，从她的木杯子里面吸了一口茶，看着克罗兹再次把小碟子放在碗里摇晃起来，抛到半空，接住，这一次条纹朝上的有五个。

“我赢了！你还要再来吗，妮兹？”

“嗯，那再来一次好了。”妮兹一边说，一边伸手晃动着柳条碗，把小碟子抛向空中，再接住。

“有一个黑条纹！”克罗兹指着其中一个条纹黑色朝上的小碟子说道，“你输了！一共欠我十二个。还要不要再赌一次？”

“不了，今天你运气太好。”妮兹说着，直起身子站了起来。

“爱拉，怎么样？”克罗兹说，“想和我玩一次不？”

“我不太会玩这种游戏，”爱拉说，“有时候我连碟子都接不全。”

在这漫长的冬季严寒不断加深的时候，爱拉多次在旁边观察过这种游戏，但是很少亲自下场。即便是下场玩了，也不过是练下手。她知道，克罗兹是个很认真的玩家，不会为了练手去玩这个游戏，并且对技术不到家、优柔寡断的玩家会表现得非常不耐烦。

“那么，玩跖骨游戏如何？那个不需要任何技巧。”

“好的。但我不知道赌什么好。”爱拉说。

“妮兹和我玩的时候都是先记下来，以后再算的。”

“可不管是现在还是将来，我都不知道要赌什么好。”

“你当然会有能做赌注的东西，”克罗兹不耐烦地说着，她急着要开始玩，

“某种有价值的东西就可以。”

“那你也会用有同等价值的东西做赌注吗？”

克罗兹用力点了一下头，说：“必须的。”

爱拉眉心紧锁，聚精会神，“要不用皮草，要不用皮革，要不我替你做点儿什么。等等，我觉得我想到要赌什么了。乔达拉和马穆特的赌注都是自己的专长。他输了之后，就给马穆特做了一把特别的刀。我们也可以以专长为赌注吗，克罗兹？”

“为什么不呢？”她说，“我会在这儿记下来的。”克罗兹一边说，一边用刻刀刀身抚平泥土，她从身旁的地面上抓起两件东西，摆了出来，一只手里放着一个。“我们每局游戏都要抢三，你猜到了，你就得一个标记；猜错了呢，我就得一个标记。谁先拿到三个标记的，就算谁赢。”

爱拉看了看她拿着的两块麝牛掌股，一块上面是红黑条纹，另一块上面是平的。“我要选中平的那个，对不？”

“嗯，”克罗兹眼中闪过一丝狡黠的光，“你准备好了吗？”她把两块跖骨夹在两手之间，相互搓着。可她的眼睛却瞄向了在火石加工区坐着的乔达拉和达努格，“他果真如他们说的那么好吗？”她说着，向着他所在的地方抬起了头。

爱拉扫了一眼那个男人，他金黄的脑袋和那个红发小孩的头紧挨在一起。等到爱拉把视线收回来的时候，克罗兹已经把双手放到后背了。

“的确，乔达拉是个不错的人。”她说。

难道克罗兹是有意把她的注意力引到别的地方，分散她注意力的吗？爱拉审视着这个老妇人，注意到她肩膀的倾斜，仰头的方式，以及脸上的神情。

克罗兹的双手举到身前，两只拳头里面都分别紧握着一块骨头。爱拉认真地盯着克罗兹，看着那张满脸皱纹、面无表情的脸，和她那双因关节炎而变白的老手。

好像其中一只手更贴近她的胸部？爱拉选了另外一只手。

“你输了！”克罗兹兴奋地叫道。她把那只手张开，手上放着那块刻有红黑条纹的骨头。她在画那三个标记的地方加了一条小短线，“准备好再猜了吗？”

“来吧。”

这一次，克罗兹一边在嘴里哼唱着，一边在手掌里搓着两块骨头。她先合眼，然后张开，死死盯着屋顶看，好像是在烟囱边上发现了什么有趣的东西。爱拉也忍不住想知道那里有什么吸引人的东西，就顺着克罗兹的视线望去。可她突然又想起刚才克罗兹分散她注意力的把戏，就迅速收回目光，正好看到这个狡猾的老妇人看了一下手心，又迅速地把手藏到身后。那张老脸上又掠过一丝会意而又略带敬意的微笑。克罗兹肩膀和肌肉的移动暴露出了她身后双手的动作。难道克罗兹认为爱拉已经看见了其中一块骨头，在交换位置吗？还是她故意让爱拉产生这种错觉的？

这个游戏不仅仅只是猜测，爱拉想，亲身体验比在旁边看着有趣多了。克罗兹再次伸出了她粗大的拳头。爱拉故作不经意地审视着克罗兹。这么做，首先是因为直盯着人看是不礼貌的行为，其次，她也不希望克罗兹发现她在找什么。这非常难以判断，克罗兹是这个游戏的老手，不过一边的胳膊似乎比另一边的略高一点儿。爱拉故意选择了她自己认为克罗兹想让她选错的那只。

“啊哈！你又输了！”克罗兹非常得意，飞快地又加了一句，“准备好没？”

在爱拉点头同意之前，克罗兹已经把手放到背后，然后又拿出来让爱拉选，但这一次，她身体微微前倾。爱拉腰板往前抵了一下，咧嘴一笑。这个老女人总是变换着法子，努力避免给出相同的信息。爱拉这次选择了她认为是正确的那只手，这次她赢了，在画标记的盘上加上了一个小标记。但再下次，克罗兹又变换了法子，把手降低，结果爱拉又猜错了。

“到三了！我赢了。不过只玩一场很难检验你的运气。要不要再来？”克罗兹问。

“好。你愿意再来吗？”爱拉说。

克罗兹笑了起来，可当爱拉下面连着两次都猜对了的时候，她的表情就已经变得很难看了。在第三次搓着麝牛骨的时候，克罗兹眉头紧锁。

“看看那边！那是什么东西？”克罗兹说道，用下巴指了指她所说的地方，分明是要分散爱拉的注意力。

爱拉往那看了一眼，当爱拉把头转回来的时候，这老女人又咧起嘴来了。爱拉淡定地选择了拿着能让她赢的那块骨头的手，不过她决定得很快，不想使克罗兹太难过。她已经学会了解读这个老女人在玩游戏的时候身体做出的一些无意识的动作，因此她十分清楚光滑的骨头到底藏在哪只手里，就像克罗兹亲口对她说的似的。

爱拉知道这么轻易就识破了克罗兹的小把戏，克罗兹肯定会不高兴的。爱拉有一种特殊的本领，她对观察和解读动作和表情的细微变化特别在行，就像是身体的本能一样。家族语言的其中一个主要部分，就是要区分意思的微妙差别。爱拉已经注意到，在使用声音语言交流的人群当中，他们说话的时候身体的动作和姿势也是有不同意思的，而这些全都是人们下意识的活动。

爱拉一直都在学习着她新族人所用的声音语言，因而没有另外花心思去理解他们下意识的无声语言。不过既然她已经熟练地掌握了这些无声语言，就算不是非常精准地掌握，她还是可以扩展交流，把无声语言，这种一般不被当做是语言的一部分的下意识动作囊括到语言当中去。和克罗兹玩游戏的时候她意识到，把从家族学来的知识和洞察力运用到游戏上来，可以知道不少东西。如果在家族里面不能撒谎，因为身体的动作会出卖自己，那么她认识的外族人能向她隐瞒的东西就更少了，他们甚至都不知道自己在“说话”，不过她还不能解读外族人的身体动作，但是……她已经在不断学习。

爱拉又再次选中了拿着光滑麝牛骨的那只手。克罗兹有点儿恼羞成怒，狠狠地为爱拉刺上了第三条短线。“运气站在你那边了，现在，”她说，“既然我赢了一场，你也赢了一场，那么就扯平，把赌注给忘了吧。”

“不，”爱拉说，“我们的赌注是各自的专长，你赢了我。我的专长是药物，我会给你的。但我想要你的专长。”

“什么专长？”克罗兹叫道，“我玩游戏的专长？我这些日子来玩的最好的就是今天了，但也被你打败了。你到底想要我什么专长？”

“不，不是游戏的。我想要做白皮革。”爱拉说。

克罗兹吃惊地撑大了嘴，“白皮革？”

“白皮革，就像你在收养仪式上穿的那件。”

“可我已经好几年没做白皮革了。”克罗兹又说道。

“但你还会做的吧？”爱拉问。

“会。”克罗兹目光变得柔和，投向远方，“我在我还是小姑娘的时候就学会了，从我母亲那里。曾经有一段时间它是鹤火塘的，或许只是个传说而已，其他人都不能穿它……”老妇人的眼神变得强硬起来，“不过那已经是鹤火塘变得连新郎聘礼都给不出这么落魄之前的事情了。”她严肃地看着眼前的爱拉，“对你而言，白皮革又是怎么样的东西？”

“它非常好看。”爱拉说，克罗兹的眼神因为这句话又再一次变得柔和了，“并且白色对某个人来说有圣洁的含义。”爱拉暂停了一下，头低了下来，看了看自己的手，继续道，“我想以某个人喜欢的方式做一件特殊的外衣。一件特别的白外衣。”

爱拉没有发现克罗兹瞄了乔达拉一眼，他那时恰巧也在注视着她们，他尴尬地把头转开。克罗兹对爱拉颇有意味地摇了摇头。

“我能靠它得到什么好处？”克罗兹问道。

“你决定要教我了？”爱拉高兴地把头抬了起来，露出笑容，她在克罗兹老迈的眼睛里面发现了一丝贪婪，可不仅仅只有贪婪，还有一种久远而温柔的东西。“我可以给你制作关节炎的药，”她说，“就像给马穆特那样的药。”

“谁说我需要这种药的！”克罗兹显得有点儿愤怒，“我可没老到那种程度。”

“的确，克罗兹，你还没有那么老，但是你的手已经因为关节炎而疼痛了。虽然你自己没说痛，但你一直在埋怨其他鸡毛蒜皮的事情。作为一个女巫医，我知道你肯定是在疼。药物不能够治骨头和筋腱的疼痛，也没有什么别的办法能完全消除你的疼痛，但起码会减轻你的痛楚。热敷的话可以让关节可以顺利地弯曲活动，另外我还会制作一些止痛药，一部分要在早晨服用，另外一部分要在其余的时间里服用。”爱拉详细解释道。紧接着她又继续给眼前的这个老太太找了一个更好的台阶下，她继续说道：“我有义务给你制作这些药物，因为那是我赌输了欠下来的，同时也是我的专长。”

“好吧，我觉得我可以接受你这个赔偿。”克罗兹继续说，“但我还想要一件东西。”

“那是什么？如果我能办到的话，一定尽我所能。”

“我还想要一种白色软膏，它能够使皮肤光滑细腻，返老还童，恢复青春。”她小声地说道，站了起来，拍了一下身上的尘土，补充说，“我的皮肤在冬天老是会皲裂。”

爱拉笑着回应说：“这个我会制作。那么现在，轮到你告诉我，应该用什么野兽的皮来制作白皮革？”

“鹿皮。驯鹿的皮就非常不错，当然它最好是拿来做皮草，非常保温。其实无论哪种鹿都可以，红鹿、麋鹿、巨型鹿。但在你得到兽皮之前，你还要做一些准备。”

“什么准备？”

“你还要把你的体液给保留下来。”

“我的体液？”

“就是你的尿。不管是你的，还是别人的尿都可以，当然自己的是最好的。要从现在就开始蓄起来，虽然还不到浸泡鹿皮的时候。但这些体液得在温暖的地方放一放。”克罗兹解释道。

“我一般都在帘子后面上厕所，尿在装有猛犸粪和草灰的篮子里面，然后尿就会被倒掉。”

“别尿在篮子里面。要蓄起来，倒在猛犸头骨里面，或者用容器装着。总而言之，要存起来不能让它漏掉。”

“为什么要用这种东西呢？”

克罗兹默默地盯着爱拉看，过了许久，终于回答道：“我也不年轻了，除了弗莱莉，也没有什么亲人。一般情况下，女性都会把家传的手艺继续传给她自己的儿孙，可惜的是弗莱莉没有这个空，并且对皮革也没有多大兴趣——她喜欢的是布艺和串珠子——再者她又没有女儿，而她的儿子也都又……唉，年纪太小了。管它呢。不过，既然我的母亲把这个技艺教会了我，我就有责任把它再传下去，传给……某个人。加工兽皮是一份苦差事，不过，我也见过你做兽皮的技术，而你带过来的皮草皮革也都独具匠心，所有的这些，都是制作好的白皮革所需要的。一直以来，我都没想过要做一张白皮革，除了你之外也没有别的人想知道制作白皮革的事情，不过既然你都问了，我就告诉你吧。”

克罗兹把腰板弯了下来，紧紧地抓住了爱拉的手，“制作白色皮革的秘密就在你出的体液里边。你可能会觉得古怪，但事实就是这样的。把这些体液放置在温暖的地方一段时间之后，它就会发生变化。这个时候你要是把兽皮放在里边浸泡，就算兽皮上再细小的脂肪都会被浸泡出来，这样它所有的油脂都会被泡出来，兽皮上的毛发也会很快地脱掉，并且这样做还有防腐的作用，即便不熏制兽皮也会变得柔软,也不会发黄变色,实际上这样还能漂白兽皮,虽然也不能使兽皮漂成纯白色,但是也能接近于纯白色。等洗干净之后,拧干、再晒,晒干之后就成一张白皮革了。"

虽然有人这么请教过克罗兹,但她自己也解释不出来尿里的尿素在温暖的环境下会分解变成氨。她知道的仅仅是尿液只要久置,就会发生变化,变成可以分解脂肪的漂白剂,同时还具有防腐的作用。她没有必要了解其中的原理,也没有必要知道这种物质叫做氨,她只需要知道久置的尿液有这样的功用。

"石灰……我们这有石灰吗?"克罗兹问。

"韦麦兹有。他刚从一个石灰质的峭壁回来,带回来了一些燧石,并且他还有几块被石灰包着的石头。"

"你为什么要去问韦麦兹关于石灰的事情?你怎么知道我一定会教你这个的?"克罗兹疑心骤起。

"我不知道。一直以来我就想做一件白色的衣服。如果你不教我的话,我可能就会自己去试了,不过我不知道要存尿,也没这么想过。不过我很高兴你告诉我要怎么制作这个。"爱拉回答。

"哼,"这就是克罗兹对爱拉回答唯一的评论,她相信爱拉的话,但又不想承认。"记得要去做那种白色的软膏。"之后她又加了一句,"还有,给皮革也稍微做点儿这种软膏。我猜把软膏和石灰混在一起效果会很好。"

爱拉把帘子拉到一边,看了看外面。傍晚的风在嘶叫着,哼奏出一曲哀伤的挽歌,正好给这单调的风景和阴霾的天际做伴。她渴望从这严寒的禁锢中得到一点儿解脱,不过这压抑的季节好像永远不会完结一样。威尼发出一声鼻息,她转身发现马穆特走回去了马厩。她向着他微微一笑。

起初,爱拉就一直很尊敬马穆特,自从爱拉开始接受他的训练,这种尊敬就慢慢转变成了对老人的爱戴。在里面有一部分的原因,是因为爱拉觉得这个又高又瘦又老的巫师和那个又矮又瘸腿又是独眼龙的大莫格乌很像,这种像不仅仅体现在外表上,更体现在了性格上。她差点儿又一次和克莱伯相遇,至少是和克莱伯非常类似的人。对神灵的信仰来说,他们俩人都对神表现出了敬畏和理解,尽管他们所相信的神灵的名字也不尽相同;两个人都能让别人心生敬畏,尽管他们俩人的身体都显得很虚弱;而作为普通人来说,他们都充满了睿智。但是,她爱戴他的主因或许还是由于马穆特和克莱伯一样,欢迎她的到来,协助她了解生活,同时也把她当做是他火塘里的女儿,愿意收留她。

"爱拉,我在找你呢。我觉得你可能在这儿,和你的马待在一块儿。"马穆特说道。

"我在看着外面呢,期盼着春天能够快点儿到来。"爱拉回答道。

"现在很多人已经在开始期待天气的变化,希望看到一些新生的东西,或者做些新事。人们都对这样的环境变得厌倦起来,所以老是在睡觉。我觉得,这或许也就是宴会都争相在冬末春初举办的原因。大笑比赛很快要开始了，大家都喜欢这个节日呢。”

“大笑比赛是什么？”

“就像它字面的意思一样，就是大家都尽力去逗别人高兴。人们可以穿着搞笑的着装，或者可以把衣服前后内外地反穿，互相对着做鬼脸，做一些引人发笑的动作，相互取乐，彼此开开玩笑。如果因为这些惹到谁了，大家会为此笑的更厉害。几乎所有人都期盼着大笑比赛的到来，当然，人们最期盼的节日还是春节了。这也是我在找你的原因所在。”马穆特说，“在春节到来之前你还要学很多东西。”

“为什么大家都觉得春节那么特别？”

“我想这里面有很多缘由的。春节是一个既隆重又喜庆的节日。它的到来标志着漫长寒冬的终结，也标志着春暖花开。人们都说，如果一个人目睹了一年内所有的季节，那么他就能理解生命。大部分人都认为一年被分为三个季节。春天，是生命初开的季节，在大地母亲生命之水的泉涌之中，春天娓娓到来，大地母亲又再次把生命带来人间。夏天，是一个温暖的季节，生命在这个季节里生长和繁衍。冬天，则是属于短暂的枯萎和凋亡。然后又到了春天，生命又再次涅槃重生。对于大部分人来说，有三个季节就足够了，但是猛犸火塘还是按照每年有五个季节计算，因为五是大地母亲神圣的数字。”

尽管爱拉在一开始的时候有些抵触，但是慢慢地爱拉就发现自己被马穆特强加给自己的训练迷住了。她从中学到了很多：新观念，新思维，新的思考方式。能够发现和思索这么多新的东西，在这种情况下也能够被人们所包容而没有被排斥，是多么让人兴奋的啊。当爱拉和家族的人们生活在一起的时候，关于神灵的知识，数学的知识，甚至连打猎的知识对她而言都是遥不可及的。学习这些知识都是男人的特权，只有大莫格乌和他的助手可以钻研这些知识，但是女人是不能当莫格乌的。女人甚至不能讨论神灵和数学相关的话题。对女人来说，打猎也是不被允许的，不过男人们不会阻止女人偷听关于打猎的知识，因为男人都觉得女人们学不会打猎。

“我想复习下我们一直练的歌曲和段子，而我想把一些特别的东西，例如符号什么的，展现给你看，你一定会觉得它们有趣的，是关于药的一些符号。”

“关于药的符号？”爱拉好奇了。她当然对药物的东西感兴趣了，所以他们一起走进了猛犸火塘。

“你准备用那块白皮革制作物品吗？”马穆特问道，一边把垫子挪到了靠近他的床的火堆边上，“又或者你会把这块白皮革也留下来，就好像之前那块红色的皮革那样？”

“我还没想好应该怎么用那块红色的皮革，但我想用这块白色的做一件特别的衣服。我已经在学习裁缝技艺了，可是我手脚比较笨拙。那张白色的皮革是那么的完美无瑕，在我的裁缝到一定境界之前，我可不想就这么把它弄坏了，狄琪已经在教我了，弗莱莉也在教我，当然这得是弗里贝克没有为难她的时候。”

爱拉又砍了些骨头加到火堆里面烧，马穆特抽出了一片椭圆形弯起来的很薄很大的象牙。这个外形是通过用石凿在猛犸的象牙里面挖出一个坑，然后朝着另外一边用力地敲一下，分开了整个象牙做成的。马穆特在火堆里面拣出来了一块骨炭，爱拉这个时候拿着一块猛犸的头骨和一个鹿角做的鼓槌，坐到了马穆特身边。

“在开始练习敲鼓之前，我给你看看一些我们平常用来记忆事情的符号，比如记忆歌曲的、故事的、谚语的、地点的、时间的还有名字的。”马穆特说，“你也一直在教我们手势和符号，你也肯定注意到了其实我们也会用手势的，尽管不像家族里面的那么多。我们会用挥手来表示再见，用手势表示要别人过来，还有些别的手势，会在我们描述某个东西，讲故事，又或者在神鬼仪式进行的时候使用。这些都很简单，就像是一个家族的符号。”

马穆特随手画了一个圈，手掌心向着外面。“这就代表着‘全部’，全部人，全部东西。”他解释道，随手把那块骨炭拿了起来，“现在，我用这块炭在象牙上也画一个圈，看见了吗？”他说着画出了一个圈，“既然这个符号代表的是‘全部’，所以无论在什么时候你看到它，就算这个圈是别的马穆特所画的，它所代表的意思都是‘全部’。”

老巫师喜欢教爱拉，爱拉聪明，学得很快，但更重要的，是爱拉明显对学习有很浓厚的兴趣。在老巫师说教的时候，爱拉的情感、好奇心和兴趣总会在她的脸上展露无余，而当爱拉理解了新知识的时候，她脸上又会出现惊讶和心满意足的表情。

“我从来没这么想过。所有人都能学到这些知识吗？”爱拉问。

“有些知识是神圣的，并且只有发了誓要效忠猛犸火塘的人才能知道，但是大部分知识是有兴趣就能学的。这样就导致大部分对知识有非常高的兴趣的人最终都投身了猛犸火塘。神圣的知识通常都会隐藏在表层的意思之后，通常是表层之下的第三或第四层意思。大部分人都知道圈，”——他又在象牙上画了一个圈——“代表着‘全部’，不过它还有另一层意思。有很多符号都是关于大地母亲的，这就是其中之一。这个圈代表了造物主。还有很多线条和图形都有各自的意义，”他接着说，“这个符号代表着‘水’。”说着他画了一条波浪线。

“我们捕猎野牛的时候，在地图上我看到过。”她说，“我还以为它是河的意思。”

“对，它可以表示河流。这个符号绘画的方式、地方和绘画的工具都会影响它的含义。如果它是这样的，”他说，画了一个上面有些线段的波浪线，“那就表示水不能喝。并且和圆圈一样，波浪线也有第二层意思。那就是表示情感、激情和爱，有时候也会代表仇恨的消解。它也暗示了我们的一句古话：静水流深。”

爱拉眉头一皱，觉得这句话对她来说有些特殊的含义。

“大部分的医者都会附加一些意思到这些符号上用来帮助他们记忆，例如用来提示古话，除了关于药物和治疗知识的符号之外，其他的外人通常都理解不了。”马穆特继续说道，“我知道的很少，但是到了仲夏聚会的时候，你会遇到别的医师。他们会告诉你更多。”

爱拉对这个很感兴趣。她回忆起家族大会上遇到的别的女巫医，她们都传授了她很多知识。女巫医们和爱拉分享新的药物和疗法的知识，甚至教晓她新的节律，从中学习别人的经验。“我希望学到更多，”爱拉说，“我现在只知道家族的祖传药物。”

“爱拉，我觉得你实际知道的知识比你想的要多，自然也比很多别的医师愿意承认的多。一开始会有一小部分人愿意向你学习，不过我希望你能够明白，很多人还要一段时间才能够完全地接受你。”老人望着爱拉，又皱了下眉，老人希望能够帮助爱拉使他一开始就能轻松地介绍。可还没到担心那个的时候，他心里想，又换了个话题，“我想问问你一些关于祖传药物的事情。你都是仅仅靠记忆记住的吗？还是有什么别的办法？”

“植物在它们种子时期、幼苗时期和植株时期的样子；它们是在什么地方生长的，有什么作用；如何混合药物、怎么准备和使用它们，这些全部都是靠记忆记住的。还有别的治疗办法也都是靠记忆力的。我想出过一些新的使用药物的办法，但那也只不过因为我知道应该怎么用这些东西。”爱拉回答道。

“你不需要用符号或者是提示帮助记忆吗？”

爱拉思索片刻，一边笑着一边站了起来，拎起了医药袋，把里面的东西都在面前倒了出来，里边有很多用细线仔细绑好的小包。她拣起了两个。

“这个里面是薄荷，”她一边说一边向马穆特展示了下，“这个里面是玫瑰果。”

“你是怎么知道的？你没打开袋子，也没去嗅一下。”

“因为绑装着薄荷的那一包的线用的是灌木的多纤维树皮。绑玫瑰果的用的是马尾巴毛，并且还连打了三个结。”爱拉说，“并且只要我没有重感冒，我也能闻出气味的变化，但一些疗效很好的药味道很淡。那么就把它们和一些没有药力但气味特别重的叶子放在同一个袋子，就不会用错药了。不同的绳子，不同的结，不同的气味，还有不同的袋子。这些全部都算是提示，对吧？”

“聪明……实在太聪明了，”马穆特说，“嗯，这些都算是提示。不过这样你要记住每个袋子的线和结，对不？不过这的确是个让你不会用错药的好办法啊！”

爱拉撑开眼睛，但她一动不动地躺着。除了从被封住的火堆里透出的微光外，周遭一片漆黑。乔达拉爬上床，往四处挪动，尽量不发出声响。她曾经想过往里面挪一点儿地方给乔达拉，但又放弃了这个想法。爱拉不希望乔达拉可以轻易地动来动去。他在毛皮里缩成一团，侧卧着，一动不动地面朝墙壁。她知道他没那么快入睡，她渴望能够抚摸他，但是她之前被拒绝过，现在不想再被拒绝。如果他说他很累，或者假装已经睡着了，又或者对她没反应的话，都会伤害到她。

乔达拉一直在等爱拉的呼吸声变得均匀，表明她已经睡着了。他安静地翻了翻身，用一条胳膊把身体支起来，贪婪地注视着爱拉。爱拉的头发散乱地落到毛皮上，一只胳膊露在外面，放在一个乳房上。她全身弥漫着女性迷人的气息。他感到自己因为渴望抚摸爱拉而变得颤抖，但又知道爱拉不希望在睡觉的时候被打扰。乔达拉对爱拉和雷奈克过夜生气过后，担心爱拉再也不想他了。最近，每当他们偶然碰触，她都会反射般地回缩。乔达拉想过很多次搬到别的床上，甚至搬到别的屋子里面去，不过就算在她身边难以入睡，但也比不能在她身边睡得好。

有一绺鬈发粘在了她的脸颊，随着她的呼吸上下颤动。乔达拉伸手轻轻地拨开了这绺头发，又小心翼翼地睡到原来的位置上，慢慢放松下来，闭上眼睛，在她的呼吸声中缓缓入梦。

爱拉在梦中朦胧感到有人在盯着她看，然后就醒了。火炉已经着了，光从不太严实的火炉孔里面透了出来。她转过头，看见雷奈克正用他的黑眼睛热情地望着她。爱拉睡眼惺忪，对着他微笑了一下，雷奈克也回应了一个微笑。她已经确认身边没人了，但还是把手伸到毛皮堆上做了下确认。紧接着她撩开了被子，爬了起来。她知道雷奈克会等到她梳洗打扮完毕才会前来猛犸火塘拜访。

意识到刚才雷奈克一直盯着自己，爱拉感到有点儿不舒服。在某种程度上，这是谄媚，她清楚雷奈克的目光并没有歹意，但是在家族里边，视线越过边界去观察别人家里的生活是很不礼貌的。家族的山洞里面的秘密远远比不上马穆特地屋下面的多，但是雷奈克的目光还是如同对她隐私的侵犯，使爱拉感到紧张。她和家里面的人一起生活的时候并没有表现出什么不同的地方，这些可都是和她一起长大的人。经过在山谷里面三年的孤寂生活之后，爱拉从不曾想过会希望能自己独自一人，可她又经常渴望个人的安静和自由。

爱拉急匆匆地完成了早晨的日常事务，只吃了几口前晚的剩菜。烟囱是开着的，这意味着今天是好天气，因此爱拉决定拉着马儿出去遛遛。当她推开通向马厩的帘子时，她看见乔达拉和达努格在那里，于是她决定改变主意。

无论在马厩外面，还是在屋子外面，当爱拉想独自一人的时候，思考马儿的需要让她有机会可以远离人群，但乔达拉好像也喜欢和马在一起。当她看到乔达拉和它在一起的时候，她往往都会回避，因为她一旦走过去，乔达拉就会走开，嘀咕着说不想阻碍她和马之类的话。她想让乔达拉和动物一同相处。因为动物们不仅在维系她和乔达拉的关系，并且不管形式多么冷淡，他们也需要交流他们对马的关心。他一直想和马儿待在一起，并且对它们十分敏感，这都让爱拉觉得乔达拉需要马儿的陪伴。

爱拉走进马厩。或许会因为达努格在那里，乔达拉不会立刻走开。当爱拉一靠近他们，乔达拉已经往后缩了，爱拉只能匆忙地说一些话以进入他们的聊天中。

“你想好怎么训练雷瑟了吗，乔达拉？”爱拉问。并且微笑着朝达努格示意问好。

“训练它什么？”乔达拉问，她的提问让他有点儿不知所措。

“训练它给你骑。”

他一直就在考虑这个事情，刚刚他和达努格聊的也是这个，不过是用一种貌似很随意很随便的方式，他不希望让别人知道他很渴望能骑马。尤其是当爱拉被雷奈克吸引，他就更想骑着这匹褐色的骏马，在大草原上驰骋，如风一般。但他不知道当下是不是还要这么做，她或许会想让雷奈克骑着威尼。

“我之前想过，不过我不知道对不对……不知道应该怎么开始训练它。”乔达拉说。

“我觉得你应该不断地做我们在山谷里做的事，让它习惯在背上驮东西，习惯于搬运，但我不知道怎么教晓它让它指哪跑哪。它会听缰绳的，但我不知道你骑着它的时候，怎么能让它听缰绳指挥。”爱拉飞快地说道，一股脑儿地给出了建议，努力尝试加入到话题中去。

达努格看着爱拉，又看了看乔达拉，希望自己这个时候能够说或者做些什么，能让一切都好转，不仅仅是他们俩之间的好转，也是全部人的好转。爱拉停嘴了，一阵尴尬的沉默，达努格又急匆匆地扯开了话题。

“或许他可以从后面抓住缰绳，骑在马背上，而不是拉着雷瑟的缰绳。”达努格说。

刹那间，好像有人在一片漆黑中用黄铁石点亮了火光，乔达拉醍醐灌顶，他停止后缩，闭上了眼睛，眉头紧皱，全神贯注。“达努格，这样或许能行！”他说。由于想到了一个难题的解决方案，乔达拉兴奋起来了，暂时忘记了对未来的恐惧，“也许我可以在它的缰绳上面再绑点儿什么东西，从后面抓住它。一条结实的绳子，或者一段细的皮带……或者两个都要。”

“我有细绳。”爱拉说，留意到乔达拉的紧张减弱了几分。他训练小马的兴趣没有因此减少，让爱拉很高兴，并且很想知道这里边的原因，“我帮你从里面拿出来。”

乔达拉跟着爱拉穿过里面的拱门走进了猛犸火塘。突然，乔达拉立着不走了，这个时候爱拉刚到她藏东西的平台上去拿绳子。雷奈克正在和狄琪、特鲁妮聊天，但他刷的一下转过头对爱拉迷人地笑了笑。乔达拉感到胃里边有点儿翻滚，他合上眼，咬了咬牙齿。慢慢地退到出口去。爱拉转身递给他一小卷很柔韧的皮绳。

“这就是绳子了，非常结实。”说着爱拉把绳子递给乔达拉，“是我去年冬天做的。”她抬起头撞上了乔达拉充满着痛苦和困惑的蓝眼睛，“乔达拉，在你到我的山谷之前，在伟大的穴狮神选中了你，并且引领你走到那个山谷之前。”

他接过了绳子，急匆匆地退出了火塘。他待不下去了。这个雕刻匠不论什么时候走进去猛犸火塘，他都不得不走开。当这个全身黝黑的男人和爱拉一起出现的时候，他不能在附近，而最近这种事情时常出现。当年轻人都在这个举办庆典的地方欢聚一堂，讨论谋生技能、探讨办法和技术的时候，他只能远远地望着。他听到了人们在练习唱歌和音乐，在互相逗乐和开怀大笑。每次当他听到爱拉和雷奈克的笑声混在一起的时候，他都会感到退缩。

乔达拉把绳子搁在了小马的缰绳边上，在马厩的木钉上面取下了大衣，走了出去，向着达努格强颜欢笑。他从头上把大衣套好，把兜帽绑住脸，把手伸进袖子末端的手套里边，向着草原那边前进。

在这个季节里，狂风呼啸着卷走浮云不过是一种很稀松平常的现象，云朵散落，斑驳着的阳光从里面透了出来，不过似乎对冰冷的天气毫无影响。地上，空气干燥得噼啪作响，把人体内的湿气都凝成了水雾，在每次呼吸当中悄悄溜走。他不会在外面一直待着，但寒冷的天气使得他的头脑清晰起来，固执地提醒他生存才是最重要的事情。他不明白自己为什么那么反感雷奈克。毫无疑问，其中的一部分原因是因为他担心爱拉会被雷奈克抢走，另一部分原因是在他的想法里面爱拉是和他在一起，但他有一种无休止的内疚感，不知道自己为什么没有完全接受爱拉，他迟疑犹豫了起来。他自己都觉得和他自己比起来，雷奈克和爱拉更般配。不过至少有一件事情是确定的，那就是爱拉希望他而不是雷奈克去训练骑雷瑟。

达努格盯着乔达拉往山坡上走去，当经过乔达拉的时候，雷瑟摇头晃脑朝他嘶鸣。达努格看着这匹马，会心一笑。现在，所有人似乎都喜欢上它们了。人们轻拍着它们，和它们说话，尽管不如爱拉说的那边亲密。马儿住在地屋的草棚里边，这件事现在显得是那么的和谐自然。一开始看见马儿的时候的惊恐迷惑早就烟消云散了。他穿过第二扇拱门，看见爱拉在她的床边直立着，他停下来走到她身边。

“他正在草原上逛着呢，”达努格告诉爱拉，“在这冷风呼啸的天气下外出可不是什么好主意，某些时候还是出去比较好。”

“是想告诉我他没事儿吗，达努格？”爱拉微笑着看他。刹那间，他觉得自己笨死了。乔达拉当然不会出什么事，他有经验，能照顾好自己。“谢谢，谢谢你的帮助和好心。”她一边说，手伸了过来触碰他的手。他的手很冰，但她的触碰非常有热度，她在他心里边激起的情感波澜让他感受到了这一点，但是，在他内心的更深处，他感觉到了别的东西——友情。

“也许我该去看一下我埋下的那些套子了。”他开口说道。

“这样试一下，爱拉。”狄琪说道。

她用一小片骨头在皮革边上灵巧地凿了个小口，这片骨头是一片坚硬的北极狐腿骨，一端起初就非常锋利，之后又被砂岩磨得更锋利了。然后她把一根细筋线放到小孔边上，用锥子把线推过小孔，然后从皮革的后面抓住线，拉了出来。在皮革和另一块相连的位置上，又再凿开一个孔，重复了一遍动作。

爱拉把训练用的皮革拿回手上，用一块坚硬的猛犸皮顶着针尖，把那根锐利的北极狐骨刺过了皮革，凿开了一个小洞。然后她又尝试着把线从小洞上推过去，但爱拉不是很熟练，再次失败了。

"狄琪，我觉得我永远都学不会！"她像哭一样地说着。

"你还要多加练习，打我是小姑娘起，我就一直在做这个。对我而言当然轻而易举，你一定能够学会的，只要你不断练习，这个和用燧石针在布上切开一个缝，然后把绳子从里面穿过去是同样的道理，那个你就很在行。"

"但是用细筋线穿小孔难太多了。我穿不过去，手太笨了！我都不敢想象特鲁妮是怎么在上面缝珠子和羽毛的。"爱拉说着瞧见了弗莱莉，她正在砂石槽里边打磨着一段圆柱状的象牙。"希望她能够教教我，让我能在做完的白衣服上加些装饰，但我不知道我学不学得会。"

"你可以的，爱拉。我觉得如果你认真去学的话，没有什么事情能够阻挠得了你。"特鲁妮说。

"唱歌除外。"狄琪补了一句。

大家都大笑起来，包括爱拉。尽管她说话的声音很低，很好听，但是她却不是唱歌的料。她能够唱一部分音域里边的音，可以哼出一些安静的单音小调，并且她也确实会鉴赏音乐。跑调的时候她能够发现，她吹口哨也能吹出旋律，但说到声音的流畅性，她就非常糟糕了。像巴泽克那样的，在音乐上面有纯熟的技巧的人简直是奇迹般的存在。只要他愿意，她可以听他唱一整天。弗莱莉的声音也非常的悦耳、清脆、高昂、甜美，爱拉也非常喜欢。事实上，除了爱拉自己，狮营里面大部分人都擅长唱歌。

人们都喜欢拿爱拉的唱歌和嗓音开玩笑，还有对爱拉的口音也品头论足，不过那与其说是口音，倒不如说是说话的习惯而已。爱拉不介意这个，和大家一起笑。爱拉知道自己不能唱歌。不过也有人夸奖过她的语言能力，大家都觉得她在这么短的时间里流利使用他们的语言，是对狮营的一种恭维，而揶揄她唱歌，则让她觉得能够融入到狮营当中。

每一个人身上都有一个特点可以变成别人的笑料：塔鲁特的身材，雷奈克的肤色，图丽的气力。但他们之中只有弗里贝克会因此生气，因此大家都在他背后用手语开他玩笑。狮营里的人现在也可以熟练运用改编过的家族语言。爱拉不是唯一感受到这份温暖的人，莱达格也是乐在其中的一分子。

爱拉瞟了他一眼。他正坐在垫子上抱着哈塔尔，让这个好动的小孩能够玩到骨头，这堆骨头主要是鹿的椎骨。这样他就不会跟在妈妈后面摇摇晃晃，把别人的东西都弄乱掉。莱达格对小孩们都非常友善，他会耐心地和他们玩游戏，无论他们想玩多久都陪着他们玩。

他对爱拉微笑了一下。“你可不是唯一一个不会唱歌的人哦。”他打着手语说。

爱拉也被逗乐了。的确，她不是唯一一个不会唱歌的人。莱达格也不能唱歌，甚至还不能说话，不能做游戏，也不能奔跑，甚至还不能完整地度过一生，尽管有爱拉的药物，可爱拉也不清楚他还能活几天。他随时都有可能死掉，也许还能多活几年。她只能在他活着的每一天去爱他，并且希望明天也能够有机会爱他。

“哈特尔也不会唱哦！”他比划着，发出一种声带有点儿震动的笑声。

爱拉被他逗得大笑起来，高兴地摇了摇头。他知道爱拉心里面怎么想的，所以他就开了一个风趣的玩笑。

妮兹站在火炉边上静静地看着他们，想：莱达格，或许你不会唱歌，但你现在可以说话了。他正用一根粗线通过脊椎骨里面的眼孔把它们串起来，晃来晃去，逗小孩子高兴。如果没有手语让大家能理解莱达格，让大家意识到莱达格也是个有智力有理解能力的人，大家是永远不会把哈塔尔交给他照顾，让哈塔尔的妈妈去干活，甚至让哈塔尔的妈妈带着他干活也不行。爱拉极大地改变了莱达格的生活。在这个冬天里，除了弗里贝克，没有人再怀疑他是否有人性。不过妮兹觉得弗里贝克的坚持己见，与其说是信念使然，不如说是因为他的执拗。

爱拉继续在努力地弄着锥子和裁缝线。如果她能够顺利地使用细筋线穿针就好了。她努力地按照狄琪说的那样去做，但狄琪是有多年经验才习得这么一身技巧，爱拉这方面就远远不及了。她把练习用的皮革塞到怀里，一脸沮丧，开始观察旁人做象牙珠子。

用恰当的角度，朝着猛犸的象牙猛然一削，一片弯曲的薄片就会被削下来，人们在薄片上用像凿子一般的刀刻出一道痕，并沿着这条痕往返刻几次，一直到很长的那端脱落掉。人们用刀或者削象牙的工具削掉又长又弯的碎片，把它们改成圆柱体状的坯子，再用砂石抛光，再用向锯子一样的长柄燧石刀把圆柱切成小段，最后再打磨好边缘。

最后的一道工序就是在中间凿开一个小孔，让它们能够在绳子上串在一起。或者能够直接缝在衣服上。最后这个阶段是用特别的工具制作的。让一个工艺制作的大师小心地把针状的燧石和一根细线串联起来。人力的钻孔机被定在一个又厚又小的象牙圆台的中心，手掌来回旋转着绳线，产生往下的压力，一直到钻开一个小孔，就像钻木取火那样。

爱拉看着塔鲁妮用手掌搓着绳子，一门心思集中在凿孔上。她联想到大家都付出了很多劳动去做一些没有实际用处的物品。这些象牙珠子对获取或者处理食物毫无帮助，它们加在衣服上面也不能使得衣服有其余的功效。但她开始明白到为什么象牙珠子会有如此巨大的价值。如果没有温暖舒适的安全环境，没有充足的食物来源，狮营的人们也不可能负担得起这么大的时间精力的投入。只有能够互帮互助、组织紧密的部落才能够预先作好生活必需品的计划并做好贮藏工作，以此保证能够有多余的时间制作珠子。因此，狮营的人穿戴的珠子越多，也就越表明狮营的生活富足快乐，让人心驰神往。狮营的人也就能比其他营的人过得更有自尊心，更有地位，也更受人尊敬。

她拾起怀里的皮革和骨锥，撑大她刚刚凿出的洞，然后尝试着用锥子把线从孔中间引过去，她成功了，从皮革的另外一边把锥和线拉了出来，但她做的没有狄琪密集的针脚那么好看。她把头仰高，扫了一眼，显得很丧气，看着莱达格用绳子把脊椎骨通过脊髓眼串起来。他又拿起一块椎骨，用绳子穿过了骨头上的眼儿。

爱拉深呼吸了一下，又回到她的工作上。她独自想到，把锥尖的那头穿过皮革应该不是什么难事。她几乎把整块骨锥都推过了皮革。她又想，如果骨锥上面能牵着线就好了，那么就会容易很多……

她停下来，仔细地看着那根骨锥。然后她又瞧见莱达格把绳头绑在一起了，给哈塔尔晃动着那个脊椎骨做成的拨浪鼓。她又看到特鲁妮用手掌转着那个钻头，转头又看到弗莱莉在砂石槽里打磨一个象牙柱。接着她合上眼睛，回想去年夏天在山谷里面，乔达拉是如何用骨头做梭镖尖的。

她又看了一眼那个骨制的锥子。“狄琪!!! ”她尖叫道。

“怎么了？”狄琪很惊讶地回答道。

“我有个好办法了！”

“什么办法？”

“让筋线穿过洞的办法。为什么不在骨锥粗的那一端的末端凿开一个小孔，然后把线穿过这个孔呢？就像莱达格用绳子穿脊椎骨那样。然后这样用骨锥引着线穿过皮革，你觉得这样好不好？可行不？”爱拉兴奋地问。

狄琪闭了会儿眼，然后从爱拉手里接过骨锥，细细端详：“那这个孔得开的很小。”

“特鲁妮在那些象牙珠子上弄的孔也很小，要比那个还要小吗？”

“这块骨头很硬，韧性也很足。在它上面打孔可不是件容易的活儿，而且我也没觉得哪个部位比较好打孔。”

“我们不能用猛犸牙或者什么别的骨头来做骨锥吗？乔达拉会用骨头做很长很细的梭镖尖，再用砂石磨光、磨尖，弗莱莉也是这么做的。我们能不能先做一个小型的梭镖尖差不多的东西，再在上面的一端打个孔？”爱拉非常兴奋地追问道。

狄琪又仔细想了一天：“我们得叫韦麦兹或者别人做一个微型的钻，但是……应该能行。爱拉，我觉得这样应该能行！”

几乎所有人好像都在围着猛犸火塘转。每三个人或者四个人围成一堆闲聊，空气里面弥漫着希望。爱拉要试验新型的引线骨锥的消息很快传遍了营地。也有好几个人想过做这种东西，但是这个设想最先还是由爱拉提出的，所以爱拉要先于别人使用这个新的骨锥。韦麦兹和乔达拉合力制作了一个可以钻开很小的孔的钻孔器。雷奈克则选了象牙，雕刻出来了几个非常细小尖长的小圆柱。爱拉把这些圆柱打磨，弄尖到她满意为止，但打孔实际上是由特鲁妮完成的。

爱拉感觉到四周都洋溢着一种难以名状的兴奋感。她拿出来了练手用的皮革和线，大家都围在四周，都装作来看看有什么东西漏在这里了。人们把如手指一般粗细的、干燥坚硬的鹿的肌腱，不断敲打，直到它散成一束筋丝纤维。然后根据人们的需要，把这些筋丝做成粗绳或者细线。爱拉觉得在这个时刻最好加点儿戏剧效果，所以她花了些时间查看筋线，最后仔细地抽走了其中一根。她把丝线放到嘴巴里面让它湿润变软，使它黏固起来，然后左手举起拉线器，端详着那个小孔。线穿过小孔变得有点儿困难了。过了一会儿，筋线开始变干，变得有点儿硬，这样就比较容易了。爱拉小心地把线瞄准穿过小孔，她略微松了口气，并把穿好了线的象牙缝衣针高高举起。

紧接着她把那块练手用的旧皮革拿了起来，在皮革的边上刺了一针，开出了一个小孔。这次她直接把针刺了过去，瞧见针的另一端还连着线，爱拉得意地笑了。她又把针高高地举了起来，让大家看清楚，人群惊叹不已。然后她又把想缝到一起的另一块皮革拿了起来，再重复了一遍，不过这次爱拉不得不拿刚穿好针的方形猛犸皮抵着针端来刺过这一块又厚又韧的皮革。她把两张皮革合到一起，又缝了一针，再次高举让大家看清楚。

“这个能用！”爱拉满脸胜利喜悦地说道。

她把皮革和针线给了狄琪让她来试一下。“这个确实能用。妈妈，来这试一下吧。”狄琪一边说，一边把皮革和针线递给了她妈妈。

图丽也试缝了几针，接着她点头表示赞赏，又把工具递给了妮兹，接下来又到了特鲁妮。特鲁妮把东西交给了雷奈克，雷奈克想一次穿两张皮革，但他发现厚的那张很难刺穿。

“我觉得如果你能用燧石做一个切针，”他递给韦麦兹的时候说道，“就能够让缝衣针方便地穿过厚皮革，你觉得如何？”

韦麦兹也尝试了一下，点点头：“不错，但这个拉线缝衣针的想法本身就非常厉害。”

营里面的每一个人都试用了这个新的工具，也都大加赞赏。有了这种可以穿针引线而不用推线的手段之后，缝制皮革就方便多了。

塔鲁特把小小的缝衣针举了起来，全方位地仔细检查着，崇敬地点了点头。一根细长的针体，一边是尖的，另外一边打一个口，这个发明非常有用。他有点儿好奇为什么没有人早点儿能想出来。这个设计非常的简单，但非常实用。

22

两匹骏马的马蹄错落有致地踏落在地上。爱拉趴在威尼的背上，紧紧抓住了它的鬃毛，合上眼睛，凉风刷刷地吹过脸颊。她留意到了另外一匹马的马蹄声开始变慢，看了一眼，雷瑟本来跑在前头，但现在已经显得有点儿疲惫，开始掉队了。她让威尼慢慢停下来，另外一匹马也停了下来，这两匹马的头都耷拉着，正在喘气，呼出的气都被凝结成了水雾，环绕着它们。两匹马都累坏了，但它们又都痛快地跑了一程。

爱拉在马背上坐直，随着马走路而有节奏地上下颠簸着，缓缓地向河边走去。马儿都很高兴能够待在外面。天气还是很冷，但是景色迷人，太阳发出了金灿灿的光，在闪亮的冰块和积雪的反射下显得愈加的夺目。

今天早些的时候，爱拉一出门，就决定要带着马儿出来遛遛，连空气都在引诱她。空气好像不那么沉重了，像是解除了一个重担一样。尽管也没太明显的变化，不过爱拉觉得没那么冷了。冰雪还没融化，被风吹起的小雪也还是有点儿僵硬。

爱拉没有客观的手段测量出气温升高，风力减小，但她发现了一些微妙的变化。尽管这些顶多算是一种直觉，但已经是很敏锐的感受了。对于常年在寒冷气候下生活的人们来说，即便是天气略微回暖也会使得大家兴高采烈。春天虽然还没到来，不过冷冻已经结束了，这略微上涨的气温又使得生命能够再次萌动起来。

爱拉笑着，看着雷瑟欢快地跑在前头，脖子弯着，显露出一份骄傲，尾巴高高地翘起。爱拉还把雷瑟当成是它出生的时候的小马儿，但雷瑟已经不再是孩子了。即便还没完全成熟，但雷瑟现在已经比它母亲要大了，也跑得很快。这两匹马都有不同的专长，短跑的时候，雷瑟跑的会比较快，一开始就能把威尼甩在后头；但威尼的耐力更足，如果它们跑长程的话，威尼一定能反超小马。

爱拉下了马，在推开帘子进屋之前，她犹豫了一下。她经常以马作为借口出去，今天早晨让爱拉感到特别的轻松，天气已经开始变得适合长跑了。能够再次找到人群，并且被接纳，成为其中一员，参与到他们的活动中，爱拉对这些都深表庆幸，尽管这样，她还是偶尔要独处一会儿，特别是当茫然了，或者误解加深使人紧张了的时候，就更是如此。

弗莱莉大多数时候都和年轻人一块待在猛犸火塘，这也使得弗里贝克愈加烦恼。爱拉总能在鹤火塘听到一些争吵，确切说，就是弗里贝克大段的埋怨，埋怨弗莱莉不在家。爱拉知道弗里贝克不喜欢弗莱莉和她搅在一起，而弗莱莉怀孕了也会自然地疏远她。这让爱拉很担心，因为弗莱莉告诉爱拉她有便血的状况。她警告过弗莱莉，如果不好好休息，孩子就要保不住了，还给她开了些药。但现在弗里贝克一天到晚地围着弗莱莉转，爱拉就没有办法继续治疗她了。

除此之外，她和乔达拉还有雷奈克之间也越来越搞不懂了。乔达拉一直都很冷淡，但最近好像正常了少许。前几天，马穆特要乔达拉来聊一下他新发明的一个工具，但他全天都不得闲，到了夜幕初降，年轻人们才聚到猛犸火塘里开始讨论那个工具的事情，尽管乔达拉只是在一边安静地坐着，但很容易就能听到他的欢声笑语。

雷奈克倒是比以前更殷勤了，并且最近加紧了进攻，不断挑逗爱拉，让爱拉再和他上床。爱拉依然觉得很难正面拒绝他，对男人要服从已经深深植根在爱拉的心里面想拒绝，很难轻易办到。她会被他的笑话逗乐，她越来越能理解笑话的梗了，也包括梗里面所讽刺的严肃内容，但同时爱拉也巧妙地躲开了他的诱惑性的暗示，并且会反过来讥讽雷奈克，也惹得哄堂大笑。雷奈克也欣赏爱拉的聪敏，跟着笑起来。爱拉也被雷奈克的不计较的友好性格吸引，和雷奈克在一起会感到很舒服。

马穆特注意到乔达拉开始笑了，会点头来赞赏。乔达拉这个燧石匠一直躲避着属于年轻人的聚会，只是会在远方观察，但是笑声又让他产生了嫉妒，他可没料到这都是由于爱拉拒绝雷奈克而引起的，但马穆特知道。

第二天，乔达拉对爱拉微笑了一下。爱拉觉得这是很长时间以来乔达拉第一次对她笑，这使得爱拉感到喘不过气，心跳怦怦地加速。之后的几天，乔达拉回来的时间也提前了，不会再在她睡着之后才回来。尽管爱拉依旧不愿意强迫乔达拉，而乔达拉也犹豫不决要不要接近爱拉，但爱拉还是希望乔达拉已经解除了内心中一部分的疑惑，同时，爱拉也害怕失去希望。

爱拉深深吸了口气，推开厚重的门帘，扯住边上让马儿进去，接着她把大衣脱了下来，挂到衣架上，走了进去。乔达拉和马穆特在猛犸火塘里聊天，和往常不一样，除了他们，里边一个人也没有。看到他爱拉很惊喜，她近来很少能见到他。她一边微笑一边走了过去，但乔达拉眉头紧皱，让她又笑不出来了。乔达拉似乎并不待见爱拉。

“你就一个人逛了一上午！”他突然发声，“你难道不知道这样很危险的吗？大家都担心你出什么事情了，很快就有人要出去找你了。”但乔达拉并没有明说他就是其中一个想去找她的人。

爱拉被他镇住了，往后缩了一下：“我可不是一个人出去的，威尼和雷瑟都和我在一起呢。我带着它们去跑了一圈，它们也需要跑跑步了。”

“呵，天气还这么冷呢。你就不应该一个人出去，太危险了。”他突然觉得有点儿心虚，看了一下马穆特，想让后者来帮他说说话。

“我说了我不是一个人，还有威尼和雷瑟呢，并且今天天气很好，阳光灿烂，没有之前那么冷了。”乔达拉的气也激起了爱拉的无名火，没有感觉到乔达拉的怒火里面充满着对爱拉的安全不能抑制的担忧,“乔达拉,之前我冬天也会一个人出去。在山谷的时候,你觉得谁会和我出去呢?”

他觉得爱拉说的有道理,她知道要怎么照顾好自己,他不用总是告诉她可以什么时候出去,哪些地方可以去。当他问马穆特爱拉在什么地方的时候,马穆特并不担心,尽管爱拉是他女儿。他觉得自己应该多留心眼前这个老巫师,他突然觉得自己刚才表现得很蠢,就像在无缘无故地发脾气一样。

“呃……或许……呃,我应该去看看马怎么了。”他含糊地给自己找了个台阶下,边说边走了出去,奔向马厩。

爱拉看着乔达拉离开,想知道乔达拉是不是因为她没照顾好那些马生气了。她感到一丝迷茫,也有点儿难受,她理解不了乔达拉。

马穆特认真地盯着爱拉。她的悲伤和烦恼溢于言表,但有时候人总是当局者迷而不得善解。他有冲动想让他们面对面来解决之间的矛盾,但他迟疑了,觉得他已经做了应该做了的。从一开始他就觉得这个泽兰达尼男人身上暗藏着一种紧张,并且总觉得事情不是表面看起来那么简单。还是让他们自己解决吧。如果他们能从这次的矛盾中找到解决办法,他们一定会获益良多。但他觉得自己应该和爱拉谈谈这个矛盾,或者,至少要帮她作作选择,了解她的想法。

“爱拉,你觉得天没那么冷了吗?”马穆特问道。

爱拉的烦恼犹如迷宫一般困扰着她,而马穆特的这声提问并没有帮她找到迷宫的出口。“什么?嗯……的确。我觉得是这样的,尽管也没到暖和的地步,但真的不那么冷了。”

“我一直在想大母亲河什么时候能够打败冬天,”马穆特说,“我想很快就能够了。”

“打败冬天?我不太理解。”

“那是一句谚语。爱拉,坐下吧,我来讲一个关于冬天的故事,关于创造了万物的慷慨的大母亲河。”老人笑了笑,让爱拉坐在他旁边,一块围着火堆。

“经过艰苦卓绝的斗争,大母亲河从混乱里头争取到了生命,混乱就是一片了无生息的冰冷荒原,就像死了一样,大母亲河给这片荒原带来了生命和温暖,但她也必须为她的生灵奋斗。所以当冬天来临,我们就知道大母亲河为了保护生命和温暖又要和代表死亡的冰冷作斗争了,但在那之前她要照顾她的孩子。”

爱拉现在对这个故事兴致勃勃,好奇心被激发了,笑着问:“她怎么照顾她孩子的?”

“她哄一些孩子进入冬眠,给一些孩子保暖的衣服来抵御寒冬,要一些孩子把食物储藏好。当天气越发寒冷的时候,死亡就离胜利又进了一步,大母亲河则节节败退。在最冷的日子里,大母亲河就困在死斗中,动弹不得,就像万物都死了一样。对我们而言,如果没有温暖的住所,没有储藏好的食物,那么死亡就会取胜。那段时间,人们很少外出。大家会做些家务,讲讲故事,闲聊,但很少四处走动，也睡的很多。这就是冬天被叫做‘小死亡’的原因。

“最终，当严寒把母亲河逼到了绝境，母亲河就会反抗。她努力地反抗，最终会打败冬天。那么就意味着春天要来了，但现在还没到。大母亲河经历了一场漫长的斗争，在再创造生命之前，她得休息。你知道她赢了。你能在空气当中感受到。”

“我感受到了！真的感受到了！马穆特！所以我带着马儿出去遛了一圈。大母亲河打败冬天了！”爱拉兴奋地叫着。这个故事表达了她内心的感受。

“我觉得要庆祝一下，你觉得呢？”

“嗯，对！要庆祝一下！”

“你愿意帮我准备庆祝吗？”爱拉点头同意。他接着说，“不是每个人都感觉到她胜利了，但不用过多久大家都能感觉到。我们都认真观察，看看什么时间合适。”

“观察什么？”

“当生命再次萌发，每个人都会有不同的感觉。有些人变得高兴想外出走走，但天气还很冷，不能经常外出，所以他们会变得急躁易怒。他们想展现生命活力，但还有好几场暴风雪呢。在这个关口，冬天知道自己，要失去一切了所以也会愤怒起来，人们也会感到它生气了。你提醒了我这件事，我很高兴。从现在开始到春天，人们会变得不安分，我猜你会感觉到的，爱拉，那个时候举办庆祝活动就对了，让人们知道现在要高兴起来而不是愤怒。”

马穆特想，我就知道爱拉能感觉到，这时，发现爱拉眉头收缩了一下。尽管我还没感觉到有什么不同，爱拉就感受到了。我就知道她是个天才，有让人震惊的才能，并且这肯定只是其中一小部分，或许我永远都发现不完；她的潜能比我厉害得多，那块根还有和莫格乌的仪式上她说了什么，我希望她准备好……和部落一起举行狩猎仪式！那次仪式改变了我，有很持久的力量。它现在仍在我体内发挥效用。她也有这样的经历……难道也使她改变了？强化了她的天赋？我想……春节，再提根的事情好像有点儿早，等到她和我一起准备破冬节之后再说吧……或者再下个节日……从现在到春天还有很多节日……

狄琪沿着过道走进猛犸火塘，提着很厚的衣服。

“我一直想找你，爱拉，帮我去检查一下陷阱，看抓到白狐狸没有，顺带给布拉那格的大衣镶花边。和我一起去吧？”

爱拉刚醒，看了看没合实的排烟口：“外面看起来很好的样子。让我先把衣服穿上。”

爱拉掀开被子，坐起来，伸了个懒腰，走到马厩旁被帘子挡住的位置。她走过一张床，上面有六个小孩在睡觉，身体张开，互相压着挤成一堆，像一窝狼崽子。她看见莱达格睁着褐色的大眼睛，就朝他笑了笑。然后他又闭上了眼，在快要四岁的努韦和快要八岁的鲁琪之间蜷缩着。克里萨维克、布里南和图茜也在这小人堆里，最近爱拉发现弗莱莉最小的孩子，三岁不到的塔舍开始引起其他孩子注意了。爱拉同时注意到快要成年的拉蒂和他们玩的时间也越来越少了。

这些孩子都被溺爱坏了。不管在什么地方，不管什么时间，想吃就吃，想睡就睡。从来不会在意长辈们的习俗；整个屋子都属于他们。他们可以要营里面的成人留意他们，并且会觉得这么做非常有趣而受到欢迎；大人也没什么急事或有什么地方可去。不论孩子们的好奇心会造成什么结果，总是有成人会满足他们。如果他们想缝皮革，那么别人就会给他们工具，还有小块皮革和筋线；如果他们想用小石头制作工具，那么别人就会给他们燧石、石槌和骨槌。

他们会摔跤，会翻跟斗。创造新游戏，不过通常都是模仿大人的。他们自己盖起小火塘来学习用火。他们玩打猎游戏，用梭镖从仓库里挑出肉块煮熟。当他们的小游戏发展到模仿大人交合，大人们都只会一笑了之。正常生活里没有东西是需要隐藏或者压抑的，所有的东西都是变成大人所需要的知识。唯一例外的是暴力，特别是极端或者无谓的暴力。

由于在一起居住，人们都非常理解没有东西的破坏力，如暴力那样，能毁灭一个营，或者一个人，尤其漫长的寒冬迫使他们不得不居住在屋子里的时候。不论是出于无意的或者是有意的，每一种习俗都会尽量减少暴力，起码不让暴力公开。这些习俗对个人行为不会做太多限制，也可以接受他们强烈地表达感情，但是，规定上是不允许使用暴力的。人们会支持发展个人的才华；鼓励人们保持容忍；减少猜忌；积极使用包括争论在内的竞争方式，但要被严格地监管，使之在允许的范围内。孩子们就知晓了一些基本的规定，可以大吵大闹，但不允许动手。

爱拉查看了下大水袋，对着正在梦中的孩子笑了笑，他们昨晚很晚才睡。她很高兴又有孩子在身边了。“离开之前我得去弄点儿雪回来，我们快没水了，有好一阵子没下过雪了。附近很难找到干净的雪。”

“别浪费时间了，”狄琪说道，“我们的火塘里有水，妮兹那也有。我们可以回来的时候再弄。”爱拉穿好衣服，顺带也穿上了保暖的冬衣。“我带了一个水袋和一些吃的，如果你不饿的话，可以现在就出发了。”

“我待会儿再吃东西，但我现在得把茶加热一下。”爱拉说。狄琪的蓄势待发感染了爱拉。她们才开始在房子周遭逛，只和狄琪在一起好像很有趣。

“我想妮兹有些热茶，我们喝点儿她也不介意的吧。”

“早晨她会做薄荷茶，我要给茶加些料……我早上喜欢喝点儿什么。我觉得我得把弹石带也带上。”

妮兹坚持让她们俩吃完她做的谷物再走，还给了一块烤肉让她们带着。塔鲁特想知道她们打算怎么走，狄琪的陷阱大概在什么地方。在他们刚出发的时候，天已经亮了，太阳透过地平线上的云间漏了出来，开始在晴空中穿行。爱拉注意到马出去玩了，她没有想责备它们。

狄琪给爱拉示范了怎么快速扭动脚部,使得绑在柳条做的长圆架子上的皮革圈可以当做雪地靴用。练习了一下,很快地爱拉就能和狄琪一起在雪地上大步流星了。

乔达拉在小房子门口看到她们走了。他挤了挤眼眉向天空望去,想要和她们一起去,但很快他又改变主意了。他看见了一些云,并没有要出现危险的先兆。为什么无论爱拉什么时候离开屋子他都会担心呢?围着她团团转是很滑稽的。她又不是独自外出,狄琪和她在一起,并且她又能完全照顾好自己……就算是下雪,就算更糟糕的情况……但她们就是想独自外出,他跟在后头,不就成了障碍吗?他把门帘放下,转身进了屋,但他总有预感爱拉要遇到危险。

"哈,爱拉你看!"狄琪喊道,跪在地上检查着一个被冻僵的白色毛发的尸体,它被陷阱吊着摇来摇去,脖子还被一条绳子勒着。"我布了别的陷阱,我们一起去看看。"

爱拉想停下来看看陷阱,但她还是跟着狄琪走了。"你想用它来干吗?"她追上狄琪问。

"这得看我能抓几只。我想用它给布拉那格的大衣镶边,我也给他做了件红色的上衣——当然没你的那么红。做长袖子的话得两张兽皮,我会尽量使两张的颜色一致。我打算用狐狸冬天的毛绒和牙齿来给它做装饰。你觉得怎么样?"

"那它一定会很好看的。"她们在雪地上走了一会儿,爱拉又问道,"你觉得做白色衣服的话用什么料最好?"

"那得看情况,想要全白的还是杂色的?"

"白色的吧,但我也不太肯定。"

"白狐狸的皮不错。"

"我想过,但……我又觉得不太合适。"爱拉说。其实困扰她的并不是颜色,她记得在收养仪式上,她给雷克奈选了白狐狸皮,她希望别人能从她这次做的衣服联想到那次仪式。

第二个陷阱也挑了起来,但是里面没有东西。绳索被咬断了,是狼的痕迹。第三个陷阱也抓到了一只狐狸,它已经被冻僵了,但显然被什么东西咬过,身体大部分都被咬掉了,毛都掉光了。爱拉也认为这是狼干的。

"这群狼倒是占了便宜。"狄琪说。

"好像只有一只。"爱拉说。

狄琪开始担心,她弄不到好的毛皮了。她们急匆匆到狄琪放陷阱的地方去。

"它应该在那儿,在灌木丛附近,"但她们接近草丛边上她又说,"但我看不见……"

"这里呢,狄琪!"爱拉喊道,着急地跑到前面,"看起来不错。看它的尾巴!"

"太好了!"狄琪长吁了一口气,"我要至少两只。"她从套索上把冻僵了的狐狸解下来,和第一只放在一起,再把它们挂到树枝上。套住了两只狐狸,她觉得心里松了口气,“我饿了,我们在这坐会吃点儿东西吧?”

“你这么一说我也觉得饿了。”

她们现在在一个稀稀拉拉地长着树的山谷中,这里的灌木比树多,这个峡谷是由一条流经厚黄土的小溪冲积出来的。在严冬的黄昏,一股荒凉寂寞的气息弥漫着这个山谷。黑白和灰色是这个地方的主色调,显得了无生气。积雪和矮树丛互相融合,已经变得很坚固,很多印迹落在上面,显得很脏。柳树和桤树被压在了地面, 因为天气寒冷被弯成了灌木……几棵高细的桦树也散落在那里,树枝光秃秃的,和风摩擦产生刺耳的声响,好像在闹着要披上绿装。就连针叶树也不再深绿,树皮上长满灰色的苔藓,落叶松变成黑色,被雪压得低下了头。

在一个不太斜的斜坡上有一堆雪,雪下面有一株长着利刺的长茎植物在用它来武装自己——那是一棵去年夏天刚长出来准备占领地盘的蔓藤植物梭镖的茎。爱拉没把这里看做是障碍,而是当做了在适宜的季节可以采药的地方。她在这片荒凉当中看到了希望,经过了漫长的蜗居,即便是被寒冬肆虐的景象,也让人充满希望,尤其是温暖的太阳还悬挂在半空。

这两个女人就在这斜坡上用雪堆出了两张凳子,在夏天,这儿可能是溪流的两岸。狄琪打开背包,拿出带来的食物,还有水。她掀出来一个桦树皮包给了爱拉。旅行食品中有一块被压得很实,那是一块由水果干、肉和脂肪混合成的小圆馅饼。

“妈妈昨天晚上做了些松仁点心,给了我一块。”狄琪说着,打开了另外一个小包,掰了一块给爱拉。这是爱拉最喜欢吃的。

“我回去得问问图丽这个怎么做的。”爱拉边吃边说,然后打开了妮兹的烤肉,把它们整齐排好,“我觉得我们这是在开宴会呢。要是再有些春天的绿意就更好了。”

“那样就完美了。我都等不及了。一过完破冬庆典,就越等越着急。”狄琪答道。

爱拉很享受她和狄琪单独出行的时光,在这个背风的浅洼地,天气开始暖了起来。她揭开脖子前的绳索,摘下帽子,捋了一下缠在头上的弹石带。闭上眼睛,抬头面向太阳。她看到了那个耀眼夺目的光球,在她眼皮红色的背景上凸显出来,使人感到温暖快乐,再张开眼,她看得更清楚了。

“人们在破冬庆典的时候一定会摔跤吗?”爱拉问,“我以前没见过别人摔跤脚不动的。”

“嗯,为了尊重……”

“狄琪你看,春天来了!”爱拉打断了她,蹦起来朝附近的一个柳树丛冲了过去。在狄琪过来之后,爱拉指着一根细长的柳枝上面的新芽,还有另外一个,但由于来的太早没活下来,但已经显露出了春意。这两个女人大喜过望,相视而笑,充满了喜悦,就像是她们自己创造了春天。

筋线做的圈套依然挂在柳树边上，爱拉把它捡起。“我觉得用这办法打猎不错。自己不用去找猎物，只要做个圈套，过一段时间回来拿，但你是怎么做圈套的呢？又怎么知道狐狸会上钩呢？”

“不难。只要知道怎么把筋线弄硬就行了，把它打湿再晾干，就会像没加工过的皮革那么硬。”

爱拉点了点头。

“再在绳子的一头系上一个圈套，”狄琪一边说，一边把圈套给她看，“然后你再把另一头从中间穿过去，再系一个套，做成狐狸的头可以钻进去那么大。然后打湿它，让圈套敞开晾干，这样圈套就会一直是开的了。然后就去找狐狸的出没地，就是你以前看到过或者抓过狐狸的地方。这地方是我妈妈告诉我的。一般这里每年都有狐狸。如果这旁边有狐狸脚印的话你能看到，狐狸在洞穴周遭的时候会沿着同一条路径走。为了放圈套，你要找到狐狸走的那条路径，经常都能在灌木丛或者树丛附近找到，把圈套放在路径上，放大概它们头那么高，再绑紧，像这样，这儿和这儿。”狄琪一边解释一边演示。爱拉盯着，全神贯注地皱着眉。

“当狐狸沿着路径跑，头就会钻到圈套里面，而再往前挣脱，圈套就会紧紧勒脖子上了。越挣扎，就勒得越紧。不用多久狐狸就会死掉。下面唯一要注意的就是别让其他东西捷足先登。达努格告诉过我北面的人做圈套的办法。他说他们会压弯一棵小树，把圈套绑上面。一抓住猎物就会触动机关，树会回弹，猎物也会被吊起来。这样狐狸就会在半空等着你来拿。”

“我觉得这个办法不错。”爱拉说着走向座位那儿。往上抬起头看了看，接着，她突然把弹石带从头上摘下来，在地上找东西，这让狄琪很诧异。“石头在哪儿呢？”她喃喃道，“哪儿呢？”

爱拉迅速捡起一块石头，放到弹石带上扭了一圈，甩了出去。狄琪有点儿看不懂了。只听到石头落地，直到她回到位置上才看到爱拉射中的是一只身长十四英尺的白色扫雪鼬，而它毛茸茸的白尾巴足有五英尺长，尾巴尖是黑色的。夏天，这只毛茸茸的瘦长动物会披上光鲜的、白色肚皮的棕衣服，但在冬天的时候，这只不安分的小鼬鼠就会全身洁白发亮，除了鼻子、敏锐的小眼睛和尾巴尖是黑色的。

“它在偷我们的烤肉！”爱拉说。

“在白雪边上我根本看不见它。你眼力真好。”狄琪说，“并且你弹石头也很快，我不明白你为什么要关心圈套的事儿，爱拉。”

“当能看到猎物的时候，弹石带很好用，但如果你不在现场，圈套就能帮你抓猎物，这两者都各有功用。”爱拉一本正经地回答。

她们坐下开始吃饭。一边聊天，爱拉一边抚摸着那只小鼬鼠的毛发：“雪貂有最好的毛皮。”

"大部分瘦的鼬鼠都有。"狄琪说，"水貂、黑貂，包括狼獾的毛皮都很好。不是很软，很适合做兜帽，不会让霜粘到脸边上。但是它们很难抓。并且也不能用梭镖攻击它们。它们又敏捷又危险。你的弹石带好像很不错，不过我不知道是怎么用的。"

"我学过用弹石带打动物。起初我只打肉食动物，并会先了解它们的习性。"

"为什么？"狄琪问。

"我被禁止去打猎，所以我不会猎取动物来吃，我只会攻击从我这偷食物的动物。"爱拉哼地苦笑了一下，"我想这样该没问题的吧。"

"他们为什么禁止你打猎？"

"家族的妇女是不允许打猎的……但最终他们也允许我用弹石带。"爱拉稍作暂停，回忆道，"你知道吗，我在杀第一只兔子之前早就杀死过狼獾了。"她略带嘲笑地说。

狄琪迷茫地摇摇头。她想，爱拉的童年有多奇怪啊。

她站起来准备走了，当狄琪去收狐狸的时候，爱拉拿起那只柔软的白色小雪貂，手从头到尾抚摸着它。

"这正是我想要的！"爱拉突然说，"雪貂！"

"那你已经有了啊。"狄琪说。

"没有，我说的是我要做的白衣服，我想用白雪貂的毛皮和尾巴来镶边。我喜欢这个有一点儿小黑尖的尾巴。"

"你去哪里找那么多雪貂来装饰衣服啊？"狄琪问，"春天快要到了，它们很快会变色的。"

"我也不要很多。有一只在这里，就说明旁边还有很多只。我要抓到它们。现在，"爱拉说，"我要找些好石头。"她把雪拨开，在溪边找石头，溪水还是冰状。

"现在吗？"狄琪问。

爱拉停了停，抬头看了看。她兴奋到都忘了狄琪在这了。她知道追踪猎物比靠近猎物难多了。"不用等我了，狄琪，回去吧。我能认路。"

"回去？我才不会放弃这次好机会呢。"

"那你能保持安静吗？"

狄琪笑了，"我打过猎的，爱拉。"

爱拉涨红脸，觉得自己失言了，"我不是那个意思……"

"我知道你不是，"狄琪说着，笑了起来，"我相信我能够从一个杀狼獾比杀兔子早的人身上学到点儿什么，狼獾和其他动物比，甚至和鬣狗比都心狠手辣、胆大包天。我见过它们把豹子从猎物边上赶走，也和穴狮搏斗过。我会尽量不碍事的。如果你觉得我会吓跑雪貂就直说，我在这儿等你。但我不回去。"爱拉欣慰地笑了，觉得有这样一个善解人意的朋友多么好啊。"雪貂和狼獾一样是坏蛋。只是体形小点儿，狄琪。"

“我能帮你做点儿什么？”

“我们还有一点儿烤肉。待会儿可能有用，但我们要先找到足迹……我找到足够的石头了。”

爱拉捡了一堆小石头把它们放到腰间的小包里，她拿起背包，甩到左肩。然后停下观察地形，找最佳的攻击点，狄琪离她一步远，等着爱拉先动。爱拉开始淡定地和她说话——如自言自语一般。

“鼬鼠不会自己挖洞，它们都是用现成的，甚至是兔子的——杀掉兔子之后雀巢鸠占。有时候我觉得，如果没有幼崽，它们也没必要住洞里。它们一直在活动：捕猎、奔跑、爬行、站直，并且它们全天都在捕猎，不分昼夜，就算是刚吃饱，就算它们会吃不完。它们很杂食，松鼠、兔子、鸟、蛋、昆虫，甚至连腐肉都吃，但大部分是自己抓的，而且是要鲜肉。走投无路了，它们就会喷臭气。和臭鼬的喷法不同，但一样难闻。它们还会这么叫，”爱拉发出了一半压抑、一半嘀咕的叫声，“发情期，它们就会长啸。”

狄琪震惊了。爱拉刚介绍的事情比她一辈子知道的都多。她根本不知道它们还会叫。

“它们都是好妈妈，会生很多崽子，有两只手那么……”爱拉停下来想数量词，“十只，有时候更多。要不就一只也没有。幼崽和妈妈待到快要成年。”她又停下来检查着土地，“每年这个时候，幼崽可能还会和妈妈在一块的。我要找到足迹……应该就在这草丛附近。”说着开始往一堆杂乱的树枝和匍茎走去。

狄琪紧跟后头，在想为什么她知道那么多，爱拉没比她大多少。狄琪留意到爱拉的话里面有些语法错误，这是她兴奋的表现，同时也让狄琪发现爱拉说这门语言说的多好。她很少那么快说话，但马穆塔语几乎无懈可击，除了某些发音。狄琪想她可能永远不会改掉这说话方式，她也不愿意改。是这种说话方式让她与众不同……更有特点。

“找一下有五个脚指头的脚印，有时候只能看到四个，它们的脚印在肉食动物里是最小的，并且后爪会正好印在前爪上。”

狄琪在后面跟着，不想踩在那些小脚印上，仔细观察。爱拉每走一步，都认真仔细地检查周围的每一寸土地，每一寸积雪，每一根倒下的原木，每一棵灌木上的每一根枝条，每一棵白桦树光秃秃的树干和黑针松树的枝干。突然她的眼睛定住了，景象让她屏息。她缓缓把脚放下，从包里拿出一块很嫩的牛肉，放到跟前。然后小心翼翼地后撤，手伸到包里拿出石头。

狄琪在爱拉旁边看着，一动不动，努力在找爱拉看到的动物，最终她自己也发现了，她的视线紧跟在几个正朝她们移动的小白球上。尽管它们只是在越过倒掉了的树木，它们爬上爬下，穿过灌木丛，钻过凹地或裂缝，或者在边上溜过。它们速度惊人，沿途的食物都一扫而光。狄琪从没那么仔细观察过这些贪婪的小生物，她看待在了。它们偶尔会站起来，乌黑的小眼睛十分警觉，耳朵一听到声音也会立刻竖起，它们还能随着气味精确地寻找猎物。

它们潜过鼠洞，在树根底下寻找正在冬眠的蝾螈和青蛙，朝着已经冷得饿得飞不起来的小鸟冲去，这八只到十只小雪貂形成的破坏小分队逼近了。它们的脑袋前后伸缩，黑眼珠子里露出热切的光，朝猎物的脑袋、后颈部和颈动脉发出精准的致命打击。因为它们的无情进攻，所以它们成为动物界最冷酷的杀手，狄琪突然很庆幸它们是小体形动物。这种秋风扫落叶般的破坏除了杀戮的欲望外，没有别的理由能解释得通——小雪貂也需要这种欲望来维持它们活跃的身手。

雪貂被嫩肉所吸引，毫不犹豫扑了过去。说时迟那时快，爱拉使劲射出石头砸中了几只正在吃肉的雪貂，雪貂的臭气瞬间在空气中弥漫。狄琪刚在全神贯注地看着它们，没有留意到爱拉快准狠的弹射。紧接着，不知道从哪儿跳出来了一只怪物，在白色的雪貂中间跳来跳去，爱拉听到一声嚎叫，吓得待在住了。这匹狼是来找野牛肉的，但被两只大胆的雪貂拦住。它稍稍往后撤，发现刚刚雪貂没有攻击它，就反过来抓雪貂了。但爱拉没准备要让狼把雪貂拖走，她可是很辛苦才抓到的。它们是她的猎物，她要用它们来做白衣服。在那匹狼正叼着雪貂离开的时候，爱拉追了上去。狼也是食肉动物。在爱拉自学弹石带的时候，也像研究雪貂一般研究过狼，因此她也不会贸然进攻，当这匹黑色的狼停下来把雪貂在嘴里换个位置的时候，爱拉拿着树枝在它身后，狠狠地给了它一棒。她并没有把树枝当成是致命的武器，只打算把狼吓跑，使它丢下雪貂。但爱拉失算了，狼把雪貂放下，凶恶地嚎叫了一下，朝她冲了过来。

她当时第一想法就是把树枝用来防御横在胸前，抵挡狼的冲击，直觉告诉她快跑。但在矮树丛里面，她拿着的树枝撞到树上，折成了两半。她这样就只剩下一半树枝了，她把树枝飞掷到了狼的头上，让它无法靠近。狼也只是在虚张声势，不太想来真的，叼起那只雪貂，逃跑了。

爱拉又怕又气，惊待在了。她觉得不能就这样把雪貂丢了，又追狼去了。

“放走它吧！”狄琪喊道，“你抓够了！给它那只吧！”

但爱拉没听到，她根本没注意听。狼跑到了一片空地上，她跟在后面。爱拉一边跟着狼跑，一边把手伸过去拿石头，发现只剩下两块了。她料想这匹狼很快就会甩掉她，但她还要最后一搏。她把石头放到弹石带上，猛地射向了狼。然后迅速补了一发，双双命中。

狼应声倒下，她感到很满意。它再也不能够偷她东西了。当爱拉去拿雪貂时，决定把狼也扛走。当狄琪找到爱拉的时候，她正静静地坐在狼和雪貂尸体边上。脸上的神情让狄琪很是担心。

“爱拉，你怎么了？”

“我应该让母狼叼走雪貂的，我早该料到它不会无缘无故来抢烤肉，尽管雪貂也很想要那块肉。狼知道雪貂多厉害的，通常一匹狼在一个陌生的地方不会主动攻击的。我应该把雪貂给它的。”

“我搞不懂了，你抢回了雪貂，还附送了一张黑狼皮，为什么还说该把雪貂给它？”

“你看，”爱拉指着黑狼的下体，“它在奶小狼的，它有崽子。”

“狼现在就有狼崽了，时间上不会太早了吗？”

“的确，它的发情期不对。它是独狼，所以很难找到足够的食物，所以回来抢烤肉，并且那么想要那只雪貂。看它的肋骨，狼崽们都要吸干它了，它已经成皮包骨了。如果它和狼群在一起的话，狼群会帮它喂养狼崽的，但如果它们真的在一起的话，它根本不会有幼崽。一般只有母狼王会有幼崽，并且这匹狼的毛色也不对。就像我之前观察过的一匹白狼，狼群也不喜欢它，它老想攀附母狼王和公狼王，但是它们都不愿意让它在身边。狼群壮大之后，它就离开了，可能觉得没有狼接受它，感到很疲惫。”爱拉低下头注视着母狼，“就像这匹一样。或许这就是为什么它要狼崽了，可能实在太寂寞了。但实在不应该那么早就要狼崽的。狄琪，我觉得这就是我们打野牛的时候看见的那匹狼，它肯定是离开了狼群去找落单的公狼去建立新狼群了。新狼群一般就是这么产生的。但孤狼的确很艰难。狼是群居的，喜欢一起捕猎，相互照料。公狼也会帮母狼养狼崽，有时候会看看狼崽，和它们一起玩耍。可公狼在哪里呢？它找着了吗？还活着？”

狄琪惊讶于爱拉为这匹死去的狼强忍眼泪，“它们迟早都会死的，爱拉。终究我们也会回到大地母亲那里去的。”

“狄琪我知道，可它是那么特别，还是一匹独狼。在它活着的时候它应该享受到一些东西，配偶啊、狼群啊、狼崽啊之类的。”

狄琪开始明白为什么爱拉会对一匹瘦弱的母狼产生这么强烈的情感了。她是感同身受。“爱拉，它也真的有狼崽了。”

“但它们现在也得死了，没有狼群，没有公狼照料，也没有妈妈了。”

爱拉猛地一跳，喊道：“我不会让它们死的！”

“什么意思？你要去哪儿？”

“我要去找到狼崽，沿着黑狼的足迹去找。”

“那样太危险了，周围可能还有别的狼，你怎么能那么确定？”

“我能，狄琪，我只想去看看它们。”

“嗯，爱拉，如果我不能改变你心意的话，我只再说一件事。”

“什么事？”

“如果你想让我和你一起跟着狼的脚印找狼穴的话，雪貂你自己拿。”狄琪说着把五只雪貂从包里甩到地上，“我自己的狐狸就够我提的了！”狄琪说着，面带喜悦。

“噢，狄琪，”爱拉对她深情一笑，说道，“我来扛它们吧。”这两个年轻的女人因为爱和友谊紧紧相拥。

“爱拉，我可以肯定一件事情，在你身边永远不会无聊。”狄琪帮爱拉把雪貂装包，“你打算怎么处置那匹狼？就算我们不拎走它，也会有别的东西这么做的，黑狼皮可是珍稀货色。”

“我会带上它，但想先把狼崽找到。”

“那好吧，我来扛着。”狄琪一边说，一边把狼尸体扛到肩上，“如果有时间，我会把它的皮剥下来。”她刚想问一个问题，但又决定算了，她很快就能知道爱拉打算怎么处置狼崽。

她们不得不回到山谷找到狼的足迹，这匹狼把足迹掩埋的很好，让别的东西知道它幼崽的位置是很危险的。有好几次狄琪都追丢了，她可是追踪的高手。但爱拉着了魔，发誓要找到脚印。当最终来到爱拉认为是狼穴的地方的时候，已经傍晚了。

“爱拉，老实说，我没看到一点儿生命的迹象。”

“如果它是独狼的话这样很正常，生命迹象太重会引来麻烦的。”

“你说的有道理，就算里面有狼崽，你怎么引它们出来呢？”

“我觉得只有一个办法了，我进去找它们。”

“爱拉，你不能这样！从远处观察狼是一回事，但进狼穴就是另一回事了。如果里面还有除了狼崽子之外的东西怎么办？附近还可能有另一匹成年狼。”

“除了黑狼的脚印，你还发现别的脚印了吗？”

“没有，但我还是反对你进入狼穴。”

“我不能功亏一篑的，狄琪，我要进去。”

爱拉搁下背包，往小黑洞走了过去。小黑洞是用一个已有的兽穴加深而成的，地理位置不太好，所以被之前的动物抛弃了，但这是黑狼的配偶——一匹老狐狼，在引诱它发情，过早生产之后，能找到的最好的洞穴了。爱拉趴下来，往前挪动。

“爱拉，等一下！”狄琪喊道，“把我的刀也带上。”爱拉点点头，牙齿咬住刀，继续往里面挪动。刚进去的一段是往下的，过道很窄。爱拉突然发现自己被卡住了，只好退出来。

“我们还是走吧，爱拉，天色已晚，进不去就是进不去。”

“不，”她说，把大衣给脱了，“我要进去。”

爱拉冷得一直打颤。进到洞穴里才好点儿，刚进去往下的一段很窄。到底的时候，它就宽敞起来了，不过这个洞穴好像已经荒废了。由于她的身体挡住了光，眼睛过了一会儿才适应漆黑的环境，她快要退出去了，才听到一声声响。

“小狼，你在这吗？”她喊道，接着回想起来以前观察狼的时候听到的狼叫声，微微地低吼了一下，然后再留心听周围的声音，突然有一个微弱的声音在洞里很深的地方传了出来，爱拉兴奋得叫了起来。

她慢慢向着那个声音爬了过去，小狼又叫了一声。声音越来越近了，然后爱拉就看见了两只闪烁的眼睛,当爱拉的手伸向它时,它往后缩了一下,嘶嘶地叫着。她突然感到它用牙齿咬住了她的手。“啊,想不到你还想反击呢,”爱拉说着,笑了起来,“还有点儿生命力呢,现在过来吧,狼宝宝。没事的,过来吧。”她再次把手伸向狼宝宝,模仿着狼恳求的叫声,然后就触到了一个毛茸茸的小球,抓紧,把它扯了过来,一路上它还又踹又咬的。之后爱拉就爬了出去。

“瞧我找到了什么,狄琪!”爱拉说,捧起那只灰色的毛茸茸的狼宝宝,高兴地笑了起来。

23

乔达拉在屋子外面来回踱步,在大门和马厩之间来回走着。尽管他穿着塔鲁特的一件旧衣服——一件保暖的大衣,太阳快下山的时候,他还是觉得气温降低了很多。他已经爬上爱拉和狄琪走的那个山坡好几次了,并且又准备再爬一次。

今天早上,当爱拉和狄琪离开之后,乔达拉一直想平复自己的焦虑感,但才刚下午,他就开始来回踱步起来了,屋子里的人也不再开玩笑了,都担心起了她们的安危。图丽自己也好几次走到了斜坡上,塔鲁特正在商量组织一队人带着火把去找她们。就连威尼和雷瑟都紧张起来了。

当西边灿烂的阳光慢慢沉降,躲到地平线边上的云后面之后,太阳变成了一个边界明晰的红色光圈;这个红色的大火球不仅染红了天空,同时也把月亮照出了一点点红色。

正当乔达拉要再次爬上山坡的时候,有两个身影在远处的山坡上出现了。身影后面的背景慢慢开始变蓝变紫,有一颗星星开始在天上闪烁。乔达拉松了口气,踉跄地靠在了象牙门柱子上,紧绷的心弦突然放松了反而有点儿头晕。她们安然无恙,爱拉没出事。

但是什么原因耽搁了她们这么久呢?她们该不会傻到故意让那么多人担心吧,是什么让她们待在外面?她们有可能遇到了情况,应该跟着她们了解下。

“她们回来了!回来了!”拉蒂喊道。

人们都披着衣服跑出屋子,飞奔去接她们。

“你们搞什么出去了那么久?天都快黑了。到底去哪儿了呀?”爱拉刚一进门乔达拉就诘问道。

她被他问的哑口无言。

“先进去再说吧。”图丽呼唤道。狄琪知道妈妈肯定很不高兴,但她们都在外面一天了,很累,并且气温下降得也很快。“责备”的话待会儿再说,在图丽看到她们都安好之后,她们被拥着一直走到厨房火塘。

狄琪卸下了身上的重担，松了口气，举起了黑狼的尸体，已经冷得发硬了。当她把尸体摆在垫子上的时候，大家都感到非常惊叹。乔达拉的脸刷的一下白了，她们真的遇到了情况。

“这是狼哇！”德鲁韦惊讶地叫道，敬畏地望着姐姐，“这匹狼是从哪里弄来的？”

“不着急，先看看爱拉包里的东西吧。”狄琪一边说，一边把白狐狸抽了出来。

爱拉一只手从背包抽出冻僵了的雪貂，另一只手小心地抱着那件温暖的衣服。

“雪貂好漂亮。”德鲁韦说，其实这些白色雪貂远远没有那匹狼来得震撼，但他想表现得得体点儿。

爱拉冲他笑了笑，然后解开了绑着大衣的绳子，手放到下面，拿出了一只灰色的小毛球。每个人都盯着这个球，看这个是什么。它突然动了一下。

狼宝宝在爱拉的衣服里面，靠着她又暖又舒服地睡着了，但亮光和噪音，还有陌生的气味，让它觉得很可怕。它哆嗦地靠着气味和体温都感到习惯的女人。爱拉把小毛球放到地上，狼宝宝迅速起立，摇摇晃晃地晃了几步，迅速蹲下，撒了泡尿，尿液很快被干燥松软的泥土吸收了。

“是狼啊！”达努格说。

“是狼崽！”拉蒂满脸兴奋，加了句。

爱拉看到莱达格蹲了下来，专注地观察着这个小生命。他伸出手，狼宝宝嗅了一下，又舔了舔。莱达格满心欢喜地笑了。

“你是在哪里把狼宝宝弄来的？”莱达格用手语说道。

“说来话长，”爱拉也用手语回答，“待会儿告诉你。”她迅速脱掉大衣。妮兹接过衣服，给了她一杯热茶。她吸了一口，笑着表示谢谢。

“她在哪里搞到它这个无所谓，关键是她准备怎么处置它？”弗里贝克问道。爱拉知道他看得懂手语，尽管他自称不懂。显然他刚看懂了莱达格说的话。爱拉转过身，望着弗里贝克。

“弗里贝克，我想要照顾它。”爱拉眼睛里透露出一种想要挑战的神色，说道，“我把它妈妈杀了。”——她用手指了一下那匹黑狼的尸体——“我想要照顾这个孩子。”

“它可不仅仅是孩子，它是一匹狼！会袭击人的怪物。”他说。爱拉对他或者是对任何人的态度都很少有那么坚定，在小问题上爱拉会选择退让不和他争执，他是个很难缠的人。弗里贝克没想到爱拉会固执己见，他不喜欢别人这样，特别是他觉得事情很可能会不向他所想发展的时候。

马努夫看了看狼宝宝，又看了看弗里贝克，咧嘴大笑起来：“你担心这只狼宝宝袭击你？弗里贝克？”

人群中爆发出笑声，把弗里贝克气得头像个红灯笼一样："这不是我的意思。我意思是说狼会攻击人的。起先是马,现在又到了狼。接下来是什么？我不是动物,可不想和它们一块生活。"说完,弗里贝克气着走了。他不愿去想如果他强迫大家做出选择的话,大家是愿意留他,还是愿意留爱拉和动物们在狮营里生活。

"还有烤牛肉剩下吗,妮兹？"

"饿坏了吧？我给你弄晚餐过来。"

"不,是给狼宝宝吃的。"爱拉回答道。

妮兹端了一块肉给爱拉,好奇这么小的狼怎么能吞进去。爱拉想起了她以前学到过的知识:母亲能吃的,孩子就能吃,不过要更软一点儿,更利于咀嚼消化。她曾经带一只小穴狮宝宝到山洞里面,用肉和汤替代狮奶喂它。狼也是吃肉的,她记得以前观察狼群去了解它们的时候,经常看到老狼嚼碎食物,然后含着回洞里给幼崽喂食。当然爱拉不必用嘴嚼烂肉块,她有手和刀,她可以剁碎肉块。

爱拉把肉切碎,装到碗里,在加上热水,让它接近狼奶的温度。狼宝宝绕着食物嗅了一圈,还是不敢越出雷池半步。爱拉在垫子上坐着,把手递了过去,温柔地呼唤着狼宝宝。她把狼宝宝带离开一个孤独冰冷的洞穴,到一个温暖舒服的地方,对狼崽来说,她身上的气味已经代表安全了。这个毛茸茸的小球一步一颠地朝爱拉走去。

她先把它抱起来检查,分辨出它是一只公狼,年纪非常小,大概出生到现在还不到一个月,她好奇它有没有兄弟姐妹,如果有的话,它们又是什么时候死的。她发现它的身体完好无缺,也没有营养不良,尽管它的妈妈骨瘦如柴。当爱拉想到它的妈妈和她殊死搏斗为了让它活下去，不由得想到自己受过的苦难，让她坚定了信念。如果可以,她会拼尽全力让狼宝宝活下去,无论如何,无论弗里贝克或者是别人都不能阻止她。

爱拉抱起狼宝宝放到膝盖上,手指蘸了一下肉末,放到它的鼻子下。它嗅了嗅,饿了,很快把手指上的肉末都舔干净了。她又用手指抠了一些,狼宝宝又很快舔干净。她膝盖感到它圆鼓鼓的小肚子,爱拉觉得狼宝宝吃饱了,就放了点儿水到它鼻子下,它舔了舔。然后爱拉就把狼宝宝送到猛犸营里去了。

"你可以到那边的椅子上找些旧篮子。"马穆特跟在她后面说道。

她朝他微笑了一下,他很能猜中她的心思。她到处找着,发现了一个编织的非常巨大的锅,其中一边已经缺了。她把篮子放到床头边上。她一把狼宝宝放进去,狼宝宝就叫唤着要出来。她又把它抱起来,它就四处张望,一脸迷茫。她非常想把它抱到床上,她也曾经和小马和狮子一起睡着长大。但她发现这样改变不了它们的习性,此外,乔达拉也不愿意和一只狼同睡。

"它不喜欢待在篮子里,大概是想和妈妈或者别的狼宝宝一起睡。"爱拉说。

“把一些你自己的物品给它，爱拉，”马穆特说道，“找点儿柔软舒服又能让它倍感熟悉的东西给它，现在你已经是它妈妈了。”

爱拉点点头，在她的衣服小堆里找了起来。她没有多少衣服，狄琪送给过她一件漂亮的外套，她在来这里之前在山里面做过些，其他人和她交换过一些。还有些零散的东西，是在和家族一起生活的时候用过的，她之前有很多衣服，甚至在山谷的时候……

她瞥见了从山谷带来，现在搁置在贮藏平台小角上的一个放衣架。她在上面翻了翻，找出了杜尔克的斗篷，端看了一会儿，又放回原处。她不舍得用它。接着她又看到一件旧的家族外衣和一张很大的柔软舒服的旧兽皮。从她懂事以来，她就一直用这样的东西用一条皮带包裹身体，直到她和乔达拉离开山谷。好像已经过了很久了。她用这件衣服铺到篮子里，把狼宝宝装了进去。它闻了一下周围，很快就蜷缩着睡着了。

她突然意识到自己已经很累很饿了，并且她的衣服也被雪水弄湿了。她脱下靴子和猛犸毛粘制的内衣，换上干衣服和柔软的鞋子——这双鞋子是塔鲁特教她做的。他在接受仪式上穿的鞋子让爱拉非常感兴趣，就向他请教制作这鞋子的方法了。

这双鞋子利用了麋鹿腿的一个特点——它们后肢的跗关节有一个折，和人的脚形状一样。皮革从关节的上部割开，一整块地拿下来，经过加工，下面的一部分用筋线按需要的尺寸缝制，上面在脚踝上面用绳子或者皮带绑着。然后就能做成一个无需缝制的、暖和舒服的长筒皮靴。

换了衣服之后，她去马房查看马儿，让它们安心下来，但在爱拉抱母马的时候，她留意到了一丝犹豫和抵触。

“你嗅到了狼的味道，对不对，威尼？不过你要习惯它，你们都要。这匹狼要和我们待在一段时间。”她伸出手让这两匹马去闻。雷瑟往后一缩，嘶鸣了一下，摇摇头，又去闻了闻。威尼的鼻子探到爱拉的手中，但它的耳朵往后面倒，迟疑地上下扇动。“威尼，你以前和贝贝待过，那么也能和……狼待一起。明天我会带它来，当你看到它多么小的时候，就不会担心它伤害你了。”

爱拉回到屋子里面，看到乔达拉正在床边盯着狼宝宝看。他的表情耐人寻味起来。但她从他的眼睛里面发现了好奇和某些和温柔类似的东西，他抬头看着她，额头的皱纹又显现出她熟悉的模样。

“爱拉，你们为什么要在野外待那么久？”他说，“每个人都要去找你们呢。”

“我们预计不是这样的，但在我杀了一匹在哺乳期的黑狼之后，我就不得不去看看它的幼子了。”爱拉回答。

“那有什么不一样吗？狼总是要死的，爱拉！”他原本打算心平气和地说，但因为担心她的安危，他近乎尖叫起来，“像你那样跟踪狼是愚蠢的，如果你发现的是狼群，它们就会吃掉你。”乔达拉之前担心极了，但放心下来后因一阵阵的怀疑和受挫的感觉生起气来。

“对我来说不一样。乔达拉,”她也发怒了,想保护狼宝宝,“并且我也不愚蠢。在我狩猎其他东西之前我就狩猎过食肉动物了。我对狼很了解。如果有狼群的话,我是不会追到狼穴去的。狼群自然会照顾好幼崽。”

“就算是独狼好了,那为什么要花一整天来找到它?”乔达拉提高音调。试图让自己不那么紧张,同时也试着让爱拉别再这样冒险。

“那只狼崽是母狼的所有。我不忍心因为杀了它妈妈就让它活活饿死。我小时候如果没有人关心,也不能活到现在,我也要关心别的人,就算它是狼崽。”爱拉也提高了音调。

“这可不能混为一谈。狼是野兽。你应该更理智些,爱拉,不应该就因为一只狼崽让自己有生命危险。”乔达拉大叫道,她好像不能让他理解,“现在的天气可不是整天都能待在野外那种。”

“我理智得很,乔达拉,”爱拉说,眼睛里面迸发着怒火,“我可是出去过的人。难道你觉得我不知道坏天气是怎么样的吗?难道你认为我不知道在什么情况下会有生命危险?在你到来之前我就能自己照顾自己,并且遇到过危险得多的情况。我甚至还反过来照顾过你。我不要你来说我很愚蠢,没有理智。”

在猛犸火塘周围聚集的人们都留意到了这次争吵,人们紧张地笑着,想当作没这回事。乔达拉扫视了一下四周,发现几个人在聊天。但那个皮肤黝黑眼睛明亮的男人站在外面,高兴地笑着,暗示他在幸灾乐祸。

“好,爱拉。你不需要我,是不是?不管遇到什么情况。”乔达拉吐了口水,然后就看见塔鲁特走了过来,他又问道,“如果我搬到厨房火塘去住,你不会介意吧,塔鲁特?我会尽量不妨碍别人的。”

“我肯定可以啊,但是……”

“好的,谢谢你。”他一边说,一边在他和爱拉的床上拿起垫子和属于他的物品。

爱拉惊待在了,她觉得他真的不愿意再和她睡一块儿了。她差点儿就想求他不要走,但她的自尊还是阻止了她这么做。他和她同床,但是他们已经很久没有床笫之欢了,她也因此确信他不爱她了。既然他不爱她,那么她就不要强求他留下,尽管这么想爱拉就满心惶恐悲伤。

“你把你吃的东西也拿走吧。”她说道,这个时候他在往背包里塞东西。之后,她又不想就这么完全决裂,补充道,“虽然我不知道在那边谁会给你做饭,但那里还不算一个完整的火塘。”

“我流浪的时候,你以为是谁给我做的饭?是多尼吗?我不需要女人照顾,我自己会做饭。”他脚步沉重,怀里抱着皮毛被子,走过狐狸火塘和狮子火塘,把垫子之类的放到工具间边上。爱拉一路注视着他离开,不愿意相信这样的现实。

在地屋里面,人们纷纷攘攘地讨论着他们分居这件事。听到消息后,狄琪连忙从通道跑过来，她感到太难以置信了。在爱拉给小狼喂食和它窃窃私语的时候，狄琪和妈妈一起去了野牛火塘，换了身干衣服之后，狄琪显得沉稳干练。的确，不论是为了自身的安全还是因为不让别人的担心，她们都不应该在野外逗留这么久。但在那种情况下，她也别无选择。图丽原本也想和爱拉聊聊，但又感到不合适，特别是听了狄琪陈述之后。在她们开始这次轻率决定去找狼宝宝之前，爱拉要她先回来过。她们也已经成年，能够很好地保护自己了，但图丽还是从未如此地担心狄琪过。

妮兹轻轻捅了下特鲁妮，她们用盘子装了些热食拿进去猛犸火塘，给爱拉和狄琪充饥。或许等她们吃饱之后，她们就会说清楚事情的来龙去脉，这样就能搞清楚了。

大家都想等着这两个年轻的女子和狼宝宝吃饱喝足暖和起来后，问问她们关于小狼的事。虽然很饿，但爱拉还是吃不下。她总是望着乔达拉离开的方向。别的人也都聚集到了猛犸火塘，期待着这个扣人心弦、非同一般的故事，这个故事注定会口口相传。不管她是不是要生气了，人们都想知道她是怎么带着狼宝宝一同归来。

狄琪从陷阱套住白狐狸出现怪象开始说，她现在十分肯定是因为那匹黑狼又累又饿，不能够独自捕猎到野鹿、野马和野牛，才被迫在圈套里偷狐狸。爱拉认为这匹狼在狄琪做陷阱的时候就一直跟踪她们。接着狄琪就说爱拉想用白色的毛皮给一个人做点儿东西，但不想用白狐狸皮，所以就抓雪貂去了。

乔达拉在故事开始之后凑了过来，蹲在一个比较远的墙边，尽量安静不做声，不引起旁人注意。他已经开始责怪自己那么草率就离开爱拉了，但每每他听到狄琪说的话，他就觉得脸上的血要被抽干了。如果爱拉想用白色的毛皮给人做东西，还不用冬天狐狸的皮毛时，那么一定是因为她之前已经送过白狐狸的毛皮了。他清楚在接受仪式上爱拉把白狐狸毛皮给了谁。乔达拉闭上眼睛，拳头放在膝盖上紧握。他不愿意这么想，但他无法控制脑袋里面的念头。爱拉一定是给那个穿着白色毛皮就会显得很漂亮的皮肤黝黑的男人做的，给雷奈克做的。

雷克奈也在猜测“那个人”是谁。他觉得是乔达拉，但他更希望是别人，甚至是他自己。不过，这也让雷克奈有了个想法。不管爱拉的东西是不是送给他的，他依然可以献殷勤。他想起来爱拉收到他送的马雕之后兴高采烈的样子，他想再给爱拉雕点儿别的东西让她再兴奋一下；某些能让她再次兴高采烈的东西，特别是现在那个高大的金发男人已经不和爱拉在一起了。乔达拉的存在对他来说是个威胁，但如果他主动放弃，放弃爱拉的床和火塘的话，那么雷奈克就可以不受束缚地向爱拉发动攻势了。

狼宝宝发出了一声梦呓，在床台边坐着的爱拉伸出手轻轻抚摸着它，让它平静。在它短暂的生命中，只有躺在母亲的怀里，才像现在感觉的那样安全和温暖。但它却经常要待在冰冷漆黑的洞穴中。爱拉用手从那个悲伤孤独恐怖的洞穴带走了它，赐予它温暖、食物还有安全。爱拉温柔地抚摸着它，它很快就安静下来，沉睡过去了。

爱拉让狄琪继续述说着这个故事，只是偶尔插入点儿评论和解释。她不想讲话，并且听另一个年轻女性说出另一个版本的故事非常有趣。并不是故事不真实，只是叙述的角度不同，而且爱拉也惊讶于狄琪的一些感受，她并不觉得情况有多危险。而狄琪则觉得狼恐怖得多；她好像并没有真正了解狼。

狼在肉食动物中算是很温和的，只要能对它们的信号加以留心，便可以对它们的行动加以预测——鼬鼠更凶残，熊更难以预测。狼很少主动向人类进攻。

但狄琪不这么看，她说那匹狼在主动地攻击爱拉，而且她也慌了。情势凶险，但即便爱拉没有挡开它，它也不过是防御性地进攻。她可能会因此被弄伤，但绝不会死，那匹狼抢到雪貂后撒腿就跑。当狄琪说到爱拉低着头钻进狼穴的时候，所有人都用敬畏的眼光望着她。她也许是非常无畏，但也可能是有勇无谋，但爱拉自己不是这么想的。因为没有别的印迹，她清楚附近都没有别的成年狼，这匹黑狼是一匹独狼，可能已经远离狼群，并且又已经死了。

狄琪生动地讲述的爱拉的冒险情节，在其中一个听众心中激起了除了崇敬之外的东西。乔达拉越发不安，他的脑海里又补充了很多细节，他觉得爱拉不仅仅是身处险境，并且可能遭受狼的攻击而受伤流血，甚至更糟。他难以承受这样的心理刺激，心中的焦虑又加倍来袭。其他人也这么觉得。

“你不应该使自己身处这样的逆境当中，爱拉。”女首领说道。

“妈妈！”狄琪喊道，这个女人之前暗示过不会展露她的担心的。

人们依然沉浸在这个精彩的冒险当中，由于她的打断，都对她怒目而视。这个故事的真实性让人感到非常刺激。尽管它还能被口口相传，但总是第一次听的时候感受比较新鲜。气氛被扰乱了。不管怎么说，爱拉回来了，并且安全得很。

爱拉看了看图丽转头扫过乔达拉，从刚踏进火塘她就意识到他非常生气，图丽也是如此。“我并没有身处险境。”她说道。

“你没想过深入狼穴很危险的吗？”图丽问。

“不是的，并没有危险。那只是一匹独狼的洞穴，它也已经死了。我只是进去找它的孩子。”

“或许吧。但有必要在野外待到那么晚去找一匹狼吗？你们还没回来，天就已经黑了。”图丽反驳道。

乔达拉也这么说过。“但我知道这匹黑狼有狼崽，因为它在哺乳期。没有妈妈，它们就会死掉的。”爱拉解释道，尽管她之前已经说过，还以为大家已经明白了。

“所以你就拿自己的生命来冒险？”——还有狄琪的，她想，但她没说——“为了一匹狼的生命？黑狼攻击你之后，你就为了抢回雪貂去追踪它这已经是胡来了。你应该放走它。”

“我不这么认为，图丽。”塔鲁特突然插话。全部人都望向她，“有狼在附近，狄琪做陷阱的时候已经被它跟踪了。如果那匹狼很饿，可能就会袭击孩子，我可不愿意这样的事情发生，现在狼死了。我觉得还算是比较好的解决办法。”

人们都点头同意，但是图丽不会那么轻易被说服：“杀死它或许是比较好的解决方案，但难道花那么长时间在野外找狼崽也是必要的？既然现在找到了，又要怎么处置？”

“我觉得爱拉追踪并杀掉那匹狼是对的，但也不应该杀掉一个正在哺乳的母亲。所有母亲都有权利抚养下一代，狼也不例外。并且不单这样，爱拉和狄琪追踪狼并不是毫无意义的，图丽。她们不仅仅发现了狼崽。既然她们发现了只有一匹狼的踪迹，那么我们就能确认附近没有别的狼了。并且，以大母亲河之名，如果爱拉是怜悯那只狼宝宝，也不是什么坏事。它只是一只无辜的小狼宝宝而已。”

“现在它是这样，但不可能一直这么小。有一匹成年狼在屋子晃悠的话，我们怎么办呢？怎么准保它那时不会袭击孩子？”弗里贝克问，“我的火塘很快就会加一个小孩了。”

“爱拉对付动物是有一套的，所以我觉得爱拉知道如何让狼不伤人。但即使这样，作为狮营的首领，我现在要明确，如果那匹狼有那么一丝要伤人的意思，”——塔鲁特严肃地盯着爱拉——“我就把它宰了。爱拉，你同意吗？”

所有目光都聚集到她身上。她脸红了，结结巴巴地开始述说她的想法：“我不能确定狼崽长大后会不会伤人。我甚至不能确定它会不会留下来。我把一匹马从小养大，它走了，回到公马和马群身边，但过了一段时间又回来了。我还养过穴狮，直到它完全长大。贝贝小时候，对它而言，威尼就像母亲一般，它们成了朋友。尽管穴狮捕猎马。并且能轻易地伤害到我，但它没这么做，它总是像我的孩子一样。

“最后贝贝还是离开我去寻找配偶了，它没再回来，没有留下，但来拜访过，有时候我们会在草原上相遇，它从没威胁过威尼、雷瑟和我，即便那时候它已经找到配偶，建立了兽群。贝贝攻击过两个进它洞穴的人，并杀了其中一个，但我告诉它走开，别伤害乔达拉和他弟弟，它就依着这么做了。穴狮和狼都是肉食动物。我曾经和穴狮一起生活，也观察过狼。我觉得一匹和人们一起长大的狼可不会伤害他们，但我话儿搁这，如果它的确对任何孩子或者人产生了危险，”她咽了咽口水——“我，马穆塔的爱拉，会亲手把它宰了。”

爱拉决定第二天早上把狼崽带给威尼和雷瑟，让它们能够习惯它的气味，避免无谓的紧张。喂食完以后，她把狼宝宝抱到马厩的两匹马面前。她不清楚有几个人看着她去了。

在她和小狼走近马之前，她捡起一块干马粪，捏碎后在小狼身上扑了点儿纤维状的土。爱拉希望吃草的马儿能和吃肉的狼成为朋友，就像之前和穴狮那样，爱拉记得贝贝在马粪里滚了一圈之后，威尼变得更愿意接受它。

当她举起毛茸茸的狼宝宝到威尼跟前时，这匹母马吓得往后缩，但最终它的好奇心战胜了恐惧。于是，它小心地往前走了走，嗅到了让它安心舒服的马粪味，夹杂着让它不安的狼味。雷瑟也很好奇，但没那么小心。尽管它对狼天性警觉，但它从来没有和野马群一同生活，也没有成为过捕食者的猎物。它向着那个温暖、活泼、有趣、隐约有点儿危险的、爱拉手捧着的毛茸茸的小球走过去，伸长脖子端详。

当这两匹马闻够了，熟悉了狼宝宝之后，爱拉把它放到两匹巨大的马脚跟前，这个时候她听到了紧张的喘息。她往猛犸火塘扫了一眼，看到拉蒂抵着门帘，塔鲁特、乔达拉还有其余几个人紧紧挤在身后。他们不想打扰她，但也非常好奇，忍不住来看狼宝宝和马第一次会面。尽管狼崽很小，但它是肉食动物，并且马也是狼的天然猎物。但马蹄子和它们的牙齿都是厉害的武器。马可以踢伤或者踢死袭击它们的狼，当然要杀死狼宝宝就更轻易了。

这两匹马知道这个小狼宝宝构不成威胁，所以很快就放松了下来，多次地察看摇摇晃晃的小狼。它可没比马蹄大多少，还不时抬起头看这些巨兽的腿，威尼低下头，闻了闻，又缩回来，然后又朝小狼伸出长长的灵活的鼻子。雷瑟从另一面靠近这只可爱的狼宝宝。当狼宝宝看见有两个大脑袋逼近，它紧缩成了一团，在它的眼里，世界都是特大号的。人，甚至是那个喂食它、使它安乐的女人，也是超大号的。

它没有从圆形的鼻孔呼吸的温暖空气中闻到危险。出于狼鼻子的敏感，马的气味是它非常熟悉的。这些气味弥漫在爱拉的衣服、物品上，甚至连身上都是。小狼很快觉得这两匹四腿的巨兽是它的朋友。由于像小狗一样想快点儿讨人喜欢，它爬过去用它黑黑的小鼻子去蹭了一下威尼暖和柔软的鼻子。

“它们在蹭鼻子！”爱拉听见拉蒂叫道。

狼宝宝正要去舔母马的鼻子——这是狼表示亲近的方式，威尼猛地抬头。但它感觉到很好奇，不想疏离这个可爱的小动物，很快就接受了狼宝宝充满爱和温暖舔舐。

过了几分钟，待到它们熟悉之后，爱拉把狼宝宝抱了回来。开始得很顺利，但是爱拉决定不要滥用这种顺利。以后，她要带着狼宝宝去骑马。

当动物们见面的时候，爱拉看见乔达拉脸上有一种温和的笑容。对爱拉来说，这个表情是多么的亲切，无法言说的幸福感也忽然奔涌而来，这让爱拉觉得，他会愿意搬回猛犸火塘。但当爱拉走过去，向他露出了她最动人的微笑时，他却转过脸，低下眼睛，迅速跟着塔鲁特回去厨房火塘。待幸福感消失了之后，爱拉也低下头，心头一阵痛感取代了幸福。她确信他不再关心她了。

事实上他已经后悔了。为自己的鲁莽而后悔，为自己的幼稚而羞愧。觉得肯定是自己的突然离去使得自己不受欢迎。他觉得她的微笑并不是对他的，而是因为动物会面成功的微笑。他没办法不看她，内心中燃烧着渴望和爱；但又害怕面对她，承受不了失去她的伤痛。

雷奈克看见了爱拉看着那个高大的男人背影的目光。他不清楚他们要分开多长时间，结果会怎样。尽管他不敢奢望，但还是期望乔达拉能离开，这样就能增加他和爱拉接触的机会。他隐隐觉得，他们这次分开的部分原因是他，但他也同时感觉到他们俩之间更深刻的感情。雷奈克对爱拉的兴趣路人皆知，爱拉也没有暗示他这个行为是错误的。尽管爱拉也没有鼓励他，但也没有反对。乔达拉也从没有明确表态他和爱拉之间不允许任何人插足；他只是作出了退让，带着闷气。

的确，爱拉确实欢迎雷奈克陪伴。她不知道乔达拉为何对她如此冷淡，但大概是她做错了什么。雷奈克对她的殷勤又使爱拉觉得她也没什么大问题。

拉蒂在爱拉身边站着，她的眼睛闪烁着温柔的光，表现了她对怀里的狼宝宝的兴趣。雷奈克加入到她们中。

"那个景象我永生难忘，爱拉。"雷奈克说，"小狼宝宝在蹭那匹大马的鼻子。真是勇敢啊。"

她笑着抬起了头，雷奈克的赞美让她很高兴，就像那只小动物是她亲生的那么高兴。"开始沃夫吓惨了。它们比它巨大多了。它们那么快成为朋友我倒很高兴。"

"你准备叫它这个名字吗？沃夫？"拉蒂问道。

"我就随口一说。不过这个名字听上去不错。"

"我觉得这个好极了。"雷奈克赞同道。

"你觉得怎么样，'沃夫'？"爱拉把狼宝宝举了起来，看着它问道。那只狼宝宝努力地靠近着爱拉，舔了舔她的脸。大家都高兴地笑了。

"我觉得它喜欢这个名字。"拉蒂说。

"爱拉，你的确对动物很了解。"雷奈克说着，脸上出现了疑惑的神情，补充道，"但有件事我想问你。你怎么知道马不会伤害它的？狼群捕猎马，我也见过马杀狼。它们是天敌。"

爱拉停下来思考："我不确定，但就是知道会这样。可能是贝贝的关系吧，穴狮也杀马的，你应该看看它小时候和威尼在一起的情景。威尼就像妈妈，至少是大婶一样保护它。威尼知道狼宝宝伤不了它，雷瑟也一样。我觉得，如果从幼崽阶段就开始抚养动物，那么动物之间都会成为朋友，也能和人类成为朋友。"

"这就是威尼和雷瑟是你朋友的原因吗？"拉蒂问。

"是的，我想应该是。我们都用了点儿时间来熟悉对方。沃夫应该也需要。"

"你觉得它能习惯我吗？"拉蒂问，眼睛里充满了渴望。爱拉明白她的意思，她笑了。

"给，"她一边说，一边把狼宝宝给拉蒂抱，"抱着它。"

拉蒂紧紧抱着这个暖暖的、蜷缩着的动物，头低下去想亲一亲这个毛茸茸的小生命。沃夫也舔着她的脸，和她交朋友。

“我觉得它喜欢我。”拉蒂说，“它亲了一下我！”

爱拉听着高兴地笑了。她知道这可爱的天性是狼崽与生俱来的；和成年狼一样，人类也觉得这非常吸引人。在长大之后，狼才存有戒心，变得防御起来，不相信陌生人。

当拉蒂抱着狼宝宝的时候，爱拉好奇地盯着它。沃夫的毛皮依然是小狼特有的初始的黑灰色。长大之后毛才会变成成年狼那样深浅间隔的颜色——如果它的毛的确要变色的话。它的妈妈毛色就是黑的，比沃夫的还黑，爱拉不知道狼宝宝的毛会变成怎么样。

听到克罗兹的尖叫，他们都转身望去。

“你的承诺一文不值！你答应要尊重我！无论如何都会欢迎我！”

“我记得我答应过的话，用不着你提醒。”弗里贝克回喊。

这次争吵并不出人意料。漫长的冬天给很多东西都提供了充裕的时间，就好像制造、修补、雕刻、裁缝、聊天、唱歌、游戏、演奏，还有别的很多娱乐活动，但当漫长的严冬即将过去的时候，闷了很久的人们也很容易会憋出脾气。弗里贝克和克罗兹之间有很强的潜在的抵触心理，让他们之间关系紧张，大部分人都觉得爆发的时候到了。

“你现在说要我走。那么我就是一个无处可去的妈妈，但你要赶我走，这算信守承诺吗？”

这场语言上的战争在过道里升级，在猛犸火塘里很快地就全面爆发了。被吵闹声和骚乱吓到了的狼宝宝钻出了拉蒂的胳膊，在她发现之前就跑掉了。

“我会信守承诺的。”弗里贝克说，“你不明白我的意思，我意思是……”他曾经给过她承诺，但当时他不会想到和这个恶妇生活会是什么样的。如果可以只要弗莱莉而不要她妈妈就好了。他这么想着，往四处看，想从克罗兹的魔爪中找机会逃出来。

“我意思是……”他瞥见了爱拉，直直地盯着她看，“需要更大的地方，有些动物更好。我们的鹤火塘不够大，有了孩子以后怎么办？这里貌似过大了，连动物都有！”

“不是动物的缘故。猛犸火塘在爱拉来以前也是这么大的。”雷奈克帮爱拉辩驳道，“营里的人都到这里聚集，所以要更大点儿，即便是这样还是很拥挤的。你不配那么大的火塘。”

“我说我要这么大的了吗？我只是觉得我的太小了。为什么狮营给动物提供地方都不给人提供？”

人们聚集起来看发生什么了。“你不能占去猛犸火塘的地方。”狄琪一边说，一边挪开位置让老巫师往前说话，“告诉他，马穆特。”

“没有人给狼让了地方，它睡在她旁边的篮子里。”马穆特温和地说道，“你说爱拉有整个火塘，但实际上她并没有一块地方是私有的。不管有没有庆典，大家都在这儿聚集，特别是孩子们。这里总会有人，弗莱莉和她孩子也会来这里。”

“我和弗莱莉说过，我不喜欢她待在这儿很久，只是她说需要些空间来干活。如果我们的火塘更大点儿，她就不必要跑过来了。”

弗莱莉脸刷地红了，走回到鹤火塘。她的确这样对弗里贝克说过，但也并不完全这样。她喜欢在猛犸火塘的另一个原因是有人陪着好打发时间，爱拉也能给她不太顺利的怀孕给予些有用的建议。当下弗莱莉觉得她没办法不离开是非之地。

“无论如何，我的重点不在那只狼上面。”弗里贝克继续说，“尽管也没人问过我到底愿不愿意和那动物住在一个火塘里。只是因为有人把它带来了，我不知道为何非得和它们同住。我不是动物，也不和它们一起长大，但这里人的重要性显然比不上动物。整个营的人都帮马做了个马厩，而我们却要在营里最小的火塘里面挤。”

霎时间，人群喧闹起来，人声鼎沸。

“你说的什么，你们的火塘最小？”托奈克一下子暴跳了起来，“我们那不比你们那大，也许还更小一点儿，人也一样多！”

“的确如此。”特鲁妮说。马努夫用力点头表示同意。

“没有谁地方特别宽敞。”雷奈克说。

“对！”特鲁妮态度更积极地赞同道，“我觉得狮子火塘也没你们那儿大，弗里贝克，人也比你们多，比你们高大。他们才算是拥挤不堪，或许他们应该从厨房火塘挪点儿地。如果说有什么火塘能用那块地的话，厨房火塘实至名归。”

“但连狮子火塘也没要。”妮兹说道。

爱拉一个人一个人地看，很奇怪为什么整个火塘突然就吵起来了，但她暗自觉得都是她的错。

一声大吼在吵杂声中升起，盖过了其余的声音，让所有人都住了嘴。塔鲁特立在火塘的中央，带着一份威严。他的双脚分开站立，把一根长长的精致的象牙棒握在右手。图丽站到他旁边，以示自己的权威。爱拉被他们的威慑力震住了。

“我手中的是话语棒。”塔鲁特举起手中的小棒摇着说，显示了自己的地位，“我们会心平气和地讨论，公正严明地解决。”

“以大母亲河之名，无论谁都不许玷污话语棒。”图丽又补充道，“谁先说？”

“我觉得让弗里贝克先说。”雷奈克说，“是他引起的讨论。”

爱拉一直往人群边上躲，想逃离争吵着的人群。她看到弗里贝克站到中间，人们并不友善的目光集中到他身上，让他感到不舒服。雷奈克说的话暗示了他是这次吵闹的罪魁祸首。爱拉躲到达努格身后，让他挡住自己。她有史以来第一次仔细地打量着弗里贝克。

他身高中等,可能还不到平均身高。留意到这一点之后,爱拉觉得自己比他高,她比巴泽克高,和韦麦兹差不多。她已经习惯俯视群雄,所以她一直不在意别人的身高。弗里贝克有着一头稀疏的浅棕色头发,眼睛发蓝,脸上没有伤疤,显得端正。总体来说他长得很大众化,身上没有地方显示他非常好勇斗狠。当爱拉慢慢长大,她曾经希望和家族里面其他人长一个样,就好像弗里贝克和他的同伴那样。弗里贝克走到前台从塔鲁特手里拿过话语棒,爱拉的眼角扫到了克罗兹一脸的坏笑。这个老妇理应部分为弗里贝克的作为负责,但仅此而已吗?不止这样。爱拉继续找着弗莱莉,但没有在人群里发现她。最后发现弗莱莉站在鹤火塘边上看着这里。

弗里贝克盯着棒子看了好几遍,然后用手换了下握棒的方法,紧紧握住它,开口道:"的确,我有话要说。"他皱起眉头,直了直身子,紧张张望了一下,"我的意思是,我们遇到了困难,鹤火塘地方太小。我们没有干活的地方,它是土屋最小的火塘……"

"它不是。比我们的大多了!"特鲁妮大声喊道,没忍住情绪。

图丽盯了盯她,一脸严肃:"特鲁妮,你有机会发言的,但要等弗里贝克说完。"

特鲁妮喃喃地说对不起,脸涨得通红。弗里贝克因她的窘态反而鼓起了勇气,态度强硬起来。

"我们地方不够,弗莱莉干活的地方不够,并且……并且克罗兹需要更大的地方。我们有新成员要加入。我觉得我应该有更大的地方。"弗里贝克把棒还给塔鲁特然后就下去了。

"特鲁妮,到你了。"塔鲁特说。

"我不认为……我意思是……好吧,要不我这么说,"她一边说,一边拿起话语棒,"我们的地方和鹤火塘一样小,人也一样多。"接着她又补充道,希望塔鲁特会帮助她,"我觉得狮子火塘也不够大……"

"不要紧,特鲁妮。"塔鲁特说,"狮子火塘不需要更多的土地,并且和鹤火塘离得远,也不会受到这次的影响。你住的驯鹿火塘,确实要说两句,鹤火塘的变化对你们影响比较大。还有要补充的吗?"

"不,没有了。"特鲁妮摇了摇头,说完把棒还给他。

"还有人吗?"

乔达拉觉得自己应该发言支持爱拉他们,但他是个外人,觉得自己没有资格插话。他想支持爱拉,现在已经开始后悔换了睡觉的地方了。当雷奈克拿起象牙棒往前走时,他很兴奋,觉得有人为她说话了。

"弗里贝克说的都不是什么大事,只是他在夸张而已。他们或许需要更多土地,但鹤火塘也不算是最小的火塘,狐狸火塘才是最理想的。但我们只有两个人,所以也很满意。"

人们在底下低声议论，弗里贝克怒视着他。他们俩之间一直缺乏谅解。雷奈克认为他们道不同，总是忽视他。弗里贝克认为他看不起自己，并且他坚信这感觉千真万确，特别是他开始贬低爱拉之后，雷奈克就更看不起他了。

塔鲁特想把争论解决在发生前，拉高了嗓子对弗里贝克说："你想土屋应该做什么改变来满足你的需求？"他把象牙棒交给他。"我没说要占掉驯鹿火塘的地方。我意思是，如果人们有地方给动物住，那他们一定是土地太多没法用了。为了那些马，土屋边上加了一间小屋，但似乎没人留意我们要加个人了。大概……都会结束的。"

弗里贝克结束得底气不太充足。马穆特伸手拿过话语棒，他看起来不太高兴。

"你意思是在提议为了给鹤火塘腾地方，驯鹿火塘应该挪到猛犸火塘上？那就得麻烦他们了。关于弗莱莉不得不来这里干活的话，你不会意思是不让她外出吧？那是不利于健康的，并且剥夺了她在这里的友谊。她在这里干活没什么问题。那些占地大、别的地方做不了的活，来到这里做是很合理的，这个火塘本就是为了那些活设置的。猛犸火塘是大家的，并且用它来聚会也有点儿显小了。"

马穆特把话语棒交还给塔鲁特时，弗里贝克瞬间老实了起来。但雷奈克又接过话语棒，他又瞬间警惕了。

"至于马厩，我们所有人都从中得到了方便，要是挖了地窖之后就更是了。即便是现在，它也已经成为很多人常用的入口。弗里贝克，我看你把衣服放在那里，从那里出入的次数比从前门都多。"雷奈克说，"此外，孩子们也还小，不需要多少地方，那么你也不需要更多地方。"

"你怎么知道？"克罗兹突然插了句，"你的火塘也没生过孩子。小孩子也要地方的，比你想的要多。"

说完，克罗兹才意识到自己第一次和弗里贝克站到一边。她眉头皱了下，希望他是对的。或许他们真的需要更多的地方。猛犸火塘也的确是聚会用的，但因为爱拉在一个那么大的火塘住，她的地位也随之提高。尽管马穆特住这里的时候，大家都把猛犸火塘当做是共有的，但现在除了聚会之外的时间，大家都觉得它是爱拉的了。鹤火塘成员的地位或许会随着火塘的面积提升而提升。

克罗兹的插话引起了群众的评论，塔鲁特和图丽相互示意，让讨论自然地发展。人们在某些时候需要表达自己的权利。在众议纷纭的时候，图丽看到了巴泽克的眼神。在议论平息之后，巴泽克走到前台，接过话语棒。图丽似乎知道他要说的话一样，点点头表示同意，尽管他们并无交谈。

"克罗兹说的有道理。"他向她点点头说。她听了之后又直了直身子以示知晓，对巴泽克的评价又好了些，"孩子们的确要占很大面积，比人们从他们的体型估算出的面积要大得多。或许是要作出改变了，但我依旧不认为猛犸火塘要做出让步。鹤火塘要增加地方，同时犀牛火塘对面积的需要在减少。塔奈格已经到了女方的营里住了，他和狄琪也很快要自立门户。到那个时候她也要走。有鉴于此，对于一个家庭人数增加要更多的地方，犀牛火塘表示理解，愿意给鹤火塘让出些地方。”

“弗里贝克，满意了吗？”塔鲁特问。

“满意。”弗里贝克回答，没想到事情会这么发展。

“那么我就让你们一同来计算出犀牛火塘应该匀出多大的地方，但我觉得这得等到弗莱莉把孩子生下来再说。你觉得呢？”

弗里贝克茫然地点点头。在他以前的营里，他从未想过能要到更多的地方；如果他这么做了，会被耻笑的。他没有提这些要求的地位和特权。一开始和克罗兹争论的时候，他根本没想过要地方。他只是想找办法对付她尖酸刻薄但又现实的责备。现在，他自己也相信，他们吵架是因为地方不够用，有且仅有这一次，她和自己站在一边。他感受到了成功的喜悦。他赢了两场，一场和营里，一场和克罗兹。当人群散去之后，他看到巴泽克和图丽在聊天，突然觉得自己要去谢谢他们。

“感谢你的理解。”弗里贝克对女首领和犀牛火塘的男主人说。

巴泽克说了几句客套话，弗里贝克只有承认他的付出，他才会感到满意。他们都明白，他们所做的远超过那几英尺的空间。它宣告了女首领的火塘可以让出空间给别的人，尽管以前图丽和巴泽克都私下讨论过这个问题，但那时候他们考虑更多的是克罗兹和弗莱莉的地位。他们早就预测到这两个家庭需求的变化。巴泽克更早就想提出这个问题，但图丽觉得要等到一个更合适的时机，或许等到孩子出生之后。

他们都觉得时机成熟了，所以都用眼神和点头给对方示意。弗里贝克既然得到了口头上的胜利，那么在边界上的讨论鹤火塘也不会太刁难。弗里贝克走过去表示感谢的时候，巴泽克正在赞许图丽。弗里贝克回到鹤火塘之后又回想了一下整个事件，计算着他拿了多少分，他在计算着他的胜绩，就像在玩营里面流行的游戏一样。

从某种意义上来说，这的确是一场游戏，一场所有群居动物都会参与的、关于社会等级比较的游戏。这是关于个体地位的排序——在马群里的马，在狼群里的狼，在人群里的人——使得他们能够顺利地群居。这个游戏使个人的利益和群体的利益这两个对生存至关重要的力量相互碰撞，实现它们的动态平衡。

爱拉自己经常用家族社会对比马穆塔社会，在她思考布仑和狮营男女首领领导方式的不同的时候，她开始了解到这个原则上的差异。她看见塔鲁特把话语棒放到了一个很普通的地方，想起她刚来马穆塔营，那时候她认为布仑是一个比塔鲁特更好的首领。布仑下的决定，不论他们喜不喜欢，没有人敢不从，人们甚至都没想到要去考虑自己喜欢与否。布仑不必争论或者大喊，只需要用严肃的眼神和简短的命令就可以引起注意。她曾以为塔鲁特无法控制人们喧哗争论，人们也不尊敬他的权威。

现在她不这么认为了。在她看来，人们无论男女老少，都有发言和被倾听的权利。虽然她依然觉得布仑是他们社会里的好首领，但她现在不确定他能否领导这群能够自由言论的人们。如果每个人都不吝于表达自己的想法，那么总体就会显得乱糟糟的，但塔鲁特会把这个控制在一定范围之内。尽管塔鲁特也强壮到足以把自己的想法强加别人，但还是选择了用讨论和调解领导人们，他有自己的一套下命令的制度和信仰，有他自己的能吸引别人注意的办法，但运用语言来代替强制力，是和运用强制力不同的，塔鲁特给予人们尊重，又赢得了人们的尊重。

爱拉一边走进站在火坑边上的人群，顺带围着火塘转了一圈找狼宝宝。它一定藏在人群里面，在没找到它的时候，她想它一定找了个地方躲避混乱。

"……弗里贝克的阴谋得逞了。"托奈克说道，"多亏了图丽和巴泽克。"

"我替弗莱莉高兴。"特鲁妮说，她知道驯鹿火塘不会被推掉或者压缩就无所谓了，"我但愿这能安抚一阵子弗里贝克。这次他是真的大闹了一场。"

"我不喜欢这样闹。"爱拉说。她想，这场喧闹的起因是弗里贝克埋怨她的动物占的地方比还他多导致的。

"别烦这个了。"雷奈克说，"这是一个漫长的冬天。每年这时候都会闹这种事。只是给大家兴奋消遣一下。"

"他没必要为了要更多地方就这么吵吧。"狄琪说，"在很久以前我就听到巴泽克和妈妈研究过要让些地方给弗莱莉生孩子作为出生礼物。弗里贝克本来向他们开口就行了。"

"这也是图丽是个出色的女首领的原因。"特鲁妮说，"她总是替所有人着想。"

"她和塔鲁特都是好人。"爱拉说。

"嗯，的确。"狄琪笑了，"这就是他是首领的原因，如果得不到他的族人的尊敬，即便是首领也当不长。我想布拉那格会同样的好的。他可以学习塔鲁特。"狄琪和她母亲的兄长之间的密切关系更深于一般的舅甥，由于这层关系还有她的继承权和她母亲的地位使这个年轻的女性在马穆塔人中地位很高。

"但如果没人尊敬塔鲁特，谁会取而代之呢？"爱拉说，"怎样才能成为首领？"

"那个……呃……"狄琪被问住了，转向马穆特，要他来回答。

"如果前任老首领把领导权转交给选定人——通常是他的亲属——那么继承人要学习一段时间，接着举行一个仪式，老首领之后就充当顾问了。"这个巫师兼老师回答道。

"嗯，这也是布仑的做法。在他年轻的时候，他敬重老佐格，听取他的建议，老了之后就给了他儿子勃劳德领导权。但如果一个营里的人对首领不尊敬会怎么样？例如那人是一个年轻的首领？”爱拉很感兴趣地问道。

“不会立刻就不尊敬的，”马穆特说，“会过一阵子才开始不听他的。他们会遵从别的人，一个能够成功地带领一次狩猎，或能更好解决问题的人。但也有时领导权会逐渐消失掉，营只得分裂开，一些人跟着新首领，一些人跟着旧首领。但首领们不会那么容易就把地位和权威放下，这又引发了别的问题，甚至战争。在那时家族委员会就有决定权了，男首领和女首领或者负责人如果导致人们心中不满，造成了麻烦，一般都得不到领导权，很少能建立一个新的营。尽管可能不是她的——”马穆特稍作停顿，爱拉看到他的目光朝鹤火塘的老妇人投了过去，她正和妮兹谈话——“那个人的错，人们都需要能依靠的头领，不会大意误信居心叵测或者悲观的人。”

爱拉点点头表示完全听明白了，马穆特也会意了。大家继续聊天，但爱拉又想到家族里的事情。家族那，布仑很好，但如果勃劳德不好，又该怎么办呢？她不知道他们会不会新推一个首领，那个首领又会是谁。勃劳德的儿子小得很。另一个困扰她的问题又冒出来了。

“沃夫在哪儿？”

争论一开始她就找不着它了，也不在别人那儿。大家被发动起来找。爱拉翻遍了她的床台和火塘，连用帘子隔着的装着灰和马粪桶的地方也检查过了，她曾给狼宝宝看过那儿，她怕了起来，就像妈妈丢了小孩。

“爱拉，在这里！”托奈克的叫喊让她安下心来，但他又加了一句，使得她的胃抽紧了，“弗里贝克抱着它。”她近乎是震惊地看他走过来，怀疑的人也不只是她一个。

那个一直尽力批评爱拉和她的动物的弗里贝克，正轻柔地怀抱着狼宝宝。他把狼崽交给她，但交的时候她看到他眼中的犹豫不舍，就像不愿意放开它，而且从他眼中爱拉看见了从未见过的温柔。

“它一定是吓着了，”弗里贝克解释说，“弗莱莉说在火塘中间突然就听到它在那儿叫着。她不清楚它来自哪里。孩子基本都在那儿，克里萨维克抱了它起来搁在了他床头附近的贮藏台。但那里墙上有个很深的洞，深陷到山坡里。小狼发现了，就一直往最深处爬，一直不肯出来。”

“一定是让它想起了自己的洞穴。”爱拉说。

“弗莱莉也这么说。但她体型过大，进不去抓它，我估计她是听过狄琪说的你深入狼穴的事情，让她害怕了。她也不许克里萨维克去抓它。我到了那儿只好进去把它弄出来。”弗里贝克停顿了一下，再继续说。爱拉在他的话语中听出了惊讶，“我到那里的时候，它很高兴地看着我，不断地舔着我的脸。我好容易才止住了它。”

他客观和冷淡地说着，试图掩盖他被这个吓坏了的狼崽的自然和天真打动了，“我一把它放下，它就叫起来，一定要我抱着。”那时好几个人已经来围观了。

“我搞不懂，它找安全地方怎么会找到鹤火塘和我。”

“现在它当营里面的人是朋友，你也是其中之一，特别你还把它从那个洞里抱了出来。”爱拉希望恢复刚才的氛围，回答道。

弗里贝克带着胜利的喜悦回到了火塘，还有某种东西给他带来了陌生的温暖；一种久违的归属感。他们没有忽略他、取笑他。塔鲁特也会聆听他说的话，样子就如他也有作决定的权力，还有图丽，会主动把自己的地方分给他，甚至连克罗兹都站在他的一边了。

看见弗莱莉时，他感到喉头哽咽，他最心爱最珍贵最高贵的女人让这成为了现实。他美丽的正在身怀六甲的女人很快就会为他生下火塘的第一个孩子，当她说狼崽躲在了墙壁的洞里面时，他又烦躁了起来，但狼宝宝不在意他说话的粗鲁，急切地拥抱，让他大吃一惊，就连初来乍到的小狼宝宝，也对他百依百顺。而且爱拉说这是因为他是狮营中的一员，狼宝宝才亲近他的。他想就连狼都知道他是狮营的人了。

“嗯，现在起你得保护好它，”弗里贝克告诫道，转身离开，“看好了，别让人踩在它身上。”

弗里贝克走后，几个人站在周围都大眼瞪小眼，一阵无语。

“太阳打西边出来了？他脑袋里装的是什么？”狄琪说，“如果我算是了解他的人，我敢说他确实喜欢沃夫！”

“我可不这么想的。”雷奈克说。他对这个来自鹤火塘的男人刮目相看了。

24

对于狮营的人来说，大母亲河土地上的长着四条腿的动物不是代表着食物就是毛皮或者神灵。他们对在野外的动物有着深刻的了解，了解它们的活动和迁徙方式，知道到哪儿可以找到它们，如何猎捕它们。但在爱拉拖拉着母马和小公马到营为止，营中没有人对个体的动物有过了解。

随着时间的推移，爱拉和马还有其他人不断地相互影响，使得惊奇连续不断。以前，没有人会认为动物能懂听人话，可以驯化听口哨的指令，能背重物。但就连马自身的魅力和它们带来了的趣味都比不上沃夫在营里的人眼中的魅力。他们有时把狼当做猎手，有时又当做可敬的对手，有时人们会捕猎狼，用它们的皮毛御寒，尽管很少见，但有时也会有人落入狼口。但大部分时候狼和人之间都会相互尊重和相互躲开。

但小动物自身会有特殊的感染力。婴儿和动物的幼崽，都会使人产生共鸣，但沃夫的魅力更独特。从这个灰色的毛茸茸的小狼宝宝第一天在地屋的地上摸爬滚打开始，它就让营里的人们深深着迷了。它和小狗一样让人难以抗拒，营里面的人很快都爱上了它。

虽然大家都还没意识到，但人和狼的行为方式并没有那么大的不同。两者都是聪明的群居动物，都活在一个既复杂又不断变化的组织形式当中，这种形式有利于集体，也兼顾了个体。由于狼和人各自发展起来的社会结构如此地相似，因此他们中间也可能存在某种独特的联系。

沃夫一开始是在一个不同寻常的、非常艰难的环境存活的。作为一匹丧偶的独狼所生独子，它不了解狼群中的安全感。它体验了对于狼崽的孤独，缺少兄弟姐妹的慰藉，又缺少叔叔阿姨在妈妈离开之后的相伴。它认识的唯一的一匹狼就是它的母亲，关于它的记忆，也在爱拉的出现之后变得模糊。

但爱拉也不仅仅充当母亲的角色。收留并收养这只狼崽，使她成为食肉动物和人类这两种全然不同的物种之间一条不同寻常的纽带，意义深刻，作用深远。

即使周围还有别的狼崽，但沃夫那时候年纪太小，不可能融入它们当中。一个多月大的时候，它本应走出狼穴来和在日后会和它一起生活的狼亲戚见面的，但，它记住的却是狮营的人和马。

这仅仅是一个开端。出于机遇或者是计划，当这样的想法广为流传，这样的事情就会再现，在很多不同的地方再现。所有家养的肉食动物的祖先都是狼，一开始它们和狼的基本特征都一样。但随着时间的流逝，和人类一同生活的狼和野生的之间就产生差异了。

那些被狼群孤立或者被它们边缘化的个体，生来就有一些正常的遗传变异——毛发黑色，毛发有白点，或者尾巴上翘，身体太大或太小的动物，常受到人们的喜爱。就连在野外难以生存的，要不就是太小要不就是太大的动物最终都能够被人类收养、繁衍成长。最终，人们饲养那些不寻常或畸形的食肉动物，都是为了选择有利于人类的特性，到最后很多狗和它们的祖先狼之间已经非常不同了。但是，狼聪明、忠诚、喜欢玩、乐于保护同伴的特点被保存下来了。

沃夫很善于收集营里人群之间等级的线索，就像在狼群里面一样，尽管它的分级和别人不一样。虽然图丽是狮营的首领，但对沃夫来说，爱拉是毫无疑问排第一的；在狼群里，狼崽们的母亲才算狼后，它也很少允许别的母狼生产。

营里没有人清楚这只动物的想法和感受，甚至不清楚它有没有人类能理解的思想和感情，但这都没关系。营里的人可以通过它的行为来作出判断，从沃夫的行为来看，所有人都相信它对爱拉极其热爱和尊敬。无论爱拉在哪儿它都能感受到，并且只要一声口哨，一个响指，一个手势，甚至头点一下，它就会奔向爱拉，到她的脚边，用崇拜的目光仰视爱拉，渴望听从她的指令，就算是再微不足道的事情。它的行为完全是无法自控心甘情愿的。受到责备时，它大声叫喊充满绝望；得到原谅时，它就兴奋地扭动身体。它为她而存在。它最高兴的事情就是和她嬉戏打闹，单单一句话、一下轻拂都会让它兴奋起来去舔她，或者迫不及待地表达自己的忠诚。

沃夫对别的人没有表达这样的忠诚。对大部分人它都会表现得很友好,乐于接受,尽管程度不一,人们惊奇于这个动物居然会有这样的情感差异。它对爱拉的行为使营里的人更加相信爱拉有一种魔力可以操控动物,这又使得爱拉的地位更高了。

这只小狼在决定谁是它人类朋友里面的男一号时遇到了困难。狼群中充当这个角色的狼一直都是众狼的焦点。在欢迎仪式里,狼王会被别的狼包围,它们着急地舔它的脸,嗅它的毛,仪式通常在齐声高嚎中结束。这会确立狼王的地位。但人类里面并没有这样的仪式表达对某个男性的尊崇。

但沃夫确实留意到在它的奇妙的伙伴中,那两位身材高大、长着四条腿的伙伴对那个高个的金发男性比其他人,除了爱拉,都更欢迎、更热情。另外,爱拉的床和四周包括它的篮子里都有他的气息,久久不消逝。由于没有别的线索,沃夫倾向把男首领的荣誉赋予乔达拉。当它友好的表示得到热烈的回馈时,这想法就越加强烈了。

六个和沃夫一块玩耍的孩子成了它的小伙伴,人们发现它和他们经常在一起,又经常在猛犸营。他们一注意到它有锋利的小牙齿,就学会了不激起它的防御猛咬行为,孩子们发现沃夫喜欢抚摸、拥抱、爱抚。它能容忍一定程度的过分的行为,好像知道努韦抱它时力气微微过大和布里南拉它尾巴都只是想听它不同的叫声。它忍耐并原谅前者,但对后者就会报以一咬。沃夫喜欢嬉戏,总是会钻到摔跤的围观人群中间,孩子们也迅速知道了它喜欢去追扔出去的东西。无论何时何地,当他们疲倦了团抱睡在一起,狼宝宝通常都在他们中间。

在头一天晚上,当爱拉答应不让它攻击任何人之后,她就决定要有目的、有意图地训练它。她对威尼的训练是在偶然中开始的。她第一次骑到母马背上时完全是因为一时兴起,不知道她骑得越多,就是在通过直觉学习对马的控制,尽管现在她清楚自己发明的手势,并且也会主动使用它们,但主要爱拉还是用直觉来控制训练。爱拉也相信,威尼是愿意听从她的指令才这么做的。

对穴狮的训练就是稍带目的的。在发现那只受伤幼狮的时候,她知道可以通过鼓励让动物服从她。训练时,她第一个目标就是让幼狮那粗暴的爱得到控制。她把爱当做训练手段,家族里也是这么养育孩子的。它表现得温柔,她就会以爱来回应,而当它忘了收起爪子或玩得太粗暴时,她就把它推开,或站起身走开。因为兴奋,它会控制不住热情地奔向爱拉,但也学会了当爱拉抬起手,厉声说“停”时止步。这些课程学得都很好,到它长到和威尼一样高,但比威尼重,成为一只雄狮的时候,仍然会听爱拉的命令,说停就停。她总会以爱抚和挠痒回应,有时甚至和它扭在一起打滚。长大后它学会了很多,甚至会一起去打猎。

爱拉很快意识到应该让孩子学习点儿狼的生活方式。她开始给他们讲她学打猎,研究狼和别的食肉动物时的发生的事。她解释说,狼群有狼王和狼后,像马穆塔一样，还告诉他们狼交流用的一些姿势和动作，还有声音。她跪在地上模仿着狼王的站姿——昂头竖耳，把笔直的尾巴拖在身后——狼要靠近狼王时的姿势——略微下蹲，舔着头狼的鼻子——叫声也学得很像，她模仿了“离我远点儿”的警告怎么表达，还有怎么开玩笑，狼宝宝也经常参加。

孩子们很高兴，大人也兴奋地听着。很快，孩子们的游戏中也加入了狼的信号，但用得最好的还是那个主要说话就是靠手势的孩子，也许是他的理解更深。沃夫和这个男孩之间形成了一种特别的关系，使营里的人很惊讶。妮兹也只能摇头表示困惑。莱达格不仅会用狼的信号和许多叫声，他好像把这些都用高了一个层次。从旁人的眼光看，他们似乎真的在交谈，而那个小动物也似乎知道这个男孩额外的关心照料。

从最开始，沃夫在和莱达格相处时就会变得温柔安静，并像一只忠诚的小狗一样保护这个男孩。除了爱拉。他是除了爱拉之外沃夫最好的伙伴。如果爱拉没空，它就会找莱达格，人们常常发现它在他旁边或怀里熟睡。爱拉也没完全弄清楚沃夫和莱达格为什么那么亲密、又相互理解。莱达格的特别之处在于可以区分狼的信号里边的细微差别，但狼宝宝又是如何理解一个小孩的心理的呢？

爱拉发现了如何修改狼的信号，联合其他指令一起训练这只狼宝宝。在几次实践后，第一课是学习人类到装有马粪和灰的篮子，或外面去排泄。这一课非常容易，沃夫好像对它的秽物不知所措，爱拉为此责备它，它就缩成一团。第二课就要困难许多。

沃夫喜欢咬皮革，特别是靴子和鞋，要改掉这个习惯很让人烦恼，并且也没啥效果。她一发现它咬皮革就会责罚它，沃夫会表示悔改，立刻讨她高兴，但过不久又会重操旧业，甚至有时就一转身的工夫。所有人的鞋袜都有危险，最危险当属她喜欢的那双软皮长袜。它就没法不咬它们。她只好把它们挂到它够不着的地方，否则就会被它咬个稀巴烂。尽管她那么反对它乱咬东西，但当它咬坏了别人的东西时，她感觉非常糟糕，是她把它带回来的，因此它犯的任何错误也是她的错。

爱拉正在给白皮大衣加上最后的串珠细线，这时她听到了吵闹声从狐狸火塘传来。

“嗨！你！把那给我！”雷奈克喊着。

爱拉一听就知道沃夫又在乱咬了。她跑过去看这次又怎么了。然后就看见雷奈克和沃夫正在用一只破靴子拔河。

“沃夫，放下！”她说，迅速做了一个拍打它的动作，差点儿碰到它鼻子。狼崽立马就放口了。它拱起身子，耳朵稍稍后翻，尾巴低垂，恳求叫道。

“希望它没弄坏你的靴子。”爱拉说。

“怎么都无所谓。这是只旧靴。”雷奈克笑着说，又补充一句表示钦佩，“爱拉，你对狼确实了解，你让它干什么它就干什么。”

“那是我盯着它的时候。”她低下头望着沃夫说道。沃夫也回看她，扭着身子一脸期待，“我要扭过头，它就会立刻逮着另一样它明知不要碰的东西咬，一看见我过来，它就又立刻放下，我可教不会它别咬别人的东西。”

“或许它想要一样属于它自己的东西呢，”雷奈克主动回应，然后用柔和的黑色目光注视爱拉，“或者你的什么东西。”

狼宝宝把两只前爪放到在爱拉大腿上，不住地叫，想引起她注意。最终它失望地叫了几声。“待在那，别吵！”她生气地下命令道。它往后退了几步，趴倒在地，抬起头望着她，被训得服服帖帖。

雷奈克看了一眼沃夫，对爱拉说：“它不希望你觉得它烦，希望你表现出爱。我觉得我知道它想什么。”

他向她走近了，黑色的眼眸中有热情和需要，这些以前都打动过爱拉。她感到了一丝兴奋，慌乱往后退，接着，为了掩饰刚才的兴奋，她弯腰抱起狼宝宝。沃夫兴奋地舔着她，快乐地扭着身子。

“看到了吧？知道你在乎它，它多兴奋！”雷奈克说，“如果你在乎我，我也会很兴奋的。你在乎我吗？”

“那个……当然，我在乎你，雷奈克。”爱拉不自然地磕磕巴巴说道。

他灿烂地笑了，有一丝顽皮还有别的东西在眼里闪烁。“我会让你知道你刚说在乎我使我多么兴奋。”他一边说，一边把手臂放到她腰上，打算搂着她。

“我知道了。”她弯腰闪开了，“你不必让我知道的，雷奈克。”

这不是他第一次向她求欢了。通常他都会开玩笑地说，这样，又能向她表明态度，又留有余地，就算以后见面也不会觉得尴尬。她开始后退，但感到了他步步紧迫，她想要躲开。她有一种感觉，他想和她上床，她不知道她能不能抗拒一个要和她上床的男人，甚至是否能正面提出抗拒。她知道她有这样的权利，但要顺从的反应根深蒂固，她不能确定是否能拒绝他。

“有什么不可以的呢，爱拉？”他说，配合着她的步子贴着她走，“你为何不允许我向你表白呢？你现在是一个人睡。你不应该一个人睡。”

一阵自责、悔恨的疼痛涌向爱拉，她突然意识自己确实是一个人睡，但努力不表现出来。“我不是，”她抱起那只狼宝宝说道，“沃夫和我一起睡，和我脑袋挨脑袋，在这儿的一个篮子里。”

“那可不同。”雷奈克说。他的语气是认真的，但随后又笑了笑。他不想逼太紧了，他可以感到她的烦乱。他们分开的时间不长，她努力避免这种紧张的氛围。“它那么小，不能让你暖和……但我不得不说，它的确很吸引人。”他充满慈爱地抚摩着沃夫的脑袋。

爱拉笑着把狼宝宝放进篮子，它立刻就跳出来了，然后在地上乱蹦，接着坐下挠痒，随后就一蹦一跳地向食物走去了。爱拉开始准备收好那件白色的衣服，正在叠着它。她轻拂着柔软的白皮革，雪白的雪貂毛，和有小黑尖的尾巴，突然她感到胃里翻腾，喉头哽咽。一直憋住的泪水瞬间刺痛了她的眼睛。是的，的确不一样。怎么可能一样呢？

“爱拉，你知道我多想你的，和对你的关心，”雷奈克说着，站到她身后，“是不是？”

“我知道。”她没有转身说道，但把眼睛闭上了。

“我爱你，爱拉。我知道现在还不是时候，但我想让你知道。从我第一眼看你我就爱上你了。我愿意和你分享火塘，和你结合。我希望让你快乐。我也明白你还要时间考虑。我不是要你现在下决定，但请告诉我你会认真考虑的……给我让你快乐的机会。你愿意吗？认真考虑下吧？”

爱拉低下头看见手中的白大衣，她脑子里一团糟。不明白乔达拉为何不愿意和自己睡一起了！为什么他不再爱抚自己，是不愿意吗？我成了马穆塔之后，一切就变了。他不想别人收养我吗？如果是这样的话，为什么不明说呢？或许他的确这么想的；他曾经表达过。我觉得他是爱我的。或许他心意变了呢。或许他不爱我了。他从没向我说要和他结合一起。如果乔达拉不要我自己走了怎么办？他的心就像石块一样。雷奈克对我有好感，也希望我也是如此。他人很好，也很有趣，能逗我笑……并且他爱我。可惜我对他没感觉。我觉得我也应该爱他……我应该努力一下。

“雷奈克，好吧，我会仔细想想的。”尽管爱拉试图保持平静回答道，但她感到喉咙很紧、很疼。

乔达拉一路注视着雷奈克离开猛犸火塘。这个雄壮的男人终究还是成了保护人，尽管他不希望这样。在他自己的部落里，作为一个成人，老是观察或留心别人在干什么是不好的，而且乔达拉也很在意社会的风俗。他很恼于自己这种幼稚的行为，但他没办法。他想掩饰，但还是常常观察着爱拉和猛犸火塘。

雷奈克回去狐狸火塘时表现出来兴高采烈的神情让乔达拉深感不安。他知道一定是爱拉让马穆塔男人如此高兴，无论是她说的还是做的，他控制不住地想多了，觉得他最害怕要发生的事情终究还是发生了。

在离开猛犸火塘之后，乔达拉知道，雷奈克就经常去那里，他责备是自己一手造成了这样的局面，希望自己说过的蠢话和争吵都能够收回去，但他感觉已经晚了。他感到孤独和无助，但在另一个层面上，他们之间保持这种距离也算是解脱。

不管他承认与否，但他所做的等于是使得爱拉必须得自己选择男人了。他伤得太深了，连报复的事情都想过：如果她能放弃他，那么他可以。但他还要再考验一次自己，测试自己能否忘记她。他不知道，对爱拉来说，是应该留在这个人们接受和爱她的地方，还是要跟他一起回去他族人那里？同时他也担心，要是他的族人拒绝了她，她要怎么办？他自己愿意和爱拉一起流浪吗？在经过了这漫长的旅程之后，他还会愿意迁徙，离开族人再次踏上征途吗？又或许，他也会不要她吗？

如果她爱上了别人，那么她就必须得抛弃他。一旦想到她要爱上别人，他就会胃如绳绞，心如刀割，喉咙绷紧，呼吸困难，他不知道自己还要不要继续活着——或者愿不愿这么做。越是努力地掩盖对她的爱，他的占有欲和嫉妒就越发犀利，同时他也越发痛恨自己。

理清由那些强烈混乱的感情制造的骚动已经耗费了他太多的精力。他吃不下也睡不着，看上去比以前瘦了不少，也憔悴了很多。他瘦高的身板已经撑不起那宽大的衣服，即使是一件漂亮的新石具也无法让他集中精力了。有时候他怀疑自己是不是神志不清了，又或许是被什么害人的夜魔缠上了。对爱拉的感情不停折磨着他，想到可能会失去她，他十分难过；想到他如果一直纠缠着她，会不会发生什么。这些想法让他不敢走近爱拉。他担心自己会失控，会做出追悔莫及的事情，但是他又不能忍受自己看不到她。

狮营的人们还是留意到他的种种古怪举动并原谅了他，尽管乔达拉尽力隐瞒，但人们还是知道他爱爱拉。他们三个的状态成为了整个营里所有人的谈资。对外人来说他们之间的事情不难解决。爱拉和乔达拉明显都互相在乎对方，那么为何他们之间不挑明了，然后邀请雷奈克到他们火塘里住？但妮兹觉得情况比这微妙。这个又睿智、又如母亲一般的女人感受到乔达拉对爱拉强烈的爱意，并不是寥寥数语就可以被说服的。但爱拉，比所有人都了解雷奈克爱她有多深。她觉得仅仅靠分享一个火塘是无法解决问题的。她必须从中挑选一个人。

自从雷奈克请爱拉到他的火塘去住，并且挑明了爱拉是独自一人入梦这个伤人的事实后，这个想法就植根在脑海里了，爱拉头脑就混乱了，爱拉一直都寄望于乔达拉可以摒弃前嫌，浪子回头，特别是爱拉每次看到厨房火塘，都会发现乔达拉在看着她，这都让爱拉觉得乔达拉还是爱她的，但当深夜独眠的时候她又感到希望渺茫。

爱拉碾碎干牛蒡和甜蕨叶做茶来给马穆特治疗关节炎，她想起那个皮肤黝黑、嬉皮笑脸的男人，在想自己应不应该去接受他，“认真考虑下……”雷奈克的话在脑中萦绕不去。但当她一想到生活中要是没有了乔达拉，胃就会空空地疼痛。她把新鲜的鹿蹄草和热水加到装着碾碎的干叶的碗里，端给了马穆特。

马穆特感谢爱拉，她以一笑回应，但看起来爱拉似乎心事重重。她惶惶不可终日，乔达拉离开爱拉之后爱拉就一直是这样，他想给爱拉点儿帮助。他知道早些时候雷奈克和爱拉见过面，就想和爱拉说说这事，但他又相信爱拉生命里遇到的事情，没有什么是偶然的。他相信大母亲河给爱拉这些困难是自有深意的，他拿不定主意要不要说。她也应该和这两个男人做些纠缠，这是有意义的。他看着她往马厩走了，只过了一会儿就看到她回来了。

爱拉灭了火，往床台走，脱了衣服准备就寝。她深知漫漫长夜独守空闺很是折磨人。她只好做各种琐碎的事情尽量打发时间晚点儿入睡,很清楚自己会彻夜难眠。最后,她把狼宝宝抱起来坐到床边,温柔地抱着这个温暖又可爱的小生命,轻柔地抚摸着它,和它聊天,一直到它睡着为止。接着她又把它装进篮子里,轻抚着,等到它呼吸也平静袭来。爱拉在这只小动物身上倾注了所有的爱,以弥补乔达拉离开后的失落感。

马穆特知道有什么吵醒了自己就睁开双眼。他看不清黑夜里的轮廓。地屋一片寂静,只能听到轻轻的沙沙声、沉重的鼻息和沉睡的鼾声,这是一个安静的夜晚。他缓缓把头转到火坑中剩下的微光上,想弄清楚是什么把他吵醒了,推开了被子,他听到附近有古怪的呼吸声夹杂着几声压抑的啜泣。

"爱拉?爱拉你很痛苦吗?"马穆特悄悄说道。爱拉感到胳膊上放了一只温热的手。

"不!"她用由于紧张而变得嘶哑的声音说道,脸往墙的方向一转。

"是你在哭。"

"对不起把你吵醒了。我应该更轻点儿的。"

"你并没有吵醒我。吵醒我的不是声音,是你的需求。是大母亲河指引我来给你帮助的。你感情受伤了,你很痛苦,是这样吗?"

爱拉痛苦地深吸了一口气,努力忍住不哭。"嗯。"她说。她转脸向他望去,他看到爱拉的泪水在微弱的光中一闪一闪。

"哭吧,爱拉,没有必要压制你的情绪。你有痛苦的理由,你应该大哭一场。"马穆特说。

"嗯,马穆特。"她静静地为自己失落的心和痛苦哀叹,努力压制住啜泣的声音。

"不要忍着眼泪,爱拉。大哭一场,对你有好处的。"他在她床边坐着,轻拍着爱拉说道,"万物皆有因果,本应如此,本愿如此。这都很正常的,爱拉。"

最终,她哭完了,用一块软皮草擦了下脸和鼻子,然后在老人身边坐直身子说:"我感觉好受点儿了。"

"当你觉得想哭的时候,就哭出来吧,当然事情也不会因此终结,爱拉。"

爱拉点了点头:"我知道。"接着转身问他,"但为什么?"

"总有一天你就会知道的。我相信你的生命是被某种神秘力量所引导。你会有特别的命运。你要承受的命运可并不轻松;回顾下你的童年经历吧。但你的生命里不会全是悲痛,也会有狂喜的时刻。你是被爱的人,爱拉。你能吸引周围的爱到身上。爱也是为了帮你承受这份命运。你会一直有爱……或许过多了……"

"我以前觉得乔达拉爱我……"

"不用觉得他不爱你,还有很多别的人爱你,包括我这个老头。"马穆特一边笑一边说。爱拉也笑了,"就算是那匹狼和那两匹马也爱你。很多人都爱你,不是吗?"

“的确如此。伊扎爱我，那是我的妈妈。尽管我不是她亲生的。临死时她说最爱的是我……克莱伯爱我……尽管我使他失望了……伤害了他。”爱拉停顿了一下继续说道，“尤芭爱我……杜尔克也是。”她又停了下来，“我能再见我的儿子吗，马穆特？”

巫师顿了一下回答道：“有多久你没见到他了？”

“两年……不，是四年。他是在初春出生的，在他三岁的时候我离开了。莱达格和他年龄相仿……”突然爱拉盯着老巫师，又激动又热切地说，“马穆特，莱达格是个混血的孩子，我儿子也一样。如果允许莱达格在这生活，为什么杜尔克不行呢？你都往半岛去了趟再回来，我觉得我也可以去找回杜尔克带回来的，这中间也不是很远。”

马穆特眉头皱了皱，想着要如何回答：“我不知道，爱拉。只有你自己可以，但在选择最优的解决办法之前，你需要仔细地考虑，要为你，也是为你的孩子。你是马穆塔。你学会了我们语言，知道了许多我们的习俗，但在生活方式这方面，还有很多的路要走。”

爱拉没有留心老巫师谨慎挑选的言辞。她的想法早就飞走了：“如果妮兹能收养不会说话的孩子，那收养一个会说话的还不成吗？要是杜尔克能接触到某种语言的话，他是可以说话的。杜尔克可以和莱达格做朋友。杜尔克可以帮他，给他当跑腿。杜尔克跑得很快。”

马穆特由着爱拉继续兴奋地叙述杜尔克的长处直到她没话说为止，然后问道：“爱拉，你准备什么时候去找他？”

“越快越好。今年春天……不行，春天太湿不便于出行。我觉得只能等到夏天了。”爱拉又打住了，“可能也不行。夏天会有家族的聚会。如果我到那的时候他们已经出发了，我就只能等他们回来了。不过，等到那个时候，尤拉应该也和他们一起了……”

“那个注定和你儿子一块的女孩？”马穆特问。

“对。过几年他们就要结合了。家族的孩子和外面的比成长速度快……比我快得多。伊扎以前觉得我长不大的。和别人家的女孩比，我长得很慢……不过尤拉会出落成姑娘的，为自己的男伴和房子做好准备。”爱拉眉头稍微皱了下，“我上次看见她，她还只是个孩子，而杜尔克……我最后看见他的时候他不过也只是个小男孩。但他很快会长成男子汉的，为和他的配偶一起生个孩子做好准备。我还没有配偶呢。尤拉估计会比我先有孩子。”

“你知道自己的年纪吗，爱拉？”

“不是特别清楚，但我一般都是在冬末，也就是现在这时候计算年纪。我也不知道为什么。”她眉头皱了一下，“我觉得我应该再加上一岁了。那么说我就是……”她全神贯注到数字上，合上了双眼，“我现在十八岁了，我在变老了，马穆特。”

“你十一岁时生的儿子？”他惊讶问道。爱拉点点头。“我认识好些姑娘九岁或十岁就成为女人了，不过那实在太小了。拉蒂都十二岁了，还不是女人。”

“不过估计她很快就是了。我确定。”爱拉说。

“你说的有道理。爱拉，可你并不老，狄琪都十七岁了，还要等到今年夏季大会的时候才能够结合。”

“对，并且我也说过要参加她婚礼的。我没办法又去夏季大会又去家族聚会，我都不知道我能不能回去家族那边。我是被诅咒的，我应该是死了的人。甚至杜尔克都可能害怕我把我当鬼。马穆特，你说我该如何是好？”

“你要仔细考虑，才能够做出决定。”他回答。爱拉看上去很混乱，他决定换个话题。“你有时间再仔细考虑。春天还没到呢。不过，春天可能会悄然而至的。还记得你说过的根和庆典吗？你要把它囊括到春节庆典中吗？”

爱拉一激灵。这个想法很恐怖，但是马穆特会协助她的。他知道应该怎么做，并且他对这个想法很感兴趣。

“好的，马穆特。我当然会这么做。”

尽管乔达拉不愿意承认，但他确实观察到了爱拉和雷奈克之间关系发生了变化。他观察了好几天，最终只能承认现在雷奈克几乎是在猛犸火塘住着了，爱拉很欢迎他，并且也喜欢有他在身边。无论乔达拉如何说服自己，如何使自己确信离开爱拉是对的，都对减少他失去爱拉的痛和克服遭受拒绝的伤毫无益处。尽管是他自己主动离开爱拉，主动放弃陪伴爱拉的，但他还是感觉到了是爱拉抛弃了他。

乔达拉想，这还没多长时间呢，第二天雷奈克就到爱拉身边了。他们早就想我走了，我早该知道……

你有何资格责怪她？乔达拉，是你自己先走的。他心里说。她也没要你离开，在那次之后，她也没再去过那了。她一直在那里，等待着你，你不是自己清楚吗……

而爱拉现在是在等待雷奈克了，他也很急切。但能因此责怪他吗？或许他是出于好心。这儿也需要她，他们也更习惯和克兰家族……的人打交道。并且她也被爱着……

的确，她被爱着。这不是你一直以来希望她能拥有的吗？被接受，被爱……

但我也爱她，他想，胸中涌起一阵阵的哀伤。噢，大母亲河！我难以承受！她是我的最爱，我的唯一。我不希望她受到伤害，受到驱逐。为何是她？噢，多尼，为何一定是她？

也许要离开的是我，的确，要不我马上离开吧。他这么想，在此刻他无法冷静思考问题。

乔达拉往狮营大步迈去，惊动了正在为即将到来的春节讨论聊天的马穆特和塔鲁特。“我要走了，”他突然说道，“要做什么我才能换点儿行李？”他脸上的神情很暴躁,不顾一切。

首领和巫师互相瞄了一眼。“乔达拉,我的朋友。”塔鲁特拍着他肩膀说道,“我们乐意给你提供你所需的行李,但你不能现在离开。尽管春天快到了,但现在正下着大雪,冬末春初的大雪是最恐怖的。”

乔达拉冷静下来,回想起刚才自己要突然离开的想法是多么愚蠢。神志清醒的人现在可不会启程出发。

塔鲁特感到乔达拉紧绷的脸松弛了下来:“春天会有洪水,出门的话要穿过很多河流。此外,你不能远走高飞,和马穆特一起过冬,却又不和猛犸火塘一块捕猎猛犸。你一旦离开,就不会再有机会了。第一次打猎会在初夏,大概会在夏季大会不久之后,那之后才是启程出发最好的时间。如果你能想想,能为我们到捕猎了猛犸之后再离开,那就当是帮了我一个大忙了。我希望你能给我们演示一下你的梭镖投掷器。”

“嗯,好的,我会仔细想想的。”乔达拉说。然后他鼓起勇气看着眼前这个身材高大的红发首领,“谢谢,塔鲁特。你说得对,我还不能走。”

马穆特正盘着腿,坐在他最喜欢的地方冥想着,他旁边的床台放着很多剩余的驯鹿皮床单、毛皮或者别的床上用品。在经过了爱拉痛哭的晚上之后,他就清楚爱拉对于乔达拉的离开有多绝望。她悲惨的样子让他印象深刻。尽管在别人面前她掩藏得很好,但他更能觉察到一些以前他没注意到的微动作和微表情。尽管她表现得很喜欢雷奈克,也会因为雷奈克的笑话开怀大笑,但她在克制,她那么专注于沃夫和马儿就说明她渴求着孤单。

马穆特更加留心这个高大的男人,他发现乔达拉也渴望同样的孤单。尽管他努力隐藏,但他内心中依然在痛苦地渴望着。在他想在大雪中离开的那天后,老巫师担心乔达拉会因为对爱拉的想念会破坏他的判断力。对于这个熟知穆特和她对命运的想法的老人来说,这些都暗示着乔达拉对爱拉的感情比爱更深邃。或许大母亲河对他也是有所安排的,和爱拉有关的安排。

尽管马穆特不想多加干涉,但他也无法解释为什么大母亲河要使他知晓他们之间情感的力量。尽管他相信大母亲河会把一切都安排得妥当,但或许大母亲河也希望他能在此中出一份力。

正当他想着应该怎么让他们了解大母亲河的安排时,雷奈克走进猛犸火塘来找爱拉。马穆特知道爱拉牵着狼宝宝骑着马外出了,要一会儿才能回来。雷奈克看了看四周,然后看到了马穆特,就走了过来。

“马穆特,你知道爱拉哪儿去了吗?”他问。

“知道。她带着动物出去了。”

“我很好奇,我有一段时间没怎么见她了。”

“那是因为你最近见太多了。”

雷奈克笑了起来:“我希望能见得更多点儿。”

“她可不是孤身来这里的,雷奈克。乔达拉一开始难道没对爱拉感兴趣吗?”

“在他们初来乍到的时候,他可能有过,但还是放弃了。他离开火塘了。”雷奈克说。马穆特从他的话里听出了一丝戒备。

“我觉得他们仍然深爱对方。如果时机允许他们的羁绊再度开花结果,那么这只是短暂的分别而已,雷奈克。”

“马穆特,如果你想让我退出,对不起,为时已晚了。我也深爱着爱拉。”雷奈克感受到的羁绊使他的声音嘶哑了起来,“马穆特,我爱她,想和她结合,和她共同建立一个火塘。是到了我和一个女人一起安定生活的时候了,并且我希望我的房子里面能有她的孩子。她是我遇到最特别的人。她就是我的梦想。如果可能的话,我想说服她在春节订婚,夏天结合。”

“你确定这是你想要的吗,雷奈克?”马穆特问。他喜欢雷奈克,并且他知道如果能让这个韦麦兹在旅途中找到的黝黑的男孩结婚生子,韦麦兹会高兴得不得了的。“马穆塔有很多女性会想和你结合。你如何向那个快要和你定亲的红发女子交代?她名字是?特里茜?”

马穆特有信心如果能看得清雷奈克在脸红的话,那么他现在一定脸蛋通红。

“我……我会道歉的。我无法停止自己。我非爱拉不娶。她现在是马穆塔了。她应当和另一个马穆塔结合的。我只是希望我是那个人。”

“天命如此,雷奈克。”马穆特慈祥地说,“那么就会如此。但请你坚信,不是你,也不是她作的选择,大母亲河冥冥中自有安排。大母亲河选中了爱拉,让她多才多艺。无论你和她是怎么想的,也要经过穆特的批准。任何和她结合的男人,也要遵循穆特的意思。”

25

当古老的地球稍微把它的北半边的脸面朝向那灿烂的恒星时,包括冰川旁边的冻土都感受到一个温热的吻,逐渐从寒冬中苏醒过来。开始,春天懒于起身活动,但因为春季短暂,时间不断催促,春天还是用湍急的流水滋润了大地,冲散了冰壳。

正如潮水冲散了寒气,狮营的人们也挣脱严冬的枷锁跑到户外。尽管天气只是略微变暖,但人们还是用充满活力的户外活动代替了室内的生活,人们想方设法地外出,就算只是外出打扫也一样。

按照他们自己的标准,狮营的人算是很爱干净的了。虽然他们有大量的水资源以冰和雪的物态存在,但要把冰雪融化成水要耗费大量的燃料。尽管这样,他们还是会把做饭和喝的水用于清洁,自身也会定期用蒸气洗浴,私人空间也会收拾好，所有的器具都修理好，室内的衣物也经过刷洗再收起来。尽管这样，冬末室内还是臭气熏天。

地屋里存放的食物生的、熟的、新鲜的、腐烂的都有；灯油也时常发臭，因为人们会把一大块新鲜的脂肪添加进旧灯油；装粪便的篮子不会用完就立刻清洗干净，装尿液的容器也会一直久置，让细菌把它分解成含有氨的液体；人也是恶臭的一个来源。尽管蒸气洗浴有利于健康也可以洗净皮肤，但不能除去体味，他们也没打算要这么做。他们认为体味也是一个人的标志之一。

马穆塔人已经习惯于在浓烈的气味中生活了。他们的嗅觉和视觉听觉一样发达，对环境也同样保持很高的警惕性。动物的体味他们也不认为很难闻，认为这都很自然。但天气暖和起来之后，即便已经习惯于这样的味道，这二十七个人还是闻出了一起在室内生活那么久的后果。春天到了，可以拉开门帘通风，顺带把冬天积聚起来的破铜烂铁扔到屋外去。

爱拉还要清理马厩里的马粪。马儿们都很好地过了冬，爱拉对此很高兴，但一点儿都不吃惊。草原马是最强壮的，当然能度过严冬。尽管它们要自己找到草料，但威尼和雷瑟能随时找到安全的地方，这点它们野生的同伴们可做不到。此外，人们也会给它们喝水，有时候也会给吃的。马在野外很快就会成熟，正如其他同时期出生的小马，雷瑟也长大了。尽管往后几年它也会继续成长，但它现在已经能成了一匹健壮的公马了，甚至比它妈妈还要大。

春天也是贫乏的季节。有些食物，特别是大家都爱吃的蔬菜供应断绝了，别的食物供应也相对减少。当他们去拿保藏着的食物的时候，人们都很庆幸他们最后一次捕杀的是野牛。如果那次没去，现在可能就会肉源短缺了。尽管肉吃够了，但狮营的人想要的可不仅如此。爱拉想起伊扎曾经为布仑家族的人调制过春天补药，决定也为狮营的人弄一些。她用各种干草药，例如富含铁的黄酸果、防治坏血病的玫瑰果给大家熬水，补充维生素。大家都想着吃春天的新鲜的蔬菜。而且，人们希望爱拉的医学知识除了做春天补药之外还能做更多。

由于良好的隔热措施，加上火、油灯还有体温，半地下的长屋很温暖。即便外面非常严寒，在屋里也无需穿着厚重。冬天的时候，人们要是外出都会裹得严严实实，但雪开始融化之后，人们就不再这样穿了。尽管温度也只是在冰点附近，但体感已经很暖和了，所以人们外出时候穿的衣服已经和室内差不多了。由于春雨和融雪的关系，他们衣服经常湿漉漉的，导致了他们抵抗力下降。

爱拉忙于治疗咳嗽、伤风、嗓子疼，在春意渐浓的时候居然比在严冬中还要忙。春天的流感和呼吸道疾病困扰着所有人，连爱拉都躺在床上好几天，以治疗低烧和咳嗽。在春天真正要到来之前，她就已经给狮营所有人看过病了。依据不同的病情，她开了汤药、蒸气治疗，热膏药给嗓子疼和有肺病的人，同时还伴以同情和很强的说服力。大家都举手称赞，起码爱拉让他们感觉好点儿了。

妮兹告诉爱拉，人们在春季经常感冒，马穆特在之后不久也病了，爱拉不顾自己还有些症状没消，细心地照料起他。他年纪很大了，她为此很担心。这时候呼吸道的感染很可能是致命的。然而，尽管已经年老，老巫师依然老当益壮，恢复速度比营里的其他人都要快。尽管他也很乐意于接受爱拉的关怀，但还是让爱拉照顾更有需要的病人，并且适时休息。

弗莱莉患了重感冒，全身都因为咳嗽颤抖了，爱拉想帮她也帮不到。弗里贝克不愿意让爱拉进屋里面给弗莱莉看病。克罗兹和他理论，营里别的人也支持克罗兹，但他态度坚决。克罗兹甚至和弗莱莉吵了起来，想让她别理弗里贝克，但这毫无作用。这个女病人只懂得咳嗽和摇头拒绝。

"这为什么？"爱拉对马穆特说，在和他喝热茶的同时听到弗莱莉传来的阵阵咳嗽声。特鲁妮把塔舍带到了她的屋区——他年龄在努韦和哈塔尔之间。克里萨维克和布里南睡到了犀牛火塘，以便让怀孕的女病人更好地休息，但爱拉还是听到了弗莱莉的每声咳嗽。

"他为何不让我给她看病？而且她是最需要帮助的。她咳成那样太危险了，尤其是当下。"

"这不是问题，爱拉。假若一个人觉得家族的人都只是动物，那么也就不会相信有医药知识这种东西。你要是和他们一起长大的，你会懂得药理吗？"

"但他们是人！家族的女巫医可都是技艺高超的。"

"我了解，爱拉，任何人都没我了解女巫医的能耐。我想现在这里所有人，包括弗里贝克都了解。他们至少会欣赏你的能耐，但弗里贝克不想就这么认输，他会觉得丢脸。"

"什么更重要？他的面子还是弗莱莉的孩子？"

"弗莱莉倒是认为弗里贝克的面子重要。"

"那不是弗莱莉的错。弗里贝克和克罗兹正逼迫着她二选一，但她不愿意选。"

"那是弗莱莉的决定。"

"那就是了。是她不愿意去选。"

马穆特无奈摇了摇头："不，她在选的，但不是选弗里贝克和克罗兹之间的一个。""还有多久要生了？"她问，"我看快了。"

"我不知道，但我觉得她还没做好准备。肚子很大是因为她现在太瘦了，但胎位不对。我担心的正是这个。太早了点儿。"

"这你做不了什么，爱拉。"

"可要是弗里贝克和克罗兹不会为所有事都吵架……"

"那也和这没关系。这是弗莱莉，而不是弗里贝克和克罗兹的问题。弗莱莉可没必要在他们之间插一腿。她可以自己作决定，实际上她也在这么做。她的选择就是顺其自然。又或者说，你担心的是有道理的——并且我也这么认为——她在选择要不要这个孩子。她或许在选择孩子的生死……并且这也会威胁到她自身。可这毕竟是她自己选的,她自己更明白。”

谈完话很久,马穆特说的话还在爱拉脑海中挥之不去,到上床了还在想。他当然是正确的。无论弗莱莉对她母亲和弗里贝克怎么想,那也和她无关。爱拉想找理由说服弗莱莉,她以前也这么试过,而且由于弗里贝克不让她进去,她也没机会说。她睡着了之后,这份担心还压在心上。

她半夜醒了,在床上安静听着。她不知道是什么吵醒了她,但爱拉觉得是弗莱莉在黑夜中的呻吟。安静了一段时间之后,她觉得只是做梦了。沃夫在叫着,她伸手摸它。或许它也在做噩梦,她也是因为这个被吵醒的。她还没够着沃夫,沃夫就不叫了,她全神贯注去听她臆想中的呻吟声。

爱拉把被子翻开下床。她静静穿过门帘,用手探到篮子那去撒夜尿,然后披上大衣到了火炉那儿。她听到了压抑着的一声咳嗽,接着又一串咳嗽声,最后又在压抑的咳嗽声中终止了。爱拉往火里戳了戳,扔了点儿燃料和骨片进去,等到火生大了,就摆上几块做饭的石头,伸手往水袋探去。

“顺便也给我弄点儿茶。”马穆特在他床台漆黑的地方幽幽地说,然后也把被子拉开坐了起来,“我觉得大家都会很快起来的。”

爱拉点点头,又加了点儿水到饭篮里。接着咳嗽声又起,鹤火塘那边传来了人走动的声音和很低的说话声。

“她需要止咳的东西,还要一些东西止痛……如果还来得及就好了。我要查查我的药物,”爱拉说着把喝水的碗放下,然后又犹豫了,“……如果他们来找我帮忙的话。”

她拿着一根火把,马穆特看着爱拉在装着晒干了的植物架子中间找着,这些都是从山谷里采摘的。马穆特觉得观察爱拉行医非常有趣。但爱拉实在是太年轻了。假如我是弗里贝克,我就只会拿她的年轻和缺乏经验来做借口,而不会是背景。栽培她的人一定是最优秀的人,但她怎么能那么厉害呢?她一定是有天赋的,并且扎伊这个女巫医肯定一开始就看出了这种天赋。鹤火塘传来的咳嗽声打断了他的思考。

“来,喝点儿水吧,弗莱莉。”弗里贝克很着急。

弗莱莉摇摇头,她说不出话,正努力憋着咳嗽。她侧身用胳膊支起身子,咬住一块软皮革。她视线因为发烧的关系变模糊了,脸蛋也发红。她扫视到了她的妈妈正在对面床上坐着对她怒目而视。

克罗兹显得很悲愤,对她她已经黔驴技穷了:劝过、讨论过、骂过,希望女儿能去看病,但都无效。就连她自己吃的都是爱拉开的药,弗莱莉不去向爱拉问诊实在无法理解。错的都是那个笨蛋,那个笨蛋弗里贝克,但多说无益。克罗兹早就决定不再干涉了。

弗莱莉的咳嗽停了,疲倦地瘫在床上。或许她不愿承认的痛苦这次真的不会来了。弗莱莉担心地等着,屏住了呼吸,不希望任何东西对她造成影响。她的背部下面开始作痛。她合上眼，做了个深呼吸，希望意志能驱散疼痛。她一只手放到了凸起的肚子上，感受着肌肉因为痛苦和紧张而收缩。她觉得来的太快了。孩子应该在下个月亮周期过后再降临。

“弗莱莉，好点儿吗？”弗里贝克还提着水在旁边说道。

望着这无助的可怜样，她想挤出个笑容。“咳嗽而已，”她说，“大家春天都会病的。”

她觉得，没人理解他，特别是她母亲。他想要努力地向人们表现自己的价值。这同时也是他不愿让步，老爱争论和易怒的原因。他使得克罗兹很难堪。他不知道要证明自己的价值应该团结更多的族人和亲友，无论是从数量上还是质量上，还有增加自身的影响力，这样做所有人都会认同。她的母亲曾想过把鹤火塘的所有权和管理权都一并给予他以让他获得这些，而不是单单地让弗莱莉和他结合的时候把鹤火塘交予他们使用，他得到的不仅有使用权还有所有权。

克罗兹曾经期望他能够对她慷慨地馈赠和对馈赠所包含的含义心存感激，她现在虽然名义上拥有鹤火塘，可实际上是一无所有，但她的愿望还是超出了他的底线。对她来说，她放弃了很多，要她再放弃哪怕一丁点儿都很难，她已经是一无所有了，克罗兹害怕弗里贝克会使得鹤火塘日渐式微，她要他的感激来给她安全感。弗莱莉不想老是要弗里贝克解释，这会使得他没有面子。这些事情很微妙，在生活中逐渐感受和理解才能够知晓。

弗莱莉觉得后背又开始痛了。如果她在那儿静躺着，或许就不痛了……如果咳嗽可以停下来，她想和爱拉聊聊，起码开点儿止咳药，但她又不希望让弗里贝克觉得她最终还是支持她妈妈了，大段的话也会加深她喉咙的疼痛，让弗里贝克厌恶。咳嗽又开始了，咳出来到最后的时候。她忍着把一点儿痛苦的声音释放了出来。

“弗莱莉该……不单咳嗽吧？”弗里贝克盯着弗莱莉问道。他觉得咳嗽可不会导致呻吟。

她犹豫片刻。“你说‘不单’表示什么？”她问。

“呃，生产……你已经经过两次生产了，你懂得如何处理的对不对？”

弗莱莉再次因为咳嗽而颤抖起来，当她再次停住的时候，她决定不回答这个问题。

爱拉回去穿完衣服之后，烟囱的四周都出现了亮光。营里面大部分人都半夜被吵醒了。刚开始他们都只是被弗莱莉的咳嗽声吵醒，可没多久，人们发现她显然不仅仅是咳嗽了。由于塔舍吵着要回到妈妈那儿，特鲁妮一时陷入麻烦中。她把塔舍抱到猛犸火塘，他一路哭个不停，爱拉只好抱过他，抱着他绕着房子转圈，看找到什么来让他分分神。狼宝宝一路跟随。她抱着塔舍穿过狐狸和狮子火塘，径直走到了厨房火塘。

乔达拉看着她走过来，心开始怦怦跳起来，想着要怎么让小孩不哭。他心里希望爱拉更靠近些，但他又感到很紧张，他搬走以后，他们就没怎么交流过，他不知道要说什么。他到处张望看能不能找到什么能哄孩子，最后他发现了烤肉剩下的一块骨头。

“可能他想含着这个。”当爱拉走到了公共区域的时候，他主动说道，顺带把骨头递了过去。

她拿过骨头放到宝宝的手中：“塔舍，给，喜欢吗？”

肉都吃没了，不过还有点儿味道。他含着圆圆的那头，舔了舔，觉得挺不错的，就渐渐不哭了。

“想法不错，乔达拉。”爱拉说。她一边抱着三岁的小孩，一边站近乔达拉，抬头望着他。

“我妹妹闹的时候，我妈妈就会这么做。”他说。

他们四目相对，柔情万丈，尽管一语不发，但千言万语尽在不言中，他们都注意到了对方一丝一毫的变化。爱拉觉得乔达拉瘦了。他看起来很累。她在为弗莱莉的事情担心，她想帮助她，乔达拉想。噢，多尼，她太美了。

塔舍丢下骨头，沃夫立刻叼了起来。

“丢掉！”爱拉命令道。沃夫不情愿地把骨头放下，在旁边眼巴巴地站着。

“现在应该把骨头给沃夫了。我觉得要是你再把骨头给塔舍含，弗里贝克要不高兴了。”

“我不希望它拿别人的东西。”

“它不是拿。塔舍把骨头扔掉，沃夫可能觉得意思是送它了。”乔达拉晓之以理。

“或许你是有道理的，给根骨头它也没什么。”她摆了摆手，狼宝宝又把骨头叼起来了，一直走到乔达拉加工燧石的地方睡觉的毛皮上。躺在上面舒服地啃着骨头。

“沃夫，走开！”爱拉厉声并朝它走去。

“没关系，爱拉……别介意。它经常自由地来这。我……挺喜欢它的。”

“嗯，我不介意。”她说着笑了起来，“你对雷瑟也很好，我想动物都喜欢你的。”

“但还是没法和你比。它们更喜欢你。我的确……”他突然打住了。眼睛紧闭，眉头紧皱。他睁开眼睛，往后退了退并直起身板。“大母亲河赋予了你特殊的天赋。”他很正式地说道。

泪水忽然在她眼眶里打转，她觉得喉头有点儿紧。她低头看了看地面，也往后退了退。

“从声音判断，或许塔舍很快就会有弟弟或者妹妹了。”乔达拉话锋一转。

“我并不乐观。”爱拉说。

“啊？你不觉得她应该生下这个孩子吗？”乔达拉惊奇地说。

“嗯，但也不应该是此刻，时间有点儿太早了。”

“你肯定？”

“不，不太肯定，有人不让我见她。”爱拉说。

“弗里贝克？”

爱拉点点头，“我不知道怎么办。”

“我不懂他为什么要诋毁你的医术。”

“马穆特说他觉得克兰人不懂医术，所以我从他们那学来的也没什么用。我觉得弗莱莉需要救治，可马穆特说她要看病的话，会自己要求的。”

“马穆特可能说的有道理，但她真的要生产的话，她应该会要求的。”

她把塔舍摇了摇，他已经满意地用嘴巴含着大拇指，一脸的心满意足。她看着沃夫在乔达拉的毛皮上趴着，那块毛皮一直以来都放在爱拉身边，直到最近。毛皮和乔达拉的靠近，都唤起了爱拉对乔达拉那种独特的爱抚的渴望。她希望这张毛皮还放在自己的床台上。他的目光再落到她身上，眼神里也充满了渴望，他想触碰她，但又停了下来。他的行为让爱拉不知所措，他看她的目光又恢复到了以前那种会让她感到激动颤抖的时候。但他为什么又停下来？她很伤心，但又有那么一点儿……不可名状的……或许是希望。如果爱拉坚持不懈的话，那么终究又能够和他在一起的。

“她要这么做就好了，”爱拉说，“不过现在要停止生产的话为时已晚了。”她起身要走，沃夫也起身跟着。她瞄了一眼沃夫，又瞄了下乔达拉，顿了几秒说道，“如果她真叫我去了，乔达拉，能帮我照看一下沃夫吗？它不能老跟着我，在鹤火塘会碍事的。”

“当然没问题，”他说，“但它会留在这里吗？”

“沃夫，回去！”她说。它眼巴巴地看着她，嘴里地叫着，像是在问为什么。“回乔达拉床上！”她用胳膊指着，说道。“回乔达拉床上。”她又说了一遍。沃夫垂头丧气地回到毛皮上坐着看她。“在那儿待着！”她命令道。小狼趴下，把头耷拉在爪子上，一直望着爱拉离开房间。

克罗兹坐在床上一直看着弗莱莉叫喊呻吟。最后不疼了。弗莱莉深呼吸了一下，怎知道又咳嗽起来了，克罗兹一路看着，以为女儿是绝望了。克罗兹也绝望了，希望有人来帮忙。弗莱莉一阵一阵地痛着，不停地咳嗽又让她乏力，孩子生存希望渺茫，他出生太早了，早产的孩子很难存活。弗莱莉现在需要能减轻咳嗽和疼痛的药物，将来她还需要能减轻她丧子之痛的东西。和弗莱莉聊天一点儿用都没有，她身边的男人也是个废物。她快要生产了，难道这都看不出来吗？

克罗兹一直盯着弗里贝克看，他在床边来回踱步，脸上写满了焦虑。也许他的确很担心。又或者她现在应该和弗莱莉再聊一聊，但这有用吗？

“弗里贝克！”克罗兹说，“来聊聊。”

弗里贝克吃了一惊。克罗兹很少能用他名字称呼他，也很少和他说话。一般只会指挥命令他。

“要做什么？”

“弗莱莉太固执了，怎么劝都不听，但现在这状态是要生了……”

弗莱莉的一阵咳嗽打断了她的讲话。

“弗莱莉，诚实地说。”咳嗽停了之后，弗里贝克问道，“是要生了吗？”

“应……应该是吧。”她说。

他高兴地笑了：“怎么不早点儿告诉我？”

“因为我不希望这样。”

“但为什么？”他问道，一阵不知所措的感觉袭来，“你不想要这个孩子吗？”

“弗里贝克，这是早产。早产的孩子都活不长久的。”克罗兹帮她回答。

“活不久？弗莱莉，有什么问题吗？孩子真的活不久吗？”弗里贝克非常惊恐。一整天他都觉得不太对劲的样子，但没想到会是这个。

“这是在我的屋区出生的第一个孩子，是弗莱莉的孩子。”他在床边跪着，把她的手紧握在手中，“这个孩子必须活下来，告诉我他会的，”他恳求着，“弗莱莉告诉我一定能够的。”

“不，我不能告诉你，我不知道。”她的声音开始嘶哑。

“我以为你知道的，弗莱莉，你已经是两个孩子的母亲了。”

“每个都不同的。”她轻声地说，“但这个从一开始就很困难。我害怕他会没了，找地方好好待着……怎么会这么难……我不知道。但他来的真的太早了。”

“弗莱莉，怎么不早点儿告诉我？”

“告诉你又怎么样？”克罗兹几乎是绝望地说着，“你会什么？你懂怀孕、生孩子、咳嗽、疼痛吗？她没和你说就是因为你什么都不会，除了去辱骂能够帮助她的人。现在孩子肯定是活不成了，看她多虚弱。”

弗里贝克转向克罗兹：“弗莱莉不能有事！不能！她是已经生过孩子的女人。”

“弗里贝克，我不知道。你自己看着，自己判断。”

弗莱莉想忍着尽量不咳嗽，但是后背又开始痛了。她闭着眼，五官挤在一起。她的头发都黏糊糊地纠在一起。弗里贝克猛地往门口走去。“弗里贝克，你要到哪儿去？”弗莱莉问。

“找爱拉。”

“爱拉？我还以为……”

“她来这里之后，就一直说你有麻烦。这点起码她说准了。要是她懂得那么多这个，她应该算是个医者。起码人们都这么认为。我不知道这里面的真假，但我得为你做点儿什么……除非你是不想我去找她。”

“去找到她。”弗莱莉轻声道。

弗里贝克从过道大步流星滑向猛犸火塘，一股兴奋的紧张感也蔓延开来。

“爱拉，弗莱莉……”他焦急地说道，没想到要照顾颜面。

“嗯，我知道了。去让人把妮兹叫来帮我，把那个容器也带上。小心点儿，它很热。那是治弗莱莉咳嗽的药。”爱拉一边说，一边奔向鹤火塘。

弗莱莉抬头瞧见爱拉的时候，她紧绷的心弦立刻就放松了。

“首先要做的是把床支起来让你躺着舒服些。”爱拉说着，就开始把毛皮和被子枕头塞到弗莱莉腰下，把她支起来。

弗莱莉微笑了，她忽然发现，不知道为什么，爱拉说话还是有口音的。不对，她想，也不算是口音。只是某几个字发音不准。哪有那么容易就能精通口音这种东西的。在床上面，克罗兹伸出头来，递给爱拉一叠皮革。

“爱拉，这是她生产的时候用的。”大家铺开皮革，弗莱莉稍稍挪动，让大家把皮革塞到下面去。“他算是及时去找你了，但时间还是晚了点儿，真的要生了。”克罗兹说，“糟糕透了，直觉告诉我应该是个女孩子。但是估计是活不成了，丢人啊。”

“别迷信，克罗兹。”爱拉说。

“孩子要早产了。你是知道的。”

“的确，但也没必要现在就去判死刑。只要不是过早，我们还能尽尽人事……要是生产能够顺利。”爱拉低下头朝弗莱莉看了眼，“一起加油吧。”

“爱拉，”弗莱莉眼里闪着亮光说道，“有希望吗？”

“会有的。喝下这个，能让你不那么难受。之后我们会看还要多久分娩。”

“这都是什么？”克罗兹询问道。

爱拉看了这个女人一会儿才开始回答这个问题。这似乎是命令，但又像是出于关心和好奇才这么问的。爱拉觉得，她命令一般的语气大概是一种习惯而已。但一个不是首领级别的人用命令般的语气说话人们会误解是蛮不讲理或者在诘问。

“是野生黑莓最里面的树皮，可以止咳镇痛，让她舒服点儿，”爱拉解释说，“和晒干的蓝色毛莨根粉末一起煎，可以帮助她生产。她进入生产阶段时间太长了，已经停不下来了。”

“嗯。”克罗兹大声地点头表示赞同。无论是爱拉的医术还是药方她都感兴趣。从她的回答，克罗兹清楚了爱拉不仅仅是纸上谈兵，她的确有两把刷子。她对此很满意，也对爱拉知道这些植物的药理感到非常满意。

时间不断流逝，人们或多或少地都会走过来驻足给予支持，尽管在他们的鼓励里，都带有些悲伤的意味。他们知道弗莱莉正在面对的，很难得以善终。弗里贝克则觉得时间变得漫长了，他脑子里很混乱，不知应该作何期许。之前有女性生产时他也在旁边，他并没觉得生产需要这么长时间，也没那么难。女人们都会用力地乱动乱叫。

因为全部女性都集中到了鹤火塘，所以那儿也没有人需要他了。人们甚至不知道他在克里萨维克的床上坐着，看着，等着。最后，他起身，却不知道该去哪儿。他觉得饿了，就去厨房火塘找有没有吃剩的烤肉或者别的什么。他潜意识是想找塔鲁特。他想和别人聊聊天，想让别人能理解他当下的感觉。到了猛犸火塘的时候，看见马穆特正在和雷奈克、达努格和托奈克在火坑上坐着聊天，他们把路给占了。弗里贝克没心情和他们争辩，不知道要如何叫他们让开。

他犹豫着，可他不能永远站在那儿，于是开始穿过猛犸火塘的中间空地朝前走去。

"弗里贝克，她怎么了？"托奈克问。

他没想到他们会那么关心地问他。"我也想知道。"他回答。

"我能理解你。" 托奈克说着苦笑道，"特鲁妮生产时我也觉得自己没用极了。我不想看到她痛苦的样子，想做点儿什么能有用，但什么都做不了。那是女性要经历的，她一定会经历到，之后我都总是惊叹她是如何忘掉当时的痛楚的，应该是看到孩子，想着他……"他突然停住，觉得自己说多了，"弗里贝克，对不起。我不是有意的……"

弗里贝克眉心发紧，转问马穆特："弗莱莉说觉得孩子来的太早了。克罗兹说早产儿活不久。真的吗？孩子一定会死吗？"

"我回答不了，弗里贝克。这一切都是穆特的安排。"老人说，"我知道的是爱拉还没放弃。这都取决于到底有多早产，越早生就下来的就越孱弱，这也是它们活不下去的原因。但不是一定就会死掉，如果他们稍微能晚点儿降临，并且存活很长，那么就有机会能活下去。我不清楚爱拉能起到什么作用，不过真的要找到一个起作用的人，也只有她了。她天赋奇才，我发誓，她是受到最好的栽培的医师，我亲身体验过家族女巫医的医术。其中的一个女巫医曾治好我的病。"

"女人给你治过病？"弗里贝克说，"我不懂。什么情况？什么时候？"

"我年轻的时候，在旅行。"马穆特说。

青年人们都在期待着老者继续讲下去，但很快就意识到他不愿多提。

"老家伙，" 雷奈克咧嘴笑说，"我都猜不出来你这一生中得有多少故事和秘密。"

"我忘记了的事情比你经历过的都多，但我记住的也很多。你生下来的时候我就是老人了。"

"你年纪多大了？"达努格问，"自己知道吗？"

"以前每年春天我都会在神灵的皮革上做标记记录自己的年龄。我画满了好几块其中一块就是典礼屏。我现在已经老得不去记了，但是达努格能告诉你我有多大。第一个女人给我生了三个孩子。"马穆特瞧了一眼弗里贝克，"第一个是儿子，死了。第二个是女儿，她生了四个孩子。这四个孩子里面排行第一的是个女儿，她长大后又生了图丽和塔鲁特。当然了，你是塔鲁特他女人的第一个孩子。图丽最大的儿子的配偶现在可能也要生了。如果穆特能赐予我多一个季节的生命，我就能看到我的重孙了。达努格，我已经这么老了。”

达努格疑惑地摇头，他比他想象的更老。

“你和马努夫有亲戚关系吗，马穆特？”托奈克问。

“他是我一个兄弟女人的孩子的老三，而你是马努夫女人的孩子的老三。”

在这个时候，鹤火塘好像兴奋了起来，大家都扭头看了过去。

“来，深吸一口气，”爱拉说，“再来一次。快生了。”

弗莱莉喘着粗气，用尽全力，紧紧握住妮兹的手。

“好！很好！”爱拉鼓励着，“快出来了！出来了！好！好！”

“是个女孩，弗莱莉！”克罗兹说，“我说过会是个女孩！”

“她还好吧？”弗莱莉问，“她……”

“妮兹，能把她身上的膜清理下吗？”爱拉一边说，一边把婴儿嘴里的黏液清干净，她挣扎着准备呼吸。一阵寂静之后，一声婴儿哭声的出现震颤了人心。

“活着！她活着！”弗莱莉说着，感到欣喜和希望，眼里涌出了泪水。

的确，她还活着，爱拉想，但真的好小，她也没见过那么小的婴儿，但这个小生命在不断顽强地挣扎呼吸。爱拉把婴儿放到了弗莱莉的肚皮上，脸朝着弗莱莉，同时也告诉自己不要妄下定论，毕竟自己只见过家族里的婴儿，或许外族人的婴儿体形都比较小也说不定。她协助妮兹清理掉胎膜，然后把孩子翻了个身，用预先准备的红色筋线在脐带上系上两个圈，再用一把锋利的石刀切在两个圈中间，弄断了脐带。不论如何，现在只能看她自身了；她是个能自己呼吸、有生命的独立个体了。但接下来几天才是关键。

爱拉在给孩子洗澡的时候仔细看了看，她五脏俱全，只是真的很小，声音也很小。爱拉用一块很软的皮毯子把婴儿包住，给了克罗兹。妮兹和图丽撤走了分娩时垫在下面的皮革，弗莱莉盖着吸水性很好的猛犸毛垫，把女儿抱入怀中，爱拉认为孩子现在很干净、很舒服。接着，她让弗里贝克进来看看他的女儿。克罗兹一直在周围踱步。

弗莱莉掀开猛犸毛垫，泪流满面地盯着爱拉。“她太小了。”说着，又把婴儿抱紧了。然后，把胸前的衣服解开，让孩子对准乳房。接着，婴儿用鼻子摸索到了乳头，弗莱莉脸上露出了微笑，爱拉知道孩子开始吸奶了。过了一会儿，她放开了乳头，显得很疲惫。

“她太小了……能活下去吗？”弗里贝克问道，更像是在求爱拉。

“她有呼吸。如果也能吃奶，那么是可能的，但要继续存活，还要别的。首先是要保暖，并且要保证她的力气都能用在吸奶上。她喝下去的奶都要用来生长发育。”爱拉说。然后她朝弗里贝克和克罗兹严厉地扫了一眼，“如果你们想她活下去，就不能争吵。那样她会不舒服，想她能好好发育，就别让她不舒服。她最好连哭都别哭，她吃的奶拿来哭了就没法长身体了。”

“怎么才能让她不哭呢，爱拉？不哭的话我怎么知道什么时间喂奶呢？”弗莱莉说。

“弗里贝克和克罗兹都要协助你，她全天候都要和你贴着，就像你还在怀孕，弗莱莉。我觉得最好就是能做个支架能让她贴着你乳房。那样首先能保暖。你的身体和心跳都会让她感到舒服，因为她习惯那样。当然最关键的是她想吃奶的时候只要转个头就能喝到了。那她就不会哭到没力气长大了。”

“换尿片呢？”克罗兹问。

“用我给你的膏油涂她屁股上，克罗兹，我会再做点儿。把既干净又干爽的马粪在她屁股下垫一层吸粪便。如果要换的话就直接扔掉，但尽量别让她动。弗莱莉，你要多休息，别带着她走来走去。那对你也不好。我们会尽力给你止咳。如果她能活过下面几天的话，之后她就会越来越强壮。弗里贝克和克罗兹，你们要愿意帮助，她或许就能活下来。”

火红的太阳渐渐躲到地平线附近云层的后面，门帘这个时候拉上了，一丝希望的气息在屋子里飘荡着。这时候人们大都吃完晚饭，在生火，整理物品，照顾孩子，在一起夜聊或者交往。几个人正在猛犸火塘边上坐成一圈，在用耳语般的声音聊天，知道不能高声说话。

为了让弗莱莉睡觉，爱拉给她吃了点儿安眠药。在之后的很长一段时间里，她都不能好好休息。许多孩子会慢慢形成一种习惯——醒来吃奶之前先睡一觉。直到孩子强壮起来，弗莱莉每次只能睡很短的一段时间。

为了弗莱莉，弗里贝克和克罗兹相互帮忙着干活，而且互相都很小心谨慎，这几乎在以前是不可能发生的事。这样的情况也许不会持续很久，但是他们都在努力，彼此间的怨恨似乎也慢慢消除了。

克罗兹起了个大早，这一天不是很轻松，她的精神已经不复从前了。她十分疲惫，过些日子应该起来帮帮弗莱莉。克里萨维克仍旧和图丽的儿子睡在一起，特鲁妮看着塔舍。弗里贝克一个人坐在鹤火塘边，看着火焰，内心的情感波涛汹涌地翻滚着，理不出头绪。他对那个弱小的孩子，在这里的第一个孩子感到新奇，既害怕又想保护她。当爱拉和克罗兹让弗莱莉不那么难受时，爱拉把孩子给他抱过几分钟。他认真地看着孩子，都不敢眨眼，生怕自己会一不小心伤害她。这个孩子还这么小，却已经是四肢俱全，甚至连手指甲都有，他觉得非常神奇。当爱拉把婴儿抱回去的时候，他终于敢松口气了，但是却又不舍得爱拉从怀里把她抱走。

弗里贝克突然起身朝着过道走去，今天晚上他想在人多的地方待着。他停在猛犸火塘边，那里聚集着营里一些年轻人。以前，他并不会加入他们，只会去厨房火塘与塔鲁特、妮兹、图丽、巴泽克、马努夫或者韦麦兹他们闲聊，近来又多了乔达拉和达努格。尽管克罗兹也在厨房火塘，但是与狄琪的不理不睬或者雷奈克的不屑相比，他宁愿去火塘。但是托奈克刚才表达了善意，他的女人也经历过生孩子，所以他很理解弗里贝克的心情。他深吸一口气后朝火塘边走了过去。

当他靠近托奈克的时候,大家突然爆笑出来,有一瞬间他几乎以为大家是在讥笑他,立刻就准备离开这儿。

“弗里贝克,过来这里!”托奈克叫道。

“我这里还有剩下的茶,给你盛点儿。”狄琪说着。

雷奈克也对他说:“大家都说她很漂亮,并且爱拉说这孩子活下来是有希望的。”

特鲁妮附和道:“有爱拉在这儿,我们多幸运啊!”

“是啊!确实是很幸运。”弗里贝克赞同地答道。大家都沉默了一会儿,因为这是他给爱拉的第一句表扬。

“也许春节期间就能给她一个名字了,那会给她带来好运的。”拉蒂出声说道,因为坐在马穆特身边的暗处,弗里贝克几乎没有发现她。

“嗯,会取的。”弗里贝克边说边接过了狄琪递过来的茶。现在,他觉得舒服了很多。

“我也是春节的一个重要人物。”拉蒂宣布道,既羞涩又骄傲。

“拉蒂是女人了。”狄琪用大姐一样的口吻和他说道

“今年夏季大会她就能成为成年人了。”特鲁妮补充道。

弗里贝克笑着向拉蒂点头致意,不知道说什么才好。

“弗莱莉还睡着吗?”爱拉问。

“我走的时候还睡着。”

“我想我也要睡去了,”她说着直起了身子,“累了。”她手戳了下弗里贝克的胳膊,“弗莱莉醒了之后来叫醒我吧?”

“好,爱拉,肯定会……那个……非常感谢。”他细声说。

“爱拉,我能感到她变大了,”弗莱莉说,“我肯定她变重了,并且开始四处张望。吃奶也久了。”

“第五天了。应该是健壮点儿了。”爱拉认同弗莱莉的看法。

弗莱莉咧嘴笑了,又突然泪如泉涌:“爱拉,没有你我都不知道怎么办才好。我一直都怪自己怎么不早点儿去找你。刚开始怀孕我就觉得不对头,但我又不想帮妈妈和弗里贝克任何一个人吵架。”

爱拉单纯地点着头。

“我知道和母亲相处很难,你也知道,她以前是女首领,失去过太多了。”

“我猜也是如此。”

“我是她四个孩子排行老大的,还有两个妹妹和一个弟弟。……那件事的时候,我只有拉蒂那么大,母亲带我去见鹿营女首领的儿子。她想包办一桩婚事。我本来不想去的,见了面也对他没什么感觉,我比他小,他在意的也不是我而是我的地位,但在离开之前,她就让我不得不答应了。让我和他到第二年夏季大会的时候结合在一起。之后我们就返回营地……爱拉,实在太恐怖了……”弗莱莉

努力控制着自己的情绪，合上了眼睛。

“不知不觉就出现了……一场大火。那个土屋已经是我舅姥爷修建的了，搭建用的茅草、木头和骨头都风干了。人们都说是晚上着的火……无人生还……”

“我很难过，弗莱莉。”爱拉说。

“我们无家可归了，于是转身回到鹿营去。他们表面上表示哀悼，但心里却很不爽。他们不想交上霉运，况且我们也没身份地位了。他们打算毁约，但在姐妹大会上，克罗兹据理力争，让他们守信。如果鹿营不信守诺言，那么就会颜面尽失。那一年夏天我就结合了。母亲说只能那么办。那是我们的所有了，但这次结合我觉得没有一丁点儿幸福的东西，除了克里萨维克和塔舍。妈妈一直在吵架，特别是和我男人。她习惯了女首领的生活，习惯了成为作决定和受尊重的人。这些东西的改变让她难以接受。她还是不想放弃这些。人们慢慢就觉得她只会从早到晚怨天尤人，不愿意和她往来了。”弗莱莉稍作停顿，然后继续说道。

“我男人之后被野牛撞伤了，鹿营的人就觉得因为我是扫把星的缘故害的，母亲就想给我再包办一次。有些事情很有趣。我和出生时的身份地位相仿，这些他们都拿不走，但大家都想把母亲赶走。说她是扫把星再世，但我觉得人们只是受够了她的埋怨。但我觉得她其实无可指责。只是大家都没经历过。”

“弗里贝克是唯一愿意求婚的。但他什么都没有。”——弗莱莉笑了——“但他已经算是倾囊而出了。我起初对他没什么想法。他的地位一直很低，也不太懂人情世故，老让我母亲难看。他想证明自己，因此老说别人长短来凸显自己。我就想和他一起私奔一次试试。当回来之后我告诉母亲说我准备和他结合的时候，母亲很惊讶。她不懂……”

弗莱莉露出了温柔的笑容，看着爱拉，“你知道先和一个不愿意和你在一起，也看不起你的人结合，然后再和一个把你视做他的全部，愿意付出一切的人结合的感觉吗？私奔的头天晚上，他就说他觉得我是……最珍贵的宝物，根本就不敢想自己能和我接触。他让我觉得……我说不好……被重视。如果我们单独在一起，他还是会那样表现的，但一和母亲一起就吵起架来。我要不要你的帮助成了他们证明自己价值的战场，我不想伤害他。”

“我能理解，弗莱莉。”

“我一直想说其实我状况还没那么坏，你的药也很有效。我觉得他会改变主意的，但我希望是他自己主动改变主意的，而不是被我逼着。”

“他最后也这么做了。”

“但如果我的孩子有什么三长两短，我都不知道自己会怎么办。”

“现在还不清楚她会不会出状况，但你的感觉应该没错。她的确健壮了。”爱拉说。

弗莱莉笑了：“我已经给她改了名字，叫贝克蒂，希望弗里贝克见着会高兴。”

爱拉站在储物台旁正在清空各种晒干的植物。树皮、树根和种子堆成小堆，茎捆成一捆，叶子干、花干、果干装好小碗，再整理了一下整棵的植物。雷奈克朝她走近，尽力隐藏自己后背藏着的东西。

“忙吗，爱拉？”他说。

“不，不忙，雷奈克，我在检查药柜子，看还要补充什么。我今天去遛马了。春天真的要来了——我最喜欢春天了。植物开始抽芽，柳树也开始褪色——我特别喜欢毛茸茸的花朵。万物都会很快披上绿衣。”

爱拉的热情感染了雷奈克。“所有人都期待着春天的到来。我们都会在春天为新的一年庆祝，再加上弗莱莉生了小孩、拉蒂快要成年了，值得我们庆贺的东西就更多了。”

爱拉眉心微微一紧。她不清楚自己是否喜欢春季庆典中要扮演的角色。她在接受马穆特的培训，训练过程中也发生过好玩的事情，听起来也挺恐怖的。不过也没想的那么坏。一切都会好起来的。爱拉想到这又咧开了嘴。

雷奈克直直地盯着爱拉看，想知道爱拉正在幻想些什么，也一并想出一个他到这里来的借口。“这次庆典必将格外激动人心……”他暂停了一下，想还要说些什么。

“我也这么想的。”爱拉口头回应道，还想着庆典里角色的事情。

“从你的语气看不怎么期待嘛。”雷奈克微笑着说道。

“嗯？我还在等着弗莱莉给孩子取名字呢，真替她高兴。我依稀还记得当年成为一个真正的女人之时，我和伊扎有多高兴，多欣慰。我担心的只是马穆特在谋划一件大事，我不太有信心。”

“我老忘了你还是个新的马穆塔。还不清楚春节是怎么样的。也没别人那么期待。”他往前蹿了一步，低头看了地面，又转向爱拉，“你会期待它的到来的，爱拉，我也一样，要是……”雷奈克没说下去，他改变主意，决定把藏在身后的东西拿出来，“看这个，我给你做的。”

爱拉看到了那东西。看了之后，爱拉觉得非常惊喜，抬头把眼睛瞪得大大地看着雷奈克：“你做给我的？为什么？”

“因为我想这么做。这是给你的。当做是春节的礼物吧。”他想让爱拉收下。

爱拉捧着刚接过来的象牙雕，仔细地观察。“是你其中一个像吧，”爱拉显得又惊又喜，“有点儿像我之前看到的那个，但又不一样。”

他的眼睛发出了亮光：“我专门做给你的，但要小心，”他假装严肃地说，“我给它下了咒语，你会因为这样……喜欢上它和它的制作者。”

“雷奈克，完全没必要因为这个原因而下咒语啊。”

“你意思是喜欢它咯？说，你觉得如何？”雷奈克问道，他可不是会咨询别人看法的人；他觉得，别人的想法并不重要。他工作仅仅是为了自己和大母亲河，除了这次是为了爱拉。他刻的每一个凹槽、每一个刻印中，都融入了他的心、他的愿望和他的梦，期盼这个大地母亲雕刻能迷住他爱的女人。

她仔细端详着雕像，发现了有个倒三角。这个图案代表女性，而三这个数量则代表了生育能力，角外围还描绘着几条波浪线，在正面这代表了女人，在背面则代表了一只鸟。雕像全身都是波浪纹路和平行线纹路的几何雕刻，显得非常有吸引力，但暗示性也特别强。

“雷奈克，雕得太精致了。我特别喜欢你雕刻的这些纹路。这个图形我首先会联系到羽毛，某个角度来看，也会联系到水，像地图上的水的标记。”爱拉说。

雷奈克由高兴变成了狂喜：“我就知道你会发现的！大母亲河会化身为飞鸟，在春天回归大地，散落下代表她精神的羽毛和代表生育的水滴。”

“雷奈克，实在很吸引人，但我不能要。”她说，想拒绝这番心意。

“为什么不能？这可是专门给你做的。”他说，不让她拒绝。

“那我何以为报？我没有什么价值相当的东西。”

“如果你是想的这个，那我有办法。你身上就有我想要的东西，比这块象牙的价值要高上许多。”雷奈克眼神里充满了爱和欢乐，微笑着说道。他语气突然严肃了起来，“爱拉，和我结合吧。做我女人。我和你分享一个火塘，让你的孩子在我的火塘中成长。”

爱拉不想回应，雷奈克看出了她的踌躇，变换着法子继续说服爱拉：“来看看我们的共同点吧。你和我都是马穆塔，同时我们都是收养回来的。我们结合之后，也没有必要到对方的营里去，我们都是狮营人，对马穆特和莱达格你也可以继续照料下去，妮兹也会因此高兴的。但重点是，我爱你，爱拉，我想与你共度人生。”

“我……不知道怎么回答。”

“爱拉，说你愿意吧。那么我们就可以在春节宣布订婚。夏天正式结合了。”

“我不知道……也不觉得……”

“先别回答。”他一开始觉得爱拉会立刻赞同。但他现在觉得可能还要点儿时间，他不想被拒绝，“你只要给我一个机会，我就能够证明我对你的爱，对你的渴望和我们幸福的未来。”

弗莱莉说的此时回荡在爱拉脑海。想到有一个男人想要她，宠着她，而不是退避三舍，的确会让她有特别的感觉，再加上她也喜欢在爱的人中待着。现在，狮营就是她的家。乔达拉不会一直在这里。她很早就知道了。他一直想回到自己的族群里，也想过要带着她走。但现在他似乎不会这么做了。

雷奈克也是个好人，爱拉对他也有感觉，和他结合也就能留在这里。如果她还想再生一个孩子的话，就要尽快了，无论马穆特怎么说，十八岁对爱拉来说已经是很老的年纪了。如果能再生一个孩子该多好，她想。像弗里贝克的小孩一样。当然会更健壮点儿。和雷奈克生个孩子也不错啊。他会像雷奈克吗，有深邃的眼眸，轻柔的嘴巴，有力的鼻子，和自己家族男人的鹰钩鼻不一样的鼻子？乔达拉的鼻子体积和形状算是以上两者的过渡……这时怎么还在想乔达拉？

紧接着，脑海里出现了一个想法让她内心狂喜。假如和雷奈克结合了，那么我就可以名正言顺去接杜尔克过来！大概明年夏季。那时候没家族大会了，但尤拉怎么办呢？不接她过来？如果乔达拉把我带走，那么就再也不能见到杜尔克了。泽兰达尼在太遥远的地方了，单为了杜尔克，乔达拉肯定不愿意走一趟，再带着他和我们离开。要是乔达拉愿意留下，并成为马穆塔就好了……可惜不会。爱拉看了看眼前这个黝黑的男人，盯着他的眼眸。或许真该想想结合的事情。

"我之前说了我会仔细想想的。"她说。

"我记得你这么说过，但既然要细细想，那么可以到我床上来想嘛，爱拉。让我能有机会告诉你我多爱你。让我知道你会经常来。爱拉，到我的床上去。"——他抬起了她的手。

她往下看了眼，要厘清当下的思绪。突然有一股很微妙但强烈的欲望让爱拉想和他结合。尽管爱拉很快就知道原因，但还是很想到他床上去。但不仅如此，不知道给他一个机会到底合不合适，要不先试试吧，就像弗莱莉和弗里贝克一样。

爱拉点了点头，但头依然低垂："我会上你的床的。"

"今晚？"他因为过于兴奋，全身都在颤抖，几乎要叫出来。

"嗯，雷奈克。如果你愿意，我今晚就会和你上床。"

26

乔达拉躲在了一个奇妙的角落，那个角落里乔达拉只要俯身看看各个火塘和过道的情形就能一览猛犸火塘。他已经习惯了每天都要去偷窥爱拉，所以几乎没再多想这个问题了。他也不觉得这个有多难堪；这已经是他生活的一环了，他在做什么也好，爱拉总是萦绕在心，他对她何时入睡、何时起床、何时用餐、何时干活都一清二楚。他清楚她外出的时间，有什么人来拜访，和访客共处多久，就连谈话内容也略知一二。

他清楚知道雷奈克老是在猛犸火塘。虽然他讨厌他们待在一起，他也知道爱拉也没有什么亲密的举动，并且似乎在避免亲密接触。爱拉的行为让他内心平静，没有那么焦虑，也慢慢能接受现状，因此，他完全没想到爱拉和雷奈克会在快睡觉的时间一起到狐狸火塘里去。起初他难以置信。他觉得爱拉只是去拿东西，会回到自己火塘睡觉的。最后他发现爱拉要沃夫别跟着她，终于知道爱拉是要和雷奈克睡了。

一种想法突然像大火一样在他的脑袋和全身蔓延燃烧，她不要他了。他首先想到的就是到狐狸火塘去带走爱拉，他幻想到了雷奈克黝黑的脸对他的嘲讽，他有冲动想把他打个稀巴烂。他试图抑制自己的冲动，最后，他一把抓起外衣冲了出去。

乔达拉奋力呼吸着冰冷的空气，想要熄灭内心的怒火，冰冷的空气让他肺都麻木了。早春的突然降温，使得污水都结成了冰，小溪的上层也凝成了冰面，烂泥路也变得坑坑洼洼的，不宜走动。在黑夜中他摔倒了，然后匍匐着继续前进。接着他从马厩后面走了进去。

威尼在黑暗中对他表示欢迎，雷瑟轻轻地嘶叫，用头碰了下他，希望能得到他的抚摸。他和马儿们在严冬里常常做伴，在春天那就更是常态了，它们都很高兴又能有他陪着了，乔达拉看见了它们的自由自在、无拘无束也感到了放松。他感觉到门帘被推开了，紧接着一双爪子抵在了小腿上，并伴随着呜呜叫着。他弯下腰把沃夫抱了起来。

“沃夫！”他微笑着说道，但当沃夫正准备舔一下他的脸时，他却后缩了一下。“你怎么在这儿？”他停止了微笑，“是她支开你的，对不？你在她身边睡习惯了，思念她了吧。我能理解你。和她睡过之后，很难再独自入睡。”

他一边轻拍爱抚着狼宝宝，一边感到了放松的感觉，因此想一直抱着它，“怎么办好呢，沃夫？我想你陪着我了。咱俩可以睡一块去。”

接着他眉头又紧绷了一下，想到这可真是个难题啊。要怎样他才能把狼宝宝带回去？室外很冷，他也不清楚沃夫愿不愿意那么冷还外出，要是他走猛犸火塘正门，那么在回到床之前，就必须经过狐狸火塘。如果那样，他就无论如何都会冲进去狐狸火塘的。乔达拉又想到，如果有睡毯的话，就算马厩不太暖，但在两匹马儿中间也可以凑合。他没别的办法了，只好带着狼宝宝，沿路回去。

他轻拍了一下狼宝宝的头，死死抱住它，把门帘推开走进冰冷的黑夜中。风越发凛冽了，像冰冷的鞭子一样抽疼了他的脸，也把他的毛皮大衣吹出了口。沃夫努力叫唤，蜷缩起来，不断贴近乔达拉，想一直跟着他。乔达拉在坑坑洼洼的冰路上缓慢前行，当他看到了门口的时候，心头放下了重担。

他走进厨房火塘。此刻营里一片寂静。他走到睡毯前，把沃夫放回地上，很高兴它想待在这儿。他利落地脱掉衣服鞋袜，然后把沃夫一把拥进了毛皮被子里。在地上可没在床台上那么保暖，所以他睡觉时还披着室内穿的衣服，这些衣服都皱了起来。他好一阵子才躺舒服了，没过多久，他抱在怀里的小毛球就进入梦乡了。

乔达拉可睡不着。他一合上眼，满耳朵都是夜里发出的声音，有呼吸、翻身、咳嗽、窃窃私语的声音，这些都没什么，但里面还夹杂了乔达拉最不愿意听到的声响。

爱拉躺在了雷奈克的毛皮被子上。

“爱拉，啊，我想你想疯了。和我结合吧，变成我的吧！”爱拉同时也随着喘息而呻吟……

“好舒服。”雷奈克低语道，“爱拉，你爽吗？”

“嗯，爽，雷奈克。”她说着，夹杂着一声呻吟。

他俩安静地躺下，还在回味。但爱拉又开始胡思乱想了。她高兴吗？并不高兴。的确，雷奈克挺好的，也足够体贴，她也觉得很舒服，但……她觉得少了些什么。乔达拉给她的感觉是不一样的，但她又不知道哪儿不一样了。

她想，也许是还不太习惯和雷奈克睡吧，顺带换了个舒服的姿势躺着。雷奈克差不多要睡着了，感觉到她动了下，就起了起身，看着她微笑，翻身再面朝她躺着。

他用鼻子磨了下她的脖子，轻轻说：“我爱你，爱拉。想和你结合在一起。你愿意吗？”

爱拉沉静了。说不清是愿意还是不愿意。

乔达拉牙关紧扣，把毛皮被子死死抓住，不想听到耳语、呻吟和有节奏的撞击声从狐狸火塘传来。即便脑袋已经套在被子里，但还是听到了爱拉沉重的低声呻吟。他紧紧咬住一块皮革，尽量不发出声音，但他的内心已经充满了绝望和痛苦的号叫。沃夫像是知道发生了什么，一边叫一边把他压抑的泪水舔干了。

乔达拉忍不住了。他接受不了爱拉已经和雷奈克在一起了。但这是他们俩共同造成的。爱拉要再上雷奈克的床他可受不了，他受不了爱拉的呻吟声。但他能怎么办？离开。他只能选择离开。明早天一亮，他就动身。

乔达拉一直醒着。当他发现他们只是在中场休息，他就在毛皮里焦虑得颤抖了。到最后，只剩下睡觉的呼吸声了，他还是没法入睡。雷奈克和爱拉在床上的恩爱一遍又一遍地在他脑海里重播，这些画面和声音让他无法入睡。

晨光出现，照亮了烟囱的轮廓，在大家都还睡着的时候，乔达拉就起身装好睡毯，穿着齐整，把梭镖和梭镖投掷器带上，推开门帘，静悄悄走过过道。沃夫一跃而起想跟着乔达拉，但他用嘶哑的声音示意它不许跟着，接着门帘就在他身后恢复了原状。

一到室外，他就把兜帽拉了起来，包住面部，只留了一条缝在眼睛那儿，以抵御寒风。他把吊在袖子上的手套戴上，调整了一下背包的位置，爬上了斜坡。他在灰暗的晨光中踽踽独行，脚下的冰吱嘎作响。泪水充满了他的双眼，他现在是孤家寡人了。

在山顶的时候，凛冽的寒风鞭笞着他。他停住脚步想要走向哪边，之后他决定沿着河向南走，道路很崎岖，行走困难。雪只是在表面结了一层薄冰，他一踏上去就会陷到膝盖深，只能拔出来再走。在没有雪的地上，地面坑洼不平，经常打滑。他在上面滑来滑去，还把屁股摔伤了。

渐渐就到中午了，太阳朦胧地透过密布的乌云。唯一证明他现身的只是在这没有影子的灰蒙蒙的天气中，出现了朦胧的光。他步履蹒跚，满脑子空白，不知道要走向何方。

爱拉和雷奈克在一起的事实他为何难以接受?他为什么不能接受爱拉自己的选择,他只是想独占她吗?别的男人也是如此吗?也会体验到这种切肤之痛吗?是因为她和别的男人在一起了吗?还是因为她离开带来的恐惧?

还是别的呢?他并不觉得自己要失去她吗?她也能放松地对她和自己家族的人的生活高谈阔论,大家也愿意接受,他和其他人一样认可,对着泽兰达尼也能如此吗?她已经融入了狮营,人们也完全接纳了她,但知道她有个孩子之后也能依旧如此吗?他不想再多想了。如果她的经历让他觉得会蒙羞的话,那么还是放弃她为好,但乔达拉又受不了失去她的心痛。

他磕磕碰碰地一路奔走着,突然停住了脚步,他感到嗓子有点儿干,下意识去摸了一下水袋,发现没带。他找到一个雪堆,把表面的冰敲碎,然后抓了一个雪球放到嘴里面含着,直到雪融化。这是乔达拉的第二本能,想都不用想就会这么做。自小人们就训练他如果要吞雪的话要先把它融掉,最好是放到嘴里,不能口渴就直接吃下去。直接吃雪会冻着身体,其实就算在口里面把它融掉也已经是最后一招了。

因为忘记带水袋了,他开始明白自己的处境,他又想起来连吃的也没带,但他很快就没再细想下去了,昨天夜里屋子传出的声音和脑袋里面的幻想占据了他所有的思维。

他走过一片白茫茫的世界,一头扎进水里。要是他事先能作些观察,就会留意到这里不单单是个雪堆那么简单,但他想都没想。走进去几步之后,他发现他扎进去的不是雪堆,而是正在融雪的膝盖那么高的小溪。他穿着的油皮袜子可以抵御雪花,连融化的半湿的雪也可以,但面对水却无能为力了。刺骨的寒意终于把他从想象的世界中拉了出来。他一步一步踏回岸上,步履蹒跚,感到了彻骨的寒风。

他想,我做的是什么蠢事啊。连衣服、食物、水袋都没有备用的。我只能回去了。我根本没准备好就开始离开了,我在搞什么?你是很清楚自己内心想法的,乔达拉,他这么想,同时把眼睛合上,任由痛苦占据他的身体。

他腿脚都冷得刺骨,还带着一种湿漉漉的不舒服的感觉。他想是不是应该把衣服晾干了再回去,接着又想他没带火石,连火钻和引火的东西都没有。他的鞋子里面是猛犸毛,只要他不停下来,就算湿透了也不会让他的腿脚冻伤。他转身回去,责怪自己的笨手笨脚,但每走一步都小心翼翼。

回程中,他想起了自己的弟弟。他回想起索诺兰落入大母亲河河口的流沙,想在那里求死,乔达拉第一次知道了杰塔米死后,索诺兰也不愿苟活的原因。他想起他的兄弟最后选择一起生活的是他最爱的女人的族人。但他又想起杰塔米是河谷族人。但他和爱拉都不是马穆塔人。不不不,不是这样的,他又想到,爱拉现在是马穆塔了。

乔达拉快回到屋子时，一个身材高大健壮的人向他靠近。

“你到哪儿去了，妮兹要担心死了，让我来找你。”塔鲁特走近乔达拉身边时问道。

“去遛了会儿。”

首领点点头。爱拉和雷奈克在一起已经不是什么秘密，乔达拉内心的苦楚也显现出来了。

“你鞋湿了。”

“我踩到水里了，以为只是一堆雪。”

正当他们要一起返回狮营的时候，塔鲁特说：“乔达拉，马上把鞋子换掉，我还有双。”

“非常感谢。”乔达拉回答道，他突然觉得自己只是个过客。他自己一无所有，所有的东西都是狮营给予的，连衣服和出行的物品都是。他不想再要这些给予了，但为了再离开，他只能再要，他一旦离开狮营，狮营也就不会再给他食物和物资了。

“回来了啊。”妮兹在他踏入地屋的一刻就说，“乔达拉，冻坏了吧，湿透了吧！把靴子脱掉，我来给你点儿热饮。”

妮兹递给了他热汤，塔鲁特把一双旧鞋子和一条干净的裤子给了他。“你要了吧。”他说。

“塔鲁特，我非常感谢你对我的帮助，但我现在还要你协助。我要走了。我不得不回家。我离家太久了。我应该出发了，但我还缺少点儿食物和旅行的物资。等到天气暖和之后，路上的食物也会渐渐增多，但开始我总得要点儿。”

“我很乐意满足你的所需。我的衣服可能有点儿太大了，但你还是能穿的。”这个身材高大的首领说道，然后笑了起来，他用手捋了一下红胡子，又说道，“还有个更好的方案。让图丽帮助你吧？”

“为什么要选图丽？”乔达拉很奇怪。

“她的第一个男人与你身形相仿，应该还保留有很多他的衣物。它们的质量也无可非议，起码图丽会这么认为。”

“但为什么她就是要给我？”

“来这以后你还什么都没拿过呢，这是你应得的。只要你和她说你要食物和旅行的物资当做是你赢了的奖励，她一定会给你最好的，就当是偿还赌注。”

“有道理。”乔达拉说着笑了起来。他都不记得有这么一次打赌了。他感觉稍微好了些，知道自己不是什么都没了，“那我会向她索取的。”

“但你并不打算走的吧？”

“不，我准备走了。越快越好。”乔达拉说。

首领坐下来和他详谈：“现在出发太危险了，在融雪呢。只是随便走走就会搞成这样。”塔鲁特说，“并且我还想你和我一同参加夏季大会，一起去捕猎猛犸。”

“我不知道。”乔达拉说。他一看到马穆特在火塘里吃饭，就会想起爱拉，让他觉得一天都不能多待。还怎么能待到夏季大会？

“入夏再走吧，那才是好时节。也安全点儿。再等等吧，乔达拉。”

“我会好好想想的。”乔达拉假意说，其实并没打算久留。

“嗯，好好想想。”塔鲁特直起身说，“妮兹说一定要留点儿热汤给你喝，这可是用质量最好的根菜煲的。”

乔达拉把塔鲁特的鞋袜换上，就走过去火坑那了，此时马穆特正在喝汤。和马穆特打了照面后，他伸手从一堆碗里头拿起了一个汤碗，倒了些汤给自己喝。他坐在老巫师边上，拿出小刀，切了块肉吃。

马穆特把碗里面擦干净放下，转身问乔达拉：“我打听到你说要走了。”

“嗯，或许明后天吧。做好准备就动身。”乔达拉说。

“时间太早了！”马穆特说。

“的确。塔鲁特说在这个季节出行不好，但我之前也有类似的经历。”

“我不是说这个。你要等到春节再走。”他以一种绝对权威的口吻说。

“那个节日的确很重要，大家也都很期待，但我要尽快动身。”

“不许走，那样不安全。”

“怎么了？过几天又怎么样？或许还有融雪和洪水呢。”乔达拉不理解为什么老人不让他立刻动身，一定要他留下过一个毫无意义的节日。

“乔达拉，我知道什么状况下你都可以旅行。我担心的也不是你，而是爱拉。”

“爱拉？”乔达拉感到胃肠搅成一团，皱着眉头说，“我不懂。”

“我一路都在教爱拉一些猛犸火塘的传统，并且她和我也打算在这次的春节典礼举行一个仪式。要用到从她家族带来的根。在她莫格乌的引导下……她用过一次，我以前也试过一些神奇的植物能引导人进入精神世界，但这种根我从来没试过，爱拉也没单独尝试过。我们一齐在做新的尝试。她似乎……有点儿心神不宁，并且呢……环境的改变也会打扰到她。你要是走了的话，爱拉肯定会大受影响。”

“你意思是这个仪式可能会给爱拉带来危险吗？”乔达拉一脸痛苦的神情问道。

“在精神世界终究是有些危险的，”巫师说道，“她以前也独自到过那，但要再有这种情况，她也不知道怎么办的话，很可能会迷失。这也就是为什么她要接受培训。爱拉需要有爱她的人协助她。你要留在这。”

“为什么选我？”乔达拉说，“我们……都分开了。这里也有别的人对爱拉有感觉……爱她。她也同样如此。”

首领站起来了：“我解释不了，乔达拉，我只是有一种很微妙的感觉。我只能告诉你,在你说要走的时候,我就感到厄运向我袭来。我不知道这代表什么,但我……更想……不是。换个威慑力更大的说法。不许走,乔达拉。你还爱她的话,那么就过了春节再离开。”马穆特说。

乔达拉也站起来,盯着老人沧桑又神秘的脸看了又看。他不会没有缘由地说这番话,但他留下来真的那么关键吗?马穆特是不是了解一些不为人知的秘密?无论如何,他能理解马穆特。要是为了爱拉的安全他可以留下。“我留下,”他说,“我会一直留下来过春节。”

又过了好几天,爱拉才再次和雷奈克睡,但不是因为这之间雷奈克没有叫爱拉过去。他一开始说要爱拉和他一起睡的时候,爱拉没办法拒绝。她小时候的经历根深蒂固,她一说不,就觉得自己是做错事了,预感雷奈克会因此发怒。但雷奈克居然会回答能够理解,还说给更长时间爱拉想想。

爱拉也已经获悉乔达拉的“散步”事件了,并且直觉告诉她是因她而起的。这算是乔达拉还爱着爱拉的证据吗?实在要说的话,也只不过是乔达拉更疏远她了。他试图努力不和她见面,到了没办法的时候才和她说话。她觉得是自己犯错了。他不再爱她了。她不得不面对这样一个情况,她感到很孤单,但又不想显露出来。

另一方面,她知道雷奈克很喜欢她。他一直叫爱拉和他一起睡,住到他火塘里去,正式公开地结合,当他的女人。她最后又答应和他一起睡了,很大程度上是为了感谢雷奈克能如此处置他们的关系,不要逼着她说要一直在一起,他们又睡了几次觉,又决定来往还是不要那么频繁了,到现在爱拉觉得拒绝他也不是那么为难了。她觉得事情来得太迅速了。他等过几天到春节的时候就想宣布订婚。她还要再仔细想想。和雷奈克在一起很高兴,他能一直把他的爱告诉爱拉,也能够哄爱拉高兴,同时,爱拉也关心他。事实她对他挺有感觉的,但不知道哪里不对。她隐隐约约觉得他们之间少了些什么。她很想,也努力尝试过了,但对他就是爱不起来。

爱拉和雷奈克一在一起,乔达拉就会失眠,这种焦虑的后果很快就显现出来了。妮兹觉得他消瘦了,虽然在塔鲁特松松垮垮的旧衣服和一大捋过冬留的胡子的衬托下不太明显。达努格觉得乔达拉很疲惫很虚弱,他觉得自己知道为什么。他想给予他们一些帮助;他非常在乎爱拉和乔达拉,但没人能插手帮忙。连沃夫都做不了什么,虽然它做到的已经比它想的要多得多。每次爱拉没在屋子里,沃夫就会找乔达拉去。这让乔达拉觉得自己并不是唯一失去爱拉的人。他发觉了和马儿在一起的时间也增多了,甚至会睡在一起,不去靠近屋子里那令乔达拉心烦的景象,但爱拉在屋子里面的时候,他又会远远躲开。

天气渐渐开始暖和起来了,乔达拉就很难不和爱拉见面了。尽管外面还泥泞一片、坑洼满地,她已经常常去骑马了,她一进马厩,他看到后就会躲起来,但还是有几次被她逮着了,只能随便胡诌几个借口脱身。沃夫它会经常留在身边,莱达格也偶尔会和她一起骑马。她不想沃夫跟着的时候，就把沃夫给莱达格，莱达格很高兴爱拉这么做。威尼和雷瑟和沃夫已经打成一片了。沃夫是无论和爱拉一起骑着威尼或者跟着马儿跑都很喜欢，能和这两匹马打成一片就高兴了。对爱拉而言，她很喜欢这项活动，也给了她一个很好的理由可以外出，漫长的严冬之后，地屋显得局促，但爱拉的外出还是离开不了她内心中情感的躁动。

她在威尼背上的时候已经可以通过喊叫、口哨和手势给雷瑟下命令了，但每次她想让它练习背人的时候，乔达拉就会浮现在眼前，如此她就只好等到以后再说。要说爱拉是故意这么干的，还不如说她只是想这么拖着，爱拉有一股很强烈的感觉，虽然不知道为什么，她相信乔达拉会驯服并骑上它的。

乔达拉也是这么想的。有一次偶遇，爱拉推托说很忙，想乔达拉骑威尼去外面兜兜，马儿们已经一个冬天没跑步了。乔达拉已经记不清在马背上风驰电掣的感觉了。当他看着雷瑟从他身边一跃而过最终跑到它妈妈前面的时候，他很想在这匹马背上和爱拉的威尼并肩而走。虽然他也能骑威尼，但他觉得威尼只是在忍耐着他，这让他感到有点儿危险。威尼是爱拉的，连同他现在盯着这匹他非常喜爱的棕色小马，乔达拉觉得，也是爱拉的。

天气变暖之后，乔达拉想离开的愿望就越发强烈了。他按照塔鲁特所说的，让图丽给他备好衣服和旅行用品当做是兑现赌约。一切都如首领所说的那样，图丽也很高兴这么轻松就把债都清了。

乔达拉正给自己新的褐色大衣在绑着束带，塔鲁特这个时候踏入火塘向大家宣布春节在一天之后。人们都在为这场庆典准备盛装出席，用蒸气或者河水洗澡之后就歇着了。离开家族以来，乔达拉首次又有好几套做工精致、外观华丽的衣服以供替换，还有背包、帐篷和别的东西。他喜欢的东西质量都很上乘，图丽默默留心记住了他的喜好。她之前都只是怀疑，现在算证实了，无论这个泽兰达尼是什么人，乔达拉的出身一定很好。

“乔达拉，这看起来就像量身定做的一样，”塔鲁特说，“肩膀上的珠饰位置恰到好处。”

“的确，衣服都像量身定做的一样，图丽也出手大方。谢谢。”

“我很高兴你没马上就走。夏季大会会让你高兴的。”

“嗯……那个……我不是……马穆特……”乔达拉想编个理由来说明最开始怎么什么都不说就想走了。

“……我觉得我已经邀请过你和我们一起去打猎了。”塔鲁特补充道，觉得是因为他邀请和建议乔达拉才留下来的。

“乔达拉？”狄琪很惊讶，“在后面看还以为你是达奈夫呢！”她围着他仔细看了一圈，说，“你胡子刮了啊。”

“春天了嘛，时间差不多了。”他一边笑一边还用眼神赞美狄琪的魅力。

他碧蓝的眼睛和摄人的魅力深深迷住了她，狄琪微微一笑，觉得是时候他要理一下自己,换套好点儿的服饰了。乱糟糟的胡子再加上塔鲁特的旧衣服让他显得很脏,她都不记得他那么好看了。

"这套衣服又漂亮又合身,乔达拉。等到夏季大会的时候你再瞅瞅。新面孔总是能吸引住大家的,我觉得你肯定会大受马穆塔女性的欢迎。"狄琪莞尔一笑说。

"但……"乔达拉不打算再和他们说他不参加夏季大会了。他决定等到他真的要走再说。

他们离开以后,他又试了一套衣服,这套更适合旅行和平日,接着他又去感谢女首领,顺带告诉她衣服很合适。在门厅的时候,刚好撞上达努格、莱达格和沃夫在跑过来。达努格把莱达格、沃夫用两手揽住。他们还披着毛皮,头发也没干。达努格洗完蒸气浴就抱着莱达格跑过来了。他把他们放回地上。

"乔达拉,好帅。"莱达格用手语说,"准备好过春节了吧?"

"嗯,你呢?"他也用手语回答。

"妮兹也给了我新衣服,用来过春节。"莱达格高兴地回应道。

"同时也是给夏季大会准备的,"达努格补充说,"我、拉蒂和鲁琪她都给做了新衣服。"

乔达拉发现达努格一说夏季大会,莱达格就显得不高兴了。他好像不如别的人那么期待这次大会。

乔达拉推开门帘,正准备出去,达努格就对莱达格耳语,不希望乔达拉偷听:"要不要给他知道爱拉就在外面?他们每次要碰到了,他都躲开。"

"嗯,他们俩都想看见对方。就这么做,但不能明说。"莱达格用手语回答。

"有道理,但他们为何躲着?怎么才能明白对方的感受呢?"

"不说废话了。制造机会吧。"莱达格脸上浮现出特别的微笑回答道,抱起沃夫走进了屋子里。

乔达拉走出来的时候,终于知道孩子们瞒着他的到底是什么事情了。爱拉和马儿们就在门外站着。她刚把沃夫给了莱达格,就是准备骑马远足去,让自己放松放松。雷奈克希望春节之前爱拉就愿意首肯,但她心底一直不太愿意。她想通过骑马来好好想想。她一看见乔达拉就想让他来骑威尼,就像过去的日子一样,爱拉知道乔达拉喜欢骑马,同时也想乔达拉通过骑马和自己有些交流。但她自己也想骑马。她已经预备了很久了,正准备出发。

她看到他的样子后几乎窒息了。他的胡子已经用锋利的石刀刮掉了,现在的他和去年盛夏在山洞遇见的时候一模一样,她怦然心动,脸蛋通红。他自若地站着默默地回应着爱拉,他眼睛的磁力深深吸引了爱拉。

"把胡子刮了。"爱拉说。

她不经意用泽兰达尼语说出了这句话。过了一阵子,他才意识到有什么不同,大笑起来。泽兰达尼语很久没出现过在他耳边了,他笑着示意她继续,她突然萌生了一个想法。

“我正准备去骑威尼呢,准备找人帮我骑一下雷瑟。不如和我来骑着试试看吧? 现在骑马正合适呢,雪快融化干净了,草也长出来了,要是坠马的话草地也还挺软的。”她努力抢在他变得冷淡而不近人情之前说。

“呃……那个,”乔达拉有点儿犹豫,“我还以为你要完成它的处女骑。”

“它比较熟悉你,乔达拉,无论谁先骑上去,多个人帮忙总是好的。一个人上去骑,另一个人在地上作安抚。”

“有道理。”他说着,眉头皱了皱。和爱拉一起到草原骑马他不知道合不合适,但又没有借口不去,他确实想骑骑马,“要是真想我去的话,好吧。”

“我去把缰绳和你做的头套给带上,”爱拉一路小跑回去拿,以防乔达拉改变主意,“你把它们先牵到山上去吧? ”

他的确想再考虑考虑,但她已经溜走了。他把马叫来,牵着它们走到一望无际的草坡上,爱拉在他快到坡顶的时候追上来了。把缰绳、头套、背包和水袋都带上了。到了草原之后,爱拉牵着威尼到一个土堆边上,之前它就是靠这个土堆教狮营的人,特别是年轻人上马的。轻轻一跳,她就骑上了马背。

“上啊,乔达拉。一起骑一匹马吧。”

“骑一匹马?! ”他差点儿手足无措了。他可没想过要和爱拉一起骑一匹马,他想跑掉。

“只是一起骑到平坦空旷点儿的地方而已。在这儿就开始骑雷瑟的话它可能会被水坑绊倒或者摔跤。”她说。

他不知所措。他内心可是特别希望和爱拉一起骑马的啊。他也从土堆上了马,小心翼翼地往后靠,避免和爱拉接触,但他刚上去,爱拉就让威尼奔驰起来。

马背不断浮沉着,尽管他尽力往后坐,但他最终还是倒向了爱拉。他隔着衣物就感到了她温暖的身体,嗅到了她沐浴后的体香,混杂着熟悉的女性气息。马儿每前进一点儿,他就感到了她的大腿、屁股和背部传来的阵阵压迫感,他思绪凌乱,努力不让自己去亲吻她的脖子,去紧握她高耸发育良好的胸部。

他干吗要来? 怎么没躲开? 他们应该永远也不会一起来骑马。他都听到传闻了:爱拉和雷奈克会在春节期间就公布婚事,然后他就会离开,长途跋涉回到家里去。

爱拉用手势示意威尼别跑了,“乔达拉,你看如何?前面这块草地很不错嘛。”

“嗯,的确如此。”他飞快地回答道,缩腿跳了下来。

爱拉从另一侧下了马。她急促地娇喘,满脸春色,眼里满是柔情。她闻到了他的男性气息。她想,他也很想要她。但为什么要躲开? 为什么不想我? 为什么不爱我?

隔着马,他们都努力整理着自己。爱拉用口哨声唤来了雷瑟,声音和叫唤与威尼的不同，她轻抚着它，帮它挠挠痒和对它耳语，这个时候她已经收拾好心情再去看乔达拉了。

“要套缰绳吗？”她问，把小马一路牵到一堆骨头堆边上。

“我不清楚。你以前是怎么做的？”他说。他也收拾好了心情，同时也因为准备要骑上小马而非常兴奋。

“我没给威尼套过东西，我只用动作给它下指令，但雷瑟习惯套缰绳。我觉得还是套上吧。”她说。

他俩把缰绳套到雷瑟身上。它好像知道要发生什么了，躁动起来，他们对它轻拍轻抚，让它停下来。他们把猛犸的骨头堆成小堆，这样乔达拉就能踩着上马，接着爱拉把马带到这堆骨头边上。按照爱拉说的，乔达拉摸了摸它的脖子、后背、腿，然后上身紧贴着它，一边在帮它挠痒，这样它就能熟悉乔达拉的触感了。

“上去的时候，把它的脖子抱紧。它很可能会有想把你扔下来的动作。”爱拉说，在想还要让他注意什么，“从山谷回来的时候，它已经背过重物了，再背你也应该困难不大。握好缰绳，别让它掉地上绊到马了，你就随它跑，跑哪去都可以，到它累了为止。威尼和我会在后面跟着。好了没？”

“嗯。”他说，焦急地点点头。

乔达拉在那堆骨头上站着，上半身和这匹强壮而多毛的动物紧贴，向它低语，爱拉这时抱着它的头。接着他单腿跨过马背，一跃而上，双臂紧紧围住马头。雷瑟突然感到背上很沉，耳朵都伸直了。爱拉把手松开。它前腿一跃用后腿站了起来，接着背部拱起，努力想甩掉背上的重物，但乔达拉死死地抱住了。紧接着，正如它名字一般，它开始在草原上狂奔起来。

在凛冽的寒风中，乔达拉张开了一丝眼，快感如潮水般袭来。他望着脚下的草地逐渐模糊，太不可思议了。他真的如愿骑上了小马，感受着如幻想一般的风驰电掣。他合上双眼，细细品味马背的肌肉收缩伸展的猛烈冲击，他全身都充满了惊异的感觉，像是第一次感受到了大母亲河造物的奇迹。

他觉得小马跑累了，又听到了别的马蹄声，张开双眼，看到爱拉骑着威尼和他并着肩跑。他把这种神奇和高兴的感觉融进了他的微笑当中，爱拉也用微笑回应着，这让他更加心如鹿撞。那一瞬间，仿佛天地万物皆与他无关。乔达拉觉得整个世界就变成了难以忘怀的在马背上的驰骋和心爱的女人在并排的马上那让人窒息心碎的微笑。

最终雷瑟累了，慢了下来，停下了。乔达拉一跃而下。雷瑟就那么站在那，头都快低到地上去了，腿都撑开了，胸脯不断起伏，在喘着粗气。威尼从后跟上，爱拉也下了马。她在背包里摸索出了几块柔软的皮革，抽出一块给了乔达拉，去帮雷瑟擦汗，接着把威尼也擦了。两匹马都累坏了，互相偎依着。

“我此生不论多漫长，这次骑马的经历永生不忘。”乔达拉说。

他很久没这么高兴了，她也觉察到了他内心的躁动。他们相对而视，含情脉脉地笑着。她不由自主地走上去拥吻他，他也回吻着，突然，他脑海里又浮现起了雷奈克，他瞬间就定住了，从他的脖子上把爱拉的手臂拉扯下来。

“别再要我了，爱拉。”他把她推向一边。他尽力控制自己，声音沙哑。

“要你？”爱拉回答道，一脸的无辜和委屈。

乔达拉全身都颤抖了起来，他努力把持住自己，眼睛紧闭，牙关紧咬。一瞬间，他就像决堤的冰川一般，迸发了出来。他紧紧把她抱住，强吻她；吻得很暴力，不顾爱拉的感受。瞬间，爱拉就被推倒在地上了，他的手在她衣服底下摸索，把裤带也撕扯开了。

她也想帮他把裤带解开，但他实在是太着急了。他胡乱把手抵在了她的裤子上，用激情迸发出来的力量把裤头不断撕扯。她觉得自己的裤子被撕开了。他不知所措地解开自己的裤子，疯狂地扑到爱拉身上去……

乔达拉的这股野性的冲动，也唤起了爱拉。但到底是什么让他变得这么不顾一切了？他的这股强烈的冲动是从何而来？难道他不知道我一直都在等着吗？我整个冬天每分每秒都在期待这一刻……就像我是从小就是训练成要迎合他、回应他。我想要他比起他想要我过犹不及，难道乔达拉不知道吗？爱拉的眼泪里面充满了爱和欲望，这么长久的等待，只是为了他在她身上撒野。

怀着和乔达拉同等的压抑后的迸发，爱拉也豁出去了，全身颤抖，想要他……

她让他感到淋漓尽致地畅快，他大声呼喊。从他们第一次交合起他就有这样的感觉。他们是天衣无缝天造地设的一对，互相都是为了对方而活着。啊，圣母；啊，多尼，他对她日夜的思恋。一直对她渴望，一直爱着她。快感随着他的动作，如脱缰的野马般在他身体内驰骋。爱拉也感觉到体内的快感不断涌出，直到最后的高潮……

他趴在她身上，歇息着，此刻他们正身处代表着新生的草原中央。突然，他紧紧抓住她，头贴到她的脖子上，不断呼唤道：“爱拉，我的爱拉，我可爱的爱拉。”

他从脖子一直往上吻，吻过喉咙，吻过嘴，最终到了一只合着的眼睛上。突然，她哭了起来。他把身子用一条胳膊撑起，凝望着她。

“你哭了！是我让你受伤的！噢，圣母，我到底在做什么？”他一跃而起，看着她光着身子在地上躺着，身上的衣服都被撕碎了。“噢，多尼，多尼，我在干什么啊？我强迫她和我做了。我怎么能这么做呢？还是对她，她一开始就觉得这样不舒服。而现在我居然这么做了。噢，多尼！噢，圣母！为什么要让我这么做？”

“不，乔达拉！”爱拉坐了起来说道，“没有，你没有伤到我。”

他听不进去。他不敢看她，只好背过去，用手把自己的脸合上。他不敢再转身看她了。他在和自己生闷气，一阵一阵的愧疚感在心中涌起，他起身走开了。

他自己觉得刚才那么做伤害了她，他只得离开，也让她离开他。他觉得，她选雷奈克没错。我配不上。他听到爱拉站起身来，走到马那边去了。接着听到爱拉走到自己身边，手挽着自己的胳膊。

“你没有，乔达拉……”

他着急地背了过去。“别碰我！”他心中满是悔恨地高喊。

她往后却步了。她到底又哪儿做的不对了？“乔达拉……”她尝试往前走走说。

“别碰我！没听到我说什么吗？靠我这么近，我就很可能又控制不住自己，再强迫你了！”他说着，语气似乎威胁一般。

“你并没有强迫我，乔达拉。”他一转过身，爱拉紧接着补充道，“你不算在强迫，我每分每秒都在期待这么一刻……”

但他现在满脑子都是羞愧和悔恨，忽视了她说的话。

他向着狮营一路走着。她盯着他走着，想知道为什么。接着，她回到马旁边，抓住威尼的鬃毛上了马，另一只手牵着雷瑟，追上了乔达拉。

“你不会是想走着回去吧？”她问。

爱拉问的时候乔达拉依然保持沉默，头也没回。不会是想让我和她又同骑一匹马吧……乔达拉想，此时爱拉正在马上和乔达拉齐头并进。他的余光扫到了雷瑟也被牵着在走，就转身对着爱拉。

他的眼神里充满了柔情和想念。爱拉也显得更美、更有吸引力，他加倍地爱她了，但他又在自责自己刚刚破坏了这美好的想法。她想贴近他，向他诉说刚才美妙的感觉，她多么舒服，又是多么爱他。但他恼怒不已，她则不知所措，只能保持沉默。

他们四目相对，眼睛里面满是柔情和冲动，但因为互相不理解而产生的咆哮和从小接受的教育把他们这份无声的感情吞噬了。

27

爱拉说道：“路途很长，我觉得你应该骑雷瑟回去。”

他已经从营里出来走了多远了？“很长一段路。”他想着，不过还是点了点头，跟着爱拉来到了溪边的大岩石那。背上突然坐个人，这匹公马应该还不是很习惯，还是小心点儿爬上去为好。只见雷瑟的耳朵竖起来，仓皇地跳跃了几步，不过还是很快地安静下来，跟在它母亲的后面，就像以往一样。

回程路上他们一路沉默着，并没有交谈。抵达的时候大家的心情都很愉快，有的人在屋子里，有的人在远方，不过他们俩人谁也没有心情来闲聊。俩人停下来后，乔达拉就从马背上跳下来，走向前门。在爱拉就要进入马房的时候，他转身想对她说点儿什么。

“嗯……爱拉！”

爱拉收住脚步，抬头望着他。

“你应该明白的，我是认真的。我这辈子永远会记得今天下午。我是说，骑马这件事。很感谢你！”

“不用，你要谢的是雷瑟，乔达拉。”

“是的，但光靠雷瑟是不能办到的。”

“嗯，你和它共同完成的。”

乔达拉还想说点儿其他的，却又换了心思，低下头微微皱起眉头，走过前面的拱廊，隐没在视线里。

爱拉看着他站过的地方出神了好大一会儿，趁更多眼泪汹涌而出之前闭上了双眼。略微稳定了一下情绪，爱拉也走进去了。她往两匹马的大水槽里倒了些水，尽管它们沿路已经在小溪里喝过了，此刻并不渴。接着找出了软皮子，在威尼身上擦拭起来。这是她住在山谷里的时候仅有的朋友！爱拉双手环抱着威尼，轻轻地靠着它，把头埋在老朋友毛发密集的脖颈处。裹了一会儿，雷瑟也靠了过来。尽管爱拉被它俩挤在当中，这股熟悉的压力却让她整个人舒坦极了。

马穆特看到乔达拉走进来，接着听见爱拉带马走进马房的声音，他感到有些不对劲的事情发生了。当他看到爱拉衣衫不整地走进猛犸火塘的时候，猜想她是不是坠马受伤了，又好像不仅仅是这样，似乎有什么事困扰着她。马穆特站在床边的阴影里注视着她，在爱拉换衣服的时候，马穆特发现她的衣服被撕坏了。肯定是发生了一些事！这时，莱达格和达努格跟着沃夫冲了进来，只见他们俩人举起网兜，里面有几条鱼，骄傲坏了。爱拉笑着夸奖了两人一番，他们就去狮子火塘边处理收获的鱼了，一路上赞扬不断。在他们离开后，爱拉把小狼崽抱进怀里，轻轻地摇起来。老人十分担忧，起身朝着爱拉的床台走去。

马穆特对爱拉说："我想再举行一次那个用根的仪式，确信我们做好了所有的事情。"

“你说什么？”爱拉望着他说道，“呃……好的……如果你很想再演习一遍的话。”她把小狼崽放进篮子里，它却马上就跳出来，跑向狮子火塘了，沃夫一点儿也不想歇着。她看上去像是流过眼泪，又像是下一秒就要哭出来了。很明显，她曾被某种令人忧伤的情绪困扰着。马穆特想尽可能地让爱拉多说话，这样或许会让她说出藏在心里的事情，“你曾说过，伊扎教过你怎么准备仪式的饮品。”

“嗯。”

“她也教过你怎么准备自己。需要的东西都有吗？”

“我得把自己清洗干净。完全一样的东西现在没有，现在季节变了，但是我能找到其他的东西代替。”

“莫格乌，克莱伯，他为你控制灵性感受？”

爱拉犹豫了一会儿，点点头。

“他一定十分强大。”

“洞熊是他的图腾。挑选他，赐予他力量。”

“在用根的仪式中，还有其他人参加吗？”

爱拉低下头，承认了。

马穆特想，她肯定有什么没有对他说，不知道是不是很重要的事情。“他们帮他控制了吗？”

爱拉摇摇头，“克莱伯的力量是最强大的，我知道，也感受到了。”

“你是怎么感受到的？你从来没有跟我提起过！我以为家族的妇女是被禁止参加最深奥的仪式的。”

爱拉的头埋得更低了，“是的。”她小声承认。

马穆特抬起她的下颚说道，“爱拉，你应该告诉我的。”

爱拉点了点头，“伊扎没有给我示范过应该怎么做，她说太神圣了，不能用来练习。她只是尽量准确地描述该怎么做。当我们抵达家族的聚会时，因为我并不是家族中的人，莫格乌们不想让我给他们做饮品。也许他们是正确的吧。”爱拉又把头垂了下去，继续说道，“可是，除了我以外没有其他人能做了。”

马穆特思忖，她这是在寻求理解吗？

“我猜，我可能是把饮品做的太浓烈了，也可能是做多了，他们并没有喝完。在饮过曼陀罗和女人的舞蹈结束后，我发现了它。我迷迷糊糊地，只依稀记得伊扎说它太神圣了，不能随便浪费了。于是我就把它喝了，我不记得之后发生了什么事。可是有一幕我会永远记得！不知道怎么的，我发现克莱伯和莫格乌们，他带我回到了记忆之初，我吸入暖暖的海水，钻进泡沫里……不管是家族人，还是外族人，我们都是来自同一个起点。你知道这些吗？”

“我不觉得奇怪。”马穆特边说边想着，他要为那感受付出多少。

“可我也很恐惧，特别是在克莱伯发现我、引导我之前。而且自那时起……我……和以前不一样了。偶尔我会被我自己的梦吓到。我想是他让我变的不一样了。”

马穆特忙不迭地点头：“那能够解释。我不清楚你是怎么做到这么多的，你并没有受过专门的训练。”

“克莱伯也不一样了。很长一段日子，我们之间也改变了。他在我身上发现了以前并没有看到的东西。我伤害了他，我也说不清楚，但我知道，我伤害了他。”爱拉伤心地说着，眼泪模糊了双眼。

马穆特拥着她，爱拉就靠在他肩上轻声地啜泣着。没一会儿，小声哽咽就变成了号啕大哭，难过到颤抖着。她对克莱伯的悲伤勾起了一直强忍着的泪水，那是哀伤、混乱，以及挫败的泪水。

乔达拉一直在厨房火塘边凝神看着。他想过到她身边去，用什么方法来补救一下。他努力思量着马穆特过来找他时应该说些什么。当他看到爱拉流泪了，他猜她一定是告诉老巫师了。乔达拉羞愤到满脸通红。他不断回想起草原上发生过的事情，越想越觉得严重。

他跟自己说，从今以后，你唯一能做的就是离开她。不去帮助她，也不去跟她道歉。乔达拉痛恨自己，并想逃离这里。他想收拾好东西就走，不再面对爱拉，也不再面对马穆特和其他所有人。可是他曾向马穆特许诺过，春节前都不会离开。马穆特势必觉得我非常下贱，他猜想。违背诺言有那么糟糕吗？或许让他迟疑不前的不仅仅是诺言而已。马穆特说过，爱拉也许会遇到危险，那么不论他多么讨厌自己，也不论他多么想逃离，让爱拉独自面对危险是乔达拉万万不能允许的。

马穆特看着爱拉坐回去擦拭哭红的双眼，问道："现在好点儿了吗？"

"嗯，好很多了。"她点头道。

"身上有受伤吗？"

爱拉震惊地看着他，猜想着他是如何知道的。"不不不，一点儿也没有，但他觉得我受伤了。我希望我可以理解他。"她说着说着，眼泪又流了出来。然后努力地挤出一丝微笑，"我和家族人生活在一起的时候，并不爱哭，我不想他们为我担心。伊扎以为我的眼睛有问题，因为每当我伤心难过时，眼睛就会湿润。我哭的时候伊扎总是用一种特别的药物来治疗我的眼睛。我过去时常猜想，还有谁和我一样流眼泪呢？是不是只有我一个人这样，又或者所有外族人的眼睛都是潮湿的。"

"那你现在知道了？"马穆特笑道，"眼泪是用来减轻我们的痛苦的。生活不总是一帆风顺的。"

"克莱伯以前常常说不是所有强大的图腾都是容易相处的，我想他说的有道理。穴狮给我们强大的保护，但同时也有艰难的考验。我经常从中学习，也一直心存感激，但它并不容易。"

"我相信那是非常有必要的，因为一个特殊的目的选中了你。"

"但为什么是我呢？"爱拉叫喊道，"我不想特殊，我只想做一个女人而已，像其他女人那样，找一个男人，生孩子。"

"你必须成为你应该成为的人，爱拉！那是你的命运。如果你不能成功，就不会被选上。也许那是只有女人才能完成的事。不要难过，爱拉，你的生活不会永远充满磨难和考验，也会有很多高兴的事。只是可能与你希望的不同，或者会以一种全新的方式出现。"

"马穆特，现在乔达拉的图腾也是穴狮了。他也和我一样，被选定了。"爱拉的手下意识地划拉着身上被护腿遮住的伤疤，"我原本以为他是为我选中的，因为一个强大图腾的女人也必须有这么一个男人，他也拥有一个强大的图腾。现在我迷惑了，你觉得他会成为我的男人吗？"

“这只能由大母亲河决定，而且，不论你怎么做都无法改变。但是他一旦被选中，肯定是有某种原因的。”

爱拉和乔达拉一起骑过马的事被雷奈克知道了。虽然他和几个人捕鱼去了，他的心却一刻也没放松过，他害怕那个高大英俊的男人会再次赢得爱拉的心，因为即使乔达拉穿着达奈夫的衣服也仍旧很好看。雷奈克有着很强的审美感，所以他知道，乔达拉身上有着让人不可忽视的魅力，特别是对女人来说。当看到爱拉和这个客人还和以前一样疏远时，他的心终于安定了。即使爱拉以身体疲惫为由拒绝了和他同床的请求，雷奈克也仍旧很高兴，至少她是一个人睡的。

爱拉在床上躺下时感觉疲惫极了，但这种疲惫并不是来源于身体，而是觉得自己的感情被什么给掏空了。她久久不能入眠，脑袋里一团乱麻。她和乔达拉回来的时候，土屋里并没有看到雷奈克的身影，这让爱拉松了一口气。自己拒绝和他同床，他也没有生气，这一切都让爱拉很感谢。她早已做好了准备，接受雷奈克被自己拒绝后爆发的怒气和惩罚，但是他的态度几乎让爱拉改变了主意。雷奈克哪里是命令她呢，几乎可以说是给予她充分的理解。

爱拉很想厘清刚发生的事情，更急于想理清自己的感觉。乔达拉要是不爱她，那为什么还要她的身体呢？他又为什么那么粗暴？勃劳德强迫她的时候，她感到的是折磨。这是爱吗？她爱乔达拉，但她因此快乐吗？而雷奈克让她感到了快乐，虽然她自己觉得不爱他，但这或许才是爱呢？

或许在某程度上，她是爱他的，但这不足以构成理由。乔达拉的急躁让她想到了勃劳德，但他们又有不同的地方。他很粗暴，很兴奋，但并没有强迫。她深知这是不同的。乔达拉要她身体的时候，她也用身体的一部分热烈地回应着，并且感到很充实、很满足。如果乔达拉对她造成了伤害，那感觉是不同的。假若她不想要，乔达拉会强迫她要吗？不会的，她觉得。她深信如果她反抗了，推开他，他就会停止动作了。但她并没反对，她迎合着他，也渴望着他的身体，他也一定有这样的感觉。

他会仅仅是想要她身体，而不是爱她吗？单纯地想和她交合，并不表明他还爱她。也许爱是交合的润滑剂，但并不是充要条件，雷奈克曾和她说明过。她深信不疑雷奈克是爱她的。他想和她在一起，安定下来，结婚生子。乔达拉从未明示要和她交好，也没提过要孩子的事情。

但是，他曾经爱过她。或许她觉得享受是因为她爱着他，尽管乔达拉可能已经不爱她了。可他依旧想和她做爱，并且达成心愿了。但事后又为什么对她这么冷淡了呢？他为什么又再一次地抛弃她？他到底因为什么原因不再爱她了？曾经，爱拉觉得自己很了解乔达拉，但是现在，她根本看不清他。她转了个身，紧紧地抱着自己的双腿缩成了一团，怀着想要乔达拉再爱她一回的心思无声地哭了起来。

当他们一起回到狮子火塘时，塔鲁特对妮兹说："邀请乔达拉来参加第一次猛犸狩猎，我觉得很高兴。他把整晚都耗费在做那个梭镖上了，我想他肯定很想参加。"

妮兹看着他，扬了扬一边的眉毛，反对道："他根本没有把猛犸狩猎放在心上。明年冬天，我们得想着给拉蒂找一个别的地方了，她就快长成一个女人了，不过鲁琪肯定会舍不得她。"她一边说着，一边扯着毛皮把小女儿头边的缝隙塞紧，又温柔地笑着瞅了瞅大女儿。

塔鲁特朝后看了看，发现乔达拉正一边清理掉石屑，一边伸长脖子穿过中间的火塘注视着爱拉。看不到时，就盯着狐狸火塘。塔鲁特转过头又发现雷奈克正一个人上床，他也不停地看着爱拉的床。塔鲁特想，妮兹也许是正确的。

直到最后一个人离开猛犸火塘时，乔达拉仍然没有去睡觉。他在做一把长石刀。他要学韦麦兹那样，给刀装上一个厚实的长柄。他先完成了一个相同的样品，想以此来学做马穆塔的猎取猛犸的梭镖。乔达拉一直很清楚自己手艺的细小差别，或者至少想到了有意思的实验方式，但是这个工作贵在熟悉，全神贯注是一点儿必要也没有的。现在，除了想着爱拉，其他什么也没有。并且他只是以此为借口想独处，这样自己就可以安安静静地想心事。

看到爱拉一个人睡下了，乔达拉终于松了一口气。倘若爱拉上了雷奈克的床，他相信自己肯定接受不了。他把衣服仔细地叠好后就钻进了新被褥里，旧的旅行铺盖卷被垫在了身下。他枕着自己的双手，视线落在厨房火塘那熟悉的顶棚上。很多个失眠的夜晚，他都是研究着它度过的。今晚不是因为身体的需要而难受，自责和愧疚折磨着他的心，但尽管如此，他还是回味着下午那场欢愉。他在脑袋里仔细地把每一个细节都翻出来重新品味了一遍，此时此刻，他开始细细体会当时没有来得及思考的东西。

他很快就进入了半梦半醒的状态，自从爱拉被接受以来，乔达拉终于从以往的警惕中放松了下来，他开始做起了白日梦。他以前考虑过她是否心甘情愿吗？肯定想过了她不像他那么想要。她真的用同样的感情回应了吗？她伸出手抓住了他，或许她也和自己一样想和对方交合？当他再次想起她，想占有她，想起她的生产道包裹住自己的温热，他感受到了巨大的魅力，但这也不太难受，这种欲望里面没有搅和着压抑的欲望、浓烈的爱意和妒火中烧带来的灼痛感。他又想到了她会完全地迎合他，让他满意，他更希望要贴近爱拉，紧接着，他就想再一次爬到她床上去。

但是，当他掀开被子坐起来，想要按照梦里强烈的欲望行动的那一瞬间，他突然想起了今天下午那件事的后果。他永远也不能爬到她的床上去了。他再也不能抚摸她了。她再也不属于他了。那不是选择与否的问题，而是任何可能让她选择他的机会都已经被他毁掉了。他曾经不顾她的意愿就强暴了她。

乔达拉弯着双腿坐在睡毯上，头低埋在膝盖上的双臂里，因为内心的羞愧而感到疼痛无比，他的身体更是痛苦地不停颤抖着。这个邪恶的行为几乎可以算得上是他到现在为止做过的最恶劣的事情。

再没有什么比不顾女人的意愿而强行占有她更加可憎的行为了，做出这种事的男人更是卑劣至极。大母亲河是绝对不允许这种事情发生的。从她孕育出来的动物就能看出，任何雄性动物都会得到雌性动物的允许后才会亲近它。牡鹿即使因为发情的缘故和其他雄性同类相互争斗，也不会强迫雌性牡鹿和它们交配。就算它们爬上了雌鹿的后背，只要雌鹿不愿意，也只能任由它们走掉。雄鹿可以不停地尝试，直到雌性牡鹿同意为止，但绝对不能强迫对方。所有动物都是一样的，母狼或是母狮，它们会去磨蹭、引诱自己中意的雄性。它们会在对方爬上后背时自动地摆开尾巴。但如果有某些雄性想要用强的，它们就会不顾切地反攻对方。这些雄性会因为自己的鲁莽行为受到应有的惩罚。雄性动物可以自己决定交配活动要持续多久，但是只有雌性动物才拥有选择的权力，这就是大母亲河的方式。只有人类世界中才会出现强迫的行为，那些邪恶的坏男人会不顾女人的意愿强行做爱。

以前圣母侍者常常跟他说，所有女人都知道他是受大母亲河青睐的孩子。没有女人会拒绝他，即使是大母亲河，这是他与生俱来的能力。可是现在呢，连多尼都不要他了。他没有向多尼、爱拉或者是任何人请求过。他不顾她的意愿就强行占有了她。

在乔达拉的族人中，这种邪恶可憎的男人，或者更加堕落的男人是要接受阉割的惩罚的。在他成长的岁月中，当男孩子们私底下谈论阉割的痛苦情形时，即使那时候他还不了解，他却觉得这是很合理的刑罚。此时此刻，他自己成了应该遭受惩罚的人。他当时到底是怎么想的？他怎么能做出这种事情！他在心里告诉自己，你害怕被她拒绝！你担心她会抛弃你，那么现在呢？谁会被抛弃？如果大家知道了，会怎么看他？特别是在发生了那些事之后……现在谁也不会收留你了，包括达拉那在内。他会把你赶出他的火塘，和你断绝一切关系。佐拉娜，玛索娜……他们会多震惊啊！他更不敢想，母亲会怎么看他。

爱拉和马穆特谈过话了，她肯定跟他说了，这也解释了她哭泣的原因。他把头抵在膝盖上，用双臂抱着脑袋。不过他们要怎么惩罚他，那都是他自找的。他弯着身子静坐了一会儿，脑袋里都是他们即将对自己采取的刑罚。他甚至是渴望着即将到来的那可怕的惩罚的，这样他心里的罪恶感会减轻很多。

不过最后，他冷静了下来。他发觉到现在为止，并没有人跟他提起那件事。马穆特甚至跟他聊起了过春节的事，他也没再说这事。那么她为何要哭呢？或许就是因为那事，但她不愿意开口。他在黑夜里一直望着她的屋区。会和自己想的一样吗？她是全部人中最有资格索赔的。她已经经受了那个残忍的家族对她的施虐……他有什么资格去说三道四？他更高尚吗？

的确，她信守诺言了。没有把他揭露出来，让他接受惩罚。她待他实在太好了。他完全配不上她。乔达拉觉得，她和雷奈克订婚是正确的。他稍微有这么个念头，都会觉得伤感。他明白了这是惩罚，多尼已经给了他最希望得到的。他找到了自己的一生挚爱，但却把握不住。现在失去了。他明白责任在自己身上，他愿意接受这样的惩罚，但心里面还是会痛。

在记忆当中，乔达拉是不露声色的人。别的男性都易于显露自己的情感——喜怒哀乐——都比他溢于言表，但最特别的一点，他不愿意哭。在他被带走，只能在一夜间放弃美好的青春，为家园和亲人的丧失痛哭之后，他只在爱拉的怀中为那死去的兄弟痛哭过。其实还有一次，在那天夜里，他心痛欲绝。他那时在离家乡非常遥远的漆黑的地屋里边，为他的挚爱被夺走默默流泪。

春节，这个大家都很期待的节日，不仅仅是一个庆典，并且是大家感恩的时候。春节也不是春天一到就开始的，它举行的时间是在植物已经抽芽成长，人们也开始收获它们的时候，对马穆塔而言，这又预示了一年伊始。这个时候，人们就变得无比的轻松，就像那些活在当下的人一样对待生活，忽如一夜春风来，大地又被绿色覆盖，让人们和动物又再次充满活力。

在严厉的寒冬之中，在冰冷的夜里，在空气都似乎结冰了的时候，即便再坚强的人也会怀疑春天是否会再临。在隆冬时节，对过往春节的快乐回忆和高兴的故事可以让人们稍微轻松起来，让人们相信大母亲河会让季节继续流转。人们也会让自己度过的每一个春节都那么震撼人心、永生难忘。

春节的宴席特别庄重，在宴席上人们只谈新年的收获。过去几天，人们或独自或成群地外出捕鱼、打猎、弄陷阱、收割。乔达拉通过对他梭镖投掷器的完美使用，自己一个人就捕获到了一头在怀孕的野牛，尽管很瘦弱。他们把能找到的所有能食用的植物都收割掉：桦树和柳树的花；蕨类植物新生的茎，还有已经晒干去皮磨碎了的植物根部；松树和桦树充满水分的里层树皮，里面充满了鲜甜的树汁。

各式各样的嫩芽、嫩枝、树根、树叶和花朵；遍地都是美味的食材。马利筋的嫩枝和荚果可以当蔬菜用，花朵里面饱满的花蜜可以拿来调味。三叶草的新叶，苋、荨麻、凤仙花根、蒲公英和野生莴苣生吃和煮熟都可以食用；人们还挖出了蓟的茎和它的甜根。人们最喜欢百合花的根部，其余还有香蒲的枝条和灯心草的茎。香甜可口的甘草根生吃和磨粉均可。人们把一些植物当食物搜集，有一个原因是当香料用，而别的能当菜用。爱拉深谙各类植物的药理，也采集了一些供自己用。

人们到岩坡上去找野洋葱呈细条状的新芽，到干燥贫乏的地方找柠檬味的酸模叶。到潮湿的河边找款冬。由于本身具有一点儿咸味，它们是很好的调味品，爱拉搜集它的目的则是它可以治疗咳嗽哮喘。人们还搜集熊葱叶用来增加蒜味，还有红松浆果来增加酸味，卷丹球根增加辣味，罗勒、鼠尾草、百里香、薄荷，长成匍匐性灌木的葶提等来增加香味。一部分会晒干贮藏起来，另一部分则会给宴会用的鱼和肉调味。

有很多鱼，并且春天人们也最爱吃鱼，因为别的动物刚过完冬都还很瘦弱。但在宴会里怎么能没有肉呢，至少也得有一只动物来展现春天的来临——今年的动物就是一头美味的嫩野牛。宴会上充满了新鲜的食物预示着大母亲河又开始给予人们馈赠了，并且她会继续养育他们。

为宴会准备的食物逐渐增多，随着日子的临近，人们也越发期待春节了。连马都感觉到了这种期待。爱拉看出了它们有点儿焦急。一大早爱拉把它们拉了出去。远离地屋，在那里给它们梳洗。这项活动让爱拉和马儿们都倍感轻松愉快，还能给爱拉机会好好思考。她知道她要回复雷奈克了，春节明天就来临了。

沃夫在旁边缩着看着爱拉。它闻到了空气中出现的气味，昂起头来，尾巴不停地摆着，说明有个喜欢的人在过来。爱拉转过身，觉得自己满脸通红，小鹿乱撞。

“我想你是一个人在这里，爱拉，如果你愿意的话，我们来聊一聊好吗。”乔达拉压低了嗓子，十分古怪。

“嗯，好的。”她说。

他又把胡子刮干净了，他把自己浅色的头发往后梳，在脖子后面绑了起来，身上穿着的衣服是图丽给他的。她觉得他非常好看——按照狄琪说的就是帅——他帅得令她窒息，让她说不出话。但爱拉喜欢的可不仅仅是这身皮囊，就算穿着的是塔鲁特的旧衣服，爱拉也依然喜欢。他周围有一股温暖而炙热的气场，能让爱拉化掉。即便他们俩现在还隔着一段距离，但乔达拉身上散发的温热，不是热，就是更耀眼更暖人的东西，爱拉想拥上去感受这份热量，于是准备上前去。但他眼神里流露出来的悲哀神情又打消了她这个念头，她站定，安静地等待他开口。

他合上双眼，认真地思考，不知道要怎么说：“还记不记得我们最初在山谷里的时候，你那时还不太会说话，有一次你想和我说一件事情，但又不知道怎么说？你就开始打手势——我还记得你当时就像在用手在跳舞，很美很美。”

她当然记得。那个时候她想说的话就是现在她想说的：她对他的情感，这种情感没办法说出来。比爱更深一层。

“我不知道有没有话语能准确表达出我想说的话。我口中只能不停地说出‘对不起’，实际上我根本不知道如何去说。爱拉，对不起，我表达不出来。我不应该强迫你的，但覆水难收。我能做的只是让它永远不再发生。塔鲁特觉得可以安全离开的时候我就会走。你的家在这里。这里的人们也会关心你……爱你。你是马穆塔的爱拉，我是泽兰达尼的乔达拉，我应该回故乡去了。”

爱拉什么都说不出来。她把头低下，不想让乔达拉看见她哭，接着她背过身，帮威尼擦身，她忍住不再去看乔达拉。他要离开这，回家去了，也没有要带着她走。他不要她，不爱她了。她擦着擦着马，还是哭了出来。来到狮营之后，她从没有过这么想哭，那么难忍住，那么不想别人看到。

乔达拉还在那里站着，盯着她的身影看。爱拉想，他根本就不关心我，我早就该离开他了。她没搭理他。他想就这么走了，让她和马继续待着，但她的动作说出了一些用言语说不出的话。虽然只是依稀有一种想法觉得什么东西不对，但这就让乔达拉不愿意离开了。

“爱拉……”

“嗯。”她背对着他回答道，尽力让自己发音正常。

“走之前能为你做点儿什么吗？”

她暂时保持沉默，她想说点儿什么让他回心转意，努力想让乔达拉靠近自己，让他感兴趣。对了，马，乔达拉喜欢雷瑟，喜欢骑着它。

“嗯，有。”她最终说，努力让自己的声音听起来正常些。

她还在沉默的时候他本来已经走了，听到了之后又跑了回来。

“帮我训练下雷瑟……你在这里就可以了。我没有那么多空闲带它出去走。”她转过身来看着乔达拉。

爱拉的脸煞白了，全身都在发抖，这是真的吗？“我不清楚什么时候走，”他说，“但我会尽力的。”他还想说更多，想告诉她他对她的爱，他离开只是觉得她应该得到更好的。应该有一个人像雷奈克一样完完全全地爱着她，这是她应得的。他把头垂下来，在想说什么好。

爱拉怕眼泪快要涌出来了。她再次面对母马，又刷了起来，接着又把刷子放下，骑了上去，动作非常优美。乔达拉很惊讶，抬起头一直盯着看，爱拉骑着威尼走到山坡上，后面跟着雷瑟和沃夫。他一直盯着他们看，直到他们在地平线消失，接着就站着发待在，过了很久才回到屋子里。

春节前夕，人们都非常期待，导致大家都没睡着。大人和孩子都很晚才睡觉。拉蒂极端地兴奋，过一会儿又觉得很期待，然后又因为夏季大会前的青春期仪式紧张起来。

尽管身体已经成熟了，但她还不算是女人，一定要经过春节庆典，让一个男人进入她的身体，注入大母亲河的怀孕神灵之后，她才能算是女人。要等到她能有能力当妈妈时，她才会被认定为一个女人，才能建立火塘和男人结合。在此之前，她只能算是处在女孩和女人中间的一个状态，这个时候她会从年长的女性和侍奉神灵的人那接受关于女性、母亲和男性的教育。

除了马穆特之外的所有男性都被驱逐出了猛犸火塘。所有的女人都集中到火塘中，帮拉蒂为明晚的仪式做准备，给予她忠告、建议，还有精神上的帮助。尽管爱拉较拉蒂年长一些，但也同样地受益匪浅。

“拉蒂，明天晚上你并不会很忙碌。”马穆特解释道，“日后要学的东西会更多，这只不过是对未来的一个预告。塔鲁特会说一段话，之后我会把穆特给你，好好保存它，直到你自己建立了屋区。”

拉蒂在老人面前坐直了，满脸羞涩，但同时也掩盖不住内心的欢喜。

“从明天开始，到你成为一个真正的女人之前，你都不可和任何男人独处、单独和他们聊天。”马穆特说。

“连达努格和德鲁韦都不可以吗？”拉蒂问。

“对，连他们也不行。”他说，老巫师又继续解释，在这段时间内，她缺乏儿童的守护神，也缺乏女人的力量，容易被邪魔影响。她要一直被女性照看着，连和自己的亲兄弟和堂兄弟在一起也不允许。

“布里南或莱达格呢？”拉蒂问道。

“他们算是儿童，”马穆特说，“儿童是安全无害的。他们被保护神护佑。同样也是这个原因使你现在受到庇护。你的保护神正要脱身，让位给大母亲河给你注入生命的力量。”

“塔鲁特和韦麦兹可不会伤害我，为什么也不能待在一起呢？”

“男性的神灵会受到生命力量的吸引，就像你现在觉得的你能吸引到别的男人。有些男性的神灵会想要大母亲河的生命之力。他们会想从你身上抢走它，特别是在你这个脆弱的时刻，他们无法用这股力量创造生命，可这股力量毕竟是很强大的。如果不把你保护好，那么男性的神灵可能就会潜入，它会破坏、击败或者偷走你的生命力量。之后你就无法怀孕了，又或者你的欲望会变得和男性相同，吸引你的就变成女性了。”

拉蒂惊讶地瞪大眼睛。没想到会那么危险。“我会尽量不让男性近身的，但……马穆特……”

“嗯，怎么了，拉蒂？”

“马穆特，还有你呢？你也是男人。”

女人们都被逗乐了笑起来，拉蒂脸刷一下红了。这问题显得真笨。

“其实这个我也想知道。”爱拉说。拉蒂很感激爱拉给她解围。

“问得好。”马穆特说，“我是男人的同时，也是大地母亲的侍者。你可以放心地和我聊天，当然了，有些情况你也不得不和我单独聊天，就比如在一些仪式上，我担当神使的时候。但我也觉得除非有另一个女性在场，否则别来看我或和我说话。”

拉蒂显得很认真，点了点头，感到了一股责任感，要和人们重新建立一种新的联系。

“男性神灵偷走了生命之力会导致什么状况？”爱拉好奇问道，她觉得这些习俗和自己家族的很像，但里面的内涵又是截然不同的。

“那么就会出现一个法术高强的巫师。”图丽说。

“又或者是一个可怕的。”克罗兹加了一句。

“是这样吗，马穆特？”爱拉问。拉蒂显露出又惊讶又疑惑的表情，连狄琪、特鲁妮和弗莱莉都好奇地向马穆特看去。

老人集中精力，努力找出合适的回答。“我们仅仅是她的孩子而已。”他继续说，“我们也不知道为什么伟大的圣母穆特，会给一些人特殊使命。不过我们知道她肯定有自己的理由。也许她需要有特殊能力的人选。有的人也许具有某种天赋，还有的人是后来选中的。她不会选择没有相关知识的人。”大家都偷偷地看着爱拉。

“她是万物之母。”他又继续，“没人能完整地了解她，没人知道她长什么样子。因此在大母亲河的雕像上没有她的脸。”马穆特看着最年长的女人，“克罗兹，邪恶是什么？”

“是恶意的伤害。就是死亡。”老人坚定地答道。

“克罗兹，大母亲河是万物之源。圣母的容貌是春天的象征、夏天的包容、冬天的灭亡。是生命的力量，但是生命也还是死亡。死亡除了重生，还是什么？难道是邪恶？没有死亡，就没有生命。也许邪恶是恶意的伤害。但邪恶的人，也是为了她。她控制邪恶，用另一种方法达到她的目的，是大母亲河未知的一面。”

“但是男人的精神偷走了女人的精神会怎么样呢？”拉蒂问。她想知道事实、而不是哲理。

马穆特望着她，沉思了很久，她已经快成年了，有权知道。“拉蒂，她会死。”

女孩怔住了。

“就算偷走了，还会剩一些，足够一个新生命的开始。女人的生命力很强，生孩子之前，她不知道精神被偷走了，女人分娩的时候会死，因为男人的精神，在她被打开前偷走了她的生命力。因此女人在身份仪式之前等得太久很不好。假如大母亲河去年秋天做好了准备，我会跟妮兹商量一下营地集会仪式，你就可以安全过冬了。不过你就赶不上夏季大会了。”

“幸好没有错过，不过……”拉蒂停了停，她更关心的是生命力，而不是庆祝仪式，“女人一定会死吗？”

“不是，有时候她会尽力保护她的生命力。如果她的生命力足够强，她不但可以保住生命力，还能留住男人的部分精神，因此她身体里就同时有两种精神。”

“这些人就有能力做巫师。”图丽说。

马穆特点点头。“通常是这样的。为了控制男人和女人的力量，很多人会请猛犸火塘帮忙，其中有很多优秀的医者，和大母亲河的阴间行者。”

“偷走生命力的男人的精神会怎么样呢？”弗莱莉问，哄着肩膀上的孩子，她知道她母亲也想问同样的问题。

“是邪恶的。”克罗兹说。

“不，”马穆特摇了摇头，“不对。男人的精神偷走女人的生命力。它是无法自控的，而且男人一般都不知道他们的精神偷走了女人的生命力。直到他们发现自己不喜欢女人，更喜欢男人的陪伴。这时候年轻人是很脆弱的。他们不想与众不同,不想让别人知道他们的精神伤害了一个女人。他们会觉得很惭愧,他们想掩饰,并不想到猛犸火塘。”

“但这之中有些很强大的邪恶精神,”克罗兹说,“足以毁灭整个营地。”

“某个男人和女人太强大。不加以控制,就会变坏,会带来疾病、灾难,甚至死亡。就算没有这种能力,如果想谋害他人也是可能的。有了这种能力,后果是无法挽回的。有了正确的引导,有两种力量的男人跟两种力量的女人都可能成为强大的巫师,而且会谨慎地造福人类。”

“可是如果他不想做巫师怎么办呢?”爱拉问。也许她有某种天赋,但她还是觉得,命中注定的使命不一定是她喜欢的。

“他没有选择,”马穆特说,“对他们来说,寻找跟他们一样侍奉神灵的伴侣会更容易。”

“还记得很久以前我们遇到的桑吉尔旅人吗?”妮兹问,“那时候,我还很小,他们的屋区不就产生骚动了吗?”

“对了,你一说我也想起来了。当时我们正从夏季大会返回,碰上几个同行的族落。大家都不知道会发生什么,也发生了抢劫,但最终我们还是发展了友谊。有的马穆塔女人很烦躁,因为有个男人想加入她们。我们一直以为火塘是一个女人和她的两个丈夫组成的,弄了半天才发现,是由一个男人和他的两个妻子组成。行者把男人叫‘她’。他留着胡子,但是穿的衣服是女人的,他虽然没有乳房,但是是一个母亲。他的举止很像一个母亲。不知道孩子是不是屋区的女人生的,或者是另一个女人,但是大家都说他经过所有怀孕的症状和分娩的痛苦。”

“他肯定很想做女人,”妮兹说,“也许他没有偷走女人的生命力。也许他投错了胎。也是有可能的。”

“他阴月的时候肚子会疼吗?”狄琪问,“这是女人的标志。”大家都笑了。

“狄琪,你阴月肚子会疼吗?如果你想要,我能给你点儿东西。”爱拉说。

“下次也许会要的。”

“狄琪,怀孕以后就不会那么疼了。”特鲁妮说。

“而且怀孕以后,就不需要试用和处理吸水的东西了,”弗莱莉说,“不过你会想它们的。”她继续说,对着她健康的小女儿熟睡的脸笑了笑,擦了擦她嘴角的奶渍。她抬起头好奇地看着爱拉,“你年轻的时候,都用什么呀?”

“软毛皮很管用,特别是旅行的时候。有时候它们能折起来,或塞进野羊毛、软毛甚至鸟毛。也可以用捣碎的蓬松植物。我没用过干的猛犸粪,不过这个也可以。”

马穆特能无声无息地去一个无人知晓的地方。大家都不知道他的存在,大胆地说。假如知道有男人在,肯定不敢这样。但爱拉能感觉到他的存在,他静静地看着她们。谈话停下来的时候,他对拉蒂说:“你很快就想找个地方跟圣母交流。留意你的梦，它会为你指引方向。在去你的圣地之前，一定要斋戒，净身，感恩万物，供奉圣母，特别是你希望得到她的帮助和祝福。如果你想怀孕，或者已经怀孕的时候是最重要的。你必须去你的圣地，供奉圣母，用一缕青烟给她供奉礼物。”

“我不知道应该给她什么呢？”拉蒂问。

“可以是你发现或者创作的东西。如果圣母喜欢，你肯定会知道的。”

“你想得到男人的时候，也可以求她。”狄琪带着诡异的笑容说，“我都不知道，替布拉那格求了多少次。”

爱拉看了看狄琪，想更了解一点儿个人圣地。

“还有很多东西要学呢！”拉蒂说。

“你妈妈会帮你的，图丽也可以。”马穆特说。

“拉蒂，妮兹问过我，我已经答应做女看护了。”图丽说。

“噢，图丽，我真高兴，”拉蒂说，“那么我就不会感到太孤单了。”

“对，”女首领说，对着女孩热情地笑笑，“狮营不是每年都有新的女人。”

拉蒂皱着眉，温柔地问：“图丽，那天晚上在帐篷里发生了什么？”

图丽看了看妮兹，笑着说。“你担心吗？”“对呀，有点儿担心。”

“不用担心。会告诉你发生什么的。”

“是像小时候我跟德鲁韦玩的那样吗？使劲在我身上蹭，我猜他是在学塔鲁特。”

“拉蒂，不是的。这是孩子的游戏，你们只是做游戏，想变成大人。那时候你们都还太小了。”

“我们真的太小了，”拉蒂说，现在长大了不少，“那是小孩子的游戏。我们早就不这样玩了。其实我们什么都不玩了。达努格和德鲁韦最近都不怎么跟我讲话。”

“我确定他们其实很想跟你讲话，”图丽说，“但是一定要记住，不能太经常跟他们说话，更不要和他们单独相处。”

爱拉伸手拿一个用皮带挂在柱子上的鹿胃做成的水袋。经过特殊处理有防水的功能。底部有个口可以放水，开口被折起来封住。里面嵌着一小段自然中空的前腿骨。槽沟处的鹿胃用绳子拴在骨头上，做成水龙头。

爱拉把塞子拔出来，倒了点儿水到煮早茶的篮子里，又把塞子塞好。她把滚烫的石头放到水里，石头发出嗞嗞的响声。她不停地翻动石头，可以多释放一些热量。再用两根木棍捞出石头，放到火里。夹起另一块滚烫的石头，放到水里。水沸腾的时候，她又加了点儿干的叶子和根，还有葡萄藤、金线茎一起煮。

她一直都记得喝伊扎的药。她希望它可以这么有用。现在还没有定下来，她不想这么早生孩子。

穿好衣服，她把药倒进水杯，坐在火堆边的地毯上，喝着苦涩的茶。她喜欢清晨的气息。早晨，万物苏醒，煮茶也是早上要做的事情。她边喝边想那日的活动。就是人们一直期待的喜庆的春节。

她觉得最高兴的就是给弗莱莉的孩子起名字。孩子长大了，变胖了，不用天天在她母亲身边吃奶。她已经很强壮了，能哭，白天也会睡觉了。可是弗莱莉还是喜欢用背带，把她带在身边。这几天鹤火塘也很热闹，不仅是因为这个孩子，而且克罗兹和弗里贝克也发现他们可以和平相处。并不是没有争吵，只是他们可以解决好，弗莱莉也更积极地进行调节。

爱拉还在想弗莱莉的孩子，她抬起头，看见雷奈克正看着她。他也想这天宣布他们订婚。她突然想起，乔达拉说他要走了。她发现自己想起了伊扎死的那个晚上。

“爱拉，你不是家族人。”伊扎说，“你是外族人，是他们中的一员。爱拉，到北边去寻找你的伴侣、你的族人吧。”

寻找你的伴侣，她想。她曾以为乔达拉是她的伴侣，但是他要离开，要回家了。乔达拉不要她了……

但是雷奈克想要她。她年纪也不小了。假如她还想生孩子，就要抓紧时间了，她喝了一口伊扎的药，转着杯子里剩的药渣。假如她喝药，还跟雷奈克分享快乐，她会怀孕吗？她应该尝试一下。或许她可以跟雷奈克在一起。让他不再漂泊，为他的火塘传宗接代。他们的孩子是漂亮的黑眼睛和卷头发的黑皮肤孩子吗？还是跟她一样浅色的皮肤呢？都有可能。

假如她留下来，跟雷奈克在一起。就不用远离家族。就能去找杜尔克，还能把他带回来。雷奈克对莱达格很好，他应该不会介意混种孩子住在他的火塘。说不定他还能收养杜尔克，让他也成为马穆塔。

一想到可以找回儿子了，她就充满希望。不和乔达拉一起走也许也有好处。假如跟他走，那永远都见不到她的儿子了。可是不跟他走，她就再也见不到乔达拉了。

她已经作出了选择。她要留下来，跟雷奈克结婚。她想着各种好处，说服自己留下。雷奈克是好男人，很爱她，愿意要她。而且她也喜欢他。跟他一起会很高兴。他们可以生孩子。她还可以找杜尔克，带他回来跟他们生活在一起。又是好男人，而且是她的族人，还能找回儿子。比她想的可能还要多的好处。她还奢求什么呢？对呀，乔达拉离开了，还有什么呢。

她想，我要跟他说，跟雷奈克说他今天能宣布我们订婚。但是她站起来走向狐狸火塘的时候，只有一个想法：乔达拉不要她了。她再也见不到他了。想到这里，她痛彻心肺，只能闭上双眼，忍住悲伤。

“塔鲁特，妮兹。”雷奈克跑出去找女首领和养母。看到她们，他激动地都说不出话了，“她同意了！爱拉同意了！我们要订婚了！”

他没看到乔达拉，就算看到，也没关系。他爱的女人，他最想要的女人，已经同意嫁给他了，雷奈克其他什么都不想。但妮兹看到了乔达拉，他脸色苍白，靠在拱廊的象牙上，满脸痛苦。他松开手，走向河边。她有点儿担心。现在正涨潮，他会被冲走的。

“妈妈,我决定不了明天穿什么。”拉蒂哭叫着。马上要参加第一次地位提升的仪式,她很紧张。

“我们来看看。”妮兹说着,看了一眼河边。乔达拉已经不在那儿了。

28

乔达拉沿着河边走了一整个上午。他混乱的头脑里反复重放着雷奈克高兴的话。爱拉同意了。他们将要在那晚的典礼上宣布两人订婚。这个打击之大远远超出他的预期。就像失去了杰塔米的索诺兰一样,他也不想活了。

妮兹的顾虑是不无道理的。乔达拉走向河边并没有什么特殊目的。他起初只是碰巧选了那边,但等他到了那汹涌的河边,他感受到了一种奇怪的吸引力。像是一种安宁感,再没有任何痛苦、难过和混乱感,他直直地盯着它。他被某种类似感觉的东西制止住了。跟杰塔米不一样,爱拉没死,只要她还活着,希望之火就不会熄灭,而他还更为她的安全担忧。

他在灌木丛和树后找了一个隐蔽处,在那可以看到河流。晚上的庆典会举行订婚仪式,他要为这严峻考验做好准备。他暗示自己,这不意味着她今晚就会和雷奈克结合。她只不过是答应会在未来的某个日子里和他共筑家园,他也许下承诺。乔达拉跟马穆特说过,他会一直留到春节之后,但阻止他的并不是他说过的话。他只知道,爱拉现在面临着未知的危险,他不能就这样离开,即便这意味着他要亲眼目睹她和雷奈克订婚。既然马穆特感到她可能有危险,他就不能置若罔闻。

中午时分,爱拉告诉马穆特她要开始为仪式做准备。他们已经仔仔细细地一起过了好几遍仪式细节,直到她确认所有重要细节都没有疏漏。她收起了几件干净的衣物,一块有吸水性的柔软鹿皮,以及几件别的。但是她没有穿过马房出门,而是直接走向了厨房火塘。她既希望,又不希望看见乔达拉,当她发现只有韦麦兹在打造工具的地方的时候,她有些失望,又有些释然。

她到了河边,便沿河边向上游走了一会儿,然后找了一处她认为合适的地方。她在小溪注入大河的地方停住了。这条细细小小的水流冲刷过突出的岩石,绕行而下,岩石的另一个侧面形成一个很陡的斜坡,把风都挡住了。正在拔芽的灌木和其他树木形成了一个屏障,使得这个地方被隐蔽保护起来。

乔达拉从这个隐蔽的据点打量着这条河流。他沉浸在自我反省中,没有注意到湍急浑浊的水流。他甚至连太阳升起时周围影子的变化都没有留意到。当突然听到有人走近时,他吃了一惊。在这个日子里,他一点儿都没有和人交谈的心情,也没耐心表现优雅举止,所以就很快溜到一排灌木后面,悄悄等着,想等到那个人走过去。当他看见那人是爱拉，而且并没有要很快离开的意思，他不知该怎么办了。他想偷偷溜走，但是爱拉洞察力非凡，一定会有所察觉。他又想到编些解手一类的借口离开，但是最终也还是放弃。

他藏在那儿偷偷地看着，尽量让自己不引人注意。他没法控制自己，甚至都没办法让自己的目光从她身上移开。即使他很快就意识到她并没意识到他的存在，她只是在为接下来的仪式做准备。起初的时候他因她的出现而慌张失措，但后来他完全被吸引住了。他感觉自己仿佛不得不看。

爱拉熟练地用火石和燧石燃起一堆火，以加热做饭石。她希望自己的净身仪式能符合家族传统方式，但始终要有一些调整改变。她曾考虑过用家族的方法来点火，也就是拿一根木棒在两掌之间来回旋转，使得棒下另一块扁平的木头升温到产生火星。但是，在家族里，女人不能负责火的传送，也不允许为仪式目的生火。所以她决定，若她要打破传统自己生火，那就要用自己的火石。

但是，女人是被允许制作刀和其他石具的，除非这些工具要用于打猎。她需要一个新的口袋来装护身符。她现在用的那个精巧的马穆塔口袋不适合家族仪式。她觉得，要做一个更合适的护身符袋，就要一把家族的刀才行，正是为此她之前向韦麦兹要了一块完整的燧石球。她在河水附近搜索了一阵，便找到了一块被水流磨去棱角的圆润卵石，大约拳头大小，可以用来充当锤石。她用它在定型过程中敲掉了燧石球外层的灰白外壳。虽然有好一段时间没制作过工具了，但她也没有忘记制作方法，很快就上手了。

到她完成制作的时候，圆润光滑的暗灰色石头已经被改造成椭圆柱的形状。她仔细审视了一下，又再敲掉了一个小薄片，之后再仔细地瞄准了一番，从椭圆柱一头的平面上敲掉了一块，做成一个打击面的形状。之后她又把石头颠倒过来，以合适的角度固定，在她画好记号的地方又敲了一下，敲下比较厚的一片，使得和椭圆柱的顶面形状相同，一把刀就完成了，像剃刀那么锋利。

她在制作的时候只用到了锤石，制作过程也轻巧快速，完成的那把刀却十分锋利，这都要归功于她小心而精准的控制技术。若是以往，她并不会留下这把刀。她有很多刀具，而且她也并不需要这种家族的刀。但这次是个例外。爱拉掏出随身揣着的鹿皮，从一侧割下细细一条，用它划出一个圆形，然后她又拿起锤石，再次敲掉几块燧石，把刀用作一把尖利的钻子，在圆形鹿皮四周钻出小眼，然后把皮带穿了进去。

她把脖子上挂着的精致小袋摘下来，解开袋口的绳结，把袋中图腾的标志，她的圣物倒到了自己手上。

她仔细研究了它们一阵，又把它们紧紧捂在胸前，之后便把它们放进了新制的小袋里，拉紧袋口的绳子。她已经决定了，要与马穆塔留在一起，她也决定要与雷奈克结合。但是她不知为何自己却并不希望她的穴狮告诉她这是正确的决定。

收好护身符之后，她走到溪边，舀了一些水倒进饭篮，把火中加热好的石头也放了进去。因为季节过早，所以她找不到泡沫丰富的皂根。而这片地方过于暴露和开阔，也没办法找到生在阴湿地区的马尾蕨。所以她必须找些别的来代替传统的清洁剂。

爱拉在热水中加入了带甜味的能起泡的干花，又放了一些毛厥叶片，以及从路边采来的耧斗菜花，又添加了一些与冬青味道相似的桦树的嫩芽。她苦苦思索，考虑了很久之后才最终决定该如何解决杀虫剂，过去是通过浸泡来提取成分，现在则要找替代物。她想起了妮兹无意中告诉过她的方法。

她很快地把衣服都脱了，然后拎起两个装着液体的篮子向河边走去。一个篮子装着她做好的有香味的混合液体，另一个篮子装的是积累的尿水。

以前，乔达拉曾经让她示范家族人是如何打碎燧石的，至今印象深刻。但她在自以为隐蔽之处所完成的熟练操作让他惊待在了。她没有用到骨槌或者打孔器便轻而易举地制作出了她所需要的工具，他寻思若是自己也只用一块锤石，不知道能不能做得像她一样好。他知道这需要非常出色的控制技巧，他也记得她说，教她制作技术的工匠比她要高超得多。他突然对这种家族工具的制作技术产生了新的感情。

做那个护身符袋也没花费她多少时间。这个新的口袋不仅很实用，而且还非常精致。直到他看见她那样摆弄口袋里的护身符，那样握在手中，他才意识到她周围弥漫着的那种忧伤的氛围，似乎预示着悲伤和心碎。她的内心应该充满快乐，然而，她看起来却并不快乐。那一定是他想象出的感觉。

当她开始脱去衣物的时候，他不由得屏住了呼吸。她那丰满而成熟的胴体，那么的美丽，使他那么地想要她，那种感觉快要使他淹没。但他突然又想到了上一次，他想要她的时候做过的那恶劣的事，他强烈的欲望又顿时消减了。她在这个冬天又继续留起了辫子，和狄琪梳的那种类似。当她解开那长长的秀发时，他想起了第一次看见她赤身裸体，那时她在炎夏的山谷里游完泳，身上还留着晶莹的水珠。她那么活泼而美丽，他告诉自己不要再看她。

爱拉开始用尿水清洁身体。因为含氨的关系，尿水非常难闻，但却能够有效地溶解身体、头发中的油脂，同时还能除去可能爬到她身上的虱子和跳蚤，甚至能让头发更加有光泽。这个时节，河水中还含着融冰，冰冷刺骨，但这种感官上的冲击使人兴奋无比，河水连着泥沙翻滚流动，就连靠岸较为平静的河水也不例外，水流冲走了尘垢、油脂，以及刺鼻的氨味。

经过冰冷河水的洗浴，她的身体氤氲着粉红。出水时她瑟缩着，浑身颤抖。但是那带有甜味的混合液体还保持着热度，她用它擦遍全身，液体变成了滑溜溜的皂液泡沫。之后，她去小溪附近的水潭冲洗身体。再次出水之后，她用柔软的鹿皮包裹身体，吸干水分，又用她的硬刷子和象牙发夹梳开了纠结的长发。沐浴后她感觉精神和身体都十分清爽，很是舒服。

尽管乔达拉十分想和她结合，但只是这样看着她，也已经给了他极大的满足。她丰满的胴体不仅曲线窈窕，而且十分匀称，结实的肌肉透着几分力量。他享受着这种注视她的感觉，欣赏她那自然而优美的姿态，欣赏她轻松而熟练地干活，没有丝毫多余的动作。乔达拉一直非常钦佩她的能力、技艺以及她的聪明伶俐。对于他来说，那是她那致命吸引力的重要组成。而说到他对她的感情，他是那么地渴望和她在一起。而能够这样注视着她，似乎拉近了他们的距离。

爱拉快穿好衣服的时候，突然响起狼崽的叫声，她抬起头笑了。

“沃夫，你在这儿干什么呢？你是从莱达格那儿逃出来了吗？”她说，这时候小狼直接扑到了她身上，因找到她兴奋得很。打完了招呼，小狼开始四处闻闻嗅嗅，她自己则开始收拾东西。

“好吧，既然你找到了我，我们就回去吧。沃夫，来，走吧。你在灌木丛里找什……乔达拉！”

当爱拉知道小狼找到了什么的时候，她惊讶地说不出话来。乔达拉无地自容，十分尴尬，但是两个人的目光却紧紧地交缠在一起，传达着言语无法表达的情感。最后，乔达拉先张了口，想向她解释。

“我……正好路过这儿，然后……”

他决定放弃，那无力的借口他也不想再说完。于是快步走开了。他走后，爱拉一个人缓慢地朝营地走去，她迈起沉重的步伐踏上那通向地屋的斜坡。乔达拉刚刚的所作所为让她十分困惑。她不清楚他在灌木丛中待了多久，但她确定他一直在注视她。他为什么躲开自己呢？她迷惑不解，但当她穿过马房，去猛犸火塘找马穆特的时候，她想起了乔达拉注视她的那束目光。

乔达拉没有立即返回营地。他不知道自己能否好好地面对她，或者是别的什么人。他快接近土屋时，转身原路返回，不久就又来到了自己藏身的那个隐蔽处。

小火堆还有星星火光未燃尽，他双膝跪下来，用手去触摸那份温热，眼睛微阖，脑海中回放自己刚刚所偷看到的那些情景。他睁开眼睛，在地上发现了她扔掉的燧石心，于是便捡了起来，放在手中细细地看。接着他又注意到了她敲掉的薄片，于是把其中一些归于原处，细细地回想研究她的制作过程。他又在鹿皮碎片附近找到了钻子。他把它捡起来仔细端详。这并不是他所熟悉的形状样式，这个钻子更加简单，简单到甚至有一种粗粝的质感，但它确是那么实用而方便，又足够锋利。钻子在他手中划伤了他的手指。这些工具让他又联想到她本人，这些简单的工具提醒着他那神秘的特质，有一种鲜明的矛盾感。她的直率是包裹在神秘的轻纱之中，她的质朴和简单又传承着古老文明的浸染，她的诚实和天真掩藏在深刻和丰富的经验之下。他决定自己要留着它，这样自己心里便会永远地想着她。他用鹿皮碎片把锋利的石器包起来，收好揣在了身上。

在和煦温暖的下午，宴会在厨房火塘里开始。所有拱廊的门帘都被拉开固定系紧，放进更多新鲜空气，方便人们出入。很多活动都安排在户外，各类游戏和竞赛尤为如此，比如最受人们喜爱的春季运动——摔跤，以及唱歌和跳舞。

人们互相交换礼物，以此表达对彼此的美好祝福，并感激伟大的母亲河让生命和暖意重回大地。交换的礼物通常都是一些小玩意儿，例如腰带、刀鞘，动物牙齿制作的挂链，以及精巧的珠串等等。今年最受欢迎的礼物，是一种新式的针盒，用动物的空骨做成。妮兹做了第一根针，配了一块精美的四方形猛犸皮来保存，很受欢迎，因此被好几个人效仿。

火塘的每一块火石都被认为是有神圣的魔力的，这些火石和大母亲河的雕像一起放置在壁龛里面，可巴泽克送了几个他设计的引火物箱，很是受人们欢迎，又便于携带，里面有容易被引火星点燃的几种材料，有毛茸茸的须根，碾碎的干马粪，薄木片，除此之外还能用来装火石和敲燧石的工具。

夜里冷风阵阵，营里的人返回屋里放下厚重的门帘，继续释放着他们的热情。过了一会儿人们的情绪平静下来，换上庆典穿的衣服，完成装饰，杯中又再次满上了香味浓郁的草茶和塔鲁特的苞扎酒。之后人们就向猛犸火塘出发参加春节庆典。

爱拉和狄琪向拉蒂招手，示意她坐在两人中间。如今她也快成为年轻女人，正如她们那样。当她经过德鲁韦和达努格的时候，他们羞怯地看着她。她已经具备了一种强烈的吸引力，尽管会微微让人不安，但仍是女人特有的那种神秘感。她的体形已经发生了改变，她只要在人们眼前经过，便会引起他们身体内部的某种无法控制的反应。只是看一眼她的正脸，都甚至会令他们感到两颊发烫。

而对他们来说，更吓人的是那件他们听说过的事情。她的身体会流出血液，但却不是受伤，也没有痛苦，这还使得她的身体中具有了大母亲河的魔力。他们知道的并不多，但很清楚在未来某一天，她的身体将孕育、诞生新的生命。但在那之前，会先有一个男人将她变为一个女人。这是男人们的任务——但他们的任务与拉蒂无关，拉蒂是他们的妹妹或是堂妹，血缘关系太近了。可他们总会迎来那一天的，等到他们年龄更大一些，更有经验的时候，便可能会被选中去完成那项重要的使命。这是因为，尽管女人的身体已经有流血的能力，若没有男人使她成为真正的女人，她是无法生育的。

即将到来的夏季大会也会帮助启发这两个年轻人，尤其是年纪比较大的达努格。他们不会受到逼迫，但当他们已经做好准备的时候，会有女人为向大母亲河表达尊敬而献身，允许年轻男人享用她们的身体，并教授他们方法和经验，让他们品尝和女人之间的那种神秘快乐。

图丽来到了人群的中央，她晃动手中举着的发言棒，示意人们安静下来。当大家注意力都集中在她身上时，她将装饰精美的象牙棒交给了塔鲁特。他着装华丽而精致。马穆特也出现了，身上披着一件装饰华美的白色皮质斗篷。他的手中拿着一个精巧的木棒，看起来像是一段简单的木头，但一头是光秃枯朽的树枝,另一头却冒出了新生的细小绿芽。作为女首领,她将揭开春节的序幕。在一年之中,春天是属于女人的季节,是代表着出生和新生命的季节,是一个新的开端。她用双手将木棒高举过头顶,停留片刻以表现更强烈的效果,便迅速地放下手,横放在膝头,折成两段,以表示过去一年的结束和新的一年的开始,这也是夜晚庆典的开始。

"在过去的一年之中,大母亲河厚待我们,给予我们极大的恩惠。"图丽开始讲话,"我们有太多值得庆祝的事情了,以至于难以用其中一件来表明这一年的成就。爱拉被接纳为马穆塔,我们之中将会添加一位新的女人,大母亲河选择了拉蒂,让她准备成为女人。"爱拉听到自己被提及时十分吃惊,"我们也将迎接一个新的女婴,她将被命名。除此之外,我在此还要宣布一个新的结合。"乔达拉闭上眼,艰难地咽了一口唾沫。图丽继续说,"我们健康安然地度过了这个冬天,现在要开始新的一轮循环了。"

当乔达拉抬起头时,塔鲁特已经上前接过了发言棒。他看向妮兹,朝拉蒂做了一个手势。她便站了起来,朝那两位给予她安全感的年轻女人紧张地笑了笑,然后便向火塘里那个高大的红发男子走去。塔鲁特慈爱地向她微笑,鼓励她。她看见韦麦兹站在他母亲的身边。他脸上的微笑,虽然欠缺一点儿感染力,却同样洋溢着爱意和骄傲。对于他们所有人来说,这是一个非常重要的时刻。

"在此,我非常骄傲地告诉大家,拉蒂,狮子火塘年纪最大的女儿,即将成为女人。"塔鲁特同时宣布今年的夏季大会中,她也将参加女性身份的庆典。

马穆特走向她,递给她一件东西。"这是你的穆特,拉蒂,"她说,"居住在大母亲河,拥有了这个,你将可以建造自己的火塘。你要找个安全的地方把它存放好。"

拉蒂接过象牙雕刻物,返回自己的座位,很高兴地展示给邻座的人们看。爱拉对此很感兴趣,她知道那是雷奈克的作品,因为她自己有一个相同的。她还回想起了他说过的话,她开始明白为什么他要将它给她了。她需要一个穆特去和他一起建立一个火塘。

"雷奈克一定是想尝试新的制作。"狄琪看着雕像说,"我从没见过这个式样的东西。它很不一样,我不确定自己能不能理解它的含义。我的那一件看上去更像女人。"

"他给我的那个和拉蒂的这个一样," 爱拉说,"我觉得它既是一个女人,也是一只鸟,这要看个人理解。"爱拉把拉蒂的穆特要来,变换着角度和方向观察它。"他说他想用它来代表大母亲河的精神所在。"

"对,你给我看了我就明白了。"狄琪说。她把这个小象牙雕还给拉蒂。拉蒂把它小心翼翼地捧在手里。

"我喜欢它。它和其他人的都不同,它有特殊的含义。"雷奈克给了她这样一个与众不同的穆特,她十分高兴。虽然雷奈克并没有在狮子火塘生活过,但他是她的哥哥。他年纪比达努格大很多,所以她感觉他更像是叔叔,而不是哥哥。有时候,她并不能理解他,但是她一直都很尊敬他。她知道所有的马穆塔人都把他当作一位雕刻家。拥有了他制作的穆特,她会快乐的。她很高兴她的穆特和雷奈克给爱拉做的那个一样。因为他给爱拉的穆特一定是他所认为的最好的。

弗莱莉孩子的命名仪式已经开始了，三位年轻女人将注意力转移到仪式上。爱拉认出了塔鲁特举着的那个雕有图案的象牙徽章,心里暗暗生起担心,这使她想起自己的身世。但这只是个再普通不过的仪式。马穆特一定明白。当她看着婴儿被弗莱莉交给狮营的巫师和首领的时候,她突然又想起了另一次命名仪式。那也是在一个春天,但那时,她是仪式里的母亲。她不安地将孩子呈上,作好最坏打算。

爱拉听见马穆特问:“你打算怎么命名这个孩子?”弗莱莉答道:“贝克蒂。”但爱拉却在脑中听到克莱伯说:“杜尔克,这个男孩的名字叫做杜尔克。”

她再次感受到那时的感激和释然,那是儿子被布仑接受,克莱伯为他取名字的时候。泪水涌上她的眼眶。她抬头,看见了莱达格,他正抱着沃夫坐在几个孩子之间,正用那双棕色的大眼睛看着她,让她想起杜尔克同样的双眼。她突然产生了一种渴望,十分想再见她儿子一面,但又记起了事实。杜尔克像莱达格一样,是混血的。但他却出身于家族,被家族的人接受并抚养大。她的儿子也是家族的人,但对于家族人来说,她已经死了。她不禁打了个寒战,想要尽力驱逐掉这个念头。

爱拉的注意力被婴儿因受惊而传出的哭声重新拉回到庆典仪式。孩子的手臂被锋利的刀划了一下,那跟象牙徽章上的标志一样。贝克蒂已经被给予名字,也成为马穆塔的成员之一了。马穆特正在朝手臂上的划口滴上了刺鼻的液体,这婴儿从未受过任何伤害,此时哭得更凶了。但这种猛烈而持续不断的哭声却让爱拉不由得笑了。虽然出生过程颇为艰难,但是贝克蒂已经健康茁壮地成长起来,还能用哭声来表达不满了。弗莱莉将贝克蒂抱出来给人们过目,然后将她紧拥入怀,哼起了一首抚慰的歌,音色甜美而高亢,孩子渐渐安静下来。之后,她便回到了弗里贝克和克罗兹附近的座位坐下。但仅仅几分钟后,贝克蒂又开始哭,但这哭声只持续了一小会儿便停住了,想必弗莱莉已经给了她最好的抚慰。

狄琪用手肘顶了顶她,爱拉便意识到,时间到了,该是轮到她了。有人向她招手示意她过去,在一小段时间里爱拉却无法动弹。接着她想逃离这个场合,但却无处可逃。她并不希望和雷奈克订婚,她心属乔达拉,她甚至希望乔达拉能带着她离开。但当她抬头，望见雷奈克那真诚而快乐的笑脸时，她只能深深呼吸,然后站了起来。乔达拉并不想要她,她又能怎么样呢。爱拉无奈地向两位首领走去。

那个皮肤黝黑的男人看着她走来，脚步迈过阴影迈入场中火坑的光亮之中。她穿着狄琪送她的那件合身的浅色皮质大衣,但头发没有编成辫子或鬈发,也并没有梳成马穆塔的女人常见的带着复杂珠片装饰的式样。为了遵从家族的根仪式，头发在她肩头松散地披下，那浓密光润的发丝在火光中闪烁着，她那独特而细腻的脸庞便笼罩在金色的光环之中。在那一个瞬间，雷奈克相信她便是大母亲河的化身，她的身体便是那完美的神灵女人。他非常渴望将她变成自己的女人，这种渴望强烈得近乎如疼痛一般，这个夜晚发生的事对他就如梦幻一般。

对爱拉的美丽产生了敬畏感的并不只有雷奈克一人。当她迈入火光之中，全营的人们都惊待在了。那一身优雅至极的马穆塔服饰，配合她那夺目的秀发，成为一种令人眩晕的美，在火光的闪烁下越发摄人。塔鲁特想到了她能为狮营带来的价值，而图丽则下定决心要将新娘的价码定得非常高。虽然她不得不自己负担价码的一半，但这将赋予所有人全新的地位。马穆特早已认定爱拉将为大母亲河服务献身，也察觉到了她动人的资质禀赋，所以相信她在将来一定会获得人们的认可。

但是，没有人能比乔达拉更充分而强烈地感受到她的美。乔达拉和雷奈克一样，深深地陷入了她的美丽。但乔达拉的母亲曾是首领，他的哥哥也同样如此，达拉那创立了一个新的族群并成为首领，泽兰娜则成为了泽兰多尼的最高领导者。与他的族人一起长大，他的身边一直都是首领们，因此他意识到了狮营的首领、巫师所关切的特质。就好像自己的胃被踹了一脚一般，他无法呼吸，他突然意识到他究竟失去了什么。

爱拉来到了雷奈克身边，图丽便开始了仪式。

“马穆塔的雷奈克，狮营中狐狸火塘的儿子，你请求与马穆塔的爱拉，狮营中的猛犸火塘那受到穴狮神灵保护的女儿，一起结合，并组成联盟，建立新的火塘。对吗，雷奈克？”

“是的。”他回答道，带着狂热的笑将脸转向爱拉。

塔鲁特对爱拉说：“马穆塔的爱拉，狮营中猛犸火塘那受到穴狮之神保护的女儿，你同意和这位马穆塔的雷奈克，狮营中狐狸火塘的儿子组成联盟吗？”

爱拉闭上了眼睛，在发声之前咽了口唾沫。“是的。”她用微弱的声音回答道，“我同意。”

坐在后方地屋墙根的乔达拉闭上了眼睛，他咬紧牙关，连太阳穴都开始紧绷，跳动。一切都是他自己的错。如果他当时没有强迫她的话，如今她也许不会与雷奈克结合。但她已经去找雷奈克了，两人已经共枕同眠。自从她被马穆塔接受的第一个夜晚，他们两人便共枕同眠了。不，他不得不承认，并不完全是这样。在那个第一个夜晚之后，他们之间爆发的愚蠢争执之后，在他离开猛犸火塘之前，她根本没有和他一起睡过。他们为什么会争吵？他并不生她的气，他只是为她感到担忧。那他为何要离开猛犸火塘？

韦麦兹正站在妮兹旁边，挨着雷奈克，爱拉甚至都没注意到他的存在。图丽转向韦麦兹，问道："你接受这个狐狸火塘的儿子和猛犸火塘的女儿的结合吗？"

"我接受它，并表示支持欢迎。"韦麦兹回答。

"你呢，妮兹？"图丽问，"你愿意商定一个合理的新娘价码，并接受雷奈克和爱拉的结合吗？"

"我接受。"女人回答。

紧接着，塔鲁特又对爱拉身边的老者说："被召唤的马穆塔搜寻者、为猛犸火塘奉献、为所有人的大母亲河传声、穆特的侍者，"首领小心背诵着老人名字和称号，"马穆特，你同意这个猛犸火塘的女儿爱拉和狐狸火塘的儿子雷奈克结合吗？"

马穆特并没有立即回答。他看了一眼爱拉，她站在那儿低头等待，然后抬头看了他一眼。他仔细观察了一下她的表情、姿势和周围的气氛。

"猛犸火塘的女儿可以和狐狸火塘的儿子结合，只要她愿意。"他最后说，"没有任何东西可以阻止。她不需要我的，或是任何人的意见——决定权在于她，无论何时何地。我支持她的一切选择，但她永远都会是猛犸火塘的女儿。"

图丽望向这位老者。她感觉到他的话语模糊不清，似乎隐含着某些深层的意思。但她认为当下还有更紧要的事要考虑。

"雷奈克，狐狸火塘的儿子，和爱拉，猛犸火塘的女儿，已经宣布了结合的打算。他们希望双方的灵魂能融为一体，共建火塘。在座的所有人也都同意了。"图丽这样说着，然后转向雷奈克，"如果你们结合，你是否愿意给予爱拉你自己和你的保护神的庇护？你是否愿意，当大母亲河赐给她新生命时，悉心照顾她？你是否会把她的孩子作为你屋区的孩子来抚养带大？"

"是的，我愿意。那会是我毕生的梦想。"雷奈克说。

"爱拉，如果你们结合，你是否愿意照顾并保护雷奈克？你是否将毫无保留地接受大母亲河的馈赠？你是否会和他共育孩子？"图丽说。

爱拉张口想要回答，可却发不出声音。她轻咳两下，清了清喉咙，然后用极其微弱的音量回答了图丽："是的，我愿意。"

"所有人都见证了这个订婚了吗？"

"我们都已见证。"人群回答说。然后狄琪和托奈克开始在他们的骨制乐器上敲出节奏缓慢的调子，为歌声伴奏。

"你们将在夏天的婚礼上结合。现在，所有的马穆塔为你们见证，"图丽说，"绕火塘三圈，立下订婚的誓言。"

雷奈克和爱拉肩并着肩，跟随着音乐的步调和人们的歌声，慢慢地绕火塘走。一切都已成定局。他们真的订婚了。雷奈克想到这个便欣喜若狂，身体似乎轻飘飘的。他的快乐已压倒了一切，根本无暇确认爱拉是否感同身受。他的确察觉到爱拉有一丝踌躇，但他猜想那只是因为紧张或是疲倦。

可当她绕着火塘行走时，爱拉只觉得心像灌了铅似的越来越沉。乔达拉颓然倒下，再无法支撑住身体，仿佛骨头都散架了，仿佛自己被弃如敝屣。他只想逃开，逃离这个欢乐的场景，不想再看到自己心爱的美丽女人伴在那个快乐的男人身边。

当他们绕行三圈完毕，典礼接着进行。人们向新婚伴侣和家长们送上祝愿，并献上准备好的礼物。犀牛火塘送给了鹤火塘利剑、琥珀贝壳的项链，还有配有华丽刀鞘的小刀，这便是贝克蒂一生中的第一笔财富。人们送给拉蒂一些非常具有女性特质，同时非常实用的礼物：妮兹送来了一件漂亮的长袍，可以在夏季大会时穿。其他的亲朋好友也将赠予她更多礼物。

爱拉和雷奈克得到一些家庭用品：一把角制的长柄勺，一个用来处理皮毛内层的削具，以及地毯、杯碗、圆盘等。尽管爱拉觉得这些礼物已是很多了，但其实这只是个开始。在夏季大会的时候，他们会收到更多的礼物，他们也同时需要回赠。礼物无论大小都总是有丰富的恩惠含义的，而在赠礼之间精打细算出入得失也是件复杂的事。

"噢，爱拉，我真高兴我们会在同一个时间结合！"狄琪说，"到时我们俩可以一起讨论计划，一定会很有意思。但是你会回到这儿，我要离开这儿，去建立一个新火塘。明年的时候我会想念你的。看看到时大母亲河会先赐福给我们俩之中的谁吧，那肯定很有趣。爱拉，你一定非常快乐。"

"我想，我很快乐。"爱拉说，然后心不在焉地笑了。

狄琪感到好奇，因为爱拉并没有陷入狂喜的状态。不知为何，爱拉并不像她当时那样对订婚那样兴奋。爱拉也觉得很奇怪。她应该感到快乐的，她想变得快乐，可她满心的感觉都是失去了希望。

在大家相互交谈的时候，爱拉和马穆特偷偷溜去了野牛火塘，去完成最后的准备。准备妥当之后，他们沿着走廊返回，但马穆特在驯鹿火塘和猛犸火塘间的阴影地带停下了脚步。人们都聚成小圈，沉浸在谈话里，巫师一直在等待大家都不留神的时机。然后他便向爱拉点头示意，他们便迅速地走进了庆典举办的区域，在阴影里静静等待。

最初没人留意到马穆特。他安静地坐在火堆前面，斗篷前拉，双臂在胸前交叉，双眼紧闭。爱拉低着头盘腿坐在他脚边，也披着斗篷。人们看见他们的时候，都对他们的突然出现表现出了恐惧感。没有人注意到他们何时到来，他们就已经出现了。人们很快各自坐下，带着期待和兴奋，准备好迎接猛犸火塘的魔法。大家都对这个新仪式好奇极了。

但马穆特首先想确立精神世界的存在，以此来表明新的现实。他只需要对人们行使自己的职责，那些人只是通过语言和实际结果对它有所了解。人群安静了，在这一片寂静之中，呼吸声在噼啪的火声中变大。风从烟囱中一阵阵无形地吹来，穿过烟孔时呼啸声变小。这风并没有引起众人的注意，也没人知道这风何时而起，只听见一成不变的嗡嗡声，节奏单调。人群加入了这一节奏，在自然与和谐中扩大了这一颤抖的音调。老巫师开始迂回摇摆,缓缓起舞,鼓声节奏渐强,像拨浪鼓的噼啪声一般。

突然之间,马穆特扔掉了斗篷站在了人群面前。他身上没有口袋或袖子,也没有可以用来藏东西的折层。他似乎在以难以察觉的速度长大了,他以一种透明发光的存在充斥了整个空间。爱拉微微眨眼,她知道这个老巫师还是与从前一样。只要她集中注意力,她就会看见巫师那松弛的皮肤,瘦长的四肢和熟悉的体型,但现在这对她有点儿难。

他的身材恢复原样,但他却已经和这个闪光结合在了一起,又像是吞下了它,所以这闪光正在以一种比生命更加强烈的光辉笼罩了他。他将双手张开前伸,前方空无一物,他拍了一次手,又将两只手合在了一起。他闭上眼睛安静地站立,而后又颤抖了起来,像是正在与一种强大的力量对抗。之后,他缓慢而费力地把两手分开了。一个黑色没有具体形状的朦胧实体出现了,许多围观的人都因此而颤抖。这实体有一种邪恶的气味和感觉,这种罪恶和可怕的气息令人感到厌恶。爱拉感到自己颈后的汗毛都竖了起来,她停住呼吸。

当马穆特将手伸开,这实体便扩大了,那种令人恐怖的辛辣气味升起。每一个人都在地上坐直,尽量向前,用呜咽声唱和着。这时候,地屋里的氛围紧张到几乎令人无法忍受。那个实体更加黑暗,又急剧地增大,强烈地扭曲着。老巫师继续发力,他的身体随之颤抖。爱拉把所有的注意力都放在他身上,她很为他担心。

毫无预兆地,爱拉突然发现自己被吸了进去,自己此时此刻和马穆特在一起,存在于他的精神想象中。这时她看清了发生的事,被感知到的危险吓坏了。他此时被一种东西控制着,那种东西她无法形容亦无法理解。马穆特将她也拉进这世界,既是为了保护她,也是希望她能助他一臂之力。在他努力控制它时,她目睹着这一过程,努力地去理解认识。他用尽力气将双手合在一起,那个实体便变小了,她明白他正在将它推回它来的地方。当他双手终于合到了一起,这世界里响起一个巨大的爆裂声,持续回响。

它走了。那团邪恶的力量被马穆特赶走了,爱拉发现马穆特在与它搏斗时,也召唤了其他的神灵来帮助他。虽然有些模糊,但她感觉到了猛犸、穴狮一类的保护神形象,甚至还有洞熊乌萨斯。之后,他恢复了原来的状态,又成为了马穆特。在生理上来说,他十分疲倦,但在精神层面,他的能力经过意志的磨炼已经增强了。爱拉也感觉视野变得清晰起来,而且她能感知到,保护神仍未离去。她所经受的训练使她明白,他的目的是要将恶毒的势力清除掉,防止它们对仪式造成危害。他召唤来的那邪恶会吸引更多的它们,而最终它们会被一同驱逐掉。

马穆特以动作示意人们保持安静。歌声和鼓点便都停了下来。爱拉可以开始家族的根仪式了。老巫师会向人们强调唱和的重要性。无论这个仪式会有何结果,歌声都将带他们找到回来的路。

在这一寂静的夜晚，爱拉搬出他们从未见过的一个乐器，在乐器上敲出一种特殊节奏。它看起来像是一个倒扣的大碗，是她从山谷里带回来的，人们都惊讶不已。草原干燥开阔，风力强劲，几乎没有树木能长成碗口大小。就算是在流水定期涨落的河谷，也无法孕育这样大的树。但是，她居住过的那个山谷却因为不会受到寒风侵袭，而且水分充足，滋养了数棵高大的松树，其中的一棵在闪电之夜被击倒了，她物尽其用，做成了这个碗。

爱拉用一根光滑的木棒来制造鼓点。尽管敲击位置的变化可以影响音调的高低，但是它并不是严格意义上的打击乐器，和典型的带回音的头骨和肩胛骨不一样。它的功能是产生节奏。狮营的人们都沉浸在这节奏中，但那不是他们传统的音乐类型，人们并不太适应。爱拉敲击出的节奏很不同寻常，但这节奏产生了一种能与家族人应和的感情，这正是她所希望的。马穆特沉浸在过去一同生活的时间和记忆中。敲击声的末尾也并没有带来结束感，而是一种绵延和期待，盘旋在人们之间。

狮营的人们对接下来将要发生的一切一无所知。爱拉甩掉了斗篷，站了起来，她身上绘着的图案，那红黑色的圆形，让人们大吃一惊。马穆塔只用这种图案装饰衣服，以及猛犸火塘那边常用的面部刺花，除此之外很少绘在人体上。狮营的人第一次意识到爱拉是来自一个如何不同的世界，她来自一种非常奇异的文化，甚至超出了他们的理解范围。这种不同超越了服饰、色调、梭镖种类乃至语言，这种不同是贯穿在大脑思考方式之中的。但这也的确是属于人类的思考方式。

他们带着迷惑，目睹爱拉把碗盛上了水，之后将不起眼的干枯的植物根须放入口中开始咀嚼。咀嚼的开始很困难。根须老而枯朽，但她必需嚼出汁液吐到碗里。她一点儿都不能吞下肚里去。马穆特开始怀疑这个根须是否还有效力，爱拉向他解释，这个根须因为时间更长，会有更强的效力。

又过了很久一段时间，她将咀嚼成浆状的根须和汁液吐到了那碗水里。她用手指搅拌，让它成为白色流动的液体。她觉得它的状态正好时，将碗递给了马穆特。

伴随着敲击的鼓声和手环的有节奏晃动，巫师指示出了一个恰当的速度，然后让鼓点和歌声继续。之后，巫师向爱拉点头示意，他已经准备好了。她十分紧张，因为她对这个根须有不愉快的联想。她在脑海里仔细重演准备工作的每一个细节，努力回想伊扎告诉过她的事。她已经完成了她所能考虑到的所有事项，让这个仪式和她家族仪式尽量接近。她向马穆特点点头，他便将碗举到嘴边，喝了一口。他喝下了一半之后，又将剩下的递回给爱拉，爱拉便吞下了另一半。

那带着古老气息的味道，让她想起了幽暗的原始森林深处的肥沃土壤，那些奇形怪状的巨型树木，以及在罅隙中洒下星星点点阳光的绿色树冠。她几乎马上就感到了汁液的效力。她被一种恶心的感觉所攫住，顿时头晕目眩。她的视线开始模糊，感觉地屋开始不停旋转，她感觉自己的大脑在膨胀。突然之间，地屋消失了，她发现自己身处在一个黑暗的地方。她感到一阵恐慌，不知所措。她感觉到有人在接近她，她又意识到自己跟马穆特在一起。感知到了他的存在，她终于感觉轻松了一些。

爱拉听到了微弱的歌声和鼓点。她努力将精神集中在那些声音上，它能让她稳定感，让她觉得不那么孤身一人。马穆特的存在和靠近也是起了类似的作用，虽然他没能给予她强大的引导力和影响。

周围的黑暗变成了明亮的灰色，紧接着又变幻成五彩缤纷。她感到自己在移动，仿佛马穆特和她又从地面飞起来了。但她看不清周围任何形状，只是感觉自己被彩色的云体包围着。当她移动的速度变快了之后，云体不再朦胧，聚合成一种闪烁着的彩虹色薄层。她自己正在一个管道内向下滑，管道周围是类似透明的墙体，内壁布满气泡。她的移动越来越快，急速向如太阳般刺眼的白光飞去。她不禁张口尖叫，但却没有发出任何声音。她冲进了那团光亮，穿了过去。

她发现自己身处在一种空虚之中，像是深渊一般，寒冷而黑暗，同时又透着一种熟悉的感觉。她以前曾经身处此处，但那次她被克莱伯找出并带了出来。她隐隐感觉到马穆特还没有离她远去，但她也清楚他仍旧没有办法伸出援手。人们哼唱的歌声现在已经化作了朦胧的回音。她知道如果这歌声停止，她就再也无法回去。但是她又不知道自己是否想要返回。在这里，没有任何感觉和情绪，只是空虚，这令她窥见到自身的迷茫，痛苦的爱意和极端的不幸。这种黑色的空虚十分可怕，但她内心所感到的孤独却更加可怕。

她又开始移动了，黑暗瞬间消失不见。她重新置身于朦胧的云体之中，但这次的云体更加厚重。云体分开之后，她便看到了新的景致。这景致并不是她所熟悉的那么柔和、模糊而自然。这景致是一些陌生的平面图形，非常规则，有平坦而坚硬的面和直线，颜色耀眼到不太真实。她看到有些东西貌似在快速移动。她很茫然，也并不喜欢这个地方，她想离开。

乔达拉看着爱拉饮下那些液体。他看见她身体摇晃了起来，面色开始变得苍白，他不禁皱起眉头，为她担心起来。她呕吐了数次之后又瘫倒在地下。马穆特一同倒下，但其实这个老巫师常常在深入其他世界寻找神灵时倒下，无论他是否服用东西来帮助他。马穆特和爱拉仰面倒地，然而歌声和鼓点仍在继续。他又看见沃夫想要靠近爱拉，但这个小动物被牵制在了远处。乔达拉能明白沃夫的感受，他想冲向爱拉，他甚至想去看看雷奈克的反应。但狮营的人们似乎并没有表现出讶异，他犹豫了起来，不确定要不要扰乱这个神圣的仪式。最终他加入了哼唱，因为马穆特强调过这非常重要。

又过了很久，瘫倒的两人仍是没有动弹，他越发为爱拉担心。周围人也一样。他站起身企图看她，但火光减弱了之后土屋暗了许多。他听见了嚎叫声，于是将目光转向沃夫,听见它又叫了一声,它用恳切的目光盯着乔达拉,几次试图靠近爱拉,最终还是回到了他身边。

他又听见了威尼的嘶叫声从小屋里传来，那叫声传达出感知到危险的忧虑。他走近去看到底发生了什么。当威尼看见他的身影,它再次发出了嘶叫,像是被吓坏了一般,甚至乔达拉的抚慰也没办法让它安静下来。它想冲进猛犸火塘入口,尽管它以前从来没有这样的打算。雷瑟也表现出了不安,它对它母亲的紧张十分敏感。

沃夫又来到了他的脚边,不停地叫着,又朝猛犸火塘入口跑去,又跑回他身边。

“怎么了,沃夫?是有什么让你这么焦躁?威尼在焦躁着什么?”他心里琢磨着。他又想起了爱拉,它们一定是感知到爱拉碰到了危险。

乔达拉大步奔去,看见已经有几个人将马穆特和爱拉团团围住,想把他们弄醒。乔达拉再也无法控制自己了,他向爱拉冲去。只见她直挺挺地躺在地上,肌肉冰冷而僵硬,已几乎没有呼吸了。

“爱拉!”乔达拉喊道,“圣母啊,爱拉看上去快要死了!多尼,请不要让她死!爱拉,回来啊!爱拉,别死啊!”

他将她抱在怀里,急迫地叫着她的名字,一遍又一遍。

爱拉感觉到自己越来越远。她努力地去捕捉吟唱和节奏,但它们却越来越遥远,像过去的记忆一般。接着,她听到有人呼唤自己的名字,她用力去听——是的,有人迫切地在喊着她的名字。她感到马穆特靠近了她,他们二人一起努力集中精力去聆听,感觉到正被那声音吸引过去。紧接着,她听到了远处深沉的鼓声,和不连贯的鼓点,而且越发清晰起来。她又听到有人在喊她的名字了,带着痛苦而强烈的爱。

突然之间,她又移动了,似乎被一个闪烁的岸滩拉来扯去。她感知到此时的急速。她被沉重的云体包围了,紧接着,云体又消失了。她瞬间地穿过了那片空虚。微微发光的丰富色彩化作了灰色的雾,她发现自己回到了地屋。她看见自己的身体在视野下方,面色灰白,一动不动,四肢张开地瘫躺在地上。她也看见了拥着她身体的金发男人的后背。然后她便感觉到马穆特在推她。

爱拉的眼睛在微眨了几下之后慢慢张开了。她看见了乔达拉望向她的脸。他眼中的恐惧顿时化作了无限的宽慰。她试图张口说话,但却感觉舌头厚重。她觉得非常冷。

“他们回来了!”她听见妮兹这样说道,“我不知道他们去哪儿了,但他们回来了!他们很冷,快拿毛皮来,他们需要喝热的东西!”

狄琪从她床上抱来了毛皮,乔达拉起身让开,让狄琪用毛皮包裹爱拉的身体。沃夫冲了过来,跳上她的身体舔起了她的脸,接着雷奈克端来了一杯热茶。塔鲁特扶她坐起,雷奈克把热茶递向她嘴边,她感激地笑了。爱拉听见威尼的嘶叫声从马房里传来，那声音透着忧虑和恐惧。她担心地用嘶叫声应答着它，想让它平静放松下来。然后她向人们询问马穆特的下落，她想见他。

她被拖起来领到老巫师身边，肩上的毛皮垂了下来。巫师也是包裹在毛皮中，手中拿着一杯热茶。他向她笑了笑，但眼中还是透着忧虑。他不想让营人受惊于是尽量对事情经过轻描淡写，但是他也不希望爱拉过于忧虑刚才危险的严重性。她也想和他讨论刚才的事情，但他们都避免直接提及这经历。妮兹很敏锐地察觉到他们二人交流的需要，于是请走了大家，让两人独自待着。

"我们去哪儿了，马穆特？"爱拉问。

"我不知道，爱拉。我没去过那儿。它是别的地方，也可能是别的时代。它可能是真正的地方。"他思索着。

"那一定是。"她说，"那些东西感觉像是真实的存在，而且其中有一部分对于我来说并不陌生。那片空旷的地方，还有那一处黑暗，是我和克莱伯去过的。"

"你告诉我克莱伯非常强大的时候，我相信你的话。但是如果他能够指引我控制你的话，他可能比你所意识到的更强大。"

"没错，他是马穆特，但是……"爱拉突然出现了一个想法，可她不确定如何表达出来，"克莱伯控制着那个地方，他给我看了他的记忆和我们的开始。但是我认为克莱伯并没去过我们去的地方。马穆特，我想他去不了。可能正是这一点在保护我们。他无法抵达一个新的地方，他只能去他去过的地方。但是，或许他明白我可以做到这一点。不知道是不是这件事让他沮丧？"

马穆特点点头："有这个可能。但更重要的是，那个地方比我想象中要更加危险。如果我们再走远点儿，就根本无法返回了。况且，我们不是靠自己回来的。我们获得了一个人的帮助，那个人强烈地希望我们能够回来，令我们克服了所有障碍。那份意志力如此真诚，当它要努力实现目标的时候，除了死亡之外，几乎没有什么可以抵挡。"

爱拉烦恼地皱起了眉头，马穆特猜测，她是否清楚是谁将他们带了回来，她是否意识到为什么有如此真诚的力量想要保护她。他觉得她总会知道真相的，但真相不该出自他口。她必须自己去发现。

"我再也不会去那个地方了。"他继续说，"我年纪太大了，我不希望自己的灵魂迷失在那片空虚之中。当你以后有了自己的力量，你可能会想再去一次。虽然我不建议，但如果你执意要去，请务必事先确保你拥有强大的保护力量，确保有人在等着你，能将你召唤回来。"

爱拉走回床边寻找乔达拉的身影。但是雷奈克端来了热茶，乔达拉于是向后退避。尽管在刚刚的危机时分，他可以毫不犹豫地去帮助她，但此时此刻，他没有十足把握了。她刚刚才和这个马穆塔雕刻匠定下婚约，他有什么权利把她拥入怀中？他对她有如此强烈的渴望，他觉得自己用一种奇怪的方式帮助了她。但是当他仔细考虑回想，又变得没那么确信了。无论如何，在那个时刻，她正在返回的途中。他说服自己这只是个巧合。我只是碰巧出现在那儿了，估计她可能都不记得了。

当爱拉和马穆特在谈话的时候，雷奈克找到了她，想让她去他床上休息。并不是为了结合，他只是想抱住她将温暖传递给她。但爱拉坚持说自己的床会更加舒服。最后他让步同意了。但是他躺在毛皮上思考，久久无法入睡。尽管大家都意识到，他已经不那么在意乔达拉对爱拉的执着感情了，无论他是否会离开猛犸火塘。但是，在今晚之后，他目睹乔达拉为了她的生命向大母亲河恳切请求。无可否认，这个高大的男人仍然对爱拉有着强烈的感情。

但是他可以确信，是乔达拉的行为把爱拉带了回来，但他不愿意相信她会用同样的感情去向乔达拉回报。在那一夜，她已经将她许配给他了。爱拉即将要成为他的女人，和他一同分享未来的火塘。他也曾为她忧虑担心，或是因为危险，或是因为害怕他会因为另一个男人的缘故而失去她，这些忧虑让他想要得到她的念头更加强烈。

乔达拉看见雷奈克去找爱拉了，当他看见这个皮肤黝黑的男人只身回到火塘，他的呼吸平静了下来，但他又翻过身去，拉起毛皮蒙住了头。这有什么不同吗，她是否跟随他离去。她迟早还是会去他的身边，她已经把自己许配给他了。

29

冬季的末尾通常是爱拉计算自己年龄的时候，她会随着这新生的春季一起开始她生命的新一年。在她十八岁的这一个春天，天地间遍是鲜花和鲜嫩的枝芽，它们在冬季荒芜过后显得分外美丽。在鲜花都凋谢之后，会冒出茂密的新草，它们还会引来觅食的牲畜。季节性迁徙会再次开始轮回。

很多动物都成群地横穿开阔的平原。有的群落庞大无比，有的只是少数群落，这些群落匆匆穿过平原。所有的动物都要在这里觅食，在这片富饶的草地上以及冰川融雪的河流边，继续延续生命。

大群北美野牛覆盖了山坡和山谷，它们顶着巨大的犄角，充满生命力地叫着。这一大群流动的动物迁移经过土地，将被践踏的未开化土地留在身后。而野牛向北移动的时候，群落会占据主河谷数英里之宽，之中还会混杂着麋鹿以及其他鹿群。獐鹿则较为害羞，它们以小群体为单位，低调地穿过河边的林地和森林，向远方的温暖牧场进发。一同上路的还有驼鹿群。而居住在山地上的野山羊和摩弗伦羊群会和水栖地一带的高鼻羚羊以及马群一起出发。

对于季节性迁徙来说，长毛动物的规模要小得多。它们具有很厚的脂肪层和沉重的毛发，使它们能够长年生活在北部冰川的边缘地带。那里更加寒冷干燥，雨雪很少，而它们只需要摄食粗糙的枯草便能存活。麝牛外形与绵羊相似，也是固定生活在这片寒冷的区域,通常只会小群小群地作有限移动。而长毛犀牛以及长毛猛犸的活动范围就相对大一些,但是在冬季它们也只会停留在北方地区,因为南方有厚重的白雪覆盖了牧草,造成了很大的行动不便——它们只在春天才会向南方移动,去寻找柔嫩的新草,增加自身的脂肪储备,等到天气更加暖和之后便又回到北方。

狮营人为此感到很高兴,平原上再次出现了蓬勃的生命力,他们热情地讨论着这些动物的回归。

但对于马穆塔人来说,没有任何东西能有猛犸对他们的影响力。当猛犸靠近时,狮营坚持安排轮值放哨。自从和家族的人一起生活以来,爱拉未曾从近处观察过猛犸。因此在那天,达努格冲下山高喊着"猛犸!猛犸"时,她也跟大家一样立即兴奋了起来。

她是第一批冲出去看猛犸的人。她看见驮着莱达格的妮兹落在了队伍后面。她往回折返想要去帮她,但却看见乔达拉从妮兹那里接过孩子,举上了自己肩头。她们二人都用热情地笑脸迎接他。爱拉也远远地笑了,虽然乔达拉还没有注意到她。当她转身重新面对迎头赶上的雷奈克时,她脸上的微笑还未消逝。她那温柔而美丽的笑容让他心中升起了浓浓的暖意,以及一种她已经属于他了的渴望感。她不禁回应了他,他那闪亮的黑色瞳仁中热烈的爱和令人难以抗拒的热情。虽然,她的那抹微笑是因乔达拉而起。

草原上,狮营的人们都沉默了。他们带着敬畏望着这些巨大的长毛动物。在这片土地上,猛犸是体型最大的动物。而事实上猛犸是地球上最大的动物。那群猛犸中混杂着几只幼兽,母性猛犸首领警惕地观察着。首领足足有十英尺高,半球形的脑袋高耸在空中,肩上隆起储藏脂肪的肉垫,后背线条利落,延续到骨盆,它这些鲜明的形体特征让人们轻而易举地辨识出它的存在。它的头盖骨很大,超过了小型躯干的一半。躯干末端长着两个突起,分为上下两部分,形如手指,灵活而敏感。它的尾巴短小,耳朵袖珍,这有利于它更好地储存热量。

猛犸非常适合寒冷区域。不但表皮厚实,皮上附着着一层紧密而柔软的绒毛,皮下还有一层厚厚的脂肪,起码有三英寸厚。外层的粗毛呈深棕色,长达二十英寸,自绒毛上自然地垂下,形成了一个极为严密的挡风帘。猛犸在夏天寻觅绿草、蓑衣草和香草,而它们那粗锉一样的牙齿可以帮助在冬天进食粗糙的枯草以及各种树木的树枝和树皮。

猛犸最令人印象深刻的部分必定是那一对巨大的象牙了。象牙自下颚利落地伸出,之后再向外侧、上方卷起,最后向内部屈起。老年雄性猛犸的象牙可以长达十几英尺,在象牙有那么长的时候,两根象牙已经生长成交叉的形状。对于小猛犸来说,象牙除了是一种十分有效的武器外,它还可以用来拔树和扫开积雪。但当象牙形状弯曲重叠时,它们就不那么有用了,而且还会变得碍事。

爱拉又回想起第一次看见猛犸时候的记忆。她记得那时她是那么地渴望能和家族中的男人一起外出打猎,她还想起她被塔鲁特邀请去与马穆塔人第一次进行猛犸狩猎。她的确对打猎十分着迷,而这次她真的可以加入猎手的行列了,她因心中燃起的期待感兴奋不已。她开始盼望着夏季大会的到来。

这个季节的初次打猎具有非常重要的意义。长毛猛犸高大威猛,但马穆塔人对猛犸的感情不仅限于这种惊异。人们与猛犸之间存在一种特别的关系,他们尊崇猛犸。因为他们自己的身份便是建立在猛犸这种动物的基础之上的。

猛犸没有天敌,没有任何肉食动物有能力和勇气去攻击它们。穴狮身形巨大,身长有时可达猫科动物的两倍,惯于捕食较大的草食动物,例如犀牛、野牛、大鹿、麋、驯鹿以及马等等,它们偶尔也能成功捕食处在弱势的老弱猛犸。但是对于正当壮年的猛犸来说,没有任何肉食动物能够对它造成威胁。只有大地母亲的人类之子——马穆塔,被赋予能力去猎捕这种最大型的动物。他们是被选中的。在大地母亲的创造物之中,作为猛犸猎手,他们是最为杰出的。

猛犸群开始离去,狮营的人们兴奋地随从其后。他们并不是急于捕猎——捕猎会在以后进行。他们如此急切是为了寻找猛犸过冬后大把大把脱落的下层绒毛。这些可以收集到的深红色绒毛,被他们视做来自猛犸神的特殊礼物。

要是机会好的话,人们还会去收集摩弗伦羊在春季脱落的白色绒毛、麋牛柔软的棕色绒毛以及犀牛的浅红色绒毛。人们发自内心地感谢大地母亲能够将这些丰富的材料赋予他们,并让他们明白该何时去何地寻找。

马穆塔人拥有丰富的食物品种,新鲜蔬菜和碳水化合物成为他们食谱的一部分,除非肉类储存量过低,他们通常极少在春夏时节打猎。这个季节的动物都太过羸瘦了,脂肪都在漫长而严酷的冬天消耗无几。动物们正是为了补充能量才出来漫游觅食。几头雄性野牛被射杀倒下,如果它们后颈的毛发仍然乌黑,那说明体内还有一定的脂肪积累。人们又捕猎了几只怀孕的母兽,其肚中的胎儿可以提供细嫩的鲜肉以及柔软皮革,可以用于儿童衣饰的制作。而驯鹿是例外。

大群驯鹿向北方流动。成年母鹿在前面领路,引领着去年出生不久的幼鹿,公鹿紧随其后,向去年小鹿的出生地迁徙。和其他群聚动物一样,它们会经常遭到某些大型肉食动物的攻击,如狼、大猞猁、豹、穴狮等等。这些大型动物的捕猎行为也会造福许多次级肉食动物和食腐动物,既有爬行的也有飞行动物,例如狐狸、猎狗、棕熊、香猫、其他小型猫科动物、狼獾、鼬鼠、渡鸦、鸢、鹰等等。

这些动物都是猎人的捕猎对象。其中驯鹿是狮营的主要捕猎对象,鹿肉是一方面原因,鹿舌是难得的美味,大部分鹿肉都会被晒干作为行进的干粮。但捕猎主要还是为了鹿皮。北方的驯鹿皮毛大多是黄褐色,也有其他各种颜色,从浅色的奶白到深色的暗黑都有,幼鹿的皮毛还会呈现特殊的浅棕色。鹿皮质地轻暖,因为鹿毛有非常好的隔热作用,所以驯鹿皮是寒冷天气中最佳的御寒材料,除了制衣,用做被褥和地毯也是上选。狮营每年都会组织围猎和制作陷阱以猎捕驯鹿，一方面补充食物供给，另一方面还可以在夏天迁移时作为随时可以出手馈赠的礼物。

当狮营开始要为夏季大会做准备的时候，人们的情绪都变得高涨起来。爱拉每天都会听到有人向她诉说希望能够见到某位亲朋好友，没准他们也都在期待着与爱拉相见呢。莱达格似乎是唯一一个对多营聚会热情缺失的人。爱拉从没见过他的情绪如此低落，她暗暗为他的身体状况担心。

她又细细留意观察了他几天。在一个特别温暖的下午，莱达格正在远远看着人们展开驯鹿皮晾晒，她来到他身边。

"我为你配制了新药，莱达格，把这药带到夏季大会去。"爱拉说，"新鲜制作的，效力可能更强。服用完你要告诉我感觉如何，有没有觉得更好或者更坏。"她说，像往常交流时那样配上了手势，"你最近感觉怎么样，有碰上什么变化吗？"

莱达格很喜欢和爱拉聊天。尽管他非常高兴自己能更好地与他人交流了，但是在手势的理解和使用方面，狮营人是习惯简单直接的套路。自从他能读懂他们的口头语言以来已经过了好几年了，可人们还是习惯在和他讲话时简化语言以配合他们使用的手势。爱拉的手势语言在表达细腻感情时与口头语言更接近，这使得她的语言更有力量。

"没有，感觉还是老样子。"男孩打着手势。

"你没有感到疲劳吗？"

"没……嗯，有一点儿疲劳。"他笑了笑，"不是很明显。"

爱拉点点头，仔细地打量他，想寻找是否有什么明显的病症，想要确定他的状况没有任何变化，至少没有恶化。她没发现任何身体恶化的迹象，但是他好像很沮丧。

"莱达格，你有什么困扰吗？你觉得不高兴？"

他耸了耸肩，将视线转向别的方向，又转回来盯着她："我不想去夏季大会。"他打着手势。

爱拉皱了皱眉，最终也还是没有强迫他。莱达格好像不愿意细谈这件事情，他很快起身走进地屋。她低调地跟着他从前廊进去，在厨房火塘看着他上床躺下。她担心他。在白天他很少会这样主动上床休息。她又注意到妮兹进来了，她想拉回门帘系起来。爱拉走过去帮她。

"妮兹，你知道莱达格怎么了？他好像很……不高兴。"爱拉说。

"我知道的。每年到了这时候他都是这个样子。就是因为夏季大会，他不喜欢它。"

"他自己这么说的？为什么呢？"

妮兹停下手中的动作，认真地盯着爱拉："你是真的不明白？"眼前的这个年轻女人摇了摇头。于是妮兹耸耸肩，"别为他操心了，爱拉。你帮不了他的。"

沿着过道，爱拉穿过了地屋，又看了他一眼。虽然他闭着眼睛，可她知道他并没有入睡。她摇了摇头,她很希望自己能够帮上忙。她自己猜测,那应该是和他的不同有关,但是他以前也参加过大会。

她快步穿过狐狸火塘,进到了猛犸火塘里。沃夫突然从前面的入口进来,跳到了她的脚边,贪玩地蹦着。她用手势让它停下来。它按她命令安静了下来,但仿佛受到了很深的伤害。她心软了,把破碎的一块长筒靴皮子扔给它,到后来又不得不把她最爱的那双靴子也给了它。在这时,它那个喜欢咀嚼人们的鞋和靴子的习惯好像消失了,它对旧爱厌倦了,却抬起了前腿站起来,向她叫着摇起了尾巴。爱拉不禁笑出声,今天天气这么好,不能浪费在地屋里。她突然兴起,拿起了弹石带和一袋圆石头,给沃夫打手势让它跟她走。在她经过马房看见威尼的时候,她决定也要带上这匹母马同行。

爱拉带着枯草色的马和灰色的小狼穿过小房的拱门走出去,却看到雷瑟正在走下山坡,向河边走,边上是乔达拉。在和煦的阳光下,他脱去了上衣,手中的绳子牵着那匹马。正像他以前所答应过的那样,他投入了很多时间,一直在对雷瑟进行训练。而事实上双方都很享受这个过程。

乔达拉看见了爱拉的出现。他示意她等一下,并向她走来。对于他来说,接近她或者是与她交谈都已经是不寻常的事情了。自从那次在草地上发生的事情之后,乔达拉产生了变化。他不再那样躲着爱拉了。更确切地说,他也不再努力寻找机会和她交谈了。在两人交谈的时候,他表现得如陌生人一般,冷淡而节制有礼。她原本希望小马能够拉近两人之间的关系,但却事与愿违。

她在原地等待,双眼注视着这个高大而健壮的英俊男人向她走来,她不禁回想起了两人曾经在草地上的那些温柔回忆。她立即意识到自己对他的渴望,这是她生理上的条件反射,根本不由得她去控制。但当乔达拉真正来到她面前,她注意到他绯红的双颊。此时他深蓝的瞳孔中满是她再熟悉不过的热情,她自己的脸也红了。

“爱拉,对不起。我本来不想打搅到你的,可我觉得应该给你看看这个我给雷瑟新设计的缰绳。没准你也可以给威尼配一个这样的。”乔达拉说着,尽量保持语调正常,也希望自身的其他部分也在自己控制之中。

“你没有打搅到我。”爱拉说,她看了看他的那个发明,把细皮带编在一起的缰绳。

在这个季节里,母马发情太早了。爱拉才刚注意到威尼的这种状态,她就听见了与众不同的叫声,那声音来自一匹草原上的公马。尽管爱拉已经多次成功地把威尼从异性马群中找了回来,但她还是担心威尼会抵挡不了异性的诱惑,这意味着她会失去一个非常珍贵的朋友。爱拉曾经用一件类似缰绳的物件,用绳子套住母马的脖子来控制它以及那匹兴致高昂而兴奋的小公马,她还把它们一起放在小房里面。从那时开始,她一直都只是偶尔用一下缰绳,她希望威尼能享受到更充分的自由,能够随意来去。

“这应该怎么用？”爱拉问。

他拿出另一个为她准备的，套在威尼身上给她做示范。爱拉用故作平淡的声调向他问了几个问题，但她心里清楚得很，其实自己的注意力根本不在这缰绳上。她正站在乔达拉的身边，她感到了他的温暖和强烈的雄性气息。她的视线无法离开他的手，他的胸肌，甚至是他的下体。爱拉希望提问能够延续更深的话题，但是他只是解释完缰绳的设计就离开了。在爱拉的注视下，他拿起上衣，操起新缰绳，跨上雷瑟的背奔上了山坡。她起初十分想骑上威尼去追他，但是最终还是改变了主意。他如此急于离开，一定是想远离我。

爱拉木木地注视着乔达拉的背影远去直到消失。沃夫向她叫了起来，她才让注意力回来。她把弹石带绕在头上，又检查了一番小袋里的石子，便把沃夫抱到威尼的肩上，自己跨上马背向山坡进发。她没有跟随乔达拉的方向。她最初就是打算带沃夫去打猎的，现在只能按原计划了。沃夫已经开始偷偷靠近猎物了，而且它已经懂得惊起猎物等爱拉的弹石带发挥作用。最初只是处于偶然的巧合，但沃夫很快领悟到了，现在已经训练有素了。

爱拉的判断是正确的。乔达拉的匆忙离场并不代表他想逃离她，他只是不愿意无时无刻地在她身边。他必需逼迫自己离开爱拉，她已经和雷奈克正式订婚了，所以他失去了资格和权利。当他想逃离这种内心困境，缓解这种矛盾，或是需要思考的时候，他便选择骑马。他开始明白为何爱拉会在烦恼的时候和威尼外出。那种跨在马背上在草原的风中驰骋的感觉，既清爽又能令人恢复冷静。

一踏上草地，他就让雷瑟加速，他把身体紧贴在雷瑟健壮的脖子上。雷瑟十分顺从，容易驯服。爱拉和乔达拉已经努力了很长一段时间了，它已经习惯这种方式，但是还未能聪明地明白骑者想让它去哪儿。乔达拉知道爱拉对威尼的训练非常水到渠成，很多时候她并不是有意识地下达命令。但是乔达拉是开始便有清晰的训练想法的。他的目的性更加鲜明，而且训练的过程需要双方都付出努力。他在慢慢学习如何骑在马背上，如何利用马匹强壮的肌肉，如何避免在背上无用地反弹。他发现在训练方向方面，大腿施加压力和姿势的变化会有很大帮助。

他骑马的时间随着自信和舒适度的增强而增加了，而这种练习是非常必要的。

但与雷瑟交流越多，他对它的感情就越深厚。他一直都很喜欢它，但它终归是爱拉的马。他不断告诉自己这都是为了爱拉做的，但是他也不愿意和雷瑟分离，更不愿意……唉。乔达拉打算过了春节就走，但他到如今都还没离开，连自己都不知道这是为何。他考虑过原因，这个时节天气过于难以预测，他答应了爱拉要对雷瑟进行训练，可归根到底他知道那只是个借口。塔鲁特以为他留下来的原因是要参加夏季大会，乔达拉没有向他解释说明。而他在心里却一直告诉自己，他要比他们更早离开。在每一个夜晚他自己上床睡觉时，尤其是爱拉会留在狐狸火塘的夜晚里，他都下定了决心天亮就走，但日期却在一天一天地推迟。他在内心与自己斗争着，他一次次地认真考虑收拾行囊离开，但又一次次想起爱拉那时一动不动地躺在猛犸火塘的地板上，浑身冰凉。想到这儿他就无法离开了。

马穆特注意到乔达拉心神不宁，他曾经在春节后那天找乔达拉谈话，告诉他根须过于强大，超出他可控制的范围。老巫师说，对于他来说它过于危险了，他不会再碰。他也同样劝说过爱拉，也警告过她若一定要用就必须有强大的保护。老人的言语中流露出对乔达拉的询问——既然决定要走，为何那天又将爱拉带了回来。

乔达拉听了马穆特的话之后变得心烦意乱，但同时也获得了一丝安慰。猛犸火塘人人都在为爱拉的安危担心，他何必留下来？为什么马穆特说是他把她带了回来？她和雷奈克已经订下婚约，而且这个雕刻匠对她一往情深。既然爱拉已经有了雷奈克，马穆特又为何需要自己？她在危难时需要他时，他无法在她身边，只能让她自己独自面对——这是乔达拉无论如何接受不了的。但是他也同样无法接受她与别的男人在一起逍遥快乐，他没办法决定去留。

“沃夫！放下！”鲁琪生气而烦躁地喊道。她正在猛犸火塘和莱达格玩耍，妮兹是为了整理行李才允许他们到这儿来的。“爱拉！沃夫抢了我的娃娃不肯松口！”

正在床中央的爱拉被四周整齐的衣物包围着。“沃夫！把娃娃放下！”她打着手势命令，“到这儿来！”

沃夫放下了那个碎皮子娃娃，朝爱拉走过来，灰溜溜地把尾巴夹在腿下。“到这儿来。”她说，一边用手拍着它常睡觉的床头那一角。幼狼蹦上床。“现在，躺下，别再给鲁琪和莱达格捣乱了。”它把头靠在爪子上，躺在床上用失落而悔恨的目光瞅着她。

爱拉继续整理她的衣物，而后又突然被地板上两个玩耍的孩子迷住了。他们正在玩过家家，两人像成年男女那样分享一个火塘。他们的孩子是这个碎皮子做的娃娃，它有圆圆的头，以及躯干和四肢，裹在一块软皮子里面，令爱拉十分着迷。她从来没有过娃娃，因为家族人不制作任何这类的实体，无论是绘画、雕刻或是皮制的。这娃娃让她想起她曾经带回洞穴的那只受了伤的兔子，她也曾像鲁琪此时对娃娃那样地，拥抱、逗弄、摇晃着那只兔子。

爱拉知道这游戏是鲁琪发明出来的。有时候他们作为一对配偶玩结合的游戏，有时他们作为一对兄妹首领，玩着部落的游戏，管理自己的部落。爱拉看着这个金发女孩和棕发男孩，突然意识到了他们部落的组成模式。鲁琪把他看成自己的哥哥，她开始怀疑他们能不能成为这个营的共同首领。

鲁琪把娃娃交给莱达格照顾，然后自己站起身装作去完成某项任务。莱达格看着她走了，放下娃娃，抬起头望着爱拉笑了。已经过了一小段时间，但鲁琪还没回来，男孩对这个娃娃的兴趣就消减了。莱达格也起身离开了。其实鲁琪早已把这场游戏和娃娃抛到脑后，又不知去做别的什么事去了。

爱拉回过神来考虑夏季大会要带些什么。去年这时她貌似希望好好整理一下，决定拿走什么，留下什么。这次整理行装是为了旅行，只拿她能带的东西。图丽嘱咐过她要用马和雪橇运送礼物，以提高她和狮营的身份。她将那块染成红色的皮子拿起，展开来考虑需不需要它。对这块皮子的用途她从未下定过决心。她现在也没有头绪，但是红色对家族人来说意味着神圣。况且她也喜欢红色。她把皮子折了起来，归到她想带的物品里面，那堆东西里还有雷奈克给她的雕刻马，她十分喜爱它，此外还有新的穆特，以及韦麦兹送的那个漂亮的燧石编织针，以及一些首饰、珠子和项链，狄琪送的那件白色大衣，还有杜尔克的斗篷。

她一边收拾物品一边思考，她发现自己在想莱达格。将来他真的会像杜尔克那样有一个配偶吗？她觉得夏季大会上不会有混血的女孩。她甚至忧虑他能否活到成年。这令她心存感激，因为她心中想到了她儿子的茁壮健康，而且他还将会拥有配偶。勃劳德的家族若还未启程的话，这时应该也正为参加家族大会进行准备。尤拉最后将跟他们回去，去和杜尔克结成配偶，她也许会因为要离开自己的家族而感到害怕。对可怜的尤拉来说，离开她熟知的亲切族人而去往陌生地方与陌生家族一起生活是很困难的。她会喜欢杜尔克吗？杜尔克又会喜欢她吗？她希望如此，因为两人别无选择。爱拉惦念着她儿子，又伸手打开了她从山谷里带回来的小袋，把袋里的物品倾倒出来。她的心在看到象牙雕像的时候停住了。她拿起它来细细端详。那雕像是一个女人，但与她所见过的都不同，而此刻她更加强烈地意识到它的特别。除了雷奈克的那个鸟和女人的雕像之外，大多数穆特都是母亲的形象，丰满圆润，只有一个稍加装饰的球形用来充当头部。这些穆特都是象征着大地母亲的。但手中的这个雕像是一个修长的女性，头发像她自己常做的那样是数根辫子。而不可思议的地方在于，这个雕像的脸部经过细细雕琢，鼻子、下巴和眼睛都十分逼真。

雕像在她手中，随着所有回忆都浮现在她脑海，眼前不知不觉模糊起来，眼泪自她面颊淌下。这是乔达拉雕的，那是在她的山谷。他雕刻的时候说希望能抓住她的灵魂，这样两人就可以永不分离了。正因为如此，他才将雕像雕得和她如此相像。并没有什么人会希望制作出这样的雕像，因为过于像真人可能会将对方的灵魂套住。他嘱咐她要好好保存，以免被坏人用来伤害她。这是她的第一个穆特，在乔达拉使她真正成为一个女人之后，他将它送给了她。

她永远都不会忘记那个夏天，和只有两个人的山谷。但此时，乔达拉就要离她而去。她将雕像紧紧按在胸前，渴望能和他一起走。沃夫向她叫着，叫声中有着同情和失落，它慢慢地向前面挪动，尽管它知道它不该乱动。爱拉伸手抱起了沃夫，将脸埋在它柔软的毛发之中，沃夫舔着她脸上的泪痕回应着。

她忽然听见有人从过道走来的声音，于是迅速坐了起来，擦干泪痕平复情绪，转过身装作翻找东西。巴泽克和德鲁韦从这里经过，沉浸在谈话中没有注意到她。爱拉把雕像塞回袋中，又谨慎地把小袋放在了那块红皮子上以便随身携带。她绝不会与自己第一个穆特分开。

当晚，狮营人们快要开始晚餐时，沃夫突然叫了起来，用一种威胁的叫声冲去了前门。爱拉随即跟了过去，疑惑发生了什么事，几个人也跟上了她。当她推开门帘时，一个陌生人出现在她面前，面容惊恐，想躲避那只进攻性十足的狼。

“沃夫，过来！”爱拉命令道。这只幼狼十分不情愿地退了回来。但它仍然龇牙低吼着。

“鲁代格！”塔鲁特喊道，脸上随即露出了灿烂的微笑，他又上前送上了一个热烈的拥抱，“快进屋里来，天很冷。”

“我……呃……不确定，”这个人盯着那只小狼问道，“里面还有别的东西吗？”

“没有别的了。”爱拉说，“沃夫不会伤害你，我不会让它伤害你的。”

鲁代格看了一眼塔鲁特，踌躇着能否相信眼前这个陌生的女人：“你们的土屋里怎么会有只狼？”

“这说来话长了，我们最好坐在火堆旁聊。快进来吧，鲁代格。我保证这只小狼不会伤害你的。”塔鲁特说，当他带着年轻人穿过拱门时，朝爱拉看了一眼，目光中满含深意。

爱拉很清楚他的暗示。沃夫最好别打扰这个陌生人。她跟着他们进去，示意沃夫待在她身边。但她不知道如何制止它喉中的低吼。以前没有遇到类似情况。她很清楚，虽然狼非常有感情并且依赖伙伴，可它们却仍然有能力袭击那些侵入领地的陌生人，甚至结束对方的生命。沃夫的行为可以被理解，但并不容易被人们接受。无论如何，它都得习惯陌生人的出现。

妮兹热情地向她表兄的儿子表示欢迎，接过了他的背包和御寒大衣，递给达努格放到猛犸火塘的一张空床上去，然后又给他盛了一大盘食物，让他坐下。鲁代格一直都警觉地看着沃夫，仍旧十分紧张而恐惧。而沃夫一捕捉到鲁代格的目光就又恐吓着低吼起来。爱拉管着它的时候，它放下耳朵趴在地上，但仍然不住地向陌生人吼叫。她考虑过是不是应该给沃夫系上绳子，但又觉得这解决不了问题。那样只会激发沃夫的保卫本能，让它更加不安，使得这个人更紧张。

莱达格一直来回徘徊在客人附近，尽管是相识的人他却十分害羞。他很快注意到了沃夫的存在的问题。如果鲁代格能明白这只动物的友好，或许就能放松不少。大多数人此刻都在厨房火塘里，莱达格听到哈塔尔醒来了，计上心头。他到驯鹿火塘去安慰了这个跌跌撞撞的小家伙，然后拉着他的手向厨房火塘走去。他没靠近他妈妈，反而是走向了爱拉和沃夫。

哈塔尔最近对这只幼狼兴趣正浓，他一看见毛茸茸的灰毛小狼，就兴奋地笑了起来。哈塔尔朝沃夫跑去，结果步伐不稳绊了一下，直接倒在了沃夫身上。沃夫叫了一声，起身去舔这个孩子的脸，哈塔尔便咯咯地笑了起来。他推开沃夫潮湿温暖的舌头，胖乎乎的小手直接塞进了沃夫长满锋利牙齿的大嘴里，他抓了一把毛想把沃夫拉过来。

鲁代格的紧张全然消失，他睁大了眼睛看着这个走路不稳的小家伙粗暴地对待沃夫，吃惊地看见这只幼狼顺从而驯服地接受着。哈塔尔的出现让沃夫暂时放低了对陌生人的防备，因为它的确还未成年，还未习惯长久坚持戒备。爱拉朝莱达格笑了，她明白他把哈塔尔带来的缘故，他已经成功了。这时，特鲁妮过来抱走了小儿子，爱拉想，这就是双方相识最好的时机，伸手抱起了沃夫。

"我觉得，如果你让它记住你的气味，它能更快熟悉你。"她对年轻人说。

爱拉对这种语言掌握得很好，鲁代格也注意到了她的用词有些不同。他第一次端详她，猜想着她是谁。他知道去年离开狮营的时候她还并不是其中一分子。事实上他没有印象自己见过她，否则他不可能忘记。她是从哪儿来的呢？他正在纳闷，一抬头，正对上了爱拉的目光。

"我应该怎么做？"他问。

"我想让它闻闻你的手就会行了。它喜欢被抚摸，但我不会强制它这样，它也需要一个过程去逐渐认识你。"爱拉说。

鲁代格试探着伸出了手。爱拉把沃夫放下，让它去嗅他的手，她在一旁准备着保护客人。她觉得沃夫应该不会进攻，但她也并没有十足把握。过了一会儿，这个人伸手去摸那厚重而油滑的毛皮。他以前从没摸过活的狼，因此表现得十分兴奋。他对爱拉笑了笑，爱拉报以微笑，他在心里感叹，这真是个美人啊！

"塔鲁特，我想我最好马上和你们交换信息。"鲁代格说，"我想狮营会有我想听的故事。"

高大的头领笑了，他正有此意。情报员的工作就是互通消息，他们能被选中是因为跑得快，也因为他们都是叙述故事的好手。

"那告诉我们吧，你带来了什么消息？"塔鲁特问。

"最重要的一件事是，夏季大会的聚集地点改变了。东道主是狼营。去年选的那个大会地点被冲毁了。另外我还有一条悲痛的消息。我在桑吉尔人那里待了一个晚上。那边出现了致命的疾病。已经有一些人因病去世了。我离开的时候，女首领的儿女都病得很厉害。不知道他们能不能挺过去。"

"噢，太可怕了！"妮兹说。

"他们得了什么病？"爱拉问。

"好像是胸部的问题，还有高烧，拼命咳嗽，呼吸困难。"

"这个地方有多远？"爱拉问。

"你不知道桑吉尔吗？"

"爱拉是作为客人被我们接受的。"图丽回答着，然后转向了爱拉，"不太远。”

“我们能去那儿吗,图丽?或者有人能带我去吗?我觉得那些孩子的病或许我能帮得上忙。”

“我不知道。你觉得怎么样,塔鲁特?”

“如果夏季大会要在狼营举行的话,那个地方并不顺路。我们和他们甚至连亲戚都算不上,图丽。”

“我记得达奈夫在那个营应该有个远房亲戚,”图丽说,“而且小弟弟、小妹妹病得这么重并不好。”

“那或许我们应该去那儿,但如果决定要去,就必须尽快出发。”塔鲁特说。

鲁代格一直非常感兴趣地听着:“好的,我的消息已经报告完了。这次来我想一下认识狮营的新成员,塔鲁特。她真是一个医者吗?那匹狼是从哪儿来的?我从来没听说过在土屋里会养狼。”

“不止!”弗里贝克说,“爱拉还有两匹马,一匹母马和一匹小公马。”

客人用一种难以置信的眼神看着弗里贝克,然后坐下来,准备洗耳恭听。

在一个漫长的故事之夜之后,天亮了。爱拉和乔达拉向他示范了骑术,给他留下了很深刻的印象。他动身向下一个营进发,向他人传播这个新的马穆塔女人的传奇故事,并且继续通知夏季大会地点改变的消息。狮营的人们计划在第二天清晨离开,所以前一天时间都用来完成最后的准备工作了。

爱拉决定药量比平时带的要多些。她检查着草药,顺便与正在收拾行李的马穆特交流,这令她想起了家族的聚会。老巫师僵硬的关节让她记起了当时家族里的老人们因为无法长途跋涉而被留在了洞里。马穆特是如何进行长途旅行的呢?她对此十分疑惑烦恼,打算去找塔鲁特问清楚。

“在大部分路程里都是我背着他。”塔鲁特解释道。

她看见妮兹向拖运雪橇上又多放了一个包裹。莱达格闷闷地坐在旁边的地上。爱拉起身去找乔达拉,却发现他正在整理图丽送他的旅行包。

“乔达拉!原来你在这儿。”她说。

他抬起头,神色惊讶。他不想见她,却又无时无刻不在想着她,想着应该如何与她道别。在大家都离开土屋之后,他决定自己也该离开了。并不是参加夏季大会,而是踏上另一个方向,准备跋涉回家。

“你知道马穆特是怎么去夏季大会的吗?”爱拉问。

这个问题完全超出了他的预期。那对他来说无关紧要,他甚至不理解她的问话内容。“呃……不知道。”他说。

“塔鲁特必须要背着他。莱达格也是,他也得有人背。乔达拉,我想你一直在训练雷瑟,它现在已经习惯背上驮人吧?”

“嗯,没错。”

“而且你已经能控制它了,它听你的命令可以去指定的地方,对不?”

“嗯,我觉得没错。”

“太棒了！那马穆特和莱达格就能骑马去参加大会了。他们不能控制它们,但是我们俩可以牵着它们。这样的话大家都轻松多了,况且莱达格最近一直闷闷不乐,这能让他快活些。还记得他第一次骑威尼的那股兴奋劲儿吗？你不介意的对吧,乔达拉？我们不需要骑马,其他人都走着去。”爱拉说。

这个主意让她那么地快活,她很明显根本没考虑到他可能会离队不参加夏季大会。他怎能拒绝她呢？他觉得这是个好想法,狮营的人们为他做了那么多,他完全应该做些什么作为回报。

“嗯,我不介意步行。”乔达拉回答。当他看见爱拉去通知塔鲁特时,一种奇怪的轻松感产生了,仿佛某种可怕的存在被消除了。他匆匆整理好行装,拿起了马具,加入到了营里的人群中去。他们马上就要出发了。

妮兹看见乔达拉走来,冲他笑着说:“我很高兴你决定跟我们一起,还帮爱拉照顾马匹。这样马穆特就舒服多了。看看莱达格！我从未见过他如此期待夏季大会。”

乔达拉非常纳闷,为何他有一种感觉,仿佛妮兹知道他一直打算回家？

“试想一下,我们不仅带着马匹,而且还有人骑在马上,这会给别人留下什么印象？”巴泽克在一边得意地自言自语。

“乔达拉,我们正等你呢。爱拉不知该谁骑哪匹马。”塔鲁特说。

“我觉得差不多。”乔达拉说,“威尼相对好骑一点儿,至少不会那么颠簸。”

他看见雷奈克正帮爱拉整理使得货物负重更加平衡。那两人在一起欢笑的场景使他退缩了,让他意识到自己只是把那不可避免的一天又向后延迟了。但他现在身负着新的责任,马穆特做了神秘手势,又说了一番深奥的话。他在前面入口的地上钉了一个穆特来保护土屋,之后便在爱拉和塔鲁特的帮助下骑上了威尼。他仿佛十分紧张,但又掩饰得很好,至少乔达拉是这么认为的。

但是莱达格并不紧张,因为他以前骑过马。当这个高大的男人抱起他,把他放在雷瑟背上的时候,他只是表现出异常的兴奋。他从来没骑过这匹小公马。他向拉蒂咧开嘴笑了起来,拉蒂正紧张地看着他,满心担心他的安全,同时又为他这一全新体验而感到高兴,又混杂着微微的嫉妒。她曾在远处观察过乔达拉训练马匹。她总结出一点:训练小马需要的不是魔力,而是耐心。拥有马匹当然也是训练的前提。

人们最后又检查了一遍营地,之后便爬上了山坡。上坡爬到一半时爱拉停了下来,沃夫也跟着停下来看着她,眼里满是希望。她回头望向地屋,那个让她寻找到了家园和自己同伴的地方。她已经开始想念地屋的温暖舒适了,但它会一直在那儿,等他们回来,准备好为人们提供温馨的家园,和他们一起共度漫长的寒冬。风将门帘卷起,露出了入口处猛犸牙材质的拱廊,她能望见拱廊上的穴狮头骨。没有人们的气息,狮营似乎变得十分孤独,爱拉心头突然涌起一阵不安和悲痛，她不禁颤抖了一下。

30

草原苍茫辽阔，虽然寒冷，却有着盎然生机。狮营的人们开始旅行，季节也在继续更替。花草开始凋谢，但浅蓝的紫罗兰和矮小的蝴蝶花仍然色泽鲜艳。蕨叶芍药竞相开放，大片大片深红色花朵让山谷中的过路者惊叹不已。兰草正在拔芽，酥油草逐渐成熟，羽毛草也欣欣向荣，这些植物让草地上出现了轻轻翻滚的银浪，在蓝鼠草的点缀下越发生动。这片富饶的银色平原会在新草成熟、羽毛草的花朵凋谢之后披上金装。

沃夫很是高兴，因为它发现广袤的草原上其实有很多小动物栖息、繁衍着。它喜欢追赶鸡貂和鼬类，还有在这个季节皮毛变棕的雪貂，但它又总是在遇到对方无畏护卫和反击的时候退缩。那些惯于躲避狐狸的鼬鼠、田鼠和毛皮顺滑的其他鼠类都会逃进地洞里去，沃夫就会转而去追赶沙鼠、仓鼠以及刺猬等等。有一次有只跳鼠跳过沃夫面前，毛发浓密，前肢短小，但三趾后腿十分发达，它跳着逃进冬眠用的地洞时沃夫简直惊待在了，它讶异的表情让爱拉忍俊不禁。打来的野兔、仓鼠和跳鼠足够一顿晚餐的量了，打来之后扒了皮用棍子串起来，架在火堆上烤着吃，味道特别好。爱拉的那个弹石带打中了好几只沃夫惊动的小动物。

那些啮齿类的动物惯于挖洞的习性帮助土壤疏松，但它们的频繁挖掘也让土地的特点改变了。当狮营的人们在长途跋涉时，欧黄鼠的洞穴四处都是，数不胜数，这些洞穴和土拨鼠堆起的窝让人们不得不频频绕行。

欧黄鼠是黑鸢十分钟爱的食物，当然它们也很喜欢其他的啮齿动物、腐肉和虫类。这些体态优美的鹰类善于在高空中寻找地上的土拨鼠，而它们也能像茶隼那样进行低旋并发动突袭。黄褐色羽毛的鹰类也喜欢土拨鼠。有一次，爱拉看见沃夫姿势特别，她细细一看，发现一只黑褐色的肉食鸟类捕了只土拨鼠正带回地面的巢去喂食它的孩子。她对此也很有兴趣，但沃夫和她都没有去惊动它们。

鸟类都生活在这片丰饶的开阔土地。云雀和鹨在草原上随处可见，除此之外还有柳松鸡、雷鸟和鹧鸪、沙松鸡、大鸨，以及漂亮的蓑羽鹤，它们披着蓝灰色的羽毛，头部是黑羽，眼后有一撮漂亮的白羽。它们春天来建造鸟巢，以昆虫、蜥蜴和蛇为食，在这片土地上生息繁衍。秋天的时候它们会排起巨大的V字阵型，在鸣声之中离开这片地方。

塔鲁特最初设定的行进速度是他和整个营一起旅行时的惯用速度，这样队伍中步履较慢的人不会感到过于急迫。但是他发现他们其实已经比平时要快得多。这些马匹的确起了一定作用。马儿拉着雪橇上的礼物、交换用的货物以及做帐篷用的兽皮，背上还驮着人，它们让人们的负担都大大减轻了。首领对行进进度十分满意，因为他们其实还正在绕行。不过这也导致一个问题，他本来已经计划好了路径和歇脚的地方，这样能更好地利用到沿途的水源。但现在他必须一边走一边重新考虑一番。

此时天色尚早，他们在一条河流沿岸停止了前行。草原上的这些河流附近通常会有树林出现，他们找了一块被树林包围的空旷地支起了帐篷。爱拉从威尼身上卸下了雪橇，决定带拉蒂去骑一会儿马。拉蒂喜欢帮着照顾马匹，而马儿们也对她十分友好。两个人一起骑马穿过了一小片云杉、白桦、鹅耳枥和落叶松的丛林，之后就来到了一片空地，这片草地丰饶而葱茏，鲜花盛开，四周被树林包围。爱拉停住了，对自己身前的拉蒂悄悄地说了一句：

"拉蒂，千万别出声，你看看那边，水源附近。"

拉蒂向爱拉指的地方望去，先是困惑地皱了皱眉，接着便笑了。她看见了一只高鼻雌羚羊昂首立在水边，它警觉地领着两只身边的小羊，但又有几分犹豫。拉蒂之后又看见了周围其他几只。小羚羊头上，初生的直楞楞的角还未长成螺旋形，只是末端稍稍向后倾斜，鼻子高悬，长形的脸部特点分明。

她们安静地留在马背上继续看着。鸟鸣处处可闻，鸣声中有鸽子的咕咕声，苔莺快乐的歌唱，还有啄木鸟的声音。爱拉听到了一只黄鹂的动人鸣唱，仿佛一首笛曲，她不禁也模仿了几声，近乎能乱真，让鸟儿都困惑了。拉蒂打从心底希望自己也能吹出爱拉那样的口哨。

爱拉向威尼轻轻打了个手势，让它向那块林中空地慢慢前进。当她们真正接近羚羊时，拉蒂兴奋得近乎颤抖，她又看见了另一只带着两只小羊的母羊。但风向随即突然产生了变化，高鼻羚羊都抬起了头，转身穿过树林，蹦向开阔的草原。有一抹灰色的踪影尾随羊群之后，爱拉瞬即明白了它们为何会被吓跑。

沃夫后来终于气喘吁吁地回来了，扑通一声瘫在了地上。此时威尼正悠闲地吃着草，爱拉和拉蒂正坐在草地上采摘野草莓。爱拉的身边放着一把鲜艳的花束，花瓣细长艳红，像是在染料中蘸的一样。还有一束金黄色的花朵混在柔软的白色花球中。

"要是草莓够多就好了，这样就能带一些回去。"爱拉说着又往嘴里塞了一颗味道清甜的小草莓。

"肯定还有很多的。我也想多要一些。"拉蒂满面笑容，"话说，我想把这个地方作为只属于我们二人的特殊地方。"她又吃了颗草莓，闭上眼睛细细品味着，似乎陷入了沉思，"那些小羚羊真的还很小，对吧？我以前从没接近过那么幼小的羚羊。"

"多亏了威尼，有了它才让我们能靠那么近。羚羊不害怕马，但是我忘了沃夫了。"爱拉说着朝它瞅了一眼。它听到自己的名字也抬起了头。"是它把它们赶走的。”

“爱拉，我能问你点儿事吗？”

“当然了，你永远都可以问。”

“你觉得我未来也能拥有一匹马吗？我是说，一匹小马什么的，到时我可以像你照顾威尼那样照顾它，让它习惯与我一起生活。”

“我不知道。威尼并不是我特意找来的，纯粹是偶遇。想要找到一匹小马挺难的，因为所有的母亲都会极力保护自己的孩子。”

“如果你想得到另一匹马的话，一匹小马的话，你会怎么做？”

“我从来没有考虑过……若是我想要一匹小马……让我想想……你得先抓住它的妈妈。还记得去年秋天猎捕野牛那一次吗？如果我们是在捕猎马匹，并且把一群马赶进类似的包围圈，那就不用把它们都杀光。那样的话你可以留下一两匹小马。如果没那么多需要的话，你或许甚至可以把一匹小马分离这个马群，放掉别的马匹。”

当两人回归队伍时，大部分人都围坐在火堆旁边吃饭。她们于是便随便吃了一点儿，也坐了下来。

“我们看见高鼻羚羊了，”拉蒂说，“还看见了幼崽。”

“我想你应该还看见了一些草莓。”妮兹看到了她女儿染成红色的手，冷冷地回答道。拉蒂的脸红了，想起了自己想独吞草莓的念头。

“数量不多，没能带回来。”爱拉说。

“没关系。我知道拉蒂喜欢草莓。只要有机会，她会吃完一整片地上的草莓，一点儿也不剩。”

爱拉注意到拉蒂十分窘迫，便转移了话题。“我还帮那个病情扩散的营采了一些治咳嗽的款冬，还有一种红花的植物，我不知道它的名字，但是它的根须对严重的咳嗽很有效，花还能去痰液。”她说。

“我没想到你是为了那个去采花，”拉蒂说，“你怎么知道他们病情扩散的情况？”

“我不知道。但是既然都看见这些植物了，我觉得还是先采一些为好，毕竟我们不希望有更严重的病情。我们什么时候能到达那儿，塔鲁特？”

“很难说。”首领回答道，“我们的前进速度比以往要快了许多，我想再过一两天就会到达桑吉尔营了，那里的疫情比我想象的还要严重。”

爱拉皱眉：“你怎么知道的？”

“我发现了某个人留下的记号。”

“记号？”爱拉说。

“跟我来。我指给你看。”塔鲁特放下杯子起身，领爱拉向水边的一堆骨头走去。骨头，尤其是头盖骨这样的大块骨头，在平原上随处可见。但是当他们走近之后爱拉便意识到那绝不是自然的排列，而是人为故意的堆砌。一个破碎的猛犸头骨被颠倒放在最顶上。

“那个记号是个坏消息，”塔鲁特指着头骨说，“情况很糟。看看这个下颚，两颗松果靠着它，下颚的尾端是代表前进方向，这个营离这儿还需要两天的行程。”

“他们必定是需要我们的帮助，塔鲁特！他们是为了求救而做这个记号的吗？”

塔鲁特指了指一块垂在象牙旁的烧得焦黑的桦树皮：“看见这个了吗？”

“是的。焦黑色说明它可能被烧过。”

“这个代表疾病，致命疾病。有人因病去世，人们对那种疾病十分恐惧，这是一个人经常停留的歇脚处。这个记号不是请求帮助的，反而是在警告人们必须远离。”

“噢，塔鲁特！我一定要去那儿。别人可以不去，但我必须得去。我可以现在就骑上威尼出发。”

“到了那儿你打算跟他们怎么说？”塔鲁特说，“不行，爱拉，他们不会让你帮忙的。没人认识你。他们甚至都不是马穆塔。他们是桑吉尔人。我们已经讨论过这件事情了。我们知道你会想去的。我们最初就决定走这条路，所以我们会和你一同去那儿。我们现在有那些马，所以我想应该可以用一天走完这段路，完全不需要两天。”

太阳快要下山的时候，狮营的一队旅行者注意到有一片村落，位于大约三十英尺高的开阔地上，下面是奔腾的激流。有人看见了他们，他们便停下了脚步。那个人盯着他们，十分困惑，之后又向一个小棚跑了过去。之后，一男一女出现了。他们的脸因赭石药膏的效果而微微发红，头发上覆满了灰。

塔鲁特意识到，他们来迟了一步。他和图丽走近桑吉尔营，妮兹跟在后面，爱拉牵着威尼，背上驮着马穆特，他们显然打断了某件很重要的事情。当他们还有十英尺的距离时，红脸的男人手掌向前伸出，这是一个再明显不过的止步信号。他用别的语言同塔鲁特对话，爱拉感觉对那种语言有些熟悉感，她隐隐觉得自己应该能够理解；可能它和马穆塔语十分相似。这时塔鲁特用自己的语言回答了他。

“为什么马穆塔的狮营会在这时来这里？”男人这次用马穆塔语说，“这里有疾病蔓延，这个营正在经历深刻的悲恸。你们没看见记号吗？”

“我们看见了。”塔鲁特说，“但我们之中有一位猛犸火塘的女儿，她是一个医者。情报员鲁代格几天前经过我们的营，他告诉了我们你们的遭遇。我正准备去参加夏季大会，但是爱拉，也就是我们的女医者，坚持要来这里提供帮助。我们中的一位和你们其中一位是亲戚，所以我们决定来了。”

那个男人看了看身边的女人。她面容悲伤，试图强打起精神。

“太晚了，”她说，“他们死了。”她声音渐渐减弱，又化成了痛哭，她痛苦地叫喊，“他们死了，我的孩子，我的宝贝，我的生命，他们死了。”两个人来到女人的身边把她扶走了。

“我姐姐受到很大打击，”那个男人说，“她刚刚失去了一儿一女。女孩儿已经差不多要成长为女人了，男孩稍微小几岁。我们都很难过。”

塔鲁特同情地摇了摇头：“那的确是巨大的悲痛。我们会分担你们的悲伤，也会给予我们力所能及的抚慰。如果不冒犯你们的习俗的话，我们希望能留下来与你们一起，分担你们的悲伤，见证他们回到大地母亲怀抱。”

“我们很感激，并将永远记得你们的好意。但是，我们之中还有人正在生病。你们留下来会可能有危险。”

“塔鲁特，问他看看，我能否去看看那些还在生病的人，我想自己也许能帮上忙。”爱拉悄悄说。

“没错，塔鲁特，你可以问问爱拉能不能检查一下那些病人。”马穆特补充说，“我想她能够判断出我们留下来是不是安全。”

那个男人一直盯着马背上的老人。看见马时他已经十分吃惊了，但他不想表露出这种惊讶，而且他的表情也因悲伤而多了几分麻木，他的好奇心大减。而且，他充当着他姐姐和营人的发言代表。但当马穆特讲话时，一个人坐在马背上的奇怪画面给了他新的感觉。

“那个人怎么坐在马背上了？”他张口问道，“为什么那匹马静静忍受着这种情况？后面那一匹又是怎么回事？”

“这说来话长了。”塔鲁特说，“那一位是我们的马穆特，而那匹马听这位医者指挥。情况允许的时候我们很乐意分享这个故事，但爱拉现在希望能先看看病人们，也许她能提供帮助。她能判断邪恶的神灵是否还在此处徘徊，她能判断她能否控制它们并压制它们的副作用，她能告诉我们留在这儿是否安全。”

“你说她医术高明，我相信你的话。如果她可以命令马匹，那她一定具备强大的魔法。请先让我和营里的人商量一下。”

“还有一只动物需要你事先了解一下。”塔鲁特转向这个女人，“呼唤它吧，爱拉。”

她吹一声口哨。还没等莱达格松手，沃夫就已经挣脱束缚冲了过来，桑吉尔营的那个男人和其他旁观者都被这一情景惊待在了。沃夫来到爱拉脚边，满怀期望地看着她，桑吉尔的人们更加惊讶了。它听从她的手势趴在地上，但它的目光警觉地盯着眼前的陌生人们，他们有些不安。

图丽密切注视着着桑吉尔营的反应，很快就感受到这些动物的温顺所带来的效果。它们的出现使得相关者的身份得到了提高，狮营的整体地位也得到了提升。马穆特单单坐在马背便得到了尊敬。他们谨慎看着他，听着他十分有权威性的发言，但这种同样的敬畏，在爱拉那里就表现的更加明显，他们简直是怀着一种恐惧的尊敬在看着她。

女首领图丽发觉她已经习惯这些马匹了，她想起自己首次看见爱拉和马在一起时的那种恐惧感。因此她很能理解他们此时此刻的感受。爱拉把小狼带回土屋的时候她也在场，不止如此，这些日子以来她一直看着它长大，但对沃夫还是很有陌生感。她知道人们不会把它当作类似小狗的动物。它可能年纪还小，但显然这些日子里它几乎完全成年了，此外，那也是成熟的母马。若爱拉能够使易于激动的马和性情独立的狼都听从她的指令，那还有什么是她无法控制的呢？况且人们此时了解到她是猛犸火塘的女儿，她还是一位医者。

图丽并不清楚到达夏季大会时会得到怎样的接待，但当爱拉应邀进营里检查生病的成员时，她并没有吃惊。马穆特在坐着等候。爱拉出来之后，便向马穆特、塔鲁特和图丽走了过去。

"我觉得他们是得了妮兹说过的那种春季的病症，病患会出现发烧、胸闷、呼吸困难，但关键在于他们在春末发病，这使得症状会更加严重。"爱拉解释道，"两个年纪较长的人前一阵去世了，可人们会对孩子的逝去最为难过。我不太确定具体死因。因为年轻人通常来说身体都比较强壮，可以战胜疾病并很快恢复。其他人好像都挺过了最危险的阶段。有些人咳嗽很严重，我可以让他们感觉稍微舒适一些，我觉得应该不再会有人陷入重病状态了。我想制作一些东西帮助那位母亲，因为她好像对这件事过分消极了，尽管她有理由这样焦虑。虽然不能完全肯定，但是我觉得留下来参加葬礼不会产生危险。只是我们不宜留在他们的土屋里。"

"我提议，若是决定留下来，我们可以自己搭帐篷。"图丽说，"他们一直没有接受过陌生人群，他们会有一些难接受，况且他们不是马穆塔人，而是桑吉尔人……这不一样。"

爱拉在早晨的时候被帐篷外的声音吵醒了。她迅速起身穿好衣服，朝外面看去，只见人们正在挖一个窄长坑。特鲁妮和弗莱莉正坐在火堆旁，给孩子喂奶。爱拉笑了笑来到她们身边。洋苏叶茶的香气从热腾腾的饭篮里飘了出来。她舀了一杯回到女人们身边，慢慢啜饮起来。

"他们是要在今天把孩子埋葬吗？"弗莱莉问。

"我想是的。"爱拉说，"我觉得塔鲁特也不想直接去问他们，但我能感觉到。他们的语言我不太懂，但还是能偶尔听懂一两个单词。"

"他们一定是在挖坟墓了。他们为什么把它挖得那么长？我觉得很奇怪。"特鲁妮说。

"我也不清楚，但我很高兴我们很快就能离开了。我知道我们有必要作一定停留，但是我真的不喜欢葬礼。"弗莱莉说。

"没人喜欢葬礼。"爱拉说，"我希望我们能早几天到达。"

"无论如何，你能为那些孩子做点儿什么吗？"弗莱莉说。

"我很为那位母亲难过，"特鲁妮说，"失去一个孩子已经十分难过了，但她却同时失去两个……我不知道如果是我能不能挺过去。”她把步履尚不稳的哈塔尔揽在怀中，但哈塔尔却扭动起来想挣脱怀抱。

“嗯，失去孩子是非常痛苦的事。”爱拉说。她的声音十分严肃，让弗莱莉不禁疑惑地看了她一眼。爱拉放下杯子起身说道，“我看见附近有些苦艾。苦艾根作为药物效力十分强大。我不常用苦艾，但无论如何我想帮那位母亲平静下来，这正需要效力强大的材料。”

狮营的人们在那天间接参与了各项活动和仪式，可气氛随着夜晚的到来完全变了。连这些客人们都被一种强烈感情所感染。当那两个孩子被放在吊床一样的担架上面，被庄严地从土屋里抬出来绕场一周向人们作告别的时候，那种强烈的感情使马穆塔人真正地感受到了确实的难过以及悲伤的痛苦。

当抬担架的人缓慢经过周围悼念者的时候，爱拉看到两个孩子身上穿着精美漂亮华饰优美的衣物，仿佛是为了重要节日的穿戴着装。她不禁被它们迷住了。多片染成各色的皮子仔细地缝合在一起，构成复杂的几何图形，成为了大衣和长裤，皮子的周围缀满了无数颗象牙小珠。她脑海中突然闪过一个疑问，所有这些工艺都只用了钻吗？或许会有人欣赏这个小而尖、末端带孔的象牙针。

爱拉还注意到了束发带和腰带，以及那个女孩肩膀上披着的斗篷，图案十分迷人，仿佛是用长毛兽脱落的绒毛制成的。她想要去触摸、去观察，去学习它的制法，但在此时此景却是不合适的。她身边的雷奈克也注意到了，并且提及了那顺时针扭转的螺旋形复杂图案。爱拉很希望在离开之前能够学习到新的制作工艺，并用她的有孔象牙针作为交换。

两个孩子身上的饰物还包括贝壳、动物犬牙、骨头等等材料。那个男孩甚至有一个非常巨型的骨头，骨头上钻孔被作为悬饰物。他们的头发不同于大人们的零落和混乱，而是被整齐地梳编成复杂的式样，男孩是辫子，女孩儿则是一边一个的盘发。

爱拉总也摆脱不掉一种感觉，仿佛这两个孩子只是在沉睡，他们随时都会醒来。他们是那样幼小而面容健康，圆圆的脸蛋那样可爱，他们不应该死亡，从此进入神鬼世界。一阵颤抖袭过她全身，她不禁向莱达格扫了一眼。但她又怕妮兹注意，于是又迅速移开了目光。

最后，两个幼童的尸体被放入了窄长的坑中，两人头对头。一个戴着特殊头饰、长大衣上缀满了珠子的女人站了起来，开始了歌唱，歌声是一种哭号般的高音调，让人们都不禁战栗。她的每一个动作，都会令脖子上的繁复项链和垂饰发出刺耳的响声。她的胳膊上还戴着几个由数个半英寸宽的臂章组成的象牙手镯。爱拉觉得这些和某些马穆塔人的用具十分类似。

击鼓声沉闷地回响着，有点儿像爱拉熟悉的猛犸头骨鼓的声音。那个女人开始摇摆身体，高声哭唱，时而踮起脚尖，时而扬起脚背，始终没改变位置，但会不时转换方向。她跳着舞，有规律地大力摆动手臂，手镯便叮当地响起。爱拉曾遇到过她，尽管她们没有交谈，但爱拉却被她吸引住了。马穆特解释说她跟爱拉不同——她不是女巫医，而是一个负责和神灵世界沟通的人。她就是桑吉尔的马穆特，也是布仑家族的克莱伯。爱拉一时间很难把一个女人和莫格乌对上号。

红脸的男女把红色赭石粉洒在孩子身上，这使爱拉想起了那时克莱伯搽在伊扎尸体上的红色赭石膏。坟墓上还有几样十分隆重的物品，包括直化的猛犸牙、梭镖、燧石刀和匕首，以及猛犸、野牛和马形态的雕刻品。爱拉暗想，这手艺并不如雷奈克的好。她惊讶地注意到每个孩子身边都放了一支长长的象牙棒，装饰有羽毛等物品的轮形雕刻。当村落里的人参与到号哭声中时，爱拉悄悄倾向马穆特小声问道："那些象牙棒看上去很像塔鲁特的那种。它们是发言棒吗？"

"没错，的确是发言棒。桑吉尔人和马穆塔人有亲缘关系。"马穆特说，"具体也不太一样，但这个葬礼和我们的非常相像。"

"为什么要把发言棒同孩子一道葬进坟墓里？"

"人们给了他们这些东西，认为他们在神灵世界里醒来后可能会有需要。作为女首领的儿女，这对姐弟其实注定要成为并列头领。既然今生无法实现，那么来世就会继续。"马穆特解释道，"为了让他们在那个世界不失身份，在这里就必须表明地位。"

过了一阵，人们开始往里送土，她又向马穆特发问。

"他们为什么以头对着头的形式埋葬？"

"他们是姐弟。"他说，仿佛一切皆在此言中。然后他注意到了她的迷惑，于是又说道，"去往神灵世界的旅行十分漫长混乱，对于小孩子来说尤为困难，他们需要互相帮助和安慰。大地母亲并不希望两人结合，若他们肩并肩醒来，会忘记原本的姐弟关系，甚至以为他们睡在一起是因为他们注定应该结合。如果头对着头，他们不但可以在旅程中相互鼓励，等到了那个世界也不会搞错关系。"

爱拉点了点头。这很有道理，而当坟坑填满的时候，她非常希望他们能早几日到达那个世界。

塔鲁特在河边停住了。他打量了一番上游下游，然后研究了一下手里的那块有标记的象牙。他确定了太阳的位置，又观察了北方云彩的形状，嗅了嗅风的气味，最后又查看了周边地区。

"晚上就在这儿安营吧。"他说着，脱掉了背包和背架，向他妹妹走去。她正在考虑该把第一个帐篷放在哪里，因为相邻的帐篷会用到相同的支柱和结构，会需要很大的土地空间。"图丽，我们停下作个小交换如何？我正在看鲁代格的那份地图。我一开始并没有想到，但是看看，我们现在的位置，在这儿！"他说，示意她两块不同标记的象牙，一块的上面画着去狼营，也就是夏季大会新地点的路线图，另一个则是他匆忙标出的去桑吉尔营的路线图。这样的话可以顺路去拜访一下猛犸营。

"你说的是麝牛营。"图丽气愤而轻蔑，"他们重新定了这样一个营名真是太傲慢了。大家都有猛犸火塘，不该用猛犸命名某个营。我们不都是猛犸猎人吗？”

“可营名总是根据首领火塘的名字命名的，而新首领正是他们的马穆特。况且，那并不意味着我们不能和他们作一些交换，只要他们还会参加夏季大会。你知道他们和琥珀营有亲戚关系，所以他们总有一些琥珀可以用来交换。”塔鲁特知道他妹妹非常喜欢那种圆润的由松脂凝固而成的金色石头。“韦麦兹说他们还会交换到品质很好的燧石。我们的手上有很多鹿皮，高质量的毛皮也不少。”

“我不明白，一个没有女人的男人怎能建立火塘，我只是觉得他们太傲慢了。我们的确可以和他们作交换，我们当然应该做一番停留，塔鲁特。”女首领的表情化作一种奇异的微笑，“好吧。我想，不管怎样，‘猛犸’营和我们猛犸火塘的会见一定会十分有趣的。”

“好，那么我们最好早点儿出发。”塔鲁特回答道。但他对她的态度仍然十分疑惑，他摇了摇头，搞不清他那精明狡黠的妹妹的想法。

狮营后来到达一条河边，两侧是陡峭的黄土河岸。塔鲁特向深谷之间走去，仔细视察周围一带的环境。这片地方与他们土屋附近很相似，他看见冲积平原上的鹿群和犀牛，它们正在草地上吃草，草地上有稀稀落落的几棵树木。在远处，他注意到一大堆散乱的骨头被抛掷在河流湍急处的河岸上，有人影在成堆的骨头附近来回奔跑，其中几个正在搬运骨头块。

“他们还在那里。”他大声说道，“他们肯定是在建造房子。”

狮营的人们走下了山坡，向营地走去，营地位于一块开阔的平地，高于水平面不过十五英尺。如果说狮营的土屋已经让爱拉吃惊，那么猛犸营的土屋简直让她瞠目结舌了。爱拉从未接触过类似洞穴，那不是一半埋进地里的长型房子，而是由簇拥在一起的几个单独的圆形土房构成的。它们看上去结实而坚固，房顶是用厚重的黏土覆在草层上面，房顶的边上则延伸出一片片的草层。它们让爱拉回忆起了巨大而贫瘠的土拨鼠山。

当他们走近了之后，爱拉才明白为什么顶部什么也没有。正如狮营一样，猛犸营的观望台就是他们的屋顶。两个土屋的顶上都安排了放哨的人，尽管这些放哨者将注意力转向了这些客人，但他们主要观察防范的目标并不在于此。当狮营绕过了那个遮挡住他们主要视线的土屋时，爱拉看到了他们感兴趣的东西，不禁惊待在了。

塔鲁特说得没错。他们的确是在盖房子。爱拉无意中听到了图丽先前的谈话，关于猛犸营的选名问题，但当爱拉亲眼看到他们正在修建的土屋的时候，她觉得这名字合适不过了。尽管完工之后可能会与其他土屋类似，但是这些人用猛犸骨头做结构支柱的特殊方式仿佛发挥出了这种骨头的长处和特色。狮营也用相似的猛犸骨头做支撑框架，也是选择特定骨块进行修正和应用，但眼前的这些骨头不仅仅是提供了支撑作用。这些骨头经过精挑细选和仔细排布，构筑出的结构不但体现了猛犸的精髓，还表现出了马穆塔的信念。

为了实现这个架构，他们首先从下面的骨堆里取出许多相同部位的猛犸骨。他们先用猛犸的头盖骨在底部摆出一个直径大约十六英尺的圆圈，并且让头盖骨较为坚固的那一面向内摆放。拱廊作为出口，用到了两根巨大的曲形象牙，分别固定在颅骨的洞孔处，让两只象牙的顶部靠在一起。环绕在外部和中部的则是由上百块猛犸颚骨组成的环形墙壁，V形的下颚骨尖端朝下，颚骨摆满了四层。

这些并排放在一起的V形骨构成的整体效果十分具有影响力，也透出了最有意义的建筑观念。骨头整体形成了一个锯齿形的图案，与地图上代表水的图案正相似。正如马穆塔所教授爱拉的，代表水的这一锯齿形符号也是象征了大地母亲，这位生命的创造者，所以这一符号也有着最深奥的含义。它们代表她下腹部的倒三角形，也就是子宫的形状。经过多次重复之后，这个符号可以代表所有的生命——不仅仅是水本身，还象征着大地母亲所赋予的生命之水，那是她用来孕育大地上所有生命的水，让大地、海洋和河流都饱受润泽。毋庸置疑，这肯定是猛犸火塘的土屋。

圆形的墙体尚未完工，他们正在建造别的部分，用一种有对称而有规律的接合方式紧密地插入肩胛骨、骨盆骨和脊椎骨。内部的一个开口结构的梭镖结房屋为房顶提供了另一个支柱。照这样看，房顶应该会用猛犸牙搭盖。

“这可真是绝好的工艺！”雷奈克走近他们称赞了起来。

爱拉知道他会表示赞许的。她也看见不远处的乔达拉手中擒着雷瑟的缰绳。她意识到他也同样对这种聪明的构思表示赞赏。实际上，狮营的人们都因讶异和赞叹而一时沉浸在无言的沉默中。但正如图丽所想，猛犸营也有一分震惊，更确切地来说，是讶异于这些动物的温顺。

在初见面的短时间里，他们都对彼此感到好奇和迷惑。后来，一男一女走上前来欢迎图丽和塔鲁特，他们稍年轻一些。这个男人一直在把沉重的猛犸骨头拉上山坡，他裸着上身，早已汗流浃背。这对于他们来说不是可以随意迁址的临时住处，而是永久的定居地。爱拉完全被他脸上的繁密花纹所吸引，以至于她要强迫自己收回好奇的目光。他像狮营的马穆特一样在左颊上有个山形符号，不止如此，他的脸上还有对称的锯齿形、三角形、菱形，还有顺时针旋转的红、蓝两色的螺旋形花纹。

那个女人显然也在干活，也是赤裸着上身，可她下身没穿裤子，只是裹了一条长及膝盖以下的裙子。她并没有文身，但在鼻翼一侧钻了孔，并佩上一小枚光滑的琥珀雕刻物。

“图丽，塔鲁特，太意外了！我们没想到你们会来，当然，以大地母亲的名义，我们欢迎你们狮营人！”那个女人说。

“以穆特的名义，我们十分感谢你们的欢迎，艾弗瑞。”图丽说，“我们并非诚心要在你们不方便的时间来叨扰。”

“我们恰好路过，文卡维克。”塔鲁特补充说，“所以不能失礼地直接路过。”

“狮营的客人对于我们来说永远不会造成不便。”那个男人说，“但你们怎么恰好经过这地带？这并不是你们去往狼营的线路。”

“那个通知我们大会地点改址的传信者经过了桑吉尔营，他顺带告诉我们他们病得很厉害。我们之中有一个新的成员，她是个医者，来自猛犸火塘的爱拉，”塔鲁特说，示意让她往前来，“她想去帮忙，所以我们刚从那儿过来。”

“嗯，我知道那个桑吉尔营。”文卡维克说，然后转向爱拉。在一瞬间她感觉他的目光仿佛刺透了她的身体。她有些犹豫，因为还未习惯如何对待陌生人的直视，但她知道这不是应该作为家族妇女表现害羞胆怯的时候，所以便直接回盯了他的注目。他突然笑了，浅灰的瞳仁中闪烁着赞赏的神情，还有一种对女性的欣赏。她在那时才注意到他是一个引人注目的男人，极富吸引力。虽然文身足够醒目，但他的吸引力却不是因为面貌的花纹，而是因为他透出的决断和才华。他望向坐在马背上的马穆特。

“很高兴看到你，老人家。”他面露悦色，微笑着说，“我真是惊讶极了，你从什么时候成了一个召唤者，可以让两匹马和一只狼与狮营同行？”

“文卡维克，那并非我的天赋，动物们只服从爱拉的指令。”

“爱拉？老马穆特好像为自己找了一个很有价值的女儿。”文卡维克又十分有兴趣地打量起爱拉。他并没注意到雷奈克的怒视，可乔达拉注意到了。他十分理解这种情绪，他此时此刻第一次感到了与这位雕刻匠因相似感情而隐含的密切联系。

“别站在这儿聊了，”艾弗瑞说，“我们有的是时间聊天。你们一定又累又饿了吧。让我给你们准备一顿饭吧，再给你们找地方歇息。”

“看得出来，你们正忙着建新土屋，艾弗瑞，我们不想给你们添太多麻烦，只需要一块地方让我们自己搭帐篷就足够了。”图丽说，“我们很高兴与你们共同进餐，你们还能看看我们带着的上等鹿皮。”

“我有个更好的想法！”塔鲁特用低沉的声音说，然后把背架扔在脚边，“不如让我们来帮助你们吧！只要告诉我们具体该运往那里。我的背很结实，最多能驮两块猛犸骨呢。”

“对，我也想来帮忙。”乔达拉主动请缨，一边把雷瑟牵过来，让莱达格跨下马背，“那是个特别的土屋，我之前从未见过。”

“好吧。我们欢迎你们帮忙。我们中的一些人需要赶去参加夏季大会，但土屋需要一整个夏天的工作，所以我们必须在启程之前完工。狮营是最乐于助人的。”文卡维克一边说，一边考虑他们的帮助应该交换多少块琥珀。他觉得为了完成他的土屋，是值得花力气去平息一些人的牢骚的。

文卡维克最初没注意到人群中高大的金发男人，他又仔细确认了两次，然后扫了一眼爱拉，她正把爬犁从威尼身上除下。那个男子同爱拉一样是个陌生人，而且跟她一样，他和马匹相处得十分愉快。可后来他又发现那个小个子好像和那只狼很相熟，他不是陌生人。猛犸营的马穆特首领又将视角转向爱拉——这一定与那个女人有关联。他看到那个棕色皮肤的雕刻匠从未离开过她身边。他想雷奈克也确实对美丽和特别的东西十分感兴趣。而事实上他是在公开他的占有。那这陌生人又是谁呢？他和那个女人又是什么关系？文卡维克看了一眼乔达拉，发现他正注视着爱拉和雷奈克。

这能说明很多事情。文卡维克想到这里便笑了。无论关系如何，如果这两个男子都对她有兴趣，那么这位女人很可能还没有经过正式结合。他再次仔细观察她。这个女人简直光彩夺目。她作为猛犸火塘的女儿，是个医者，在动物方面还有惊人的天赋——毫无疑问，她的地位绝对不低。但她来自何方？

两个女首领走入了一个快要完工的空荡荡的新土屋。虽然外部被遮盖住，但内部墙壁的锯齿形图案仍旧十分明显。

"你决定不和我们一起启程吗，艾弗瑞？"图丽问道。脖子上新添的一大串琥珀珠十分引人注目，"我们很愿意再停留几天，等到你们准备好再一起动身。"

"不用了，你们先走。我知道每个人都想快点儿到达大会，而且你们已经帮了很多忙了。土屋基本完工了，要是没有你们的帮助，我们是绝对不可能这么快完成的。"

"能和你们一起工作是我们狮营的荣幸。而且这个新土屋真是让我们印象深刻，能让大地母亲也脸上有光。你的兄弟们确实不同凡响。"艾弗瑞明白她的话语是发自内心的。

"谢谢你，图丽，我们绝不会忘记你的帮助。正因为如此，我们才不想再耽误你们的行程。你们为了帮助我们，已经推迟了到达时间。如果再不抓紧，大会的好位置会被人一抢而光了。"

"这离那不远，用不了多少时间。我们的行装挺轻便的。猛犸营这次真是赔上许多啊。"

艾弗瑞的眼睛扫了一眼那个高大的女头人的新项链，说："还是狮营赔得更多啦。"

图丽表示赞同。她知道狮营的确在交换过程中讨价还价得了好处，只是不便承认罢了。她转换了话题："那我们就在那儿期待和你们的相遇了。若是有可能，我们会争取帮你们也占一块地方。"

"感激不尽。但我觉得猛犸营可能会最后一批到达。我们要接受现实。但到时我们肯定会去找你们的。"当她们走出来时，艾弗瑞说。

"那我们明天早晨离开。"图丽说。两个女人脸颊轻碰，拥抱在一起。分开后，狮营的女首领转身向帐篷走去。

"噢，图丽，万一我没有再遇到爱拉，请一定替我再为火石谢谢她。"艾弗瑞说着，又淡淡地补了一句："你们为她定好新娘价了吗？"

“一直都在考虑呢，可她拥有那么多东西，所以其实相当困难。”图丽说完便转身离开了。迈出几步后，她又转身笑了：“她和狄琪相当亲密，所以她就像是我自己的女儿一般。”

图丽在回来的路上差点儿忍不住笑出声。她已经注意到文卡维克对爱拉的格外注意，而且她知道文卡维克不会随便乱说话。肯定是他拜托他姐姐问的。图丽觉得那样的联姻是件好事，而且肯定能够促进和猛犸营之间的关系。当然，雷奈克有优先权，因为他们毕竟已经举行了订婚仪式。但如果像文卡维克这样的人向爱拉提出求婚，也无妨再考虑一下。至少她的身价会被抬高。

艾弗瑞目送她走远，心想图丽可能会亲自决定新娘价。她在心里寻思，是否应该在琥珀营做一下停留，因为那里有大量未经加工的宝石。如果文卡维克打算追求爱拉，他会需要这些东西的。艾弗瑞觉得自己从没见过比图丽更善于讨价还价的女人了。她对图丽虽然心存不满，但也不得不佩服。在过去，她从没特别留意过狮营这位高大的女首领，但在过去几天里，她们更好地了解了对方，她也渐渐开始对图丽心生尊敬，甚至还有了一点儿好感。图丽同族人一起埋头苦干，而且绝不吝惜对他人的称赞。图丽很好地履行了女头人的职责，在交换中为族人争取到了最大的利益。事实上，艾弗瑞甚至开始觉得，如果将要结合的是自己，她也希望是由图丽这样的人来议定自己的新娘价。

狮营从猛犸营出发后沿着河边向北前进。在穿越大陆的大河附近，北方的自然环境和植被不断变化，人们见到了品种繁多的植物。他们的长途跋涉横经苔原沼泽和黄土平原，一直走到了芦苇湖边，行经草木葱郁的沼泽来到了花朵艳丽的繁茂草地。尽管北方植物的生长有一定环境限制，但花朵却常比南方的品种更大、色泽更加鲜艳。爱拉能辨识大部分花，不过她不太记得它们的名字。当从花朵边经过或是自己独自骑马或散步归来，她总会采摘一些带给马穆特或妮兹、狄琪，或者是教会她花名的人们。

他们越是接近夏季大会的地点，爱拉就越能找到理由独自离去散步。对于她来说，夏天需要清静。那是她从小形成的习惯。冬天，她被严酷天气所禁锢无法外出，或是待在布仑家族的洞穴，或是在她的山谷里，又或是在马穆塔的土屋里。但到了夏天，她喜欢独自外出，而且倾向白天多于夜晚，那是她可以随心所欲放任思想的时间，在那时也能够摆脱那些过多出于疑惑或着关爱的关注所带来的限制。

在狮营停下过夜时是很容易找借口的，例如辨认植物或是打猎等等。她独自离开，并且需要时间思考。她害怕到达夏季大会的目的地，但她不知为何会有这种恐惧。现在她已经遇见很多人了，而且并不难被人们所接受。因此她知道自己并不是焦虑这一点。但他们越靠近目的地，雷奈克就越发兴奋，而乔达拉则越发沉闷。这导致她越发希望自己能避开这次群营集会。

在长途跋涉的最后一晚，爱拉离开了很久之后带着一把鲜花回来了。她看见火堆附近的一处被清空，乔达拉正用刻刀在那儿画着记号，托奈克手里拿着一段象牙和一把锋利的刀，正在仔细研究着那些记号。

“她来了。”乔达拉说，“爱拉能比我讲得更透彻清楚。我不确定能找到从狮营返回山谷的路，但我清楚，不能从这儿回去。我们绕的弯和迂回的路径都太多太复杂了。”

“乔达拉正试着画一张地图，标出去山谷的路线，那个让你找到了火石的山谷。”塔鲁特说。

“一路上我都一直在找，但却一块火石也没看见。”托奈克补充说，“我很想再去那儿一次，这样就能找到更多的火石。我们现有火石储备总有一天会用完的。我的那块已经凹了一大块了。”

“要测定距离是很困难的。”乔达拉说，“我们骑马旅行，说不准要花费多少天，而且我们一路上还停下做了很多次探测，路线也不固定。但可以肯定的是，在回去时我们曾穿过爱拉山谷里的那条河，而且不止一次。折返时几乎到了冬天，很多路标都变了样子。”

爱拉放下花，拿起了刻刀，试图制作去往山谷的线路图。她画下了一条线，紧接着又犹豫了。

“不用担心，就从这里画起，”塔鲁特鼓励说，“想一想从狮营到那儿的路就好了。”

爱拉皱着眉，全神贯注盯着图。“我能指出从狮营到这里的路线，”她说，“但我无法用地图画出来。”

“嗯，没事，”塔鲁特说，“我们也可以不用地图。”

“红的是天竺葵，”塔鲁特说，“这个则是罂粟花。”

“爱拉又带花儿来了？”狄琪问道，她刚刚进来。

“是的，塔鲁特告诉了我两种花的名字。”爱拉说。

“让我来看看，这是石楠，那是石竹花。”狄琪认出了另外两种，然后在爱拉旁边坐下，“塔鲁特说我们明天就能到了。这么说我明天就能见到布拉那格了，然后最终会合到一起。我都有些迫不及待了，今晚也许会失眠。”

爱拉笑了。狄琪太兴奋了，旁人很容易就能分享她的喜悦，但也时刻提醒着爱拉自己也很快就要婚配了。乔达拉关于山谷和返程的话加深了她对他的渴望和求之不得的痛苦。她一直在看他，又想极力掩饰，而且她有一种自己也正被他观察着的感觉。她总在两人都移开目光前再偷瞄他的眼睛。

“噢，爱拉，我想让你见的人太多太多了。我太高兴了，因为我们将在同一个结合仪式上结合。这份回忆将是我们两人永远共有的。”

乔达拉猛地起身：“我该去……整理我的睡袋了。”说完便快步走开了。

狄琪注意到爱拉的目光一直紧跟着他，眼眶似乎还噙着泪水，她不禁摇了摇头。爱拉不像一个即将和所爱的男人结合并建立新火塘的女人。她并不快乐，也并不感到兴奋。她似乎正在因为失去什么而痛心,那就是乔达拉。

31

第二天清晨,狮营继续出发,溯流而上。他们行进在平坦的高地上,脚下是湍急的河流,因为汇入了融化的积雪,所以显得水汽朦胧,波涛汹涌。不知不觉,他们到了河岔口,大河一分为二,他们决定沿着左边的支流继续前行。众人将随身物品放在了专门准备的小船里,跨过两条大支流,越过森林和草地,终于到了淤积平原。

塔鲁特仔细研究着对岸岩壁上的沟壑,并同象牙上的符号一一比对,而爱拉始终也没弄懂这些符号。前方,河流急转而下,可以看到对岸的制高点,高出水面约两百英尺。此岸则是芳草鲜美,绵延着宽阔的草地和森林。再走近一些的时候,一个骨堆映入了爱拉的眼帘,最上面是狼的头骨。而塔鲁特前行的方向,则是一些排列不规则的石头,铺在水里。

河水又宽又浅,想要涉水过去简直易如反掌,可还是有人在河里堆放了石块、骨头,铺成了一条小路,供路人过河。原先平稳的水流被这些石块骨块分割开来,反倒别有一番情趣。

乔达拉一下子就被吸引住了:“这主意真棒,不会把脚弄湿!”

巴泽克也加入到了讨论:“看那边那些深谷,真是造屋的好地方,防风;猎场嘛,还是在这比较好,这么多草。”这个人造的小路经常被洪水带走,但狼营的人还是会每年都铺建。今年,为了让路人更方便过河,铺这条小路可花了不少心思。

塔鲁特率众开始过河。这时候威尼却显得很不安,爱拉想,或许这些石块让马觉得不安全。好在它紧跟在爱拉后头,顺利过了河。

走了一半,塔鲁特的在河当中停下了,低头一指:“就是这儿,太适合钓鱼了。”他说,“水流又急又深,大马哈鱼、鲟鱼都可以游这么远。其他的鱼应该也没问题。”这些都是特意说给爱拉和乔达拉听的,当然也包括其他没来过的年轻人。毕竟,狮营众人一起来参观狼营,已经是好几年之前了。

到了对岸,塔鲁特领着狮营众人朝前面的峡谷走去,峡谷有着巨大的开口。一边走着,爱拉听到了很诡异的声音,时而低沉,时而高亢。他们慢慢地爬上了山谷的底部,这里高出水面六十英尺,离河流又一百五十多码。爱拉躬身往前望去,眼前的景象真让她大吃一惊:六个圆土屋一字排开,一千多口人聚集在峡谷里,都是为了马穆塔的夏季大会。整个峡谷都是帐篷,爱拉这辈子从来没有见过这么多人,足足有家庭大会时参加者的四五倍。最让她不自在的是,所有人的目光都投在爱拉身上。

更确切一点儿,是投在她的伙伴——威尼和沃夫身上。沃夫估计是被这齐刷刷的目光吓怕了,紧紧缩在爱拉腿边。威尼,尽管比沃夫个头大多了,也相当恐慌,这大概是动物的本能吧。爱拉开始担心起她的这些伙伴来,反倒不像先前那么害怕了。雷瑟也不例外,尽管乔达拉使劲拽着缰绳,雷瑟还是拼命往后退。马背上趴着的小男孩已经吓得一动不敢动了。

她立马冲妮兹喊道:"赶紧把莱达格抱下来!"妮兹听了,二话不说,立马接过了莱达格。爱拉搀扶马穆特下马,一边搂着威尼的脖子,一边安抚着雷瑟,沃夫还是紧紧跟在爱拉后面。

"爱拉,对不起,我没料到马的反应这么强烈。"乔达拉说。

"你也没想到会有这么多人吧?"

"确实,我以为也就跟参加泽兰达尼夏季大会的人数差不多。"

这时候,图丽高亢的声音传了过来:"猫尾营应该换个位置,挡着道真麻烦,他们真应该去营地附近,这样我们可以落个清静。可今年和以往不太一样,这条小河实在太碍事了。"

图丽的话成功地引来了大家的目光。所有人都看着狮营众人,只是图丽实在没料到动物们会有刚才的小插曲。

"墙那边不错,平整了就行啦,你们觉得怎么样?"巴泽克建议道。

"我觉得可以,大家还有别的建议吗?"塔鲁特边说着边望向爱拉,她却丝毫没在意塔鲁特的话,和乔达拉一起牵着马走到一边,想让它们平静一会儿。狮营众人开始在墙边清理石块,平整土地,准备搭建大帐篷。

这种兽皮做的双层大帐篷特别舒服,能很好地保暖,还防风。尽管不如土屋结实耐用,但比旅行用的单层帐篷牢固多了。平时说话的时候,他们把任何一个夏天可以宿营的地点都叫做猫尾营,这样就和冬天的驻地区别开了,但心底里,他们对"狮营"这个称号,还是有着强烈的认同感。

帐篷内部分成四个圆锥体的空间,每个空间都配备了用小树枝架起来的火塘,间或也会有猛犸的肋骨和其他长骨头被用来架火塘。中间部分最大,设置了三个火塘:狮子火塘、狐狸火塘和猛犸火塘。但帐篷是用来睡觉的,毕竟不如房屋宽敞,其他个人或团体活动都安排在了帐篷外。一个帐篷的搭建同时也将其外围的区域划定了归属。所以,用心置备猫尾火塘,即外部活动和炊事火塘,是相当重要的。

在狮营众人忙着搭帐篷的时候, 其他人才刚从最初的讶异中回过神儿来,兴奋地聊起来。爱拉终于搞清楚了开始听到的低沉的吼叫声,原来是所有人的声音混合在一起的效果。这让她不禁想起来,刚来狮营的时候,第一次听到大家一起说话,是多么喧闹。

尽管人声嘈杂,爱拉依旧在回想刚才的事:这么乱的声音,自己都有点儿心惊,更别说那些动物了。她的确是不太习惯,自己的家族绝没有这么大,就算是有这么多人,也不会这么吵。以前家族聚会的时候,大家都不用语言交流,安静得很。毕竟现在身边都是用话语来交流的人们,不管到哪儿,只要说话,都会觉得很吵,就好像草原上无尽的风,永远不会消停,只是强弱不同而已。

好多其他部落的人都过来打招呼,帮狮营整理地方,狮营众人自然也不敢怠慢,热情回应着。塔鲁特和图丽却互换了几个意味深长的眼神,一下子没缓过神来,怎么突然冒出来这么多热情的朋友。塔鲁特等人帮着爱拉一起给两匹马搭了个棚。好多好奇的人过来主动帮忙,爱拉都拒绝了,解释说这些马怕生,见到生人会紧张。却适得其反,因为大家更加认定了这个姑娘可以牢牢控制这些动物,反倒更好奇了。

爱拉和乔达拉一起,在营地的最边上用兽皮搭了一个临时的披屋,既能欣赏到淙淙河水和彼岸芳草,又正好避开了众人的视线。

东道主的狼营和其他几个营的人们一起来正式欢迎狮营的到来。狼营为组织这次大会确实也费了不少心思,给每个客人都置备了祖传的渔猎用品以及各色食物,虽说夏季大会不会持续整个季节,可真要一下子招待这么多人还真要花费不少。狼营因此需要了解清楚每个营地的情况,以清楚资源消耗的状况。

当时塔鲁特接到通知夏季大会地点发生改变时,着实很诧异,因为马穆塔人通常的规矩是选一个大草原或者河谷,而不是在某一个营的营地。

一个灰发女子对众人说道:“以万能的大地母亲的名义,我们衷心欢迎狮营到来。”

图丽看着她,感到非常吃惊。曾几何时,她还是那样优雅那样年轻,一个人挑起共同首领的大梁。这次过去多久,却好像一夕忽老了。“玛莉,以马穆塔的名义,万分感谢你们热情款待。”

玛莉的弟弟,瓦莱兹上来握住塔鲁特的手:“你们是好样的!”

尽管比玛莉小,瓦莱兹也显出了岁月的刻痕,时间不饶人啊。图丽这才突然意识到自己也不再年轻了,其实她和玛莉姐弟差不多大。

“你们可算是到了,”瓦莱兹接着说,“托伦跑进来报信的时候,说看到马和你们一起过河来了,我们都赶忙凑上去看了,没想到发现有只狼跟在后面。”

“当然了,现在千万别跟我讲狼的故事,还有很多人想听,等到晚上一起讲给大家吧,省得你们再来回重复,体贴吧,兄弟?”玛莉笑道。

“就是就是!”瓦莱兹附和着,虽然他很想知道,但也清楚姐姐已经很累了。

这或许是玛莉能参加的最后一个夏季大会了,原定的大会地点因为洪水原因而不得不新定地方,这一季他们已经决定让出共同头领的位置了。

“需要什么尽管招呼,在这里还习惯吗?真不好意思让你们跑那么老远,我都不确定你们会不会来了。”玛莉说。

塔鲁特说:“我们可是费老劲了,绕了那么大一圈才到,不过这是个好地方,动物们应该会习惯,就是不适应这么多人。”

远远一个声音传来："我想知道它们和那个小姑娘怎么相处的！"走近时，图丽才看清是谁，还没等反应，狄琪已经冲过去了。

"塔奈格！塔奈格！"她跑过去紧紧抱住了来人。其他犀牛火塘的人在后面也赶过来了。

塔奈格一一拥抱了他妈妈、巴泽克，大家都很激动。德鲁韦、布里南和图茜也不甘示弱，纷纷吵闹着要跟塔奈格拥抱。他紧紧抱住两个男孩，夸他们已经成男子汉了，然后抱起图茜，看图茜经不住挠痒，塔奈格把她放下来了。

塔鲁特在一旁忍不住了，低声道："塔奈格！"

看见塔鲁特，塔奈格紧紧地和他抱在一起，"你这老熊！"塔奈格和舅舅塔鲁特都壮得像头熊，继承了家族的血统。但不同的是，塔奈格传承了妈妈图丽的深肤色，格外好看。塔奈格低下头和妮兹打招呼，来了个深深的贴面礼。然后坏笑着把胖胖的妮兹抱了起来。

"塔奈格，快放下我！"妮兹有点儿慌神了。

塔奈格轻轻地放下她，还是坏笑着说："哈哈，现在知道了吧，我和塔鲁特一样棒！我早就想把你抱起来了，来证明下我的力气还是很大的！"

"真搞不懂……有必要吗……"妮兹说道。

塔鲁特听了哈哈大笑："外甥，你还太年轻，什么时候在床上也有我这般雄风了，再来跟我比吧！"

妮兹更无奈了，干脆不嗔怪了，这样可爱的大熊似的男人，实在责备不起来，只能无奈地笑了。

看见爱拉对这感兴趣，她接着说："你们俩不如到夏季大会上再好好证明自己吧，我也能消停消停。"

"男人证明自己的方式有很多种，不能把宝全押在那上面。"塔鲁特抱怨，"再说了，我有那么老吗，连前进路上的绊脚石都搞不定了？"

"嗯哼。"妮兹哼了一声，转过身去表示不屑。

爱拉把沃夫拉着身边，以防它乱叫，和两匹马在一起，沃夫果然安静了不少。爱拉饶有兴致地看着周围的人：达努格和德鲁韦还有点儿不知所措，但也清楚大家讨论的话题；塔奈格和巴泽克说笑着，不知道在讨论什么；拉蒂红着小脸躲到了图丽后面，好像大家的话让她很难为情；大部分人嘴角都挂着微笑，连乔达拉都笑了——这着实让爱拉吃了一惊，一直以来她都以为他对她的反应有些不一样，不知道是不是和家族习俗有关。泽兰达尼人和马穆塔人不一样，他们没有自己选择另一半的权利。不知道他是不是这样想的。

妮兹起身往帐篷走去，经过爱拉身边的时候，善意地笑了一下，低声说："每年都是如此，塔鲁特总是这么有气场，总能不经意地就将男子气概流露出来，特别吸引女人。大会刚开始的几天里，他还会找几个'猎物'——金发、迷人、非常丰满，和我一样。当大家的注意力开始转移到大会上的时候，他会到猫尾营过夜，但如果我不在，他会挺不高兴的。”

“那你都去哪儿呢？”

“这可不好说。大会有这么多人，哪儿能全认识啊！就算都脸熟，也不可能深入了解每个人。所以呢，每年大家聚在一起，这不是提供了绝佳的机会去更好地了解别人嘛。我没事就瞎转转。我给大家的印象经常是拉巴着孩子还会对付猛犸的好女人。当我对哪个男人感兴趣了，或者他对我有意思了，我经常偷着乐乐，从来不出去乱炫耀。塔鲁特他大肆宣扬没关系，大家都了解他，可要是我那样的话，他会不高兴的。”

“所以你从来都不炫耀自己的魅力。”

“他也不容易，为了火塘的安宁与和谐，让他高兴，应该的。”

“听得出，你真的很爱他。”

“那头死熊！”妮兹还不愿承认，不过马上就陷入到了美好的回忆中，笑着说，“以前的时候特别幸福——他那老熊，不仅身板大，嗓门也大，可我就是固执，死活不让他的嗓门压过我。即使生我气了也从不动粗，虽然他的力气足够把人捏死。虽然力大，他却很善良，从来都不欺负比他弱小的人，当然，几乎没有比他再强大的了。哎，我是真的爱他，爱一个人的时候，就会情不自禁地想为他做点儿什么，让他高兴。”

“那如果你喜欢另一个男人了，你会跟他走吗？你心里真的没想过吗？”

“爱拉，我都这把年纪了，还折腾什么呢。说真的，这些事可能司空见惯，可我真的没有多少可以吹嘘的经历。年轻的时候，也追求新鲜和刺激，偶尔换个床伴儿，所以特别期待夏季大会。不过说实在的，很少有男人能和塔鲁特匹敌，他真的很在行。”

爱拉有些困惑，但还是礼貌地点点头，脑袋里想，“要是两个男人都对我好，那我该怎么选？”

“乔达拉！”

不知道哪个姑娘在喊乔达拉的名字，爱拉抬头，看见乔达拉笑着冲一个女人走过去，热情地打着招呼。

“你还和马穆塔人在一起啊，你弟弟呢？”那个女人问道。她看上去就很剽悍，虽然个子不高，但肌肉很发达。

乔达拉皱起了眉头，显然对这个话题很敏感。那个女人立马就知道了，赶忙问：

“怎么回事？”

“一只母狮把他的猎物偷走了，他一直追着，跟到了狮穴，雄狮把他杀了，我也受了伤。”乔达拉尽可能地概括着。

那个女人很理解他的心情，也很关心他：“你受伤了？那你是怎么逃出来的？”

乔达拉注意到爱拉看着他们的目光，于是领着那个女人朝爱拉走去："爱拉，这位是马穆塔的布瑞茜，她是柳营的女头人。这位是马穆特的爱拉，狮营的猛犸火塘的姑娘。"乔达拉为她们作着介绍。

布瑞茜听了却暗暗吃惊：她是猛犸火塘的人？这怎么可能？去年都没见过她。爱拉也不是马穆塔人的名字！

"乔达拉老跟我提起你，是你救了他们兄弟俩，他们才没陷在沙里。图丽也跟我说起过你。真的很高兴认识你。"

布瑞茜还没缓过神来：这分明不是马穆塔人的口音，也不是桑吉尔人的，也不像乔达拉的。她的马穆塔语讲得不错，可是奇特的吞音方式却完全不一样。

"我也很高兴认识你，爱拉，对吗？"

"是的，爱拉。"

"这个名字不常见，"看到爱拉没有主动解释，布瑞茜接着话茬，"那个……他们说的动物的主人，是你吧？"说完才突然想到，自己从来没有哪一次如此靠近一个见人不怕的动物。

乔达拉笑着替爱拉解围："动物们只听她的命令。"

"可你也和某个动物一起待着啊，真让我太吃惊了。加上你身上那些衣服，我一度产生幻觉，还以为你是达奈夫，特别是你还牵着一匹马……我还以为是幻觉，或者达奈夫复活了。"

"有什么好奇怪的啊，我正跟爱拉学习有关怎么和动物们相处的知识呢，就是她把我从狮子口中救了出来，有时候不得不感叹，她对动物真的很在行。"

布瑞茜低头看着沃夫，这只小狼不像之前那么紧张了，不过还是很警觉，"这不难猜到，是因为这个猛犸火塘才接受爱拉的吗？"

"不全是吧。"乔达拉回话。

故意的试探果然套出了些信息，看来爱拉是最近才被狮营收养，布瑞茜着实还是感到一些吃惊。乔达拉虽然肯定了她之前的推测，但至于她的来历，布瑞茜还是一无所知。其他人或许会认为，爱拉是乔达拉的配偶或者姐妹，但布瑞茜深知乔达拉没怎么出过营地，只是和弟弟出去一次而已。那爱拉，又是在哪儿被他找到的？

"真高兴再看见你，爱拉！"

原来是布拉那格和狄琪来了。他们互相热情地打着招呼，虽然见面不多，但却感情深厚。

狄琪说："妈妈想让你见一下狼营的男女头人。"

"当然好。"爱拉答道，她终于可以找个借口摆脱布瑞茜锐利的目光了。这个女人极其精明，极其有头脑，这让爱拉很不自在，"乔达拉，拜托你照顾下马儿吧。"看到又有其他人向这些动物走来，她不得不嘱咐一下乔达拉了，"它们认识你，你在它们会安心点儿。莱达格呢，我去找他照看一下沃夫。"

“在里面。”狄琪说。

爱拉转身看见了羞涩的莱达格,在入口处愣着。爱拉给他打手势:“图丽让我去见一下狼营头人,拜托你照顾下沃夫。”

“没问题。”他用手势回道。慢慢穿过人群走过来,莱达格坐在沃夫身边,轻轻搂着它。

人群中有人戏谑地说:“看哪,她和动物们关系还真好,还跟克兰人讲话。”引来一阵大笑。

爱拉听到,怒目转身,寻找声音的来源。

“谁都能和动物们说话,关键是能让它们回答!这可跟石头不一样,哈哈。”另一个声音引发了更大的笑声。

爱拉听到气愤至极,狠狠地瞪着说话的那几个人。

“意思是说那个男孩儿是动物吗?”爱拉听到一个熟悉的声音,原来是狮营的人。

“对,弗里贝克,就是这个意思!你看,他根本不知道我说什么,克兰人不是动物那是什么?你不也经常这么说嘛!”

“查莱格,我现在收回我以前的话。莱达格很清楚你在说什么,他也完全可以和你交流,你学一学他的语言就行了。”

“开什么玩笑?克兰人不能讲话,哪的来的语言?”

“手势语言,就是克兰人的语言。”听到弗里贝克认真起来,那群人笑得更大声了。爱拉好奇地盯着弗里贝克,觉得他好像不喜欢被人嘲笑。

“好吧,随你们吧,爱信不信。”弗里贝克耸了耸肩,走开了,满不在乎。他转过身认真地跟那个查莱格说,“我告诉你,莱达格可以和狼说话,如果他让小狼来收拾你,嘿嘿,你自己看着办吧。”

只是查莱格没注意,弗里贝克已经给沃夫打了手势。在外人看来,这些动作一点儿用也没有。莱达格没敢拿主意,打手势问爱拉。整个狮营的人都在看着,各自揣测着这种神秘语言的力量。确实很厉害,这种手势语可以随便在这些人面前使用却不让他们知晓含义。弗里贝克继续给莱达格打手势:“给他点儿教训!”

沃夫收到了信息,一跃而起,扑向查莱格。狼毛耸立,嚎叫着就扑了上去。其他人看得毛骨悚然,查莱格吓得瞪大了眼睛,赶紧向后跳开,然后飞似的跑开。莱达格看看效果起到了,就冲沃夫做了个手势,小狼立马放弃攻击,安静地回到了他身边,似乎对自己表现很满意,原地转起了圈,还用爪子托住脑袋,望向爱拉。

罢了,只是吓唬一下而已,爱拉对自己说。其实那个信号并不完全代表着进攻的含义。以前孩子们和小狼玩耍,经常会指挥它们猛扑、相互戏耍。好在沃夫之前就被教导过要管住自己的牙齿。爱拉还常用这种手势来让沃夫帮她吓唬打猎时的猎物。如此说来,那个手势真的不是一个要狼伤人的信号,况且沃夫也没碰到查莱格。不过还是有点儿潜在危险,万一沃夫扑过去的时候发动攻击了呢?

爱拉很清楚狼对自己的地盘有多么强的保护欲望,甚至不惜杀死人或其他动物。然而,当沃夫受到召唤回来的时候,她想,这个小家伙一定在笑(如果狼会笑的话)。它肯定知道到底发生了什么,也清楚这不过是张牙舞爪吓唬一下,沃夫清楚该怎么做。它做的很好,根本没有露出要佯攻的痕迹,让所有人都以为它是真的要去咬查莱格了。好在它突然停下了,这对第一次面对这么多人的小狼来说真的很不容易。沃夫真的表现很棒,查莱格的表情足以说明了一切,沃夫在用行动证明:莱达格不是动物。

布拉那格感到异常吃惊,却看到狄琪冲他咧嘴笑着。塔鲁特和图丽带着爱拉见了狼营的两位头人,玛莉病得相当重,原来这是大家都知道的事情。爱拉觉得微微尴尬,甚至都不知道该往哪儿站,只好在心里琢磨用什么药可以治好玛莉。稍后爱拉仔细打量了一下她的气色,实在很不好,估计药物都没用了。但是爱拉能够感到玛莉由内而外散发出来的力量,她肯定会坚持住的,心态是最好的灵丹妙药。

"刚才很棒,爱拉,"玛莉开口对她说,"是你指挥那只狼吗,还是那个小男孩?"

爱拉笑着回道:"我也不知道,我俩都给沃夫信号了。"

"沃夫?这怎么是个人的名字?"瓦莱兹问道。

"呵呵,那正是小狼的名字。"

"那么那些马也有名字吗?"玛莉问。

"对的,母马叫威尼。"爱拉说"威尼"的时候有些像马的声音,竟然引来了威尼嘶叫的回应,大家都笑了,不过还是略微有些紧张。"我们一般都叫它威尼。那匹公马是威尼生的,乔达拉给它起了雷瑟这个名字,意思是一直奔跑、不断超越。"

玛莉认真听了爱拉的介绍。爱拉说完,转头对塔鲁特说:"帮我把那边那个大梭搬来好吗?我实在太累了,想坐会儿。"

塔鲁特简直不敢相信爱拉这么说,这也太不恰当了,她还在和东道营的女头人谈话呢,玛莉都还没说要坐下。等等,爱拉不会这么不懂礼貌,醉翁之意不在酒啊。他立马明白了爱拉的意思,赶忙把那个大梭头搬了过来。爱拉坐下,对玛莉说:"希望你别介意,要一起坐一会儿吗?"

玛莉明白了爱拉的用意,慢慢坐下了:"谢谢你,爱拉,感谢你的良苦用心。原本没打算待这么久的,你是怎么知道我不太舒服呢?"

狄琪抢着说:"爱拉可是个好医者。"

"既能召唤动物,还能看病,爱拉真是厉害,也难怪猛犸火塘会收留她。"

"玛莉,我想给你配些药,或许对你的病有帮助。"爱拉说。

“有不少医者给我诊断过了，好像没什么效果。不过还是欢迎你试试。对了，我还有个疑问，那只小狼真的不会咬人吗？”

“这个我不敢肯定。它还没长大，我也不好下结论。但刚才我离它很近，即使它自己没有停住，我也完全可以防止它伤人。”

玛莉说：“是啊，人都不是完全可靠的，何苦要求动物如此呢？还好你又解释了一下，要不然我也不太相信。查莱格是不会善罢甘休的，这可让他大丢面子了。他铁定会报告给兄弟大会，而兄弟大会又会交给我们处理的。”

“我们？”

“我们就是姐妹大会，”图丽解释道，“姐妹大会拥有最高权威，因为女人被认为离圣母最近。”

“还好，我亲眼看到了事件的全过程，所以不必担心夸大的传闻了。说真的，还真的挺不可思议的。”玛莉边说着边把目光移向了这些动物，“它们看起来和普通动物没有区别，应该不是神兽或者魔兽之类的。爱拉，我想知道，它们平时吃东西的吗？”

“那是当然，就是普通的食物。沃夫主要吃肉，不管生熟。它跟人一样，已经习惯了人的饮食，甚至连蔬菜也吃。有时候我还会给它专门猎点儿食物，可它自己很聪明，抓老鼠或者其他小动物一点儿问题也没有。马儿们主要吃草类植物。河对面的草地很不错，可以让它们在那儿待一阵子。”

瓦莱兹顺着爱拉的目光看向对岸，然后瞟了一眼塔鲁特，说：“爱拉，它们单独留在那很危险的。”

爱拉知道他有顾虑：“为什么？”

“这里有太多猎人。它们和其他马没什么区别。小马还好，毛色颇深，比较独特。但母马就和其他的马长得很像了。我们可以传话出去禁止猎杀棕色的小马，但威尼，因为不好辨认，就很难被保护了。我们不可能要求人们不猎杀马，相比较，马肉是人们喜欢的食物。”

“那么说，我得和它们一起过去了。”

“你疯了吗！这怎么行！”狄琪立马阻止。

“它们不能受到任何伤害。”爱拉平静地说。

“那可不好办了。”图丽也表示无奈。

“就没有其他办法了？”狄琪也不想放弃。

“除非威尼也是棕色的。”爱拉说。

“对啊，那就把它也弄成棕色！”

“啊……怎么弄？”

“搞点儿颜料刷一刷不就成了，就跟我做皮革似的。”

爱拉仔细想了想，说：“算了，不会有用的。主意虽然好，可是即使它们都是棕色的也还是会有危险。猎人们不会太把叮嘱放在心上的。”

"爱拉说的在理,"塔鲁特说,"猎人只关心猎物,这两匹马不怕人,绝对是他们的目标。"

"那换一种醒目的颜色,红色?对啊,把马刷成红色的不就好了,那样多显眼啊。"

爱拉笑了笑,扮了个鬼脸,说:"把马刷成红色,多怪啊!不过倒是不失为一个好主意,足够显眼,大家都知道了这匹马的特殊身份,可就是鲜红色实在……啊,想到了,我有办法了。"爱拉说着,冲进了帐篷,拿起旅行包把里面的东西一股脑儿地倒在了地上,扒拉了一会儿,拿着一样东西跑了出去。

"狄琪,想到了,用这个!"爱拉打开了手中鲜红色的兽皮,"现在这玩意儿可以派上用场了,以前没想过它能用来干什么。我们把它披在威尼身上,这样威尼独自在草地上待着也没事啦。"

"好主意啊,还是鲜红色。"瓦莱兹表示赞成,"肯定管用,人们看见马身上的兽皮就知道她不普通了,肯定不会随便猎杀的。我们今晚就放话出去,禁止捕猎披着鲜红色兽皮的马,以及旁边棕色的马。"

塔鲁特说:"雷瑟身上我们也可以披点儿东西,不需要是鲜红色,只消让大家知道它的特殊性就好。"

玛莉听着大家议论,建议道:"告诫也不见得一定管用,还是得制定个禁令,这样才能吓跑企图伤害马的人,咒语的力量还是很可怕的。"

"哈哈,不用那么麻烦,只要说莱达格会让沃夫杀死伤害马的人。刚才那个故事已经传开了,大家都见识了小狼的厉害。"

"是不错,"玛莉起身,"流言也不都是一无是处。"

看着狼营的两个头人走了,图丽叹息着摇了摇头,继续手头的安置工作。塔鲁特要找出竞赛组织者,准备开办梭镖投掷比赛。他和布瑞茜跟乔达拉一起聊着走开了。狄琪、布拉那格和爱拉一起走着去看看马儿们。

布拉那格说:"我正好想到谁可以把流言传开。刚刚那件事已经足够让大家害怕了。他们估计自己都会躲着马走,毕竟,谁也不想冒险试试沃夫的厉害。不过我一直都有个疑问,莱达格怎么知道沃夫接收到信号的?"

看着自己的男人,狄琪有些吃惊:"你真的不知道啊?真奇怪,为什么我总有错觉,以为我知道什么你也一定会知道。弗里贝克并没有瞎说,他说的是实话。莱达格很清楚大家所说的每一句话。只是我们不知道他明白而已。后来爱拉教给我们他的手势语言,我们才能和莱达格沟通。刚刚弗里贝克假装走开,他知会了莱达格,莱达格也跟爱拉确认了。所以,我们都知道他们在说些什么,也知道会发生什么。"

"真的吗?"布拉那格说,"太神奇了,你们在相互交流,大家却都不知道。看来我也得学学这神秘的手势语,这样就不会错过精彩的事情啦。"

"克罗兹!"爱拉惊呼道,"真是漂亮!"她发现了一块白色斗篷,上面有用象牙珠子组成的精致的三角形图案,还有赭红色的刺猬毛。

“爱拉,等一下!”克罗兹喊着追了上来,“图丽刚刚告诉我了你们的聪明的点子,真棒,红色兽皮足以把马儿给凸显出来,只不过你们只有一块兽皮。别担心,看看我给你们带来了什么?”她把包袱里的兽皮拿了出来。

“这个给雷瑟披上,白色和棕色正好形成对比!”

爱拉自己有经验,知道染这块皮子多么不容易:“不行,克罗兹,这太漂亮了,放在马身上就糟蹋了,会脏掉的,上面的装饰物也都会掉光的。不能让雷瑟披着这个。”

克罗兹接着说:“一个猎人看见马披着这个白色皮子,他还会去猎马吗?”

“是不会,可是这是你的心血啊,不能让它这么糟蹋了。”

“嗨,都是猴年马月的手艺了,当初是给我儿子做的,就是弗莱莉的弟弟。我不忍把它拿给别人,更不忍扔掉。只能一直辗转带着它,对我来说它已经没用了,装饰亦没什么价值。如果现在它能保护马儿不受伤害,那么它就变得有价值了,这样才不会被浪费。爱拉,收下吧,你曾经帮过我那么多。”克罗兹说着说着,不自主地温柔起来。

爱拉看盛情难却,只好收下,不过很疑惑:“我给过你什么了?”

“这你就甭管了,收下就是。”克罗兹有意避开话题。

弗里贝克正好抬头看见了他们,冲他们笑了笑,颇为骄傲。

“真没想到弗里贝克会挺身保护莱达格,”布拉那格说,“确实出乎我的意料。”

“他真的变了很多,”狄琪说,“虽然还是很喜欢和人争论,但比以前好多了,也能听进去别人的话了。”

“的确是,他有一点儿挺好,一直都勇于站出来说出自己的想法。”

“或许这就是他的魅力吧,”克罗兹感叹道,“我一直搞不懂弗莱莉到底喜欢他什么。不管我怎么劝她都没用,她还是和他在一起了。我实在想不出为什么。他妈妈没地位,他也没什么出众的地方,我还以为她只是闹着玩。哎,不过有勇气表白确实让他像个男人了。弗莱莉到底是我女儿,早就该相信她的选择。毕竟,出身并不能决定一切,进取心才是最重要的。”

布拉那格听了没说话,只是看了看爱拉,他觉得爱拉才是变化最大的人。

即将成为妇女的所有年轻女子都要接受监视,当然,监视她们的不只是年长的女人。

32

爱拉待在帐篷里,看着这块属于自己的地方。她似乎闲不下来,时不时叠着衣服,或是整理东西,只是打发时间,不愿离开这儿。马穆特之前就跟她说过,要带她去见见那些猛犸火塘的人,他们多多少少都和爱拉有些千丝万缕的联系。

爱拉却觉得这种见面就是折磨。他们肯定有无数的问题要问她,不断在心里评价她、审视她。爱拉从来没觉得自己就该理所当然地融入到他们这个阶层中,她也不觉得自己召唤动物的本事有多么特别。她是巫医,曾师从伊扎学习了医术。让动物们听她的指挥,真的不是什么魔法。威尼之所以听她的话,是因为爱拉在山谷中遇见了这匹孤儿马,雷瑟也是在那儿出生的。把沃夫救下纯粹是因为她欠了母狼的情。她很早就发现,动物在人身边长大,都会表现地很友好。这么看来,真的不是什么魔法。莱达格陪着爱拉坐在帐篷里,爱拉给他检查了一下,问了他的感官反应,决定做些药物调整。随后莱达格出了帐篷,去陪沃夫了。莱达格的情绪真的好多了。妮兹也是如此认为。现在她心里也很欣赏弗里贝克,这个大男人,此刻估计已经被突如其来的溢美之词搞晕了,乐得合不拢嘴。爱拉从没见他如此高兴过,明白他找到了归属感和认同感。对此她自己深有体会。

爱拉最后环顾了一下帐篷,顺手拿起一个皮包系在腰上,叹了声气走出帐篷。出来之后发现除了马穆特和莱达格,其他人都走得差不多了。沃夫一眼就发现了她,抬起了头,莱达格和马穆特也顺势看过来。

“他们都走了吗?我觉得我应该留下来照顾莱达格。”她请求道。

“沃夫在这儿,大家还是不太放心。小狼就交给我来照顾吧,你放心地去吧。”莱达格冲爱拉打着手势。

“我同意,沃夫跟他待着很高兴,莱达格没问题的。”马穆特说。

“那他要是病了怎么办?”爱拉还是不放心。

“没事啦,我病了,就让沃夫去蹭你。”莱达格说着给沃夫打了个手势。

沃夫接到信号,跳起来把爪子搭在爱拉胸前,抬头蹭她的下巴。爱拉看着笑了,抚摸了下沃夫,让它下来。

“就让我待在这儿吧,我挺喜欢这儿的,有河水,有马儿,还有来来往往的人。”莱达格笑了,“不知道他们为什么老是看我,还有沃夫,好可笑啊!”

他不习惯见生人的质朴的反应把马穆特和爱拉都逗笑了。

“也好,应该不会有问题的,就让他在这儿吧,妮兹不会走远的,会照顾他的。”爱拉终于松口了,“我准备好了,走吧,马穆特。”

他们一起向狼营常住屋走去,爱拉发现沿途的帐篷和营地更加密集了。人们来来往往、熙熙攘攘。还好他们走在营地边缘,爱拉还能看看外面的风景。沿途不断有人跟他们打招呼,爱拉学着马穆特的方式也一一回礼。

那一排常住土屋有六个,最后一个大概是活动中心。居住地附近都有一块空地,没有营地驻扎,估计是人们集会的地点。空地旁边的营地不像是家庭营地。其中一个营地,围着一道篱笆,用猛犸骨头、树枝等做成的,标明了领地界线。正往这儿走,爱拉听到有人叫她的名字,她停下,寻找着声音的来源。

“拉蒂！”爱拉看见了她，想起了狄琪的话。若是还在狮营，拉蒂不会受到多大限制。不过现在来到了狼营，她就必须接受隔离。她身边还有几个年轻妇女。拉蒂给她们介绍爱拉，她们似乎有些敬畏，收起了刚才无拘束的笑容。

“爱拉，你们去哪儿？”

“猛犸火塘。”马穆特抢着说了。

拉蒂点了点头，“晓得了。”爱拉看见图丽在空地上和其他几个女人聊天，她冲图丽挥了挥手。

“看哪，拉蒂，一只红脚！”一个女人兴奋地喊道。大家都把目光投向了那个闲荡着的女人，爱拉这才注意到她赤着的脚底竟然是鲜艳的红色。这是爱拉第一次见红脚的女人，虽然之前听说过不少。爱拉想，她大概是个很普通的女人吧。不过却有种特别的力量，让人忍不住看。

她正朝着小树林周围闲逛的一群年轻男子走去，爱拉并没见过他们。随着她的走近，爱拉觉得她的走路姿势都更加娇媚了，笑容也更温柔了。爱拉还是忍不住去注意她的红脚。她和那些年轻人也不知说着些什么，洪亮的笑声传了很远。爱拉和马穆特没停下看，往前走了，这时爱拉突然想起了春节前夜和马穆特的谈话。

所有即将跨入妇女阶段的年轻女子都得接受全方位的监视，监视者除了年长的女人们还有其他人。爱拉往周围瞟了儿眼，发现禁地边缘站着一群年轻人，张望着那些年轻的姑娘，她们因为被限制反而更有魅力。这或许是一个女人一生中最有魅力的时候，能获得更多的关注。她们对男人们也感兴趣，只是受限制不能表现出来。只能在帐篷外面四处张望，故作轻松地揣测着各色各样的男人。

虽然这些年轻男女们很有可能最后都会组成一个火塘，只是这些男人们似乎都不可能成为领头的人。这些年轻女人更倾向于考虑那些更有男人味、更有经验的老男人。当然，她们会跟年长的女顾问交流这些人选，并且会私下里跟那些男人们商量商量。

初夜仪式的前一晚，年轻女人们会聚在一起，如果人太多，会分两个帐篷。但总之会聚在一起。如果她们发现了心仪的男人，会合伙包围然后“俘虏”他。这个男人将在当晚陪所挑的女人过夜，当然，也没有男人会拒绝这样的要求。当晚，象征性地走过场，一些开场仪式之后，青年男女会一起走进漆黑的帐篷，在黑暗中相互摸索相互发现，享受彼此的乐趣，极尽鱼水之欢。理论上来说，这些年轻的男女都不应该知道他们最终会和谁结合，但实际上他们都很清楚。年长的女顾问们也需要经常在场，确保结合的过程不至过于粗暴，偶尔也会提提建议。如果，他们的结合出了些许小问题没有实现，所有人都不会受到责备，会再安排一个仪式来给他们机会。

拉蒂是不会邀请达努格和德鲁韦进帐篷的，一方面是亲缘关系太近，另一方面则是他们太年轻了。几年前早已进行过初夜仪式的女人们，特别是还未有身孕的，可以以大地母亲的名义把自己的经验教给男人们。为了给这些女人以特殊的荣誉，表彰她们可以让年轻男人获得经验，她们的脚底经常被染成深红色，很难洗掉。也有其他的方式，诸如在胳膊、脚踝或腰上系上红皮带子。

她们很伟大，虽然也会有挑逗，她们一直知道自己的任务是一件很严肃的事情。年轻的男人往往第一次都会害羞，但心里总还是有强烈的渴望。她们对每个男人都很体贴，教会他们怎么温柔地对待女人，因为他们以后都会有机会去自己搞定一个女人，甚至让她为自己生一个孩子。穆特会给她们中的很多人赐福，以示自己对她们这种献身精神的褒奖。这是种奇特的力量，很久未怀孕的女子也可能在这个季节孕育出生命。

这些红脚的女人是男人最喜欢追求的对象，是所有男人的最爱。或许，戎马一生都不及一个红脚女人经过时带来的刺激强烈。正因如此，一些女人会专门把自己的脚染成红色，来吸引男人的注意。尽管理论上她们可以选择任何男人，但她们主要还是帮助一些年轻的男人。所以，如果一个男人可以让她们中的一员跟自己结合，那绝对是无上殊荣。

马穆特带着爱拉向周围的一个营地走去。乍一看，这个帐篷和普通的家庭帐篷没什么区别。爱拉仔细看才注意到帐篷里每个人都有文身。他们当中一些人有着和马穆特一样的人形文身，在头部右侧上方。图案是不断重叠的倒三角形，有些像猛犸下颚骨。而其他人的文身有更复杂的图案，除了人字形，还有三角形、锯齿形、长方形、双色螺旋等等。

爱拉很庆幸之前见过文卡维克，要不然今天这些文身绝对会让她大吃一惊。这些人的文身虽然很复杂，但和文卡维克的比起来还是小巫见大巫。

其他的不同则是尽管这个营里女人数量众多，但却见不到孩子。估计孩子们都被集中到家庭营里受到专门照顾了。这样一个地方，是一个严肃的场合，估计是供成人开会、举办仪式、讨论事件或者赌博用的，不能让孩子待在这儿。营外还有几个人做着游戏。

马穆特走到帐篷入口处，门开着，他在皮子上转了几下。爱拉在他身后，悄悄地望向昏暗的帐内，怕引起其他人注意。里面的人也在努力打量着爱拉，但也不好意思太过直接，怕太突兀吓着她。他们对爱拉的身世经历感到极为好奇，据说这个被老马穆特收留下来认作女儿的姑娘不是马穆塔人，都不知道她从哪儿来。

他们当中的很多人特意经过猫尾营，去看她身边的马和狼。他们的所见所闻令他们大为惊讶，真没想到人还可以控制马和狼，让它们当着这么多人的面安静地站着。而且那只小狼对狮营所有人都很温顺。但在其他人面前，它好像和普通的狼没什么区别，人们都不敢靠近它，甚至连狮营的边都不敢靠近，况且它还袭击过查莱格。

马穆特带着爱拉进去，在一个大火炉旁边坐下。火炉的火苗虽然不大，他们离火炉也不是很近，但还是很温暖。对面坐着一个很胖的妇女，爱拉心里感到无比奇怪，她是怎么大老远走到这来的。这大概是爱拉见到过的最胖的人了。

老马穆特说："劳米，这是我女儿，我带她来见你。"

她说道："我一直在猜你什么时候会到。"

说罢，她忽然用棍子从火炉里挑出一块烧得发红的石头，然后打开一小袋子叶子，把它们倒在石头上，立刻有很多烟释放出来。她探着身子使劲吸了进去。爱拉似乎闻到了鼠尾巴草的味道，还有点儿毛蕊花和半边莲的气味。爱拉仔细看了看她，发现她的呼吸没有刚才那么沉重了，从症状看，大概是慢性咳嗽，很有可能是气喘。

爱拉问道："这是半边莲的根吧，可以止咳，很有用。"

爱拉并没想着先开口，似乎应该等着马穆特先介绍一下。可她看到刚才那个情景就直接脱口而出了。

劳米却是大吃一惊，猛地抬起头来，重新打量面前这个金发姑娘。马穆特眼中闪过一丝笑意。

劳米问他："她也是医者？"

"是的，或许是最好的。估计你也没她厉害。"

劳米相信这不是随意的夸口之辞，毕竟，老马穆特还是很了解她的。"我还以为你收养这个漂亮姑娘是为了让自己晚年舒服一点儿呢！"

"哈哈，的确舒服了，爱拉治好了我的关节炎和其他很多病痛。"

"真不错，不仅年轻漂亮，还很有本事。但治疗这行，她恐怕还得再磨炼些年头。"

"劳米，别看爱拉年轻，她还有很多其他本领。"

劳米把头转向爱拉："你是爱拉？"

"对，我就是，马穆塔人狮营的爱拉，猛犸火塘的女儿，穴狮保佑我。"爱拉照着马穆特的嘱咐说道。

"马穆塔人的爱拉，好有个性，你的声音也是如此，不过还不错。爱拉，站起来，让大家看看你。我是劳米，狼营的医者。"

"是第一医者。"马穆特补充道。

"马穆特，你这不是自相矛盾吗？你刚刚说爱拉和我一样，我怎么能是第一医者呢？"

"我的意思并非你俩一样。应该不会有人比爱拉再强了，她有着不一般的身世，她师从于一位医术精湛的医者。想想看，如果不清楚半边莲，刚才那么浓的鼠尾草，她都能辨认出来。而且一下子就能看出你得了什么病，这不是很奇怪吗？"

劳米顿了顿，话到嘴边却收了回去。马穆特继续说道："她看一眼就能知道病情。她的洞察力简直是超能力，药物和治疗知识也极其渊博。但是，你的专长她还有很多技巧方面的不足，比如发现并处理病源和病根。她会从你这里学到很多知识，希望你有机会多传授一下她，当然，你也可以从中获益良多。”

劳米听了，问爱拉：“你也是这样想的？”

“正是，很乐意向您学习。”

“既然你已经这么厉害了，我还可以教你什么呢？”

“我是女巫医，这是我将带入尘土的标签，是命运。传授我医术的人很不简单，但她从教我第一天开始就告诉我，学无止境。所以我很荣幸可以向您请教。”

她满脸真诚，从心底散发出来的真诚。她是真心想和志趣相投的人好好交流、讨论方法。

劳米听她说的时候怔了一下，女巫医？这个称呼怎么这么熟悉，在哪儿听过呢？算了，先不想了，以后再说。总会想起来的。

马穆特说：“爱拉为你准备了一个礼物，再叫些人进来吧，把门帘关上，好戏在后面。”他们聊天时很多人都挤在门口一直在听。听到马穆特的话，大家立刻都进来了，毕竟，谁也不想错过好戏。等所有人都就座，门帘也关紧了之后，马穆特为了压暗光线，抓了一把土把火熄了。不过明亮的阳光还是无孔不入，烟孔和皮子做的帐篷都还透光，不能保证全黑。因此，表演不会像在全黑的环境中那么精彩，但也能展现出独特的魅力，每一个马穆塔人都会觉得它是有价值的。

爱拉解下了腰上的由巴泽克做的随身小包，从里面取出了引火线、火石和燧石。准备好了所有的道具，爱拉停了一下。她要给她的图腾送去请求，祈求图腾助她得到一个大大的火花，能够迅速把火生起来。马穆特卖了半天的关子其实也就是等待这样一个火花。爱拉拿起燧石，对着火石猛地擦了一下。摩擦之间出现了一团火星，虽然熄灭了，但在帐篷里却足够耀眼。她又擦了一下，这次成功了，擦出来的火花瞬间把火炉又点了起来。

这些马穆特可都是老精豆，极善使用技巧和制造效果，经常自诩自己有超强的洞察力，不会有什么让他们感到震撼了。但这次，爱拉的生火技巧却让这些人不得不服。

马穆特解释说：“其实是火石起的作用。”爱拉把手中的东西递给了劳米。马穆特接着说，声音有点儿低沉，“是圣母将这样的方式传授给爱拉的。因此，劳米，即使我不收养她，爱拉也是猛犸火塘的，她是圣母选中的，生来就是猛犸火塘的人。现在我才知道我为什么能活这么久，我也是被圣母选中的。”

在座的每个人都感到毛骨悚然、全身战栗。马穆特的话已经超越了他们的常识的理解，这种惊讶已经溢于言表。老马穆特本身就是一个奇迹，他的寿命一直是个谜。没有人活得这么久。马穆特似乎已经成了一种称呼，代表本营的巫师。但这个马穆特却让人们知道，人的存在是可以如此之久。大家都相信他能活这么长是肩负着使命的。现在他说爱拉就是原因，而且是被圣母选中的，所有人的兴趣都提起来了。

爱拉和马穆特一起走出帐篷的时候，她陷入了深思。刚才马穆特说起她的命运时，她也紧张无比，可她不想这样，自己的命运都掌握不了。命运，总是那么玄妙又可怕的东西。她没觉得自己和别人有什么不同，她自己也完全不想特立独行、总是受人议论。狮营众人已经不太注意她了，甚至连她自己都已经忘了自己特殊的身份。

“爱拉，你在这儿啊！我找你好久了。”

她抬头，看见雷奈克，这个她即将嫁的男人，带着灿烂的笑容跟她打招呼。她也笑了，这时候雷奈克的到来太合适不过了，正好把那些不快的想法都抛在脑后。她看了看马穆特，意思是是否还用陪着他。马穆特很善解人意，笑着让他俩随处转转。

“我带你去见见雕刻匠吧，他们手艺很好的。”雷奈克说着用手臂环着爱拉的腰，“当然，还有其他的艺人。”

爱拉能感觉出雷奈克此时的兴奋，就像刚刚在帐篷里她认识劳米时一样。同行之间才懂得惺惺相惜。只有和其他巫医交流，她才能知道哪些药物效用好一点儿。她不止一次看到过乔达拉、韦麦兹和达努格一起讨论燧石和工具制造。雷奈克也不例外，对这些“技工们”特别感兴趣，尤其是用象牙做工艺的手艺人。

就在刚才经过的那片空地上，此时达努格、德鲁韦和其他年轻男人正紧张地跟一个红脚女子有说有笑地聊着天。达努格看见了爱拉，冲她笑了笑，跟周围的人说了几句，然后大步朝他们跑来。

“刚刚我看见拉蒂跟你聊天，还琢磨着带些朋友来见见你的。只是，我们不允许靠近‘笑女营’，那个，就是……你懂的……”达努格说话的时候脸都红了，没想到一不留神把他们私下里给那地方起的绰号都给说出来了。

“我懂的，她们确实特别能笑。”

听到这话，达努格才放松下来，“就是随便说说的。现在你们还有事吗？过来见一下我的朋友们吧。”

爱拉望向雷奈克，等着他作决定。

雷奈克说：“我也打算带她去见些朋友，不过我们不赶时间，走吧，先去见见你的朋友们。”

三人转身走向那群年轻男人，红脚姑娘依旧还在和他们谈笑风生。

听完达努格的介绍，那个红脚姑娘对爱拉说：“爱拉，我一直都很想见见你。大家都对你很好奇，这些天一直在谈论你的来历、身世和跟动物交流的特异功能。你对我们来说太神秘了，估计今后几年我们都会一直好奇。所以，听我的，别告诉他们，让他们使劲猜吧！哈哈。”她笑起来，还对爱拉可爱地眨了眨眼。

雷奈克也笑了，“真的很有道理。不过米琪，你怎么今年涂了红脚了？”

“你知道，泽卡奈克跟我的火塘决裂了，我既不想待在他的营地里，又不想回到我妈妈那，只是想一个人待着。我想我是对的。我可以好好地享受自己的时光。当然，圣母若是赐我一个孩子，我也不会难过。噢，我突然想起来了，雷奈克，你还真行，特里茜都给你生了一个孩子了。你还记得她吗？那个狼营的女人，玛莉的女儿。她去年夏天涂了红脚，结果今年就生了个男孩。这个男孩没有你这么深的肤色，他很白，头发很红，但看上去还是很像你的。鼻子、眼睛，真的很像。他叫拉莱夫。”

爱拉看了看雷奈克，发现他有些尴尬地笑着，脸也变红了。但是爱拉知道，凭着她对他的了解，他还记得特里茜。

“我们还是赶紧走吧。”雷奈克边说边搂着她推着她往前走。爱拉挣扎了一下，然后回头跟米琪说：“跟你聊天很高兴。真的，后会有期啦。”然后又对达努格说：“谢谢你介绍给我这么多朋友。”随后笑着对德鲁韦和其他人说：“很高兴认识大家。”带着她迷人的笑容，看了所有人一眼，然后才跟雷奈克离开。

等他们走远了，达努格感叹道：“要是爱拉也把脚染成红色多好。”其他人也表示同意。

他们经过一个大土屋，周围都是空地，里面传来鼓声和其他各种有趣的声音。爱拉好奇地看了一眼关着的门。当他们转身准备走时，发现有人挡住了去路。

是个女人。比一般人矮一点儿，皮肤很白，偶有雀斑，只是金绿色的眼睛里流露着愤怒。“雷奈克，你果真和狮营一起来了。都不到我们土屋问候一下，我还以为你掉进河里了，要么就是被野兽吃了。”她恶狠狠地说道。

“特里茜！呃，我正打算……我们还要搭建营地……”雷奈克已经语无伦次了。爱拉从未见过如此紧张的雷奈克，平时他是多么能说会道啊。若不是他那深颜色的皮肤掩盖，他的脸此时肯定比米琪的脚还红。

“难道你不准备把我介绍给你的朋友认识吗？”特里茜还是很愤怒。

“爱拉，这是特里茜，我的一个……朋……朋友。”

特里茜没理他的介绍，粗鲁地说：“我本来还想给你看样东西的。不过现在好像没什么意义了。这个姑娘就是要跟你结合的女人吧！”她说的时候难掩愤怒和悲伤。

爱拉马上就知道了是怎么一回事，虽然也很同情特里茜，但这种麻烦的场面一时也不好应付。她只得走上前，伸出手：“特里茜，我是马穆塔的爱拉，狮营猛犸火塘的女儿，穴狮保佑我。”

爱拉正式的问候才让特里茜稍微回过点儿神。她毕竟是狼营女头人的女儿，此次夏季大会的东道主。“以圣母穆特的名义，狼营欢迎马穆塔的爱拉。”

“你是玛莉的女儿吧？”

“对的，我是。”

“我之前见过她，她很了不起。很高兴认识你。”

看到两个女人和平问候，雷奈克长舒一口气。爱拉看了他一眼，然后看见他身后狄琪正朝土屋走去。她觉得应该给雷奈克和特里茜一点儿时间。

“雷奈克,狄琪正好在那边,我还有事情要跟她说,先失陪一下。等会儿再见。”

爱拉说完就急着走开了。

这却让雷奈克着实大吃一惊。因为爱拉的匆匆离去意味着他将不得不独自面对特里茜,好好地作出解释。雷奈克看了看特里茜,这个愤怒的漂亮女人。

去年此时,她的红发、红脚,以及强烈的激情和活力,让她闪耀整个大会。而且雷奈克深深喜欢她的手工艺品,她编的篮子、她做的地毯都很精致。只是她把献身圣母这件事看得过于严肃,一开始只考虑无任何经验的年轻男子。越是如此,雷奈克的欲望和兴趣就越发强烈。

但雷奈克并未和特里茜订婚。他曾认真想过这件事,如果她没献身的话,或许还会跟她订婚。特里茜拒绝了订婚要求,害怕会触犯大地母亲,丧失了赐福。雷奈克想,想必刚才米琪说的是真的,我真的帮她创造了一个孩子。那也就是特里茜想让他看的,她和他的孩子。哪个男人都很难抗拒这样的诱惑和责任感,只可惜他现在爱上了爱拉。如果他的心可以切成两半的话,他想真心对她们俩。只是现实是残酷的,必须作出选择。雷奈克会毫不犹豫地选择爱拉,没有爱拉的生活让他六神无主。他已经无可救药地爱上她了。

爱拉冲狄琪大喊,让她等一下。

狄琪等爱拉赶上来,说:“刚才我看你遇到特里茜了。”

“对啊,不过她有话要跟雷奈克说,正好你来了,我能找个机会赶快脱身。”

“这是自然。去年他们俩可是轰动一时,整个营地都知道他们要订婚。”

“她已经有了一个孩子,还是个男孩。”

“什么?已经有了孩子!怎么没人告诉过我?这下可好,她瞬间身价上涨了。谁告诉你的?”

“米琪,一个红脚女人。她说那是雷奈克的孩子。”

“天哪!这个家伙可没少闲着。可能其他男人的孩子还不是那么好认,但是雷奈克的可以,他有着独特的深色皮肤。”

“米琪说那孩子并未遗传他的深肤色,但是长得很像雷奈克。”

“这可真有意思。我以后得找个机会去看看特里茜,都是女头人的女儿嘛,怎么说也要拜访一下。你愿意跟我一起去吧?”狄琪笑着说。

“我也不知道……那好吧。”

她们走到刚刚经过的那座大土屋门口。“这是音乐土屋,我准备在这儿待会儿,一起来吧,我想你会喜欢的。”狄琪说着在门上抓了几下,等着里面的人开门。爱拉好奇地环视着土屋四周。

入口的东南方是用猛犸头骨、其他骨头和夯实的黏土做成的篱笆,特别坚固,应该是个挡风墙,爱拉想。此地正处空谷,风只会从山谷吹来,篱笆架在此处正好挡风。在东北方,有四个户外火塘和两个工作区。一个好像是骨头和象牙作坊，制作各种器具；另一个应该是燧石加工场。爱拉看见了乔达拉和韦麦兹，以及另外几个男人和妇人，应该是燧石匠。她早就应该知道在哪儿能找到他。

门开了，狄琪示意爱拉一起进去，但开门的人却拦住了爱拉。

“狄琪，你知道规矩的，参观者不能随便进的，我们正在练习。”

“凯莉，她是猛犸火塘的女儿。”狄琪解释道。

“可是她没有文身啊，马穆特都有文身的。”

“她是爱拉，老马穆特把她收进了猛犸火塘，认作了女儿。”

“那请等一下，我进去问问。”

她们只得继续等着，狄琪略微有些不耐烦了，爱拉继续仔细打量着这个土屋，甚至看得出神了。

凯莉出来了：“你为什么不直接跟我说她是控制动物的那个女巫医？进来吧。”

狄琪说：“你又不是不知道，不被接受的人，我能随便带到这里来吗？”

土屋里不黑，其烟孔比普通的要大些，光线充足，但和外面比毕竟还是暗了许多。乍一从外面光亮处进来，眼睛确实得需要点儿时间才能适应。起初，爱拉还以为和狄琪说话的人是个孩子。进屋仔细一看，凯莉其实也不小了，只是和其他健壮的年轻人想比略显矮小。狄琪和凯莉一对比更加剧了这种错误印象。凯莉身材娇小，而且在狄琪身边，很容易被错当成一个孩子，可她敏捷、轻快的动作却也显示了成人的自信和经验。

尽管从外面看这个土屋好像很大，可里面的空间比爱拉想象的要小。天棚极低，而且室内可用空间不多，有一半都被猛犸头骨占据了，它们部分埋于地下，牙孔向上，内插数根小树干，用来支撑已经塌下的天棚。这个土屋已经非常陈旧了。木头和茅草已经因年久而发灰了。这里看不见通常的家用物品，厨房火塘只有一个小火炉。地面扫得很干净，只留下了以前的主要火塘的黑色痕迹。

椽柱之间都系着绳子，上面挂着帘子，现在没落下来，都还卷着。柱子上挂着一排奇特的东西：服饰、头套、象牙珠、贝壳、骨头等装饰物。

土屋里人不少。一些人正围坐在小火炉周围喝茶，还有两三个正在烟孔洒进来的光线里缝衣服。在入口的左边，几个人正坐在或跪在地毯上，旁边是一些用红线和锯齿形线装饰的巨大的猛犸骨头。其中有一块腿骨、一块肩胛骨、两块下颚骨、一块骨盆骨和一个头骨。大家很欢迎她们，可爱拉觉得她们好像打扰了大家。所有人都在看她们，大概在揣测她们为什么来。

狄琪说：“诸位接着练，不用管我们，我带爱拉进来听听，没想打扰大家。”于是其他人都回到了各自的工作，她俩就近找了个垫子坐了下来。

一个女人，跪在大股骨前面，开始用锤子敲击股骨，随着一个个节拍串连起来，竟成了一段极富韵律的旋律，平稳中蕴藏变化，朴实中饱含激情。爱拉听得入神了，很好奇这么美的声音是如何产生的。

爱拉仔细观察了一下这块骨头，长约三十英寸，上端的骺被去掉了，骨头里面一些有弹性的物质被拿了出来。整块骨头就成了一个中空的管道。骨头上面画满了各种条纹，和土屋中的其他图案类似。但这些条纹的作用应该不只是装饰，爱拉发现乐者根据条纹来确定敲击的位置，以此来发出想要的音调。

爱拉以前听过用头骨和肩胛骨演奏，也确有一些音调变化，但整个还是略显平淡。这次听的音乐绝对是前所未有的好听，音域宽广、变化无穷，确实不可思议，可见这些乐者极富天赋。那边一个男人用鹿角锤击打肩胛骨，音调更加尖锐，营造出动听的回响。两种声音相互应和，相得益彰。

那块肩胛骨呈三角形，长约二十五英寸。男乐手竖着拿着这块骨头的上部，底部着地。这上面也有很多锯齿形条纹，有小拇指宽，等距离地分隔开，也用来标明音位。因为经常敲击，很多条纹图案已经磨掉了好多，但骨头却因长期的重复使用而愈发透亮。

不一会儿，其他的骨头乐器也都加入了其中。爱拉屏息倾听，这复杂美妙的音乐着实让爱拉吃了一惊，开始只能听到混音，随后爱拉开始专注地倾听每一种乐器的声音。

还有一位年长的男乐手弹奏下颚骨，他用的不是鹿角锤，而是把猛犸牙的改造成了一个小棒。下颚骨上面也有和其他乐器一样的条纹图案。这个下颚骨分为左右两部分，左边支撑重量，右边负责发声。因为右半部分不跟地面接触，所以声音清晰稳定。乐者不时敲击条纹处，偶尔用象牙的牙齿摩擦骨头，使得声音极为丰富。

一位女乐手弹奏着另一个下颚骨，长约二十英寸，骨头上有一个大孔，因为拔掉了两颗牙而使得回声效果改变，音调更高了。

另一位女乐手竖擎着骨盆股弹奏，她用鹿角锤敲击骨头中部发出悦耳的声音。骨头的中部有一个自然凹槽，音调变化十分明显。因为长时间的敲打，上面的图案也都磨掉了好多。

还有一位男乐手敲打头骨，声音低沉、雄壮有力。这样的打鼓技术，爱拉觉得在狄琪和马穆特那里也见过类似的。头骨的前额和顶盖被当做鼓面，上面也有各种图案，只不过和其他乐器不一样，不是锯齿状的了，是各种点、符号和不规则的线。

优美的音乐随着一个休止音符而结束了，乐手们开始了讨论，狄琪也加入了进去。爱拉在一旁，并不想打扰他们，只是静静地听着。

一位女乐手说："我觉得我们应该让这曲子更加平衡，我建议在凯莉跳舞之前加上一段风笛曲。"

狄琪说："对，让巴泽克演唱那部分。"

"这个可以以后再讨论。巴泽克和凯莉都有很多分量，搞不好会相互影响。我觉得一个五音鹤风笛应该不错，马南，咱们试试吧。"她对一个男乐手说。

萨丽又开始了她的弹奏，这次的旋律让人觉得很耳熟。爱拉很珍惜这旁观的机会，静下心来认真地听了起来。这时她才明白鹤风笛是什么，原来是用掏空的鹤腿骨做成的笛子，声音婉转动听。爱拉不禁想起了即乌萨斯仪式上那怪诞的神灵之声，曾在她的家族大会上演奏过的，彼时只有莫格乌会吹奏。他当时吹的应该也是这种风笛。

凯莉开始了她的舞蹈，这或许是这段音乐中最让人感动的部分。爱拉注意到凯莉手上戴着大手镯，这感觉像极了桑吉尔营的舞者。每个手镯都是由五个细细的猛犸牙做成的，五个手镯摞在一起，上面的图案会组成一个锯齿形。手镯两端都穿了孔，让它们系在一起。随着凯莉的舞蹈，它们会发出各种声响。

凯莉基本上只是站着原地，缓慢地做着各种匪夷所思的动作，跟杂技一样。她是那样轻盈自然。爱拉知道，尽管看上去不难，但自己无论如何也做不出这样的动作。她完全被凯莉的表演吸引住了，以至于当舞蹈结束时，她自己情不自禁地赞叹起来。

“真的太棒了，无论是声音、动作，都美轮美奂，我觉得这是我看过的最好的舞蹈。”大伙听了爱拉的赞叹回报以微笑，表示感谢。

狄琪能感受到这些乐手们现在放松下来了，不需要像刚才那样高度集中精力了。狄琪觉得是时候满足一下他们对爱拉强烈的好奇心了。火炉又烧旺了，准备做饭煮茶。

凯莉问爱拉：“你肯定见过类似的东西吧？”

“我没见过，真没有。”爱拉否定道。

狄琪说：“你之前给我听过的旋律，不也是这样的吗？”

“那完全不一样，那只是些非常简单的家族曲子。”

“家族？这是什么意思？”萨丽追问道。

“就是和我一起长大生活的人的统称。”

狄琪接着说：“虽然表面上单调，但蕴含了强烈的情感。”

其他乐手也附和道：“就给我们展示一下吧！”

“爱拉，就试试吧。”狄琪也劝道。

“好吧。”

“我们需要能发出低沉的、压抑的声音的乐器，不要有回声，就跟敲地面似的。马鲁特，你的鼓可以吗？”狄琪问。

“用皮子包住乐锤，效果会更好。”萨丽建议道。

乐手们都开始打起精神听爱拉演奏，所有人都对新鲜事物感兴趣。狄琪跪着敲击着腿骨乐器，爱拉盘腿靠着大鼓坐着，试着音。

一切就绪，演奏开始。狄琪击打出一段缓慢平稳的旋律，调整着速度直到爱拉点头示意。爱拉闭上眼睛，听着狄琪的弹奏，寻找着合适的时机加进去。只是这个头骨回音太大，不容易找到音准。爱拉慢慢摸索着，不一会儿，她敲打出一段不同寻常的旋律,非常有力,起伏不定。爱拉和狄琪的节奏完全不同,好像没有任何关系。但仔细听会发现她们俩的敲击有种偶然的重合。这样的混音使得大家很容易产生一种好奇心和不安感。当两个旋律合在了一起,更加重了听者的期待。她们在结束音之前停止了敲击,随后是爱拉用力吹了一个口哨,尖锐犀利,像风吹的声音,把这段音乐带向了结尾。所有人被这怪诞却又吸引人的曲子震撼到了,顿时有一种进入了来世的错觉。

大家都不说话了,陷入了沉思。萨丽打破了沉默:"真是怪异却又震撼人心的音乐。"其他几个乐手纷纷向爱拉取经,想学习一下。

"最后那个结尾音是谁吹的笛子?"

"没人吹笛子,那是爱拉吹的口哨。"狄琪解释道。

"口哨?你没开玩笑吧?这怎么可能是口哨的声音?"

"爱拉口技很好,可以用嘴巴模仿任何声音。她模仿的鸟叫声连鸟儿都会信以为真,都会飞到她的手上来。"

萨丽好像不太相信:"爱拉,你能给我们模仿一下鸟叫吗?"

虽然觉得场合不太合适,爱拉还是模仿了几声欢快的鸟叫。大家听了都感到惊讶无比。

凯莉邀请爱拉一起参观一下他们的土屋。她带她看了服装、饰品、头饰和面具。凯莉解释说,这些颜色现在虽然不明显,但晚上在火光下就会异常耀眼。看到有人正在混合赭石膏和脂肪,爱拉打了个寒颤。还好这是用来涂色的。看到旁边有一个男人在大衣上缝珠子,爱拉不禁想起拉线器的方便。过多的关注多多少少让爱拉觉得很不舒服。屋里还有很多珠子和首饰。凯莉把两串贝壳耳坠举在她耳朵边比划着。

"你不扎耳洞太可惜了,戴着这个会很美。"凯莉说。

"这耳坠真的好漂亮。"爱拉说着才注意到凯莉耳朵上和鼻子上都有孔来戴首饰。爱拉发现她越发喜欢起这个小姑娘来。

"送给你做礼物啦,带走它吧。回去可以让狄琪或者图丽帮你扎个耳洞。还有啊,爱拉,你应该搞点儿文身,这样就省得老解释你的来历了。"

爱拉说:"我真的不是马穆特。"

"怎么不是?我觉得你就是。早晚都会有一个仪式的。我敢肯定,如果你跟劳米说你愿意献身圣母,她肯定会同意的。"

"我也不知道我是不是愿意。"

"我能从你身上感觉到你的愿望,爱拉。"

当和狄琪离开音乐土屋时,爱拉才知道她有多么幸运地让凯莉带领着参观了内景,因为其他很少有人被允许这样做。那是个神秘的地方,充满了神奇和魔力。走出来的时候,爱拉望向燧石场,并没有找到乔达拉。

爱拉跟着狄琪一起往后面的空谷拜访亲戚朋友,她仔细观察着这些营地的特点。当她们走过一片三个营地的驻扎点，爱拉感到了一股异样的气息。后来她才知道是什么原因。帐篷非常破烂，到处是补丁，还没补好。地上扔着腐肉，散发着刺鼻的臭味，引来了无数苍蝇。帐篷四周堆满垃圾。玩耍的孩子们也是蓬头垢面、可怜兮兮。

这时爱拉看见了查莱格一个人在帐篷前闲逛。查莱格也看到了她，有些吃惊，但马上就投来了恶毒的目光。爱拉很害怕，以前只有勃劳德这样看过她。随后查莱格用虚伪的笑容把仇恨掩饰了起来，可那样却更可怕。

狄琪看到了，鄙夷地说："爱拉，咱们走，离开这个地方，别理他们。"

突然，一阵呼喊声传来，只见一个男孩和一个女孩从帐篷里跑了出来。十几岁的样子，男孩稍大一点儿。

"你快还给我，把那个东西还给我！"小女孩一边追一边叫。

"你追上我我就给你。"男孩边举着个东西晃着，边嘲笑道。

"你……还给我！"小女孩尖叫着冲了上去。

男孩很得意，似乎从抢东西这件事上得到了很大的满足。一不留神，小男孩被树根绊倒在地，小女孩抓住机会冲上前骑在男孩身上使劲打了起来。男孩也不甘示弱，一拳打在了女孩脸上，这一下子把小女孩的鼻子打出血了。小女孩哭了起来，尖叫着开始还击，撕扯着男孩的嘴唇。

"爱拉，帮我下。"狄琪说着向两个孩子跑去。虽然是女人，但她足够强壮，一下子就把那个男孩提溜起来了。他没有反抗。爱拉拉住小女孩，虽然她还想奋力还击。

狄琪严厉地训斥他们："你们知道自己在干什么吗？成何体统，兄妹之间互相纠缠厮打？你们跟我来，我要好好处理这件事。"说完拽着男孩的胳膊就往前走，爱拉带着想逃跑的小女孩跟在后面。

人们都看着她俩，一人抓着一个满身血迹的孩子，确实很奇怪。当她们把俩孩子带到中心营地的时候，提前接到消息的女头人们已经在等她们了。图丽、玛莉和布瑞茜都在其中，这就是姐妹委员会。

两个小孩又开始争论起来。

男孩说："她先动手的。"

女孩不甘示弱："他拿了我的……"

"都给我闭嘴！"图丽愤怒地喊道。

"你们打人还有理啦？你们也都不小了，知道打人该受到什么惩罚。拿条皮带来。"玛莉也很生气。

瓦莱兹很快就拿了几条皮带出来。看到这等场景，俩孩子都吓坏了。男孩挣脱着要逃跑，却被刚才猫尾营回来的塔鲁特抓了个正着。

爱拉却很担心孩子们。他们毕竟还小，身上还有伤。皮带都拿出来了，要对他们做什么？

塔鲁特抱着男孩，另一个男子用长长的皮带把他从头到脚捆了起来。女孩也不例外，被捆了起来。小女孩大概吓坏了，开始大哭。

“可是……他拿了我的……”

“我不管他拿了什么，我们只看到你打他了。”图丽说。

布瑞茜补充道：“难道你就只知道厮打吗，你可以到姐妹委员会来，我们会帮你解决。”

“只是因为意见不合、拿了东西就互相厮打，这样会造成很严重的后果。”

男孩和女孩的脚踝被绑在了一起。玛莉说：“你俩必须牢牢记住，没有什么比兄妹之情更加坚韧牢固，这是血缘的联盟。为了让你们牢记，你俩在今后两天将会一直绑在一起。手被绑住了，也就不能打人了。现在你们必须互帮互助，绑在一起就意味着你们在接下来的两天必须一起行动，互相帮助对方吃饭、喝水。这样你们才能学会相互依赖，以后一辈子都要如此。”

塔鲁特大声宣布：“在场的我们都是见证者，好好反思你们的行为。”

爱拉小声对狄琪说：“小女孩的鼻子还在流血，男孩的嘴也受伤了，不能就这么扔下他们不管。”然后狄琪跟图丽转达了爱拉的意思，图丽点点头，然后走上前宣布：“现在你们先跟爱拉到猛犸火塘，让她先看看你们身上的伤，看完了再回自己的营地。”

既然已经被绑到了一起，他们首先要学会怎样合作走路，两个人需要相互配合迈步。狄琪、爱拉陪着他们去了猛犸火塘，爱拉给他们清理了伤口，然后看着他们相互搀扶着一瘸一拐地离开了。

回到猫尾营之后，爱拉说：“那个男孩的确抢了妹妹的东西。”

狄琪说：“那也不应该打架。打架并不能帮她把东西要回来，他们必须把不允许打架这条规矩牢记于心。他们的营没有教会他们，所以我们要让他们知道。这也就是为什么克罗兹不愿意让弗莱莉跟弗里贝克结合的原因。”

“我还是不太明白，那是为什么？”

“你还没看出来吗？弗里贝克也来自那些个破败的营地。他和查莱格是表亲关系。”

“那现在看来，弗里贝克一定改变了很多吧。”

“话倒是不错，只是我还是对他没什么信心。我还是保留看法吧，等他过了真正的考验再说。”

爱拉的思绪还在那俩孩子身上。她在想自己可以学会什么。姐妹委员会的裁定迅速而有力，甚至都没给他们任何申诉和解释的机会，而且大人们清一色地不去关注他们的伤、来历，甚至连他们的名字都不问。这之后，他们肯定不会忘记这次裁定，这将意味着很多年的羞辱。

爱拉跟狄琪道出了自己的疑问：“他们只有一条胳膊被绑着，他们不会用另一只手解开皮带吗？”

"不会的。大家都已经知道了这件事,被绑在一起在营地里是相当羞耻的一件事。如果他们自己偷偷解开了绳子,将会面临更严厉的惩罚。人们会认为他们不思悔改、不能自控、不去互相帮助。如果那样的话,以后他们的生活将会很艰难,处处被孤立。"

"那估计他们永远也不会忘记今天的经历了。"

"对的。其他孩子也不会。接下来几天连争吵都不会有太多。"

爱拉现在只想赶着回猫尾营,那里毕竟自己熟悉。这一天下来,见了那么多人和事,一下子可接受不了,总得花点儿时间梳理梳理。爱拉现在脑子里真的是一团糨糊。当她们又路过燧石场时,爱拉还是忍不住看了看乔达拉在不在。虽然乔达拉在,但爱拉也看见了她不想见的人。米琪也在,夸张地站着,饶有兴趣地看着乔达拉。他看着米琪,安静、惬意地笑着,连流露出的眼神都是久违的温柔。

"原来那些红脚女人真的会特别关心年轻小伙。"爱拉有些不情愿地说,但她清楚乔达拉不需要人教也没问题。

狄琪看了看爱拉的表情,大概明白了怎么回事。她理解爱拉,也理解乔达拉。

"爱拉,他是男人,有自己的生理需要。你不也一样吗?"

爱拉听到脸红了起来。确实,自己跟雷奈克同床共枕,乔达拉至今还是一个人。夏季大会本来就是大家寻快活的地方,他有这个权利。只是自己为什么会这么在意?这样的情景她早应该想到。良久,爱拉明白了自己不高兴的原因,只因为乔达拉选择的是米琪而不是她。

狄琪接着说:"如果一个男人想找个女人快活一下,那红脚女人真的是最合适的选择。她们不需要作出承诺。如若不是感情很深,基本半年之后就不会再有瓜葛。乔达拉对米琪应该没什么太深的感情,让她帮他缓解压力、放松一下,也未尝不是好事。"

"对,你是对的,狄琪。我们终究不太可能。狩猎完猛犸之后他就会走,而且我已经和雷奈克订婚了。"

她们接着前行,穿过人群。爱拉此时还是思绪万千。我应该回到我的家族,把杜尔克带到这里,他也会成为一个马穆塔人,还能和莱达格做朋友。尤拉也可一起来,这样他不会太寂寞。这儿将成为我的新家,有爱我的雷奈克,还有我的孩子——杜尔克,再加上那些动物们……只是我将永远见不到乔达拉了。

想到这爱拉感到无尽的悲伤。

33

鲁琪和图茜一边笑一边跑进了帐篷。

鲁琪大喊:“外面还有一个！哈哈。”

爱拉听到马上低下了头。妮兹和图丽相视一笑,弗莱莉和弗里贝克也跟着笑了。

妮兹明知故问:“有一个什么？”

估计图茜也玩腻了,自顾自地大声说道:“有一个‘使节’。”

“图丽,这个夏天你估计要很忙了。既要负责代表团,还是监护人。”弗莱莉说着,手里的活也没停下,给塔舍割着肉。图丽心里,因为大家对狮营众人的兴趣,肯定特别得意。

图丽、爱拉和妮兹出去帮忙了,弗莱格和弗里贝克也走到帐口去看个究竟,弗莱莉留下来照顾孩子。帐篷外,沃夫还在尽职巡视。它已经为狮营界定好了领地。界线虽然看不见,谁都可以走进来。但大家出于对沃夫的害怕,一般不敢随便进来。

沃夫时刻保持警惕,时不时低嚎两声,或是摇头晃脑、龇牙咧嘴。爱拉打了个手势,让小狼来到自己身边。她一上午都在教沃夫接受狮营众人对它发出的友好信号。但是狼的天性使它一直保持警惕和防御,虽然沃夫能认得经常出入的狮营众人,但它还是不喜欢客人来访,因此当别人离开的时候它会显得格外轻松。

爱拉也会带它穿过其他营地,让它熟悉和习惯人多的环境。当然,一个女人,身后紧紧跟着一只狼,这样的景象在哪都能引起人们的好奇心。爱拉虽然感到不太习惯,但知道这也是难免的。狼虽然和人在某些生活方式上有共同之处,但是和人类做朋友是另外一回事情,这就意味着它不得不习惯人类的方式。人类喜欢群居、喜欢陪伴。

沃夫也不总是一直待在猫尾营里,它经常和马儿们一起在草地上玩耍。自己练习进攻,或者跟爱拉、乔达拉、达努格等练习手势和进攻。许多围观者都感到很惊讶。

弗里贝克把沃夫带到了马房。它的确有些碍事,老让人感到紧张。因为往往会有男人来追求爱拉,经常还是一个代表团。他们知道爱拉已经和雷奈克订婚了,因此对和爱拉组成一个火塘也没做想法。他们只是觉得爱拉是个好姑娘,可以做姐妹。

就连图丽这样如此精通本族习俗的头人也感到吃惊。这是第一次,一个女人问图丽可不可以让她的火塘收养爱拉。

图丽后来跟狮营众人解释:“爱拉很漂亮又很有本事,被猛犸火塘收养了以后,地位也提高了。这样的单身女子很吸引人,他们这些请求不必当做家庭火塘的请求,爱拉可以拒绝,当然也可以接受。不可否认的是,这么多的请求可真是大大抬高了她的身价。”

接见这个代表团时,图丽脑海中涌现出无数的想法。她自然会想到爱拉还提高了整个狮营的地位,她打心里希望爱拉和雷奈克还未订婚。这样会有更多的人来追求,她的身价将会更高。当然,一旦她要和别人结合了,就意味着狮营将失去她了。大家越是兀自揣测,爱拉的身价就会越高。而且她还可以只是名义上被收养而不用离开狮营。当然她还可以成为女头人,和狄琪一起,这样无直接亲属关系的身份,将会产生巨大的影响。

爱拉观察了一下他们,已经搞懂了那些装饰图案和身份的关系。图案的使用可以传达出成员之间以及营与营之间的关系。虽然还不能一下子就判断出准确的等级关系,但爱拉也多多少少了解了不少。

图丽会少收那些地位高一点儿的营的礼物,因为双方之间关系很紧密。其他营则根据出价的多少决定。如果觉得礼物少,或者来晚了,图丽会把对方打发掉,或者不邀请他们进来,这样对方就领会了意思。当然,单是派代表团来提出请求,就已经能加强和狮营的关系了。

大家在帐外有说有笑。另一边沃夫却朝河边狂叫,然后冲了出去。

“爱拉！怎么回事？沃夫跑出去了。”弗里贝克冲爱拉大叫。

爱拉立即吹了一个尖锐的口哨,把沃夫召唤回来。爱拉往河边的小路看去,看见沃夫后面有一群人。

“是猛犸营。我看见文卡维克了。”

图丽跟弗里贝克说:“拜托你去找一下塔鲁特，我们得正式迎接他们一下，顺便告诉一下玛莉或者瓦莱兹。”

弗里贝克应下了,转身离开了。

刚刚那个代表团一看猛犸营来了,好奇心来了,不愿意走了。文卡维克第一个走上来,看了看场景,立刻明白了怎么回事。

他微笑着走上前打招呼:“图丽，真高兴第一个能见到你，果然是心想则灵。”说罢握着图丽的手跟她行贴面礼。

“是吗？这么想见我？”

文卡维克没有回答,反而问道:“这些客人是哪里的朋友？”

那个代表团中的女人说:“我们请求收养爱拉。我儿子没有姐妹,正好缺个姑娘。图丽并没明确拒绝我们的请求。”

文卡维克想了一下,丝毫没被眼前的情形困扰:“图丽,我也有个请求,当然这次只是初步的请求,但我心意诚挚,还请你考虑。”

突然他紧紧握住爱拉的手:“爱拉,我想和你结合,做我的女人吧。你知道只有你能给我激情。我愿意拿整个猛犸营作为回报。”

爱拉被这突如其来的表白搞得不知所措。他知道她已经订婚了,为什么还要跟她表白？即便她愿意接受,她能反悔伤害雷奈克吗?

“她已经和雷奈克订婚了。”图丽说。

文卡维克并未放弃,他笑着从带子里拿出两颗成对的琥珀:“我不想她受委屈，这个价码够不够？”

这下轮到图丽震惊了。他的出价真的太高了。图丽知道这两颗琥珀的价值。镇定了一下，图丽说：“这个我不能拿主意。爱拉的事情她自己说了算。”

“这个自然，但这是送给你的礼物，还请收下。”文卡维克说着把琥珀塞在了图丽手里。

图丽犹豫起来，不知道该不该接受。她知道“拿人家手软，吃人家嘴短”这个道理，而且这件事应该由爱拉来决定。但她又想不出反对的理由，她把手心攥起来的时候，看见了文卡维克胜利的表情。这感觉很像是为了两颗琥珀就把自己卖了。文卡维克此时也清楚，已经成功了一半了，只要再说服爱拉就好。可图丽知道文卡维克根本不了解爱拉，似乎大家都不了解她。尽管她也称自己是马穆塔，但没有人知道她对什么动心。看见文卡维克深情地看着爱拉，图丽看了看她的表情，竟然从中读出了兴趣。

艾弗瑞也赶来了，向图丽伸出双手：“真高兴再见到你。我们来得太晚了，都不知道该在哪儿建营地了，好地方都被别人抢了，你们的营地建在哪儿啦？”

妮兹上来欢迎猛犸营：“就建在这儿了。”她把刚才的事情都看在眼里了，知道雷奈克肯定不会高兴，而看样子爱拉很容易被说服，马穆特都还没出马。

艾弗瑞问道：“这儿？离其他人那么远？”

“我们有一些动物，它们不喜欢人群。这儿对它们来说再好不过了。”图丽解释道。

“文卡维克，不如我们就在附近安顿下来吧，离狮营也近一些。”

“是的，这地方不错，空间大，扩展起来也方便。”妮兹补充道。她清楚如果狮营和猛犸营都在这儿驻扎的话，大家自然会更关注这一片。

“在狮营旁边扎营，是我最愿意做的事情。”文卡维克依旧不忘对爱拉示好。

塔鲁特大步走来，高声问候道：“文卡维克，艾弗瑞，你们可算来了！怎么到的这么晚？”

“路上我们停顿了几次。”

妮兹说：“让图丽告诉你他带来了什么好东西。”

图丽此时特别窘迫，真希望妮兹没告诉塔鲁特。无奈，还是把手中的琥珀拿给哥哥看了。

塔鲁特说：“真不错，你是要做交换吧，我们可不能让文卡维克空手而归。柳营的白色螺旋贝壳你还记得吗？”

妮兹说：“文卡维克是为了爱拉，他想跟爱拉结合。”

“可是爱拉已经和雷奈克订婚了。”

“订婚而已，还没结婚，我还有机会。”文卡维克说。

塔鲁特看看众人，然后大笑起来；“有意思，哈哈，这次大会将会很有意思！”

艾弗瑞说：“除了琥珀营，我们还停顿了好多次。塔鲁特，你的红头发倒是提醒了我，途中我们看到了一头红色鬃毛的穴狮，跟我们一道前行，但并未看见其他狮子。”

“狮子挺常见的，我没觉得奇怪啊。”塔鲁特说。

“但问题是这头狮子不一样，我觉得它好像一直在跟踪我们。它真的太大了，我现在想起来都后怕。”艾弗瑞说。

爱拉听了，也只能皱着眉头说服自己只不过是巧合，这世界上的穴狮太多了。

“文卡维克，搭好营地后到那边来，跟我们一起讨论讨论狩猎猛犸。猛犸火塘马上将会有个隆重的狩猎仪式，你肯定也希望你的结合仪式上有猛犸肉吃吧？”塔鲁特说。然后看看爱拉，“先跟我回去一趟，顺便把你的梭镖投掷器拿上，和我们一起去狩猎猛犸。”

图丽跟着说：“等我一下，我要去看看拉蒂。”

乔达拉一边仔细检查着燧石一边说：“这个很好，特别适合做凿子、刀子之类的工具。”他还是很精通这方面的。

“韦麦兹说这里出产的燧石质量确实不错。”达努格说。

乔达拉指了指河谷的石壁给大家看，燧石因为流水的侵蚀已经变了质：“河流发源地的燧石质量一定是最好的，像极了达拉那的燧石矿。”

塔奈格说：“估计狼营也是这么想的。这里离他们那么近，他们肯定把这些燧石场当成他们的了。乔达拉，你是个好石匠，从不夸人的韦麦兹都对你大肆赞赏。我的犀牛营特别需要你这样的人才，虽然知道你准备回家乡，我还是想劝你加入我们营。”

乔达拉不知道如何拒绝，只得紧皱着眉头说：“我还没想好，得让我考虑一下。”

塔奈格接着鼓动他：“狄琪那么喜欢你，肯定也愿意你来，你来了之后肯定不会有麻烦。女人们对你都很感兴趣，光是红脚米琪都来找你好几次了。”

“难怪所有的男人都希望自己是新人，好引起红脚女人的注意。”乔达拉站起来才发现在他们三个中，他并不是格外高。

塔奈格说：“所以我还是希望你会考虑一下犀牛营。布拉那格和狄琪快要结婚了，今年秋天我们就要盖房子了，虽说目前还没定下来是盖大土屋还是几个单个的小屋，但你来肯定会有新房子住的。“

乔达拉说：“谢谢你的盛情邀请，塔奈格。可是我真的要回家去，我得把弟弟的死讯带给家人，当然还有其他原因。总之我一定得回去，所以我不想骗你。”

达努格问道：“是因为爱拉吗？”

“部分原因吧。我真不愿看见她成为雷奈克的妻子。我本想说服她跟我一起回去，但现在看来，我只能自己走了。”

“虽然没完全明白，还是祝你好远，愿大地母亲保佑你一路平安。你准备什么时候动身？”塔奈格说。

“等到猛犸狩猎之后吧。”

“呀，刚想起来，我们该回去了，下午大家要商讨猛犸狩猎的事。”

塔鲁特跟爱拉来到了空地上，那边已经聚集了一堆人，看样子应该在开会。爱拉望向人群，寻找着乔达拉的身影。她觉得已经好久没见他了。

每次爱拉看见乔达拉的时候，他总是和不同的女人在一起。爱拉在和伙伴聊天的时候会不经意地流露出自己的醋意。很多人都在说乔达拉很棒，当然，是隐晦地夸他那方面很在行，对女性很有吸引力，尽管他自己并不怎么在乎。

一个人的夜晚，这些关于他的消息总是让爱拉很难受。她无数次地忍住泪水问自己，到底做错了什么，为什么乔达拉不选择她？痛苦的啮咬没有止歇过，好在爱拉安慰自己，这么多女人在他身边转，好歹说明他还没找到一个特定的准备长相厮守。

她觉得好像乔达拉刻意不待在猫尾营，估计是想避开她和雷奈克。白天他出去自己结交朋友，晚上也不回来，和那些女人缠绵。乔达拉对她们虽然没有真感情，但也不想欠她们的情，所以还是竭尽所能满足她们。那些女人对这个英俊又体贴的男人简直欲罢不能。乔达拉对她们，大概只是表面上的喜欢，因为他心里的深爱，早已经给了爱拉。

陷入思绪中的爱拉一抬头，看见乔达拉三人从狼营燧石场回来了。她又忍不住地心跳加速、喉头发热起来。图丽走过去，拉着乔达拉走开了。塔鲁特冲着塔奈格和达努格打了个招呼。

图丽把乔达拉拉到一个隐蔽的地方，问道：“乔达拉，我想问问你们的一些习俗。你们对待女人的初夜的时候，有没有什么特别的仪式？”

“初夜仪式？这个当然有。年轻女孩的第一次总需要特别照顾，只是和你们的仪式不太一样而已。”

“那就好，不止一个女人跟我推荐你，说你很棒。拉蒂也想把第一次献给你，你愿意吗？”

乔达拉早该意识到会发生什么。以前也有人问他类似的问题，他还以为只是了解一下习俗什么的。之前他会毫不犹豫地答应，可是现在他觉得这样做很不好，会背负深深的负罪感，利用这样一个神圣的仪式来满足自己的一些欲望。他不想伤害拉蒂。

“图丽，我很荣幸你和拉蒂能选择我，可是我真的不能答应。虽然我们没有亲缘关系，可是我和狮营一起生活了这么久，早就把拉蒂当成了一个亲密的小妹妹，我不能……”

“我明白。真可惜，从各个方面来看你都是最合适的人选。你和她没有一点儿的亲缘关系,这再合适不过了。可我知道你的难处,妮兹一直把你当儿子看,你把拉蒂当成妹妹也是应该的。还好你提前告诉了我，要不然我们都要犯错了。”

他们说完走了回去。塔鲁特正在对着大家讲话,旁边爱拉拿着一个梭镖投掷器,有些滑稽。

塔鲁特说:“刚才大家已经看见了爱拉能把梭镖扔多远。但我想让大家看看这个投掷器真正的力量。它可以投掷特别的梭镖,比徒手投掷威力大得多。虽然我们大家从小都是掷梭镖长大的,但如果你们见识了投掷器的威力,我想肯定会去使用它。现在我们的竞赛计划还没定好,等到猛犸狩猎结束后,我们可以组织个包含各种项目的大比赛。”

很多人都表示同意,布里瑞说:“大比赛这个主意不错,时间长一点儿也没关系。我们可以再设计一种投掷棒,杀伤力也相当可观。其他没什么了吧?那我先回营地了。”

会议结束了,大家都准备回营。妮兹和莱达格的到来无疑又让大家兴趣盎然,刚刚来狮营的那个代表团又开始大话猛犸营头人为了爱拉开出的高价。

乔达拉听到两个女人小声议论:“文卡维克在结婚之前是没有权利拥有火塘的,他要娶爱拉只是因为她是猛犸火塘的女儿,他日后可以让猛犸营得到广泛认可。”

恰巧这时候雷奈克也在旁边。乔达拉很能理解此刻雷奈克落寞的心情。吃醋对谁来说都不好受。况且文卡维克想娶爱拉只是为了自己的目的,并不是有多爱她。

爱拉也不自觉地听到了关于她的对话。她并不想偷听,只是人们的声音传到她耳朵里,她想不听也没办法。

这时,爱拉却听见了很刺耳的嘲弄声。

一个男孩指着莱达格说:“你看,那个动物穿得人模狗样的。”

另一个说:“马都有衣服,克兰人嘛,也应该有,哈哈。”

“据说他能和人交流,能听懂人话。”

“如果狼也能立起来用后腿走路的话,那狼也可以被当做人了。”

“哎呀，还是小心点儿为好，查莱格说那个克兰人会驱动狼，他差点儿被咬。”

“是吗？一个动物还能指挥另一个动物？”

“我妈妈觉得他们不该把动物带来夏季大会。”

“马和狼也就罢了,克兰人不应该来会议场所！”

“嗨,克兰人,滚远点儿,别待在这儿,找你的同伴去！”

爱拉听着,顿觉怒火中烧。看着莱达格不忍侮辱准备回猫尾营,爱拉忍不住,对着那些男孩吼叫起来:

“你们疯了吗？怎么可以叫莱达格动物？他懂你们说的每一个词，你们怎么能这样侮辱他？真应该为你们的行为感到羞愧！”

“凭什么我儿子就该感到羞愧？”一个女人过来为自己的孩子辩护，“克兰人就是动物，就不该来夏季大会，他不配孝敬大地母亲！”

妮兹听到争吵走过来试图让爱拉平静一下。

可是爱拉的怒火已经控制不住了：“动物！他才不是动物，他和你们一样，是——人！”

“我觉得这是对我莫大的侮辱，我又不是克兰女人！”

“对，你不是！她们比你更像人，至少她们有人类最起码的同情心。”

“你知道什么？”那个女人还是不肯松口。

“没人比我更了解他们！我在失去亲人、流离失所之时，是他们收养了我，抚养我长大。若不是一个女人的照顾，我早就死了。”爱拉说，“我深深为我是一个家族女人和母亲的身份感到自豪！”

乔达拉说：“不，爱拉，别这样……”

“克兰人是人，莱达格也是，我的儿子和他一样。”

“不，爱拉，别说……”乔达拉的劝阻已经没用了。

一个男人说：“她说什么？她有个克兰人的儿子？动物和人的杂种？”

“糟了，爱拉。”乔达拉这时候只能看着爱拉了。

那个男人对女人说：“赶紧离她远点儿，她生了一个杂种。她身上有邪恶力量，别被她传染了。”

其他人听了纷纷往后退，生怕跟邪恶力量沾上关系。

一个乐手恍然大悟地说道：“家族……她说她演奏的曲子是家族音乐，那家族是指克兰人？”

爱拉突然觉得前所未有的恐慌扑面而来。她从未感到大家的憎恶。她闭上眼睛深呼吸了一下，然后勇敢地抬起了头，她要战斗到底。他们凭什么说她的儿子不是人？她感激地看了乔达拉一眼，这个在关键时候一直站在她背后的男子。

接着，马穆特、塔鲁特、雷奈克、妮兹、弗里贝克和狮营的所有人都紧紧地站在了爱拉身边。

马穆特用他那苍老浑厚的声音对着人群说：“你们都错了。克兰人也是人，是大地母亲的孩子，不是动物。我曾和他们生活过，我的胳膊还是由他们的女巫医治好的。大地母亲从来都平等地对待她的孩子，虽然家族人和我们有些不一样，但在大地母亲眼里，我们都是她的孩子。克兰人不是杂种，他们是实实在在的人。”

一个女人说道：“我不管，老马穆特，我接受不了克兰人的孩子或者和克兰人生的杂种孩子。他们周围有邪恶之神在。”

“爱拉不会伤害任何人。生什么样的孩子不是爱拉可以选择的,那是大地母亲的决定。爱拉从小和家族人一起长大,她其实已经是半个家族女人。当大地母亲决定给爱拉一个孩子的时候,只能从爱拉附近的男人中选择,他们当然都是家族男人。虽然他们和我们拜着不一样的神灵,但在大地母亲的眼里众生平等。”

“这只是你的一家之言,马穆特,我不相信。”一个声音喊道。

查莱格说:“难怪她和动物们这么好,原来她和它们一起长大的。”

弗里贝克感到不满,说:“不要以为你们都可以像爱拉一样。你能出去骑马,但能领回一只听你话的狼吗?爱拉吹个口哨就可以让飞鸟飞到面前,你行吗?”

“弗里贝克,你怎么回事?怎么帮她而反对自己的营?”查莱格有些生气。

“你觉得我属于哪个营?是抛弃我的那个还是收养我的那个?我是狮营的人。爱拉和我们一起生活了大半年。贝克蒂出生的时候,爱拉就在旁边,但那丝毫没有影响。如果不是爱拉,她根本活不到现在。”

乔达拉听着弗里贝克慷慨激昂的话,很是感动。无论对谁来说,跟自己的堂兄弟和亲戚顶撞,都需要很大的勇气。乔达拉开始怀疑自己对弗里贝克的判断,这是以前那个胆小鬼吗?原来自己才是如此的胆小,担心爱拉说出身世会让他难堪,会担心别人的评论。弗里贝克和爱拉给他好好上了一课。

他无比骄傲地看着爱拉战胜恐惧勇敢地面对所有人,无比骄傲地看着狮营所有人坚定地支持爱拉。此刻,他感到无上的光荣与自豪。

34

狮营众人回到猫尾营,开始讨论如何应对这次意外。经过短暂的讨论,大家一致认为不应该马上离开。夏季大会是如此重要,他们是堂堂正正的马穆塔。图丽把拉蒂接了过来,让她一起加入到讨论中。她甚至愿意推迟自己的成人仪式,来全身心地保护爱拉免受那些流言蜚语的侵扰。

图丽问爱拉,为什么以前没听她说过自己的儿子。爱拉解释说那件事对她伤害依旧很大,不愿意再去揭开伤疤。妮兹和马穆特也表示都知道这件事情儿。虽然图丽不清楚为什么没人告诉过她,但她表示理解,并未责怪爱拉。图丽开始担心自己在营里的地位,模模糊糊觉得爱拉好像变了。

莱达格自打回来之后就一直情绪低落,无论妮兹怎么劝也不吃饭,就静静地待在帐篷里一动不动。还好有沃夫耐心地陪着他。爱拉走过来看莱达格,发现他抱着沃夫坐在漆黑的角落里,沃夫看到爱拉过来,用尾巴敲打地面,算是打招呼了。

她问:“莱达格,我可以跟你一起坐会儿吗?”

莱达格耸了耸肩,没拒绝。她坐下来大声问他怎么样。这时候爱拉才意识到能张嘴说话是有多么好。这时候光线暗,打手势可能看不见。开口说话的好处就在于无需考虑视觉的影响,这是手势语所没有的优势。

这两种语言就好比家族人的狩猎方式:抛梭镖和掷梭镖。都可以击中目标,但覆盖范围不一样。手势语固然也可以达意,甚至在私密的场合更具优势,但总归受到太多障碍限制。声音语言则无需考虑这些限制,你可以完全不用手就可以交流,距离远、光线差都不是问题。

爱拉就这样静静地陪着莱达格坐着,没有再多问问题。让这个孩子安静一下,有点儿依靠,或许是她现在唯一能做的。过了好一会儿,她开始跟莱达格讲以前和家族人在一起的美好回忆。

“夏季大会让我不自觉地想起以前的家族聚会,好像我没有什么不同,但自己的感受却差很多。在家族里,我和其他人不太一样,是个又高又丑的女人。我的到来险些导致布仑的家族被驱逐。所有人都说我不是家族人,好在克莱伯是莫格乌,他的坚持堵住了大家的嘴。杜尔克当时还只是个婴儿,大家都觉得他是个畸形儿,但我知道其实并不是,他只是和你一样,是个混血。不过我觉得你更像尤拉一点儿。”

莱达格打着手势问道:“你之前是不是说过尤拉要跟杜尔克在一起?”

“是的,她妈妈早就找过我。难得有一个男孩和她的女儿一样,都是混血儿。她说她以前一直担心尤拉找不到男人。我倒没怎么想过这个问题,家族能接受杜尔克我就已经很高兴了。”

“杜尔克不是混血吗?他是怎么被接受的?”

“布仑接纳了他,克莱伯给他起了名字,他已经是家族中的正式一员了。除了勃劳德,大家都很喜欢他。他断奶了之后,奥茄把他抱过来和自己的儿子格雷夫一起抚养。这俩孩子一直是最好的朋友,和兄弟一般。老格洛德还给杜尔克做了个和他一般高的梭镖……”爱拉已经陷入了对往事美好的回忆中,“但还是我妹妹,现在是杜尔克的妈妈尤芭最疼他。我当年被勃劳德赶出去的时候,我把他托付给了尤芭。杜尔克现在已经和家族人没什么两样了。”

莱达格听了,打手势说:“我想跟杜尔克一样,跟家族人待在一起,我不喜欢这里。”爱拉没想到莱达格情绪这么强烈,劝他吃了点儿东西,然后哄他上床睡觉了,爱拉才离开。

雷奈克这晚上也不好过,一直关注着爱拉。爱拉还是忧心忡忡,老是出神,吃着东西都会发待在愣神,要么眉头紧锁思索着什么。雷奈克很想去分担一下爱拉的痛苦。

终于在爱拉准备睡觉的时候,他抓住机会,走到爱拉跟前说:“爱拉,今晚我们一起睡吧。”看到爱拉皱起了眉头,他补充道,“我不是想做那个……只是想靠近你、温暖你、安慰你。”

看到爱拉点头默许，雷奈克跟她一起钻进了被窝。可是她还是安定不下来，翻来覆去，更别提入睡了。

“爱拉，有什么别在心里憋着，跟我聊聊吧。”

“我脑子里还是莱达格和我儿子这件事，我不知道今天该不该说。”

“或许你在自己床上睡会觉得更舒服？”

“雷奈克，我理解你的好心，知道你想帮忙，我很感激。你不知道你和狮营站在我身边给了我多么大的力量，这些我真的都很感动。大家对我都这么好，照顾我、关心我、教我很多东西。把我当做马穆塔中的一员，我感到无比骄傲。可是今天让我明白了，他们和家族人一样，大部分都是好人，可还是有那么一些人……即便都是好人也不可能保证每件事情都是对的。我现在思绪有点儿混乱，我得花点儿时间思考思考。”

“回你的床上好好地思考吧，那样效果会更好，我会一直陪着你。”雷奈克说。

当然，不是只有雷奈克关注着爱拉。乔达拉一直在默默地看着她。当他看到爱拉从雷奈克床上下来回到自己的被窝里时，心里竟有些许窃喜。毕竟，不用听她和雷奈克做爱是件再好不过的事。如释重负的他反而为雷奈克感到惋惜，若刚才是他陪着爱拉的话，他一定会紧紧地搂住爱拉安慰她，而不会让她就这么回到自己的床上。

宁静的夜晚悄悄降临了，雷奈克睡着之后，爱拉悄悄起身，披了一件披肩，迎着夜色走了出去。外面星光点点，夜色甚美。沃夫听到召唤走到爱拉的身边，一起跟她向马厩走去。雷瑟和威尼都还没睡，低鸣了一声欢迎它们。爱拉抚摸着它们，搂着威尼的脖子，依偎在了母马身上。

不知多少次，每当她需要安慰的时候，威尼总能挺身而出。爱拉很感激她的这些动物朋友们。两匹马和一只狼一直陪伴着她经历风雨和坎坷。但爱拉心里却还是有一种难以名状的空虚，她最想见的人见不到。今天她见到了，乔达拉坚定地站着她身边，帮她抵挡住那些人的侮辱和厌恶。白天的可怕场景还历历在目，尽管乔达拉一直都试着告诉她人们对她的看法。可是知道与否也不会有什么差别，任何情况下她都不会让他们侮辱莱达格和她的儿子。

乔达拉也没睡，站在帐篷门口静静地看着她。看到爱拉起身，他不放心，也蹑手蹑脚地起来跟在后面。他不止一次看到爱拉在动物那里寻找慰藉，尽管这对马显得有些不公平。他不知道他的存在对爱拉还有没有价值，好像她已经不需要他了。乔达拉突然明白了长久以来自己感情上的困惑。他明白这一切都是自己一手造成的。一开始他就没考虑爱拉的感受，让她做出选择。因为嫉妒，他离开了爱拉，觉得自己受了伤害，还一直想着报复。

他对自己说，乔达拉，你的恶行还远不止这些。你自己受了伤害，就要把她也拉下水。你很清楚她的身世。那晚她跟雷奈克巫山云雨，她只是在尽一个普通的家族女人应尽的责任。你却为此感到耻辱，为她的家族背景感到耻辱。你就是胆小鬼，乔达拉！你害怕面对今天爱拉所面对的一切，所以你不敢靠近。你对自己没信心，还怕会背叛她、失去她。真正可耻的并不是爱情，而是你心中的懦弱！现在说什么都太晚了，她已经走了出来，狮营也已经接纳了她，她根本不再需要你了，你也根本配不上她。

外面终归还是太冷了，爱拉待了一会儿就回来了。进帐篷之后她扫了一眼乔达拉的床，并未看到他的脸，他侧着身子朝里躺着。爱拉上了床，摸到了熟悉的雷奈克的手。他还在熟睡中，平稳地呼吸着。爱拉静静地躺了一会儿，看着雷奈克翻身把手拿开。

尽管已经使劲不让自己想事情，爱拉还是睡不着。她想把杜尔克接到狮营来生活，她还一直在纠结这么做是否合适。至少，和家族人在一起，他可以过得更幸福。不用考虑歧视、侮辱和不理解，不会有人叫他动物、傻瓜。他是家族人中的一员，即便有人恨他，他还是被接受的。家族大会时也会有朋友爱他，他可以参加各种比赛和仪式。可是如果她不能带杜尔克离开家族，她能回去住吗？她已经找到和自己一样的人，狮营的人对她也很好，她还能回去再习惯家族人的生活方式吗？他们会一直让她和动物交流吗？她可以完全放心威尼、雷瑟和沃夫，而回到杜尔克的身边吗？杜尔克还需要她吗？这些问题让爱拉喘不过气来。毕竟，她离开时，杜尔克还是个小孩子，现在他早已经长大了，都该学会打猎了。他或许已经自己猎到了猎物，骄傲地带回去给尤芭看。然后尤芭会好好夸他一下，跟他说杜尔克是最勇敢、最好的猎人。爱拉沉浸在自己幻想的画面里。

突然，她意识到，尤芭就是杜尔克的母亲，尤芭抚养他、照顾他、关爱他，她不可以把杜尔克从尤芭身边夺走，尤芭老了之后他还要尽孝呢。在杜尔克还是婴儿的时候，大家都觉得爱拉实在不是个做母亲的料。

是啊，她怎么可以贸然回去呢！对家族人来说，爱拉已经死了，早已经不存在了。她回去的话只会给杜尔克带来困惑。他或许都不记得她了，那时候他还只是个婴儿。

他现在一定在想着跟尤拉的婚事，或许正在计划建一个火塘。想想尤拉，也不可能让她和杜尔克一起来这里生活。这是个完全陌生的世界，她必须离开自己的家族，这对一个女孩子来说太残忍了。更何况来这还意味着要忍受歧视和偏见。

要不把杜尔克和尤拉带到峡谷那边，一起生活？……这样不行，杜尔克和爱拉一样，都不愿意孤独生活。她也没有权利让自己的孩子孤零零地待在峡谷里。

是的，杜尔克待在家族里才是最幸福的，这里不行，峡谷更不行。爱拉意识到，她对于杜尔克来说，仅仅成了一个死去的母亲的符号而已，早已不是母亲了。家族那边是杜尔克的世界，狮营这边是爱拉的世界，她不能回去，他不能来这儿，就是这么残酷。世界如此之大，都没有一个母子俩的容身之地。

第二天，爱拉早早就醒了，做了一晚上噩梦，没怎么睡好。现在她感觉浑身酸痛，心情也不好。她好不容易找了个机会让自己忙碌起来，帮着妮兹烧水磨谷子，跟她聊聊天。

“妮兹，真对不起，都是我不好，惹了这么大麻烦，害得大家都受累。”

“说什么呢，爱拉。这不是你的错。我们自己会选择，你只是在保护莱达格而已，他在我们眼里也是狮营的一员。”

爱拉说：“昨天的事情让我明白了很多。我昨晚想明白了，我是不可能再回到家族中去，不可能再照顾我的儿子，甚至连见一面都是奢望。我知道我已经彻底失去他了，妮兹，我真的好难过，想哭都哭不出来。”

妮兹停下手中的活，看着爱拉说道：“生活就是这样，每个人都会遭受挫折。爱别离、求不得，是每个人都会经历的磨难。和至亲至爱之人分开，是很大的磨难。你这么年轻就失去了亲人，这不是你可以选择的，爱拉，但你不能为此苛责自己，那样只会让事情更糟。你看韦麦兹，每天还在为心爱女人的死责备自己；乔达拉，为自己兄弟的死埋怨自己。虽然母亲失去儿子是极其痛苦的事情，但你至少可以知道他在另一个地方幸福地活着。我们都会承担失去的痛苦，爱拉，振作点儿！”

吃完早饭爱拉出了帐篷，她看了看周围的落叶松营和猛犸营刚刚搭建起来的营地。没想到艾弗瑞正站着对面看着她。她不知道经过昨天一劫，猛犸营还把营地跟狮营建得这么近，是否会有影响。

艾弗瑞走到文卡维克的帐前刮了两下皮帘就径直走进去了。文卡维克在帐内正休闲地躺在兽皮上，靠着靠背，颇为享受。

艾弗瑞开门见山：“感情是个负责的东西。”

“我知道。昨天狮营帮助我们搭建了帐篷，大家对他们还都非常友好。爱拉之前，和她的那些动物们一样，给大家的感觉主要是惊奇。但现在不一样了，如果人们相信那些古老的传说，认定爱拉是一个邪恶的放纵的荡妇，那就会让大家觉得狮营是在费尽心思遮丑。他们会觉得爱拉会把邪恶的力量传染给其他的女人。艾弗瑞，你觉得呢？”

“我也不清楚。我只是觉得爱拉不是个邪恶的人，我喜欢她。那个克兰男孩也不像是动物，他只是不会讲话而已，我相信他能听懂我们说的话。也许老马穆特是对的，他们都是人，不是动物。圣母只是选择了爱拉身边的克兰人来赐给她一个孩子，这不怪她。”

“老马穆特活了那么久，经历了太多的事了，应该是对的。而且我感觉这似乎不会影响太坏。爱拉的神秘力量应该是大地母亲的赐福，她或许会比以前更厉害。我们先听听大家的意见吧，看看他们觉得跟狮营合作如何。”

“图丽呢？”弗莱莉在帐篷里找着。

妮兹说："怎么了？她和拉蒂一起回少女营去了。"

"你还记得昨天想来收养爱拉的那个代表团吗？"

这下换爱拉疑惑了。

"记得，图丽认为人家开价不够。"妮兹说。

"他们又来了，在外面呢，要找图丽。"

"我出去看一下，看看他们到底想要什么。"

爱拉没跟出去，心想没什么必要去见他们。不一会儿，妮兹回来了。

"爱拉，他们还是想收养你，那个女头人说她有四个儿子，唯独缺个女儿。那四个小伙子也想要个妹妹。他们说你已经有一个孩子，说明你生育能力很好。他们又提高了价码，你或许该去迎接下他们。"

图丽和拉蒂并肩穿过营地，她们并没把人们好奇的眼神当回事，依旧昂首挺胸地走着。

"图丽！拉蒂！"布瑞茜喊住她们，"等一下，我有话说。我来给你们送个信，我们想邀请你们今晚来柳营共进晚餐。"

"布瑞茜，谢谢你，我们一定去。感谢你的邀请和支持。"

"别客气，我们都是老朋友了。他们相信那些传说，不是因为有多正确，只是因为它们古老而已。弗莱莉的孩子看上去还不错。"

"弗莱莉也是早产，还好爱拉在，要不然大人孩子都保不住。"拉蒂说。

"不过我的确不知道她打哪儿来，我们都以为她是和乔达拉一起的。他们俩都个子都很高，金发碧眼。在贝伦海附近救起乔达拉兄弟俩的时候，她并没有在旁边。爱拉很不一样，既没有马穆塔口音，也没有桑吉尔口音。我到现在也没搞明白她是怎么指挥动物们的。"

她们继续往中央营地走去。

托奈克问巴泽克："有多少营地表态了？"

"差不多一半都愿意和解，我觉得还会有，至少再有一两个。"

"不过剩下的那一半态度可不怎么好，有一些很不理解我们，甚至要我们离开大会。"塔鲁特说。

"这话是不错，但离开的言论主要是查莱格一个人说的。"塔奈格补充道。

"人言可畏啊。"妮兹说。

"这种分裂是谁也不愿意见到的，两边都有好多人，一旦冲突起来后果不堪设想。应该再想想其他的办法。"

"爱拉现在也很难过，她觉得是她给大家带来麻烦了。听到他人叫她'兽女'，爱拉相当难过。"

"谁这么叫她，我们在河边抓住的那些人？"达努格问道。

"是那两个打架的孩子。"塔奈格纠正他。

妮兹继续说："莱达格从来没有这么失落过。虽然每年大会对他来说都很艰难,但今年无疑是最糟糕的,他真的很不喜欢人们这么说他。我现在真的很担心他,也不知道该做些什么。爱拉也很担心。”

“爱拉现在在哪儿?”

“牵着马出去了。”

巴泽克说:“或许‘兽女’也不是什么坏称呼,至少我们都承认,她跟动物们相处得很好。也有人说她是在和另一个世界的鬼怪交流。”

“当然会有人反对。很多人觉得爱拉只是和动物们交谈而已,谈不上什么鬼怪论。”

“爱拉还告诉我其实每个人都可以和动物友好相处。”

巴泽克说:“可是人们似乎不在乎这个,他们更喜欢像文卡维克那样的人,人需要证明自己的价值。”

妮兹看着巴泽克,听出他话里对文卡维克的不满。她不知道为什么,毕竟猛犸营是第一个支持狮营的。

塔奈格说:“巴泽克说得也有道理。只是你不觉得奇怪吗?你可以这么快和那些动物相处得很融洽,似乎你能很容易地接近那些动物。但是,为什么只有那只小狼听莱达格的?为什么人们可以骑在马背上?一开始我们是怎么想着去尝试这些的呢?”

“这一点儿也不奇怪,比如拉蒂去,我就不会奇怪。”

“一旦有人开了个头,大家就会去试了。”达努格说,“拉蒂最喜欢马了,你这几天没怎么看见她吧?她有时间就去马厩了。”

乔达拉在旁边一直静静听着,没有参与讨论。他知道爱拉因为承认了自己的身世,她陷入了非常被动的局面。但现实情况似乎比想象中的好,爱拉并没有受到什么严厉的指责。他原本还担心爱拉会因此被驱逐流放,难道是他多虑了?

狮营开始接纳爱拉的时候,乔达拉还感到十分奇怪,一直想不通。但后来当猛犸营主动提出帮助的时候,他开始重新审视这件事。随着越来越多的营地站在爱拉这边,乔达拉觉得自己的应该换种角度思考问题了。

虽然不能很好地表达出来,但乔达拉通过自己的琢磨和理解能明白爱、同情、愤怒等概念的意思。他可以和大家讨论哲学和精神概念,但他却没有爱拉给大家的那种大气和平静的力量。

他开始理解那些拒绝从众而坚持自己信仰的人,他开始明白为什么爱拉不会被驱逐而是得到了很多人的支持,让他们愿意相信她不是邪恶的化身,而是勇敢和聪慧的象征。

那些反对爱拉的人虽然想法各不相同,但大体都把反对强大的狮营作为提升自己地位的手段。他们好不容易抓住狮营的把柄,竟然允许如此放荡的女人生活在其中。他们认为爱拉象征着邪恶,更可怕的是她掩饰得不动声色。她那些控制动物的伎俩一定是跟那些可恶的克兰鬼怪学的,迷惑大家让人们相信他们也是人。

昨天爱拉承认自己生下了一个克兰杂种吓坏了其他女人，她们觉得爱拉生了一个怪物，肯定是有男鬼怪一直在爱拉身边。当初狮营接纳了那个克兰怪物，现在呢？越来越多的动物还有一个有私生杂种的女人。她们觉得狮营就应该被整个端掉。

马穆塔这个民族很重视群体意识，几乎每个人都有一些亲戚朋友。现在这种关系似乎面临着瓦解的危险，所有的人心情都处在低谷。这是第一次大会在争吵中结束。而且目前还没找到合适的解决办法。

下午的阳光很好，但似乎并未给大家带来好心情。爱拉牵着威尼往猫尾营走去，路上看见了红褐色的泥土。她不禁想起了音乐土屋，本来约定的再度拜访和庆祝会，现在似乎也成了泡影。

爱拉本来想离开。但妮兹告诉她这样不会起到任何作用。错不在她。只不过是本来两个派别之间的深层次矛盾被激发出来了而已。收养莱达格后，这是妮兹一直考虑的问题。

爱拉现在还是很担心莱达格。他不说话，不吃饭，估计觉也没睡好。虽然他很愿意听爱拉讲家族的故事，但他一般不怎么发表看法。

骑着威尼走来的乔达拉映入了爱拉的眼帘。爱拉看得出他表情异常悲痛。

突然，爱拉决定自己去中央空地看看究竟发生了什么。虽然狼营说会公正主持会议，但她觉得狼营多多少少会偏袒狮营。她想让人们知道她并不是邪恶的化身，她依旧坚持克兰人是人不是动物的观点。爱拉觉得应该做点儿什么来让大家相信自己，去猛犸火塘、音乐土屋或是找拉蒂聊聊。

她决定了，于是迈着坚定的脚步出发，去音乐土屋，微笑地跟路人打招呼，不理会别人异样的眼光。在土屋门口，爱拉看见狄琪正走出来。

“爱拉！我正要去找你，你这是准备去哪儿？”

“没想好，只是不想待在狮营。”

“那正好，我要去特里茜那看看她的小孩，以前总是错过。凯莉刚刚告诉我她现在在营里，你要一起去吗？”

“好的，我跟你一起。”

她们走向女头人住的棚屋。“特里茜，我们来看看你的孩子。”

“请进，”特里茜说，“我刚刚把他放床上，应该还没睡着。”

狄琪把孩子抱在怀里，轻轻逗弄着他。

“爱拉，你不想看看吗？”特里茜问道，这是个很艰难的问题。

爱拉从狄琪怀里接过孩子，轻轻抱着他。他长得很漂亮，白白的皮肤，淡蓝色的眼睛，富有弹性的橘红色的头发，还打着小卷。他长着和雷奈克一样的脸，可以确信拉莱夫就是雷奈克的孩子。正如勃劳德创造了杜尔克，雷奈克造出了他。爱拉陷入了幻想，如果以后她和雷奈克生一个孩子，会不会也像拉莱夫一样可爱。爱拉对着婴儿喃喃自语，小孩似乎对她很感兴趣，睁大眼睛看着她，咯咯笑着。爱拉心疼地抱紧他，感到心里特别温暖。

“爱拉，他不漂亮吗？”

“对啊，他不漂亮吗？”两个女人先后追问道。

爱拉看着特里茜说：“他不漂亮，”看着狄琪吃惊的眼神，她接着说，“他不必非得漂亮，因为他是我见过的最可爱的孩子。他可以融化任何一个女人的心，没有谁能拒绝得了。特里茜，你真的好幸福。”

特里茜听了笑起来：“对，爱拉，你说得对，他不必漂亮，这么可爱的孩子。”

突然，她们听到外面一阵骚动，还夹杂着哭喊声。她们赶忙来到门口。

一个女人声嘶力竭地喊着：“天哪！救救我女儿！”

“出什么事了？”

“我女儿被狮子叼走了，在下面的草坪上，求你了，快救救她！”几个男人听到求救拿着梭镖就跑了出去。

爱拉也立马跟了上去。

“爱拉，你去哪儿？”狄琪吓了一跳。

“我去救人！”

她跑到路上一看，已经有不少人了。冲积平原上有一头狮子，衔着一个女孩，那女孩估计吓坏了，一动不敢动。爱拉看了看情况，立马跑回狮营。

“莱达格，看好沃夫！我去救人。”爱拉喊道，然后对小狼作了个命令，“不许离开！”说完吹了口哨召唤来威尼，跳上马背直冲向平原。前面那些拿着梭镖的男人还在渡河，她骑着马赶上，径直冲向狮子和女孩。旁观者看得是又惊又奇。

有人生气地说：“她这是在干什么？连武器都没有。她这么冲下去如果激怒了狮子，孩子受伤了怎么办？”

好多人都把目光转向了乔达拉，他也不知道该说什么，只是静静地看着爱拉。他不知道爱拉能不能搞定，但他对她有信心，不然她不会骑着威尼冲过去。

爱拉靠近了，仔细看了看穴狮。它的鼻子上真的有那道疤痕！

“是贝贝，真的是贝贝！”她把马停下，然后下来朝着狮子跑去。

这是她的贝贝，她曾经一手把它抚养长大。

女孩惊恐地看着这个不要命的女人。狮子把爱拉绊倒在地，而她则使劲搂着它，把它紧紧抱住。狮子和爱拉来了个大大的拥抱。

“贝贝，你终于回来了，你是怎么找到我的？”爱拉太激动了，都流眼泪了。贝贝拿舌头使劲舔着她。“好啦，”爱拉笑着说，“皮都快被你舔下来了”。贝贝就这样和她相互嬉闹着。小女孩还在旁边惊恐地看着。

爱拉对她说：“对不起，它在找我，把你错认成我了。你现在赶紧走吧，别害怕，慢慢走，千万别跑。”

爱拉使劲挠着贝贝，直到小女孩被一个男人接走。其余的人依旧保持着高度警惕,手里紧紧握着梭镖。乔达拉、塔鲁特他们都在。

“贝贝,我们得赶快走。梭镖不长眼睛,我不想你受到伤害。”爱拉说着一种奇特的语言,似乎结合了声音和手势。贝贝听懂了爱拉的意思,然后翻身站了起来,把爱拉放在背上。爱拉平稳地抓住它的鬃毛,坐端正了。

贝贝绷紧肌肉,奋力一跃,箭一般地跑开了。立即飞速奔了起来。爱拉虽然骑过狮子,但一直也不知道如何引导它,只好任它乱跑。贝贝的速度很快,风迎着刮过来,鼻子里满是熟悉的气味。

它转了个弯,把速度降下来。狮子耐力不好,不能坚持快速跑很久。爱拉看到前面威尼还在吃着草等着她。他们接近时,马似乎受到了惊吓,抬头长嘶一声。但威尼曾经喂养过贝贝,某种程度上也是它的母亲。虽然现在贝贝长大了,但看到它和爱拉在一起,威尼也不害怕了。

狮子停下让爱拉下来,她又抱着它给它梳理毛发,然后依依不舍地给它做了个手势,让它走吧。狮子听话地走了,看着它的背影,爱拉流下了眼泪。她听到了贝贝独有的吼叫声,她哭着回应它。当贝贝的身影隐没在草丛里时,爱拉的眼泪彻底决堤,或许,以后再也没有机会见到它了。

贝贝继续吼叫着。这个大个头的穴狮用它震撼四方的吼声跟它的“母亲”告别。

爱拉打了个手势给威尼,示意它往回走。她还回味着刚刚的疯狂。

乔达拉许久才把目光从爱拉身上移开,他看了看其他人的表情,每个人似乎都陷入了沉思:人可以骑马,可以骑狼,狮子也可以当坐骑?看到这,乔达拉露出了自豪的笑容。让他们猜去吧!

那些男人跟在爱拉后面垂头丧气地走了回来，顿时觉得自己毫无用处,白扛着这么锋利的梭镖。人群给爱拉和威尼让开了一条路,向她投来敬畏而诧异的目光。即便狮营那些听过乔达拉故事的人,此刻也目瞪口待在,不敢相信眼前的事实。

35

得知晚上可能会很冷,因为他们要到冰山正面去时,爱拉就着手打包衣服,为打猎做准备。而韦麦兹给她精心制作的几件梭镖让爱拉着实惊奇了一番,并且还告诉她自己以前用这些梭镖头在打猎猛犸时获得的丰厚回报。韦麦兹又告诉爱拉,自从她答应了雷奈克的求婚后,他就在准备这件礼物了。这件礼物让爱拉很是惊讶,她不停地问雷奈克怎么使用梭镖投掷器。就在这时,马穆特走了进来。

“爱拉,”马穆特说道,“我们觉得你有可以招来猛犸的魔力,如果你能够和猛犸神谈谈，她一定愿意提供更多的猛犸给我们打猎。”

“我早就跟你说过我没有这种神奇的力量，”爱拉回答道，“我不想谈这件事。”

“我知道，爱拉。我向他们解释过你可能有召唤的能力，但是你没有受过训练。但是他们坚持让我来问你。他们看到你骑在狮子身上并且可能叫它行走后，他们就相信你无论有没有接受过训练都能影响到猛犸神灵。”

“那是贝贝，马穆特。它是我养大的。我对别的狮子是不能那样做的。”

“那你为什么能和狮子那样讲话，好像你就是它的母亲？”一个声音从门口传来。一个高大的身躯站立在那里。“你是它的母亲吗？”罗米问道，在马穆特的招呼下他走进了帐篷。

“我猜可能是因为我把它从幼崽养到大的原因。那时它遭到了踩踏，撞到了头部，受了伤。我叫它贝贝因为我发现它的时候它还是只幼狮宝宝。我从未给它取过别的名字，就是叫贝贝，即使它长大了也一样。”爱拉解释道，“罗米，我不知道如何去召唤动物。”

“如果你没有召唤那只狮子，为什么它会在最恰当的时候出现？”罗米问道。

“这没什么神秘的，只是一个巧合罢了。它可能是嗅到了我的或者威尼的气味，然后就来找我了。它过去也经常回来看看，即使它找到了配偶和族群。不信你可以去问乔达拉。”

“如果它不是被某种神秘的力量影响着，那它为什么不会伤害那个女孩呢？她又不是它的母亲。那个女孩说贝贝把她扑倒，她以为会被吃掉的，结果狮子只是舔了舔她的脸。”

“我觉得唯一的原因就是那个女孩和我长得有点儿像，高大，还有金色的头发。贝贝是被人抚养大，不是和别的狮子一起，所以它把人类当成了自己的家人。它过去总是在好久没见到我后把我扑倒。这是它玩耍的一种方式。它想有人能够抱它，或者给它挠痒痒。”爱拉解释道。她注意到当她在说这些的时候，整个帐篷都围满了马穆塔人。

韦麦兹向后退了一步，让开了路，脸上却带着狡猾的笑容。他自言自语道，她不会去他们那里，他们只能到她这里来了。当他看到文卡维克在慢慢往前走的时候，韦麦兹皱了皱眉头。如果爱拉选择了他，这会让雷奈克很难受的。他从未见过雷奈克是如此的焦虑，当他听说文卡维克向爱拉求婚的时候。韦麦兹也不得不承认，当听说文卡维克求婚这件事时，他自己也很焦虑。

当爱拉回答那些问题的时候，文卡维克一直在看着她。他是不会轻易认输的。毕竟，作为马穆塔人的首领，他有着不可告人的短暂影响力并且谎称自己有着超自然能力。但是和别的马穆塔人一样，他之所以来到帐篷的炉壁边，是因为他觉得非常有必要去弄明白表象下掩盖的真实原因。除非他遇到的是一个无法解释的奇迹，或者爱拉展示出神力，他是不会放手的。

在他们出去打猎猛犸的一天早上，爱拉正盯着沼泽里的一潭黑水，这时她感到一件温暖的皮毛衣盖在了她的肩上，是雷奈克给她披上的。

“你身上冰凉，爱拉。你在外面已经待了很长时间了。”雷奈克说道。

“我睡不着啊。”爱拉回答道。

“发生什么事了？”

“我不知道，只是有种不祥的预感。我说不清楚。”

“自从召唤仪式后你就一直苦恼着，对不对？”雷奈克问道。

“我未曾想过会发生那件事情，你可能是对的。”

“但是你没有参加，你只是在旁观。”

“我不想参加，但是我又不太确定。有些事情可能已经发生了。”爱拉说道。

早餐过后，猎人们就收拾好继续出发了。起初，他们试图绕开沼泽，但这样要绕去很远的路。塔鲁特和其他几个首领观察了一下被浓雾笼罩的灌木丛，然后交换了意见。最终选择了一条似乎是最轻松的路线。

满是积水的路面很快就变成了沼泽地。许多猎人脱去了靴子，光脚踏进了寒冷浑浊的水中。他们行进的很缓慢，筋疲力尽。到了中午，他们停下来休息，即使在阴凉处，每个人都汗流浃背，冒着热气。再次出发后不久，塔鲁特遇到了一片非常坚硬的灌木丛，他变得非常愤怒，疯狂地用斧头砍着灌木。从灌木切口流出来的鲜橙色液体特别像血液，这让爱拉有了一种不祥的预感。

终于踏上了坚硬的土地。在这片沼泽边的空旷土地上生长着高大的蕨类植物，还有比人还高的杂草。为了避开往西面延伸的沼泽，他们改朝东走。爬上了布满沼泽的平原上的一块高地后，大家都摆脱了压抑的心情。当看到河流的交汇处时，塔鲁特、文卡维克和其他部落的首领停了下来，看了看刻在象牙上的地图，然后用刀在地面上划了更多的记号。

他们朝着河流前进，穿过了一片桦树林。有别于生长在温暖气候下高壮的树木，这些桦树受到了寒冷气候的影响，长得特别矮小，但却不失风韵。好像是被刻意修剪成不同的形状，每棵树都有着自己独特的美丽。爱拉试图砍断一棵，但桦树却坚硬如肌腱。在风中，他们抽打着与桦树共生的植被，让它们弯曲。

“我们叫它‘老妈妈’。”

爱拉转过身来，看到了文卡维克。

“挺恰当的名字。它提醒我们永远不要低估老女人的力量。”文卡维克指着地面说道。

这些矮桦树的树叶没有完全挡住阳光，斑斑点点的树影散落在布满树叶的地面上。爱拉发现在有些树下的青苔上冒出了很大的白斑点的红蘑菇。

“这些蘑菇有毒，可以毒死你。”爱拉说道。

“那是当然，除非你知道怎么打理它们，只有被挑选出来的人才知道怎么正确食用这些蘑菇。”

“它们有药效吗？我一种都不认识。”爱拉问道。

“我不知道，我不是医者。你可以去问劳米。”文卡维克回答道。然后，在爱拉觉察到之前，文卡维克就抓住了她的双手，看着她，或者说是盯着她，“爱拉，你为什么要在召唤仪式上拒绝我？”

爱拉觉得自己的内心被撕扯成了两半。文卡维克的声音温柔而富有磁性，让她想要迷失在他深邃的黑眼睛中，漂浮在寒冷黑暗的水塘里，献出他想要的一切。但她也强烈地感到要克制住，将自己拉出来，保持尊严。费了很强的意志力，爱拉将自己的双眼瞥开，看到了雷奈克正注视着他俩。雷奈克迅速转过身去。

“你很棒！你也很强壮，爱拉。我从未见过任何人能够像你一样。你对猛犸营，对猛犸都非常重要。答应我，你将和我一起。”文卡维克劝说道。

“我已经答应雷奈克了。”她回道。

“这没关系，爱拉。把他一起带来，只要你愿意。我不介意与一个如此有天赋的猎手分享猛犸火塘。带上我们吧！不然我们带上你俩。”文卡维克又笑道，“这不会是第一次，一个男人也是有一点儿感召力的！”

“我……我不知道。”她说道，然后顺着低沉的马蹄声望去。

“爱拉，我把雷瑟牵到河边刷一刷它的腿。泥都干成块了。你要我把威尼也一起牵过去吗？”乔达拉问道。

“我自己来吧。”爱拉说，很高兴有了可以摆脱的理由。文卡维克很迷人，但也让人有点儿害怕。

“威尼在那里，在雷奈克身边。”乔达拉说道，转身朝河边走去。

文卡维克的目光一直跟随着这个高大金发的男人。他在所有事情中究竟起着什么作用呢，这位猛犸首领自言自语道。他们一起来的，并且乔达拉还了解动物，或许和爱拉一样精通，但是他们不像是恋人，不是因为他和这个女人有过节。他爱她，但从来没有碰过爱拉，没有和爱拉睡过觉。据说他拒绝参加女子成人仪式是因为他觉得这是手足之情。这就是他对爱拉的感情？手足之情？这就是他打断我们，让爱拉回到雷奈克身边的原因？文卡维克皱了皱眉头，小心地摘了几个大蘑菇，用线把它们串起来，倒挂在“老妈妈”树上晾干。他打算在回来的路上再来拿。

穿过支流后，他们来到了一片干燥点儿的地方，远离了没有树木的沼泽地。水禽们唧唧喳喳的叫声提醒他们，前方就是开始融冰的大湖了。他们把帐篷扎在了离湖不远的地方，一些人去湖里找可以做晚饭的食物。季节性的湖水里没有鱼，除非这湖水终年不结冰。但在高高的芦苇和纸莎草中间游动着青蛙和红肚子蟾蜍的蝌蚪，这些可以作为食物。

在一些神秘季节信号的指引下，一大群鸟类，主要是水鸟，加入了雷鸟、老鹰和猫头鹰的行列。春天冰雪融化，植被的生长让沼泽地杂草丛生，吸引来了无数的鸟类来这里停留，筑巢和繁衍。许多鸟类以还没长大的两栖动物为食，一些吃长大的，还吃蝾螈、蛇、树籽和球茎，还有无法逃脱的昆虫，甚至小的哺乳动物。

“沃夫会喜欢这个地方的。”爱拉看着一对盘旋的飞鸟对布瑞茜说道。爱拉正握着弹石带，希望它们走得离岸边更近一点儿，这样她就不要趟水走太远去取猎物，“沃夫很擅长帮我把猎物叼回来。”

布瑞茜答应过给爱拉展示如何投棍子，并且也想看看这个年轻女人弹石带的高超技艺。她们两人给彼此都留下了深刻的印象。布瑞茜的武器是一块细长的十字状的腿骨，钻石的形状，一端用手可以握住，一边磨得锋利，旋转着飞出，投进鸟群中，一次可杀死几只。爱拉认为猎鸟的时候棍子比弹石带好用多了，但是弹石带的用处更广，还可以用来打猎。

“你把马带过来了，为什么不让沃夫一并跟来？”布瑞茜问道。

“沃夫还小，我不确定它在猎杀猛犸的时候能够很勇敢。我不想冒险。但是有了马，我可以把肉带回去。另外，没有了沃夫，莱达格会孤单的，”爱拉说道，“我想他们了。”

布瑞茜很想问爱拉，她是否真有一个像莱达格的孩子，但是又改变主意了，这个话题太敏感。

他们继续朝北前行了几天，陆地上的景色发生了很大的变化。沼泽地消失了，一旦他们离开嘈杂的鸟叫声，就剩下在没有树木的平原上肆虐的风声，除此之外，死寂一般，让人有种与世隔绝之感。天空布满了灰色的云层，白天遮住了太阳，晚上遮住了星星，但是很少下雨。空气反而更干、更冷了，寒风吹过，犀利地要将呼出的空气吸走。但到了傍晚，云层会偶尔散去，落日的阳光灿烂而明媚，反射出水气笼罩下的上层天空，这样的美景让这些赶路人无法用语言来形容，只能惊叹于它的美丽。

下午风向变了，他们安下帐篷后开始下雪了。这场雪干扰到了马穆特，他正和别人讨论着。文卡维克召唤了几次猛犸神灵，但都没有回应。他们希望能够找到大的野兽。

夜晚，爱拉安静地躺在床上，觉察到似乎从地底下传来神秘的声音，研磨声，啪啪声，哈哈的笑声，掩嘴的浅笑声。她不能分辨出来，也不知道这些声音从什么地方传来，只是这些声音令她紧张。她试着入睡，但是不停地惊醒。最后在黎明快来的时候，她由于过度疲劳而微睡过去。

当爱拉醒来的时候已经不早了。帐篷里一个人都没有，而帐篷外似乎特别的亮，她拿起了外套，但是只走到了帐篷口。她往外一看，停下了脚步，目瞪口待在地怔住了。风向发生了变化，暂时将夏天冰山蒸发的水汽吹走。她仰起头望了望悬在头上的冰墙，巨大的冰山顶部隐没在云层里。

冰山巨大的体积似乎拉近了距离，从冰墙上剥落下来的巨大冰块堆在了一起，离这里有四分之一英里。一些人站在冰块的周围，这些人的大小让爱拉体会到这个巨大冰块的真正大小。冰山非常雄伟，美得让人难以置信。在阳光下，爱拉突然意识到太阳已经升了上来——照射着成千上百块的冰块，熠熠生辉，

爱拉很快穿上了衣服，觉察到她似乎错过了一些事情。她倒了一杯似乎是隔夜的剩茶，却发现是结了冰的肉汤。她舀了一勺冻住了的饭团，用一片冷的烤肉包住，快步走向那些猎人。“我还以为你不会醒来。”塔鲁特对着正在走来的爱拉说道。

“你为什么不叫醒我？”爱拉问道，然后咬了一口带来的食物。

“把睡得正香的人吵醒不太礼貌，除非有紧急的事。”塔鲁特回道。

“夜间跋涉后人要时间去休息，这样才能恢复体力。”文卡维克补充道，走过来和爱拉打招呼。他做出动作想抓住爱拉的手，但她避开了，快速地用脸颊碰了一下，走去察看冰山了。

很显然这些冰块是在外力作用下掉下来的，它们深深地扎入地面，将周围的地表掀起。这些冰块已经有好几年了。冰层边缘的岩石地面上，大风吹起的沙砾和厚厚的灰黑色的泥土覆盖在冰块的表层，冰块的一些地方同雪层交叠在一起成条纹状，年复一年的冰雪融化冻结，让冰块表面表层凸凹不平，一些生命力较强的小植被在上面生根。

“爱拉，到这里来。”雷奈克叫道。她朝上看到了他正站在一块大的冰块上，身子微微有些倾斜。乔达拉站在雷奈克身边，这让爱拉很惊讶。“从这边走，很容易上来。”

爱拉越过了堆在一起的冰块，爬上断开的冰层。岩石的碎粒嵌到了冰上，让原本光滑的冰面变得粗糙，便于攀爬。稍加小心，就可以爬上去。爱拉爬到了最高处，站在那里，闭上了眼睛。强劲的风朝她吹来，好像在考验她的决心。附近冰墙发出轰轰的移动声，吼着，呻吟着。她把脸对着头顶的阳光，尽管闭着眼睛，也能感受到太阳火球般发出的热量和巨大冰墙的寒气之间的碰撞。在这场斗争中，空气都颤抖了。

然后她睁开了双眼。视线内都是冰雪覆盖。目光所能及处都是浩瀚的冰层，威严可怕，远到天边，覆盖了一望无际的大陆。周围的群山显得特别渺小。这景色让爱拉一阵狂喜，异常的兴奋。她的笑容感染了乔达拉和雷奈克，他们也都笑了。

“我之前见过这样的景色，”雷奈克说道，“只要天上有星星，我就能看到，看多少次都不厌烦。”爱拉和乔达拉都点了点头。

“但这样很危险。”乔达拉说道。

“这些冰块是怎么来的？”爱拉问道。

“冰川移动，”雷奈克说，“有些时候冰川前进，有时后退。冰川在这里裂开，冰堆就特别大。像冰墙一样，冰堆一直在缩小。”雷奈克看了看冰山，“上一次冰

堆离这里要远得多，看来冰层是又延伸了。”

爱拉环视四周，注意到站得更高才能看得更远。“快瞧！”她尖叫道，指向东南方，“猛犸！我看到了一群猛犸！”

“什么地方？”雷奈克问道，顿时兴奋起来。

兴奋之情像火一样迅速传开。塔鲁特一听到“猛犸”这个词就开始往上走，已经到了冰堆的半腰了。他几个大步迈到顶上，手搭在前额上挡住阳光，朝爱拉所指的方向看去。

“她是对的！是猛犸！”他吼道，控制不住情感和音量。

其他人也爬上了冰块，找地方站定，看着这些长着大牙的巨兽。爱拉往下走了几步，好让布瑞茜站在她的地方。

看到猛犸后，大家放松了一些，也很兴奋。最后，终于可以看到所有猛犸了。无论猛犸神灵一直在等什么，她最终允许她的生物出现在由穆特选定的猎取猛犸的这些猎手面前。

和布瑞茜同族的一个女人告诉一个男人，她之前看到爱拉闭着眼站在冰堆顶上，转着头仿佛在寻找什么，或者在召唤，然后她睁开眼，就看到猛犸了。那个男人同意地点了点头。

爱拉看着下面的冰堆，正准备往下走。塔鲁特冒了出来，咧嘴笑着，从未这么灿烂过。

“爱拉，你让首领非常的高兴。”这个红胡子的巨人说道。

“我什么也没做，”爱拉说道，“我只是碰巧看到了它们。”

“这就足够了。不管谁最先看到，我都会非常高兴。是你看到的，我就更高兴了。”塔鲁特说道。

爱拉冲着他笑了笑。她的确很欣赏这个首领。她把他当做叔叔，或者兄弟，或者朋友，她能感觉到塔鲁特也非常关心她。

“你朝下看什么呢，爱拉？”塔鲁特说道，顺着她的目光看下去。

“没看什么，我只是注意到你可以从这里看到冰堆的形状。你瞧，你是从那边上来的，然后又绕回去。”

塔鲁特惊奇地看了一眼，又仔细看了下：“爱拉，你又立功了！”

“我做什么了？”

“你让我太高兴了！”

他的笑容很有感染力。她也笑了下。“这回是什么让你这么高兴？”爱拉问道。

“你让我注意到了冰堆的形状。它像一个封闭的峡谷，不太完整，但我们可以修补。我现在知道怎样打猎猛犸了！”

不能浪费时间。猛犸可能离开，或者天气又会变化。猎手们必须抓住这个机会。首领们在一起商量了一下，然后迅速派出了人去察看地形和象群的大小。他们走后，另外的人用石头和冰块搭起了一堵墙，堵住了峡谷的开口，这样冰堆就只有一个入口了。负责侦察的人回来后，猎手们聚到一起商量了一个把猛犸驱赶到峡谷里的计划。

塔鲁特告诉大家爱拉和威尼是怎样把野牛赶到圈套里。许多人都很感兴趣。但最后大家认为，仅凭一个骑手是没办法把象赶进圈套里的。要把猛犸引到圈套里，必须找到别的办法。

火是一个办法。盛夏的雷暴让地面很干燥，即使猛犸不害怕，还是很谨慎。但是在这个季节，很难找到干草。要用火把，让驱赶的人手握着。

“用什么做火把呢？”有人问道。

“干草和猛犸的粪便，裹在一起，浸上脂肪，”布瑞茜说，“这样能烧得很旺很热。”

“我们可以用爱拉的火石快速地点燃。”塔鲁特补充道，大家点了点头。

“我们在很多地方都要火把，”布瑞茜说道，“并且点燃的顺序要正确。”

“爱拉给了每个狮营火塘一个火石。我们这里也有几个。我有一个，雷奈克也是。乔达拉也有。”塔鲁特说道，注意到他的讲话增加了自己的威信。图丽不在，真是有些遗憾，她肯定会感到骄傲。爱拉的火石很宝贵，尤其是数量不多的情况下。

“一旦我们让猛犸移动起来，怎么确保它们朝圈套走来？”来自布瑞茜营地的一个女人问道，“这是一片开阔地。”

他们想出的办法简单而直接。他们用碎岩石和冰块堆出两个圆堆，把冰川峡谷的入口围成扇形。塔鲁特用他的斧头把冰块砍小，方便搬运。在圆堆后准备了几个火把。五十个猎手，一些人躲在峡谷里，用冰块掩护，准备第一波正面进攻。还有些人躲在圆堆后面。余下的人，主要是跑得最快和最强壮的——猛犸体形虽大，但短距离内跑得很快——这些人分成两队，负责包围象群。

布瑞茜向没有打猎过猛犸的年轻猎手解释狩猎的技巧和象的脆弱点。爱拉听得很仔细，并和他们一起走到冰峡谷里去。麋鹿营的女首领负责从里面发起第一轮正面攻击，她检查了一下陷阱，然后选好了位置。

他们一进入冰洞里，爱拉就觉得气温下降了。由于之前融化脂肪来做火把，并且一直在费力除草和搬冰块，她没有感到冷。然而，他们离冰层太近了，即使在夏季，水放一夜也会结冰。白天也要穿大衣。陷阱内寒气逼人，爱拉环顾四周，看着中间的空地，觉得自己仿佛来到了另外一个世界，蓝白相间，是一种荒凉而寒冷的美。

和她那里的岩石峡谷一样，从墙上掉下来的冰块散落在地上。冰块和碎片上覆盖着厚厚的沙砾，好像在邀请人去攀登，去探索。

当别人在寻找打猎点的时候，爱拉出于好奇，这样做了。她不会在这里等猛犸。她和威尼会帮着驱赶这些毛茸茸的长牙兽，乔达拉和雷瑟也要。马的速度会很有用，她和乔达拉各自给驱赶者一个火石。爱拉看到更多的人聚集在入口，然后又离开。营地里，威尼正跟在乔达拉和雷瑟后面。爱拉吹了个口哨，那匹母马便一溜小跑地超过了他们。

两队人朝着象群出发，没惊扰到象群，绕到了它们的后面。雷奈克和塔鲁特各自躲在圆堆的后面，随时准备点火。爱拉经过冰堆的时候，朝塔鲁特招了招手，冲着雷奈克笑了笑。她注意到文卡维克也在雷奈克的身边，也冲他笑了一下。

爱拉走在威尼的前面，投掷器和火把一起放在了篓子里。另外的猎手也在附近，但是都很沉默。他们还在眺望着当初她发现猛犸的那块草地。每件事情都发生得很快，让她没时间去细想。他们在短时间里已经做了很多。

爱拉一直梦想着能够猎猛犸，但意识到这将是她第一次打猎时，一股寒气袭遍周身。这种想法很荒谬，她便不再去考虑。渺小而瘦弱的人挑战巨大长着大牙的野兽，怎么会成功呢？然而她就要这样，用梭镖去杀死这片土地上最大的动物。不对，这不是全部。她还有头脑、经验以及猎手的合作。乔达拉是一个好投手。

他新发明的投掷器能用上更大的梭镖吗？他们试过了，但是爱拉用起来仍然不很顺手。

爱拉看到雷瑟和其他一起走来的人。猛犸似乎前进了一些。人们试图包围猛犸，这会让它们警觉吗？她这组走得快了起来，别人也开始担心了。信号传来，要拿出火把。爱拉迅速从篓中抽出来，发给大家。他们焦急地等待着，看着另外一组拿到火把。然后，首领发出了讯号。

爱拉脱下了手套，在杂草和碾碎的粪便旁蹲下。大家聚过来，等着。她对着干草擦了几下火石。火花灭了，她又擦了一次。杂草点着了，她往慢慢燃烧的杂草中多擦了一些火花，试着吹出火焰。突然的一阵风助了她一臂之力，火苗瞬间点燃了干草和粪便。爱拉往火苗中加了些牛脂，火烧得更旺了。她退后，猎人上前点燃了火把，然后成扇形包抄过去。

没有具体的驱赶信号。没有组织的猎手叫着，挥舞着冒烟的移动火把朝着大野兽奔去，驱赶就这样慢慢展开了。但是绝大多数马穆塔都是有经验的猎手，过去经常在一起打猎。两组合成一对，努力的成效更加明显了。猛犸群正慢慢朝着冰堆移动去。

巨大的母头领在困扰中似乎意识到了危险，改变了方向。爱拉朝它跑去，尖叫着，挥舞着火把。她突然回想起了曾经一个人驱赶马群的经历，只有一匹跑丢了，不对，两匹。哺乳期的母马掉入了她的陷阱，而不是那匹小黄马。她回头看了威尼一眼。

母头领的叫声吓到了爱拉。她及时转过头来看到母头领正对视着那头瘦弱渺小的动物，威尼感受到了危险，朝着爱拉跑来。但是这一次，爱拉不是只身一人。她抬头看到乔达拉在她的身旁，还有其他人。母头领发出了预警，直立着尖叫一声，然后退了回去。

较高的地方有一堆干草，没有受到夏季冰堆融水的影响。尽管有雾，但好几天都没下雨了。起初用来点燃火把的火焰由于无人看管，迅速蔓延开来，在风势下烧得更旺。猛犸意识到了火焰，不仅是干草燃烧的气味，还夹杂着焦土和灌木——就像草原上着火的气味，但是更吓人。母头领又吼叫了，老幼象群不停地附和着。它们加快了步伐，朝着未知但更危险的地带奔去。

风向变了，浓烟朝着追赶象群的猎手吹过去。爱拉正准备跨上威尼，朝后看了一眼火势，明白猛犸群为什么这么惊恐。她观望片刻，赤红色的火焰正疯狂地吞噬地上的道路，火光四溅，浓烟滚滚。但是她知道火焰并不是真正的威胁。就算象群越过了光秃秃的岩石，冰峡谷会阻止住它们。爱拉看到乔达拉已经骑上了雷瑟，紧跟着后退的猛犸，她也冲了上去。

爱拉超过一位来自布瑞茜营地的女人时，她能听到这个女人的呼吸声，她是一路跑着，跟在象群后面。一旦象群走上通往冰峡谷的路，它们就无法掉头了。当象群进入了冰堆围起的路上时，两个女人相视一笑。爱拉骑马上前，现在该由她驱赶象群了。

她注意到在象群两边和前方的路两边冰堆后面开始有火焰。猎人不想把火焰点得离象群太远，会有赶跑它们的危险，现在又点得太近了。突然，爱拉接近了陷阱的入口。她把威尼拉到一旁，抓住梭镖跳了下来。最后一头猛犸进入了陷阱，她感受到了地面的颤动。她飞奔过去，加入了追逐，跟在一头老猛犸的后面。猎手们点着了堆在入口的燃烧物，试着把象群困在里面。跳过了一堆火苗，爱拉又一次到了冰峡谷里。

这里再也不是静谧美丽的地方了。象群的吼叫在峡谷中回荡，震耳欲聋，令人难受。这让爱拉无法忍受，一半是紧张，一半是激动。她咽下惊慌，将第一支梭镖放到投掷器里。

猛犸母头领已经走到了另一头，寻找带领象群出去的路，但是布瑞茜已经等在那里，在一块高高的冰上。母头领抬起了它的象牙，惊慌地吼叫着。就在这时，麋鹿营的女首领朝着它的喉咙扔出了梭镖。一声尖叫，红色的液体从象的嘴里涌出，血液染红了白色的冰面。

来自布瑞茜营地里的年轻人射出了第二支梭镖。细长锋利的石头梭镖刺入了坚硬的皮肤，插在腹部。另外一支梭镖紧随其后，也刺入腹部，划开了一道长长的口子。猛犸发出痛苦的沙哑声，灰白色的内脏和血液从伤口流出。它被自己的内脏绊住。另外一支梭镖也扔向了巨兽，但碰到了肋骨，弹了回来。随后的一支射入了肋骨中间。

年老的猛犸跪倒在地，试图站起来，但又倒下了。象鼻再次扬起，试图警告同伴，然后缓慢优雅地落在地上。布瑞茜用一支梭镖刺入了象的头部，赞赏了它的勇敢，然后感谢了大自然的牺牲，这样她的孩子才能生存。

不止布瑞茜一个人站在了那头勇敢的猛犸的旁边，他们也在感谢大自然的恩赐。不同组的猎手临时组织起来对每头象展开攻击。用梭镖可以让他们离猛犸远一点儿，但是他们也要留意正近处的其他猎手的猎物。受伤猎物的鲜血融化了部分冰面，血水混在一起，又冻成了红色的冰块，很难立足。冰峡谷中充斥着猎手的吼叫和猛犸的哀嚎，而冰墙放大着，然后回荡着这些声音。

看了一会儿之后，爱拉开始追赶一头幼象，这头象的牙很长却是弯的，但作为武器仍然很管用。她往新的投掷器上装了一支梭镖，试着找好感觉。她想起布瑞茜曾告诉她腹部是猛犸最脆弱的地方，而刚才母头领的开肠破肚也让她印象深刻。爱拉瞄准后奋力一扔，梭镖穿过了冰峡谷。

梭镖飞得很快，刺入了象的腹部。但是梭镖太重，力量也不够，无人接应，爱拉应该瞄得更准一点儿。胃部被刺中不足以立即致命，猛犸鲜血直流，身受重伤，但是疼痛激怒了它，让它对准了袭击者。幼象高声鸣叫，底下了头，朝着爱拉奔来。

梭镖扔得很远，这让爱拉有时间逃跑。她丢掉梭镖，跑向一个冰块。但在她爬上冰块的时候脚滑了一下。就在象全力撞到冰块的那一刻，爱拉爬到了冰块的后面。它的大牙将冰块撞成两半。一阵惨叫，垂死的幼象用牙乱刺着冰块，试图找到躲在冰块后的爱拉。就在这时，两支梭镖接连飞来，刺中了幼象。一支刺中了颈部，一支以极大的力量刺穿肋骨刺入了心脏。

猛犸向后一缩，倒在了碎冰旁。鲜血从伤口中流出，冒着热气，冷却，最后冻成了冰块。爱拉从后面爬了出来，仍然惊魂未定。

“你还好吗？”塔鲁特问道，及时地伸手扶她站起来。

“还好。”她说道，还有些喘不过气。

塔鲁特握着刺入心脏的梭镖，用力拔了出来。鲜血又喷涌而出，乔达拉走来了。

“爱拉，它差点儿伤到你！”乔达拉说道。他显得特别的焦虑，“你应该等我来，或者别人来帮助你。你确定你没事吧？”

“没事，很高兴你们俩都在附近。”她边说边笑，“打猎猛犸真是激动人心。”

塔鲁特仔细地看了爱拉一阵子。她刚才命悬一线，幼象差点儿袭击到她，但看上去她并没有特别不安。气喘吁吁，有点儿激动，不过这很正常。塔鲁特咧嘴一笑，点了点头。他检查了一下梭镖。“啊哈！完好无损！”他说道，“还能用这支梭镖再杀一头猛犸！”他又回到了猎杀行动中去。

爱拉的目光跟随着那位高大的头领，但是乔达拉正看着她。因为担心爱拉，他仍然惊魂未定。他差点儿就失去她！那头幼象几乎就要杀死她！她的兜帽甩在后面，头发散着，有些乱。兴奋之情透过双眼传递出来。她的脸颊微红，大口地喘着气。当她激动的时候，她很美。

乔达拉心中默念道，他的美丽女人，出色而兴奋的爱拉是他唯一真正爱过的女人。万一失去了她，他会怎么办呢？他感觉到血液流到了他的下半身。会失去爱拉的念头让他害怕，而他对爱拉的爱唤醒了他的本能。在欲望的驱使下，他想一把抓住她。他想要她。他从来没有比现在更想要她。他可能会立即将她按倒在地，就在寒冷满是鲜血的冰面上。

爱拉看了一眼乔达拉，看到了他的表情，他的双眼如深邃的湖水一样湛蓝，但是很温暖。他想要她，她能感受到。她也同样想要得到他，欲火袭遍周身，要把自己烧焦，她爱他，比任何一种梦境中的爱都要多。她向他伸出双手，摸到了他，爱拉渴望他的亲吻，渴望他的爱抚，渴望他的爱。

"塔鲁特刚刚告诉我发生的一切！"雷奈克边跑边叫道，声音里夹杂着惊恐。"是这头幼象吗？"他看上去惊待在了，"你确定没伤到吧，爱拉？"

爱拉很不理解地看了雷奈克一阵子，发现乔达拉的眼中笼罩上了一层暮霭，他往后退了几步。然后爱拉才意识到雷奈克刚才问的问题。

"我没有受伤，雷奈克，我很好。"爱拉说道，但是她不确定这是否是实话。当她看到乔达拉拔出刺入幼象颈部的梭镖离开时，她的思绪乱作一团。她眼睁睁地看着他离开。

她再也不是我的爱拉了，这都是我的错！乔达拉想到。突然间他想起了在草原上第一次骑雷瑟时发生的意外，心中满是自责和羞耻。他知道那是多么严重的一起过错，然而他刚才几乎又犯了。雷奈克更适合爱拉。他背叛了她，然后玷污了她。他配不上爱拉。他希望他回到家乡后的某一天，他会开始接受无法避免的现实——他失去了爱拉。甚至，他会享受和雷奈克之间的朋友情谊。但是，现在他知道，失去爱拉的痛苦永远不会烟消云散，他永远也得不到爱拉。

他看到了一头猛犸，最后的一头，不知怎么从屠杀中逃离了出来。乔达拉非常暴力地将手中的梭镖刺向目标，力量之大，猛犸直接跪倒在地。然后他走出了冰峡谷。他必须离开，独自离开。他往远处走去，直到走出了其他猎人的视野。然后，他双手抱头，紧咬着牙，努力控制着自己。他摔倒在地上，不断地用拳头捶击着大地。

"哦，多尼，"他叫道，试图摆脱痛苦和绝望，"我知道这是我的错。是我自己抛弃了她，把她推开。这不仅仅是嫉妒，我因为爱她而感到羞愧。我担心她配不上我的族人，我担心她不会被我的族人所接纳，并且我会因为她而被赶出族群。但是，我才不在乎这一切。我配不上她，但是我爱她。哦，大地母亲，我爱她，我要她。多尼，我是多么想要她！别的女人都无所谓。我从她们那里什么都得不到。多尼，我想让她回到我身边。我知道已经为时过晚了，不过现在，我想让爱拉回到我身边。"

36

塔鲁特更擅长屠宰猛犸。他光着膀子，大汗淋漓，挥舞着他的巨大斧头，就像小孩子玩玩具一样。他敲碎骨头和象牙，扯开象的筋，然后剥开厚厚的象皮。他很享受这项工作，知道他所做的对自己的族人很有帮助。他的身体特别强壮，由他来干的话，别人就省事多了。塔鲁特咧着嘴笑着，用自己独特的方式运用着自己的肌肉，别人看到他的微笑也跟着笑了起来。

剥去厚厚的兽皮需要很多人的合作，就像他们回去处理和鞣制皮革一样，要大伙一起来。将猎到的猛犸带回去也需要大家的合作，这就是为什么他们只选择最好的那部分。挑选猛犸的其他部分也遵循着这样的原则，只要最好的，从象牙到尾巴。他们在挑选象肉的时候尤其苛刻，只挑最好、喜欢脂肪多的，剩下的都扔掉了。

但是浪费并没有看上去的严重。马穆塔人用背驮东西，搬运这些低质量的肉对他们得不偿失，从肉中获得的能量比运送消耗的还多。在精心挑选后，他们带回去的肉能供大家吃很长时间，这样短时间之内不用再打猎了。这些以打猎为生的人们并不过度捕猎。他们很理智地利用资源。他们活在大地母亲的怀抱里，他们明白自己对自然的依赖。他们并不浪费她的资源。

当他们在屠宰猛犸的时候，天气格外的晴朗，和午夜比起来，中午的气温相差很大。尽管如此，由于靠近冰川，在夏日的阳光下气候宜人，很暖和，又有干燥的风吹过，肉被吹干了，更方便搬运。但是夜晚却依旧会结冰。在他们离开的那一天，风向发生了改变，西边吹过来了几片云，气温明显地下降了。

当爱拉将象肉捆在马背上时，她才发现马在这个时候是多么的管用。每个猎手都背着很多猎物，他们也这才明白能驮货物的动物是多么的有帮助。起初很多人还不明白爱拉为什么要带着长长的木杆，显然这些杆子不能当做梭镖用。可是现在他们都赞许地点了点头。更有意思的是，其中的一个人甚至用一个木杆做雪橇，一个人拖着。

尽管他们很早就起床了，急于回去，但是他们出发的时候，上午已经过去一大半了。午后，他们爬上长长的窄山，山由沙砾、碎石块堆积而成。这是很久以前向极远的南方延伸的一座冰川所留下的。他们到达了蛇形丘陵的边缘时，他们停下来休整。爱拉回头望去，这是她第一次从远处观察这座冰川，冰川被暮霭笼罩着，十分迷人，爱拉沉浸在美景中，不能自拔。

在阳光的照射下，冰川闪耀着光芒。巨大的冰山连绵不绝，蜿蜒到很远的地方，就像山川一样，爱拉目光所及之处都是冰川，没有人能看到它的尽头。远处应该就是大地的尽头。

冰川的前缘很不平整，地面上坑坑洼洼，攀到山顶时，就会看到山顶上满是不平等的棱角和冰脊、冰塔和罅隙，和人的大小比起来，这些突起的形状都显得巨大无比。但是，和其本身巨大的体积比起来，表面算是相当平坦。真是令人难以置信，熠熠发光的冰川覆盖了地球四分之一的面积，无穷无尽。直到他们再一次出发的时候，爱拉还是在不停地回望，她看到西方的云涌过来就像大雾一样，弥漫开来，将冰川裹入其中，充满了神秘之感。

尽管大家都背着很重的猎物，但是大家却比来的时候走得更快了。去往北方冰川的路每年都会随着地形的变化而变化，但是回去的路，大家是知道的。每个人都因为这次非常成功的打猎而兴高采烈，满心欢喜。大家都盼望着能够尽快回到夏季大会上去。除了爱拉，没有人因为背着的猎物很重而情绪低迷。大家往回走着，但是爱拉却有了不祥之感，这种感觉比去打猎的路上的感受还要强烈。但是她努力克制着她的担忧。

雷奈克十分焦虑，都无法控制住自己了。文卡维克对爱拉一直很有兴趣，这让他焦躁不安，但是这样的冲突也让雷奈克有些不知所措。爱拉已经答应嫁给他了，他们驮回去的象肉就是为结合仪式所准备的。虽然乔达拉看上去已经接受爱拉和雷奈克的结合，但是什么都还没明说。雷奈克能觉察到，这个高大的男人是和他在同一战线上的，他们都抵制着文卡维克。这个泽兰达尼男人有着许多出众的品质，他们之间的友谊正在慢慢发展。但是，雷奈克仍然觉得乔达拉的存在对他和爱拉的结合是一种威胁，是他和爱拉能够幸福的一个障碍。只有乔达拉最终离开，雷奈克才能高兴。

爱拉并没有对结合仪式充满期待，尽管她知道自己本该那样。她知道雷奈克十分爱她，并且和他在一起，她也能够幸福。一想到她会有一个像特里茜的小孩一样的小孩，爱拉心中满是欢喜。在爱拉的心中，她很明白拉莱夫是雷奈克的孩子。这种想法里并没有夹杂着别的情感。她确信，雷奈克在和特里茜享受欢愉的时候，创造出了拉莱夫。爱拉很喜欢那个红头发的女人，也对她充满歉意。只要特里茜愿意，爱拉并不介意和她以及拉莱夫一起拥有雷奈克，还有他的火塘。

只有到了漆黑的深夜，爱拉才会承认，不住在雷奈克的火塘，她也能同样的快乐。在他们外出打猎的这段时间，爱拉基本避免和雷奈克一起睡，除了有几次，雷奈克似乎特别需要她，并不是生理上的需要，而是他想得到安慰和亲密感。在回来的路上，爱拉就没和雷奈克享受过欢愉。然而，每当黑夜来临，爱拉躺在自己的床上，她只会想起乔达拉。同样的问题一次又一次地在她脑海中浮现，但她总是回答不了。

当爱拉想起打猎的那一天，想起她在和猛犸的遭遇战中命悬一线，想起看到乔达拉关切目光的那一刻，她只想乔达拉是否还爱着她。为什么他整个冬天都和她保持着距离？为什么他会停止和她共享欢愉之乐？他为什么会离开猛犸火塘？她想起来乔达拉第一次骑在雷瑟上的情形。每当她想到他的欲望和需求，以及她自己的渴望和意愿,爱拉总是会睡不着。但是,记忆却被乔达拉的拒绝笼罩着,她心中满是痛苦和不解。

经历了似乎特别漫长的一天,晚饭过后,爱拉是第一批离开篝火,去帐篷的人。雷奈克满是渴望地请求爱拉和他一起睡,爱拉微笑着拒绝了,告诉他经过了白天的跋涉自己非常的累。看到雷奈克失望的表情,爱拉心绪凝重。但是爱拉的确很累,而且情绪也很不稳定。在她进帐篷之前,她看到了站在马边的乔达拉。他背对了她,看到乔达拉的身影,他走路的方式,他站立的形态,爱拉不由得被他迷住了。她十分了解他,就算看到了他的影子,她也能辨认出来。然后她觉察到自己的身体也有了反应。她呼吸急促,脸颊通红,自己已经被迷住,无法自拔。她朝他走过去。

但是这样没用,她自言自语道。如果我走过去和他说话,他只会转身,找借口离开。去和别人聊天。爱拉还是回到了自己的帐篷,但是对乔达拉的感情始终挥之不去,她蜷缩到了被子里。

她很累了,但是就是睡不着,在床上翻来覆去,极力控制自己对他的想念。她究竟是怎么了?他看上去一点儿也不想要她,她何必再执著呢?但是他为什么又那样地看着自己?为什么乔达拉在骑雷瑟的时候,那么想要她?仿佛乔达拉沉浸在对爱拉的渴望中,无法自拔。心头冒出了一个念头,她皱了皱眉头。也许他和她一样,对彼此都非常地痴迷,但是这或许并不是他的本意。这就是一直所存在的问题吗?

爱拉发现自己眼角又红了,但这次满是懊悔。这样想起来,似乎才说得过去。他拼命地想要避开她,想要远离她,是因为他根本就不想要她?她想到自己从前努力试图靠近他,和他交流,试着去理解他,换来的只是乔达拉不断地逃避,她觉得受到了侮辱。他根本就不想要她,爱拉自言自语道。但是雷奈克不是这样。乔达拉曾经说过他爱我,在峡谷的时候,他还说过要带着我一起走,但是他从来没有让我加入他。他从来没有想和我分享火塘,或者要我的孩子。

爱拉的泪水在眼角打转。他一点儿也不在乎我,我为什么还要对他念念不忘呢?她擤了擤鼻涕,用手背擦到了眼泪。我一直是想念着他,一直想要得到他,他却只是想忘掉我。

还好,雷奈克想要我,和他在一起也能够很快乐。并且他对我是这么的好。他想和我一起分享他的火塘,但我对他却不好。和他一起生出来的小孩一定很漂亮,至少特里茜的孩子很好。我觉得我应该对雷奈克好一点儿,并且开始忘掉乔达拉。但是忘却这个词一出在她的脑海里,她的眼泪就止不住的流下来。是的,雷奈克对我很好,但他不是乔达拉,我爱乔达拉。

当大家都开始进到帐篷里的时候,爱拉还没有睡着。她看到乔达拉从入口进来,也看到他迟疑地朝着自己看了一眼。她对着他看了一下,然后抬起了脸颊,把头转了过去。就在这时雷奈克进来了,爱拉坐了起来,朝他笑了一下。

“我以为你很累，所以这么早就进帐篷了。”雕刻匠说道。

“我也知道自己很累，但是我睡不着。我想我是要和你一起睡。”爱拉说道。

雷奈克很高兴地笑了，如果笑容能发光，光芒肯定能遮盖太阳。

“当我想睡觉的时候，什么也阻止不了我。”一旁的塔鲁特说道，没有恶意地笑了笑，这时他已经坐在了床上，脱下了靴子。但是爱拉注意到乔达拉并没有笑。他闭上了双眼，但是没能隐藏自己的痛苦，或者一种被击败的沮丧。突然，他转过身来，冲出了帐篷。雷奈克和塔鲁特对视了一下，然后这个黑黑的男人看了看爱拉。

当他们再次走到沼泽地的时候，他们决定换条路绕过去。他们背了太多的猎物，不能徒步穿越沼泽。他们研究了一下去年的象牙地图，决定明天早上换一个方向前进。塔鲁特确信换条路线并不会比原来的花费更长的时间，但是说服雷奈克却要费一点儿工夫，他是不想有任何延误。

就在他们决定换一条路线的那个晚上，爱拉异乎寻常地紧张。马一整天都很容易受惊，即使给它梳理毛发或者抚摸都不能让它安静下来。有什么事情不太正常。她不知道究竟是什么，但还有很不安。她朝着大草原的空旷地带走去，试着放松自己，远离了营地。

她看到了一群雷鸟，找了找弹石带，才发现没带在身边。突然，不知道发生了什么，雷鸟乱作一团，朝四处飞散开。然后，一只金雕出现在地平线之上。它没有拍动自己的翅膀，迎着风向，似乎一点儿都不慌忙。然而，突然间，在她还没有反应过来，金雕就朝着低飞的雷鸟扑了过来，以迅雷不及掩耳之势，抓住了它的猎物，用爪子将雷鸟捏死。

爱拉打了一个寒颤，匆忙赶回了营地。她和别人交谈，一直到很晚才睡，试着分散自己的注意力。但是当她上床睡觉时，却久久不能入眠。即便睡着了，也不停地在做噩梦。她总是醒来。天亮前的某个时间，她又醒了，再也睡不着了。她就从床上爬起来，走出了帐篷，生火烧水了。

天渐渐变亮的时候，她正喝着早茶，漫不经心地看着火堆边的长在一根细茎上的干瘪了的花穗。一块吃了一半的冷烤猛犸肉挂在一支打猎猛犸的梭镖杆上，这样就可以防止动物偷吃。她突然看到了一株野生胡萝卜植物，这种植物她是认识的，并且注意到树丛中有一根碎枝条，于是，她便用枝条来挖胡萝卜，这个胡萝卜有几英寸长。在挖胡萝卜的时候，她又发现了另外几枝干枯的伞形花穗，还看到一些蓟科植物的茎，扒掉针刺之后变得脆嫩多汁。在离这些植物不远的地方，她还发现了一个大大的蘑菇，又白又鲜，以及一些带有鲜脆芽苞的百合。当大家都慢慢起床的时候，爱拉已经做好了一大锅汤，里面有研磨过的谷物，又黏又稠，热气腾腾。

“太好喝了！”塔鲁特说道，又用他的象牙勺子舀了一勺汤，“你今天早上怎么会想起来煮这么一锅美味的汤呢？”

“我睡不着，又发现附近长了许多蔬菜。做汤可以让我暂时不去想别的事情。”她说道。

“我睡得就像一头冬眠的熊。”塔鲁特边说边仔细打量着爱拉，真希望妮兹能在他身边，“你这是怎么了？”

爱拉摇了摇头：“不，挺好的，但是我就是不知道怎么了。”

“你是病了吧？”

“没有，不会的。我只是感觉有点儿怪怪的。马儿们已经察觉到什么。雷瑟难以驾驭，威尼也显得特别紧张。”

突然间，爱拉扔下来她手里的杯子，伸出双手好像要来保护自己，惊恐地盯着东南方的天空。“塔鲁特，快看！”远处一团乌云正涌向天空，天空中很快就布满了在不停翻滚的黑云，“那是什么？”

“我不知道，”这位大块头首领说道，他看上去和爱拉一样惊恐，“我去问问文卡维克。”

“我也不知道啊。”当听到文卡维克的声音后，大家都转向了他。“黑云从东南边的山区涌出来。”文卡维克竭力地控制着自己的情绪。他不能流露出半点儿不安，但这样并不容易。“这应该是大地母亲的讯号。”

爱拉确信一些可怕的灾难正在发生，不然大地不会迸发出如此巨大的力量。黑色的云团一定非常巨大，从远处看云团都显得很大。云团翻滚着，不断喷涌出，慢慢地变大。高空的风正把它们吹向西方。

“这是多尼的奶水。”乔达拉用自己族群的一个说道，他一本正经的样子，严肃得超出了自己的想象。每个人都走出了帐篷，目瞪口待在地盯着那正在喷发的可怕山峰还有沸腾着的膨大火山灰云。

“你说的是什么？”塔鲁特问道。

“那是一座山，一座会喷发的独特的山峰。我还很小的时候看见过一回。”乔达拉说道，“我们叫它‘圣母的乳房’。古老的泽兰多尼寓言告诉我们关于它们的传说。我看到的那个是在中部的高山上。一个旅行者曾经靠近过那些山峰，他告诉了我们他所看到的一切。那段经历非常刺激，但是也把他吓坏了。先是一些小规模的地震，然后一座山的顶部被掀开。就像这次的一样，黑色的乌云遍布天空。和平常的云朵不一样，这些乌云里全是泥土和灰尘。”他指了指正往西边涌来的黑黑的乌云。“看上去那些乌云不会吹到我们这边。我希望风向不会改变。当灰尘落下来的时候，能覆盖住所有的物体。有些时候，灰尘非常厚。”

“那座山一定在很远的地方，”布瑞茜说道，“从这里我们看不到山峰，也听不到声音，吼声或者是大地的震动，都感受不到。只能看到巨大的喷涌和非常黑的乌云。”

“难怪我们会发现有灰尘落下来，万幸的是情况并不是太糟，我们离喷发的山峰足够远。”

“你是说会发生地震吗？地震是大地母亲发出的一种讯号，一直是这样，这回也不会例外的。这些马穆塔人一定会知道，他们会试着找出它真正的原因。”文卡维克喃喃地说道，不想让别人觉得自己知道的知识比他们少。

爱拉只是注意到了“地震”这个词，因为对她来说，在这个世界上没有比地震更可怕的事情了。在她五岁的时候，地震就发生在她身边，那时坚硬的地面四分五裂，她也在地震中失去了自己的家人。后来，当勃劳德想要把她赶出家族的时候，地震又一次发生了，这一回地震夺去了克莱伯的生命。所以对爱拉来说，地震一直预示着灾难性的破坏和激烈的变动。她努力控制住自己的情绪，避免失控。

就在这时，她眼角的余光里看到了一个熟悉的身影。突然间，一个灰色的影子向她飞来，沾满泥土的湿乎乎的爪子瞬间搭在了她的胸上，然后她感到一条带刺的舌头舔着她的下巴。

“沃夫！沃夫！你怎么会出现在这里？”

爱拉一边说着，一边用手抚摸着沃夫脖子上的毛。突然间她停了下来，表情凝重，看上去十分惊恐。她突然叫道，“不好！莱达格出事了！沃夫来找我，肯定是要带我回去见莱达格！我必须走，我必须马上走！”

“你必须把雪橇上放的和马背上驮的猎物放下来，留在这里，再往回骑。”塔鲁特说道。他的眼里充满着痛苦，很容易让人察觉，莱达格是妮兹的孩子，就像别的孩子一样，莱达格也是他的儿子，并且首领们都很爱他。如果他的身材不是这么大，他肯定能和爱拉一起去，她肯定会请求他骑着雷瑟，同她一起回去。

爱拉跑到帐篷里，穿上衣服，就在这时她看到了雷奈克。“莱达格出事了。”她说道。

“我知道。我刚才听你说过了。让我来帮你吧，我放一些食物和水到你的行李里，你需要被子吗？我把它也卷起来了。”在他说的同时，爱拉正在系靴子上的鞋带。“哦，雷奈克。”爱拉说道。他对她这么好，“我应该怎么报答你呢！”

“莱达格是我的兄弟，爱拉。”

当然！她自言自语道，雷奈克也爱他。“对不起，我没想好该怎么办。你可以同我一起回去吗？我还想带上塔鲁特，但他太高大了，骑不了雷瑟，但你行的。”

“我吗？让我骑马？不！”雷奈克说道。脸上露出了恐慌，退后了几步。

爱拉眉头一皱。她以前从未发现雷奈克对马的抵触是这么的强烈，但是她现在明白了，他从未骑过马，是族群里为数不多的几个。她不明白雷奈克为什么不骑马。

“我不知道怎么骑马，一点儿法子都没有，而且我害怕会从马背上摔下来，爱拉，骑马对你来说是一件非常正常的事，这也是我爱你的原因之一，但我从未骑过马。”雷奈克说道，“我更喜欢用我自己的双脚，我甚至也不喜欢坐船。”

“但是她不能一个人独自回去，必须有人跟她一起走。”塔鲁特在帐口说道。

“她不会一个人走的。”乔达拉说。他已经穿好了衣服，准备出门，他正站在威尼旁边，手中拿着雷瑟的马鞍。

爱拉松了一口气，她不用一个人回去了，但是又皱起了眉头，为什么他要同她一起走？他任何地方都不愿意同她一起去，因为他根本不在乎她，但是爱拉还是很高兴他将同她在一起，她不打算告诉他自己的想法，他已经让自己丢了很多回面子了。

就在爱拉把挂包放在威尼身上的时候，她注意到沃夫正咕噜咕噜地喝着雷奈克盘子里的水，在此之前它已经吃下了半盘子肉。

“雷奈克，谢谢你喂它。”她说道。

“我不会骑马并不是因为我不喜欢动物，爱拉。”这位雕刻匠说道，但是他情绪低落，他本不打算告诉她自己害怕骑马。

爱拉只是点了点头，笑了一下。“你回到狼营后，我们再见面。”爱拉说完，他们相互拥抱，亲吻，爱拉太想得到他的拥抱了。她也拥抱了塔鲁特和布瑞茜，并同文卡维克贴了一下脸颊，然后骑上了威尼，沃夫则紧跟在威尼后面。

“我希望它不是非常累，不然就不能跟着我们一路跑回去了。”爱拉说道。

“如果它累了，你可以抱着它一起坐在威尼身上。”乔达拉边说边坐到雷瑟的背上，安抚着雷瑟，试着让它安静下来。

“我怎么没想到，你说得对。”爱拉回答他。

“照顾好她，乔达拉。”雷奈克说道，“当她在替别人担心时，就忘记照顾好自己。你一定要把她完好无损地带回到我和她的结合仪式上。”

“我会照顾她的，放心吧，雷奈克，这个女人一定会完好、健康地出现在你的火塘里。”乔达拉回答道。

爱拉看着这次捕猎行动的每一个成员，对他们充满了感激，却无法用语言来表达。

他们很顺利地出发了，一直走到中午，然后停下来休息，吃了些随身带的食物。爱拉无时无刻不在担心莱达格，她更愿意不停地往回赶，但是马匹需要休息。她不知道是否是他让沃夫来找她，但是应该是这回事，其他人有事会派人来，只有莱达格知道沃夫非常机灵，能知道要传达什么样的消息，而且能够找到她，但是除非是特别的紧急，不然莱达格不会让沃夫出来。

爱拉看到了东南方的混乱之景，这让她非常的不安，巨大的烟柱喷入天空，但是现在已经不动了，但是乌云还在往外扩散，对地震的恐惧一直侵扰着她，感觉特别奇怪，但是对莱达格的担忧迫使她时刻都要有一副清醒的头脑。

即使所有的这些恐惧都在侵扰着爱拉，只要她意识到乔达拉一直在她的身边，她就会冷静许多。曾经她同他在一起是多么的快乐，但是这些快乐他现在都忘记了。她也曾梦想着只有他们两个人的时候，一起骑着威尼和雷瑟，沃夫在一旁跑着、跳着。当他们休息的时候，她用自己家族女人特有的能力隐藏着，偷偷地看着他，而不会被乔达拉发现。单单是看着他，就会让爱拉感到特别的温馨，爱拉有种想要靠得更近的欲望，但是她又想了想他最近那些无法解释的古怪行为，自己观察了一番，将自己的欲望强加在他身上，最后肯定不会被他接纳，为了避免这种尴尬，她不愿意显露自己的欲望。如果他不想要她，她也不要他，或者至少她不想让他觉察出她想要他。

乔达拉也正在注视着爱拉，想方设法要同她交谈，他想告诉爱拉自己有多么地爱她，他想再次赢得她，不管要付出多大的努力，但是爱拉似乎在刻意躲避他，他无法直视到她的眼睛，看到她的眼神。他知道莱达格的事令她多么的难过——他本人也担心最不应该发生的情况——他不想打扰到她。他明知现在不是应该考虑个人感情的时候，但是过了这个时候，他又不知该如何开口。他和爱拉一直往回走着，他不仅仅在想着到达狼营会发生的事情，而且还有了同她离开的疯狂想法，或许他们一起离开，一直跑回他的家乡。但是他知道这是不可能发生的，现在莱达格需要她，而且爱拉也已经和雷奈克订婚了，他们将要结合，爱拉为什么会愿意和他一起离开呢？

他们没有休息很长的时间。在爱拉认为马匹得到了足够的休息后，他们便再次开始往回赶路了。但是他们只走了一会儿就发现有人迎面而来。那个人在远处就开始喊叫着，当他们走近时，看清了那个人，是鲁代格，那个曾经送信给他们、告诉他们夏季大会新地址的人。

“爱拉，我正在找你，妮兹派我来把你接回去。但是我给你带来了坏消息，莱达格病得很重。”鲁代格说完，然后看了看四周四下，“怎么没有看到其他人？”

“他们正在往这边赶。我和乔达拉一得到这个消息就往前赶。”爱拉说道。

“但是你们是怎么知道的，可就我一个送信的人啊？”鲁代格问道。

“不是，”乔达拉说道，“你是唯一的送信的人，但是沃夫跑得更快。”

鲁代格突然间意识到到那只小狼的存在：“沃夫没同你一起去打猎，它怎么会出现在这里？”

“我想是莱达格派它来的。”爱拉说道，“我们在沼泽边的时候它找到了我们。”

“这也算是不幸中的万幸了。” 乔达拉接着说道，“你可能没看到其他的猎手，他们决定在回来的路上绕过沼泽地，他们背着很多的猎物，走在较干的陆地上能够更快一点儿。”

“那么说他们打猎到了猛犸了，天啊，这会让大家都很高兴的。”鲁代格边说边看了一眼爱拉，“我想你还是赶快赶路，还好，你离莱达格的营地这么近。”

爱拉非常惊慌，感受到脸上的血液仿佛凝固住了。

“你想骑马回去吗，鲁代格？”就在他们匆忙准备继续赶路之前，乔达拉问他，“我们可以骑一匹马。”

“不了，你们需要快点儿往回走，能在这里遇到你们已经省了我很长的一段路，我不介意走着回去。”

爱拉骑着威尼一路赶回了夏季大会，在别人还没知道她回来的时候，她就已经下了马，冲进来帐篷里。

“爱拉，你在这里！你回来的正是时候，我担心你再没回来，莱达格就会离开这个世界。”妮兹说道，“鲁代格一定走得很快。”

“不是鲁代格找到我们的，是沃夫。”爱拉一边说着一边扔下她的外衣，冲到了莱达格的床边。

看到莱达格的时候，爱拉心头一震，她不得不把眼睛闭上一阵子来克制住自己。他的下巴紧闭着，脸上的线条拉紧着，他的表情比任何语言都更清楚地告诉她，他正在经受着痛苦的煎熬，这种痛苦十分的可怕。他脸色苍白，眼圈都是黑色的，颧骨和眼眶突出来，非常明显。莱达格的每次呼吸都很费力，而且会造成更多的痛苦。她抬起头看着妮兹，妮兹就站在床边。

“妮兹，究竟发生了什么？”为了不让莱达格看到，爱拉竭力忍着自己的泪水。

“我也想知道，他之前一直很好，但是突然间就痛了起来，我已经做了你告诉我的我所能做的每一件事。给他吃了药，但是却没有用，一点儿都没好转。”妮兹说道。

就在这时，爱拉感到有人轻轻地碰了一下她的胳膊。“很高兴你来了。”这个男孩很虚弱地说道。

她从前在什么地方也遇到过这种情况？是谁也曾经挣扎着打过手势，尽管身体已经虚弱到几乎不能移动呢？是伊扎，她死时就是这样。她死的时候爱拉也做了一次远行，并且在家族大会上停留了很长时间，刚刚返回后伊扎就不行了。但是这次她只是去猎捕猛犸，更何况他们并没有离开多久，莱达格怎么会变成这样？他怎么病得这么重？还是病患是慢慢地降临到他头上的，以前未曾觉察到？

“是你派沃夫去的吧？”爱拉问道。

“我知道它能找到你。”男孩打了一个手势，“我知道沃夫很机灵。”

然后莱达格闭上眼睛。他费力地呼吸着，看到他的痛苦，爱拉非常地心痛，她不得不把头扭到一边，闭上眼睛，不想看到莱达格。

“你最后一次吃药是什么时候？”当他睁开眼睛的时候，爱拉问道，这时她可以看着他。

莱达格轻轻地摇了摇头：“没用，这一切都无济于事的。”

“你说什么，这一切都无济于事？你又不知道药的作用，你怎么知道它没用？但是我是知道的。”爱拉说道。鼓起勇气，努力让自己的声音听起来掷地有声。

他又轻轻地摇了摇头：“我知道你懂药。”

“好，我要给你检查一下，但是在这之前，你得把我给你的药吃了。”爱拉说道。她更担心他会在药起作用之前就崩溃。当她起身离开的时候，他摸了摸她的手。

“别走。”他又闭上了眼睛，她看着他痛苦地喘着气，一口接着一口，没有力气做其他的事情。“沃夫在什么地方？”他比画了半天，终于比画出来。

爱拉吹了声口哨，在外边的人试图阻止沃夫进帐篷，但是最后突然发现根本阻止不了它，它就在那里，很快就跳上了男孩的床，舔着他的脸。莱达格笑了，但是莱达格的笑容让爱拉无法忍受，他的笑有着家族特点。这个粗暴的小动物可能做得太过分了，爱拉示意让它下来。

“我派沃夫去，是想要爱拉。”莱达格又比画道，“我想要……”

“莱达格，你想要什么？”爱拉不停地鼓励着他。

“他曾经想告诉我，”妮兹说道，“但是我不明白他在说什么，我希望你能，这似乎对他很重要。”

莱达格闭上眼睛，皱了皱眉头，爱拉发现他正试图回忆起一些事。

“杜尔克很幸运，他……属于、爱拉，我想要……莫格乌。”

他费了好大的力气，才说了出来，说完就已经没有了力气，但是爱拉所能做的只是努力理解莱达格的意思。“莫格乌？”莱达格打着无声的手势，“你是说一个有灵魂的人？”爱拉问道，提高了自己的音量。

莱达格点了点头，爱拉的理解给了他很大的鼓舞，但是妮兹却非常费解，脸上充满了疑问。“这就是他一直想说的吗？”这个女人问道。

“是的，我想是这样。”爱拉说，“究竟是什么意思呢？”

妮兹点了点头：“我知道他想要什么。他不想让自己像个动物，他死后要去灵魂世界。他想能像个人一样……给埋起来。”

莱达格点了点头，表示赞同。

“这可是毫无疑问的啊，”爱拉说道，“他就是一个人。”她看上去非常地不理解。

“不对，他不是，他从未被看成一个马穆塔人，他们没有接纳他，他们说他是个动物。”妮兹说道。

“你是说不能给他举行葬礼吗？他不能进入灵魂世界？谁说他不能？”爱拉非常愤怒，火焰似乎要从眼中燃烧出来。

“你生气也没用，就这么规定的，猛犸火塘是不会同意的。”妮兹回答道。

莱达格一直在听着，但是现在，他的希望正在破灭。爱拉看到他的表情，失望之情掩藏不住，她比任何时候都更气愤。

“不一定要得到猛犸火塘的同意。他们无权决定一个人是不是人，莱达格是一个人。他更像是我的儿子，他不是动物。猛犸火塘可以有自己葬礼的规定，这些不适用于莱达格，时机成熟我会埋葬他的，用我自己家族的方式，像我给克莱伯、莫格乌做的那样的葬礼。不管猛犸火塘同意不同意，他都能进入灵魂世界。”

妮兹看了男孩一眼。他现在好像放松了许多。他的表情变得安详,之前一直露出的难受和紧张不见了。他摸了一下爱拉的胳膊。

"我不是动物。"他比画了一下。

爱拉在等着,他好像还有别的想说。突然间她意识莱达格没有声音了,他不再痛苦地挣扎着呼吸,他摆脱痛苦了。

但是爱拉却陷入无尽的痛苦之中。她抬起头看到乔达拉。他一直站在她的身边,就像她和妮兹一样,他也显得特别的痛苦。突然间他们三人抱在一起,试着安慰彼此。

与此同时,还有一位在场的也表达了自己的悲哀。一声低沉的哀嚎从莱达格床下的地面上发出,一个毛茸茸的喉咙吼出来这个声音,然后声音拉长,变得响亮,再升高,成为了沃夫第一次完整而响亮的长嚎。一口气叫完后,它又开始嚎叫,这是一种响亮而又不安的,令人脊柱发凉的嚎叫,毫无疑问,沃夫用自己的嚎叫表达出了自己的失落。大家都聚集在帐篷入口处,不断地张望,却犹豫不决,没人愿意进来。即使他们三个人还沉浸在悲痛之中,也停了下来,倾听着沃夫的嚎叫,这令他们惊奇不已。乔达拉自言自语道,无论是人还是动物,都也没有比这更令人伤心和敬畏的挽歌了。

爱拉的泪水流了很久,十分悲痛,然后她坐在瘦小的尸体旁,一动不动,但泪水又开始流下来,双眼茫然地盯着前方,慢慢地回想起了从前她和自己家族的人以及她儿子在一起生活,然后又想到了她第一次看到莱达格的情形。她爱莱达格,对她来说,某种意义上讲他的存在同杜尔克同样重要,他代替了杜尔克,莱达格给了她机会,让她更多了解他,了解他如何成长,如何长大成人,他是怎样观察,怎样思考。当她看到莱达格的小聪明而乐开了花时,或者高兴地看到他有着敏锐的感觉和出色的智力时,她能想象到杜尔克会有同样的能力。现在莱达格走了,她同杜尔克之间也断开了微弱的联系。他们两人让爱拉非常伤心。

妮兹也十分悲痛,但是生活还是要继续。鲁琪爬上了她的大腿,她也能感受到悲伤,感到迷惑,她的伙伴、朋友、兄弟不能再和她一起玩耍了,也不能再用手势交流了。达努格躺在自己的床上,用被子裹着头,在里面哭泣着,但是得派人去告诉拉蒂。

"爱拉,爱拉?"妮兹最终问道,"你要用自己家族的方式埋葬他,那我们能帮什么忙呢?我们要开始为葬礼做些准备了。"

爱拉发待在了一会儿,才注意到有人在同她说话,她皱了皱眉头,盯住妮兹:"你在说什么?"

"我必须为他的葬礼做好准备,我们能帮上什么忙?对于你们家族的葬礼我一无所知。"

不对,之前没有马穆塔人干过这样的事情,她想到,特别是在猛犸火塘,但是她要去为莱达格这样做了。她想到她以前看过的家族葬礼,想着应该为莱达格准备什么。在用家族葬礼埋葬他之前，他必须和自己属于同一个家族。也就是说要给他起个名字，而且要给他带上一块有红赭石的护身符。想到这里，突然，爱拉站了起来，冲了出去。

乔达拉跟上她，问道："你要去什么地方？"

"如果要让莱达格成为自己家族的人，我必须做个护身符给他。"她说道。

爱拉迈着大步跨出了营地，很显然，她看上去很生气，看都没看就穿出了猛犸火塘，径直走到有燧石的地方。乔达拉跟在爱拉的身后，他明白她要干什么。她要了一块燧石岩块，现在没有人想拒绝她，然后她朝四周看了看，找到一把石头做的锤子，用锤子清理出一片空的场地出来。

当爱拉开始用自己家族的方式打造燧石的时候，马穆塔人的燧石匠意识到她要做什么，他们尽可能地聚集在一起，焦急地在一旁看着爱拉。没人想再去打扰到她，但是这个能看到凿燧石的机会非常难得。乔达拉曾试着告诉他们自己家族的方法，在告诉他们方法后，他就开始用不同的训练方法，他没有必须用他们的工具，所以当他成功做出来后，他们却认为这是他自己的能力，而凿燧石却不是一个独特的过程。

爱拉决定做两件工具，一把锋利的斧头还有一个尖头锥子，然后把这些工具带回猫尾营去做护身符。她试着做出一把刀，但是她心中充满悲愤，两只手在不停地颤抖。第一次她试图做一个较难做的窄尖头时，斧头的尖头被她凿碎了。她发现许多人都在注视着她，这让她感到不安。她觉得马穆塔的燧石匠们正在判断她是否在用自己家族的方式来做工具，但是她做得并不好，她是如此介意别人是怎么想的，这让她感到很生气。在第二次试着做时，她又给弄断了，在挫折的打击下，她流下了生气的泪水，她不断地试着擦去眼泪。就在这时，乔达拉跪在了她面前。

"爱拉，你想要这个吗？"他问道，举着她为那次春季大会而做的斧头。

"是家族的工具？你从什么地方弄到的……这是我做的！"她说道。

"我知道，希望你不介意，是我那天回去拿的。"

乔达拉的行为让她很奇怪，甚至有些迷惑不解，还夹杂着莫名其妙的高兴，"当然不，我不介意，很高兴你这么做了，但是你这样做为什么？"

"我想要……研究它。"他回答道，他实在不想说是要用它来记住她，告诉她，他想要离开她。但是他不想离开，他不能没有她。

她把自己以前做的工具盒拿回了猫尾营，找妮兹要了一块软的皮毛。拿到后，那个女人看着爱拉做了个简单的袋子，用来装东西。

"这些工具看起来是有点儿粗糙，但是真的很好用。"妮兹评论道，"袋子是用来做什么的？"

"是莱达格的护身符，和我在春季大会上做的那个一样。里面要放一块红赭石，再用我自己家族的方法取个名字给他。他也该有个图腾，这个图腾要保护他回到灵魂世界。"她皱了皱眉头,顿了一顿,"我不知道克莱伯是怎么发现一个人的图腾。或许莱达格能分享我的图腾。穴狮是一个强大的图腾,拥有这个图腾的人有时很难相处,但是这样的人却可以经受无数次的考验。莱达格应该有一个强壮的图腾来保护他。"

"我能帮上什么忙?需要给他做一些准备吗?比如说穿上衣服?"妮兹问道。

"对的,我也想帮忙。"拉蒂说道,她正同图丽站在门口。

"我也一样。"马穆特补充道。

爱拉抬起头来,看到几乎整个狮营的人都在朝着她这边看来,都想要给她帮忙,猎手们不在,他们都外出打猎了。一股强大的暖流从她心底涌出,这些狮营的人收养了这个孤儿,并把他看成是自己的孩子,这让她感到很奇怪。然而她对猛犸火塘的人又有种不满的情绪,他们甚至不为莱达格举行葬礼。

"好,首先得弄些红赭石,把石头碾碎,像给皮毛上色一样,在把一些提炼出的脂肪混在一起做成软膏,用软膏搽遍他的全身。一个真正的家族葬礼是需要用洞熊的脂肪。对我们家族的人而言,洞熊是神圣的。"

"我们没有洞熊脂肪。"托奈克说道。

"爱拉,为什么不用猛犸的脂肪?"马穆特建议道,"莱达格不仅仅是你们家族的人,他也是我们的,他也是属于马穆塔人,对于我们来说猛犸是神圣的。"

"是的,我想可以用。他也是马穆塔人,这点我们是不该忘记的。"

"爱拉,可以给他穿上衣服吗?"妮兹问道,"他今年还没穿过我给他做的新衣服。"

爱拉皱了皱眉头,然后又点了点头:"为什么不呢?像家族里做的那样,给他涂上红赭石后,要穿上最好的衣服,像马穆塔人举行的葬礼那样,妮兹,我想这是个好主意。"

"我从未想过在他们的葬礼中,红赭石的颜色代表着神圣。"弗里贝克议论道。

"我甚至认为他们从不埋葬死者。"克罗兹说。

"显然,猛犸火塘的人不是这样想的。"图丽说道,"这样做肯定会让他们感到奇怪。"

爱拉向狄琪要了一只木碗,这些碗是爱拉给她当作礼物,是用爱拉家族的风格做成的,爱拉用这些碗把红赭石和猛犸脂肪搅成彩色软膏。但是,妮兹、克罗兹和图丽用软膏搽在他的身上,又给他穿上衣服,她们是狮营中年龄最大的三个女人。最后,爱拉留了一些这种软膏,并放了一些红色铁矿石到她的袋子中。

"要不要把他裹起来?"妮兹问道,"爱拉,他不用裹上吗?"

"我不知道是什么意思。"爱拉回答道。

"我们把他抬出去,并下葬之前,用兽皮或者一些东西把他裹起来。"妮兹解释道。

爱拉意识到这是马穆塔人的另一个习俗，但是似乎给他穿上华丽的衣服，在他身上放上珠宝，更像马穆塔人的葬礼方式，而不像是自己家族的。三个女人期盼地看着她，她转过头来看了一眼图丽，又看了看妮兹。对，也许妮兹是对的，应该用什么东西把他抬出去，草垫子或是床罩，然后她又看了看克罗兹。

忽然，爱拉又想起了一些事情：杜尔克的斗篷，在他小时候，她经常用那件斗篷把他裹在胸前。当他蹒跚学步时，那件斗篷又用来帮他站在她的腿上，那件斗篷是她从自己家族带来的，却是唯一一件没有实际用处的东西。多少个夜晚，她独自一个人的时候，她从杜尔克的斗篷能得到一种完全感，这样她会想起她所爱的人，又有多少个夜晚她是和那件斗篷一起睡的，这是唯一一件她拥有的她儿子的东西，她不知道是否该保留着它，但是莱达格真的需要它吗？她的后半生一直需要那件斗篷吗？

爱拉发现到克罗兹又在看着她，她让爱拉想起了那件白色的短斗篷，是克罗兹给她儿子做的那件，那件斗篷对她很重要，她一直带在身边，但是她把斗篷给了雷瑟，已经派上了用场，保护着雷瑟。用自己家族的东西包裹住莱达格和她到处带着杜尔克的斗篷比起来，哪个更重要呢，莱达格要去灵魂世界，这更重要？或许她也该忘记杜尔克了，他留下的不仅只有回忆，爱拉应该心存感激。

"我有东西可以用来裹着他。"爱拉说完，冲到自己床边，从一堆东西下面抽出一块折好的兽皮，把兽皮展开，她再次把属于她儿子的这块柔软的旧斗篷贴在自己的面颊上，她闭上眼睛，然后想起了过去的时光，走回去把它交给了莱达格的母亲。

"用这个裹。"她告诉妮兹，"这是一件我自己家族的裹布，过去是我儿子的斗篷。但是现在，它要保护在灵魂世界里的莱达格。谢谢你，克罗兹。"她又加上一句。

"为什么谢我？"

"因为你让我做了这些，你告诉我有时母亲必须放手。"

这个已经年老的女人表情严肃，但她的眼睛却闪着光芒，妮兹接过爱拉手中的斗篷，盖在莱达格身上。

天已经黑了，爱拉想在帐篷内先举行一个简单的仪式，但妮兹要她等到早晨，仪式要在户外举行，这样大家都能在要大会中看到莱达格的人性。这样也能给往回赶的猎手们多一点儿时间，没人希望塔鲁特和雷奈克错过莱达格的葬礼，但是葬礼也不能拖太久。

第二天早晨，他们把莱达格的尸体抬到了外边，平放在斗篷上。大会中的许多人已经聚在了周围，而更多的人正在赶过来，大家都听说爱拉要给莱达格举行葬礼，很是好奇。爱拉拿着一小碗红色的赭石膏和一个护身符。就在这时，人群的另一边又吵了起来，妮兹终于释然了，猎手们回来了，他们带回了所有的打猎到的猛犸肉。

把猛犸肉储放好后,葬礼才开始举行。有人告诉了塔鲁特和雷奈克所发生的一切,没人反对仪式重新开始。

爱拉重新站在土堆上主持葬礼,努力回忆起克莱伯在葬礼上的手势,她并不明白这些手势的意思。这些手势只教给莫格乌,但是她明白大概的目的和内容,她一边走一边解释。

“现在我要召唤灵魂。”她说道,“伟大的洞熊灵魂,穴狮灵魂,猛犸灵魂,还有其他古老的灵魂,还有风、雾、雨的灵魂,”说完她弯腰拿起那个小碗,“现在我要给他取个名字,他会成为我家族的一员,”她说道。她用手指蘸了一些红色软膏,在他的额头和鼻子之间画了一条线,然后站起来,一边打手势一边说道,“男孩的名字叫莱达格。”

爱拉努力地回忆着正确的手势和动作,她的语调和脸上的表情都显得特别的严肃,她的讲话方式都十分奇特,这让人着迷。她站在冰块上召唤猛犸的故事迅速在人群中传开。不管爱拉有没有马穆塔人文身,也没人怀疑这个猛犸火塘的女儿能够主持这个仪式的权力。

“我已经用我家族的方法给他起了名。”爱拉说道,“但是他还需要一个找到他灵魂世界的护身符,我不知道他的护身符,所以我要同他共享我的穴狮护身符,这是个有力的护身符,但是他受之无愧。”

然后,她揭开盖在莱达格左腿上的斗篷,用红色软膏在他的大腿上画了四道平行的线,然后她站在那边打手势说,“穴狮,男孩莱达格的灵魂交给你保护。”然后,她拿起护身符,系上根绳子,绕在他的脖子上。

爱拉选了一个远离营地的地方,狼营同意狮营把他埋葬在那里,妮兹用杜尔克的斗篷把僵硬的小尸体裹上,然后塔鲁特抱起他,把他抬到下葬的地方。把莱达格放进窄小的墓穴中时,塔鲁特流下了泪水,但他并不为此感到羞耻。

狮营的人站在略微挖深的墓穴周围,另外的几件物品也放进了坟墓。妮兹带的食物就放在他的身旁,还有拉蒂放的他最喜欢的小哨子,特鲁妮带来一串骨头,是他在冬季里用来照看婴儿的鹿骨。这些是他最喜欢的东西,鲁琪跑到墓前,出人意料地把她最喜欢的布娃娃也丢了进去。

在爱拉的示意下,每个来自狮营的人都拿起一块石头,小心地放在用斗篷裹起的尸体上,堆成一个锥状的坟墓,然后爱拉才开始葬礼。她没有试着解释什么,但是这些的目的都显得很明确。爱拉所用的手势和动作都是克莱伯在伊扎的葬礼上使用的,后来她在满是碎石的山洞里发现克莱伯时,她也用这些手势来悼念他。爱拉的动作让葬礼有了一种古老的神秘感,这样的手势在场的人都不明白,手势是如此的美妙,超出了大家的想象。

她没有使用在狮营学到的简化了的动作,而是用完整、复杂而丰富的家族语言,这种语言让每一个动作、每一种姿势都有着细致而微妙的差别,许多动作算是秘传的——甚至连爱拉也不明白那些动作的含义——也包括了许多普通动作,其中的一些动作的确实狮营人能够了解。他们可以看懂动作的主要部分,知道那是为了送某人进入另外的世界而进行的仪式。对于马穆塔人而言,爱拉的动作正如一种微妙但极富表现力的舞蹈,手和臂的丰富动作,有着各种姿势及体态。她用这样沉默而优雅姿势唤起了大家对爱、失落、悲伤以及对死亡的神秘遐想。

乔达拉被征服了,他的泪水不停地掉下来,就像狮营其他成员一样。当他看着爱拉优雅而无声舞蹈时,他想起她在山谷中——似乎是很久以前了——她有一次试图用同样优美的动作告诉他一些事情。即便在那时,他也不能了解那是一种什么样的语言, 但是他也从那极具表现力的姿势中感悟到某种深刻含义。现在,他看到了更多,他才惊讶地发现自己还有很多的地方不明白,他只能发现爱拉的动作是那样的美妙。

他回想起了他们初次相遇时她的姿势,那时她双腿交叉,低头坐在地上,等待他拍打她的肩头。即使她知道如何说话后,她还是会使用它。这种姿势总给他带来不安的感觉,当他知道这是一种家族姿势以后更加的不安。但是爱拉告诉他,她用这种姿势是为了说明某些她不知其名的事物。他笑了笑。令人难以置信的是,当他们初次相遇时,她不会讲话。但是现在,她能流利地使用两种语言:泽兰达尼语和马穆塔语,如果算上她家族的语言,就有三种。在和桑吉尔人相处的短暂时间里,她甚至学会了一点点桑吉尔语。

当他注视着她用动作主持葬礼的时候,他回想起了山谷,回想起了他们的爱,他明白他一生中最最渴望得到的就是她。然而,雷奈克就站在她的身旁,同他一样入迷。乔达拉每一次看爱拉,都不可避免地看见那个黑皮肤男人。等他赶到的时候,雷奈克已经守住了她,而且,他还向乔达拉示意,爱拉仍然是他的人。爱拉也似乎既遥远又不可捉摸。他做了一些努力,想和她交谈,想表达自己的歉意,然而,她似乎并不愿意接受他的安慰,也许他想错了,她这样难过,他不应该还有什么期待?

突然,一阵平稳的敲击声传过来,所有人都扭过头去,鼓手马路特从音乐室拿出了他的猛犸头骨鼓。通常,音乐是在马穆塔人的葬礼上才演奏的,可他敲出的声音并不是马穆塔节奏,那是爱拉曾经演示给他的家族的节奏。与此同时,留长胡子的乐手马南开始吹奏她曾经吹响过的简单的长笛乐。音乐以一种神秘的方式,配合着那个正在做舞蹈仪式的女人的动作,爱拉的舞蹈同音乐本身一样轻盈飘逸。

仪式差不多完成了,因为家族的音乐还在演奏,爱拉决定重复一遍。第二遍的时候,乐手们开始即兴发挥。他们熟练地把简单的家族音乐变成了既非家族、又非马穆塔的音乐,而是二者的混合物。这种伴奏对于这个男孩的葬礼来说再好不过了,莱达格本身就是二者的混合物。

最后一次表演时,爱拉已经忘记自己的泪水是什么时候流下的,不过,她可以看到,许多人的眼睛都湿漉漉的,包括一些别的火塘的人。

等她完成第三次的时候,一片黑云从东南方涌来,遮住了太阳。在这个雷雨的季节,一些人去寻找躲避处。但是,天上落下的不是雨水,刚开始是轻轻的灰尘,火山灰越下越大。爱拉站在莱达格的锥形墓前,感受到火山灰飘落在她身上,就像羽毛一样,裹住了她的头发、肩膀,黏在她的胳膊、眉毛,甚至睫毛上,裹住了她的全身,她变成了一个棕灰色的人。火山灰覆盖了一切,基石、草地,甚至路上的褐色尘土。打猎的梭镖和灌木丛都盖上了同样的颜色。火山灰也覆盖了站在墓边的人们,对于爱拉来说,他们开始变得相同。在地震和死亡面前,人和人的差别彻底消失了。

37

“怎么会这么脏!”特鲁妮很恼火地说道,一边说着一边在水沟旁抖着床单,抖出来很多灰,“清理了这么多天,但还是弄不干净,食物、水里、衣服上、床上,到处都是。”

“应该下一场大雨,”狄琪说道,然后倒掉了刷洗帐篷皮罩的脏水,“一场暴风雪也能解决问题,我盼着今年冬天能早点儿来。”

“我相信,”特鲁妮说道,斜着眼看了看狄琪,笑了出来,“但我想是因为你和布拉那格的结合仪式就在冬天。”

想到即将来临的仪式时,狄琪脸上露出了幸福的微笑:“特鲁妮,你说的是对的。”她说道。

“由于这场灰尘,猛犸火塘正在讨论延迟结合仪式,这是真的吗?”特鲁妮问道。

“包括女子成人仪式,但是大家都反对。我和拉蒂都不想等了,最后他们决定不推迟了,担心会有更多的怨气,有人觉得不应该参加莱达格的葬礼。”狄琪说道。

“还是有人赞成。”弗莱莉边说边把一篮子灰倒进了水沟,“不管他们作什么决定,肯定有人不同意。”

“你只有和莱达格住在一起才能明白。”特鲁妮说道。

“我不知道。”狄琪说道,“在爱拉来之前,他就同我们住了很长时间,但我们没把他当成人。”

“狄琪,我觉得爱拉并不像你那样期待结合仪式,”特鲁妮说道,“难道她生病了?”

“不对,她不可能生病了。”狄琪说道,“但究竟为什么?”

“她看上去怪怪的，准备结合却好像并不希望这样。她收到大量的礼物但是但好像不高兴。她应该像你一样，一听到‘结合’，会很高兴，脸上带着笑容。”

“不是每个人都会像你一样。”弗莱莉说道。

“莱达格对她很重要。”狄琪告诉她，“同妮兹一样，她现在很伤心。”

“莱达格让我也很难过，我想念他。”特鲁妮说道，“我们都很伤心，但是我解脱了，她还在痛苦着。她一定为别的事情烦心着。”

特鲁妮一开始就怀疑爱拉和雷奈克的结合，但她没有说出来，这话毫无根据，但她还是觉得尽管雷奈克喜欢爱拉，并且爱拉好像可以躲避乔达拉，但是爱拉喜欢的是乔达拉。这个高大的泽兰达尼男人走出了帐篷，走到了大会中央的地方，他看上去心事重重。

乔达拉和经过的那些人打了打招呼，但是仍然心神不宁。是他自作多情，还是爱拉真的在躲避他？他一直努力地躲着她，她也在躲避他，但是他想同她单独谈谈。他一直相信尽管她答应了雷奈克，但是只要他不再躲避她，她还会回到他身边。或者说，她不急切地想和雷奈克结合，可是她现在似乎封闭了自己。他唯一能做的就是同她面对面地交谈，但是找到可以交谈的时间和地点绝非易事。

看到拉蒂朝他走来，乔达拉停了下来，笑了笑看着她。拉蒂自信地走着，微笑地看着每个同她点头打招呼的人。成人仪式给拉蒂带来的变化令他非常惊奇。她已经长大了，不再是个紧张到只会傻笑的孩子了。尽管还年轻，但是拉蒂走起路却有着成熟女人的魅力。

“你好，乔达拉。”她笑着问候道。

“你好，拉蒂，你看上去很高兴。”拉蒂看上去很可爱，他笑了笑，他的想法从眼神传达出去。拉蒂略微有些吃惊，她吸了口气，然后又看了乔达拉一眼。

“在一个地方待的时间长了总会厌倦，这是我第一次出来走走。”拉蒂抬头说道，然后又靠近了点儿，“你要去什么地方？”

“我在找爱拉，你看到她了吗？”

拉蒂叹了叹气，然后礼貌性地笑了下。

“我见过，她刚才在照看特里茜的孩子，马穆特也在找她。”

“不要责怪他们，爱拉。”马穆特说道，他们正坐在树阴下，感受在外面温暖的阳光，“有几个人不同意，我就是其中一个。”

“马穆特，我没有责怪你。或许是我得罪了什么人，但是他们怎么就不明白呢？大家怎么这么恨他们？”

“或许是因为他们不明白我们的共同之处，他们只能去寻找差异。”马穆特停顿了一下，继续说道，“爱拉，你必须在明天之前去猛犸火塘，你只有去了才能结合。你要明白，你是最后一个了。”

“是的，我知道。”爱拉说道。

“从你的不情愿中，文卡维克看到了希望。他今天又问我，你会不会考虑他的请求。他说，如果你不想违背誓言，他会问雷奈克是否可以让他做共同配偶。他的请求可以提高你在族群中的地位。你是怎么想的呢，爱拉？你能接受文卡维克和雷奈克做你的共同配偶？”

“在打猎的时候文卡维克就问过我这件事。我得问问雷奈克的感受。”爱拉说道。

马穆特觉得爱拉一点儿都不兴奋。她还沉浸在悲痛之中，现在结合不太合适，但是又不能再拖了。他注意到爱拉突然间转移了注意力，朝爱拉注视的方向看去，乔达拉正朝他们走来。爱拉看上去很紧张，似乎要急忙离开，但是她又不能鲁莽地结束她和马穆特的谈话。

“你在这里，爱拉。我一直在找你。我想找你谈谈。”

“我在和马穆特说话呢。”她回应道。

“我们说完了，你和乔达拉聊吧。”马穆特说道。

爱拉避开乔达拉的眼神，低头看了看这位长者，轻轻地说道：“我和他之间没什么好谈的，马穆特。”

乔达拉的脸绷住了，涨得通红。原来她一直在躲避！她甚至不想和他说话。“好吧，我，我非常抱歉，打扰到你们了。”他说完，退了回去，真想找个地缝钻进去。

马穆特仔细地看着爱拉。她一直注视着乔达拉的背影，她看上去更加疑惑。他摇了摇头，和爱拉一起走回狮营，一句话都没说。

当他们快到的时候，爱拉看到妮兹和图丽正朝他们走来。莱达格的死让妮兹很难受。前天她还拿出他吃剩的药，看到那些她俩都哭了。妮兹不想留下这些痛苦的回忆，但是又不确定是否应该扔掉。

“我们正在找你，爱拉。”图丽说道。她看上去很高兴，似乎在准备着一个巨大的惊喜，这样的情形在她身上很少发生。那两个女人打开了一个精心包裹的东西。爱拉的眼睛瞪得大大的，她们对视了一下，咧开嘴笑了，“每个新娘都要一件新的外袍。通常是新郎的母亲做的，但是我想帮帮妮兹。”

这是一件精致的黄色皮毛外袍，装饰得特别华丽，一些部位还缀着象牙珠子，甚至还缀了些琥珀在上面。

“太漂亮了，肯定费了不少工夫。光是缝上这些珠子肯定就要花上几天的时间。你是什么时候做的？”爱拉问道。

“自从你答应雷奈克之后，我们就开始做了，刚刚才做好。”妮兹说道，“到帐篷里来，穿上试试。”

爱拉看了看马穆特。他笑着点了点头。他早就知道这个计划了，有时还参与其中。这三个女人走进了帐篷，来到了图丽的床边。爱拉脱下了衣服，但她不太清楚怎么穿这件外袍。她们帮她穿上。这件特别的外袍胸口可以敞开，用红色猛犸毛系在一起。

“向别人展示这件衣服的时候，你要把胸口系上。”图丽说道，“但是到了结合仪式，你要敞开。”她解开了胸口的象毛，“当她和一个男人结合的时候，女人要自豪地露出自己的乳房。”

这两个女人退后了一步，欣赏着这位准新娘。妮兹认为，她有着值得骄傲的乳房。可惜她的母亲不能在她身旁，这应该让她很自豪。

“我们可以进来了吗？”狄琪在帐篷口探出头问道。营地里所有的女人都来看爱拉，她们都显得非常惊讶。

“系上吧，你可以出去穿给男人们看看。”妮兹边说边帮爱拉系上胸口的象毛，“在结合仪式之前，你都不可以在公共场合敞开胸口。”

爱拉走出了帐篷，狮营的男人们都微笑地流露出喜悦和赞许之情。那些不是狮营的男人也同样看着她。文卡维克早就知道了这个喜讯，当他看到爱拉时，决定无论如何都要和爱拉结合，即便是同十个男人一起分享她。

尽管狮营的男人都看着爱拉，但是每一个人的心情却不太一样。乔达拉跟着马穆特和爱拉一起回来，不愿意接受爱拉拒绝他的事实，更不愿相信那是真的。达努格告诉他爱拉的事情，他就和其他人一起等着。爱拉走出帐篷的那一刻，他目不转睛地盯着她，然后闭上了双眼，痛苦地皱起眉头。他已经失去了她。她正展示着她为明天和雷奈克结合所做的准备。他深吸了口气，咬紧了牙齿。他不能待在这里看着她和那个黑皮肤的雕刻匠结合。是时候离开了。

爱拉换回了平时的衣服，和马穆特又一次离开之后，乔达拉冲进了帐篷。看到帐篷里空无一人，他很高兴。他拿出自己的旅行袋，在内心再次地感谢图丽，然后摆出每一件他要带走的东西，用皮睡毯裹好。他打算等到明天早上，和每个人告别，吃完早饭后立即离开。他不想事先告诉任何人。

白天乔达拉拜访了他在大会上认识的几个特别好的朋友，想说但是没说再见。到了晚上，他和狮营的每个人都待了一会儿。他们就像他的家人，以后再也见不到他们了，和他们告别很难。更难的是能和爱拉道声别，至少是最后一次。他看到了她，爱拉正和拉蒂去马那里，他快速跟上。

他们的谈话没什么内容，让彼此都很别扭，但是爱拉能感受到乔达拉的不安。爱拉回去后，乔达拉一直刷着马，直到天黑。他记得，第一次看到爱拉的时候，她在给威尼接生。在此之前他没见过那样的场景。就要离开雷瑟了，乔达拉对它的情感超出了他对任何其他动物。

最终他走进了帐篷，爬到了床上。他闭上双眼，但很难入睡。躺在床上，想着爱拉，回忆着他们在峡谷里的时光以及他们慢慢增长的爱恋。不对，不是慢慢的。从一开始，他就爱上了她，过了很久才承认，过了很久才觉察，过了很久又失去了所有。他放弃了她的爱，他要用余生来偿还。他怎么会这么傻呢？他永远不会忘记她，永远不会摆脱失去她的痛苦，永远不会原谅自己。

夜晚漫长而艰难。当清晨第一缕阳光透过帐篷口射进来时，乔达拉再也不愿等了。他不能和她、和别人道别，他必须走了。轻轻地，他收拾好行囊，卷好床铺，溜出了帐篷。

“你不打算等了。”马穆特说道。

乔达拉惊讶地转过身来。“我，啊，我必须走了。我不能再待了。时间到了。”他语无伦次地说道。

“我知道，乔达拉。祝你旅途愉快。你要走很长的路。你决定什么最适合你，但是要记住，有些时候是别无选择的。”这位老人回到帐篷里去了。

乔达拉眉头紧锁，走向了马厩。马穆特的话是什么意思？为什么这些人说的话总是无法理解？

当他看到雷瑟的时候，乔达拉有种骑着它一起走的冲动，但是雷瑟是爱拉的马。他拍了拍马，抱住了它的脖子。然后，他看到了沃夫，摸了一下。随即起身上路。

爱拉醒来时已是阳光灿烂。这看上去是完美的一天。但当她记起今天是结合庆典的时候，就再也不完美了。她起身朝四处看看，感觉到有些不对劲。起身先朝乔达拉的方向看过去已经成为了她的习惯。他不在那里。乔达拉今天很早就起床了，她安慰自己。但是她总是觉得有些奇怪。

她起身，穿好衣服，去外边洗脸，然后找了根树枝擦牙。妮兹坐在火堆旁，很奇怪地看着她。爱拉越发感到不对劲了。她朝马厩望去，威尼和雷瑟都很好，沃夫也在。她回到帐篷里，四处看看。许多人都起床出去了。然后她发现乔达拉的床空空如也。他的床铺、旅行袋都不见了。乔达拉走了！

爱拉惊慌地跑了出去：“妮兹，乔达拉走了！他不在狼营。他走了，他把我抛下了！”

“我知道，爱拉。我一直在盼望着，你不也是吗？”

“但是他没和我道别！我认为他一直会待到结合仪式。”

“这是他最不想看到的事情，爱拉。他不想看到你和别人结合。”

“但是，但是，妮兹，他根本就不想要我。我还能做什么呢？”

“你想要什么？”

“我想和他一起走！但是他已经走了。他怎么能抛下我？他应该把我带走。我们是这样计划的。我们的计划怎么会变成这样，妮兹？”她说完，眼泪突然涌了出来。妮兹伸出双手，安慰着这个哭泣的年轻女人。

“计划会变，人生也会变，爱拉。雷奈克怎么办？”

“我不适合他。他应该和特里茜结合。她爱着他。”爱拉说道。

“难道你不爱他？他爱着你。”

“我想爱他，我试着爱他，但是我爱着乔达拉。现在他已经走了。”爱拉又哭泣道，“他不爱我。”

“你如此确信？”妮兹问道。

“他离开了我,甚至连道别都没有。妮兹,他为什么要弃我而去?我做错了什么?”爱拉哭诉着。

“你觉得你有没有做错什么?”

爱拉顿了一下,眉头一皱:“他昨天想和我说话,被我拒绝了。”“你为什么不和他说话?”

“因为,因为他不要我。整个冬天,我都如此爱他,想和他在一起,但他却不要我,不想和我说话。”

“所以当他的确要和你说话的时候,你却不和他讲话。”妮兹说道。

“但是我想和他说话,妮兹。我想和他在一起。尽管他不爱我,我也想和他在一起。但是现在他走了,起床后就离开了。他不会走的,他不会走远。”

妮兹看着她,快要笑出来了。

“他会走多远呢,妮兹,步行会多远?我走快点儿,应该能追上他。我应该赶上他,听听他想对我说什么。哦,妮兹,我应该和他在一起,我爱他。”

“追他去吧,孩子。如果你要他,如果你爱他,追上他。告诉他你的想法。至少给他个机会告诉你他想对你说什么。”

“你说得对!”爱拉用手背擦去了眼泪,努力思考着,“这才是我应该做的。我现在就要去做!”她说完就朝路上跑去,妮兹都没能再说话。她跳过了河上的石头,跑到田野里去。然后停下来了,她不知道该走哪条路,她得追上他,一旦走错了,她永远也追不上他。

突然,妮兹听到了两声刺耳的口哨声。她笑着看到沃夫从身边穿过,威尼的耳朵竖起来,跟着沃夫跑了出去,雷瑟也跟了上来。她的目光随着沃夫一起下山,看到了那个年轻的女人。

当沃夫靠近后,爱拉指了指,说道:“找到乔达拉,沃夫。找到乔达拉。”

沃夫用鼻子嗅了嗅地面还有周围的空气,当它出发时,爱拉看到了被踩踏的草地和树枝,是乔达拉留下的。

雨水已经冲走了树上的火山灰,但是走在洪水冲积的平原上,乔达拉对身旁夏日不可多得的美景熟视无睹。他不知道该往哪里走,他只是沿着河流,但是每一步都把他带到更远的地方,他的思绪更加沉重。

我为何要离她而去?我为何要独自旅行?或许我应该回去,让她和我一起走。但是她不会这样做。她是马穆塔人。那些人是她的朋友。她选择了雷奈克,不是我乔达拉。是的,她选择了雷奈克,但是我给过她任何选择吗?他停了下来。马穆特说的是什么?“不能作出没有选择的选择。”他是什么意思?

乔达拉狠狠地摇了摇头,然后他意识到,我从未给过爱拉选择的权利。她没有选择雷奈克,至少最初是这样的。或许在被领养的那天,她有一个选项。她被家族抚养大。没人告诉她有选择的权利。为什么我在走之前不给她一次选择的机会?因为她不想和我说话?

不对，我是担心她不会选择我。不要对自己说谎。经历了所有这些事情，她最终不想和我说话，我也担心她不会选择我，这就是为什么，乔达拉，为什么我没有给她选择的权利？我现在感觉好多了吧？

我为什么不回去，给她一个机会？至少说出我的请求。但是我应该对她说什么呢？她正准备着结合仪式，我将给她什么，我可以给她什么？

我可以留下来。我甚至可以和雷奈克共同分享爱拉。我能够忍受吗？我能够和雷奈克共同分享爱拉吗？

乔达拉一动不动地站着，闭着眼睛，眉头紧锁。他最想做的是带着爱拉回家，和她分享自己的火塘。马穆塔人已经接受了她，泽兰达尼人就不会接受吗？一些人会接受，尽管不是所有人，但是他不能保证。

雷奈克有狮营和许多亲属。我却不能把我的亲属和她分享。我不知道他们是否会接受她。除了我自己，我没什么可以给她。

如果我连这个都不能给她，万一我的亲属还不接受她，我们就必须到别的地方去。我们甚至可以回到这里。他想了想。或许他可以留下来，建立起自己的威望。塔奈格说他的新营需要一个燧石匠。雷奈克该怎么办？更重要的是，爱拉怎么办？如果她根本就不想要他？

乔达拉沉思着，没有听到沉闷的马蹄声，突然沃夫跳到了他的身上。

“沃夫，你怎么在这里？”他抬头看去，不敢相信爱拉正从威尼身上下来。

她朝他走来，非常害羞，担心他再次背对着她。她应该怎么和他说？怎样才能让他听她说？如果他不听该怎么办？然后她想起了他们刚见面的时候不说话的日子，于是她慢慢地跪在地上，低着头，等着。

乔达拉看着她，起初还不是太明白，然后想起来了。这是她的手势。当她想告诉别人重要的事情，却又不知道怎么说的时候，她就会用家族的手势。但是为什么她现在要用这种家族的手势呢？她有什么重要的事情想要告诉他呢？

“站起来，”他说道，“你不必这么做。”然后他想起了正确的回应手势。他敲了敲她的肩膀。当爱拉抬起头来时，眼中饱含泪水。他跪下来，擦去爱拉脸上的泪水。“爱拉，你为什么要这么做？你为什么会来这里？”

“乔达拉，昨天你想对我说些什么，但是我没有理你。现在我有话对你说。这很难开口，但是我希望你好好听。这就是为什么我会这么做。你会听吗，不要转身？”

乔达拉重新看到了希望，什么也没说。他点了点头，握住了她的双手。

“你曾经想让我和你一起走，”爱拉开始说道，“但那时我并不想离开峡谷。”她停下来深吸了口气。“但在，我想和你一起走，无论去什么地方。你曾经告诉我你爱我，你想要我。现在，我觉得你不爱我了，但是我仍然想和你一起走。”

“请你站起来，爱拉，”他说道，把她扶起来，“雷奈克怎么办？我认为你想要他。”他仍然抱着她。

“我不爱雷奈克。我爱你，乔达拉。我从未停止过爱你。我不知道我做了什么让你不爱我了。”

“你爱我？你还爱着我？哦，爱拉，我的爱拉。”乔达拉说道，将她搂入怀中。然后他看着她，就像他们初次见面的那样，他的眼里充满着对她的爱。他们相拥而吻，充满了爱，充满了渴望。

爱拉不敢相信她正在他的怀抱里，他抱着她，需要她，爱着她。她的眼中满是泪水，她试着阻止眼泪流下来，害怕乔达拉再次误解，但是她不再在乎了，任眼泪往下流。

他低头看了看她美丽的脸庞：“你哭了，爱拉。”

“是因为我爱你。我爱你很久了，我爱你很深。”她说道。

他亲吻着她的眼睛、泪水、嘴角，感受到她的嘴正微微张开。

“爱拉，这真的是你吗？”他说道，“我原以为我已经失去了你，我知道这是我自己的过错。我爱你，爱拉。我从未停止过爱你。你必须相信我。”

“但是你不想爱我，对吗？”

他闭上眼睛，纠结地皱着眉头，点了点头：“爱上一个来自克兰家族的人让我感到羞耻，这样的我让我恨我自己。和你在一起我非常快乐，我爱着你。只有当我们两人在一起时，所有事情都显得那么完美。但和别人在一起时，我每次看到你做出家族的手势，我觉得非常羞愧。你说的话总让我担心，那么大家都知道我爱上了一个令人讨厌的女人。”他不能继续说了。

“过去大家都说我可以得到任何女人，她们都不会拒绝我，即便是圣母本人。看上去他们是对的，但是他们不了解你。在遇到你之前，我不知道我真正喜欢的女人是什么样的。但是我万一带你回家，他们会怎么说呢？如果乔达拉可以得到任何人，他为什么选择一个愚蠢、讨厌的女人呢？我担心他们不会接受你，而且会把我赶走，除非我抛下你，如果我必须在你和我的家族之间作选择，我担心这样的结果很可能会发生。”

爱拉皱着眉头，看着乔达拉：“我不理解，怎么要你作这么艰难的决定。”

“爱拉，”乔达拉说道，托着她的脸看着她，“我爱你，或许只是现在我才意识到你对我多么重要。不仅仅你爱我，而且我也爱着你。现在我知道，对我来说，选择只有一个，你比我的家族重要，你比其他任何人都重要。无论如何我只想同你在一起。”虽然不想再次流泪，但爱拉的泪水再次从眼中溢出，“如果你想留下，同马穆塔人住在一起。如果你想要我同雷奈克分享你，我也会那么做。”

“这就是你想做的吗？”

“如果这是你想要的。”乔达拉说道，然后想起了马穆特的话。也许他应该给她一个选择的权利，告诉她他的想法，“最重要的是，我想和你在一起，请相信我。如果你想让我留下，我就留下，但是如果你问我，什么是我想要的，我想回家，带着你一起回去。”

“带着我一起回去？你不是为我感到羞耻吗？你不会对家族和杜尔克感到羞耻吗？”

“不，我不感到羞耻，我为你而自豪。我也不因家族而羞耻。你，还有莱达格，教会了我许多重要的东西，或许也应该传授给别人了。我学会了许多，我想教会我的族人。我想向他们展示投掷器，韦麦兹凿燧石的方法，你的火石，马还有沃夫。有了这一切，他们甚至会愿意有人告诉他们家族的人也是大地母亲的子孙。”

“你的图腾是穴狮吧，乔达拉。”爱拉充满自信地说道。

“你之前问过我，你怎么这么确定？”

“我告诉过你，有强壮图腾的人是很难相处的，还记得吗？他们会经历痛苦的考验，但这是他们的恩惠，可以学到抵抗痛苦的经验。你已经经历了一个痛苦的考验，你现在后悔吗？我们都经受了一年的痛苦，我学到了很多，更了解我自己了，也更了解外族人了。我不再怕他们。你也学到了很多。你以一种不同的方式害怕他们。现在，你已经战胜了恐惧，穴狮是种家族护身符，你不再憎恨他们。”

“我想你说得对。我很高兴能拥有穴狮的图腾，如果这样你就能接受我了。除了我自己，我什么都给不了你。我不能承诺我的亲属、我的族人，甚至泽兰达尼会接受你。如果不接受，我们就要去别的地方。如果你想要的话，我可以成为一个马穆塔人，但是我更希望带你回去，在泽兰达尼结合。”

“会和结合仪式一样吗？”爱拉问道，“你还没有告诉我你想和我结合。你只是让我跟着你，却没有要和我分享你的火塘。“

“爱拉，爱拉，我做错了什么？我怎么可以认为你什么都知道？也许你知道的我并不知道，你已经学会了很多。或许我也该学会某种手势来表达我无法言说的话。”

然后，他们对视一笑。乔达拉单膝跪地，看着爱拉。这让她有点儿不安，但乔达拉却很高兴，他就是想这样。

“你在做什么，乔达拉？男人不应该这样。他们说话之前不要征得同意。”

“但是我必须问你，爱拉。你会和我一起回去吗，和我结合，和我分享火塘，和我生几个小孩？”

爱拉又哭了，为自己流的眼泪感到愚蠢：“乔达拉，我从未想要其他东西，我愿意。请你站起来。”

他站了起来，抱着她，觉得生命中从未如此高兴过。他亲吻了她，紧紧地抱着她，害怕她会走开，害怕失去她，就像以前发生的那样。

他再次亲吻了她，想得到她的渴望越发强烈。她感受到了，身体有了反应。但是他不仅仅是想带走她，他是想完全、彻底地拥有她。他退后一步，脱掉了还穿在身上的风衣。然后拿出了一块布，铺在地上。突然，沃夫扑到了他的身上。

“你得到别的地方待一会儿了。”他说道，然后笑着看了看爱拉。

爱拉命令沃夫离开，对乔达拉也笑了一下。他坐在了铺在地上的布上，朝她伸出手。她投入了他的怀抱，颤抖着，渴望得到他。

他起身坐着，看着她，然后闭上双眼，要把她永远印在脑海中。当他再次睁开眼睛时，她正微笑。

“我爱你，乔达拉，我是如此地需要你。”

“噢，爱拉，思念是一种病，我渴望得到你，但我几乎抛弃了你。在我如此爱你的时候，我怎么会这样做？”他又在吻她，紧紧地拥抱住她。

这是爱拉，这就是他的爱拉。是他最亲爱的爱拉。他希望这一刻能持续到永远。

“乔达拉？”过了片刻，爱拉说道。

“我在。”

“我们去游泳吧。河离这里不远。就像我们以前在峡谷里一样游泳去吧，在我们返回狼营之前，一起去游泳。”

他坐在她旁边，笑着说道：“走！”立即跳了起来，然后扶她站起来。沃夫也跳起来了，不停地摇着尾巴。

“好的，你可以和我们一起去。”爱拉说完，拿起了衣服，朝河边走去。沃夫兴高采烈地跟着。

他们在河里游泳、洗澡，和沃夫玩耍，马儿也在岸边吃着青草，休整着。爱拉和乔达拉穿好衣服，神采奕奕，但也有些饿了。

“乔达拉？”爱拉站在马旁边说道。

“什么事？”

“我们一起骑威尼。我想紧挨着你。”

在他们回去的路上，爱拉想着怎么和雷奈克说。她并不想让这件事发生。他们到的时候，雷奈克正在等着，看上去并不高兴。他一直在找她。今晚大家就要准备好结合仪式，无论参加还是观看。看到她和乔达拉一起骑着威尼，而把雷瑟系在后面时，他更不高兴了。

“你去什么地方了，你现在应该穿好衣服了。”

“我有话对你说，雷奈克。”

“我们没时间了。”他说道，脸上流露出惊慌。

“抱歉，雷奈克，我们必须谈谈，到一个只有我们两人的地方。”

他只能答应。爱拉先走进了帐篷，从包里拿出一件东西。他们走到了河边，沿着河岸走着。最后，爱拉停了下来，从外袍里取出一个人形雕像，是雷奈克给她雕刻的。

“我必须把这个还给你，雷奈克。”爱拉说道，把雕像递给了他。

雷奈克退后一步，好像被火烫了一样：“你这是什么意思？你不能把它还给我！在结合仪式上要用这个雕像。”他说道，声音中充满着惊恐。

“这就是我要把它还给你的原因。我不能和你结合了。我要走了。”

“走？你不能走，爱拉。你已经答应我了。一切都安排好了。结合仪式就在今晚。我爱你，爱拉。难道你不明白吗？我爱你。”每说一句，雷奈克就更加惊慌。

“我知道，”爱拉轻声说道。雷奈克的惊讶和痛苦伤害到了她，“我答应过你，并且一切都安排好了，但是我必须离开。”

“但是，为什么？为什么是现在，这么突然？”雷奈克问道，音调变高，快噎住了。

“因为我现在要走。现在是最好的时机，我们有很长的路要走。我要和乔达拉离开。我爱着他。我无时无刻不爱着他，我过去曾以为他不爱我。”

“你是什么时候认为他不爱你，然后认为我很不错的？”雷奈克问道，“所有你和我在一起的时间，你都希望我是他。你从来没有爱过我。”

“我试着爱过你，雷奈克。我在乎你，和你在一起我很高兴。”

“但不是所有时候。我不够好。你很完美，我配不上你。”

“我不追求完美。我爱他，雷奈克。知道我爱着别人，你还会爱我多久？”

“直到我死，我都会爱着你，爱拉。难道你不明白吗？我从未像爱你一样爱过别人。你不能离开我。”这个黑皮肤的雕刻匠请求着爱拉，脸上满是泪水。在此之前，他从未请求过任何人。

爱拉能感受到他的痛苦，她希望可以做些什么来减轻他的痛苦。但她给不了他想要的，她不能像爱乔达拉那样爱他。

“对不起，雷奈克。请收回这个雕像。”她再次拿了出来。

“留着！”他说道，略微有些生气，“也许我配不上你，但是我不需要你。我明白自己的地位。走吧，和你的燧石匠一起离开。我不在乎。”

“我不能留着它。”爱拉说道，弯下腰把雕像放在他的脚旁，扭头离开。

她沿着河岸走回去，内心痛苦不堪。她并不想如此伤害他。如果能有别的方式，她肯定会照做的。她再也不想有人爱她，爱到她无法回报。

“爱拉？”雷奈克叫道。她转过身，等他赶上来，“你什么时候走？”

“我一收拾好就走。”

“你知道，这不是真的，我很在乎你。”他的脸上满是痛苦和悲伤。她想跑上去安慰他，但是她不敢这样鼓励他。“我一直知道你爱着他，”他说道，“但是我爱你如此之深，我如此需要你。我一直试着说服自己，你爱的是我，我希望，你爱的真是我。”

“雷奈克，对不起。”她说道，“如果我不是先爱上乔达拉，我会爱你的！我会幸福地和你在一起。你对我非常好，和你在一起让我很高兴。我的确爱着你，你是知道的，但是不是你想要的那种方式。”

他的黑眼睛中充斥着不满：“我会永远爱你，爱拉。我不会忘记你，我会爱你到我死的那一刻。”雷奈克说道。“你不要这么说！你应该得到更多的幸福。”

他笑道，艰涩痛苦地笑道：“不要担心，爱拉。我还不想死。也许某一天，我会和一个女人结合，分享火塘，和她有几个孩子。我甚至会爱她。但是没有一个女人可以替代你。没人可以替代我对你的感觉。”他们开始往回走。

“会是特里茜吗？”爱拉问道，“她爱着你。”

雷奈克点了点头：“或许是吧。如果她想得到我。既然她已经有了一个儿子，她还会要更多的。”

爱拉停下来，看着雷奈克：“我觉得特里茜会和你结合。她现在很受伤，因为她非常爱你。但是，有些事情你应该知道。她的孩子，拉莱夫，是你的儿子。雷奈克。”

乔达拉再次检查了行囊，带着雷瑟到了路口，那里爱拉正和大家告别。威尼也已经整装待发，耐心地等着，但是沃夫还兴奋地跑着，知道有什么事要发生。

对于爱拉来说，和她所爱的人们告别是非常困难的，当她被家族驱逐的时候，是他们收留了她，但是她别无选择。和狮营的人告别就更难了，她深爱着他们。这一天，她哭了好多回，她不知道怎么会有这么多泪水，每次哭完，下次还会流出更多。

“塔鲁特，”她抽泣着，抱着这位巨大的红头发首领，“你的笑声才让我来到这里，当时我很害怕其他人，没有你的笑声，我会回到峡谷里去。”

“你快让我哭了，爱拉。我不想让你走。”

“我已经哭了，”拉蒂说道，“我也不想让你走。还记得你第一次叫我摸雷瑟的时候？”

“我记得她让莱达格骑上威尼的时候，”妮兹说道。“我觉得那是他最快乐的一天了。”

“我会想这些马的。”拉蒂叫道，紧紧地抱着爱拉。

“也许有一天你也有自己的一匹小马，拉蒂。”爱拉说道。

“我也会想这些马的。”鲁琪说道。

爱拉把她抱起来，转了一下：“或许你也该有自己的马。”

“哦，妮兹，”爱拉哭道，“我该怎样感谢你？你知道，我在很小的时候就失去了母亲。但是我很幸运。我有两个母亲来替代她。伊扎在我还小的时候照顾我，但是你照顾我，让我成长为一个女人。”

“这里，”妮兹说道，把一个包裹递给她，试着擦去所有的泪水，“这是你结合仪式的外袍。我想让你和乔达拉结合的时候穿上。他就像我的儿子一样，而你，是我的女儿。”

爱拉再次拥抱妮兹，然后看了看乔达拉。当她抱着达努格的时候，他毫无保留地拥抱着。她能感受到他的力量，他温暖的身躯。他对她轻声说道：“我希望你一直在我身边。”

她退后，笑道："达努格，你会成为一个真正的男人！我希望你成长为另一个塔鲁特。"

"或许等我长大了，我会去看望你。"

她又抱了抱韦麦兹，然后寻找雷奈克，但是他不在周围。"我很抱歉，韦麦兹。"她说道。

"我也很难过。我希望你能和大家在一起。我希望你以后能把你的孩子带过来。乔达拉是个好男人。"

爱拉从特鲁妮手中接过哈塔尔，他正咯咯地笑着。然后马努夫抱起努韦，爱拉亲吻了她。

"正是因为你，她才能来到这个世上。我不会忘记你的，她也不会。"爱拉拥抱了马努夫，然后是特鲁妮和托奈克。

当爱拉最后同弗莱莉和两个男孩告别时，弗里贝克抱着贝克蒂。然后她拥抱了克罗兹。她竭力控制着，但是爱拉还能感受到她的颤抖。然后这位老女人紧紧地抓住了她，眼泪在眼眶中打转。

"不要忘了怎么做白色的皮子。"她命令道。

"我不会的，我带着外袍。"爱拉说道，然后狡黠地笑了下，她补充道，"但是，克罗兹，从今往后你要记得不要同猛犸火塘的人玩跖骨。"

克罗兹惊讶地看着她，然后咯咯笑了。爱拉又转向弗里贝克。这时沃夫跑来了，弗里贝克挠着它的耳朵。

"我会想它的。"他说道。"那是，"爱拉说完抱住了他，"沃夫也会想你的！"

"我也会想你的，爱拉。"他说道。

爱拉发现自己被一群来自野牛火塘的人包围着，所有的孩子，还有巴泽克都聚在她周围。塔奈格也在那儿，和他的女人。狄琪同布拉那格在那里等着，然后这两个女人抱在一起，眼泪又流了出来。

"从某种意义上讲，同你告别比同其他任何人都难，狄琪，"爱拉说道，"我从未有过像你一样的朋友，和我一个年龄，还能够理解我。"

"我知道，爱拉。我无法相信你要走了。现在，我们来看谁会先有宝宝？"

爱拉退后一步，仔细地看了看狄琪，然后笑了笑："你比我早，你已经有了。"

"我也在想呢，你确定？"

"是的，我确信。"

爱拉看到文卡维克正站在图丽身旁。

"你让我特别惊讶，"他说道，"我不相信你会选择他。但是，每个人都会有缺点。"他看了图丽一眼。

图丽看了看文卡维克，确定他正在看着，她真诚而又热烈地和爱拉抱在一起。

"我有一件礼物给你。我确信大家都会同意，它们很适合你。"说完，她把两颗美丽的琥珀放在了爱拉手中，“它们和你的结合外袍很配。你也可以戴在耳朵上。”

“哦，图丽，”爱拉说道，“太漂亮了，它们太贵重了。”

“它们不是那么贵重，爱拉，很适合你。”图丽说道，高兴地看了文卡维克一眼。

爱拉看到巴泽克也笑了出来，妮兹也点了点头。

让乔达拉离开狮营也很痛苦。他们很欢迎他，而且他也爱他们。他和大家泪别。他最后和马穆特告别。他们相互拥抱，贴着脸颊，然后爱拉也加入了他们。“我想谢谢你，”乔达拉说道，“从一开始你就知道我有很多东西要学。”这位老人点了点头。“但是我从你和马穆塔人身上学到了更多。我知道什么是有意义的，什么是肤浅的，并且我知道我有多爱爱拉。我会一直在她身边，哪怕和我最邪恶的敌人和最好的朋友作对。”

“我还要告诉你一些你必须明白的事情，乔达拉，”马穆特说道，“我从一开始就知道她会和你在一起，当火山喷发的时候，我知道她不久就要和你一起离开。但是你要记住，圣母已经选择了她，她的生命中将会有很多挑战，你也是。她将需要你的保护，需要你的爱。能被选中不容易，但是总会有好处的。照顾好她，乔达拉。你要知道，她总是替别人担忧，忘记了保护自己。”

乔达拉点了点头。然后爱拉抱住了这位老人，流出了欢乐的泪水。

“我真希望莱达格能在这里，我非常想念他。我也学到了很多。我想回到我儿子身边，但是莱达格告诉我，我必须让杜尔克过自己的生活。我应该如何报答你呢，马穆特？”

“没必要谢我，爱拉。我们注定会有不同的人生道路。我一直在等着你，只是我不知道而已。你给了我这么多快乐，我的女儿。你永远不要回去找杜尔克。他是你留给家族的礼物。孩子能给你欢乐，也会带来痛苦。他们都该有自己的生活。这是伟大圣母给我们的礼物，我们要尊重她，不然她会收回她的礼物，再也不会保佑我们。”

爱拉和乔达拉骑上了马，朝大家招手，作着最后的道别。大部分人都前来祝福他们旅途愉快。他们即将出发，爱拉仍做着最后的努力——她想和雷奈克作最后的告别。但她一直没有看见他的身影。也许他认为已经道过别，就没有必要再出现了吧，爱拉遗憾地想。

当他们开始上路时，爱拉终于看到了他。雷奈克一个人孤零零地站在那里，看上去心情沉重。她停下来，和他挥手作别。

雷奈克也挥了挥手，但是在他的另一只手上，握着一个象牙刻成的透明人鸟雕像。这是他为爱拉做的，本希望用雕像能将爱拉争取到自己身边，就像用他的笑容和聪明才智获得她的芳心一样。但是当他看着这个才华横溢的迷人女子和她心爱的男人一起离开的时候，他的脸上没有笑容，他的眼中满是泪水。

（京权）图字：01-2010-0639

图书在版编目（CIP）数据

猛犸猎人 /（美）奥尔（Auel,J.M.）著；张帆译. --北京：作家出版社，2013.1（爱拉传奇）

书名原文：The Mammoth Hunters

ISBN 978-7-5063-6060-9

Ⅰ. ①猛… Ⅱ. ①奥… ②张… Ⅲ. ①长篇小说－美国－现代 Ⅳ. ① I712.45

中国版本图书馆CIP数据核字（2011）第192580号

猛犸猎人

作　　者：【美】琼·奥尔
译　　者：张　帆
责任编辑：王宝生　苏红雨
装帧设计：张晓光
出版发行：作家出版社
社　　址：北京农展馆南里10号　　**邮　　编：**100125
电话传真：86-10-65930756（出版发行部）
86-10-65004079（总编室）
86-10-65015116（邮购部）
E-mail:zuojia@zuojia.net.cn
http://www.haozuojia.com（作家在线）
印　　刷：北京中科印刷有限公司
成品尺寸：142×210
字　　数：430千
印　　张：13.5
版　　次：2013年1月第1版
印　　次：2013年1月第1次印刷
ISBN　978-7-5063-6060-9
定　　价：33.00元
